经|典|流|芳|百|世　　文|学|滋|养|心|灵

译者简介

　　李玉民，首都师范大学外院教授、翻译家。从事法国纯文学翻译20余年，译著50多部。主要译作有《巴黎圣母院》《悲惨世界》《幽谷百合》《三个火枪手》《基督山伯爵》《漂亮朋友》《羊脂球》等。

Notre-Dame de Paris

巴黎圣母院

[法]维克多·雨果/著　李玉民/译

全译本

北京燕山出版社
BEIJING YANSHAN PRESS

图书在版编目（CIP）数据

巴黎圣母院 /（法）维克多·雨果著；李玉民译．—北京：北京燕山出版社，2016.10

ISBN 978-7-5402-4283-1

Ⅰ．①巴… Ⅱ．①维…②李… Ⅲ．①长篇小说—法国—近代 Ⅳ．①I565.44

中国版本图书馆CIP数据核字（2016）第243882号

巴黎圣母院
BALI SHENGMUYUAN

作　　者：	（法）维克多·雨果
译　　者：	李玉民
责任编辑：	郭东梅
责任校对：	杜　睿　石　英
封面设计：	唐韵设计
社　　址：	北京市西城区陶然亭路53号（100054）
网　　站：	http://www.bjyspress.com/
微　　博：	http://weibo.com/u/2526206071
电　　话：	01065240430
传　　真：	01063587071
印　　刷：	北京德富泰印务有限公司
开　　本：	880mm×1230mm　1/32
字　　数：	320千字
印　　张：	16.5
版　　次：	2016年10月第1版
印　　次：	2016年10月第1次印刷
定　　价：	29.00元
出版发行：	北京燕山出版社 BEIJING YANSHAN PRESS

版权所有 盗版必究

译本序
Preface

雨果出入人世二百余年，被誉为伟大的诗人、伟大的戏剧家、伟大的小说家、伟大的散文家、伟大的批评家等等，然而，哪一种头衔，都不足以涵括雨果的整体。如果一定要找出一种来，我倒认为思考者（思想家）或许堪当此任。

雨果不是一位创建学说的思想家，而是人类命运的思考者。

雨果的诗文，一字一句，一段一章，无不浸透了思考。而千种万种的思考，最深沉、最宏大、最波澜壮阔的，要算他对人类命运的思考了。

思考人类的命运，主要体现在他创作《巴黎圣母院》《悲惨世界》和《海上劳工》的过程中，换言之，这三部长篇小说，正是他思考人类命运的记录。

雨果由《巴黎圣母院》（1831）开宗明义，继由《悲惨世界》（1845—1861）淋漓演释，终以《海上劳工》（1866）重彩结幕，历时三十余年，才算完成"人类命运三部曲"。

完成这三部曲，这三大部杰作，雨果就无愧于人类命运思考者的称号了。

三部曲分别从宗教、社会、自然三个角度，来演释沉重压在人类头上的三重命运，即有史以来人类所承受的教理（迷信）的命数、法律（偏见）的命数、自然（事物）的命数。

宗教、社会、自然，这三种主要的异己力量，是人类既需要又与之抗争的对象,因而也就成为"人生的神秘苦难"的根源。

雨果作为人类命运的思考者,探根溯源,从深层意义上表现了人类在自身的发展史中,与宗教、法律、自然所产生的矛盾这样永恒性命题。因此,构成雨果的人道主义思想体系的《巴黎圣母院》《悲惨世界》和《海上劳工》,也就成为世界文库的不朽杰作。

《巴黎圣母院》和《悲惨世界》两部杰作,差不多是在同一个时期开始构思的;但是,《悲惨世界》从酝酿到出版,延宕三十余年;而《巴黎圣母院》的创作虽小有波折,时逢七月革命,小说的研究材料和笔记全部散失,但雨果只用了五个月时间,一气呵成,显示出他的天才与勤奋。

雨果以其浪漫主义诗人的才情和文学创新者的胸怀,偏爱宏伟和壮丽,而巴黎圣母院又恰恰是一座巍峨壮美的建筑,两者自然一拍即合。雨果打算写一部气势宏伟的历史小说,一开始酝酿,就决定以这座大教堂为中心,讲述一段奇异的故事。

在雨果的笔下,巴黎圣母院绝不是一个完备的、定型并能归类的建筑:它不再是罗曼式的,但还不是哥特式教堂,因而成为集万形于一身的神奇之体,成为令人景仰的科学和艺术的丰碑。一八三一年,《巴黎圣母院》一经出版,它又成为文学的丰碑了。于是,这座大教堂和这部小说就联结在一起,两座丰碑就并肩而立,再也分不开了。

有了这部小说,巴黎圣母院在城心岛上亭亭玉立,仪态万方,不仅多了几分风采,还增添了一颗灵魂。

笔者在欧洲参观过数十座大教堂,都各具风采,有的甚至显得还要宏伟高大,还要华丽美观,但总是作为建筑艺术来欣赏。然而,唯独见到巴黎圣母院,哪管只是在它的广场走过,哪管远远望见它的雄姿俪影,笔者也不免怦然心动,有种异样的感觉,脑海重又浮现圣母院楼顶平台的夜景：

吉卜赛姑娘爱丝美拉达一身白衣裙，在月光下和小山羊散步，敲钟人卡希魔多则远远地欣赏这美妙的一对；另外还有一副目光在追随着姑娘，那是从密修室小窗口射出来的，淫荡而凶狠，密修室里幽灵似的主教代理弗罗洛正在窥视；教堂前的广场上跑过一匹高头大马，那骑卫队长浮比斯不理睬吉卜赛姑娘的呼唤，向站在阳台上的一位贵族小姐致敬……

继而，广场上一片火光，丐帮男女老少为救小妹子爱丝美拉达，开始攻打圣母院；可是，卡希魔多不知是友，误以为敌，独自挺身出来保卫吉卜赛姑娘，从教堂上投下梁木石块，还熔化了铅水倾泻下来；在熊熊的火光中，廊柱的石雕恶兽魔怪似乎全活了，纷纷助战……

以这大教堂为中心舞台，出现一幕幕惊心动魄、变幻莫测的场面，就是在演释圣母院墙壁上刻的那个神秘的希腊词"命运"，并将所有这些人物锁到命运的铁链上。圣母院也好像有了灵魂，有了生命，以天神巨人的身躯，投入人世间这场大混战。

中世纪的宗教黑暗统治，正是锁住人的命运的铁链，而人同教会势力，同狭隘思想相抗争，便酿成大大小小的悲剧。这些悲剧组成的十五世纪巴黎的社会画面，由雨果的天才想象和创作，从湮没的久远年代，更加鲜明而生动地显现出来。

雨果早在二十一岁时就讲过："在瓦尔特·司各特的风景如画的散文体小说之后，仍有可能创作出另一类型的小说。这种小说既是戏剧，又是史诗；既风景如画，又诗意盎然；既是现实主义的，又是理想主义的；既逼真，又壮丽；它把瓦尔特·司各特和荷马融为一体。"这种看似夸大其词的预言，几年后便由他的小说《巴黎圣母院》实现了。

正如作者所预言的那样,《巴黎圣母院》是一部现实主义与浪漫主义相结合的杰作。

这部小说讲述的一个个故事,塑造的一个个人物,都是那么独特,具有十五世纪巴黎风俗的鲜明色彩,都可以用"奇异"两个字来概括。推选丑大王的狂欢节,奇迹宫丐帮的夜生活,落魄诗人格兰古瓦的摔罐成亲,聋子法官开庭制造冤案,敲钟人飞身救美女,行刑场上母女重逢又死别,卡希魔多的复仇与殉情,这些场面,虽不如丐帮攻打圣母院那样壮观,但是同样奇异,有的也同样惊心动魄,催人泪下。

书中人物虽然生活在十五世纪,一个个却栩栩如生:人见人爱的纯真美丽的姑娘爱丝美拉达、残疾丑陋而心地善良的卡希魔多、人面兽心又阴险毒辣的宗教鹰犬弗罗洛、失去爱女而隐修的香花歌乐女、手挥长柄大镰横扫羽林军的花子王克洛班,等等,他们的身世和经历都十分奇异,却又像史诗中人物,比真人实事更鲜明,具有令人信服的一种魔力。

不过,书中最奇异的人物,还是无与伦比的巴黎圣母院。她既衰老又年轻,既突兀又神秘;她是卡希魔多的摇篮和母亲,又是弗罗洛策划阴谋的巢穴;她是爱丝美拉达的避难所,又是丐帮攻打的妖魔;她是万众敬畏的圣堂,又是蹂躏万众命运的官殿。她的灵魂是善还是恶,总与芸芸众生息息相关……

毫不夸张地说,这部小说也改变了这座大教堂的命运。巴黎圣母院的名气远远超过所有教堂,大半功劳应当归于雨果的小说《巴黎圣母院》。许多游客都是读过小说,或者通过不同途径知道这个故事,才慕名去参观巴黎圣母院的,这是物以文传的绝好例证。

雨果由一八〇二年出生至一八八五年去世,八十三年的历程从帝国走到共和。在给雨果举行国葬的时候,卡希魔多似乎又飞身登上钟楼，趴到大钟玛丽的身上拼命摇摆：巴黎圣母院的钟声格外哀婉，同自动送葬的二百万民众的"雨果万岁"的呼声汇成奇妙的哀乐。一声声的钟鸣，所表达的何止是沉痛，还隐隐含有遗憾。巴黎圣母院望着雨果的柩车驶向塞纳河左岸，安葬到先贤祠，她心中何尝不在想："雨果啊雨果，葬在先贤祠，固然是一种殊荣，但是，你在我这里长眠，才真正死得其所！"

《巴黎圣母院》于一九九一年译出，纳入《雨果文集》中，又选入《雨果精选集》中，后又出了四五种单行本，早该修订一下了。这次趁再版之机所做的修订，仍失之仓促。世界文学名著的中译本，十余年校订一次不为过，最好请高手操作，自我很难超越。好的中译本和外国名著，应是译者的文学创作，能引起读者的兴趣读下去。

李玉民

二〇〇四年三月十八日于北京花园村

原　序

几年前，本书作者去圣母院参观，更确切地说追踪觅迹，在两座钟楼之一的暗角墙壁上，发现这样一个手刻的词：

'ANAΓKH①.

这几个大写的希腊文字母，由岁月侵蚀而发黑，深深嵌入石壁中，其形貌和笔势，不知如何借鉴了哥特字体的特征，仿佛特为昭示这是中世纪人之手写下的，其中所包藏的难逃定数的命意，尤令作者凛然心惊。

作者思索再三，力图窥见究竟何等痛苦的灵魂，誓要给这古老教堂的额头打上这罪恶的或者凶兆的烙印，才肯离开人世。

后来，这面墙壁又几经抹灰刷浆或者打磨（哪种原因已难知晓），字迹消失了。须知将近两百年来，中世纪的宏伟教堂，无不遭受这种待遇。无论内部还是外部，四面八方都来破坏。神父要粉刷，建筑师要打磨；老百姓则蜂拥而至，干脆拆毁，夷为平地。

刻在圣母院晦暗钟楼上的神秘文字，及其惨然概括的未知的命运，就这样湮没无闻，如今仅余本书作者不绝若缕的追怀了。在石

---

① 希腊文：命运。

壁写下这个词的人，几百年前就消逝了，历经几代人，这个词也从大教堂的墙壁上消逝了，就连这座大教堂，恐怕不久也要从地球上消逝。

　　本书就是基于这个词而创作的。

一八三一年二月

目录
Contents

第一卷

    一　大堂　/001

    二　彼埃尔·格兰古瓦　/017

    三　红衣主教大人　/027

    四　雅克·科坡诺勒老板　/034

    五　卡希魔多　/044

    六　爱丝美拉达姑娘　/052

第二卷

    一　从卡里布迪斯旋涡到希拉礁　/055

    二　河滩广场　/058

    三　"以吻还击"　/061

    四　夜晚街头逐艳的麻烦　/071

    五　麻烦续篇　/076

    六　摔罐成亲　/078

    七　新婚之夜　/097

第三卷

一　圣母院　/108

二　巴黎鸟瞰　/117

第四卷

一　善人　/139

二　克洛德·弗罗洛　/143

三　怪兽群有怪牧人　/148

四　狗和主人　/155

五　克洛德·弗罗洛续篇　/157

六　不得民心　/163

第五卷

一　圣马尔丹修道院院长　/164

二　这个要扼杀那个　/175

第六卷

一　公正看看古代法官　/190

二　老鼠洞　/200

三　玉米饼的故事　/204

四　一滴泪报一滴水　/225

五　玉米饼故事的结局　/234

第七卷

一　山羊泄密的危险 /235

二　教士和哲学家原本两路人 /250

三　钟 /259

四　命运 /262

五　两个黑衣人 /276

六　户外大骂七声的效果 /282

七　狂教士 /287

八　临河窗户的用场 /295

第八卷

一　银币变成枯叶 /304

二　银币变成枯叶续篇 /313

三　银币变成枯叶终篇 /318

四　抛却一切希望 /321

五　母亲 /335

六　三颗不同的心 /340

第九卷

一　热昏 /356

二　驼背独眼又跛脚 /367

三　失聪 /371

四　陶土瓶和水晶瓶　/374

五　红门钥匙　/385

六　红门钥匙续篇　/387

第十卷

一　格兰古瓦连生妙计　/391

二　你去当乞丐吧　/402

三　快乐万岁　/405

四　坏事的朋友　/414

五　法王路易的祈祷室　/433

六　火焰剑闲逛　/464

七　夏多佩驰援　/466

第十一卷

一　小鞋　/468

二　白衣美人　/501

三　浮比斯成亲　/509

四　卡希魔多成亲　/510

第一卷

一 大堂

　　话说距今三百四十八年零六个月十九天,那日巴黎万钟齐鸣,响彻老城、大学城和新城三重城垣①,惊醒了全体市民。

　　其实,一四八二年一月六日那天,并不是史册记载的纪念日;一清早全城钟声轰鸣,市民惊动,也没有发生什么惊天动地的大事。既不是庇卡底人或勃艮第②人进犯,也不是抬着圣骨盒的宗教列队仪式;既不是拉阿斯城③学生造反,也不是"我们尊称威震天下圣主国王陛下"摆驾入城;甚至不是在司法宫广场吊死男女扒手的热闹场景;更不是十五世纪常见的羽饰盛装的某国使臣莅临到任。就在两天前,还有这样一队人马,即佛兰德使团奉命前来,为缔结法国王太子④和佛兰德玛格丽特公主的婚约。为此,波旁红衣主教不胜其烦,但是他为了讨好国王,不得不满脸堆笑,迎接佛兰德市政官那帮土里土气的外国佬,还在波旁公爵府款待他们,为他们演出一

---

　　① 老城今称城岛,在塞纳河中,是巴黎城的发祥地,东侧有巴黎圣母院和司法官;大学城位于塞纳河左岸即南岸;新城则指塞纳河右岸即北岸巴黎城一部分。中世纪的巴黎三重城垣,本书第三卷第二章《巴黎鸟瞰》中有详尽描述。
　　② 庇卡底位于法国北部地区,勃艮第位于法国西部地区,两地都曾建立过强大的封建王国。
　　③ 拉阿斯城是大学城的旧称。
　　④ 王太子即路易十一世的儿子,1483年继位,称查理八世。他与玛格丽特公主并未结婚;玛格丽特称为奥地利的玛格丽特公主,原是勃艮第大公弗朗索瓦一世之女,作为未来的王妃在法兰西宫廷长大,后因太子娶了布列塔尼的安娜而另嫁。

场"特别精彩的寓意剧、滑稽剧和闹剧"。不料天公不作美,一场滂沱大雨,将府门前挂的精美华丽的帷幔淋得一塌糊涂。

一月六日那天,是约翰·德·特洛伊所说的"全巴黎欢腾"的双重节庆,即远古以来就有的主显节和狂人节①。

这一天,照例要在河滩广场燃起篝火,在布拉克小教堂那里植五月树,在司法宫演出圣迹剧。就在前一天,府尹大人已派衙役通告全城:他们身穿神气的紫红毛纺衬甲衣,胸前缀着白字大十字,到大街小巷的路口吹号并高声宣告。

一清早,住家和店铺都关门闭户,男男女女从四面八方拥向三处指定的场所。去看篝火,赏五月树还是观圣迹剧,要随个人的兴趣而定。这里应当赞扬一句巴黎看热闹的人,他们有古人的那种见识,绝大多数都去看篝火,因为这正合时令,或者去观圣迹剧,因为是在司法宫大厅演出,那里能遮风避雨。大家仿佛串通一气,谁也不去布拉克小教堂墓地,让那棵花不繁茂的可怜的五月树,孤零零在一月的天空下瑟瑟战栗。

市民大多拥进通往司法宫的街道,他们知道两天前到达的佛兰德使团要前去看戏,并观看在同一大厅举行的推举丑大王的场面。

司法宫大厅虽然号称世界之最(须知索瓦尔②那时尚未丈量过孟塔吉城堡的大厅),这一天要挤进去谈何容易。通向司法宫广场的五六条街道犹如河口,不断拥出一股股人流,从住户的窗口望过去,只见广场上人山人海,万头攒动。人流的汹涌波涛越来越扩大,冲击着楼房的墙角,而那些墙角又像岬角,突进围成如不规则

---

① 主显节,又译显圣节。据《圣经·马太福音》记载,耶稣三次显圣,故天主教称为"三王来朝节",定为1月6日。狂人节是中世纪民间的狂欢节日。
② 亨利·索瓦尔(1623—1676),法国历史学家,著有巴黎史等。

状大水池的广场。司法宫高大的哥特式①门脸正中一道大台阶,上下人流交汇在一起,又在接下的台阶分成两股,从两侧斜坡倾泻到人海浪涛中;这道大台阶就是一条水道,不断向广场注入,犹如瀑布泻入湖泊中。成千上万人呼喊,调笑,走动,简直甚嚣尘上,沸反盈天。这种喧嚣,这种鼓噪,有时还变本加厉,有增无减。拥向大台阶的人流受阻,折回头来,乱作一团,形成了旋涡。原来是府尹衙门的一名弓箭手在推搡,或者一名警官策马冲撞,以便维持秩序。这种传统实在值得称道,是由府尹衙门传给总督府,又由总督府传给骑警队,再传给我们今天的巴黎保安队。

面孔和善的市民,成千上万,密密麻麻,站在门口、窗口,爬上天窗、屋顶,安安静静,老老实实,注视着司法宫,注视着熙熙攘攘的人群。而且时至今日,巴黎还有许多人,喜欢观望看热闹人所形成的场面,只要猜想人墙里面发生了什么事,就已经觉得很有意思了。

我们今天一八三〇年的人,假如在想象中能有机会混杂在十五世纪的这群巴黎人中间,同他们一起前呼后拥,摩肩擦背,跌跌撞撞地挤进原本十分宽敞,而一四八二年一月六日这天却显得特别窄小的司法宫大厅,所见的景象不无兴趣,也不无吸引力,周围本来全是古旧的东西,我们看起来反有全新的感觉。

如果读者愿意,我们就力图想象,读者和我们一同跨进这座大厅,跻身于这群短衣短袄打扮的嘈杂的平民中间,会产生什么印象。

先是耳朵一片嗡鸣,眼花缭乱。我们头顶是双合圆拱尖顶、雕花镶木、绘成天蓝色、衬着金黄色的百合花图案;脚下是黑白相间

---

① "哥特式"一词,通常用得完全不恰当,但又完全约定俗成了,我们只好沿用,按照大家理解的那样,用来标示中世纪后半期的建筑风格,其基调为尖拱,是前半期以半圆拱为主的建造风格发展而成的。——作者原注

的大理石地面。几步远有一根巨大圆柱,接着一根又一根,总共七根,沿中轴线一字排列,支撑双圆拱顶的交汇点。前面四根柱子周围摆了几个小摊,卖些闪闪发亮的玻璃和金属饰片制品;里面的三根柱子周围安有几条橡木长椅,年长日久已经磨损,被诉讼人的裤子和诉讼代理人的袍子磨得油光锃亮。沿着大厅四面高高的墙壁,在门与门之间,窗户和窗户之间,边柱和边柱之间,不见尽头地排列着自法腊蒙①以下法国历代君主的雕像:无所事事的国王耷拉着双臂,低垂着眼睛;勇武好战的国王则昂首挺胸,双手直指天空。此外,一扇扇尖拱长窗上的彩绘玻璃五光十色,宽宽的出入口所安的门扇,都精工细雕,富丽堂皇。总之,拱顶、圆柱、墙壁、长窗、镶板、宽门、雕像,所有这一切,从上到下,绘成天蓝和金黄两色,一望金碧辉煌,光彩夺目。不过,在我们看见的时候,大厅的色彩已略显暗淡,到了我主纪元一五四九年,尽管杜·勃勒尔还沿袭传统赞美过它,而其实它几乎完全消失,只剩下厚厚的灰尘和密密的蛛网了。

在一月份的一天,这座长方形宽敞的大厅里,射进苍白的天光,拥进衣饰花枝招展并吵吵嚷嚷的人群,只见他们溜着墙根闲逛,绕着七根圆柱回旋,现在我们想象出这些,那么对整幅图景就有了个大致的印象,下面只需略微详细地描述其有趣的方面。

假如拉瓦亚克没有刺杀亨利四世,那么,司法宫档案室也就不会存放凶手的案卷,他的同谋也就不会考虑自身利害,非把此案卷宗销毁不可,而纵火犯也就不会别无良策,只好一把火将档案室烧掉,要烧掉档案室,又只好一把火将司法宫烧掉。由此可见,没有弑君一案,也就不会有一六一八年那场大火了。从而,古老的司法

---

① 法腊蒙:传说中法兰克人的君主,生活在公元5世纪。

宫及其大厅，也就会依然屹立，我也就可以对读者说："请亲眼看看去吧！"我们双方都省事：我省得像上面那样描绘一番，读者也省得阅读这一段——这情况证明了这样一条新的真理：重大事件必有难以估量的后果。

首先，拉瓦亚克很可能没有同谋；其次，即便有同谋，他们也很可能同一六一八年那场大火毫无干系。其实，还有两种解释都说得通：其一，三月七日后半夜，一颗宽一尺、长约一臂的燃烧的大陨星，自天而降，落到了司法宫；其二，有特奥菲尔这四行诗为证：

一场游戏多悲惨，
只缘案桌嘴太贪，
司法女神镇巴黎，
眼看宫殿火冲天。

一六一八年司法宫大火的起因，有政治的、自然的和诗意的三种解释，不管我们的看法如何，不幸那场大火却是千真万确的事实。这座法兰西最早的王宫，如今已经所剩无几，这自然要归功于那场大火，更要归功于后来历次的修复工程。这座王宫堪称卢浮宫的长兄，在美男子菲利浦王在位时期，年岁就相当大了，有人甚至依照埃加杜斯所描述的、由罗伯尔王兴建的宏伟楼阁，去寻找遗迹，但几乎荡然无存了。圣路易"完婚"的那间枢密处室如今安在？他"身穿驼毛布上衣、棉毛混纺的马甲和紫檀色长外套，同若安微一起，席地躺在毛毯上"，审理案件的花园又在何处？西格蒙德皇帝的寝宫今在哪里？查理四世、无采邑的约翰王的寝宫又在哪里？查理六世颁发大赦谕的那座楼梯何处寻觅？马塞尔当着王太子的面，杀害罗伯尔·德·克莱蒙和德·香槟元帅时，所踏的那块石板地又何处寻觅？还有那条狭廊——撕毁伪教皇训谕的地方，而传谕使者身穿法袍，头戴法冠，一身可笑的打扮，从那里出发游遍巴黎全城以示谢罪——如今在何处？还有那座大厅及其镀金的装饰、天蓝色的彩绘、尖拱长窗、一尊尊雕像、一根根圆柱、布满雕刻图案的高大拱顶，如今又在何处？还有那金碧辉煌的寝宫呢？还有那守门的石狮，如同所罗门座前所有狮子那样，低垂脑袋，夹着尾巴，一副暴力服从公理的恭顺模样的石狮，究竟在哪里？还有那一扇扇精美的房门、一扇扇绚丽的彩绘玻璃窗，究竟在哪里？还有那令比科奈特也甘拜下风的镂花铁包角、杜·昂西制作的精细木器，究竟在哪里呢？……岁月和人事，如何摧残那些巧夺天工的杰作？用什么取代了那一切呢？用什么取代整个高卢的历史、整个哥特式艺术呢？无非是设计圣热尔维教堂大门道的那个笨拙的建筑师，德·勃罗斯先生建造的低矮笨重的穹窿，用这个冒充艺术。至于历史，还有关于粗柱子的喋喋不休的回忆录，而帕特律之流摇唇鼓舌之声，至今还回荡不已。

不过，这些都无足挂齿——还是扯回话题，谈谈名副其实的古老司法宫那名副其实的大堂。

那座长方形大堂无比宽敞，两端各有用场：一端安放着著名的大理石案，极长极宽极厚，无与伦比，正如古代土地赋税簿中说的那样，"世上找不出同样那么大块"——这种说法准能让卡冈都亚[①]食欲倍增；另一端辟为小教堂，路易十一世命人雕塑他的跪像，放在圣母像前面，他还命人把查理大帝和圣路易的雕像移进来，全然不顾外面一长排历代国王雕像中间，留下两个空空的壁龛。显而易见，他认为这两位圣君，作为法兰西国王在上天言事最有分量。小

[①] 卡冈都亚：法国著名作家拉伯雷小说《巨人传》中主人公，食量惊人，故听说大块便会食欲倍增。

教堂刚建六年，还是崭新的：建筑精美，雕刻奇妙，镂刻也细腻精微，这种整体的曼妙的建筑艺术品格，标示哥特时代在我国进入末期的特征，并延续到十六世纪中叶，焕发出文艺复兴时期那种仙国幻境般的奇思异想。门楣上方那扇花瓣格子的透亮小圆窗，那么精巧秀丽，宛如饰以花边的星星，尤其堪称精品。

对着正门的大堂中央，靠墙有一个铺了金线织锦的看台，其专用入口，就是那间金碧辉煌的寝室的窗户，特为接待应邀观看圣迹剧的佛兰德特使和其他大人物。

圣迹剧照例要在那张大理石案上演出。为此，一清早就把石案布置妥当，大案面已被司法宫书记们的鞋跟划得满是道道，上边搭了一个相当高的木架笼子，顶板充作舞台，整个大堂的人都看得见，木笼四周围着帷幕，里面充当演员的更衣室。外面赤裸裸竖起一架梯子，连接更衣室和舞台，演员上下场，就登着硬硬的横掌。不管多么出乎意料的人物、多么曲折的故事，也不管多么突变的情节，无不是安排从这架梯子上场的。戏剧艺术和舞台设计的童年，是多么天真而可敬啊！

司法宫典吏手下的四名警官守住大理石案的四角，每逢节庆或行刑的日子，他们总要派往现场，监视民众的娱乐活动。

要等到中午，司法宫的大钟敲十二响，戏才能开场。演一场戏，这当然太晚了。不过，总得迁就一点外国使团的时间啊。

观众熙熙攘攘，一清早就赶来，只好等待。这些赶热闹的老实人，许多人天刚亮就来到司法宫大台阶前，冻得瑟瑟发抖；还有几个人甚至声称，他们在大门洞里守了个通宵，好抢着头一批冲进去。人越聚越多，仿佛水超过界线而外溢，开始漫上墙壁，淹了圆柱，一直涨到柱顶、墙檐和窗台上，涨到这座建筑物的所有突出部位和所有凸起的浮雕上。这么多人关在大堂里，一个挨一个，你拥我挤，有的被踩伤，简直透不过气来，一片喧噪怨哀之声。而外国使团迟迟不到，大家等累了，等烦了，觉得苦不堪言，何况这一天可以随意胡闹，可以撒泼耍赖，因此，谁的臂肘捅了一下，谁的打了铁掌的鞋踩了一脚，正好找碴儿争吵打架。抱怨和咒骂响成一片，骂佛兰德人，骂府尹，骂波旁红衣主教，骂司法宫典吏，骂奥地利的玛格丽特公主，骂执法的警官；有骂天气冷的，有骂天气热的，有骂天气坏的；还骂巴黎主教，骂丑大王，骂大圆柱，骂雕像，还骂那关闭的大门，骂那敞开的窗户，统统骂了个遍。而混杂在人群中的一伙伙学生和仆役，听着特别开心，他们还不断挖苦嘲弄，可以说火上浇油，更加激发大家的火气和暴躁情绪。

这些促狭鬼，有一伙闹得更凶，他们打烂一扇玻璃窗，大胆地坐在上面，居高临下，忽而瞧瞧里边，忽而看看外边，既嘲弄大堂里的群众，也嘲笑广场上的群众。他们同大堂另一端的伙伴遥相呼应，相互调笑，模仿别人的动作，大笑不止。显而易见，这些年轻学生不像其他观众那样，他们丝毫也不感到烦闷和疲倦，从眼前的景物中导演出一场戏来，自得其乐，耐心地等待另一场戏的开演。他们当中的一个人嚷道："没跑儿，准是你，不愧叫磨坊约翰·弗罗洛，瞧你那两条胳膊两条腿，就跟迎风旋转的风车一样。你来了多长时间啦？"

那个绰号叫磨坊的小淘气鬼，有一头金发、一张俊秀而调皮的面孔，此刻他正钩在一根柱子的饰叶上。他回答说："仁慈的魔鬼啊！来了有四个钟头啦！但愿这四个钟头没白过，从我在炼狱净罪的时间里扣除。我来的时候，正赶上在圣小教堂做七点钟的大弥撒，听见西西里王那八名童子唱圣歌的头一节。"

"那些唱圣歌的童子真棒，"另一个又说道，"嗓门比他们脑袋上的帽子还尖！给圣约翰先生举行弥撒之前，国王陛下应当打听打听,用普罗旺斯地方口音唱拉丁文的颂诗,人家圣约翰先生喜欢不喜欢。"

"哦,搞这次弥撒,原来是为了雇用西西里王那些该死的圣歌童子啊!"一个老太婆在窗户底下的人群中尖声尖气地嚷道,"你们说说看!一场弥撒要花一千巴黎利弗尔!还不是从巴黎菜市场海鲜税中出的钱!"

"住嘴,老太婆!"一个表情严肃而神气的胖子接口说,他紧挨着卖鱼婆,不得不捂住鼻子,"就该举行一场弥撒,你总不会希望国王又病倒吧?"

"说得好,吉勒·勒角奴阁下,专给王室办皮货的大老板!"钩在柱顶雕饰上的那个小个子学生嚷道。

王室皮货商竟有这样倒霉的姓氏①,学生们听了都哈哈大笑。

"勒角奴!吉勒·勒角奴!"有些人嚷道。

"长了角,生满毛②。"另一个人也接着喊道。

"嘿!那还用说,"钩在柱顶的那个小鬼头继续说,"有什么好笑的?吉勒·勒角奴可是个人物,内廷总管约翰·勒角奴先生的胞弟,万森树林首席护林官马伊埃·勒角奴的公子!他们个个都是巴黎的好市民,父子相传,全都正式结了婚!"

欢乐的情绪顿时倍增。目光从四面八方射过来,胖子皮货商不敢应声,拼命挣扎想躲起来,累得他气喘吁吁,满头大汗,然而无济于事:他就像一只楔子卡在木头里,越用劲咬得越紧,结果他的脑袋便更加牢实地夹在前后左右的肩膀中间,他又气又恼,那张充血的大脸盘涨成猪肝色。

终于有人来救驾了,此公跟他相貌一样,又矮又胖,是个道貌

---

① "勒角奴",法文意为"长了角的",还引申为"戴绿帽子"。
② 原文为拉丁文。

岸然的主儿。

"坏透啦！学生竟敢这样对市民讲话！想当年有这种情况，就要用劈柴棒子狠揍，再用那些劈柴活活烧死他们。"

那帮学生哄堂大笑。

"吓——啦——嘿！谁唱得这么好听啊？是不是夜猫子号丧呢？"

"咦，我当是谁呢，原来是安德里·穆尼埃老板啊。"一名学生说道。

"是认得，咱们大学四名宣过誓的书商①，他是其中之一嘛。"另一名学生也说道。

"在他那铺子里，什么都规定四个，"第三个人嚷道，"四个学区②、四个学院、四个节日、四名稽查、四名选董、四名书商。"

"好哇，"约翰·弗罗洛说，"那就让他们瞧瞧四出闹剧。"

"穆尼埃，我们要烧掉你的书！"

"穆尼埃，我们要痛打你的仆人！"

"穆尼埃，我们要玩玩你老婆！"

"那个胖妞儿吾大德小姐！"

"风流快活，赛过小寡妇！"

"让魔鬼把你们都抓走！"安德里·穆尼埃老板咕哝一句。

"住嘴，安德里老板，"始终吊在柱顶端的约翰又说道，"要不我就跳下去，砸到你脑袋上！"

安德里老板仰头望望，仿佛要估量柱子有多高，淘气鬼有多重，心算一下重力乘以加速度，便不敢作声了。

---

① 按照中世纪法律，必须举行宣誓仪式，才能取得某项经营的特许，誓词内容主要是遵守宗教信条。
② 当时巴黎大学学生按籍贯分成四个学区：法兰西学区、庇卡底学区、诺曼底学区和日耳曼学区。

约翰掌握了战场的主动，又乘胜追击："我会干得出来的，别看我是一位主教代理的老弟！"

"杰出的先生，我们大学的弟兄们！像今天这样的日子，我们的权益都得不到尊重！哼，新城有五月树和篝火；老城有圣迹剧、丑大王，还有佛兰德使团；可是，我们大学城呢，什么也没有！"

"按说，我们的莫伯广场，不是相当大吗？"一名学生趴在窗台上接着嚷道。

"打倒校长！"约翰突然喊道，"打倒选董和稽查！"

"今天晚上，"另一个接着喊道，"去加雅田园，用安德里老板的书燃起篝火！"

"也烧掉录事们的书桌！"旁边的一名学生也喊道。

"也烧掉堂守们的棍棒！"

"也烧掉院长们的痰盂！"

"也烧掉稽查们的酒柜！"

"也烧掉选董们的票箱！"

"也烧掉校长那些凳子！"

"全打倒！"小约翰操着雄蜂一般的声音，接着喊道，"打倒安德里老板！打倒堂守和录事！打倒神学家、医生和经学博士！打倒稽查、选董和校长！"

"这简直是世界的末日！"安德里老板捂住耳朵咕哝道。

"注意，校长来啦！他从广场那边走过来。"窗口上的一个家伙喊道。

于是，大家的目光都争相移向广场。

"当真是我们那位校长大人蒂博先生吗？"磨坊约翰·弗罗洛问道。他攀附在大堂中间的柱子上，望不见外面的情景。

"是他，是他，"大家异口同声地回答，"没错儿，正是他，正是校长蒂博先生。"

果然不错,正是校长和学校的全体头面人物,他们隆重迎接外国使团,此刻正穿过司法宫广场。学生们拥到窗口,以嘲笑和讽刺的掌声欢迎他们,而首当其冲,迎面遭到痛击的,则是走在前头的校长先生。

"您好哇,校长先生!吓——啦——嘿!您老可好!"

"这个老赌棍,他跑到这儿来干什么呀?怎么,他把骰子丢下啦?"

"瞧他骑着骡子,屁颠屁颠的样儿!骡子的耳朵还没有他的耳朵长。"

"吓——啦——嘿!您好,蒂博校长先生!蒂博赌棍!老傻瓜!老赌棍!"

"上帝保佑您!昨天晚上,您经常掷出双六吧?"

"噢!瞧他那张老脸,都为爱赌爱掷骰子,弄得那么疲惫不堪,仿佛包了一层青皮。"

"掷骰子的蒂博,您这样背向大学城,急急忙忙往新城跑,究竟要去哪儿啊?"

"当然要去蒂博多骰街,开个房间玩个痛快嘛!"磨坊约翰嚷道。

那帮学生疯狂地鼓掌,喊声如雷,一齐重复这妙语双关的挖苦话。

"您要去蒂博多骰街开个房间,对不对呀,校长先生,魔鬼牌桌的大赌棍?"

继而,攻击目标又转向大学的其他头面人物。

"打倒堂守!打倒执杖吏!"

"喂,罗班·普斯潘,你瞧瞧,那家伙是谁呀?"

"他是吉贝·德·许伊。'吉贝图斯·德·许利亚科'奥坦学校的校长。"

"喏,拿着我这鞋,你的位置比我这儿好,把鞋摔到他脸上!"

"瞧啊,我们把纵情狂欢节的胡桃扔过去啦①!"

"打倒六位神学家和他们的白法袍!"

"那是神学家吗?我还以为六只大白鹅,是圣女日内维埃芙②代表鲁尼采邑,送给巴黎城的呢。"

"打倒医生!"

"打倒经院争论和教义问答!"

"向你脱帽致敬,圣女日内维埃芙教堂堂主!你移花接木,夺了我的权利!千真万确!他把我在诺曼底学区的名次,给了布尔日省阿斯卡尼奥·法尔扎帕达,就因为他是意大利人。"

"这太不公道啦!"所有学生齐声喊道,"打倒圣女日内维埃芙教堂堂主!"

"吓——嘿!若善·德·拉德奥先生!吓——嘿!路易·达于伊!吓——嘿!朗贝·奥克特芒!"

"让魔鬼掐死德意志学区的稽查!"

"也掐死圣小教堂的神父及其灰皮披肩!"

"也掐死一身灰皮的神父!"

"吓——啦——嘿!文学博士们!这么多漂亮的黑斗篷!这么多漂亮的红斗篷!"

"成了校长的一条美丽的尾巴!"

"就好像威尼斯一位公爵要去嫁给大海!"

"瞧哇,约翰!圣女日内维埃芙教堂的神父们!"

---

① 原文为拉丁文。纵情狂欢节为古罗马的农神节。
② 相传是巴黎城的保护女神。

"让神父们统统见鬼去!"

"克洛德·肖阿神父!克洛德·肖阿博士!您这是去找玛丽·吉法尔德的女人吗?"

"她住在格拉蒂尼街。"

"她在给淫荡王铺床。"

"她倒贴四文钱。"

"或者一顿美餐。"

"您要不要她当面贴给您啊?"

"同学们!瞧西蒙·桑甘先生,庇卡底的选董,他还在骡子后屁上把老婆带来啦!"

"骑士身后坐着忧虑。"

"振作点儿,西蒙先生!"

"早安,选董先生!"

"晚安,选董夫人!"

"他们多快活呀,什么都看得见。"磨坊约翰叹道,他还一直攀附在柱顶的叶饰上。

这工夫,大学城宣过誓的书商安德里·穆尼埃先生,探身凑到王室皮货供应商吉勒·勒角奴的耳边,悄声说道:"跟您说吧,先生,世界末日到了。从未见过学生这样胡闹。全怪本世纪那些可恶的发明,把什么都给毁了。什么火炮呀,蛇纹炮呀,臼炮呀,尤其是印刷术——这又是从德国传过来的瘟疫。手稿不复存在了,书籍不复存在了!印刷术扼杀了书店这一行。世界末日到来了。"

"从天鹅绒衣料越来越时髦,我就看出了这一点。"皮货商说道。

这时,正午的钟声敲响了。

"哈!……"全场异口同声地叫了起来。

学生们也沉默下来。接着，全场大乱，一个个摇头晃脑，伸腰蹬腿，又是咳嗽又擤鼻涕，如爆炸一般，响成一片；人人都想找个好位置，纷纷聚堆成伙，纷纷踮起脚来。继而，全场又肃静了，一个个脖子伸得老长，嘴巴张得老大，所有目光都转向大理石案。然而，什么也没有出现。四名警官始终立在那里，身体僵直，纹丝不动，犹如四尊彩绘雕塑。于是，全场的目光又移向佛兰德使团的专座。那边的门依然紧闭，看台上依然空空如也。大堂里簇拥这么多人，从一清早就等待三样东西：正午、佛兰德使团和圣迹剧。现在，只有正午准时到来。

这未免太过分了。

又等了一分钟，两分钟，三分钟，五分钟，一刻钟，还是毫无动静。看台上仍然空荡荡的，戏台上仍然静悄悄的。这时，人们的焦躁情绪转为气恼。激愤的言辞开始在场内传播，诚然，起初还只是低声咕哝："圣迹剧，圣迹剧！"继而，情绪渐渐激烈，已隐隐听见隆隆声，一场暴风雨在人们的头上盘旋。磨坊约翰首先触发一道闪电："圣迹剧，让佛兰德人见鬼去吧！"他像蛇一样盘曲在柱子上，憋足劲大吼一声。

全场鼓掌。大家也纷纷喊叫："圣迹剧，让佛兰德见大鬼小鬼去吧！"

"我们要求，圣迹剧马上开场。"磨坊约翰大吼道，"要不然，我们就把大法官当场吊死，算作一出喜剧、一出寓意剧！"

"说得好！"众人又喊道，"先把他的几名警卫吊死吧！"

全场立刻欢呼。那四个可怜虫大惊失色，面面相觑，人群拥过去，四个家伙眼看着单薄的木隔栅被挤得弯曲了，快要冲破了。

形势万分紧急。

"把他们套起来！套起来！"四面八方喊声一片。

恰巧在这时候，上面描述过的更衣室的帷幔忽然掀开，钻出一个人来。众人一见他出现，就仿佛中了魔法，愤怒顿时化为好奇了。

"肃静！肃静！"

那人神色慌张，浑身发抖，他边走边鞠躬，越靠近前越像跪拜，一直走到大理石案的边沿。

这工夫，场内也渐渐静下来，只有人多场面肃静时总能听见的隐隐的骚动声。

"市民先生们，"那人说道，"市民女士们，我们万分荣幸，要在红衣主教大人面前朗诵，演一出极为精彩的寓意剧，名叫《圣母玛利亚的明断》。天神朱庇特由在下扮演。此刻，红衣主教大人正陪伴奥地利大公派遣的尊贵的使臣，在博岱门听取大学校长先生的演说，故稍有延误。等红衣主教大人法驾一旦莅临，我们就开场。"

其实在这种情况下，只要朱庇特一出面干预，就保全了四名倒霉的警卫的性命。也是天缘凑巧，我们在此杜撰了这样一个真实的故事，因而在批判之神圣母面前要承担责任，尽管如此，有人若借机引一句古训："愿天神不要干预①"，也奈何不了我们。再者，朱庇特老爷那身服饰极为华丽，很有效果，吸引了全体观众的注意力，促使他们安静下来。朱庇特身穿锁子胸甲，外罩镀金大纽扣的黑丝绒扎靠，头戴缀有镀金银钮的尖顶盔，要不是胭脂和大胡子各遮住他半张脸，要不是他手执挂满金片银条的一个金光闪闪的硬纸板圆筒（明眼人一看就知道，那圆筒表示霹雳），要不是他赤脚登着古希腊式的皮绊鞋，那么，他这一身威风凛凛的打扮，真可以赛过贝里公爵②麾下羽林军中布列塔尼弓箭手。

---

① 原文为拉丁文。引自贺拉斯的《诗艺》。
② 贝里公爵（1446—1472）：法国国王查里七世的第四个儿子，同他继承王位的哥哥路易十一对立。

二　彼埃尔·格兰古瓦

然而,观众见到他那副扮相,所感到的一致满意和赞赏的情绪,又随着他演讲的话语渐渐消失了。他还不识进退,结尾竟然讲了这句话:"等红衣主教大人法驾一旦莅临,我们就开场。"结果,他的声音淹没在一片雷鸣的嘘声中了。

"马上开演!圣迹剧!圣迹剧马上开场!"观众吼叫起来。

"马上开场!"磨坊约翰的尖声怪叫超出所有的声音,冲破这片喧嚣,犹如尼姆杂声乐队中的高笛。

"打倒朱庇特!打倒波旁红衣主教!"罗班·普斯潘和高踞窗台上的其他学生也大喊大叫。

"马上演出寓意剧!"观众纷纷附和,"马上!立刻开演!要不,给演员和红衣主教准备口袋和绳子!"

可怜的朱庇特吓掉了魂儿,愣在那里,胭脂抹红的脸透出苍白色,霹雳也失落了,他摘下头盔,连连鞠躬,一边发抖,一边结结巴巴地说道:"红衣主教大人……使团……佛兰德的玛格丽特公主……"他语无伦次,心里毕竟害怕被吊死。

他左右为难:等待吧,他要被民众给吊死,不等待吧,又要被红衣主教给绞死,两边唯见深渊,也就是说,唯见绞刑架。

幸好有人挺身而出,给他解围。

原来,此人待在栏杆和大理石案之间的空地里,身子又细又长,完全被他背靠的圆柱遮住,谁也没有看见。他高高的个头儿,干瘦的身材,脸色苍白,一头金发,人还算年轻,尽管额头脸上已经有了皱纹,眼睛炯炯有神,嘴角总带着笑意,身穿的黑哔叽旧袍已经磨光磨破了,这时,他走到大理石案跟前,向那个准备受刑的可怜家伙招了招手,然而,那家伙已经吓昏了头,什么也没有看见。

新露面的人又朝前跨了一步,说道:"朱庇特!亲爱的朱庇特!"

朱庇特什么也没有听见。

这个金发高个子终于不耐烦了,几乎在他的鼻子下面喊道:"米歇尔·吉博纳!"

"是谁叫我?"朱庇特开了口,仿佛从梦中惊醒。

"是我。"黑衣打扮的人答道。

"哦!"朱庇特惊叹一声。

"立刻开演吧!"那人说道,"先满足老百姓,我负责去请大法官息怒,大法官再去请红衣主教先生息怒。"

朱庇特这才缓过气来。

"市民老爷们,"他用足气力,对嘘声不断的观众喊道,"演出马上开始。"

"唉呼嘿,朱庇特!喝彩吧,公民们!"学生们呼喊。

"好啊!好啊!"观众高呼。

掌声震耳欲聋,直到朱庇特回到帷幕里面,欢呼声还在大堂里回荡。

这工夫,如先贤高乃依[①]所说的,那个大显神通"平息了风暴"的陌生人,也谦谦然引退,回到柱子的阴影下。要不是头一排观众中有两位年轻女子,刚才注意他跟米歇尔·吉博纳——朱庇特

[①] 皮埃尔·高乃依(1606—1684),法国悲剧诗人,古典主义戏剧代表作家,著有悲喜剧《熙德》(1637)、表现宽宏大量的君王的《贺拉斯》(1640)、塑造理想公民典型的《波利厄科特》(1643)等。

对话,现在又招呼他,那么他还会像先前那样,靠着柱子一动不动,悄然无声,也不为人所见了。

"法师。"其中一位女子招呼他过去。

"你住嘴吧,亲爱的列娜德,"身旁另一位女子说,她长得清秀美丽,一身节日打扮,更显得光艳照人,"人家又不是神学士!是在俗的,不可以叫法师,应当叫先生。"

"先生。"于是列娜德又叫道。

那位陌生人走到栏杆跟前,殷勤有礼地问道:"小姐,你们唤我有何贵干?"

"唔!没事儿,"列娜德不知所措地答道,"是这位吉丝凯特·拉苒仙娜要同您谈谈。"

"哎,不是我,"吉丝凯特满面羞红,也说道,"是列娜德叫您法师,我告诉她应当叫先生。"

两位姑娘垂下眼帘。而那个男子,正巴不得同她们攀谈,便笑容可掬,望着她们俩:"你们没有什么话要对我讲吗,小姐?"

"唔!没什么话要讲的。"吉丝凯特答道。

"是没有什么,"列娜德也说道。

金发高个子青年退了一步,正待走开;可是两位姑娘实在好奇,哪肯轻易放过。

"先生,"吉丝凯特急忙喊道,那种急切劲头,仿佛打开水闸一般,又好像她打定了主意,"在圣迹剧中扮演圣母的那名士兵,想必您认识他啦?"

"您是说扮演朱庇特的角色吧?"陌生人问道。

"哦!对呀,"列娜德说道,"她可真笨!看来您认识朱庇特喽?"

"米歇尔·吉博纳吗?"陌生人答道,"认识的,小姐。"

"他那胡子好神气呀！"列娜德赞叹一句。

"他们要演出的戏，也会精彩吗？"吉丝凯特怯生生地问道。

"非常精彩，小姐。"那陌生人毫不迟疑地回答。

"演什么戏呢？"列娜德又问道。

"演出《圣母玛利亚的明断》，寓意剧，不错吧，小姐。"

"哦！那就不同了。"列娜德又说道。

接着冷场片刻，那陌生男子打破沉默："这是新编寓意剧，还没有演出过呢。"

"那就不是原先那出戏了，"吉丝凯特说道，"还是两年前演出的，那天，教皇特使先生入城，戏中还有三名美丽的姑娘扮演……"

"美人鱼……"列娜德接上说。

"全都一丝不挂。"小伙子补充说道。

列娜德羞怯地垂下眼睛。吉丝凯特看了看她，也随即低下头去。小伙子仍笑呵呵地往下说："那可真好看啊。今天演出的是寓意剧，是特意为佛兰德公主编排的。"

"剧中唱牧歌吗？"吉丝凯特问道。

"哎！"陌生人说道，"寓意剧中哪儿能唱牧歌！不要把剧种搞混了。要是滑稽剧，倒还可以。"

"真可惜，"吉丝凯特又说道，"那天的戏中，有几个村野的男女在蓬梭泉边打闹，一边唱圣歌和牧歌，一边摆出各种各样的姿态。"

"适合给教皇特使看的，不见得对公主也合适。"陌生人相当生硬地说道。

"在他们旁边，"列娜德接上说，"几种低音乐器，竞相奏出十分优美的旋律。"

"还有，为了给过往行人解渴，"吉丝凯特又说道，"喷泉有三个泉眼,分别喷出葡萄酒、牛奶和桂花滋补酒,让人随便喝。"

"在蓬梭泉那边一点儿,"列娜德继续说道,"就在三圣泉那里,还有耶稣受难的场面,但是扮演的人不讲话。"

"我记得清清楚楚!"吉丝凯特不觉提高嗓门,"上帝在十字架上,两名强盗一左一右,也钉在那里!"

两个饶舌的姑娘想起教皇特使入城的情景,都兴奋起来,抢着说话。

"再往前边一点儿,在画师门那里,还有几个人,穿戴简直华丽极了。"

"在无辜圣婴泉那边,还有猎人追捕一头母鹿,一群猎犬狂吠,号角齐鸣,真是响声震天!"

"还有,在巴黎屠宰场那里,搭起了高台,象征迪埃普城堡!"

"对,就在教皇特使经过的时候,你也知道,吉丝凯特,我们的人发起攻击,把那些英国佬全杀了。"

"还有,在大堡门前,一些人物穿戴得非常漂亮!"

"还有,货币兑换所桥上,黑压压一片全是人!"

"还有,教皇特使过桥时,同时放飞两三千只各种各样的鸟儿,那景观好看极了,列娜德。"

"今天的戏更好看。"小伙子仿佛听得不耐烦了,终于说道。

"这可是您保证的,今天的圣迹剧很好看,对吧?"吉丝凯特说道。

"毫无疑问,"那人答道;接着,他略带几分矜持地补充一句:"二位小姐,在下就是剧作者。"

"真的吗?"两位姑娘好不惊讶,齐声问道。

"真的呀!"诗人微微挺起胸膛答道,"也就是说,我们有两个人:另一个,约翰·马尚,他锯木板,搭戏台,木匠活全包了，而我呢，编写了剧本。在下名叫彼埃尔·格兰古瓦。"

就连《熙德》的作者自报姓名："彼埃尔·高乃依"，这种自豪的劲头恐怕也难以企及。

读者可能注意到，从朱庇特回到帷幕中，到现在这位新寓意剧作者突然亮明身份，引起天真的吉丝凯特和列娜德惊叹不已，这中间过去了好大工夫。事情也真怪，这些观众几分钟前还大嚷大叫，竟然听信了那名演员的宣告，现在却十分宽容地等待了。这就证明了这样一条永恒的真理：要让观众耐心地等待，最好的办法，就是向他们宣布马上就开演；而且，时至今日，我们的剧院里仍然天天证实这条真理。

不过，学生约翰可没有睡大觉。

"吓——啦——嘿！"在全场混乱之后的平静等待中，他突然又吼了一嗓子，"朱庇特！圣母太太，全是给魔鬼耍把戏的！你们想拿人开心吗？演戏呀！演戏呀！立刻开场，要不然，我们就再演一出好戏给你们看啦！"

这就足够了。

高音低音的乐器，立刻在戏台木架中奏起乐曲；这时帷幕也掀起，走出四个人来，一个个衣着五颜六色，脸上化了粉妆，他们从陡立的梯子爬上戏台，一字排开，面对观众深鞠一躬。这时乐队停止演奏，于是圣迹剧开场了。

四个角色向观众鞠躬，博得热烈掌声。接着，在一片虔诚的肃静中，他们开始朗诵开场诗——我们在此索性略去，免得让读者受罪。何况当时的观众感兴趣的主要是戏装，而不是他们所扮演的角色，这种情况至今仍然如此；归根结底，这也是公道的。四个角色都穿着黄白两色的袍子，只是质料不同：第一个是金银线绣缎袍，第二个是丝绸袍子，第三个是呢袍，第四个是土布袍子。第一个右手执着佩剑，第二个拿着两把金钥匙，第三个手捧一个天平，第四个手拿一把铲子。这四样东西的标志一目了然，但仍有聪明的懒汉看不明白，为了帮助他们，每件袍子的下摆还绣上标志身份的黑色大字。绣缎袍上绣着："我叫贵族"；丝绸袍上绣着："我叫神职"；呢袍上绣着："我叫商品"；布袍上绣着："我叫劳动"。这四个象征角色的性别，凡是有眼光的观众都能看出来：两个男性穿的袍子略短，头上戴着风帽；两名女性穿的袍子长些，头上扎着花巾。

听了开场诗，除非有意装糊涂，才弄不明白劳动娶了商品，神职娶了贵族，这两对幸福的夫妻共有一只金海豚，一定要送给绝代佳人。于是，他们走遍天下，寻找这样的美人，先后鄙弃了哥尔孔德王后、特瑞比宗德公主、鞑靼大可汗的女儿等等，等等……劳动和神职、贵族和商品便来到司法宫大理石案上面休息，向老实厚道的观众朗诵大量的格言和警句；这些警句和格言，在文学院中随便卖弄一点，就能应付考试，可以诡辩、立论、修辞和答辩，赚个学士帽易如反掌。

这场面果然很好看。

这四个象征人物滔滔不绝，竞相抛出各种隐喻；不过，在观众中间，谁也没有作者本人耳朵那么专注，心田那么怦动，目光那么发直，脖子伸得那么长；这位诗人作者，正是刚才喜不自胜、向两位美丽的姑娘自报姓名的彼埃尔·格兰古瓦那位老兄。现在他又靠近来，离她们只有几步远，站在柱子后面倾听着，观看着，品味着。刚开场时所博得的热烈掌声，还在他的心中回荡，他完全沉浸在静观自赏中：作者看见广大观众敛声屏息，自己的思想字字珠玑，从演员的口中朗朗吐出，自然要醺醺欲醉了。令人钦佩的彼埃尔·格兰古瓦！

不料，说来实在痛心，这种陶醉状态，很快就被扰乱了。格兰古瓦举起胜利欢悦的酒杯，未饮先醉，刚刚沾到嘴唇，就感到掺进了一滴苦液。

一个衣不遮体的乞丐,混在人群中间,却难以捞到油水,把手探进周围的人兜里,显然也没有得到足够的补偿,于是他灵机一动,想爬到显眼的地方,引人注目并引人施舍。他看准了贵宾看台栏杆下突出的飞檐,就在开场诗朗诵头几句时,便顺着看台柱子爬了上去,端然坐在那里,展示他那破衣烂衫和满是假脓疮的右臂,乞求众人关注和怜悯。不过,他倒是一声不吭。

他不声不响,序幕本可以顺利演下去,不会出什么大乱子;然而,也是造化弄人,高踞在柱顶的学生约翰,偏偏瞧见了那个乞丐和他那副鬼样子,这个淘气精突然哈哈狂笑,根本不顾会不会打断演出,会不会扰乱全场宁静的气氛,兴高采烈地嚷道:"瞧呀!那个病鬼在乞讨施舍呢!"

谁若是有过经验,往一片蛙塘里投一块石头,或者朝一群飞鸟开一枪,就能想象出在全场聚精会神看戏时,突然冒出这种话来,会多么大煞风景。格兰古瓦仿佛触了电,冷不丁打了个寒战。序幕诗朗诵戛然中止,观众的头纷纷转向那个乞丐;而那家伙却毫不惊慌,倒觉得这个意外情况提供了大好时机,可以大捞一把;于是,他眯起眼睛,摆出一副可怜相,声音凄惨地喊道:"大家行行好吧!"

"嘿!没错,"约翰又嚷道,"那不是克洛班·特鲁伊傅吗?吓——啦——嘿!朋友,你那疮疤妨碍腿走路,才安到胳膊上的吧?"

说着,他像猴子一样灵活,投去一枚小银币,不偏不差,正巧落入乞丐用疮臂伸出去的油腻的毡帽里。乞丐接过施舍和嘲笑,仍然不动声色,继续哀告:"大家行行好吧!"

这段插曲大大地转移了全场的注意力,许多观众,由罗班·普斯潘和所有学生带头,欢快地鼓起掌来,欢迎这奇特的二重唱:学生约翰尖声尖气,乞丐则一腔不变的哀调,在序幕诗朗诵中间来了个即兴串演。

格兰古瓦极为不满。开头不禁愕然，继而猛醒，他就拼命冲戏台上的四个人物吼叫："演下去呀！见鬼，你们倒是演下去呀！"对那两个打断演出的家伙，他甚至不屑一顾。

这时，他觉得有人拉他的袍襟，颇为恼怒地回过身去，好不容易才挤出个笑脸来。他不得不以笑脸相迎，因为那是吉丝凯特·拉茑仙娜的美丽手臂探过栏杆，拉袍襟招呼他。

"先生，"姑娘问道，"他们还演下去吗？"

"当然演下去啦！"格兰古瓦答道，心里对这种发问相当反感。

"这样的话，先生，"姑娘又说道，"能不能烦劳您给我解释解释……"

"他们下面要讲的话吗？"格兰古瓦打断对方的话，"那就好好听着吧！"

"不是的，"吉丝凯特接着说，"演到现在，他们究竟讲些什么呀？"

格兰古瓦简直要跳起来，就像被谁捅到了伤疤。

"去她的吧，这种笨丫头！"他从牙缝里咕哝一句。

从此，吉丝凯特就从他头脑里抹掉了。

这工夫，演员听从了他的号令，而观众看见他们接着表演，也就收回心思观戏，当然错过了不少美妙的诗句：一场好戏猛地被截为两段，焊接起来难免如此。格兰古瓦心里不是滋味，嘴里不住地咕哝。好在全场渐渐平静下来，那名学生不再言语，乞丐也在数着帽子里的几个小钱，演戏重又占了上风。

其实，这部剧作相当精彩，只要略加修改，就是今天也还可以借鉴。陈述的部分稍显冗长，稍显空洞，也就是说按章法而言，倒还简单明了；而格兰古瓦在他天真心灵的殿堂上，恰恰赞赏明晰畅晓这一点。可以想见，那四个象征人物不辞辛劳，踏遍了世界三大地区,不免有点疲倦,仍然没有给金海豚找到合适的归宿。戏演到这里,他们又开始颂扬这条神奇的大鱼,运用许许多多精妙的暗示,影射佛兰德的玛格丽特公主的年轻未婚夫,只可惜,此刻他正被关在昂布瓦兹城堡①,心情十分忧伤,根本想不到劳动和神职,贵族和商品为他踏破铁鞋。且说他年少英俊,身强力壮,尤其他是法兰西雄狮之子(这是全部王德的源头!)。笔者在此声明,这个大胆的借代的修辞手法,用得的确非常高妙,值此大兴譬喻之风、大唱皇家婚礼赞歌的日子,用戏剧形式表现博物志,绝不会因为一只海豚是雄狮之子而大惊小怪。诸如此类世所罕见、荒诞不经的糅合杂交,恰恰证实了作者的激情。当然,也不妨批评两句,这样一个美妙的主题,诗人本可以用不满二百行诗句,就能发挥得淋漓尽致。可是,府尹大人却有令在先,圣迹剧必须从正午演到下午四点钟,这么长时间,总得用话填满。何况,观众听得还挺耐心。

正当商品小姐和贵族夫人争得不可开交的时候,正当劳动师傅朗诵这一美妙的诗句:

　　林中何曾见过这样无故之兽!

猛然间,贵宾看台的门打开了——这道门一直关着,本来就不像话,这时打开就更不像话了——门官突如其来地宣告:"波旁红衣主教大人驾到!"

---

① 国王路易十一世将太子软禁在城堡,以防不测。

三　红衣主教大人

可怜的格兰古瓦！就是圣约翰节所有双响大爆竹一齐点爆，就是二十张连弓弩一齐发射，就是比利炮台那赫赫威名的蛇纹炮轰击（例如巴黎围困时期，一四六五年九月二十九日星期日那天，一炮就轰死七名勃艮第人），就是圣殿城门那里库存的弹药全部爆炸，也不如在此庄严而壮丽的时刻，门官说出"红衣主教大人驾到"这几个字更具威力，更加震破他的耳膜。

这倒不是因为彼埃尔·格兰古瓦多么畏惧或者藐视红衣主教大人，他既不那么懦弱，也不那么傲慢。拿今天的话来说，他"真像遭电击"一般。格兰古瓦这种人品格高尚而坚毅，谦让而文静，始终善于守中，不偏不倚，富有理性和明哲，同时也恪守四德①。这类哲人的珍贵种类从未断绝，似乎多亏了赛似阿里阿德涅②的智慧，也给了他们一个线团，让他们从开天辟地以来，就牵着这条线穿越人事代谢的迷宫。各个时代都能看到他们，而且始终如一，也就是说适应所有时代。且不说我们的彼埃尔·格兰古瓦，如果我们能还给他应得的那份荣誉，他就堪称这类哲人在十五世纪的代表。就拿杜·勃勒伊神父来说，他在十六世纪，写出流传千古的率真卓绝的话来，肯定是受到他们精神的激励："就民族而言我是巴黎人，就

---

① 四德为正义、谨慎、节制和魄力。
② 阿里阿德涅，希腊神话传说中克里特王弥诺斯的女儿，她用线团帮助雅典英雄忒修斯走出迷宫。

言论而言我是自由人①，因为这个词在希腊语中是言论自由的意思：甚至对孔德亲王②殿下的叔父和胞弟那两位红衣主教大人，我也要运用这种言论自由，尽管我尊重他们高贵的身份，同样也不冒犯他们众多随从的任何人。"

可见，彼埃尔·格兰古瓦不愉快的感觉，既不是仇恨红衣主教，也不是藐视他大人的驾临。恰恰相反，我们这位诗人深谙人情世故，身上的衣衫也破旧不堪，不会不渴望序幕中的丰富寓意，尤其是对法兰西雄狮之子的颂扬，一定会上述红衣主教大人。其实，诗人天性崇高，私利并不占主导作用。假设诗人的实体以十等分表示，那么就如拉伯雷所说，化学家经过分析和剂量测定，肯定会发现私利仅占一成，自尊心倒占九成。然而，就在门官开门让进红衣主教的时候，格兰古瓦那九分自尊心，在观众赞赏之风的吹拂下，已经虚浮膨胀，正以惊人的速度扩大开来，而我们刚刚从诗人结构中辨识出来的那种难以觉察的微量私利，仿佛承受不了极度的挤压，完全消失了；尽管私利这一宝贵的成分，是把诗人系于现实和人类的压载物，舍此，他们就要双脚离地，飘然飞升了。的确，序幕的婚礼赞歌，每一部分都出现大段大段的颂诗，全体观众，都是贫贱小民又有什么关系，他们倾耳细听，一个个目瞪口呆，仿佛心醉神迷。这种情景，格兰古瓦亲身感受，亲眼看见，可以说触摸到了，因此我敢断定他心里喜滋滋的，也同大家一起激赏陶醉。当年拉封丹③观看自己的喜剧《佛罗伦萨人》演出，曾经问道："这种蹩脚的东西，是哪个笨蛋创作的呀？"格兰古瓦则相反，他会问左右

---

① 原文这个词是拉丁字母拼写的希腊文，意为"自由派"。
② 孔德亲王历来是法国国王大弟弟的封号。
③ 让·德·拉封丹（1621—1695），法国寓言诗人，他的代表作《寓言诗》共329首。早年首写剧本曾获罪朝廷。

的观众："这部杰作，是出自谁的手笔啊？"可想而知，现在红衣主教突然闯进来，大煞风景，会给他造成什么效果。

他最为担心的情况果然发生了。红衣主教大人一进场，整个大堂就骚动起来，所有脑袋都转向看台，所有嘴巴都不断重复："红衣主教！红衣主教！"震耳欲聋，倒霉的序幕再次戛然中断。

红衣主教在看台门口停留片刻，他目光颇为冷漠，扫视全场，于是全场沸腾起来。人人争相从两边人的肩膀中探出头来，要把他看个清楚。

他的确是个大人物，瞧他比得上看任何喜剧。此公，查理，波旁的红衣主教，里昂大主教兼伯爵，高卢的首席主教，他既同路易十一是姻亲——因其胞弟彼埃尔，博热的领主，娶了长公主，又同莽夫查理有姻亲关系，因其母亲正是安妮丝·德·勃艮第郡主。不过，这位高卢首席主教性格的突出而鲜明的特点，正在于他恪守为臣之道，忠心依附于权势。可以想见，这双重姻亲关系给他制造了重重困难，随处布下各种各样的暗礁险滩。他在路易十一世和查理之间周旋，犹如他的灵魂之舟行驶在卡里布迪斯礁和希拉礁①之间，左防右躲，才不至于像内穆尔公爵和圣波耳②统帅那样，撞得粉身碎骨。谢天谢地，他历经千难万险，总算幸免于难，安全抵达罗马。然而，也许正因为抵港了，回顾以往的艰辛与种种险恶，才不免心有余悸。因此，他有一句口头语，一四七六年"既黑又白"！言下之意，那一年他丧母：波旁公爵夫人，也失去了表兄勃艮第大公③，一悲一喜，也算有所安慰。

话又说回来，他还算个厚道人，身为红衣主教，过着快活日

---

① 卡里布迪斯礁和希拉礁是意大利墨西拿海峡的两处险礁。在希腊神话中（译为卡律布狄斯和斯库拉），是在那里兴风作浪的妖怪。

② 内穆尔公爵（1437—1477），因居功反对路易十一而被处死。雅克·圣波耳（1417—1462），路易十一的陆军统帅，军功卓绝，后以叛乱罪被处死。

③ 即最后的勃艮第公爵莽夫查理，应为1477年。

子：畅饮夏月皇家葡萄园的佳酿，情愿在酒中取乐，也不仇视加穆瓦斯的女人丽莎德、萨雅德的女人托玛丝之流的骚娘儿们，见到漂亮姑娘比见到老妪们施舍起来也大方得多。凡此种种，他在巴黎老百姓的心目中，还有相当的人望。他无论走到哪里，只有少数随从：主教和神父，一个个都是风流倜傥的世家子弟，纵情声色饮馔的雅士。圣日耳曼—欧塞尔王家教堂的忠厚信女们，晚上从灯火辉煌的波旁府窗下经过时，不止一次大为惊骇，她们分明听见白天还给她们唱圣诗的那些嗓音，又在碰杯声中大唱教皇伯努瓦十二世的酒神颂歌——我们知道，这位教皇在冠冕上又加了第三重冠：像教皇那样畅饮吧①。

　　这种民望绝非浪得虚名，正因为如此，他进场时，才没有受到观众的嘘哄，尽管他们刚才还十分不满，而且在要选举丑大王——另一位教皇的日子，他们也无意尊重什么红衣主教。好在巴黎人不大记恨，何况他们已经一逞威风，迫使演出开始了，善良的市民灭了红衣主教的志气，有此胜利也就心满意足了。再说，波旁红衣主教先生一表人才，又穿着一件艳美的大红袍，显得气度不凡，博得全体妇女的青睐，也就是说得到大半观众的拥戴。一位红衣主教，模样儿又俊美，大红袍穿得又神气，只因耽误大家看戏了，就要嘘他，毫无疑问，这既有失公道，也显得缺乏教养。

　　且说他进到场来，以大人物面对庶众时天生的那种微笑，向观众致意，然后一副若有所思的神情，迈着四方步，走向那张猩红丝绒的太师椅。他的扈从，若在今天可称之为"他的参谋部"，那些主教和神父，也都随后进入看台，立刻使得全场观众更加喧闹，更加好奇。人人都争相指指点点，说出他们的姓名，至少认出他们其中的一个。有人指出哪一个是马赛主教——如果我记得不错的

---

① 原文为拉丁文。教皇戴三重冕，表明教权高于世俗的王权和皇权，直到1962年才换成现在式样教皇冠。

话——名叫阿洛岱；哪一个是圣德尼教区的教长；哪一个又叫罗贝尔·德·勒皮纳斯，牧场圣日耳曼修道院院长，路易十一的一位情妇的兄弟，一个生活放荡的家伙。大家都怪声怪调，说出的名字也往往张冠李戴。至于那帮学生，叫骂声更是不绝于耳。今天本来就是他们快活的日子，是他们的狂人节、狂欢日，是法院小文书和大学生们一年一度的盛宴。今天可以胡作非为，这是他们神圣的权利。尤其人群中还有不少浪货，什么西蒙娜·加特四书，什么安妮丝·拉加丁，什么罗比娜·皮埃得步……在今天这样的好日子，又有神职人员和窑姐儿这些尤物相伴，随便骂上两句算什么，诅咒一声上帝又如何呢？因此，他们越发肆无忌惮，在全场欢腾喧闹声中，他们的咒骂和粗话甚嚣尘上。这帮神学士大学生，因为惧怕圣路易烧红的烙铁①，常年噤若寒蝉，唯独今天所有舌头都放开了。可怜的圣路易啊！他们就在他的司法宫中嘲弄他！他们望着步入看台的权贵们，每人都选定一个对象，或者穿黑袍的，或者穿灰袍的，或者穿白袍的，或者穿紫袍的，肆意谩骂攻击。至于磨坊约翰·弗罗洛，以其主教代理的胞弟身份，他就直接大胆地攻击穿红袍的，眼睛放肆地瞪着红衣主教，扯着嗓门高唱：浸透琼浆教袍湿！

所有这些细节，我们在此展示出来，只是为了让读者了解；而其实，场面那么乱；人声鼎沸，学生们的喊叫，还没有传到贵宾看台就完全被淹没了。何况，红衣主教即使听见也不会介意，按照习俗，今天本来就可以胡闹。再说，他心事重重，满面愁容，还有一件烦心事跟踪而来，几乎和他同时进入看台：那就是佛兰德使团。

倒不是他在政治上城府很深，要考虑他表妹玛格丽特·德·勃艮第郡主同他表弟维也纳的储君查理殿下的婚事，究竟会产生什么

---

① 指给读圣者打上烙印。

后果；奥地利大公和法国国王的虚假的亲善关系，究竟能维持多久；英国国王又会如何看待他女儿所受的鄙视，这一切，他并不怎么放在心上，每天晚上照样畅饮夏月皇家葡萄园的佳酿，丝毫也没有料到，同样的酒装了瓶（当然稍微经过库瓦迪埃医生的检验和加工），由路易十一世盛情馈赠给爱德华四世①，结果忽然有一天，就替路易十一世除掉了爱德华四世。"奥地利大公殿下极为尊贵的使团"，丝毫也没有把这类烦忧带给红衣主教，而是从另一方面扰得他意乱心烦。这种情况，我们在本书第二页已经略微提及：他，查理·德·波旁，不得不欢宴并盛情款待无名的乡下佬；他这位红衣主教，居然款待一些乡村小吏；他这位法兰西人，快活的美食家，居然款待这些爱喝啤酒的佛兰德人，而且还在大庭广众，这实在是勉为其难！自不待言，这是他为了讨好国王所做出的最无聊的诨笑。

这时，门官朗声通报："奥地利大公殿下特使先生们驾到！"红衣主教回头朝门口望去，脸上浮现出极为热情的笑容（须知他训练有素）。不用说，全体观众也都转过头去。

只见奥地利大公马克西米连的四十八名使节，一对一对入场，一个个神态庄严，同查理·德·波旁的那帮快活的随从教士，形成了鲜明的对照。使团为首的两位：一个是上帝的仆人，尊敬的约翰神父，圣伯廷修道院院长，金羊毛会②会长；另一个是根特大法官雅克·德·戈伊，人称多比先生。大堂里顿时鸦雀无声，但是听了那些稀奇古怪的姓名和庶民官衔，有人不时窃笑。这些使臣一丝不苟，将自己的姓名和头衔报给门官，门官混淆起来，朗声一一通报，观众再以讹传讹，错误百出。他们是卢汶城通判洛瓦·娄洛

---

① 爱德华四世（1461—1483），英国国王。英法长期交战，达百年之久，法国多半居劣势。路易十一继位后，设计害死爱德华四世，扭转局面。毒酒事遂成千古疑案。
② 金羊毛会，建于1429年，是天主教会门，后传至奥地利和西班牙。

夫先生、布鲁塞尔城通判克莱·德·埃杜德先生、佛兰德议长保罗·德·巴厄斯特,人称德·瓦米塞耳先生、安特卫普城府尹约翰·科甘斯先生、根特城法院首席判事乔治·德·拉莫尔先生、该城检察院首席判事盖多夫·冯·德哈格先生,还有德·比贝克先生,还有约翰·平诺克和约翰·狄马泽勒等等,等等,大法官、判事、市政官;市政官、判事、大法官,如此等等,不一而足,他们身穿丝绒锦缎华服,头戴黑天鹅绒披帽,帽顶缀着塞浦路斯大束金线缨,一个个身体僵硬板直,故作庄严的姿态。总而言之,一张张都是典型的佛兰德面孔,一副副好人家的正派而严肃的形象,酷似伦勃朗《夜巡图》黑色背景衬出的极鲜明而庄严的人物,一个个额头上分明刻着他们的主公,奥地利的马克西米连诏书上的话:他有理由"完全信赖他们的识见、勇敢、经验、忠诚,以及高尚品德"。

然而,有一个例外,此人尖嘴猴腮,一副外交家的圆滑相,那张脸透着精明、聪颖和狡狯。红衣主教一见,立刻趋前三步,深鞠一躬;而其实,此公不过是"威廉·里默,根特城参事和靠养老金生活的人"。

威廉·里默是何许人,当时鲜为人知。他是个奇才,如果生逢革命时代,就能叱咤风云,轰轰烈烈干一番大事,然而,值此十五世纪,生不逢时,他只好偷偷摸摸搞些阴谋勾当。正如圣西门公爵①所说:"生活在坑道中。"不过,他深得欧洲第一"坑道兵"②的赏识,同路易十一密谋策划,打得火热,经常插手这位国王的机密要务。这些内幕情况,那天的观众当然一无所知,他们见到这个佛兰德典吏式的干巴老头,受到红衣主教如此礼遇,都不免诧为奇事。

---

① 圣西门公爵(1675—1755),法国作家,所著《回忆录》,记述了路易十四朝中内幕。

② 指路易十一世,意为专搞阴谋活动。

四　雅克·科坡诺勒老板

　　根特城这位靠养老金生活的人和红衣主教大人相对鞠躬,身子低低俯下,声音更低地交谈几句;正在这时,一个汉子硬要跟威廉·里默并肩挤入。这人宽宽的脸膛,身材高大,膀阔腰圆,跟在里默身边,犹如狐狸旁边跟着一只獒犬。他头戴尖顶毡帽,身穿皮袄,混迹到锦缎华服的人中间,就像一个大污点。门官以为他是个迷了路瞎闯的马夫,便一把拦住,喝道:"嘿!朋友,不许进!"

　　穿皮袄的汉子肩头一拱,将门官撞开。

　　"你这东西,想干什么?"他吼道,声如洪钟,引得全场都倾听这场奇特的对话,"你没长眼睛,看不见我和他们是一块儿的?"

　　"您贵姓?"门官问道。

　　"我叫雅克·科坡诺勒。"

　　"身份?"

　　"卖袜子的,挂的是'三链记'招牌,根特城的。"

　　门官退缩了。要通报判事和市政长官,倒还罢了;什么,一个卖袜子的,这可就难了。红衣主教如有芒刺在背。所有人都竖耳倾听,瞪眼观望。他大人煞费苦心,花了两天工夫,调理佛兰德这些笨熊,好让他们稍微上得台盘;可是,这种鲁莽行为,实在令人难堪。这时,威廉·里默一脸讪笑,走到门官跟前,悄声对他说道:"您就通报雅克·科坡诺勒老板,根特城市政助理官秘书。"

"对，门官，"红衣主教高声帮腔，"你就通报雅克·科坡诺勒老板，根特城市政助理官秘书。"

这下子帮了倒忙。这种难堪场面，威廉·里默一个人就能掩饰过去；红衣主教一掺和就让科坡诺勒听见了。

"不对，奶奶的！"他声如雷鸣，吼道，"雅克·科坡诺勒，卖袜子的！听见了吗，门官？一点儿不夸大，一点儿不缩小，奶奶的！就是卖袜子的，蛮不错嘛。大公先生要买手套，不止一次光顾我的袜店①。"

全场哄堂大笑，掌声响成一片。的确，一句俏皮话，巴黎人一听就明白，因此一向受欢迎。

还应当交代一点，科坡诺勒是个平民，周围的观众也是平民，因此，他和观众之间的沟通也就疾如闪电，可以说一拍即合了。佛兰德袜商理直气壮，挫辱了达官贵人，这就从平民的心灵中激发出一种莫可名状的尊严感，尽管在十五世纪，这种感觉还朦朦胧胧，尚不明显。这个袜店老板竟敢分庭抗礼，顶撞红衣主教大人！全体观众怎不心中暗庆：这些可怜虫一贯逆来顺受，别说对红衣主教，就是对给他牵袍裾的圣日内维埃芙修道院院长，院长手下的典吏，典吏手下的卫官的仆人，他们也都恭恭敬敬。

科坡诺勒神态倨傲，向红衣主教大人点头致意，大人赶忙向连路易十一也畏惧三分的万能市民还礼。这时，威廉·里默，即菲利浦·德·果明②所说的"精明而狡猾的人"，面带讥诮而自负的微笑，目送他们二人各自就座：红衣主教颇为狼狈，愁眉不展；科坡诺勒则泰然自若，趾高气扬，无疑他在暗自思忖：归根结底，袜商

---

① 法语的"手套"与"根特"同音。原句为粗话，直译应为："大公不止一次在我的裤裆里找他的手套"。

② 菲利浦·德·果明（1447—1511），历史学家，路易十一的近臣。

的名头能抵得上任何别的头衔，今天他来参加议婚，决定玛格丽特公主的终身大事，而这个玛格丽特的母亲玛丽·德·勃艮第虽说怕红衣主教，但是更怕他这个袜商，因为，能煽动起根特市民讨伐莽夫查理的女儿宠幸的，并不是一位红衣主教；同样，当佛兰德公主一直跑到断头台下，洒泪哀求民众饶恕她的两个宠幸时，也不是红衣主教，而是他这个袜商能给民众打气，抬一抬穿着皮袄的胳膊，就叫两个显贵的老爷，吉·德·安伯库尔和威廉·于果奈①人头落地。

然而，事情还没有完，可怜的红衣主教，和如此拙劣的宾客同席，一杯苦酒还必须饮干。

读者大概没有忘记那个放肆的乞丐吧，从序幕一开场，他就爬到看台前的飞檐上，即使贵宾们到场，他也岿然不动。就在高级神职人员和特使们酷似青鱼拥上看台，纷纷就座的时候，这位老兄索性也盘起腿来，舒舒服服地坐在柱顶托檐上。如此放肆无礼，世上罕见，不过起初无人发现，大家的注意力都移向别处了。而大堂中的情况，他也似乎一无所见，就像典型的那不勒斯人那样，若无其事地摇头晃脑，在全场的喧闹声中，仿佛出于习惯，不时机械地叫喊：“行行好吧！”全场观众，恐怕唯独他一人不屑于回头，瞧瞧科坡诺勒和门官争执的场面。然而，无巧不成戏，根特城的这位袜店老板，偏偏坐到看台的前排，正在乞丐的头上。全场观众对他已经产生极大的好感，一双双眼睛都集中到他的身上，这时又看见他的惊人之举，无不深感诧异。佛兰德这位特使瞧见眼皮下的这个怪人，便伸出手臂，友善地拍了拍遮着破布片的肩膀。乞丐猛一回头，两人面面相觑，起初惊讶，继而认同，终于眉开眼笑……一个

---

① 玛格丽特公主的两个面首。

袜商和一个癞乞丐，丝毫不顾众目睽睽，竟然拉起手来，娓娓交谈。在这工夫，克洛班·特鲁伊博的破衣烂衫展现在金灿灿的看台铺垫上，就像毛毛虫爬在柑橘上一般。

这一景象十分奇特，观众都欣喜若狂，大堂里欢声一片，结果红衣主教很快就觉察出事因。他微微探身，但由于所处的位置，只能瞥见破衣衫的影子，自然以为是乞丐在乞讨，心想如此胆大妄为，不禁恼火，便喝道："司法宫典吏何在，快把这个家伙给我扔到河里去！"

"奶奶的！红衣主教大人，"科坡诺勒没有放开克洛班的手，说道，"这是我的朋友啊。"

"太妙啦！太妙啦！"观众嚷道。从这一时刻起，科坡诺勒老板在巴黎，也像在根特那样，拿菲利浦·德·果明的话说，"在民众中享有极大的威望，因为，这样的伟丈夫，能如此无法无天，必深孚众望。"

红衣主教咬了咬嘴唇。他俯过身去，对身边的圣日内维埃芙修道院院长低声说道："为玛格丽特公主的大礼，大公殿下给我们派来的特使，可真够滑稽的！"

"大人，"院长附和说，"对这些佛兰德猪猡，您讲礼貌是白糟蹋！可谓置玛格丽特于群猪前[①]。"

"不妨说：置群猪于玛格丽特前[②]。"红衣主教微微一笑，又说道。

对于这种文字游戏，一小帮穿教袍的随从都赞赏不已。红衣主教心中略感宽慰，他的俏皮话也有人捧场，这就同科坡诺勒扯平了。

[①] 原文为拉丁文。这里套用法国俗谚："投珠给猪"，即"对牛弹琴"的意思。
[②] 原文为拉丁文。这里搞文字游戏，把公主也骂进去了。"玛格丽特"这个名字，源于拉丁文"珍珠"一词。

现在，读者诸公，有能按当前流行的文风概括意象和构思者，敢问我们拖住你们的注意力的时候，你们是否想象得出，那座长方形宽敞大堂内是什么情景。金黄色锦缎铺垫的华丽大看台，坐落在靠西墙的大堂中央。门官尖声尖调地一一通报，那些庄重的人物从一道尖拱小门鱼贯入场。不少尊贵的客人已经在前排就座，他们头上戴着貂皮帽、天鹅绒帽或者猩红缎帽。台上静悄悄的，气氛庄严，而台下四周，对面，各处，都人头攒动，闹声喧喧。观众上千双眼睛注视台上每一张面孔，上千种声音叨念报出的每一个姓名。这种场景固然很有意思，值得观众注意。然而在大堂里端，在那木头台上立着的四个彩色木偶，台下还立着四个，那是什么呀？还有，站在台子旁的那个身穿黑袍、脸色苍白的人，他又是谁呢？唉！亲爱的读者，那正是彼埃尔·格兰古瓦和演出的序幕啊！

我们全把他忘得一干二净了。

这恰恰是他担心的情况。

红衣主教一入场，格兰古瓦就不停地忙活，力图挽救他的序幕诗。他先是吩咐陷于停顿的演员提高嗓门演下去，继而看到没有一个人听戏，又吩咐他们停止。戏中断了将近一刻钟，他躁动不安，又是跺脚，又是招呼吉丝凯特和列娜德，鼓动旁边的人要求继续演戏；然而一切努力终归徒劳。红衣主教、佛兰德使团和华丽的看台，那才是唯一的中心、大堂里万道目光聚拢的焦点，谁也不肯把视线移开。还必须指出，我们也要遗憾地承认，红衣主教莅临，悍然分散观众注意力的时候，他们对序幕已经开始有点厌烦了。看台上也好，戏台上也罢，归根结底演的是同一出戏，全是劳工和教士的冲突，贵族和商人的对立。大多数人宁愿观赏看台上的戏：看台上的角色化为佛兰德使团，化为教士随从，有的穿着红衣主教的大红袍，有的穿着科坡诺勒的皮袄，他们都有血有肉，活灵活现，他们都在呼吸，都在活动表演，摩肩擦背，热闹非凡；而戏台上的角色，却是格兰古瓦设计的古怪打扮，全都涂脂抹粉，身穿半黄半白的肥大长衫，还用诗句对话，简直就是稻草人。

尽管如此，我们的诗人看见全场稍微平静一点，又想出一条能挽回全局的妙计。

他转向身旁，对一个看似耐心而和善的胖子说："先生，干吗不重新开始呢？"

"什么？"胖子不解地问。

"喏，圣迹剧呀！"格兰古瓦又说道。

"随您的便。"胖子又说了一句。

有这种五分赞同就足矣，格兰古瓦自会全力以赴，他开始叫喊，并尽可能混同于观众："重新演圣迹剧！重新开始！"

"见鬼！"磨坊约翰说道，"那里边，他们嚷嚷什么呀？（他说'他们'是因为格兰古瓦的嗓门顶得上好几个人。）同学们，你们说说看，圣迹剧不是演完了吗？他们还要重演一遍！这可不对头啊！"

"不行！不行！"所有学生都喊了起来，"打倒圣迹剧！打倒圣迹剧！"

可是，格兰古瓦却变本加厉，喊得更凶："重新开始！重新开始！"

这一阵喧哗引起了红衣主教的注意。

"司法宫典吏先生，"他对离开几步远的一个身穿黑袍的大个子说，"那些家伙是关进圣水瓶里的吧①，怎么鬼哭狼嚎的呢？"

司法宫典吏是一种两栖类官员、司法领域中的一种蝙蝠：既像

---

① 套用俗谚："像圣水瓶中的魔鬼似的躁动。"

老鼠，又像鸟雀；既像审判官，又像勤务兵。

他唯恐触怒大人，便小心翼翼地趋步来到面前，讷讷地解释民众为何这样失礼：只因时到中午，大人还没有莅临，演员迫不得已，只好，开演了。

红衣主教哈哈大笑，说道："老实说，即使换了大学校长，也只能这样处理。尊意以为如何，威廉·里默先生？"

"大人，"威廉·里默答道，"我们也该满足，逃过半场戏，总算占了几分便宜。"

"还让那些混账东西把闹剧演下去吗？"司法宫典吏问道。

"演下去吧，演下去吧，"红衣主教答道，"我倒无所谓，趁此机会可以念念每日的祈祷经。"

典吏走到看台边上，摆摆手要观众肃静，然后朗声喊道："市民们，乡镇百姓们，居民们，有人要求从头再演，有人要求就此结束，大人吩咐接着演下去，好让这两部分人都满意。"

事出无奈，只好迁就这两方面，结果剧作者和观众都不满，久久怨恨红衣主教。于是，戏台上的人物接着背诵无聊的台词。格兰古瓦指望观众静下来，至少会聆听他这大作的其余部分。这种指望也难幸免，同其他幻想一样很快破灭了。全场倒是勉勉强强恢复了平静，然而格兰古瓦没有注意到，在红衣主教下令继续演出的时候，看台上的贵宾还没有到齐，佛兰德使团上场之后，陆续又来了一些人，都是随行人员。于是，门官又通报他们的大名和头衔，他那尖声怪调，不断穿插在演出中间，大大地破坏了演出效果。不妨想象一下，有那么一个门官，就在诗剧的两句台词之间，甚至在一行诗的中间，尖声怪调地喊出诸如此类的夹注："雅克·夏莫吕阁下，教会法庭的检察官！"

"约翰·德·哈莱，侍卫，巴黎城夜禁骑队官！"

"加利约·德·热诺瓦克阁下,骑士,勃吕萨克采邑领主,羽林军炮兵统领!"

"德娄—拉吉埃阁下,法兰西全境、香槟和勃里地区的王国河流森林巡视官!"

"路易·德·格拉维尔先生,骑士,国王参事和近侍,法兰西海军统领,万森树林①总管!"

"德尼·勒·迈西耶阁下,巴黎盲人院总管!"

诸如此类,不一而足。

简直叫人活受罪。

这种伴奏实在奇特,闹得戏无法演下去。格兰古瓦不能视作不见,他尤为气愤的是,戏越来越精彩,只差有人观赏了。序幕中的四个人物陷于难以自拔的窘境,正在悲叹不已的时候,维纳斯飘然而至,"真正的女神自有凌波仙步",她身穿绣有巴黎城战舰纹章的华美短衣裙,来到他们面前,要争夺许给绝色美人的海豚。这时,朱庇特也驾临,只听更衣室里发出滚滚风雷的轰鸣,他出面支持女神。维纳斯就要取胜,毫不夸张地说,就要嫁给化为海豚的王子。不料又来了一位少女,她身穿素缎白衣裙,手执一枝玛格丽特雏菊花,一望便知是佛兰德公主的化身,要同维纳斯一争高下。剧情突变,跌宕曲折,经过一番争执,维纳斯、玛格丽特,以及所有人物一致决定提交圣母公裁。还有一个绝妙的角色,即美索不达米亚国王堂·佩德尔。然而,一出戏几经打断,现在难以判断他出场干什么,只知道所有角色都是从梯子爬上台的。

一台戏眼睁睁毁掉了。好戏妙处,观众全无感受,也毫不理解。自从红衣主教一上场,就仿佛有一根无形的魔线,突然将所有

---

① 万森树林位于巴黎东郊,是风景区,有国王行宫,有要塞守护巴黎东大门。

视线都从大理石案牵向看台，从大堂南端牵向西侧。谁也祛除不了观众所中的魔力。所有目光都盯在那里，总是分神注意新来的人、他们的混账姓名、他们的相貌和服装。实在令人痛心。格兰古瓦不时拉拉吉丝凯特和列娜德的衣袖，可是，除了这两位姑娘和身旁一个耐心的胖子，谁也没有听戏，连正眼都不看一下：可怜的寓意剧遭人鄙弃了。现在，格兰古瓦只能看见观众的侧面。

眼看着他这诗歌的光荣大厦，一砖一石地倾塌，他感到多么揪心啊！想想刚才，这些观众还要起而反对典吏先生，都急于聆听他的大作；现在演出了，他们又不予理睬。同是一出戏，开场时赢得满堂彩！人心向背，永远变化莫测！想想刚才大家还要吊死司法宫的警卫！若能换回那一甜蜜时刻，以什么代价换回来，豁出命格兰古瓦也在所不惜。

门官鬼叫神嚎的独白终于止歇了。贵宾都已到齐，格兰古瓦这才长吁一口气。演员们苦苦支撑，继续演下去。岂料科坡诺勒老板，那个卖袜子的，却又腾地站起来，就在全场一片凝神关注的时候，发表了一通十恶不赦的演说："巴黎市民和绅士们，我不知道奶奶的我们大家在这儿干吗？我倒是看见那个角落，在那个台子上，有几个人好像要动手打架。我闹不懂那是不是你们所说的什么神秘剧、圣迹剧，可是看来没啥意思。他们只是斗嘴皮子，再也玩不出什么花样了。我在这儿等了一刻钟，看他们谁先动手，可是没戏。他们全是孬种，只会骂骂人！要看热闹，应当从伦敦或者鹿特丹请来角斗士，那才带劲儿呢！击拳的嘭嘭声，在广场上都能听得见。可是这几个家伙，实在不像样子。哪怕跳上一段摩尔人舞，或者耍点别的什么玩意儿也好哇！原先跟我说的可不是这个，而是约我来参加狂人节，选举丑大王。我们根特也有丑大王，奶奶的，在这方面我们绝不落后！我们是这么干的：搞一个大聚会，就跟这儿一样；接着，一个挨一个，脑袋钻进窗洞里，做个怪相给大家看。谁的样子最丑最怪，受到大家欢呼，就算当选为丑大王。就这个办法，简直开心极了。按照我们那儿的办法，选举你们的丑大王，大家说好吗？再怎么说，也不会像这些人废话连篇这么乏味。谁愿意参加这种游戏，就到窗洞里做个怪相。你们说怎么样，市民先生们？这儿男的女的，怪样子的人不少，足够我们按照佛兰德方式大笑一场；是的，我们这儿的丑八怪还真多，做出的怪相也一定很精彩！"

　　格兰古瓦真想驳斥他。然而他恼羞成怒，一时瞠目结舌，讲不出话来。何况市民们听到称呼他们"绅士"，全部喜不自胜，立刻热烈拥护这位颇得民心的袜商的倡议，谁出来反对都是徒劳的了，只好顺从大流。格兰古瓦用双手捂住脸，恨不能像提芒泰斯①画上的阿伽门农②那样，用斗篷把脑袋蒙起来。

---

　　① 提芒泰斯（公元前5世末），希腊画家。
　　② 阿伽门农：荷马史诗和希腊"悲剧之父"埃斯库罗斯《俄瑞斯忒斯三部曲》中的人物。阿伽门农是阿耳戈斯王和迈锡尼王，他被选为希腊联军统帅，要出征特洛伊时，为了平息海上风浪，他把女儿伊菲革涅亚祭献给女神阿耳忒弥斯，但因羞愧而用斗篷蒙住脑袋。

五　卡希魔多

　　转瞬之间，一切就绪，可以按照科坡诺勒的办法进行了。那些市民、学生和小文书，大家纷纷动手。大理石案对面的那座小教堂挺合适，就选做表演怪相的舞台。门楣上方有一扇美丽的花瓣格子窗，干脆敲碎一块玻璃，石雕圆框里外就通了；参加竞赛的人，就按规定从圆洞里探出脑袋。不知从哪儿搞来两只大酒桶，好歹摞起来，赛手登上去就够得着窗洞。大家还定一条规矩，凡是参赛的人，无论男女（也可能选出一位丑女王），必须先蒙上脸，躲进小教堂里，等轮到时再突然露面，这样做出怪相，就能给人以全新之感。不大工夫，小教堂里就挤满了赛手，门也随即关上了。

　　科坡诺勒从他的座位上发号施令，统一指挥，统一安排。在这种喧哗吵闹声中，红衣主教的尴尬程度也不亚于格兰古瓦，于是他推说有事，还要做晚祷，率领全体随从退场了。他大人莅临时，全场欢腾，走时观众却毫无反应。唯独威廉·里默一人注意到他全军溃退了。群众的注意力犹如太阳继续运行，从大堂的一端起始，在中央略停片刻，此时转到另一端了。大理石案和锦缎看台已经风光过了，现在该路易十一世小教堂露脸，成为恣意胡闹的场所。这里只剩下佛兰德人和刁民了。

　　鬼脸怪相表演开始。从窗洞探出的第一张面孔，红眼皮翻出来，嘴巴咧到耳根子，脑门皱纹重叠，好像帝国轻骑兵的马靴①，

---

　　① 帝国指拿破仑创建的第一帝国，"皱得像帝国轻骑兵的马靴"，显然是一句反话。

引得全场观众前仰后合，大笑不止，就是荷马听见，都会把这些老百姓误认作神仙①。其实，这座大堂正是地地道道的奥林匹斯山，格兰古瓦的这位可怜的朱庇特比谁都明白这一点。接着第二个，第三个，鬼脸怪相陆续献丑；场内狂笑的声浪此起彼伏，兴奋得乱跺脚。这种场景有一种说不出来的特别诱惑力，令人心醉神迷，乐此不疲；这种感受，是很难向如今普通的和沙龙的读者言传的。诸位可以想象一下：各种各样、奇形怪状的面孔相继出现，从三角形直到不规则四边形，从圆锥体直到多面体，还有各式各样的表情，从愤怒直到淫荡；表现各种年龄层，从新生婴儿的皱纹直到气息奄奄的老妇的皱纹；还有各色各样的宗教幻象，从农牧之神直到鬼王别西卜；还有各种各样动物的形体，从兽嘴直到鸟喙，从猪头直到马面。诸位可以想象一下，新桥的那些柱头像，经过日耳曼·皮隆妙手的点化，这些魔魔都活了，一双双火热发亮的眼睛轮流面对面瞪着瞧你；威尼斯狂欢节上的五花八门的面具，从你的观望镜中鱼贯而过。一言以蔽之，这真是人类百丑图。

　　这种狂欢越来越具有佛兰德特色了。千姿百态，即使特尼埃拿起生花妙笔，也不能完整描绘出来。诸位还可以想象一下：这就是在酒神节上展开的萨尔瓦多·罗萨②的战斗画卷。什么学生、特使、市民，什么男人、女人，全都消失了；什么克洛班·特鲁伊傅、吉勒·勒角奴，什么西蒙娜·加特四书、罗班·普斯潘，统统不见了，人人都融入这万民放诞纵情的欢乐中，整个大堂化为无耻取乐的一座大熔炉：一张张嘴都化为呼喊，一双双眼睛都化为闪电，一张张脸都化为丑形，一个个人都化为怪相。整个大堂一片狂呼乱

---

①　荷马描述奥林匹斯山众神笑得前仰后合，故称"荷马式的笑"。
②　萨尔瓦多·罗萨（1615—1673），意大利巴洛克画家、铜版画家，也是诗人、音乐家。他创作了多幅战斗画卷和海洋画，画面充满浪漫主义诗意。

叫。龇牙咧嘴的鬼脸接连从窗口探出来，每一个都是投入烈火中的干柴。犹如从锅炉里腾腾冒出蒸汽一样，从这沸腾的人群中，也冲起尖厉锋锐、嘶啸凄厉的喧声，交汇成蚊蚋振翅的嗡鸣。

"唉嘿！天杀的！"

"瞧那副嘴脸！"

"那不值一文钱。"

"下一个！"

"姬野麦特·莫惹皮，瞧那个公牛脑袋，就只差长角啦。可别找他当老公！"

"下一个！"

"教皇的大肚皮！这算什么怪相？"

"吓——啦——嘿！这是搞鬼！都应当亮出真面目来！"

"佩瑞特·卡勒博特这个瘟娘儿们，这一套她还真拿手！"

"妙呀！真妙呀！"

"笑得我都上不来气儿啦！"

"又一个家伙，连耳朵都伸不出来！"

诸如此相，层出不穷。

不过，应当为我们的朋友约翰说句公道话。在这场群魔乱舞的喧闹声中，他仍旧赫然盘在圆柱顶端，好似角帆上的见习水手，只见他手脚并用，发疯一般狂挥乱蹬，嘴巴也张得老大，发出一种人们听不见的喊声。倒不是因为被喧闹的声响淹没了，而是他那喊声大概达到听得见的尖音的极限，即按索弗尔标准为一万二千振次，或按比奥标准为八千振次。

再说格兰古瓦，他沮丧一阵之后，又打起精神，凛然对抗逆境，第三次吩咐他的演员们——那些说话机器："演下去！"接着，他又在大理石案前面大踏步来回走动，还忽发奇思异想：何不到小教堂的窗洞口也亮亮相,哪怕做个鬼脸,向这些忘恩负义的群氓寻寻开心。"这可不行,不能同他们一般见识,无须报复!要坚持斗到底!"他一再勉励自己,"诗歌对民众影响力极大;我一定能把他们拉回来。走着瞧吧,究竟是鬼脸怪相,还是正经文学占上风。"

唉!他的剧作,只剩下他一人观赏了。

情况比刚才还要糟糕,现在他只能看见众人的脊背了。

我说得不准确。还有一个人依然面对着戏台,就是刚才危急关头时,他曾征询过意见的那位耐心十足的胖汉。不过,吉丝凯特和列娜德两位姑娘,却早已溜走了。

有这样一位忠心耿耿的观众,格兰古瓦铭感心中。他走过去,见那位老兄伏在栏杆上打盹儿,便摇摇他的胳膊,说道:"先生,谢谢您。"

"谢什么呀,先生?"胖汉打了个呵欠,问道。

"看得出来您烦什么,"诗人又说,"是烦那边喧闹妨碍您安心看戏。不过,请放心,您的大名会流芳百世。请问尊姓大名?"

"在下雷诺·夏多,巴黎大堡的掌印官。"

"先生,在这里,您是缪斯的唯一代表。"

"过奖了,先生。"大堡的掌印官答道。

"唯独您认真听了戏,"格兰古瓦又说,"尊意以为如何呢?"

"哦!哦!"胖大人还睡眼惺忪,答道,"还是相当欢快的。"

格兰古瓦也只好满足于这句赞扬话;何况,这时掌声雷动,欢呼四起,打断了他们的谈话。丑大王选出来了。

"妙极啦!妙极啦!妙极啦!"四面八方一片狂呼乱叫。

果然,一副叹为观止的鬼脸,从花瓣格窗洞里探出来,一时光彩夺目。前一阵,从窗洞里相继探出来的那些五角形、六边形,以及各种奇形怪状的丑相，全不够理想。须知在狂热的气氛中，群众的想象力达到离奇怪异的程度，自有一种标准，他们一见最后这张怪脸，顿时眼花缭乱，全场喝彩。就连科坡诺勒也鼓起掌来；同样，参加角逐的克洛班·特鲁伊傅，别看他的模样要多丑有多丑，也只好认输了。我们也一样，自愧弗如。

我们在此并不想为读者描绘那个四面体的鼻子、那张马蹄铁形的嘴巴、那只被棕红色眉丛所掩蔽的小小左眼，以及完全消失在一颗大瘤之下的右眼，也不想描绘那七扭八歪、好似城垛一般参差不齐的牙齿，那两片厚皮赛过老茧的嘴唇，一颗犹如象牙抵着厚唇的獠牙，以及那劈裂的下巴，更不想描绘由这些部位组成的整个形貌，以及那狡黠、惊奇和忧伤相混杂的神态。请诸位尽量联想那整副模样吧。

全场一致欢呼通过，大家蜂拥冲向小教堂，把这个幸运的丑大王抬出来炫耀。这样一来，惊讶和赞叹达到了极点：鬼脸怪相竟然就是他的本来面目。

更确切地说，他的整个形体就是一副怪相。大脑袋上倒竖着棕红色头发；臂膀之间突出一个大驼背，同隆起的鸡胸取得平衡；从胯骨到小腿，整个下肢完全错了位，只有双膝能勉强合拢，从正面看去，两条腿恰似手柄合拢的两把弯镰；双脚又肥又宽，一双手大得出奇；然而，整个畸形，却有一种难以言状而又令人生畏的强健、敏捷和果敢的气度，可以说是一种奇特的例外，违反"力和美皆来自和谐"这一永恒法则。这就是确立的丑大王。

正像大卸八块而又胡乱拼凑起来的巨人。

又像巨人库克罗普斯出现在小教堂门口，伫立不动，敦敦实实，身体的高度几乎等于宽度，如同一位名人所说的"底边的平方"。看他那件缀着银色钟形花纹的半红半紫大氅，尤其一看他那达到完美程度的丑相,观众立刻认出来他是谁,异口同声地喊叫:"那是卡希魔多,敲钟人啊!那是卡希魔多,巴黎圣母院的驼子!卡希魔多独眼龙!卡希魔多罗圈腿!妙极啦!妙极啦!"

显而易见,这个可怜的家伙绰号多得很。

"孕妇可要当心啊!"学生们嚷道。

"想要孩子的女人也得当心啊!"约翰接口喊叫。

妇女们当真把脸捂起来。

"噢!这个丑八怪!"一个女人说。

"又丑又凶!"另一个女子也说道。

"真是魔鬼!"第三个补充说。

"我真倒霉,就住在圣母院旁边,整夜听见他在承水槽上游荡。"

"还带着猫。"

"他总在我们的房顶上。"

"他从烟筒里向我们兴妖作怪。"

"有一天晚上,他跑我家的天窗口,向我做了个鬼脸,我还以为是个野男人,可真把我吓坏了。"

"我敢说,他是去参加群魔舞会的。有一回,他的扫把还丢在我们的房顶上[①]。"

"噢!驼子的样子,太难看啦!"

"噢!心肠也非常恶毒!"

"噢啦啦!"

男人则不然,他们兴高采烈,鼓掌喝彩。

然而,引起这样欢闹的人物卡希魔多,却始终站在小教堂门口,脸色阴沉,表情肃穆,听任大家赞扬。

[①] 西方传说:巫师巫婆参加巫魔舞会,是骑着扫帚飞去的。

一名学生,想必是罗班·普斯潘吧,他跑上前来,冲他的脸嘿嘿笑,大概凑得太近了,卡希魔多揪住他的腰带,越过人群,一下子把他抛出十步远。整个过程中他仍旧一言不发。

科坡诺勒老板惊叹不止,也走了过去。

"圣父啊!奶奶的,不错,你是我所见过的最美的丑八怪。你不但在巴黎,而且在罗马也够资格当教皇。"

说着,他兴致勃勃地伸手拍拍他的肩膀。卡希魔多毫无反应。科坡诺勒接着说:"你这家伙挺逗,我真想请你大吃一顿,就是破费我十二枚图尔银币也没关系①。你看怎么样?"

卡希魔多没有应声。

"奶奶的!"袜商问道,"你是聋子吗?"

他的确是个聋子。

不过,他见科坡诺勒如此狎昵,不免厌烦了,猛然朝他转过身去,牙齿咬得咯嘣山响,吓得佛兰德巨人连连后退,就像獒犬碰到凶猫一样。

这工夫,众人都敬而远之,至少保持十五步远,围着这个怪人形成一圈。一位老妪向科坡诺勒解释说:卡希魔多是个聋子。

"聋子!"袜商不愧为佛兰德人,发出粗犷的笑声,说道,"奶奶的!这个丑大王,真是十全十美!"

"嘿!我认出他了,"约翰嚷道,他终于从柱子顶端下来,要靠近一点瞧瞧卡希魔多,"他正是我哥哥——主教代理的敲钟人。你好,卡希魔多!"

"魔鬼!"罗班·普斯潘说道,刚才他给摔了出去,浑身仍在疼痛。"他一露面,才知道是个驼子;一走路,是个罗圈腿;一

---

① 图尔铸造银币和铜币,称图尔币,国家再用图尔币模子铸造王国币,这情况一直持续到13世纪。

看人,是个独眼;你对他说话,他却是个聋子。哼!这个波吕斐摩斯,他的舌头拿去喂狗啦?"

"他想说话就说了,"一位老妪说,"他生来并不哑,耳朵是因为敲钟震聋的。"

"美中不足啊。"约翰品评一句。

"哎!他还多一只眼睛呢。"罗班·普斯潘补充说。

"不然,"约翰颇有见地地指出,"要说不完美,独眼则大大超过瞎子:他一眼就能看出自己少了什么。"

这工夫,所有乞丐、所有仆役、所有扒手和学生们汇聚起来,列队前往司法宫书记室,打开文件柜,找到纸板,给丑大王做了冠冕和可笑的长袍。卡希魔多不动声色,听任别人给他穿戴,温顺中透出凛然难犯的神态。然后,大家让他坐上花花绿绿的担架,由狂人会十二大骑士扛上肩。这个独眼巨人瞧着这些男人漂亮、端正而姣好模样的脑袋,都在自己畸形的双脚之下,阴郁的面孔不由得开颜,现出一副又辛酸又鄙夷的喜悦神情。这支衣衫褴褛、闹闹哄哄的队伍开始行进,按照惯例,先在司法宫各条走廊转一周,然后上街游行。

六　爱丝美拉达姑娘

　　我们可以欣慰地告诉读者，就在上述场面的整个过程中，格兰古瓦和他的戏仍然坚持不懈：演员们在他的激励下继续演出，他本人也继续听戏。管他全场如何喧闹，他毫不气馁，决心坚持到底，相信观众的注意力会转移过来。他望着卡希魔多、科坡诺勒，以及闹哄哄的丑大王的扈从高声喧哗着走出大堂，心中的希望之光重又闪亮。观众也都随后纷纷跑出去。"好吧，"格兰古瓦自言自语，"捣蛋分子全都滚蛋啦！"然而不幸的是，捣蛋分子就是全场观众。转瞬之间，大堂里的人全跑光了。

　　老实说，还留下一点观众，不过零零星星，三三两两，也有的待在圆柱周围，全是妇孺老幼，受不了那种喧闹和混乱而留下来。还有几名学生骑在窗台上，向广场张望。

　　"这样也好，"格兰古瓦想道，"这些人听完我的圣迹剧，数量也足够了。少虽少些，但他们毕竟是精华，是文化素养高的观众。"

　　过了一会儿，圣母登场了，可是格兰古瓦发现，应当极大渲染气氛的乐曲却没有演奏，原来，这支乐队已被丑大王的游行队伍裹走了。"没有伴奏也成啊。"他淡然说道。

　　有一堆市民好像在议论他的剧作，他凑过去，零零碎碎地听了几句："施奈多老板，您知道纳瓦尔公馆吗？那曾是德·内穆尔先生的。"

"知道,就在布拉克小教堂对面。"

"喏,税局最近把它租给了圣像工匠纪尧姆·亚历山大,一年租金为巴黎币六利弗尔八苏。"

"房租涨得好厉害啊!"

"得了吧!"格兰古瓦叹息一声,心中想道,"其他人在听呢。"

"同学们!"窗口上一个淘气鬼突然嚷道,"爱丝美拉达!爱丝美拉达在广场上呢!"

这个名字具有魔力,大堂里所余的人全跑到窗口,爬上墙壁,以便向外张望,同时反复念叨:"爱丝美拉达!爱丝美拉达!"

与此同时,外面传进来响亮的鼓掌声。

"爱丝美拉达,这是什么意思?"格兰古瓦双手合十,伤心地说道,"噢!上帝啊!现在,好戏似乎又在窗户上开场了。"

他回身望望大理石案,看到演出又中断了。朱庇特携着霹雳上场,可是,演员却呆立在舞台下面。

"米歇尔·吉博纳!"诗人怒吼一声,"你站在那儿愣什么?忘了角色啦?快爬上去啊!"

"唉!"朱庇特答道,"梯子让学生搬走了。"

格兰古瓦瞧了瞧:这事千真万确。他这剧本的关节和终结之间的联系完全切断了。

"浑小子!他干吗把梯子搬走呢?"他又咕哝一句。

"好登高去看爱丝美拉达,"朱庇特沮丧地答道,"他说了一句:'咦,这架梯子没人用!'顺手就搬走了。"

这最后一击,格兰古瓦也只好领受了。

"你们都见鬼去吧!"他对演员们说,"我若是得到赏钱,就有你们的份儿。"

于是,他垂头撤退殿后,犹如浴血奋战的一位大将军。

司法宫的楼梯千回百转,他边下楼边嘟囔:"这些巴黎佬,真是一帮蠢驴笨猪!他们是来听圣迹剧的,却又根本不听!他们对什么人都感兴趣,什么克洛班·特鲁伊傅、红衣主教、科坡诺勒、卡希魔多,还有魔鬼!就是对圣母玛利亚毫无兴趣!早知道如此,我就多准备几个小妞儿玛利亚,这帮闲汉!而我呢,是来看观众面孔的,却只看到脊背!身为诗人,却像个卖狗皮膏药的!难怪荷马靠乞讨为生,走遍希腊大小村镇!难怪纳索①流亡异国他乡,客死在莫斯科!真的,他们那个'爱丝美拉达'是什么意思呢?我若是明白,就叫魔鬼扒我的皮!这到底是什么词呢?恐怕是古埃及咒语!"

---

① 纳索(公元前43—17或18),即罗马著名诗人奥维德,《爱的艺术》《变形记》的作者。他遭流放,原因不详,至死未得归故里。

第二卷

一 从卡里布迪斯旋涡到希拉礁①

时值一月份，天黑得早。格兰古瓦步出司法宫时，街道已经昏暗了。夜幕降临，他倒觉得挺高兴，正想钻进一条幽暗无人的小街，从容地思考一番，好让他这哲学家给他这诗人略微包扎一下创伤。再说，他也无家可归，哲学是他的唯一栖身之所。在剧坛上初试锋芒，就夭折得这样惨，他不敢再回草料港对面的水上谷仓街的公寓，已经拖欠了六个月房租，这次创作这部贺婚诗剧，本来指望府尹大人给一笔赏钱，好还清巴黎屠宰税承包商纪尧姆·杜克斯-西尔先生的房租钱，即十二巴黎苏，相当于他全部家当的十二倍，全部家当，连他的短裤、衬衫和尖顶帽统统算上。他先躲在圣小教堂司库牢房的角门廊檐下，寻思片刻在哪里过夜，巴黎各条铺石马路倒是任由选择，忽然忆起上周在旧鞋店街，曾瞧见一位司法院参事家门前有一块上马的垫脚石，心想那给乞丐或者诗人临时当枕头，还是蛮不错的。他感谢老天的启迪，有了这样的好主意。要去就得穿过司法宫广场，前往老城那迂回曲折的迷宫，穿行那里斗折蛇行的古老街道，诸如桶厂街、老呢布厂街、旧鞋店街、犹太街等——那里十层的楼房至今还屹立着。他正待举步，不料却被丑大王的游行队伍挡住了去路。这支队伍从司法宫里冲出来，高声喧哗，举着

---

① 位于意大利墨西拿海峡，航路险恶。这句成语意谓："刚离虎口，又入狼窝"，"才出龙潭，又入虎穴"。

火把，还有他格兰古瓦的乐队伴奏。他一见此情景，自尊心的创伤又被刺痛，于是急忙避开。他的戏剧横遭扼杀，苦不堪言，凡是令他回想这天节庆的事情，都会使他痛心，使他的伤口涔涔流血。

格兰古瓦想取道圣米歇尔桥，可是，孩子们举着花炮和冲天炮在桥上乱窜。

"让烟花爆竹见鬼去吧！"格兰古瓦咕哝道，他又折向钱币兑换所桥。桥头的楼房上悬挂着三面大旗，分别画有国王、太子和佛兰德公主的肖像，还悬挂六面小旗，看那上面的肖像便知是奥地利大公、波旁红衣主教、博热亲王、法兰西公主雅娜、波旁的私生子亲王，只有一个不知是何许人。这里有不少火把，照得通亮，围观的民众啧啧称赞。

"约翰·傅博这个画家多走运！"格兰古瓦长叹一声，随即转过身去，避而不看那大小旗帜。前面一条街黑洞洞的，僻静无人，正可以躲避节庆的喧闹和光彩。于是他钻了进去，没有走多远就绊了一跤，摸黑瞧瞧，原来是五月树，是司法宫小文书们早上放到一位大法官的府门前，为了隆重庆祝这个节日。格兰古瓦勇敢地承受了这一新的挫折，爬起来又走，来到塞纳河边，把民事庭和刑事庭都抛在后面，沿着御花园的高墙走去，踏着没有砌石的河滩和没到脚脖子的泥水，一直走到老城的西端，望了望牛渡小洲。后来修桥，这个小洲便隐没在铜马和新桥之下了。当时，小洲在夜色中还依稀可辨，只见微微泛白的狭窄水面那边，有一摊黑乎乎的东西。借着一盏小灯的微弱光亮，还隐约看见好像蜂房似的木屋，那就是摆渡牲畜的船夫过夜之所。

"给牛摆渡的船夫多幸运啊！"格兰古瓦想道，"你不盼望荣耀，也不用作婚礼赞歌！不管什么国王结婚，也不管什么勃艮第公爵夫人，都与你毫不相干！你也不认识其他什么玛格丽特，只知道四月份一来,你的草场上玛格丽特雏菊花就盛开,可给你的奶牛当饲料!而我这个诗人,却吃人家的倒彩,跑到这儿来冻得发抖,鞋底磨得透亮,能做那盏小灯的玻璃罩,还欠下十二苏的房租。谢谢你,牛渡的船夫!你的小屋照亮我的眼睛,叫我忘掉巴黎!"

他这略带几分抒情意味的遐想,忽又被圣约翰双响大爆竹所惊断:原来牛渡的船夫也投入了节庆,在幸福的小屋那里燃放鞭炮。

这双响大爆竹,震得格兰古瓦直起鸡皮疙瘩。

"该死的节日!"他高声说道,"难道我走到哪儿,你就追到哪儿吗?噢,天哪!一直追逐到这船夫的小屋里!"

接着,他瞧瞧脚下的塞纳河,心中起了可怕的念头,喃喃说道:"唉!我真想投河自尽,如果河水不那么冷的话!"

到了这种地步,他干脆横下一条心,反正也逃不脱丑大王和约翰·傅博的旗帜,逃不脱五月树、烟火和花炮,那就放开胆量,投入节日狂欢的旋涡里,到河滩广场上去吧!

"到了那里,"他思忖道,"至少有篝火的余焰,可以暖暖身子;还有市区的公共食摊,肯定安放了三个带王徽的大食品柜,供应御膳甜点心,我可以拾点残渣儿,权当晚饭充饥。"

二　河滩广场

当年河滩广场的容颜，如今已模糊难辨了，仅余那座秀丽的小钟楼，但也横遭灰泥涂抹的玷污，那雕塑的灵动的装饰线条早已面目全非，恐怕不久也将消失，埋葬在不断崛起的新楼群中。同样，巴黎所有的古宅，恐怕不久就要统统埋葬了。

凡是穿越河滩广场的行人，无不像我们一样，要向那座可怜的小钟楼投去怜悯和同情的目光，叹惜它夹在路易十五时代两幢破楼房中间几欲窒息了。望一望那座小钟楼，就不难重新构想出当年它列于其中的整个建筑群，以及十五世纪哥特风格的古老广场的全貌。

当年的广场也像今天这样，呈不规则四边形，一边是河岸，三面是成排的狭窄而阴暗的高楼。白天，可以观赏那些多姿多彩的建筑物，全有石雕或木雕，呈现出中世纪不同民宅建筑的齐全的样板，即从十五世纪上溯到十一世纪，最近是长方形窗扇开始取代尖拱窗户，再早些时候，则是尖拱窗户取代罗曼式的圆拱窗户。不过，这种圆拱窗户在罗朗塔楼虽退居楼下，仍盘踞着二层：这幢古老的房舍靠近制革场街，坐落在广场濒临塞纳河的角上。夜晚，这片楼群难以分辨，只能看见参差不齐的屋顶，犹如锯齿形的黑色花边，镶在广场的周围。须知今昔相比，城池的一个根本差异，就是如今的房舍门脸儿都朝向广场和街道，而当年则是山墙对着街道和广场。二百年来,楼房都掉了个方向。

广场中央的东侧,矗立着一座笨重的混杂建筑,由并列的三幢楼组成,并有三个名称,分别标示它的沿革、功用和建筑风格:一是"太子宫",因为查理五世为储君时,曾经在此居住;二是"商务会馆",因为市政厅设在这里;三是"大柱楼",因为整个四层楼是由粗大的柱子支撑。巴黎这样的大都市所需要的一切,这里一应俱全:有一座小礼拜堂,可以祈祷上帝;有一间大厅堂,可以审判,或者必要时也可以坚拒国王派人干预;阁楼上还有一个武器库,装满了枪炮。巴黎市民自然懂得,为了保护城市的权利,只靠祈祷和诉讼,不是任何情况下都能奏效的,因此,他们在市政厅的顶楼上,常年储备一些生了锈的精良火枪。

早在当年,河滩广场景象就这样凄惨,而且延续至今,既有它所唤起的悲惨的记忆,又有取代大柱楼的晦暗的市政厅。在铺石的广场中央,常年并排竖着绞刑台和耻辱柱,当时称为"公道台"和"梯子",应该说这两样东西作用也不小,迫使行人移开目光,不忍观看这片刑场;有多少欢蹦乱跳的人在这里断送了性命,而五十年后,这里又流行起"圣瓦利埃热病"①,即断头台恐惧症,所有病症中最可怕的一种,因为它是人祸,而不是天灾。

顺便讲一讲,三百年前,死刑那么肆虐,以其铁轮②、石砌绞刑台、常用的嵌在路石缝里的各式各样刑具,堵塞了河滩广场、菜市场、太子广场、特拉瓦尔十字教堂、猪市、可怖的鹰山、警士关卡、猫广场、圣德尼门、香波地、博岱门和圣雅各门,这还不算掌握生杀大权的府尹、主教、教士、神父和修道院院长的无数"梯

---

① 圣瓦利埃:法国将领,在查理八世、路易十二世朝代,曾率军出征意大利,法军伤亡惨重。圣瓦利埃热病即灾难之意。

② 中世纪的一种酷刑车轮刑。

子"，也不算塞纳河的溺刑场；但是想来令人欣慰的是，封建社会这个衰老的暴君，逐渐丧失了它的全部甲胄，丧失了它夸耀的酷刑、各种异想天开的刑罚，丧失了每五年要在大堡更新一张皮革刑床的那种笞刑，而且它几乎完全被逐出我们的法律和我们的城市，又被一部部法典追剿，从一处又一处地方赶走，到了今天，在我们一眼望不到边的巴黎，它仅仅剩下河滩广场这可耻一角的小地盘，仅仅剩下一座可怜的断头台，还是一副鬼鬼祟祟、惶惶不安而又无地自容的样子，仿佛总怕被人当场逮住，干了坏事要赶紧逃之夭夭！

三 "以吻还击"①

彼埃尔·格兰古瓦赶到河滩广场时,全身已经冻僵了。他是从磨坊桥过来的,好避开钱币兑换所桥上拥挤的人群,也免得再见到约翰·傅博所画的肖像旗。可是主教磨坊旋转的轮子,在他经过时却溅了他满身水,大褂儿全打湿了。而且他还感到,剧本演出失败后,他格外怕冷了。因此,他望见广场中间燃得正旺的篝火,就急急忙忙赶过去。但是人很多,里三层外三层,已经把篝火团团围住。

"该死的巴黎佬!"格兰古瓦自言自语,他是个名副其实的诗剧诗人,动不动就来一段独白,"你们挡住我烤不上火!可我多么需要到火边暖暖身子啊!我的鞋喝足了水,该死的磨轮浇了我一身水。巴黎的鬼主教还有什么磨坊!真不知道一位主教要磨坊干什么?难道要当磨坊主教吗?如果他只需要我的诅咒,就能实现这种愿望,那我就诅咒他,诅咒他的主教堂和他的磨坊!过去瞧瞧,看那帮闲汉会不会动窝儿!不知道他们在那儿干什么?唔,他们在烤火,好快活啊!他们在观赏上百根劈柴的火焰,多美的景色啊!"

他走到近前仔细一看,才发现圈子拉得很大,并不是人人都能烤到火,而且这么多观众,显然不全是被百捆柴火燃起的火焰的美景吸引来的。

围着篝火的观众圈里留下一大片空场,有位姑娘在那儿跳舞。

---

① 原文为西班牙文。意译可为"以德报怨"。

那姑娘是人，是仙女，还是天使，格兰古瓦一时闹不清楚，他枉为怀疑派哲学家，又是讽喻诗人，却被眼前光彩夺目的景象给迷住了。

姑娘的个头儿并不高，但身材苗条，亭亭玉立，显得很高。她的肌肤微黑，不过可以想见，白天看来肯定闪着金光，极为漂亮，就像安达卢西亚或罗马女子那样。她的纤足也是安达卢西亚型的，穿着秀美的花鞋，显得那么纤巧，那么相得益彰。她翩翩起舞，转圈飞旋，踏着随意掷在地上的一块波斯旧地毯，那张光艳照人的脸每次转向你，乌黑的大眼睛都会向你射去一道电光。

周围的人个个张大嘴巴，瞪大眼睛观看。只见她那纯美滚圆的双臂举到头顶，嘭嘭敲着巴斯克手鼓，伴随着舞蹈，那身段修长曼妙，灵活飞动，宛如一只胡蜂，那金光闪闪的胸衣平滑无纹，彩衣飘舞而裸露臂膀，彩裙翻飞而不时窥见线条美妙的小腿，那秀发乌黑如漆，那目光灼灼似火焰，这哪里是凡人，分明是一位天仙！

"一点不错，"格兰古瓦心中暗道，"她是一个火精，是一位山林仙女，是一位天仙，是曼纳路斯山的酒神祭女！"

恰巧这时，"火精"的一条发辫松落，一枚缀在发上的黄铜钱掉在地上。

"哦，不对！"格兰古瓦说道，"她是个吉卜赛女郎！"

整个幻象倏然消失。

她又跳起舞来，并从地上拿起两把短剑，把剑尖抵在额头上朝一个方向转动，同时身子则朝另一个方向旋转。果然不错，她是个地地道道的吉卜赛女郎。格兰古瓦尽管颇为失望，但觉得整幅图景还不乏迷人的魔力。通红的篝火光亮刺眼，欢腾跳动，映在围观群众的脸上，映在吉卜赛女郎微黑的额头上，又向四周广场投射过去，淡白的余光映现跳荡的人影，映现一侧的大柱楼满是皱纹苍老发黑的面容，另一侧绞刑架的石臂。

千百张脸被火光映得通红，都凝视着跳舞的姑娘，其中有一张脸看得似乎格外出神。这是一张男人的脸，一副严峻、沉静而阴郁的神情。由于旁边的人遮挡，看不出他的衣着打扮，估计年龄不超过三十五岁，但是已经秃顶，只有两鬓稀稀落落长几绺头发，且已花白了。他的额头又宽又高，开始刻出一道道横纹；然而，他那双深陷的眼睛里，却闪烁着非凡的青春、火热的活力、深沉的情欲。他那双眼睛死死盯住吉卜赛女郎，就在这个十六岁的放浪少女跳舞、飞旋、为众人取乐的时候，他那沉思凝想的神情越来越阴沉了。一丝微笑和一声叹息，不时在他的唇边相遇，但笑容比叹息还要痛苦。

姑娘跳得气喘吁吁，终于停了下来，观众则满怀爱心，热烈鼓掌。

"佳利！"吉卜赛姑娘叫了一声。

格兰古瓦立刻看见跑来一只小山羊，雪白而美丽，灵敏而活泼，神采奕奕，两只角染成金黄色，四只蹄子也染成金黄色，还戴着金黄色的项圈。刚才它一直蜷伏在地毯的一角，瞧着主人跳舞，格兰古瓦没有注意它。

"佳利，该你的了。"跳舞的姑娘又说了一句。

姑娘坐下来，将巴斯克手鼓亲热地举到小山羊面前，问道："佳利，现在是几月份？"

小山羊竖起前蹄，在小鼓上敲了一下。果然不错，正是一月份。观众鼓起掌来。

"佳利，"姑娘翻转了巴斯克鼓面，又问道，"今天是几号呀？"

小山羊又竖起金色的蹄子，在鼓上敲了六下。

"佳利，"埃及女郎再一次翻转鼓面，又问道，"现在几点钟啦？"

佳利便敲了七下，正巧这时，大柱楼的时钟打了七点。

观众都惊叹不已。

"这里面有巫术！"人群中一个险恶的声音说道。说话的人正是那个死盯着吉卜赛姑娘的秃顶男子。

姑娘打了个寒噤，扭头望望；但是又爆发出一阵掌声，淹没了这声哀鸣。

掌声甚至从她心灵上完全抹去那人的声音，因此，她还继续考她的小山羊。

"佳利，在圣烛节①游行队列中，城防手铳队队长吉沙尔·大勒米先生，是一副什么样子呢？"

佳利竖立起来，用两只后蹄走路，样子又庄重又斯文，把个手铳队队长假正经的神态模仿得惟妙惟肖，逗得全场人哈哈大笑。

"佳利，"表演越成功，姑娘也就越胆大，她又问道，"王国检察官雅克·夏莫吕阁下，在宗教法庭上，是怎样夸夸其谈的？"

小山羊坐下来，开始咩咩叫，同时挥动前蹄，动作十分奇特，除了学不出他那蹩脚法语、蹩脚拉丁语之外，那姿势、那声调、那神态，整个儿活脱出一个雅克·夏莫吕来。

观众的掌声更热烈了。

"亵渎神灵！邪魔外道！"那秃顶男人又叫了一声。

吉卜赛姑娘再次回过头去。

"哼！又是那个坏蛋！"她说着，便伸出下嘴唇，做了个似乎是习惯性的撇嘴动作，随即一旋，转过身去，托着巴斯克手鼓，开始收敛观众的赏钱。

大白洋、小白洋、小盾币、鹰币，雨点一般投过来。她走到格

---

① 西俗圣烛节为每年的2月2日。

兰古瓦面前,猛然停下。诗人摸摸口袋,一探到底,摸到了实际,原来囊空如洗,说了声:"见鬼!"美丽的姑娘却始终站在那儿,伸着手鼓等待。格兰古瓦急得豆大的汗珠往下淌。

口袋里若是装一座秘鲁金矿,他也情愿掏出来给跳舞的姑娘。可是他没有秘鲁金矿,何况那时还没有发现美洲大陆。

幸而一个意外事件给他解了围。

"你还不滚开,埃及蝗虫。"一个尖厉的声音从广场最幽暗的角落传过来。

姑娘大惊失色,转身望去。这回不是那个秃顶男人喊的,而是一个女人的声音,又虔诚又刻毒。

这声叫喊吓坏了吉卜赛女郎,却喜坏了在那儿乱窜的一群孩子。

"是罗朗塔楼的那个隐修婆,"孩子们起哄笑着嚷道,"是麻袋婆[①]在吼叫!大概她没有吃晚饭吧?看看公共食摊上有什么剩东西,给她送点儿去!"

大家都朝大柱楼拥去。

这工夫,格兰古瓦趁跳舞的姑娘慌乱之机,赶紧躲到一旁。听到孩子的鼓噪,他想起自己也没有吃晚饭,于是也朝食摊跑去。那些小鬼到底腿脚快,等他赶到,食摊的东西一扫而光了,连五苏一斤的加米松都没剩下,只有夹杂着玫瑰的挺秀的百合花,还是马蒂厄·比特恩在一四三四年画在墙上的。画花充饥,这晚饭也太寒酸了。

不吃东西就睡觉不是件快事,不吃东西又不知道去哪儿过夜,就更快活不起来了。格兰古瓦恰恰落到这种地步。没有面包,也没有住处。人穷的滋味,饥寒交迫,他更感到各种需要的催逼。他早就发现这条真理,朱庇特是在一阵厌世情绪中创造出人类的,这位

---

① 基督徒受罚悔,身披粗麻衣,俗称麻袋片。麻袋修会由圣路易创建,因修服像麻袋,故得名。

圣贤整个一生,命运始终围困他的哲学。至于他格兰古瓦,此时所遭受的封锁水泄不通,更是前所未有;他听见自己的肠胃咕咕作响,觉得厄运实在不择手段,竟然以饥饿逼使他的哲学就范。

他正自愁肠百结,意绪消沉,忽然听见一阵充满柔情而又奇特的歌声,顿时从遐想中醒来。原来是埃及女郎舒展歌喉。

她的歌喉犹如她的舞蹈,犹如她的容貌,极为迷人,却又难以捉摸,可以说蕴涵着纯净、激扬、空灵、缥缈。听来是一阵阵心花怒放,一阵阵美妙的旋律,一阵阵意外的节奏;继而乐句单纯,间有咝咝尖厉的音符;继而音阶轻快跳跃,足令夜莺退避三舍,但音韵始终那么和谐;继而八度音起伏跌宕,好似这位唱歌少女悸动的胸脯。随着歌声的千回百转,她那张俏脸的神态,也奇异般变幻莫测,从极度狂放到极度庄严,忽而显出一副浪相,忽而俨若一位女王。

格兰古瓦不懂她唱的歌词是什么语言,看来她本人也未必懂得:显而易见,她歌唱时的种种表情,同歌词的内容并没有多大关联。譬如下面四句歌词,从她口中唱出就欣喜若狂:

> 他们寻找有发现,
> 宝箱藏在柱里边,
> 箱中装满新旗帜,
> 旗上画着狰狞脸。

隔了几段,她还唱出这样一节:

> 阿拉伯人骑士团,
> 看似跃马不动弹。
> 腰间佩剑好威风,
> 肩头还挎神翎箭。

听她这声调，格兰古瓦不禁眼泪盈眶。不过总体来说，她的歌情调欢快，她像鸟儿一样歌唱，完全出于恬适，出于无忧无虑。

吉卜赛姑娘的歌声扰乱了格兰古瓦的冥想，但是像天鹅划出水纹一样。他聆听着，自觉心中欢然，忘却了万念。几小时以来，只有这会儿他没有痛苦之感。

然而，这一时刻太短暂了。

那个女人的喊声，刚才打断了吉卜赛女郎的跳舞，现在又来打断她的歌唱。

"你还不住口，地狱的知了儿？"她仍然从广场最黝黯的角落喊道。

可怜的"知了儿"戛然停止鸣叫。格兰古瓦急忙捂住耳朵。

"噢！"他叫道，"可恶的破锯齿，要来锯断诗琴啦！"

其他观众也像他一样嘟囔，不止一个人怪道："那个麻袋婆，让她见鬼去吧！"那个藏匿不见的老厌物屡次攻击吉卜赛女郎，此刻要不是过来丑大王的队列，转移了观众的注意，那么，他们绝不会轻饶她。游行队伍走遍大街小巷，又来到河滩广场，他们高举着火把，闹哄哄沸反盈天。

读者已经看见这支队伍从司法宫出发，一路上排列成形，不断扩大，巴黎所有的地痞无赖、无所事事的小偷，以及闲散的流浪汉，全都加入进来；因此，队列来到河滩广场时，已经声势浩大了。

最前列是埃及王国。埃及公爵一马当先，伯爵们步行，为他执缰扶镫，后面则跟随乱哄哄的埃及男女，肩头扛着叽哇乱叫的孩子；他们这一群，从公爵、伯爵，直到平民百姓，全都穿着破衣烂衫，满身金光闪闪的铜箔饰物。第二群是"黑帮王国"，即法兰西各路盗贼，也是按照品列高低排列，级别最低的走在前面。他们四人一排行进，各自戴着不同的标记，表明他们在这奇特的国度中的品衔；他们大多是残疾人，有瘸腿跛脚的，有少手缺胳膊的，有矮子畸形的，有装扮成香客的，还有独眼龙、愣头青、鼓眼睛、小瘪三、流浪儿、孱弱者、骗子手、假伤残乞丐、假烧伤的人、卖假货的、破产的商贩、假伤兵、放荡的文书、假麻风病人，如此等等，不一而足，纵然荷马再世，也不能尽述。核心的圈子由伪善人和帮凶打手组成，在他们中间好不容易才识别出丐帮帮主，这位龙头大哥蹲在由两条大狗拉的小车里。在丐帮王国之后，则出现伽利略帝国[①]。伽利略帝国皇帝纪尧姆·卢梭，身披酒迹斑斑的大红袍，龙行虎步，气宇轩昂，由相互搏击和跳祝捷舞的艺人作先导，周围簇拥着御驾执杖吏、扈从和审计院的文书。游行队伍殿后的，则是司法宫的文书们，他们身穿黑袍，奏着不亚于群魔舞会上演奏的音乐，举着花枝招展的五月树和黄色大蜡烛。在这大群人中间有狂人大骑士团，他们肩扛的担架上，点燃的小蜡烛数量极多，超过瘟疫流行时圣日内维埃芙圣物的抬架。新登基的丑大王头戴王冠，身披王袍，手持权杖，端然坐在担架上，真是光彩炫目，他正是圣母院敲钟人——驼子卡希魔多。

这支光怪陆离的游行队伍，每一部分都有自己的独特音乐。埃及人弹着非洲七弦琴并敲着手鼓，叮咚山响。丐帮不大懂音乐，但是也拉着弦琴，吹着牧羊角号，弹着十二世纪的哥特琴。伽利略帝国也不比丐帮强多少，听他们弹奏的早期艺术的三弦琴，只能辨别出"来""拉""咪"三个音。不过，还是在丑大王周围，才称得上音乐荟萃，集当年音乐之大成，演奏得富丽堂皇，热闹非凡，使用的三弦琴有高音、次高音和中音三种，还有笛子和铜管乐器。唉！读者应当记得，这正是格兰古瓦的乐队。

游行队列从司法宫到河滩广场这一路上，卡希魔多那奇丑而忧

[①] 江湖切口，指卖艺浪人社会。巴黎伽利略街有审计院，故这帮人里许多是审计院的文书。

伤的面孔，如何渐次开颜，喜形于色，终至得意扬扬的神态变化，是很难描绘出来的。这是他有生以来，自尊心第一次得到满足。在此之前，他因地位卑贱而受尽了鄙夷和屈辱，又因相貌丑陋而遭人厌恶。因此，他虽然失聪，却像货真价实的大王一样，有滋有味地品尝众人的欢呼，尽管他一向受这帮人憎恶而反过来憎厌他们。他的子民是乌合之众，全是狂徒、残疾人、盗贼和乞丐，这又有何妨！他们终归是子民百姓，而他终归是君王。这阵阵讥诮的掌声、这种种可笑的恭敬，他都完全当真；不过也得承认，群众在嘲弄中还真夹杂着畏惧的情绪。因为，驼子无比强壮，罗圈腿动作敏捷，而聋子又心黑手辣：这三种特质就冲淡了荒唐可笑的印象。

再说，我们也绝不会相信，这位新的丑大王能明了自己的感觉和他所引起的感觉。这个先天不足的躯体中所寓居的灵魂，必然有残缺不全、闭塞不通的成分；因此，他此刻的感受在他的意识中，也肯定是模模糊糊、含混不清的。唯独喜悦极为突出，自豪占主导地位，他那阴沉而不幸的面孔也就容光焕发了。

卡希魔多正自我陶醉，耀武扬威地经过大柱楼时，一个人怒气冲冲，忽然从人群中闯出来，一把从他手中夺去他那丑大王的标志——那根包着金纸的木棍，众人见此情景，无不深感意外，无不惊骇。

这个胆大包天的家伙，正是刚才躲在人群中发泄仇恨、大肆威胁吉卜赛女郎的那个秃顶男人。他一身教士打扮。他从人群里冲出时，格兰古瓦定睛一看，这才认出他来，惊呼道："咦！这不是我的学艺师傅，克洛德·弗罗洛主教代理吗！见鬼，他要把这个独眼龙怎么样？想要让这独眼龙吞掉吧！"

果然，随着一声惊叫，可怕的卡希魔多跳下担架，女人纷纷转过脸去，不忍心看着主教代理被撕成碎片。

卡希魔多一个箭步蹿到教士面前，瞧了瞧他，却扑通一声跪到地下。

教士扯掉他的王冠，折断他的权杖，撕烂他那缀着金箔的王袍。

卡希魔多双手合十，低头跪着。

继而，两人虽然都不讲话，却打起手势，做出种种姿态，开始一场奇特的交谈。教士昂然站立，大发雷霆，又咄咄逼人；卡希魔多则卑恭地跪着，极力哀求恳请。然而只要愿意，卡希魔多动一动手指头，就肯定能把这个教士辗碎。

主教代理粗暴地摇着卡希魔多强壮的臂膀，终于示意他站起来跟他走。

卡希魔多站起身来。

这时，狂人团从一阵惊愕中醒悟过来，想前来护驾，保卫他们这位被猝然赶下宝座的大王。埃及人、丐帮和所有小文书们，将教士团团围住，厉声叱责。

然而，卡希魔多却挺身护住教士，他挥动着两只大拳头，牙齿咬得咯嘣响，像发怒的猛虎一般，注视着进犯的人。

主教代理又恢复阴沉而庄重的神态，他向卡希魔多略一示意，便默默地离去。

卡希魔多劈开人群，在前边为他开路。

他们穿过人群，穿过广场，可是喜欢热闹、游手好闲的人，黑压压一片，都要在后面跟随。于是，卡希魔多掉过头来断后，倒退着尾随主教代理，他那形体敦敦实实，样子狰狞可怖，毛发倒竖，四肢蓄势待发，呲着野猪似的獠牙，又像猛兽一样咆哮，只要手脚一动，目光一瞥，人群就如退潮一般纷纷闪避。

他们俩钻进又黑又窄的小街里，众人干瞪眼看着，谁也不敢贸然追上去：卡希魔多那咯嘣嘣咬牙的幻影，就足以把住街口。

"嘿！真是妙不可言！"格兰古瓦说道，"可是鬼知道，我上哪儿去混顿晚饭呢？"

四　夜晚街头逐艳的麻烦

格兰古瓦不假思索,跟上了吉卜赛女郎。他看见那姑娘带着小山羊,走进刀剪街,自己也走上那条街道。

"有何不可呢?"他自言自语道。

格兰古瓦是个在巴黎街头流浪的哲人,他早已发现,跟踪一位不知道她去哪儿的美貌女子,比什么都更能激发奇思异想。甘愿放弃自主,自家异想天开要依赖另一人的异想天开,而对方又毫无觉察,这既有放纵的独立性,又有盲目的顺从,两者混杂,莫名其妙地介乎于奴性和他喜欢的自由之间。的确,格兰古瓦头脑复杂,优柔寡断,基本上是个混杂体,执于各端,始终垂悬于人的各种倾向当中,使其相互制约。他往往好把自己比做穆罕默德的陵墓,受方向相反的两块磁石所吸引,永远游移于高和低,拱顶和地面,上升和坠落,天顶和天底之间。

假如格兰古瓦生于当世,他在文学的古典派和浪漫派之间,一定会恪守中庸之道!

实在遗憾,他还算不上远古人,能活上三百岁!他弃世便给人间留下一段空白,如今更有深切之感。

况且,格兰古瓦好在街上跟踪行人,尤其行路的女子,要说有多大的癖好,也无非是不知道何处投宿。

就这样,他边走边思索,尾随着吉卜赛姑娘。这个时辰,市民们都匆匆回家,在这天营业的小酒店也陆续关门,姑娘见此情景,就加快脚步,带动美丽的小山羊一路小跑。

"不管怎样,"格兰古瓦大致这样想道,"她总得有个住的地方,而吉卜赛女人心肠好——谁说得准呢?……"

设疑之后跟着省略号,这其中的妙想是难以言传的。

不过,他经过一些人家,听到最后关门的市民交谈的片言只语,心中所想的好事思路也就不时中断。

有时碰到的是两个老头在攀谈。

"蒂博·菲尼克勒师傅,知道吗,天气冷啦?"

(刚一入冬,格兰古瓦就领教了。)

"是啊,博尼发斯·狄索姆师傅!今年冬天,别又像三年前,就是八〇年①那时候,烧柴涨到八苏一担。"

"哎!蒂博师傅,那算什么,要说起一四〇七年那年冬天,从圣马丁节上冻,一直到圣烛节②才解冻!天气冷极啦,大法院的录事每写三个字,就要呵冻,审讯记录总是断断续续!"

再往前走一段,又碰见邻家的两个女人:她们站在自家的窗口,举着的蜡烛在雾霭中毕剥作响。

"拉布德腊克太太,今天出的事儿,您丈夫没有给您讲吗?"

"没有哇,屠尔康太太,出什么事儿啦?"

"就是大堡的公证人,吉勒·戈丹先生骑着马,看见佛兰德使团那队人马,他的马就惊了,撞倒了塞勒斯坦修会的修士菲利坡·阿弗里奥先生。"

"真的吗?"

"一点儿不假。"

---

① 指1480年。
② 即从11月11日到次年2月2日。

"市民骑的一匹马！真有点邪门儿。要是骑兵队的一匹战马嘛，那倒没的说！"

窗户关上了，格兰古瓦的思路也断了。

幸好他很快就找到了思路的断头，毫不费力地重新接上，这也多亏了吉卜赛女郎和佳利。两个苗条、绢秀而喜人的倩影，一直走在前边，格兰古瓦赞赏她俩娇小玲珑的纤足、曼妙修美的身形、绰约多姿的体态，在观赏中几乎将她俩混淆起来：从颖慧和友爱的角度来看，觉得那是两个妙龄女郎；从轻盈、灵活、敏捷的脚步来看，又认为那是两只母山羊。

越走街道越黑，越阒无人声。宵禁的钟声早已响过。路上难得碰见一个行人，难得看见哪家窗户还透出灯光。格兰古瓦跟随埃及姑娘，闯入了错综复杂的一座迷宫——在古老的无辜圣婴公墓周围，小街、岔路和死胡同纵横交错，宛如被猫抓乱了的一堆线。

"这些街道，真是不通逻辑！"格兰古瓦叹道。他迷失在千回百转的盘陀路中，而看那女郎却轻步熟路，毫不迟疑，走得越来越快了。至于他本人，则完全转懵了，要不是拐过一条街道，偶然望见菜市场的那根八角形耻辱柱，看见柱顶鲜明投在韦德莱街一家亮灯窗户上的黑影，他真弄不清走到哪里了。

已经有好一会儿，那姑娘注意他了，多次回头，神色不安地望望他，有一次经过一家面包房，她甚至突然站住，借着半开的店门射出的灯光，从头到脚打量他一遍。瞥了这一眼之后，格兰古瓦见她又像他先前看到的那样撇了撇嘴，掉头又继续赶路。

姑娘这一撇嘴，倒引起格兰古瓦的考虑：她这娇嗔的表情中，肯定包含蔑视和嘲笑的意味。他这样一想，便不觉低下头来，放慢脚步，同那姑娘拉开了距离；待她拐进另一条街刚刚不见，就听见她尖叫一声。

他急忙快步跑去。

这条街伸手不见五指。不过，在拐角圣母像脚下有一个铁笼子，里面点着一盏油灯，格兰古瓦借着微光，看见吉卜赛女郎正在两条汉子的手臂中挣扎，那两条汉子极力堵住她的嘴，窒息她的叫喊。可怜的小山羊吓坏了，抵着角咩咩直叫。

"救人啊，巡逻队的先生们！"格兰古瓦高声呼救，勇敢地冲上去。抓住那姑娘的两条汉子，有一个朝他回过头来，原来是卡希魔多那张狰狞可怖的怪脸。

格兰古瓦没有逃跑，可也不敢向前多走一步。

卡希魔多却逼过来，反手一掌，就将他击出四步远，摔倒在铺石路上。接着，那个魔头一只手臂托着吉卜赛女郎，就像搭着一条丝巾似的，飞步跑掉，一忽儿便隐没在黑夜中。那个同伙跟在后边，也消失不见了。可怜的小山羊跟着追赶，咩咩惨叫。

"救命啊！救命啊！"不幸的吉卜赛姑娘连连呼叫。

"站住，坏蛋！把这个浪货给我放下！"突然像打雷般一声断喝，只见从邻街冲出一名骑手。

他是一名羽林军骑卫队长，全身披挂，手执一把巨剑。

他从惊愕的卡希魔多的手中夺过吉卜赛姑娘，横放在马鞍上。待狰狞可怖的魔驼定下神来，冲上去要夺回他掠获的女子，紧随队长的十五六名羽林军卫抢上前来，个个手执长剑。这是一小队禁军，奉巴黎军警统领罗伯尔·戴图维尔之命，沿街巡逻检查宵禁。

卡希魔多被包围逮捕，牢牢地捆住。他狂吼乱叫，口吐白沫，牙齿咬得咯嘣作响，如果是大白天，那么毫无疑问，单凭他这张因发怒而更加丑恶的脸，他就能吓跑这一小队人马。丑相是他的最可怕的武器，然而，黑夜却解除了他的武装。

他的同伙趁厮打的时候溜掉了。

吉卜赛女郎从马鞍上优美地坐起来,双手勾住年轻军官的双肩,定睛凝视他片刻,仿佛既喜爱他那英俊的相貌,又欣然感激他的搭救之恩。继而,她率先打破沉默,使甜美的声音更加甜美,问道:"警官先生,您尊姓大名?"

"浮比斯·德·夏多佩队长,为您效劳,我的美人儿!"军官挺身答道。

"谢谢。"姑娘说道。

浮比斯队长捻着他那勃艮第式的小胡子,姑娘趁机哧溜一下滑下马,像飞箭一般逃掉。

她消失得比闪电还快。

"他娘的!"队长勒紧捆绑卡希魔多的皮索,恨道,"我宁愿扣住那个浪货!"

"有什么办法呢,队长?"一名骑警说道,"黄莺飞走了,蝙蝠留下来。"

五　麻烦续篇

格兰古瓦摔得头昏眼花，躺在街角圣母像前面的石路上，渐渐恢复知觉，但还有一阵迷迷糊糊，神思飘浮，不乏温馨的感觉，朦胧中，吉卜赛女郎和小山羊两个空灵的倩影，同卡希魔多那拳沉重的一击水乳交融。这种状态持续时间不长。他的躯体接触路面的部位感到冰凉的刺激，这才猛地清醒过来，神志完全恢复了。"哪儿来的这股凉气呢？"他忽然自言自语，一看才发现，半个身子浸在阴沟里。

"独眼巨人这个魔头！"他恨恨地咕哝道。想爬起来，可是摔得太重，头发昏，浑身疼痛，只好躺在原地。好在手还能活动，他捂住鼻子，先忍一忍。

"巴黎的泥水，"他思忖道，（因为他相信阴沟是他的宿地已成定局：待在居所，不胡思乱想能干什么？）

"巴黎的泥水臭得厉害！一定含有大量挥发性硝酸盐。况且，尼古拉·弗拉麦勒和炼金术士都这么看……"

"炼金术士"这个词，令他猛然联想到克洛德·弗罗洛主教代理。他回想刚才撞见的暴力场面：吉卜赛姑娘在两个汉子中间挣扎，卡希魔多还有个同伙；想到这里，主教代理那阴沉高傲的面孔，在他的记忆中模模糊糊地闪现——"这就太怪啦！"他心中暗道。于是，他从这点出发，在这个基础上开始假想，造一座荒诞不经的大厦——哲学家用纸板搭起的城堡。继而，他又猛地重返现实："哎呀！我都冻僵啦！"他叫了起来。

的确，这地方越来越没法待了。阴沟污水的每个分子，都从格兰古瓦腰身夺走一分温暖，体温和水温渐趋平衡，叫人吃不消了。

祸不单行，另一种性质的麻烦，又突然向他袭来。一群孩子朝格兰古瓦躺着的街头跑来。他们永恒不变的名字就叫"流浪儿"，是一群野孩子，不管什么天气，总光着脚在巴黎街上乱窜，在我们小时候傍晚放学出校门，也正是他们，看见我们穿的不是破裤子，就朝我们投石块。这样一群淘气鬼，也不管附近居民睡不睡觉，一路大笑大叫，拖着一个不知装什么东西的奇形怪状的大口袋；单是他们木鞋的一片响声，就能把死人给吵起来；格兰古瓦还没有完全死去，也给吵得半抬起身子。

"唉嘿！埃纳甘·唐代什！唉嘿，约翰·潘斯布德！"他们扯着嗓门叫嚷，"拐角上专卖废铜烂铁的商贩，厄斯塔什·穆朋那个老家伙玩儿完啦，我们把他的草垫子弄来，点起一堆篝火。今天可是欢迎佛兰德人的日子呀！"

他们跑到近前，没有瞧见格兰古瓦，将草垫子一扔，正巧扔在他的身上。一个小家伙当即抽出一把草，要把圣母像座下的油灯上点燃。

"天哪！"格兰古瓦咕哝道，"一点着火，我岂不是太热了吗？"

情况万分危急，他就要遭到水火夹攻，于是拼命挣扎，就像要下油锅而拼命挣脱的造假币的犯人那样，他一跃而起，将草垫子朝流浪儿推过去，拔腿逃跑了。

"圣母啊！"孩子们惊呼，"铁器店老板又还阳啦！"

孩子们也都四处逃散。

草垫子主宰了战场。宗教裁判官倍勒福瑞神父和科罗泽都一口咬定：第二天，该区的教士们拾起草垫，非常隆重地送到圣运教堂的宝库中，圣器管理员从而大赚其钱，他宣扬说在一四八二年一月六日那个值得纪念的夜晚，莫功塞伊街口的圣母雕像大显神灵，驱除了厄斯塔什·穆朋的亡灵：该人临终时，蓄意将阴魂藏在草垫里，要向魔鬼搞个恶作剧。

六　摔罐成亲

　　格兰古瓦慌不择路，拼命跑了一阵，脑袋多次撞到街角的墙上，跨过一条条阴沟，穿过一条条小街，闯进一条条死胡同，转过一个个街口，踏遍菜市场周围的铺石马路，要从曲里拐弯的街巷中找个出路。我们的诗人真是惊慌失措了，如美妙的拉丁文古诗中所说，他探索了"所有大道、小路和途径"。跑了好一阵，他猛然站住，首先是因为喘不过气来，其次是因为一个疑念从头脑中闪现，揪住他的脖领，他用手指按住额头，自言自语："彼埃尔·格兰古瓦啊，您这么乱跑，看来没长脑子。那些淘气鬼怕您，不亚于您怕他们。跟您说吧，您往北边跑，想必听见了他们往南跑的木鞋声响。因此，二者必居其一：要么他们逃跑了，仓皇之间，一定丢下了草垫，那正好是热情招待您的床铺，而从一清早您就为此奔波，现在圣母把它送给您，是要奖赏您为她编了一出成功而热闹的圣迹剧；要么孩子们并没有逃跑，果真如此，他们肯定会点着草垫，那不正是一堆旺火，供您享用，既可暖暖身子，又可烤干衣裳。好床还是好火，不管哪种情况，反正草垫是天上掉下来的。也许正是这个缘故，莫空塞伊街头的圣母玛利亚才让厄斯塔什·穆朋死掉。可是您这位老兄，简直昏了头，就像庇卡底人碰上法兰西人，狼狈逃窜，却把您要在前面找的东西丢在后面：您真是大傻瓜一个！"

　　于是，他要原路返回，一面辨认方向，一面鼻嗅耳听，留神探索,竭力重新找到那块天赐的草垫。然而徒劳一场。房舍、死胡同、交叉口纵横盘结,他处处迟疑,进退维谷,只觉得这乱成一团麻的黑暗街巷,比小塔府邸的迷宫还要繁杂紊乱,令人晕头转向。他终于失去耐心,义正词严地喊道:"这些交叉的街巷真可恶!肯定是魔鬼按照他那铁叉的样子建造的。"

这样呵叱一声,总算出了一口气,这时,他忽然望见一条狭长街道的那头有一道红光,精神便为之一振,不禁又说道:"谢天谢地!就在那边!正是我的垫子在燃烧。"于是,他又自比黑夜迷航的船夫,虔诚地补充道:"致敬,致敬,海上的明星!"

他这句赞美诗,究竟是献给圣母还是献给草垫?我们不得而知。

这条长街是慢坡路,没有铺石块,越来越泥泞,也越来越倾斜。格兰古瓦没走出几步,就发现有些奇特的东西。看来这条路并非阒无一人,沿街爬着一团团不知什么东西,模模糊糊,奇形怪状,纷纷爬向街那头闪动的亮光,犹如笨重的昆虫,夜间沿着一根根草茎爬向牧人的篝火。

人处于什么境况,都不如身上一文不名这样富于冒险精神。格兰古瓦继续往前走,很快赶上那些毛毛虫中爬得最慢、落到后面的一条,靠近前一看,才明白这不是别的东西,而是一个失去双腿的可怜残疾人,只见他用双手撑着蹿动,仿佛仅剩两只脚的受伤的盲蛛。格兰古瓦从跟前经过时,这只人面蜘蛛抬头看看他,声调凄惨地哀告:"行行好吧,老爷,行行好吧!"

"让魔鬼把你抓走!"格兰古瓦说,"也把我一道抓走,我若是明白你要说什么!"

他扬长而去。

接着,他又赶上另一个爬行动物,仔细瞧了瞧,原来是个又缺胳膊又短腿的残疾:此人的木腿和拐杖结构复杂,支撑着身子,整个儿像移动的脚手架。格兰古瓦满腹典雅的譬喻,眼前所见,心中便化作火神的三足活鼎。

这只活鼎见他过来,便举帽致敬,帽子就停在格兰古瓦的下颌跟前,好像刮胡子的托盘,同时对他耳朵喊道:"骑士老爷,赏两个钱买块面包吧!"

"看来这一个也会说话,"格兰古瓦说道,"可是,这种语言太粗鄙,他本人若是懂得,那就比我走运。"

他拍了拍额头,忽然联想起一件事:"对啦,他们上午说的'爱丝美拉达',究竟是什么意思呢?"

他刚要加快脚步,却又第三次被什么东西挡住去路。说什么东西,不如说是什么人:是个瞎子,个头儿不高,满脸胡须,一副犹太人面孔,由一条大狗带路,手拿木棍往周围乱杵,他鼻音很重,带着匈牙利人口音对格兰古瓦说:"行行好吧!"

"好极啦!"彼埃尔·格兰古瓦说道,"总算有个讲基督教语言的人了。看来我是一副乐善好施的相貌,尽管身无分文,也纷纷有人要我施舍。我的朋友(他转身对瞎子说),上周,我把最后一件衬衣卖掉了;既然您只懂西塞罗的语言,这就是说:上周我把最后一件衬衣卖掉了。"

说罢,他掉头继续赶路;不料瞎子也拉长步子跟上来,同时,另外两个残疾人,那个瘫子和那个腿脚残废者,也都急匆匆赶上来。他们三个跌跌撞撞,紧紧跟着可怜的格兰古瓦,并开始向他唱歌:"行行好吧!"瞎子唱道。

"多施舍点钱!"腿脚残废的人唱道。

"买块面包!"跛子按照原调反复唱道。

格兰古瓦赶紧捂住耳朵,喊道:"噢!巴别塔啊!"

他拔腿跑起来。瞎子也跑,跛子也跑,残腿人也跑。

他越深入这条街，周围的残腿人、瞎子、跛子也越聚越多，还加进来没胳膊的、独眼的、满身大疮患麻风的，有的从房舍里出来，有的从旁边的小巷里钻出来，有的从地窖的气窗里爬出来，他们呼噪、狂吼、尖叫，全都一瘸一拐，跌跌撞撞，蜂拥冲向亮光，在泥泞中翻滚挣扎，活像雨后的蛞蝓。

三个追命鬼紧跟不舍，格兰古瓦真不知道会落到什么地步，他慌不择路，在那些人中间逃窜，绕过跛子，跨过残腿的人，但是畸形人密密麻麻，处处绊脚，真像那个英国船长误入蟹群中。

格兰古瓦忽又想到，还不如往回跑，然而为时已晚，一大群人封锁了退路；那三个乞丐又紧追不放，他只好继续向前，既受这不可抗拒的浪潮所推涌，又被恐惧情绪所驱赶，一时六神无主，恍若经历一场噩梦。

终于跑完这条街，尽头是一大片空场，只见迷蒙的夜雾中，有成百上千的亮点闪烁。格兰古瓦仗着腿快，直冲过去，要把三个纠缠他的残疾幽灵甩掉。

"你这家伙，往哪里去？"缺胳膊少腿的人大吼一声，扔掉拐杖，迈开大步追上去，那敏捷的步伐是巴黎街头前所未见的。

这工夫，那个无腿的人也直挺挺站起来，他把沉重的铁包皮扣到格兰古瓦的头上，而瞎子则面对面看他，瞪大的眼睛射着光芒。

"我这是在哪儿啊？"诗人说，他简直吓蒙了。

"在奇迹宫廷。"第四个幽灵走上前来答道。

"我以灵魂发誓，"格兰古瓦又说道，"我清清楚楚看到，瞎子能看见东西，跛子能奔跑了，可是，救世主在哪儿？"

他们报以一阵哄笑，笑声阴森可怖。

可怜的诗人环视周围：的确，在这种时刻，从来没有一个好人走进可怖的奇迹宫廷；这是个魔圈，无论大堡的军校还是京城的警官,胆敢闯进来的,无不粉身碎骨;这是贼窝,是巴黎脸上的脓疮;这是条阴沟,每天早晨污水流出去,夜晚又流回来停滞,满载着邪恶、乞讨和流浪,即在各国京城常年横溢的流浪;这巨大的巢穴,每天晚上,社会的一切寄生虫都满载而归;这是骗人的医院,吉卜赛人、还俗的修士、失足的学生,诸如西班牙、意大利、德意志等所有民族,诸如犹太、基督、伊斯兰、偶像崇拜等各个宗教的渣滓,他们白天敷上假造的伤口,化装要饭,夜晚在这里摇身一变而为强盗;总而言之,这是一间巨大的化妆室,在巴黎街头上演的偷盗、卖淫、谋杀这类永恒喜剧的所有演员,当年就是在这里上装卸装的。

这片广场很宽阔,跟当时巴黎所有广场一样,形状不规则,铺石路面也不平整。四处火光闪亮,每处火光都围着一群奇特的人。他们窜来窜去,大叫大嚷。还听见尖厉的笑声、孩子的啼哭、女人的声音。他们的手和头映衬着火光,显现出各种各样奇形怪状的黑影。地面上跳动的火光伴有难以言状的憧憧巨影,不时能看到过去一条仿佛人形的狗,或者一个仿佛狗形的人。这里就像群魔宫殿,种族的界限、物种的界限,似乎打消了。男人、女人、禽兽、年龄、性别、健康、疾病,全部掺杂,混淆,重叠起来,融为一体,无不为这群人所共有,所共享。

格兰古瓦在惶恐中,借着微弱而闪动的亮光,依稀辨出巨大的广场围着一圈破烂不堪的房子,门脸儿都虫蛀斑斑,变得干瘪而萎缩,每座都开了一两个有亮光的天窗,在黑暗中看去,像围坐一圈的老太婆的巨大脑袋,样子既怪诞又乖戾,眨着眼睛在观赏群魔乱舞的场面。

这又像一个前所未见、闻所未闻的新世界,是爬行动物麇集、怪异荒诞的世界。

格兰古瓦被三个乞丐像钳子一般紧紧抓住,又被周围一群人的咆哮震聋了耳朵,越发吓得魂飞魄散。这个倒霉的家伙极力收拢神思,回想今天是不是礼拜六[①]。可是白费劲,他的记忆和思路已然中断,什么都怀疑起来,思想从所见飘忽到所感,他一再向自己提出这个无法回答的问题:"如果我存在,那么这一切存在吗?如果这一切存在,那么我存在吗?"

在周围一片喧哗吵嚷中,一声清晰的叫喊响起来:"带他见大王去!带他见大王去!"

"圣母啊!"格兰古瓦咕哝道,"这里的大王,一定是公山羊了。"

"带去见大王!带去见大王!"众人不断地叫嚷。

人人都来拖他,都争先恐后朝他伸出指爪。然而,那三名乞丐就是不松手,吼叫着同其他人争夺:"他是我们的!"

诗人那件上衣本来就病入膏肓,这一撕扯也就寿终正寝了。

他穿越可怕的广场时,目眩神迷的感觉消失了,走了几步之后,便恢复了现实感。他在逐渐适应这里的氛围。起初,从他那诗人的头脑里,说得简单通俗些,也许是从他那空腹中,升起一道烟雾,也可以说是一层水汽,扩散开来,笼罩住景物,看上去影影绰绰,如在噩梦的迷雾中,在梦幻的黑暗里,万物的轮廓都在抖动,都在扭曲变形,相聚为庞然的堆叠,景物纷纷化为龙蛇虎豹,人也都变为魑魅魍魉。继而,这种种幻象渐渐退隐,他的目光不那么迷乱,也不那么放大景物了。真实世界在他周围重现本相,既触目又绊脚,一块一块拆毁他原以为身陷其中的可怕的诗境。必须看到他并不是徒涉冥河,而是跋涉在泥泞中;必须看到推拥他的并不是魔

---

① 西方习俗,礼拜六夜晚是群魔乱舞的时候。

083

鬼，而是强盗；经历险境的并不是他的灵魂，而不折不扣是他的性命（既然他缺少金钱——能十分有效地在强盗和好人之间斡旋的可贵调停者）。格兰古瓦更加仔细，也更加冷静地观察这种狂欢，终于从群魔舞场跌入了下等酒店。

其实，奇迹宫廷不过是一家下等酒店，而且是强盗酒店，那一片殷红，既是血色，也是葡萄酒色。

那几个衣不蔽体的人护送他跑完一程，到达目的地，终于放开他。这时映入眼帘的，并不能把他拉回诗境，甚至拉不进地狱的诗境。这是空前缺乏诗意的冷酷现实：小酒店。如果故事不是发生在十五世纪，那么我们就会说，格兰古瓦是从米开朗琪罗跌落到卡洛。

一块大圆石板上燃着一堆旺火，火焰烧红了此刻还空着的三角支架。几张虫蛀的桌子胡乱摆放，没有一个略懂几何学的仆役肯把桌子摆摆整齐，至少防止它们相互切割成罕见的角度。桌上放着大酒碗，满满装着葡萄酒和麦芽酒，许多醉汉聚在周围，他们借着酒力和火力，一个个脸膛红得发紫。其中一个汉子大腹便便，一脸快活的神气，正热火朝天地同一个满身肥肉的妓女亲热。还有一个假当兵的，用他们的黑话来说，就是"油子"，他吹着口哨，正一道一道解下假伤口的绷带，舒展开从早晨起就千缠万裹的健壮膝盖。对面是一个病鬼，他正用白屈菜和牛血炮制次日要用的"伤腿"。再过去两张桌子，有个假扮香客的强盗，他一身朝香的装束，口里念着圣后怜世经，而且加重鼻音，操着诵圣诗的声调。另一个角落有个小无赖，正向一个老疯魔学习发羊痫风的技艺，如何嚼着肥皂块口吐白沫。旁边有个"水肿患者"正在放水消肿，熏得四五个女拐子连忙捂住鼻子，而此刻，她们也围着桌子争夺当晚偷来的一个小孩。

这形形色色的场景，正如二百年后索瓦尔所记述的："宫廷认为十分滑稽可笑,就搬来为国王消遣,并采纳为芭蕾舞剧《黑夜》为垫戏;这部四幕的芭蕾舞剧,曾在小波旁宫为国王演出。"看过一六五三年那场演出的人补充说,"'奇迹宫廷'里各种形体的突然变幻,表演得精彩极了。邦斯拉德还作了几行相当优美的赞诗给我们看。"

这里,到处可闻粗野的狂笑、淫荡的歌声。人人都想引起注意,只顾讲话,只顾笑骂,根本不听旁人说什么。酒杯碰得叮当响,碰杯又引发争吵,杯子豁口又挂坏破衣衫。

一条大狗蹲在那里,眼睛盯着火堆。几个孩子也混入这狂饮欢宴的行列。那个被偷来的孩子又哭又叫。另外一个四岁的胖小子坐在高凳上,双腿垂在半空,下颌刚够着桌沿儿,待在那里一声不吭。第三个孩子,正用手指把流下来的蜡烛油摊在桌面上。还有一个小家伙蹲在泥地上,整个身子几乎钻进一口大锅里,用瓦片刮着,发出的噪音足令斯特拉狄瓦里乌斯晕过去。

一名乞丐坐在火堆旁的大酒桶上,他就是坐在宝座上的花子王,丐帮帮主。

三个家伙把格兰古瓦拖到酒桶前,狂呼滥饮的人一时静了下来,只有那孩子还在大锅里刮出声响。

格兰古瓦大气不敢出,眼睛也不敢抬一抬。

"小子,把帽子摘下来!"抓他来的一个家伙说道。还未待他明白是什么意思,那人就一把掀掉他的帽子。这顶尖帽破虽破,但总还能遮遮太阳,挡挡雨。格兰古瓦叹息一声。

这时,高坐在酒桶上的帮主开口问道:"这小子是什么东西?"

格兰古瓦惊抖一下。这人的声音尽管颇有声威,还是令他想起另一个声音,正是今天午间在观众中哀叫"行行好吧!"给他的圣迹剧头一个打击的声音。他抬头一看,果然是克洛班·特鲁伊傅。

克鲁班·特鲁伊傅虽然披挂着王者的标志，但还是不折不扣地穿着他那身破衣烂衫，手臂上的脓疮不翼而飞了。他手中拿一根白皮条鞭子，就是当时军警用来驱赶百姓的那种"赶人鞭"。他戴的帽子镶了一圈箍，帽顶收口，说不准是软垫童帽还是王冠，因为两者太相似了。

格兰古瓦看到奇迹宫廷这个大王，认出正是搅他戏的那个该死的乞丐，但又不知为什么他心中反而重萌一线希望。

"师傅……"他结结巴巴地说，"大人……陛下……我该怎么称呼您呢？"他终于承认道。称呼升级到了顶点，他确实不知道如何再往上升，如何降下来了。

"大人、陛下，或者伙计，随你怎么叫我都行！你可得快点儿。你有什么话要替自己辩护？"

"替自己辩护？"格兰古瓦心想，"这话听着可别扭。"他又嗫嚅道："我就是今天那个……"

"让魔鬼一爪子抓你去！"克洛班打断他的话，"叫什么名字，小子，少废话。告诉你，你面前是三位强大的君王：我，克洛班·特鲁伊傅，金钱王国的国王，丐帮大头目的传人，黑帮王国的大君；你看那边，头缠破布条、黄脸膛的那个老家伙，他叫马提亚斯·韩加迪·斯皮卡利，是埃及和波希米亚大公；再有那个胖子，没有听我们讲话、正抚摩一个浪货的那个，他叫纪尧姆·卢梭，是伽利略皇帝。由我们三人来审你。你不是黑帮成员，却闯入黑帮王国里，侵犯了本城的特权，应当受到惩罚，除非你是'加朋''真米肚'或'离福地'，用正人君子的黑话来说，就是窃贼、乞丐、流浪汉。你是这一类人吗？说一说吧。亮出你的身份。"

"可惜！"格兰古瓦答道，"我没有这份儿荣幸。我是创作那出……"

"别说了,"特鲁伊傅不容他说完,就喝断他的话,"要吊死你!理所当然,正派的市民先生们!你们那边怎么对付我们,我们这边就怎么对付你们。你们订什么法律惩罚无家无业的游民,游民也拿什么法律惩罚你们。如果说法律太残忍,那也是你们的过错。就应该不时地观赏观赏,一个正人君子脖子套上绳索的那副怪相,这样,事情才公平合理。好啦,朋友,快活一点,把你的破衣服分给这里的小姐们。我要吩咐人把你吊死,好让这里的无赖汉开开心。你的钱袋呢,给他们买酒喝。你要是弄什么仪式,那儿有个石臼①,里边有个石头天老儿,还很像样,是我们从公牛圣彼得教堂偷来的。给你四分钟,去把你的灵魂扔到他的头上。"

这番话真叫人胆战心寒。

"以我的灵魂发誓,讲得真棒!克洛班·特鲁伊傅布道,比得上教皇那个圣老儿。"伽利略皇帝嚷道,同时摔破酒碗去垫桌子腿。

"皇上和王上各位陛下,"格兰古瓦冷静地说道,不知怎的,他又定下神来,说话的口气坚决了,"你们可不能这么干。我叫彼埃尔·格兰古瓦,是个诗人,今天白天在司法宫大堂里演出的寓意剧,就是我创作的。"

"哦!是你呀,师傅!"克洛班说道,"以上帝的脑袋保证,我也在那儿啦!这又怎么着,伙计,就因为白天你让我们无聊了好一阵,晚上就不吊死你了吗?"

"恐怕在劫难逃了,"格兰古瓦暗自思忖,不过他还要拼一下:"我不明白为什么诗人就不能算作无家无业的游民。流浪汉,伊索就是一个;乞丐,荷马就是一个;窃贼,墨丘利就是一个……"

---

① 轻蔑的口气,指石雕神龛。

克洛班打断他的话:"你说的什么鬼话,是想蒙我们呀!他妈的,别扭扭捏捏,痛痛快快让我吊死算啦!"

"请原谅,金钱王国国王陛下,"格兰古瓦回驳道,现在他寸土必争了,"我的话值得听一听……请等一等!……听我说……您总不至于还没听我申诉就判决我吧……"

其实,他这哀求的声音,完全淹没在周围的喧闹声中了,那个小鬼越发起劲地刮锅。更有甚者,一个老太婆刚把铁锅放到烧红的三脚架上,满锅的肥油熬得哗哗乱响,仿佛一群孩子吵吵嚷嚷,跟随一个戴假面具的人。

这工夫,克洛班好像在同埃及大公和酩酊大醉的伽利略皇帝商量事,他厉声喝道:"安静点儿!"然而,那口大锅和熬油锅却不听他这一套,继续演出二重唱。于是,他从酒桶上跳下来,飞起一脚,踢得大锅连同孩子一起滚出十来步远。接着又是一脚,将铁锅里的肥油全踢翻到火堆上,末了,他大摇大摆地回到宝座上,根本不理睬那孩子的抽泣、那老太婆眼看晚餐化作白烟而发的怨艾。

特鲁伊傅招招手,立刻过来几个人,在他身边排成马蹄铁形,有大公、皇帝、头号打手和伪善人;围在中间的格兰古瓦,始终被死死地揪住。这个半圆圈陈列着破衣烂衫、金箔、叉子、斧头、冒着酒气的小腿、赤裸的粗胳膊、肮脏、委顿而呆痴的面孔。克洛班·特鲁伊傅身居中间,这群要饭花子的圆桌会议如果是元老院,那么他就是大元老;如果是贵族团,那么他就是大首领;如果是红衣主教会议,那么他就是教皇。一来他高高坐在酒桶上,二来他有一副难以描摹的傲慢、粗野而狂暴的神态,这使他的眼珠放射贼光,也冲淡了他那粗犷的形貌中兽性的特质。可以说是猪群中的一头野猪。

"听着,"特鲁伊傅用粗硬的手抚摸着畸形的下巴,对格兰古瓦说,"我想不出为什么就不能吊死你。不错,看样子你老大不愿意;显而易见,你们这些市民还不习惯。你们把这事儿想得太玄乎了。说穿了,我们并不想跟你过不去。眼下,你要想活命,还有一个办法。你愿意入伙吗?"

格兰古瓦眼看小命要丢,开始万念俱灰,忽听这样一个建议,有什么反应是可想而知的,他狠命地抓住,说道:"我当然愿意,求之不得。"

"你同意加入火剑帮①吗?"克洛班又问道。

"加入火剑帮,正中下怀。"格兰古瓦答道。

"你承认自己是无法无天的刁民②吗?"金钱国国王又问道。

"是无法无天的刁民。"

"是黑帮王国的顺民?"

"是黑帮王国的顺民。"

"是个流浪汉?"

"是个流浪汉。"

"连灵魂都是?"

"连灵魂都是。"

"告诉你吧,即便如此,也要照样吊死你。"大王又说道。

"活见鬼!"诗人说道。

"只不过,"克洛班不动声色地继续说,"过些时候再吊死你,要守法的巴黎城出钱,搞得隆重些,使用有气派的石柱绞刑架,由那些良民执刑。这样死了也是一种安慰。"

"您说得对。"格兰古瓦答道。

"还有别的好处呢。当了刁民,不用交泥路捐、穷苦捐,也不

---

① 火剑帮即由无家无业的人组成的丐帮。
② 这里指不交苛捐杂税的人。

用交灯火捐，这些钱，巴黎良民可都得拿。"

"那好吧，我同意，"诗人说道，"我就是流浪汉、黑帮分子、刁民、火剑帮客，要我当什么都成。其实这些，我早就是了，金钱大王陛下，因为我是哲学家嘛；哲学包罗万象，哲学家兼为万众，这您是知道的。"

金钱国大王皱起眉头，说道："你当人不识数啊，朋友？你跟我胡诌什么，不就是匈牙利犹太黑话吗？我可不懂希伯来语。做强盗，不见得非是犹太人不可。现在，我甚至都不动手盗窃了，我超出了这种行当，要动手就是杀人。割喉咙，干；割钱袋，不干！"

他这一生气，讲话越来越断断续续，格兰古瓦很想插进这句抱歉的话："请原谅，陛下，我说的不是希伯来语，而是拉丁文。"

"告诉你，"克洛班怒冲冲地接着说，"我不是犹太人，我要叫人吊死你，犹太教的肚皮！连同你身边卖假货的小犹太，我真希望有那么一天，看见他钉死在柜台上，就跟一枚假钱币那样！"

他边说边指着那个满脸胡子的小个儿匈牙利犹太人，正是先前对格兰古瓦说"行行好吧"，讲匈牙利话的那个家伙；而他又听不懂别的语言，看着金钱国大王冲他发火，真是惊诧不已。

克洛班大人终于平静下来，又问诗人："小子！你愿意当流浪汉？"

"毫无疑问。"诗人答道。

"光愿意还不够，"暴性子的克洛班说道，"好愿望，并不能给菜汤里增添一个葱头，只能帮助上天堂；然而，天堂和黑帮是两码事。要想加入黑帮，你得证明自己还有点用处，瞧瞧你摸假人的钱包怎么样。"

"您要我摸什么都成啊！"格兰古瓦答道。

克洛班挥了挥手，几个黑帮分子离开圈子，工夫不大，搬回来两根立柱。立柱下端有平木和支架,放在地上好稳当些,上端架一根横梁;一个很像样的便于移动的绞刑架,眨眼工夫就在格兰古瓦面前竖起来,不由得他不满意。什么也不缺,连绞索都有,吊在横梁下悠然地摆来摆去。

"他们要搞什么名堂?"格兰古瓦纳闷,心里不安起来。恰好这时,一阵铃响打消了他的忧虑:丐帮的人又搬来一个假人,用绳索套住脖子将它吊起来。只见它穿着红衣裳,颇像吓唬鸟雀的草人,浑身挂满了大小铃铛,足够三十匹卡斯蒂利亚骡子披挂的了。这么多铃铛随着吊绳的摇曳响了一阵,声音渐渐止息。同时,那假人也静止不动了,完全顺应代替滴漏计和沙时计的钟摆的规律。

克洛班指了指假人下面的一个摇摇晃晃的破旧短凳,对格兰古瓦说:"站上去!"

"要死啦!"格兰古瓦提出异议,"我会折断脖子的。您这凳子瘸腿,就跟马提雅尔的警句诗一样:一条腿六音步,一条腿五音步。"

"上去!"克洛班又说道。

格兰古瓦登上去,脑袋和手臂摇晃半响,总算找到了重心。

"现在,"金钱国大王接着说,"你把右脚盘到左腿上,踮起左脚尖。"

"陛下,"格兰古瓦说道,"您是非要我摔断胳膊腿不可啦?"

克洛班摇了摇头,说道:"听着,朋友,你的废话太多。两句话就能给你讲清楚:你这样踮起脚,就能摸得着假人的衣兜,兜里有个钱包,你能掏出来,又不碰响铃铛,就算合格了,可以当丐帮的人,只需挨鞭子抽一周就行了。"

"噢,上帝的肚子!挨鞭子可不干,"格兰古瓦说道,"万一我把铃铛碰响了呢?"

"那就吊死你。明白吗？"

"一点也不明白。"格兰古瓦答道。

"再告诉你一遍：你要摸假人的衣兜，把钱包掏出来，哪怕碰响了一个铃铛，也得吊死。这回明白了吧？"

"好吧，"格兰古瓦说，"我明白了。还怎么样呢？"

"你要是掏出钱包，又没有碰响铃铛，那你就成了丐帮的人，然后连续鞭打你一星期。现在你总该明白了吧？"

"哎，陛下，我又糊涂了。我怎么才能便宜点呢？一种情况是吊死，另一种情况是挨打……"

"加入丐帮呢？"克洛班又说，"加入丐帮呢？难道这不算什么吗？打你也是为你好，让你的皮肉经得起打。"

"太谢谢啦。"诗人答道。

"好啦，动作快点儿。"大王说着，用脚磕酒桶，就像敲大鼓一般发出咚咚的声响，"快点掏假人的兜儿，把这事儿了啦！我最后一次警告你：只要听见一声铃响，我就让你代替这个假人。"

黑帮分子听了克洛班的话，都鼓掌喝彩，纷纷围上来，在绞刑架四周站了一圈，残忍地哈哈大笑，格兰古瓦一看便明白，他们实在太开心了，什么都干得出来。因此，他不再抱任何希望，只存一点侥幸心理，能顺利完成强加给他的这一可怕的操作。他决意冒险一试，不过动手之前，他还是虔诚地祈祷一番，求他要掏包的假人高抬贵手，也许这假人比丐帮的人更容易动恻隐之心。这么多铃铛，一个个都像眼镜蛇，张开大口，吐着小铜舌，看样子随时要咬他，要发出咝咝的声音。

"噢！"他喃喃说道，"怎么可能，我的小命就系于这里一个小铃的轻微摇晃吗？噢！"他双手合十，又默祷："响铃啊，劳驾别响！摇铃啊，劳驾别摇！晃铃啊，劳驾别晃！"

他还想碰碰运气，问特鲁伊傅："万一刮来一阵风呢？"

"照样吊死你。"对方毫不犹豫地答道。

看来毫无回旋、缓解的余地，也没有任何借口解脱。于是他横下一条心，右脚盘到左腿上，踮起左脚，伸出手臂，可是刚摸到假人，由一只脚支撑的身子，就在只有三条腿的凳子上摇晃起来。他下意识地去扶假人，立刻失掉平衡，重重地摔倒在地；而那假人被他手掌一推，转了个身，顺势移动，在两根柱子之间大摇大摆起来，身上无数铃铛催命一般响成一片，震得格兰古瓦两耳发聋。

"该死！"他摔下时叫了一声，趴在地上不动了，就像死了似的。

这当儿，他听见头上可怕的铃声震天响，丐帮的人怪声狂笑，还听见特鲁伊傅说道："把这家伙给我拉起来，吊上去，绝不轻饶！"

格兰古瓦爬起来。这时，假人已经解下来，给他让位了。

黑帮分子把他揪到凳子上。克洛班走过来，用绳索套住他的脖子，拍拍他的肩膀，说道："永别了，朋友！哪怕有教皇那样一副弯弯肠子，这回你也逃不掉了。"

格兰古瓦想说"饶命"，但话到唇边又咽了下去。他游目四望，一点希望也不见：他们都在哈哈大笑。

"星星美葡萄，"金钱国大王叫道，只见一个大块头的乞丐应声出列，"爬到横梁上去。"

星星美葡萄敏捷地爬上横梁；过了一会儿格兰古瓦抬起头，看见他蹲在上面的横梁上，不禁心惊胆战。

"现在，"特鲁伊傅又说，"我一拍手，红脸安德里，你就用膝盖把凳子拱倒；弗朗索瓦唱李子，你就抱住这小子的腿往下拉；你呢，美葡萄，你就一下子跳到他肩上。你们三个要同时行动，听清楚了吗？"

格兰古瓦不寒而栗。

"准备好了吗?"克洛班·特鲁伊傅对他们三个说。这三个黑帮分子准备扑到格兰古瓦身上,像三个蜘蛛要扑向一只苍蝇。可怜的家伙,受刑前的等待真可怕;这工夫,克洛班还不慌不忙,将几根没有烧着的树枝踢进火堆里。"准备好了吗?"他又重复问道,双手张开准备击掌。再过一秒钟,就玩儿完了。

然而他却停住了,好像突然有了个什么念头。

"等一等,"他说道,"我倒忘啦!……咱们还有个规矩:要吊死一个男的,总得先问问有哪个女的要他——伙计,你只有这最后一点活路。要么跟一个女花子结婚,要么跟绳子结合。"

吉卜赛人的这条法律,不管读者觉得多么怪异,可是直到如今,还在英国宗教古法典中有详细记载。请参阅《柏灵顿法规评述》。

格兰古瓦长吁了一口气。半小时以来,这是他第二次死里逃生,因此,他不敢过分相信。

克洛班重又爬上大酒桶,嚷道:"喂!喂!女的,娘儿们,你们当中,从女巫到女巫的雌猫,凡是母的,有哪个骚货想要这个浪子?喂,科莱特·拉夏龙!伊丽莎白·特鲁凡!西蒙娜·若杜因!玛丽·皮埃德布!托娜·拉龙格!贝拉德·法努埃尔!蜜歇儿·日纳伊!咬耳朵克洛德!玛图琳·吉罗鲁!喂!伊莎博·拉提埃里!你们都过来呀,都瞧一瞧啊!白捡一个男人!谁要啊?"

格兰古瓦这副惨相,当然吊不起人家的胃口。女花子看到处理的这种货色,似乎都没有什么兴趣。倒霉的家伙听见她们回答:"不要!不要!吊死他吧,还可以让大家开开心!"

不过,还是有三人出列,走过来嗅嗅他。头一个是四方脸的胖姑娘,她仔细察看哲学家这件寒酸的上衣,只见大窟窿小眼,比炒栗子的破锅还破。胖妞儿做了个鄙夷的鬼脸,咕哝一声:"破铺衬!"又问格兰古瓦:"瞧瞧你的斗篷吧?"

"斗篷丢了。"格兰古瓦答道。

"你的帽子呢?"

"给人抢去了。"

"鞋怎么样?"

"鞋底磨穿了。"

"你的钱包呢?"

"唉!"格兰古瓦结结巴巴地答道,"身上一个铜子也没有了。"

"那就让人吊死吧,还得说声谢谢!"女花子啐道,扭头走了。

第二个是老太婆,一张黑脸满是皱纹,奇丑无比,就是在奇迹宫廷也有碍观瞻。她围着格兰古瓦转了一圈,吓得他直发抖,还真怕被她要了去。不料,她也嘟囔一句:"他太瘦了。"于是走开了。

第三个是个年轻姑娘,长得不太难看,还算有两分姿色。

"救救我吧!"可怜的家伙低声向她哀告。

姑娘倒是有怜悯他的意思,端详了一会儿,然后垂下目光,摆弄衣裙,一时拿不定主意。格兰古瓦注视着她的一举一动:这是他最后的一线希望了。"不行,"姑娘终于说道,"不行!纪尧姆·龙格儒会揍我的。"她也回到人群里了。

"伙计,活该你倒霉!"克洛班说道。

说罢,他从大酒桶上站起来,嚷道:"没人要吗?"他模仿拍卖场估价员的声调,逗得全场哈哈大笑:"没人要吗?一——二——三——!"他转向绞刑架,点头示意,说了一声"拍板!"

星星美葡萄、红脸安德里和弗朗索瓦唱李子闻声一齐朝格兰古瓦靠过去。

恰好这时,黑帮堆里有人喊了一声:"爱丝美拉达!爱丝美拉达!"

格兰古瓦浑身一抖，扭头朝叫嚷声那边望去，只见人群闪开一条路，走来一个光艳照人的清秀女子。

正是那个吉卜赛女郎。

"爱丝美拉达！"格兰古瓦在惊愕中不禁说道。他听到这个具有魔力的词，突然想起这一天种种遭遇，怎能不激动万分。

这个天生尤物世间罕见，她那魅力和美貌，似乎在奇迹宫廷也有极大威力。黑帮男女都悄悄为她让路，他们看见她，粗野的面孔都笑逐颜开。

美丽的山羊佳利跟在后面。她脚步轻快，走到受刑的人跟前，默默地端详了片刻，只见格兰古瓦此时已经半死不活了。

"您要吊死这个人吗？"姑娘向克洛班郑重问道。

"是啊，妹子，"金钱国大王答道，"除非你要他做老公。"

姑娘撇了撇下嘴唇，做出她常有的娇态。

"我要他了。"她答道。

到了这一步，格兰古瓦确信从早上起，他无非在做梦，而这是接续的梦境。

尽管逢凶化吉，变化也的确来得太突然了。

有人将绳套活结解开，把诗人从凳子上扶下来。由于精神上受的刺激太强烈，他不得不坐下。

埃及大公一言不发，拿来一个瓦罐。吉卜赛姑娘把它递给格兰古瓦，说道："把它摔到地上。"

瓦罐摔成了四瓣。

"兄弟，"埃及大公说着，双手按住他俩的额头，"她是你老婆；妹子，他是你老公。婚期四年。好啦。"

七 新婚之夜

过了一会儿,我们的诗人就置身于一个小房间,坐在桌前了。这间屋尖拱棚顶,又严实又暖和;这张桌子似乎亟待旁边的食品吊橱借给点东西;可以想见还有一张舒舒服服的床,以及相与厮守的一位美丽姑娘。这场奇遇简直神了。他当真开始认为自己是童话中的人物了,还不时左顾右盼,看看由两只生翅膀的神兽驾驶的火焰车是否还在,因为只有这种火焰车,才能如此飞速地把他从塔耳塔洛斯狱①送上天堂。有时,他死盯住自己上衣的破洞,好紧紧抓住现实,免得完全失去依托;他的理智在想象的空间飘荡,也只靠这一根细线维系了。

年轻的姑娘似乎根本不理睬他,只是在屋里走来走去,时而碰到一张小凳子,时而同小山羊说两句话,时而又撇撇嘴。终于,她走过来,挨着桌子坐下。格兰古瓦可以从容地端详她了。

读者啊,你有过童年,或者很幸运还处于童年时期,你大概不止一次(至于我本人,童年有多少天那样度过,那是我一生利用最充分的日子)。在阳光明媚的日子,沿着小河边,从一个灌木丛跑到另一个灌木丛,追逐美丽的蓝蜻蜓或绿蜻蜓,看着蜻蜓飞旋,急速转弯,轻吻每一枝树梢。你还记得,当时抱着那么迷恋的好奇

---

① 在希腊神话中,塔耳塔洛斯是囚禁冒犯宙斯的神仙和英雄人物的地方,在罗马神话中就成为地狱。

心,一个心思注视那沙沙嗡嗡飞旋的小东西,捕捉那紫红和蓝色翅膀疾飞中飘忽不定的形体。是啊,在翅膀的震颤中,那空灵的形体难以捕捉,显得那么虚幻,那么缥缈,既无法触摸,又无法察看。不过,蜻蜓一旦栖止在芦苇梢上,就可以观察了;你敛声屏息,细看那薄纱似的长翼、那身珐琅般的长袍、那对水晶一样的眼珠,心中怎不暗暗称奇,怎不怕那形骸重新化作幻影,那实体重又遁入虚无!回想一下那种种印象,你就不难洞悉,这个爱丝美拉达,在歌舞喧嚣的旋涡中一直扑朔迷离,而此刻格兰古瓦可见可触她的形体,心中究竟是一种什么感受。

　　格兰古瓦越来越沉溺于梦想,失神的目光还跟随她的一举一动,暗自思忖:"'爱丝美拉达'难道就是她吗?一位天仙!街头跳舞的一个姑娘!既是神品,又如此低贱!白天,正是她最终断送了我的圣迹剧;晚上,又是她搭救了我的性命。她是我的丧门星,又是我的好天使!……老实说,是个如花似玉的女子!……她肯定爱我爱得发狂,才会这样把我要下来——真的,"他猛然起身,带着构成他性格和哲学基础的现实感,自言自语,"我还没搞清是怎么回事,就成了她的老公!"

　　这个意念从他的目光中流露出来,他雄赳赳地,但又殷勤地凑过去,吓得姑娘连连后退,问道:"您要干什么?"

　　"这还用得着问吗,可爱的爱丝美拉达?"格兰古瓦回答的声调亲热极了,连他自己听了都大为惊奇。

　　埃及女郎睁大了眼睛:"我不明白您是什么意思!"

　　"怎么!"格兰古瓦又说,他的头脑越来越发热,心想自己要对付的,无非是奇迹宫廷的一种贞操,"多情的朋友,我不是你的人吗?你不是我的人吗?"

　　说着,他老实不客气地去搂姑娘的腰。

吉卜赛女郎的衣衫跟鳗鱼皮似的，从他手中滑走了。她一个箭步，从屋的一端蹿到另一端，略一弯腰又挺起来，未待格兰古瓦看清楚，手中不知从哪儿操出一把匕首。她又气恼又高傲，嘴唇鼓起来，鼻孔张大，两颊涨得赛似红苹果，眼珠子放射光芒。与此同时，白色小山羊也护在她面前，抵着两只涂成金色的美丽尖角，向格兰古瓦摆出一副迎战的姿态。这一切发生在一眨眼的工夫。

蜻蜓忽然化为黄蜂，只想蜇人。

我们的哲学家愣住了，困惑的目光一会儿看看山羊，一会儿又看看姑娘。

"圣母啊！"格兰古瓦惊魂稍定，便说道，"这不是两个泼妇吗？"

与此同时，吉卜赛姑娘也打破缄默："你这家伙，胆子也够大的！"

"对不起，小姐，"格兰古瓦笑呵呵地说道，"不过，为什么您又要我做您老公呢？"

"难道眼看着你被吊死吗？"

"这样看来，"诗人自作多情的美愿落空了，颇为失望，又说道，"您嫁给我，只想救我一命，没有别的意思啦？"

"你还要我有什么别的意思呀？"

格兰古瓦咬咬嘴唇，说道："算啦，我以丘比特自居，并不像我以为的那样大获全胜。我倒要问，何必又要摔破那可怜的瓦罐呢？"

这工夫，爱丝美拉达的匕首和小山羊的尖角，始终处于戒备状态。

"爱丝美拉达小姐，"诗人说道，"咱们和解吧。我又不是大堡的文书录事，要成心找您的碴儿；可您无视府尹大人的告示和禁令，私带匕首在巴黎城里闲逛；您不会不知道，就在一周前，诺埃尔·勒克里文只为携带短剑，被判十个苏的罚款。当然，这与我毫不相干，还是谈正经事吧。我以我进天堂的福分向您发誓，没有您的准许，我绝不靠近您。可是，您给我一顿晚饭吃吧。"

其实，格兰古瓦也跟德普雷奥先生一样，"不贪女色"，他绝非向少女进袭的骑士和军官之旅。在爱情上也像其他方面一样，他情愿等待时机，采取折中平易的态度。何况，他现在饥肠辘辘，有可爱的人儿做伴，能饱餐一顿，这在一场艳遇的序幕和终场之间，倒是一个绝妙的过场。

埃及女郎不再搭腔，只是鄙夷地撇了撇嘴，又像鸟儿似的把头一扬，接着咯咯笑起来。她那把玲珑的匕首，也像突现时那样不翼而飞；不待格兰古瓦看清，黄蜂就把刺收藏起来了。

过了一会儿，桌子上就摆了一块黑面包、一片肥肉、几个皱巴苹果、一罐麦花酒。格兰古瓦开始大吃大嚼，叉子和陶瓷盘子碰得叮当作响；看那样子，他的情欲整个儿化为食欲了。

姑娘坐在他对面，默默注视他吃饭，显然她另有所思，脸上不时泛起微笑，温馨的小手抚摩着轻轻抵在她膝上的聪明小山羊的头。

一根黄蜡烛照亮这个场面：一边狼吞虎咽，一边沉思默想。

这工夫，饥肠的鸣叫稍稍缓解了，格兰古瓦一看，只剩下一个苹果了，真有点不好意思。他假惺惺地问道："您怎么不吃，爱丝美拉达小姐？"

她摇了摇头，若有所思的目光凝望着斗室的拱顶。

"她在想什么鬼呀？"格兰古瓦心中暗道，他朝她望的方向看去："她这么全神贯注，总不会欣赏拱顶那个石雕侏儒的鬼脸吧？活见鬼！同那家伙，我倒敢比个高下。"

他叫了一声："小姐！"

姑娘仿佛没有听见。

他又提高声音叫道:"爱丝美拉达小姐!"

还是没有反应。年轻姑娘的心思飞走了,格兰古瓦的声音无力把它呼唤回来,幸而小山羊干预了,它轻轻地拉了拉女主人的袖子;埃及女郎仿佛惊醒了,急忙问道:"佳利,你怎么啦?"

"它饿了。"格兰古瓦说,他很高兴开了话头。

爱丝美拉达拿了面包掰碎,放在手心里,佳利欢欢喜喜地吃起来。

现在,格兰古瓦却不容她重新陷入沉思,试着提一个难解的问题:"看来,您不要我做老公喽?"

年轻姑娘定睛看他,答道:"不要。"

"做您的情人呢?"格兰古瓦又问道。

姑娘撇了撇嘴,又回答:"不要。"

"做您的朋友呢?"格兰古瓦继续问道。

姑娘又凝视他,想了想,答道:"也许吧。"

哲学家特别珍视"也许"这个词,格兰古瓦一听,胆子大起来,又问道:"您知道什么是友谊吗?"

"知道,"埃及女郎回答,"友谊就像兄妹俩,就像两颗灵魂,相互接触,却不合在一起,又像手上的两根指头。"

"那么,爱情呢?"格兰古瓦继续问道。

"哦!爱情吗!"她说,声音有些颤抖,眼神也明亮了,"那既是两个,又完全是一个。一个男人和一个女人合成一个天使,那就是天堂。"

这位街头跳舞卖艺的姑娘讲这话时,更显得秀色可餐,格兰古瓦格外动情,觉得她如花的容貌,同她近乎东方式夸张的语言相得益彰。她那纯洁的红唇半含着微笑;她那明朗宁静的额头,有时蒙上思虑的阴影,如同镜子呵上水汽;她那低垂的长长的黑睫毛,不时透出难以描绘的光芒,给她的形貌平添了温馨甜美的色彩,这正是后来拉斐尔再现的理想形象,把纯贞、母爱和神性神秘地融为一体。

格兰古瓦不甘心,继续追问:"究竟怎么样才能讨您欢心呢?"

"应当是个男子汉。"

"那么我呢,"他问道,"我怎么样呢?"

"一个男子汉,要戴着头盔,手执利剑,马靴跟上安有金晃晃的马刺。"

"好嘛,"格兰古瓦说,"没有马骑,就算不上男子汉了——您爱上什么人了吗?"

"是指爱情?"

"是指爱情。"

她沉吟片刻,然后表情奇特,说道:"很快我就会知道了。"

"为什么就不能在今天晚上呢?"诗人又柔声问道,"为什么就不能是我呢?"

姑娘严厉地看了他一眼。

"我只能爱一个能保护我的男人。"

格兰古瓦脸红了,认为这是指他而言。显然,姑娘有意影射两个钟头前她遇到危难时,他没有给予多大救助。这件事被当晚其他险遇所掩蔽,现在回想起来了,他拍拍额头,又说道:"对了,小姐,我本该从这件事情谈起。请原谅,我净胡说八道了。您是怎么逃脱卡希魔多的魔爪的呢?"

听这一问,吉卜赛女郎打了个寒噤。

"噢!可怕的驼子!"她双手捂住脸说道,就像发冷似的浑身颤抖。

"的确很可怕!"格兰古瓦附和说,但仍不放弃这个念头,

"那么,您到底是怎样逃脱的呢?"

爱丝美拉达笑了笑,又叹了口气,默然不答。

"您知道他为什么跟踪您吗?"格兰古瓦又问道,他想绕个弯回到原来的问题上。

"不知道,"年轻姑娘说。她又立刻补充一句,问道:"您不是也跟踪了吗?您干吗跟着我呢?"

"老实说,我也不知道。"格兰古瓦回答。

双方沉默了片刻。格兰古瓦用餐刀刻着桌子。年轻姑娘则面带笑容,仿佛透过墙壁凝望什么东西。忽然,她吐字极轻地唱起歌来:

当五颜六色的鸟雀

默然栖息,而大地……

她又戛然止住歌声,开始爱抚佳利。

"您这只羊真漂亮。"格兰古瓦说。

"这是我妹妹。"姑娘答道。

"大伙为什么叫您'爱丝美拉达'呢?"诗人又问道。

"我一点也不明白。"

"总有点原因吧?"

姑娘从胸襟里掏出一个长方形小香囊,那是吊在脖子上用念珠树籽串的项链。小香囊发出一股强烈的樟脑味,外面有绿绸子套,正中镶了一大颗仿绿宝石的玻璃珠。

"大概是因为这个吧。"她说道。

格兰古瓦伸手去拿香囊,姑娘身子往后一闪,说道:"别碰!这是护身符,你会影响它的法力,或者受它的法力的影响。"

诗人越发好奇了。

"是谁送给您的？"

姑娘把护身符放进怀里，将一根指头放在嘴唇上。他还提些别的问题，但是姑娘爱答不理的。

"'爱丝美拉达'这个词是什么意思呢？"

"不知道。"姑娘回答。

"是什么语呢？"

"是埃及语吧，我想。"

"我早就想到这一点了，"格兰古瓦说，"您不是生在法国的吧？"

"我一点也不知道。"

"您有父母吗？"

姑娘唱起一支古老的民谣：

> 雄鸟是吾父，
> 雌鸟是吾母，
> 我欲渡河去，
> 何须舟与橹，
> 雌鸟是吾母，
> 雄鸟是吾父。

"这支歌很好听，"格兰古瓦说，"您是几岁来法国的？"

"很小的时候。"

"来到巴黎呢？"

"那是去年。我们从教皇门进城的时节，我看见芦苇中的黄莺飞上天空，那正是八月底，我就说：'今年冬天一定很冷。'"

"去年冬天是非常冷，"格兰古瓦附和说，这样开始交谈，他心中乐不可支,"整个儿一冬天,我都往手指上呵气。这么说,您天生就能未卜先知。"

姑娘又爱答不理了。

"不。"

"您称呼埃及大公的那个人,是你们部落的酋长吗?"

"是的。"

"我们的婚姻,可是他主持的呀。"诗人怯声怯气地提醒道。

姑娘美丽的小嘴又习惯地撇了撇:"我连你的名字都不知道。"

"我的名字?要想知道,可以告诉您:我叫彼埃尔·格兰古瓦。"

"我知道有个名字更美。"姑娘说道。

"您可真坏!"诗人又说,"不过,没关系,我不会生您的气。喏,您同我熟了之后,也许会爱上我的。再说,您这么信得过我,向我讲了身世,我不向您谈谈我的情况也说不过去。要知道,我叫彼埃尔·格兰古瓦,父亲是戈内斯地区公证人的佃农。二十年前巴黎围城时,父亲被勃艮第人给绞死了,母亲也被庇卡底人开膛破肚。这样,我六岁上就成了孤儿,脚下穿的鞋就是巴黎的铺石路面。从六岁到十六岁,我是怎么过来的,自己也不知道,反正这儿卖水果的女人给我一个李子,那儿糕饼店老板扔给我一块面包;夜晚,我就让巡逻队收进监牢,那里铺着草可以睡觉。尽管如此,我还是一天天长大,一天天变瘦,正像您瞧见的这样子。冬天,我就躲在桑斯府门廊下晒太阳;圣约翰节的篝火,非得等到三伏天才点燃①,我觉得非常可笑。到了十六岁,我想找个差使干干,一样一样都试了试。先是去当兵,可是我不够勇敢;又去当修士,但又不够虔诚,再说,我的酒量不行。实在没法子,我就去当学徒,跟抡大

---

① 圣约翰节为每年6月24日,故说三伏天。

斧头的木匠干活,然而我的身体又不够健壮。我倒更愿意当教师,不错,当时我还不识字,但是不能因为不识字就不想当了。试了一阵子,我发现自己干什么都差点劲儿;既然什么长处也没有,我就完全自愿当了诗人,编点押韵的东西。这个行当,只要是流浪汉都干得来,这总比去偷去抢强些吧;我的朋友中有几个是强盗的儿子,他们还真劝我去当强盗呢。有一天算走了运,我遇见了圣母院的代理主教,尊敬的克洛德·弗罗洛先生。多蒙他的抬举和教诲,我成了一个名副其实的文人,懂得了拉丁文,从西塞罗的演说词到则肋司定会神父的悼亡经,我都无所不通,无论教育学、诗学、音韵学,甚至炼金术这门科学之科学,我也都不是门外汉。今天,在司法官大堂里演出的圣迹剧大获成功,受到满场观众的热烈欢迎,剧作者正是在下。我还写了一本书,印出来足有六百页,讲的是一四六五年出现的那颗大彗星,并使一个人发疯的故事。我还有别的成就。譬如,我懂得点造大炮的木工活,参加制造了若望·莫格那门大炮;要知道,试炮那天,在夏朗东桥上爆炸,当场炸死了二十四个看热闹的人。您瞧,我这样一个配偶,还不算太差劲儿。我会不少有趣的花样,可以教给您的山羊,例如模仿巴黎主教的举止神态:那个该死的伪君子弄什么水车,行人从磨坊桥经过都要溅一身水。还有我那出圣迹剧,如果付给报酬,我能赚上一大笔银币。最后一点,我完全听您的调遣:我这个人,还有我的才智、学识和文采,乐于同您一起生活,小姐,保持贞洁还是你欢我爱,随您的便,觉得做夫妻好就做夫妻,觉得做兄妹更好就做兄妹。"

格兰古瓦不讲了,想知道他这番高谈阔论对姑娘起什么作用。姑娘的眼睛凝视着地面。

"浮比斯,"姑娘喃喃说道,继而转向诗人,"'浮比斯'是什么意思?"

格兰古瓦不大明白,他的一番话和这个问题有什么关联;不过他也不恼,能炫耀一下自己的博学也是好的,于是他昂首挺胸,答道:"这是个拉丁文词,是'太阳'的意思。"

"太阳!"姑娘重复道。

"这是一个非常英俊的弓箭手、一个天神的名字!"

"天神!"埃及女郎重复道,声调中含有一往情深的意味。

这时,姑娘的一只手镯脱落,掉在地上。格兰古瓦赶紧弯腰去拾,等他起来时,姑娘和山羊都不见了。他听见门闩咔嚓一声:通隔壁的小房门一定是反插上了。

"她至少给我留下一张床吧?"我们的哲学家念叨一句。

他在小屋里兜了一圈。要找适合睡觉的家具,也只有一口长木箱,可恨箱盖还是雕花的,格兰古瓦躺上去的感觉,就跟米克罗梅嘎斯[①]睡在阿尔卑斯山群峰上的滋味差不多。

"算了,"格兰古瓦咕哝道,同时尽量顺势卧下,"还得将就点儿。这个新婚之夜,也真够离奇的。唉!真遗憾。不过,摔罐成亲的习俗,我倒挺喜欢,这里有天真淳朴的古风。"

---

① 米克罗梅嘎斯,即小巨人,是伏尔泰同名小说中的主人公。该小说中并无小巨人躺在阿尔卑斯山群峰上的情节,雨果顺笔杜撰,以达借喻之趣。

第三卷

一　圣母院

　　自不待言,巴黎圣母院至今仍不失为巍峨壮美的建筑。然而,尽管她年事已高而风韵不减,但是目睹时光和人公然藐视奠定第一块基石的查理大帝,藐视放上最后一块石材的菲利浦·奥古斯都,同时肆意毁损和肢解这座古老的丰碑,我们怎能不痛心疾首,义愤填膺。

　　在我国教堂的年迈王后的脸上,每一条皱纹都伴随一道伤痕。"时光贪婪,人更贪婪。[①]"这句拉丁文,我想释为:"时光盲目,人则愚昧。"

　　我们若是有闲暇,同读者一道拜谒这座古老教堂,一一察视她所受创伤的种种痕迹,就不难发现时间的破坏还算小的,最恶劣的是人为破坏,尤其是艺术家的破坏。我不能不称其为"艺术家",因为近二百年来,那些人取得了建筑艺术家的称号。

　　这里只能举几个最突出的例子,当然首先要谈谈圣母院的门脸儿,建筑史上再也没有比这更为绚丽的篇章了。从正面望去,只见三座并排的尖顶拱门,上面有一层锯齿状雕花飞檐,一溜儿排着二十八尊列王塑像的神龛,飞檐上居中是花棂的巨型圆窗,左右护拥着两扇侧窗,好像祭师身边的两名助手:执事和副执事;再往上看,便是那亭亭玉立的修长的三叶形拱廊,那一根根纤细的圆柱支

[①] 引自奥维德的《变形记》,直译应为:"时间啃噬,人噬尤烈。"

撑着沉重的平台，还有那赫然矗立、带有青石瓦披檐的两座黑沉沉的钟楼。纵观整个门脸儿，雄伟的五个层次，上下重叠，在恢宏的整体中布局和谐，一齐展现在眼前，又丝毫不给人以紊乱之感，甚至那难以计数的细部，诸如雕塑、浮雕、镂刻，无不强有力地凝聚在宁静而伟大的整体上。可以说，这是石头谱成的波澜壮阔的交响乐，是一个人和一个民族的硕大无朋的作品，整个儿既浑然一体，又繁复庞杂，如同她的姊妹《伊利亚特》和罗曼采罗；这也是一个时代所有力量凝结的神奇产物，每一块石头都千姿百态，鲜明地显示由艺术天才所统摄的工匠的奇思异想；一言以蔽之，这是人的创造，伟壮而丰赡，赛似神的创造，似乎窃来神的创造的双重特质：繁丰和永恒。

我们对这座建筑门面的描述，同样适用于整座教堂；我们对巴黎这座大教堂的描述，也同样适用于中世纪基督教的所有教堂。一切都容涵在这源于自身、逻辑严谨而又比例匀称的艺术之中。量一量足趾，也就等于量了巨人的全身。

扯回话题，还是谈圣母院的正面，如今我们去虔诚地瞻仰这座庄严雄伟的大教堂；所见的正面仍然是这个样子。这座大教堂令人敬畏，正如她的编年史家所称：庞然大物，见者无不震惊。

如今我们见到的这个门面，已经少了三件重要东西。首先是以往将其抬离地面的十一级台阶；其次是三座拱门上的神龛里的雕像，这是下层一排；上层还有一排，即法国更久远的二十八尊国王雕像，陈列在二楼的走廊上，从希德贝尔起始，直到手执"皇杖"的菲利浦·奥古斯都①。

---

① 菲利浦·奥古斯都（1165—1223），法兰西国王。他在位时扩大并美化了巴黎，新建一道城墙，街道铺了石头。不过1163年主持巴黎圣母院祝圣仪式的，则是教皇亚历山大三世。

石阶，是时间令其消失的，这是一个不可抗拒的缓慢进展过程，老城的地表升高了。时间推动巴黎地表这片上涨的潮水，逐一吞没了使这座建筑显得更雄伟高大的十一级台阶。然而对于这座大教堂，时间给予的恐怕要多于它所取走的；因为文物年资愈古愈美，正是时间给这座教堂表面染上数百年沉滞的黝黯色泽。

然而，是谁拆除了那两排雕像？是谁留下空空的神龛？是谁在中央拱门的正中，新凿制了一个不伦不类的尖拱？又是谁这么胆大妄为，就在毕斯科奈特的阿拉伯式雕花旁边，安装了路易十五式雕刻图案的讨厌而笨重的木头门框？那是人，是建筑师、当代的艺术家。

再者，我们若是走进教堂看看，又是谁推倒了圣克里斯托弗的巨像？那可是天下雕像中的佼佼者，正如天下大厅莫过于司法宫大堂，天下钟楼莫过于斯特拉斯堡的尖塔一样。在前后殿堂的各个圆柱之间，曾经布列无数的雕像：有跪下的、站立的、骑马的；有男人，有女人；有儿童、国王、主教、骑卫；有石头雕的，大理石雕的；还有金的、银的、铜的，甚至蜡做的。那么多雕像，是谁粗暴地一扫而光？不是时间。

拆掉粲然置满圣骨盒和圣物盒的古老哥特式祭坛，代之以雕有天使头像和云彩的笨重大理石棺椁，就像从圣恩谷修道院或荣军院取来的零星样品，究竟是谁干的呢？在埃尔冈杜斯的加洛林王朝石板地中，愚蠢地嵌入这块年代不同的笨重石头，又究竟是谁干的呢？难道不是继承路易十三遗愿的路易十四吗？

我们的先人曾激赏那"色彩斑斓"的彩绘玻璃，踟蹰于大拱门圆花窗和圆后殿的尖拱窗之间，是谁用冷冰冰的白玻璃取代了那些彩绘玻璃呢？我们的野蛮的大主教们，将主教堂涂抹上黄灰泥而以为美，假如十六世纪的一个唱诗童子看到这种情景，他会怎么说呢？他会想起来，这正是刽子手粉刷"死牢"的颜色；他还会想起来，由于军队统帅叛国，小波旁宫也涂了这种颜色；索瓦尔说："那黄颜料毕竟质量很高，名不虚传，百余年后也没有褪色。"那唱诗童子会以为圣殿变成污秽的场所，赶紧逃避而去。

我们如不停步察看形形色色无数的野蛮痕迹，一直登上大教堂的顶层，就会发出疑问：那座可爱的小钟楼如今安在？当初它挺立在两翼的交叉点上，样子既娟秀又奔放，不亚于附近的圣小教堂的尖塔（也已毁掉），比两翼的钟楼更为挺拔，刺向天空，显得那么修长、尖削，也显得那么高朗、鲜明。讵料，一位鉴赏力极高的建筑师，于一七八七年腰斩了那座小钟楼，并且用一大块锅盖似的铅皮膏药贴上去，以为就能掩盖住伤疤了。

中世纪艺术的遭遇，在各国大抵如此，在法国尤甚。看它的废墟，能辨识出三种破坏，都不同程度地深深损害了这种艺术：一是时间，它在不知不觉中，随处弄出豁口裂缝，剥蚀这种艺术的表面；二是政治和宗教革命，它们从本质上说是盲目而狂暴的，凶猛地冲击中世纪艺术，撕破它那饰满雕塑和镂刻的丰艳的装束，打碎它那花棂彩绘圆窗，摧毁它那花案浮雕像的装饰项链，还因为讨厌教士帽或王冠，就把雕像扫荡出去；三是时髦，式样越出越怪诞，越愚蠢，从"文艺复兴"的杂乱无章、崇尚华丽的各种流弊开始，陈陈相因，势必导致建筑艺术的没落。时髦风尚比革命具有更大的破坏性，总是阉割要害部分，打击建筑艺术的骨架，不断地切削，砍凿，拆卸，从形式到象征，从内在逻辑到外观美，整个儿宰杀这座大厦。况且时尚多变，往往推倒重来，其跋扈程度，是时间和革命所望尘莫及的。崇尚时髦者厚颜无耻，假冒"高雅情趣"，在哥特艺术已创的伤口上，又添加流行一时的庸俗小点缀，诸如大理石花边、金属饰物、种种卵形、旋涡形、螺旋形装饰，种种帷幔、花环、流苏、石雕火焰、铜制云彩、肥胖的小爱神、滚圆的小天使,斑斑驳驳,无一不是麻风的痂疤,起初在卡特琳·德·梅迪契的小祈祷室中剥蚀艺术,两个世纪之后,又在杜巴里夫人的小客厅中大肆折磨和丑化,终致使这种艺术损灭了。

综上所述,哥特建筑艺术遭受三方面的摧残。浮表的皱纹和赘疣,那是时间的作用;侵害、挫伤、折断,那是从路德到米拉博的革命粗暴的践踏;肢解、截肢、断肢再"复位",那是教授们效仿维特鲁威和维尼奥拉,恢复希腊式、罗马式和蛮族式的工程。这一辉煌的艺术,由汪达尔人创建出来,却被学院派给扼杀了。时间和革命的破坏,至少光明正大,不失为公正。继之而来的学院派建筑师都是经过特许,宣誓就职的,他们蜂拥扑向这种艺术,但是趣味低下,不辨妍媸,把路易十五时期菊苣饰纹当作巴特农神的最大光轮,取代哥特式的花边饰带,不啻对垂死的雄狮猛踢一驴蹄子,又好比老橡树,枝叶本已凋零,更哪堪害虫滋生,被啃啮蛀食,咬得体无完肤。

抚今追昔,感慨万千。遥想当年,罗贝尔·色纳利曾盛赞巴黎圣母院,比之为以弗所的著名的狄安娜神庙①,并认为这座高卢大教堂,"无论从长度、宽度、高度和结构上看,都要胜过一筹"!那座神庙,古代异教徒曾强烈要求收回,而埃罗斯特拉托斯也因它而遗臭万年。

不过,巴黎圣母院绝不是一个完备的、定型并能归类的建筑。它不再是罗曼式教堂,但还不是哥特式教堂。这座建筑不是个典型。巴黎圣母院不同于图尔尼修道院教堂。那座古教堂幅宽敦实而

---

① 狄安娜神庙,通称阿耳忒弥斯神庙,位于小亚细亚以弗所城,是世界七大奇观之一,建于公元前550年。以弗所人埃罗斯特拉托斯为了永世留名,于公元前356年放火烧毁神庙。重建后,公元262年哥特人入侵时又被毁,后来重建。

厚重，拱顶浑圆而开阔，就像所有采用半圆拱腹的建筑那样，冷冰冰而毫无装饰，朴实无华而又十分庄严。圣母院也不同于布尔日大教堂：布尔日大教堂是尖拱穹隆的产物，既华丽又轻灵，既多姿又丰茂，既繁衍又花繁。同样，也不可能把圣母院归入古老教堂的家族：那些教堂黝黯、神秘、低矮，仿佛被半圆拱腹压垮了，除了拱顶之外，几乎完全是埃及风格的，象形文字式的，完全用于祭祀，无不具有象征；装饰上，菱形锯齿形多于花卉图案，花卉图案多于动物图形，而动物图形又多于人像；那些教堂，与其说是建筑师的设计，不如说是主教的作品；那是建筑艺术的最早变异，处处打着宗教和军国主义的烙印，显示从"后帝国"[①]到征服者纪尧姆[②]那个时期的特点。我们的圣母院也不能纳入另一类教堂的家族：那类教堂高逸、空灵；装饰大量的彩绘玻璃和雕塑，整个建筑形体尖峭，姿态放纵，从政治角度看，象征村社和市民，作为文艺作品，则显得自由、随意而奔放；那是建筑艺术的第二次变异，始于十字军归来，到路易十一时期为止，那不再是象形文字式的，也不再是固定不变并仅仅用于祭祀，而是艺术型、进步的，为民众所喜爱的建筑了。巴黎圣母院既不属于第一类纯种罗马式教堂，也不属于第二类纯种阿拉伯式教堂。

她是转型时期的一种建筑。当初开始建造大殿时，萨克逊建筑师刚刚竖起第一批柱子，十字军带回来的尖拱式样，就以征服者的姿态出现，登上原本只用来支撑半圆拱腹的罗曼式宽大斗拱。尖拱一跃而为主宰，构成这座大教堂的其余部位。不过，这种式样毕竟

---

① "后帝国"是历史学家加米尔·勒博使用的一个词，指拜占庭帝国（公元4世纪至15世纪）。今专指西罗马帝国后期和东罗马帝国初期（284—565）。
② 征服者纪尧姆（1027—1087），原为法国诺曼底公爵，于1066年击败英国国王哈罗德二世，遂成为英国国王，故称征服者。

还嫩了点，初登宝座，难免有些胆怯，有时放开手脚，有时又收敛拘谨，只是后来才大有作为，在许许多多出色的大教堂上化为利箭长矛，直刺天空，而眼下在圣母院，还未得施展，大概是受到身边粗壮的罗曼式圆柱的影响吧。

尽管如此，从罗曼式到哥特式过渡的这类建筑，同纯粹的式样一样珍贵，一样值得研究。没有这类建筑，它们所表现的艺术格调就会失传。这种格调就是在半圆拱腹上嫁接尖拱式样。

巴黎圣母院正是这种变异的一个弥足珍贵的样品。这座令人景仰的丰碑，每一侧面、每块石头，都不仅是我国历史的一页，而且是科学和艺术史的一页。我们这里不妨只举出主要几点来谈：例如，小红门造型之精美，几乎达到十五世纪哥特建筑艺术的顶点，而大殿的圆柱，以其粗壮和凝重，又把我们带回到牧场圣日耳曼修道院的加洛林时代。小红门和大殿圆柱之间，恐怕相距有六百年。就连炼金术士也能从那种大拱门的象征中，满意地找到炼金术的要点，而屠宰场圣雅各教堂则是炼金术最完善的象形符号。再如，罗曼式修道院、点金术教堂、哥特建筑艺术、萨克逊建筑艺术、令人回溯格列高利七世时代的粗壮圆柱、尼古拉·弗拉麦勒先行于马丁·路德的那种炼金术象征、教皇一统精神、教派分立倾向、牧场圣日耳曼修道院、屠宰场圣雅各教堂，凡此种种，无不结合，杂混，融会在圣母院的建筑中了。这一中枢教堂，母体教堂，在巴黎所有古老教堂中，是集万形于一身的神奇之体：头颅、四肢、腰身，都分属不同的教堂；从所有教堂都取来一点东西。

我们重复一遍，对这种混合型的建构，艺术家、古物学家和历史学家仍有浓厚的兴趣。这种建构使人们感到，建筑艺术是多么原始的东西，它像巨人时代的遗迹，像埃及金字塔和印度高大的佛塔那样，表明建筑艺术最伟大的作品，主要不是个人的创造，而是社会的创造，主要不是天才人物的灵感，而是民众劳动的成果。最伟大的建筑，是民族留下的财富，是世世代代的积淀，是人类社会不断升华的结晶，总而言之，这是相叠的生成层。时间的每一浪潮都覆上一片冲积，每一种族都为大厦增添自己的一层，每个人都奉献一砖一石。这是海狸所为，蜜蜂所为，也是人类所为。巴别塔，建筑艺术的伟大象征，就是一座蜂房。

伟大的建筑，如同高山一样，是多少世纪的产物。艺术发生变化，而建筑物往往处于停滞状态：中断的工程停而待建；建筑随着变化的艺术平静地继续。新艺术碰到建筑物，就会抓住不放，钻进去，消化吸收，再随心所欲地发展它，并且尽量把它塑造成型。整个过程遵循平稳的自然法则，既无骚动，又不费力，不待引起反应就完成了。这是一种意外的嫁接，是一种循环流通的汁液，是一株复活再生的植物。同一建筑物的不同高度相继焊接多种艺术，这种材料足够写几部巨著，足够写人类通史。在这些没有标出作者姓名的庞然大物上，人类、艺术家、个人都消泯了，其中只凝聚着人的智慧。时间是建筑师，人民是泥瓦匠。

这里只谈欧洲基督教的建筑艺术，这位东方伟大营造艺术的小妹妹，看来它像一个巨大的生成层，明显地分成三个相互重叠的带：罗曼带[①]、哥特带、文艺复兴带（或称希腊—罗马带）。罗曼带最古老最幽深，由半圆拱腹所占据，又被希腊柱举到现代高层，在文艺复兴带再现。尖拱式样则介乎两者之间。仅仅属于三带中任何一带的建筑物，全都一目了然，都是统一而完整的。例如瑞米耶日修道院、兰斯大教堂、奥尔良圣十字教堂。不过，这三带的边缘往

[①] 根据地域、气候和种族不同，又称为伦巴第带、萨克逊带、拜占庭带。这是四种并列的姊妹艺术，各有特色，但本源相同，即半圆拱腹。不是同样的脸面，但本质相差又不太远。——雨果原注（这两句原文为拉丁文）

往交错杂混,就像太阳光谱的颜色那样。从而出现复合式建筑,出现有了差异的过渡性建筑。其中有一座建筑物,罗曼足,哥特身,希腊罗马头,只因建造的时间长达六百年。这种变异可谓旷世罕见。埃唐普城堡主塔就是一个样品。不过,两带壁合的建筑更为常见,例如巴黎圣母院,虽为尖拱建筑,但是却因为早期的圆柱而深深扎于罗曼带中;同样,圣德尼拱门和牧场圣日耳曼教堂的大殿,也都属于这一带。再如,博舍维尔教务会的美丽大厅,是半哥特式的,罗曼层一直抵达半个腰身。还有鲁昂大教堂,如果那中央尖塔的顶尖没有刺入文艺复兴带①,它就纯粹是哥特式的了。

固然,所有这些差别,所有这些歧异,还仅仅涉及建筑物的表面。变换表皮的乃是艺术,而基督教教堂的结构本身却没有受到冲击。内部始终是同样的骨架,各部分始终是同样逻辑的布局。一座大教堂,不管外表如何雕饰,下面总能看到长方形的罗马式大殿,至少也是处于萌芽和初创的状态。这种大殿遵循同一法则,永世在地面上发展,并始终分成两个殿堂,交叉而为十字形,拱顶为半圆形的部分便是唱诗堂;殿内列队游行、小礼拜堂的排列,以及走动的场所,总设在大殿的两厢,但隔着廊道与主殿相通。在这个大前提下,小礼拜堂、门拱、钟楼和尖塔的数量,随着时代、民族、艺术的畅想而千变万化。崇拜仪式的功用一旦得以保障,建筑艺术就可以任意发挥。无论雕塑、彩绘玻璃、花棂圆窗、藤蔓纹饰、齿状花边、斗拱,还是浮雕、建筑艺术都会发挥奇思异想,按照自认为合适的对数加以排列组合。因此,这些建筑内里井然有序,整齐划一,外观却变化多端。树干总是一成不变,枝叶却纷披而姿态万千。

---

① 尖塔这部分是木质结构,于1823年被天火烧毁。——雨果原注

二　巴黎鸟瞰

　　前一章我们力图为读者所描述的，正是巴黎圣母院这座出色的教堂的原貌，扼要指出她在十五世纪大部分瑰美之所在，也正是今天她所缺憾的。不过，我们漏掉了她的美的主要方面，即登上钟楼所发现的巴黎全景。

　　我们顺着钟楼墙壁间垂直的螺旋楼梯，在黑暗中长时间摸索，盘旋而上，终于豁然开朗，登上两座中的一座楼顶平台，只见阳光灿烂，天风流荡，四面八方的美景尽收眼底；我们的读者如有幸参观过一座完整的、清一色哥特风格的城市全貌，就能想象出这样一种"自身繁衍续延"的奇观。现存哥特风格的城市，可举出巴伐利亚的纽伦堡、西班牙的维多利亚；保存完好，但规模小些的，如布列塔尼的维特里、普鲁士的北豪森。

　　三百五十年前的巴黎，十五世纪的巴黎，已经是一个大都市了。对其后来的扩展，我们巴黎人往往有一种错觉；其实从路易十一世以来，巴黎的范围扩大不过三分之一，而且在美方面的损失，远远超过在宏伟方面的收获。

　　众所周知，巴黎的发祥地，乃是这船形的老城古岛。这岛周围的河滩就是最早的城垣，塞纳河则是最早的护城沟堑。巴黎城这种河洲状态，持续了好几世纪；南北各有一座桥，两个桥头既是门户，又是堡垒：大堡在右岸，小堡在左岸。后来，到了第一王朝几代国王统治时期，岛城就显得太狭窄，再也没有回旋余地，巴黎便跨过塞纳河，北出大堡，南越小堡，蔓延到河两岸的田野上，始筑城墙和塔楼。这道古老的城墙，直到十八世纪还有一些遗迹，如今只剩下回忆了，零星还有一两处传统称呼，例如，博岱门，又称博岱耶门，古称博戈达门。房舍的洪流，不断从市中心涌出，逐渐向四外扩散，漫溢，蚕食，冲击，最后夷平了这道城垣。为了扼制这股洪流，菲利浦·奥古斯都建造了一道新堤坝，即筑起高大而坚固的城楼，将巴黎团团围住。后来一个多世纪，巴黎房舍就在这盆地里拥挤，堆积，如同水库中的水位那样上涨，越来越深邃，往上层层相叠，楼上加楼，好比受压的汁液往高处喷射，都争先恐后地伸头探脑，要超过左邻右舍，好多呼吸点空气。街道越陷越深，越挤越窄，空场全部占满，都已消失了。房舍终于跳出菲利浦·奥古斯都的围墙，在平原上撒欢儿，就像逃出牢房，四处乱跑一样，纷纷在田野上建造花园，舒舒服服地安顿下来。从一三六七年起，市区就向城乡大肆扩张，尤其在右岸，查理五世只好新筑一道围墙。然而，像巴黎这样的大都市，总在不断膨胀；也只有这类城市才能发展成为国都。这类城市犹如巨型漏斗，汇聚一个国家的地理、政治、道德、智慧的所有川流，汇聚了一个民族的所有流向；这类城市也可以比作文明之井，又好似沟渠，世世代代以来，商业、工业、才智和居民、一个民族的全副精力、整个生命和灵魂，都一滴一滴过滤，在这里沉积。就是查理五世的围墙，也落到菲利浦·奥古斯都城垣的同样下场。早在十五世纪末叶，巴黎就跨出、超越了这道围墙，城乡越跑越远。到了十六世纪，围墙好像眼看着后撤，越来越退入老城里去，因为城外新城越扩越大了。话头到此打住，简言之，早在叛教者尤里安时代，巴黎的城垣就在大堡小堡那里萌芽，逐渐筑成三道，而到了十五世纪，巴黎就把三道围墙全部冲破了。这座城市威力无比，先后胀破了四道围墙，就像儿童一天天长大，撑破去年的衣裳。在路易十一时代，在房舍的汪洋大海中，还多处冒出旧城垣倾颓的箭楼，赫然可见，犹如洪水泛滥中露出的山尖，又像老巴黎淹没在新城中仅余的群岛。

可惜，此后巴黎又在我们眼前发生变化，但这次仅仅多跨越一道围墙：那是路易十五兴建的，用污泥和垃圾筑造而成，简直破烂不堪，确也同那位国王相匹配，值得诗人这样歌唱：

围墙围住巴黎使巴黎委屈怨艾。

在十五世纪，巴黎仍旧分为三座城，泾渭分明，相对独立，即老城、大学城和新城，各有各的面貌、特性、风俗习惯，各有各的特长和历史。老城最古老，身形最小，是另外两个的母亲，夹在中间，就好像一个干巴老太婆夹在两个漂亮的大姑娘之间。大学城坐落在塞纳河左岸，从小塔楼到奈勒塔楼，这两点分别相当于酒市场和铸币厂。大学城的围墙深入尤里安建造的公共浴池的田野，把圣日内维埃芙山也圈进去了。这道弧形城垣的最高点是教皇门，大致相当于今天的先贤祠地址。在巴黎三大块中，新城最大，坐落在右岸。它的堤岸沿塞纳河而下，有好几处折断或中断，从毕利城楼到树林城楼，即如今从丰谷仓地点到大小土伊勒里的地点。塞纳河切断首都城垣的四个点，左岸是小塔和奈勒塔，右岸是毕利城楼和树林城楼，恰好称为"巴黎四城楼"。新城比大学城深入田野还要远，城垣（即查理五世城墙）的北端在圣德尼门和圣马丁门，这两处原址未变。

如上所述，巴黎三大区域各自为城，但每城又过分专一而不完备，因此离不开另外两座。这样，三副面貌各不相同：老城多教堂，新城多宫殿，大学城多学院。这里姑且不谈旧巴黎的次要特征，也不谈道路捐层出不穷的花样，只是总的看看各区域司法权的混乱：岛城归属主教，右岸归属府尹，左岸归属大学校长。京兆尹则统管巴黎，他是国王所派，而不是市府官员。老城有圣母院，新城有卢浮宫和市政厅，大学城则有索邦神学院。新城有菜市场，老城有主宫医院，大学城则有神学生草坪。学生在左岸犯了法，在神学生草坪上做了案，要送到老城司法宫去受审，再押到右岸的鹰山上去执刑。除非大学校长认为大学势盛而国王势弱，直接出面干预，因为，在校园受刑绞死毕竟是大学生的特权。

（顺便指出，还有一些特权更为实惠，但是大部分特权，都是通过造反和暴动从国王手中夺来的。这是自古以来的通例。民众只有争夺，国王才肯撒手。一份古代的契据上关于效忠一款，就是这样直言不讳地写道："市民对国王的效忠，虽几经革命而中断，但还是为市民带来许多特权。"）

在十五世纪，巴黎城垣内的塞纳河中，共有五个小岛：卢维埃岛，当时上面长些杂树，现在已蔚然成林；牛岛和圣母院岛，两处均为主教采邑，当时荒无人烟，只有一间舟子破屋，到了十七世纪，两岛合而为一，大兴土木，现今称为圣路易岛；最后是城岛及其尖端的牛渡沙洲，后来沙洲平毁，压在新桥堤墩下了。老城当时有五座桥，右岸三座：圣母院和钱币兑换所桥为石桥，磨坊桥为木桥；左岸两座：石头小桥和圣米歇尔大桥，桥上均有房屋。大学城有六座门，都是菲利浦·奥古斯都时代建造的，从小塔算起，计有圣维克托门、波岱勒门、教皇门、圣雅各门、圣米歇尔门、圣日耳曼门。新城也有六座门，是在查理五世时代建造的，从毕利城楼算起，计有圣安托万门、圣殿门、圣马尔丹门、圣德尼门、蒙马特尔门、圣奥诺雷门。这些城门既坚固又美观，美观却无损其坚固。有一条城壕，又宽又深，冬泛时节水流很急，拍击着城垣墙脚，环绕全巴黎，水源便是塞纳河。夜晚城门关闭，城东城西两端再拉起铁链锁住河面，巴黎就可以安稳睡觉了。

鸟瞰巴黎三镇，只见老城、大学城和新城街巷无不错综杂乱，布局奇特，就像无法理清的毛线。不过应当承认，头一眼望去，这三大块还是构成一个整体，能立刻看出，有两条几乎笔直的平行长街，与塞纳河垂直，绵延不断，从南到北纵贯三城，将三者连接起来，融合焊在一起，而街上人流往来不断，从一城涌入另一城，显示出三联一体的特点。头一条长街从圣雅各门到圣马尔丹门，在大学城一段名为圣雅各街，到了老城叫作犹太街，进入新城则称为圣马尔丹街，而且两度跨过塞纳河，即小石桥和圣母院桥。第二条长街在左岸叫作竖琴街，进入岛城则称桶厂街，到了右岸便是圣德尼街，从大学城的圣米歇尔门一直延展到新城的圣德尼门，中途跨过两条河汊，南有圣米歇尔桥，北有货币兑换所桥。不过，尽管名称不同，但是从头到尾还是这两条街道。这是两条母体街、总干线，是巴黎的两大动脉；而三城区的所有其他脉管都与之相接，血液循环流淌。

这两条纵贯全巴黎的长街，是整个都城所共有的主要街道。除此之外，新城和大学城各有一条大街，横贯东西，与塞纳河平行，垂直切过那两条"大动脉"。这样，在新城，从圣安托万门可以直达圣奥诺雷门；在大学城，从圣维克托门则可以直达圣日耳曼门。这两条大街同纵向的两条长街相交叉，构成经纬，而巴黎错综复杂的街道如同网线，从四面八方编织过来，紧紧结在经纬线上。然而，如果仔细分辨这千头万绪的网络，还是能看出大学城和新城各有一条宽阔的大街，犹如两束鲜花，从各座桥向各个城门纷纷开放。

这一几何图形的线条，如今还依稀宛在。

那么，回到一四八二年，在圣母院钟楼上俯瞰全城，又是一幅怎样的图景呢？下面我们就试图描述一番。

游客气喘吁吁地登上去，放眼一望，只见密密麻麻的屋顶、烟囱、街道、桥梁、广场、尖塔、钟楼，不禁眼花缭乱。万物纷至沓来，一齐映入眼帘，有石砌山墙、陡峭的房顶、墙角悬挂的角楼、十一世纪的石头金字塔、十五世纪的石板方碑、主堡的光秃秃的圆塔、缀有装饰图案的教堂方塔钟楼，有大的也有小的，有厚重的也有纤巧的。目光久久探询这座迷宫，从最普通的民舍到卢浮王宫，卢浮宫自不必说，排列着塔式的廊柱，就是普通的民居，门面也有彩绘雕刻、木头骨架显露出来，大门低矮，而二层楼却悬空突出。总之，每一座建筑无不有其独特之处，无不有其立足的理由，无不巧夺天工，无不绰约多姿，无不源于艺术。建筑物虽然纷纭盘错，但是目光稍微稳定下来，就能分辨出几个主要建筑群。

首先是老城，或者沿用索瓦尔的说法，叫作"城岛"；他的著作芜驳杂乱，但时有妙句："城岛之状像只大船，漂流至塞纳河中游，深陷泥沙中而搁浅。"上文交代过，在十五世纪，这条大船以五座桥梁为缆绳，系泊于两岸之间。这种船状城岛，自然引起纹章学家的兴趣，据发汶和帕斯齐埃说：巴黎古老的徽章是条船，恰恰源于城岛之状，而非表示诺曼人的围城。对于行家来说，徽章就是一种数学，就是一种语言。中世纪后半期的全部历史，都记述在纹章中；同样，前半期的历史，则记述在罗曼教堂的象征上。这是继神权象形文字之后出现的封建体象形文字。

呈现在眼前的老城，正是船头朝东，船尾朝西。观赏者面向船首，就能看见古老房顶不可胜数，而圣小教堂后殿的铅皮圆顶高悬其上，俨如驮着一座宝塔的大象。这座尖塔钟楼看上去非同凡响，造型最为大胆，雕镂最为精美，做工最为细腻，圆锥体周遭的透刻最为繁多，透过空隙可望见天空，真是天下独一无二。圣母院门前就近有三条街道，汇入古老房舍林立的美丽的广场。广场南侧矗立着老医院，只见那布满皱纹的门脸凄苦不堪，屋顶也仿佛长了许多脓疮和瘤子。再环视左右东西各方向，就会发现老城虽然特别狭小，却矗立着二十一座教堂的钟楼，建造年代不同，形体各异，大小不一，既有阶梯圣德尼教堂的罗曼式钟楼，低矮而蛀迹斑斑，亦称"海神监牢"，也有牛佰圣彼得教堂和圣朗德里教堂的尖针状钟楼。圣母院两侧和后边：北面有哥特式走廊的修道院，南面是罗曼式主教府邸，东面则是荒滩的尖岬。在这密密麻麻的房舍中，根据府邸天窗上僧帽状突突的高高石罩，还可以分辨出于维纳·德·于尔森公馆，那是查理六世朝时巴黎城提供给他的府邸。目光再往远移一点，便能望见沼地市场那些房顶涂沥青的简陋棚屋；随着目光延伸，能看见老圣日耳曼教堂新建的唱诗室，一四五八年已扩建到弗贝韦斯街口；还可以看见行人熙熙攘攘的十字街头，某个街角竖立的一根耻辱柱、菲利浦·奥古斯都时代的一段出色的铺石马路：那条路很有气派，正中划出供行车驰马的跑道，后来十六世纪翻修，却变成极糟的所谓"同盟路"的碎石马路。还有一个荒凉的后院，那楼梯上半透明的小角楼是十五世纪时建的，而今在布尔多奈人一条街还能见到。最后，在圣小教堂右侧偏西方向，则是司法宫坐落在河边的塔楼群。御花园位于老城西端，园中高大的树木遮住牛渡小洲。从圣母院钟楼上俯瞰，城岛两侧的河面几乎看不见；塞纳河已经消失在桥梁下面，而桥梁则消失在房屋下面了。

目光扫向这些桥梁，只见房顶发绿，显然这里水汽太重，房顶很快长了青苔；目光越过桥梁，移向左岸的大学城，首先望见的是又粗又矮的一束塔楼，那便是门廊大口吞掉一端小石桥的小堡；

如果从东往西，从小堡向奈斯勒塔眺望，又可以看见房舍连成的长带，一座座画栋雕梁，镶着彩绘玻璃，屋上架屋，垂悬于铺石街道之上，而临街民房排列起来，斗折蛇行，一望无边，但常为街口所切断，或者被一座大公馆给挤开一点：这种石建的府邸气派很大，有庭院和花园，有主楼和厢房，昂然来到一群拥挤狭小的民宅之间，犹如领主大老爷来到一堆平民百姓中。河滨有五六处这样规模的公馆：从洛林公馆数起，它和圣贝尔纳修道院共用一道大院墙，同小塔毗邻；西端一直到奈斯勒府邸，它的主楼坐落在巴黎城，一年中有三个月，黑色的三角形屋顶蚀去通红夕阳的一角。

不过，塞纳河左岸不如右岸商业繁华。左岸学生比工匠多，吵闹得更凶。其实，从圣米歇尔桥到奈斯勒塔楼这一段，才称得上码头堤岸。河岸其余部分，不是光秃秃的河滩，如圣贝尔纳修道院以远的地方，就是拥挤的民居，如两座桥之间房基浸在水中的那一片。河岸沿线还像今天这样，洗衣的妇女又是叫喊，又是说笑，又是唱歌，用劲捶打衣服床单，从早晨闹腾到夜晚。这也是巴黎一景，可供观赏。

看上去，大学城是个整体，从头到尾，既整齐又紧密。那无数的房顶密密麻麻，棱角分明，但又相似贴近，几乎都是由同样的几何图形构成的，居高俯瞰，则呈现一片同样质地的结晶体。街道所形成的细谷虽然任意伸展，切割这片密集的房舍，但是一块块比例并未过分失调而显得零乱。四十二所院校分布均匀，各地都有一所。这些美观的建筑物房顶式样多变，风趣盎然，和下面民宅房顶是同一建筑艺术的产物，归根结底是同一种几何图形，仅仅有平方或立方的倍数差异而已。因而，这些房顶既多彩多姿，又保持总体的一致，既补充完备，又不改变总体的风貌。几何就是一种和谐。左岸还有几处华丽的公馆，不时从民居如画的顶楼上突兀峭立，成为富丽堂皇的点缀，计有奈维尔公馆、罗马公馆、兰斯公馆，可惜已经不复存在，所幸还有克吕尼公馆，存续至今，可稍慰建筑艺术家的心，讵料几年前塔楼又被拆毁，真是天大的蠢事。在克吕尼附近，有一座罗马式宫殿，圆顶拱廊十分悦目，那便是尤里安皇帝所建的公共浴室。还有不少寺院，其美观和宏伟，不亚于那几座公馆，而且美观中又多了几分虔诚，宏伟中又平添几分肃穆。首先引人注目的，一是有三座钟楼的圣贝尔纳修道院，一是圣日内维埃芙修道院，但今天只残存方形塔楼，毁掉部分令人不胜叹惋；一是索邦，既是学校，又是修道院，但是建筑仅仅留下令人十分赞美的教堂中殿；一是圣马太教派四边形的秀美的修道院；一是毗邻的圣伯诺瓦修道院，就在本书出版第七版和第八版之间，人们在这所修道院内草草造起一个剧场；一是结绳教派修道院，那三面高大的山墙并列相连，一是奥古斯都教派修道院，那挺秀的尖塔的透刻花边，在巴黎左岸从西面数起，是继奈斯勒塔之后位居第二。实际上，各院校是联结神修院和尘世的中间环节，隔开府邸和寺院，在这片建筑群里处于正中，显得既肃穆又文雅，雕塑不如公馆那么飘逸，建筑风格又不像修院那么素淡。这些建筑的哥特艺术，在富丽和简约之间掌握的分寸恰到好处，只可惜如今几乎荡然无存了。在大学城中，教堂很多，一座座都很壮观，体现历史各个时期的建筑风格，从尤里安朝代的半圆拱腹数起，直到圣塞维兰时期的尖拱式样。它们高踞于其他建筑之上，仿佛在这片庞大的和谐体中，又增添了一种和谐；它们突破各种各样壁墙的侧影，展现那多刺的利箭、透空的钟楼、纤细的长针，不过，这种线条也无非是屋顶房脊锐角的绝妙夸张。

大学城坐落在丘陵地带。东南方那突起的巨大圆丘，便是圣日内维埃芙山。从圣母院上眺望这里，美不胜收：许多弯弯曲曲的狭窄街道（现在称拉丁区）、犹如葡萄串似的房舍，从山顶向四面八方散开，混乱无序，几乎从陡坡俯冲下去，一直冲到河岸，姿态各异，有的仿佛要跌倒，有的又好像掉头往上爬，似乎彼此都在相互制约，相互扶靠。无数的黑点汇成长流，在马路上交错而过，往来不断，要搅乱眼前的整个景物，那便是居高远眺所见到的行人。

总之，无数的房顶箭塔和高低起伏的建筑物，把大学城的轮廓折叠，扭曲并切割得奇形怪状。在这些高低起伏的建筑物空当中，还能依稀望见几段长满青苔的大院墙，望见一座敦实厚重的圆塔，以及堡垒似的带雉堞的城门，那便是菲利浦·奥古斯都城垣。城外便是绿葱葱的牧场；再过去就是向远方伸延的大道，沿途还零星有些房舍，但越远越稀少。不过，近郊乡镇有几个还相当大。首先是始自小塔的圣维克托镇，它在比埃夫尔河上有一座单孔桥，它的修道院中还能看到胖子路易的墓志铭，它那教堂建于十一世纪，八角顶的周遭竖立四座小钟楼（埃唐普也有同样一座教堂，至今尚未拆毁）。其次是圣马索镇，当时它已经有三座教堂和一所修道院。再数下来就是圣雅各镇，它左邻戈勃兰家的磨坊及其四堵白墙，十字街头挺立着雕刻精美的十字架；高台阶圣雅各教堂，当初是哥特的，尖顶十分挺秀悦目；还有圣马格洛瓦教堂，中殿很美观，建于十四世纪，拿破仑曾用来装草料；还有田园圣母院，里面装饰许多拜占庭式的镶嵌图案。目光一直往西转移，先抛下田野里孤零零的夏特娄修道院，那是和司法宫同时代的绚丽多姿的建筑物，院内有分隔成小块块的花园；再抛下时有鬼怪出没的伏维尔修道院废墟，便望见牧场圣日耳曼修道院的三个罗曼式尖顶。其时，圣日耳曼已发展成为大市镇，有近二十条街道。圣绪尔皮斯修道院的尖顶钟楼标出市镇的一角，旁边就是圣日耳曼集市的四面围墙，如今那里面仍为市场；接下去是神甫耻辱柱，那是一座美丽的小圆塔，塔上有一顶很好看的圆锥形铅皮盖。瓦厂还有一段路，炉街通到公用面包炉，磨坊则坐落在土丘上；还有麻风病院，那是一座名声不好的孤零零小房。不过，还是牧场圣日耳曼修道院本身，格外引人注目。毫无疑问，这座修道院气象宏大，既像教堂，又像领主的府邸，巴黎的主教们能在此住宿一夜都深感幸运；它的斋堂造得气派非凡，十分美观，又有花棂彩绘圆窗，简直不亚于大教堂；还有典雅的圣母小教堂、规模庞大的寝室、几座宽敞的花园，还有铁闸门、吊桥，以及伸入周围绿野的垛子围墙；只见那一座座庭院里，武士的盔甲和教士的饰金斗篷交相辉映，而这一切远远望去，围绕着哥特式东圆堂之上半圆拱腹的三座高高尖塔，构成了宏伟壮丽的景观。

饱览大学城全貌之后，目光再移向右岸，移向新城，那又完全是另一番景象。新城实际上比大学城大得多，但是格调却不那么统一。一望就能看出，新城分成几个大块，彼此泾渭分明。首先东边那一片，如今称为沼泽区，那是卡穆洛惹纳把恺撒诱入泥塘的地方，只见那里府邸宫舍连成一片，直抵河边，其中四座几乎连成一体，即儒伊府、桑斯府、巴尔博府和王后宫，那挺秀的角楼突起的青石板房顶，倒映在塞纳河中。四府占满了诺南迪埃街和则勒司定会修道院之间的地盘，而在修道院的尖顶衬托下，四府的山墙和围墙雉堞的线条愈加显得优美。几座濒临水边的发绿的破房，虽然位于四府前面，但是遮不住四座豪华大厦门脸那美丽的壁角、那方形石框的宽大窗户、那饰满塑像的尖拱门廊、那轮廓始终分明的高墙尖脊，以及显示哥特建筑艺术随时能重新组合的各种奇思妙想。四府后面则是神奇的圣波耳宫的围墙，它向四面八方伸延，范围广阔，形态多变，时而像一个堡垒那样，墙垣有垛子，有断裂处，并围以树篱，时而像查尔特勒修道院那样，院墙为高树所遮蔽。这座行宫极大，法兰西国王能显得极有排场，同时接待二十二位相当于

127

王储和勃艮第公爵品位的王公及其扈从仆役，更不用说接待大领主以及来巴黎观光的皇帝；至于狮子，在王宫里也都有专用的别馆。这里要说明，为王公准备的每套房子不下十一间，从礼仪厅直到祈祷室，一应俱全；这还不算一条条游廊、一间间浴室、一间间蒸汽浴室，以及每套房子的"备用之所"；而且国王的每位贵宾都有专用花园。此外，还有大大小小的膳食房、酒窖、配餐室、宫中的公共食堂；还有几个家禽饲养场，附设从烤房到配酒房等二十二个作坊；还有无数种游戏场，如木槌球、手网球、投环球等等；还有飞禽大棚、养鱼池、动物园、马厩、牛羊圈；还有图书馆、兵器馆和铁工场。当年的王宫，如卢浮宫、圣波耳宫，气派之大，堪称城中之城。

从我们伫立的钟楼上远眺，圣波耳宫虽然半掩蔽在四府大厦的后面，但是看起来仍然十分壮观，令人赞叹不已。查理五世用镶有彩绘玻璃的几条小圆柱长廊，将三座公馆同王宫巧妙地合为一体，尽管如此，还是能分辨出那三座附属建筑：其一是小缪色公馆，那楼顶边缘镶有雅致的花边栏杆；其二是圣摩尔神甫公馆，那建筑的气势犹如一座堡垒，有一座高大的塔楼，备有箭孔、枪眼，墙垣中间还有铁棱堡，神父的纹章雕刻在萨克逊式宽大的城门上，正当吊桥的两个槽口之间；其三是埃唐普伯爵府，那主楼顶层已经坍毁，看上去变圆了，参差不齐好似鸡冠。此外，还能望见三五成堆的老橡树，零散分布几处，好像巨大无朋的菜花；还有那清澈的水池上天鹅的嬉戏、只望见边角的许多如画的庭院，以及那矮拱粗柱并安装铁闸门、终年传出吼声的狮子馆。穿过这一切，便能望见圣母礼赞堂那剥落成鳞状的尖顶，左侧那配有四座玲珑剔透的小塔的巴黎俯尹公馆。正中最里端才是圣波耳宫：从查理五世起，这座宫舍就重叠增建门脸，陆续添加各种装饰，二百多年来全凭建筑师的一时兴致，屋上架屋，头上安头，弄得五方杂处，不伦不类，如小教堂增建东圆室，游廊旁边竖起了山墙，还到处安装随风转动的风信鸡，并排建了两座高塔，圆锥形塔顶盖底部雉堞起伏，酷似两顶卷檐儿的尖帽子。

这座宫苑呈梯状向远方伸延，我们的目光也拾阶而上，跨过新城屋顶中间标示圣安托万街的一条深谷，便到达昂古莱姆公爵府。我们仍然只谈主要部分。这所庞大的建筑历时几个朝代才完成，有些部分还崭新洁白，同整体难以融合，犹如蓝色外衣上缝了红补丁。这座现代风格的宫殿，殿顶又尖又高，十分奇特，边角安装一条条镂花的天沟雨槽，顶盖又覆以铅皮，而铅皮上缠绕着奇异的藤蔓花案，闪闪发光，正是镀金的黄铜镶嵌；主体建筑的几座粗塔状如大酒桶，由于年久失修，中间膨胀而颓坍，从上到下出现道道裂缝，好似袒露的大肚皮，而在这古老宫殿晦暗残败的景象中，焕发异彩的镶嵌殿顶却卓然独立，挺秀超拔。后面则是尖塔林立的小塔宫，只见尖塔、小钟楼、烟囱、风信标、螺形塔、盘旋塔、仿佛用冲头打了洞而透空的顶塔，以及亭台楼阁、当时称为纺锤塔的细长塔，一片林立，高矮不同，形神各异，真是千姿百态，显得无比神奇，无比空灵，可以说世间绝无仅有，纵然到香堡城，到西班牙的阿兰布拉城，也见不着这种景观。这一片塔林，宛若一个巨型的石头棋盘。

小塔宫左侧，耸立一簇黑乎乎的巨大炮楼，彼此嵌合，仿佛被环带沟堑勒得太紧；主堡上的枪眼数量远远超过窗口，吊桥常年吊起，大铁门永远关闭，那就是巴士底城堡。一只只黑喙从城垛之间探出来，远远望去仿佛檐槽，其实那是一口口大炮。

在这庞然大物的脚下就是圣安托万门，夹在两座炮台之间，处于石弹的威胁之下。

过了小塔宫，直到查理五世城垣，眼前展现柔软光滑的地毯，

129

那是色彩绚丽的一片片绿茵、一片片花木、一片片庄稼、一片片王家禁苑。那中间有林木路径迷错失踪的地带，一看便知那是路易十一世赐予库瓦蒂埃的著名迷宫花园；迷宫之上矗立着观象台，仿佛一根孤零零的大圆柱顶着一间小屋，库瓦蒂埃博士就在那间观象室里，观测可怕的星相。

如今那里是王宫广场。

如上所述，宫殿区占满了查理五世城垣与东边塞纳河的整个夹角地带，我们只介绍了最突出的几处建筑，想给读者一个大概印象。新城中心是一大片居民区；而老城右岸的三座桥梁，实际上就是通向这里的：有了桥梁，总是先建民宅后起王宫的。这片民宅十分拥挤，好似蜂房的一个个小蜂窝，自有其美的一面。一国京城连成一片的屋顶，宛如汪洋大海的波浪，蔚为壮观！看那街道纵横交错，于整体中呈现出千姿百态。菜市场好似一颗明星，射出千道华光。圣德尼和圣马尔丹两条长街，分出许多枝枝杈杈，就像并排生长的两棵大树，连理枝桠交织起来。有几条弯弯曲曲的线路，蜿蜒通过居民区，那便是石膏厂街、玻璃厂街、纺织厂街，等等。也有一些美丽的建筑，从房舍墙壁所汇成的石海里冲出来。首先是大堡，屹立在货币兑换所桥的桥头，而靠下一点，塞纳河水在水磨桥的水轮下，浪花滚滚，赫然可见。大堡已经不是叛教者尤里安统治时期那种罗马风格了，而建成一座十三世纪封建时代的炮楼，所用的石头异常坚硬，拿尖镐刨三小时，也啃不下拳头大的一块来。其次屠宰场圣雅各教堂华美的方形钟楼，那精雕细刻的边角都长满了青苔，十五世纪尚未完工，就已经令人赞叹不已。尤其那四只怪兽，今天仍然蹲在房顶四角，当时却还没有；那样子真像斯芬克斯，仿佛看着新巴黎，要猜出旧巴黎的谜。直到一五二六年，雕塑家罗耳才把怪兽安放上去，一番心血只挣二十法郎。再如大柱楼，正对着河滩广场,那情景上文已向读者略微介绍过。还有圣热维教堂,可惜被后来添设的"式样高雅"的大门给糟蹋了;圣梅里教堂,那古老的尖拱还近乎呈半圆状;圣约翰教堂,那美轮美奂的尖顶也是有口皆碑。还有二十来座建筑物不甘于埋没,冲出黝黯、狭窄而深邃的街道那一片混沌,展现奇绝的身姿。除此之外,还应算上那些挺立在十字街头、比绞刑架数量还多的石雕十字架,以及越过重重屋顶远远望见围墙的无辜婴儿墓、从科索纳里街的两个烟囱之间望得见顶端的菜市场耻辱柱、终日黑压压一片行人的十字街头上特拉瓦十字教堂的"梯子"、小麦市场那环形大棚、在民宅的掩蔽中还能分辨出菲利浦·奥古斯都古城垣的残段:为青藤吞没的城楼、倾覆的城门、不辨形状的残垣断壁;当然还有河滨大街,那数以千计的店铺和鲜血淋漓的剥皮场、从草料港到主教港船舶往来如梭的塞纳河。看到了这一切,对于巴黎新城不等边四边形中心区在一四八二年的情景,就会有个模糊的印象。

除了宫殿区和居民区,新城面貌还有第三种类型,那就是由寺院连成的长带,从东到西几乎围住整个新城;这条长带位于护卫巴黎的城墙里侧,可以说是由修道院和小教堂构成的第二道城垣。例如,紧挨着小塔林园的圣卡特琳教堂及其宽阔的田园,它坐落在圣安托万街和圣殿老街之间,背靠着的就是巴黎城墙。在圣殿老街和新街之间有圣殿教堂,那孤零零而又阴森森的一束高耸的塔楼,围着一道有雉堞的大院墙。在圣殿新街和圣马尔丹街之间,则是圣马尔丹教堂,四周有花园,设防森严,其建筑出类拔萃,那环带似的塔楼群、三重法冠似的钟楼,只稍逊于牧场圣日耳曼教堂。三圣教堂的围墙从圣马尔丹街延至圣德尼街。最后,在圣德尼街和蒙多戈伊街之间,还有一所修女院。那旁边正是奇迹宫廷朽烂的屋顶和破败的院墙:那是由寺院构成的虔诚链条上掺杂的唯一世俗的环节。

右岸民居密集的房顶中间，还有第四个区域自行标出，位于古城墙西角和城岛下游的河边，那便是簇拥在卢浮宫脚下新的一环宫殿和公馆。菲利浦·奥古斯都的老卢浮宫，建筑庞大无比，大塔楼周围有二十三座配塔，外加许多小塔，远远望去，就好像镶嵌在阿朗松府和小波旁宫哥特式尖顶上。这条塔身巨龙，堪称巴黎城的守护大神，那二十四颗脑袋日夜翘立守望，怪异的身躯鳞光闪闪，显然那是有金属般流光溢彩的铅皮和石板。以这一造型标示新城西端的界线，实在出乎人的意料。

综上所述，十五世纪巴黎新城的情景就是这样：古罗马人所谓的"岛"，即那一大片民宅，左右各有一大群宫殿，西边以卢浮宫为首，东边以小塔宫为冠，北面那一条长带，则是寺院和田园。俯瞰整个新城，只见一片混杂交融，难以计数的建筑，屋顶或铺瓦，或盖青石板，层层叠叠，相割交切，构成许多特异怪诞的序列：首先高耸突出的是右岸四十四座教堂的钟楼，一座座刺花纹身，密纹精雕细镂；还有无数条纵横交错的街道，一端截止到方塔楼城垣（大学城垣上则为圆塔），另一端通到塞纳河畔，而塞纳河又被桥梁切断，河面上行驶着无数货船。

城墙外围，紧靠着城门有几个城关小镇，但比较分散，数量也不如大学城那边多。巴士底城堡背后有二十来间简陋的民房；环绕着有奇特雕刻装饰的福班十字架教堂，以及建有拱扶壁的田园圣安托万教堂；还有波潘库尔镇，那周围全是麦田；库尔提伊，那是开设不少家小酒店的快活的村庄；圣洛朗镇，镇上教堂的钟楼远远望去，仿佛加入圣马尔丹门尖塔之列；圣德尼镇，拥有大片围起来的圣德尔田园；蒙马特尔城门外有一圈白墙，里面是河运谷仓；谷仓背后则是石灰岩的蒙马特尔山，当年山上教堂和磨坊的数量大致相当，后来只剩磨坊，因为现今社会只有肉体需要食粮。最后，在卢浮宫以远，可以看见在牧场中展现的已有相当规模的圣奥诺雷镇、郁郁葱葱的小布列塔尼园林，以及猪仔市场，市场中心支着骇人的大锅，是用来处死伪币制造犯的。你已经注意到，在库尔提伊和圣洛朗之间的荒凉平原上，有一个小土丘，丘顶好像有个什么建筑物，远远望去，仿佛倾颓的一排柱廊，还立在裸露的地基上。那既不是巴特农神庙，也不是奥林匹斯山朱庇特神殿，而是鹰山。

我们历数这么多建筑物，不管多么力求简洁扼要，但是在我们构筑过程中，如果还没有从读者头脑里消除对老巴黎的通常印象，那么现在，我们就再用几句话概括一下。中心是城岛，形状酷似一只乌龟，带着覆瓦鳞片的几座桥梁，犹如从灰色屋顶龟壳里探出来的足爪。左岸大学城是个不等边四边形，结结实实地结为板块，既密集又拥塞，而且长满了皮刺。右岸那广阔的半圆形是新城，城中掺杂多得多的花园和高大建筑。总共三大块：老城、大学城和新城，街道无数，纵横交错。塞纳河流经全城，按照杜勃勒耳神父的说法，就是"塞纳河乳母"。河中一块块沙洲、一道道桥梁、一只只船舶，显得十分拥挤繁忙。巴黎四周是一望无际的平原，补缀着上千种庄稼的一块块田地，镶嵌着一座座秀丽的村庄。左岸有伊西、旺夫尔、蒙特鲁日、兼有圆塔和方塔的冉提伊等等；右岸另有二十来座村庄，从孔弗朗直到主教城。从巴黎向四周远眺，天际绣了一圈丘峦的花边，好似一个大盆的边缘。总之，如果远眺，东方是万森城堡及其七座四角塔，南方是比塞特及其小尖塔，西方是圣克卢及其主堡，北方则是圣德尼及其尖顶。这就是一四八二年栖止在圣母院钟楼顶端的乌鸦所见的巴黎。

然而，就是这样一座城市，伏尔泰却说："在路易十四世之前，只有四座美丽的建筑"，即索邦神学院的大教堂、圣恩谷教堂、现代风格的卢浮宫，我已忘记第四个是什么，也许是卢森堡宫吧。所幸的是，尽管如此，伏尔泰还是创作出了《老实人》，仍然成为世世代代人类中，最善于发出魔鬼般笑声的人。这也恰好证明，一个人即使是旷世奇才，对不懂的一门艺术还是一窍不通。莫里哀说拉斐尔和米开朗琪罗是"他们时代的米尼亚尔"，不是以为非常抬举他们吗？

言归正传，还是回到十五世纪的巴黎。

当年的巴黎，不仅是一座美丽的城市，而且风格统一，是中世纪历史和建筑艺术的产物，是一部用石头撰写的编年史。这座城仅由两层构成：罗曼层和哥特层；须知罗马层早已绝迹，只有在尤里安时代的公共浴室那里，它才穿透厚厚的中世纪外壳冒了出来。至于凯尔特层，即使到处挖井也难再找出样品了。

五十年后，文艺复兴运动一起，巴黎那种十分严谨，但又多彩多姿的统一性中，就掺进光彩夺目的豪华装饰，即文艺复兴的奇思异想和种种体系，开始出现罗马式半圆拱腹、希腊式圆柱、哥特式低矮圆拱，开始出现感情细腻而富于理想的雕塑、藤蔓花纹和莨苕叶饰的特殊情趣，以及富于异教情调的路德时代的建筑艺术。这样一来，巴黎也许更美了，但是在感观上没那么和谐了。可惜，这种辉煌的时期持续不久。文艺复兴并非不偏不倚，它绝不满足于建设，还要破坏，它的确需要发展的地盘。因此，哥特式巴黎只是在一瞬间完整齐备。屠宰场圣雅各教堂刚刚落成，就开始拆毁老卢浮宫了。

此后，这座大都市日益改观。罗曼式巴黎磨灭，哥特式巴黎取而代之；哥特式巴黎也同样磨灭了，可是谁又能说得准，是什么巴黎取而代之呢？

在土伊勒里宫中，有卡特琳·德·梅迪契的巴黎；在市政厅，则有亨利二世的巴黎，这两座建筑至今仍然超凡入圣；在王宫广场有亨利四世的巴黎：那是三色的楼房，门脸由砖砌成，墙角为石头结构，屋顶则铺着青石瓦；在圣恩谷教堂见到的是路易十三的巴黎：一种矮墩墩的建筑式样，穹窿好似带提手的篮子，圆柱莫名其妙地鼓起肚子，圆顶又莫名其妙地驼着背；荣军院则是路易十四的巴黎：那建筑宏伟华丽，金光闪闪，却又冷冰冰的；路易十五的巴黎在圣绪尔皮斯修道院：有涡旋、飘带系结、云霞、细纹、菊苣叶饰，全是石刻的装饰图案；路易十六的巴黎在先贤祠：那是罗马圣彼得大教堂的拙劣翻版，整个建筑很笨拙，再紧凑也难以补救线条的缺点；共和的巴黎在医学院：格调贫乏，模仿罗马古竞技场和希腊的巴特农神庙，如同共和三年宪法模仿米诺斯法典，建筑艺术上称为"获月①风格"；拿破仑的巴黎在旺多姆广场：显得很有气派，那根高耸的铜柱，是熔大炮铸成的；波旁王朝复辟的巴黎则在交易所广场：那一排洁白的廊柱支撑着平滑的中楣，总体上看方方正正，耗资两千多万。

上述典型建筑的每一座，都有不少格调和构造相似的民宅，分散在各个区里，行家一眼就能分辨出风格和时代来。只要有鉴赏的眼光，哪怕见到一个敲门槌，也能从中洞烛一个时代的精神、一位帝王的相貌。

因此，现在巴黎面貌丝毫也不统一，只是许多世纪样品的荟集，而最美的式样已然消失了。这座京城扩大，仅仅增建房舍，可那是什么房屋啊！照这样下去，巴黎每五十年都要更新一次，它那建筑艺术的历史标志，也就一天天泯灭。历史文物越来越稀少，仿佛眼看着渐渐沉入房屋的汪洋中。我们的祖先拥有一个石头的巴黎，到了我们的子孙，将是一个灰泥的巴黎了。

至于新巴黎的现代建筑，我们还是免谈为好，这倒不是我们

---

① 获月，或穑月，法兰西共和历法第10月，相当于公历6月19日或20日至7月19日或20日。

不能欣赏，给予恰当的评价。例如，苏弗洛先生建造的圣日内维埃芙教堂，无疑是前所未有的一块最美的萨瓦石头点心。荣誉军团宫也是一块很高级的蛋糕。小麦市场的圆顶，恰似一架高大的梯子上扣了一顶英国骑士盔。圣绪尔皮斯修道院的钟楼，分明是两大根单簧管，造型毫无特色，顶盖上的信号台手臂，歪歪扭扭的怪相煞是好看。圣罗希教堂大拱门的宏伟程度，只有圣托马斯·阿奎那教堂可与之媲美；一间地下室里还有一尊圆雕的耶稣受难像、一轮镀金的木雕太阳。这些都是非常美妙的东西。植物园中迷宫的灯笼也极为巧妙。至于交易所大厦，柱廊是希腊式的，半圆拱腹的门窗又是罗马式的，低矮宽阔的拱顶又是文艺复兴式的，这样一座建筑，当然极合规矩，极为纯粹。有事实为证：大厦上边的那个雅典式小顶楼，就是在雅典也见不到，那种直线条真够美的，不时被烟囱随意切断。还应指出，一座建筑物必须符合其用途，如果这成为通例，只要看见建筑物，其用途便一目了然，那么再见到任何建筑物，就不会特别惊奇了，无论见到王宫、议院、市政厅、学校、驯马场、科学院、仓库、法庭、博物馆、兵营、陵墓、庙宇，还是剧院，都不会赞叹不已了。而眼下见到的，就是一个交易所。这还不算，一个建筑物必须适应于气候。显而易见，这个交易所就是特意为此地寒冷多雨的天气建造的。房顶几乎像东方建筑一样板平，冬天下雪就要打扫。毫无疑问，房顶就是为了方便扫雪而设计建造的。它在法国是交易所，在希腊就是一座庙宇了。设计时要把大时钟隐蔽起来还着实花了一番心思，否则就会破坏正面美丽线条的纯净；当然也有补偿，周围造了一道柱廊，每逢宗教的盛大节日，证券经纪人和商业掮客，就可以在那里高谈阔论。

毫无疑问，这些都是出类拔萃的建筑，再加上许多美丽的街道，像里伏利街那样又有趣又丰富多彩。我相信有朝一日从气球上观赏，巴黎会呈现出线条的风采、细部的繁复、面貌的多样；呈现出难以描摹的景象；如同棋盘那样，简单中见宏伟，娇美中出意外。

然而，不管你觉得今天的巴黎多么值得赞赏，还是请你复制出十五世纪的巴黎，你要在想象中把它重新造出来，要透过由尖塔、塔楼和钟楼编成的这首奇妙的篱笆观望天光，要让宽宽的塞纳河黄绿两色，比蛇皮还要变幻不定的水流，穿越这座一望无际的城市，碰上岛岬就劈裂，遇见桥拱就折弯；要让蔚蓝的天际清晰地衬出老巴黎的哥特式侧影；要让老巴黎的轮廓，飘浮在缭绕无数烟囱的冬日雾霭中；要把它浸入幽深的夜里，再观看在这座黑沉沉的建筑物的迷宫中，黑暗和光明是怎样嬉戏的；要把一束月光投上去，显出它朦胧的身影，让塔楼从雾霭中探出硕大的头颅，或者仍然利用这一片暗影，让尖顶和房脊的无数锐角弄影骚姿，让巴黎映现在落日澄黄的天幕上，显示那比鳖鱼下颌还多的利齿——然后，你再加以比较。

如果你再难从现代巴黎得出古城的印象，那就请你在一个重大的节日，复活节或者圣灵降临节的早晨，迎着日出，登上能俯瞰全京城的制高点，去领略钟乐齐鸣的美景。你看，朝日发出的信号冲天而起，成千上万的教堂同时悸动起来。首先零星地响起叮当声，从一座教堂传到另一座教堂，仿佛乐师们彼此提醒就要开始演奏了；继而，你会突然看见，要知道在某种时刻，耳朵似乎也有视觉，你会看见同时从每座钟楼升起一根声波的圆柱、一缕和声的孤烟。起初，每一口钟的震颤，都直线升上朝霞灿烂的天空，可以说彼此孤鸣，十分纯净。继而，鸣声逐渐扩展，彼此交融，相互杂混，彼此消长，终于汇成一支气势磅礴的协奏曲。现在，钟鸣已经浑然一体，不断从无数的钟楼飘逸出来，在城市上空浮荡流转，跳跃飞旋，而那最强的地震动波圈，一直蔓延到九霄云外。然而，这是一片和谐的大海，绝非一团混沌。这海洋再怎么雄浑，再怎么深遂，却毫不失其清澈与透明。你看见齐鸣中逸出每组音符单独蜿蜒前行，你可以聆听木铃和管风琴时而低沉、时而尖厉的对话，你可以看见各种八度音，从一座钟楼跳到另一座钟楼：有的是银钟发出来的，轻灵而带呼啸，振翅冲上云霄，有的是木钟发出来的，破碎而又跛行，爬不多高便跌落下来；你还可以欣赏其中的圣欧斯塔什教堂，那七口钟的丰富音阶不断起伏升降；你能看见光亮而快速的音符疾驰穿过和声，划出三四个折弯的光迹，然后像闪电一般消失了。那边，是圣马尔丹寺院的歌喉，听来尖厉而嘶哑；这边，是巴士底城堡的喊叫，听来疹人而粗暴；另一端则是卢浮宫粗大钟楼的男低音。故宫的王家钟乐响亮悠扬，不断传向四面八方，而圣母院一下下沉重的钟声，有节奏地落到王家钟乐上，就像大锤击打铁砧迸出一束束火花。牧场圣日耳曼修道院飞扬的三重钟乐，那各种形状的音色，一阵阵从你的眼前掠过。还有，那响彻云霄的协奏和鸣，时而中间开启一条缝，让迸发而灿烂如星光的圣母颂穿过。在下面，在这支协奏曲的最深处，你能隐约辨识从每座教堂拱顶所有颤动的毛孔透出的肺腑之歌。自不待言，这是一出值得聆听的歌剧。通常，巴黎白天一片喧闹，那是市井的话语；夜晚，城市在轻轻呼吸，现在，城市则在唱歌。要倾耳细听钟楼乐队的全套乐曲，联想那五十万人的窃窃私语、塞纳河水的永恒哀怨、清风的无限叹息，以及天边丘峦上，那四片森林的巨型管风琴遥远低沉的四重奏，从而按照中等响度，消除钟乐主调中过于嘶哑、过于尖厉的音质。然后你再说一说，世间能否还有什么更加丰富，更加欢快，更加闪光，更加炫目，胜过这钟声的和鸣，胜过这音乐的熔炉，胜过这高达三百尺的石笛同时吹出的万缕乐音，胜过这已然化为一支乐队的城市，胜过这首狂风暴雨般的交响乐。

第四卷

一　善人

在这个故事发生的十六年前,那是卡希魔多星期日晴朗的早晨,圣母院弥撒结束后,发现前庭左首的木榻上放了一个小生灵。木榻正对着圣克里斯托夫大雕像,还有骑士安图瓦·德·艾萨尔的石雕跪像,在对面仰望着圣徒,那是一四一三年置放的,当年有人企图掀倒圣徒和信徒这两尊雕像。按当时的习俗,弃婴置放在木榻上,就是求人发善心收养,谁愿意都可以抱走。木榻前有一个铜盘,是投放施舍的。

我主纪元一四六七年,卡希魔多日的早晨,躺在木榻上那个活物,显然引起人们的极大好奇;一时观者如堵,但大部分是妇女,几乎都是老太婆。

其中四位老妪站在最前列,腰弯得也最低,瞧着这张木榻,从那连风帽的斗篷能看出,她们是哪个修女会的。我不明白这四位谨慎而可敬的嬷嬷的大名为什么不载入史册,传之后世。她们是安妮丝·拉爱尔姆、约翰娜·德·拉塔尔姆、亨利爱特·拉戈耳提埃和戈舍儿·拉维奥莱特。四人全是寡妇,在艾蒂安·欧德里小教堂当修女。她们经院长准许出了修院,遵照彼埃尔·达伊的戒律,前来听讲道。

然而此时,四位欧德里修女就算遵守了彼埃尔·达伊的条规,但也十分肯定,她们非常开心地违反另一条极不人道的规定,即米歇尔·德·勃拉什和比萨红衣主教要求遇事沉默的戒律。

"这是什么玩意儿啊,嬷嬷?"安妮丝端详着弃婴,问戈舍儿。在众目睽睽之下,那婴儿在木榻上拼命扭曲身子,吓得哇哇大哭。

"如果现在就是这样生孩子,那么世界要成什么样子啦?"约翰娜叹道。

"生孩子的事儿我可不是行家,"安妮丝又说道,"不过,瞧一眼这个恐怕就是一种罪孽。"

"这哪儿是孩子呀,安妮丝!"

"说猴子又不像猴子。"戈舍儿指出。

"这真是个奇迹。"亨利爱特·拉戈耳提埃接过话头。

"真的,"安妮丝指出,"从四旬斋之后的第四个礼拜天算来,这是第三个奇迹了。就说上次,欧贝维利耶城的圣母显灵,惩罚了嘲弄香客的人,这事儿过去还不到一周,这次是本月发生的第三个奇迹。"

"这算什么弃婴,简直就是个讨厌的怪物。"约翰娜又说道。

"他这通嚎叫,能把唱诗童子给吵聋了,"戈舍儿接着说道,"还不住声,小哭巴精!"

"真想不到,兰斯先生给巴黎先生送来这么一个大怪物!"拉戈耳提埃双手合十补充道。

"我想啊,"安妮丝·拉爱尔姆说道,"这是一头畜生、一只野兽,是犹太人跟母猪生的,反正不是基督教徒,就该扔进河里淹死,投进火里烧死!"

"但愿谁也不收养他!"拉戈耳提埃又说道。

"噢,上帝啊!"安妮丝嚷道,"很可能把这个小怪物送去喂养,可怜的奶妈!育婴堂就在河岸下边那条胡同口,紧挨着主教大人的公馆!换了我,我宁愿给一个吸血鬼喂奶。"

"可怜的拉爱尔姆,也真够天真的!"约翰娜又说道,"我的嬷嬷,您还没有看出来,这小怪物少说有四岁了,他不会爱吃您的奶头,恐怕更爱吃烤肉吧。"

"这个小怪物"(即使我们,舍此也难以找出别种称呼),的确不是新生儿。这是一小堆肉,装在麻布袋里,鼓鼓囊囊,拼命地蠕动,布袋上印着当时的巴黎主教纪尧姆·夏提埃先生姓名的缩写。布袋口露出一个畸形的脑袋,只见一头蓬乱的棕发、一只眼睛、一张嘴巴和牙齿。那只眼睛在流泪,那张嘴巴在啼叫,那牙齿仿佛只想咬人。整个一堆在麻袋里挣扎,吸引过来的人越聚越多,使围观的人不胜惊讶。

这时,有钱的贵妇人阿洛伊丝·德·贡德洛里埃经过这里,她拉着一个六岁左右的俊秀女孩,身后拖曳着挂在金帽尖上的长长纱巾,停到木榻前,对着这个不幸的小东西端详片刻;而那可爱的小姑娘百合花·德·功德月桂,身穿绸缎衣裙,此时正用美丽的小手指点木榻上常年悬挂的牌子,拼读着上面"弃婴"两个字。

"真的,"贵妇人厌恶地扭过头去,说道,"我还以为这里只放婴儿呢。"

她说着,往铜盘里扔了一枚弗洛林银币,转身走开。那枚银币当啷一声砸在几枚铜币上,引得艾蒂安·欧德里小教堂那几个可怜的老修女睁大了眼睛。

过了一会儿,王国大法官,庄重而博学的罗伯尔·米斯特里科勒经过这里,他一只胳膊夹着一本大经书,另一只胳膊挽着夫人吉约梅特·拉梅莱斯,这样,身边就有两个调节者:精神的和肉体的各一个。

"弃婴!"他察看了那东西之后说道,"显然是丢弃在冥河岸边的!"

"只瞧见一只眼睛,"吉约梅特夫人指出,"另一只眼上长了肉瘤。"

"那不是肉瘤，"罗伯尔·米斯特里科勒大人说，"而是一个卵，里面包藏着同样一个魔鬼，那魔鬼也有一个卵，卵里包藏另一个魔鬼，以此类推。"

"您怎么知道的？"吉约梅特·拉梅莱斯问道。

"我洞察秋毫，自然知道。"大法官回答。

"大法官先生，"戈舍儿问道，"这个没人要的孩子，您看是什么预兆呢？"

"预示大灾大难。"米斯特里科勒回答。

"噢，天哪！"围观的人群中一位老妪叹道，"去年就瘟疫流行，现在又要遭难，据说英国人要在阿尔夫勒大批登陆。"

"这样，九月份，王后也许不能来巴黎了，"另一位老妪说道，"生意本来就很不景气！"

"要照我的想法，"约翰娜·德·拉塔尔姆高声说，"巴黎老百姓不能让这个小巫师躺在木板上，最好把他扔到一堆柴火上。"

"扔进熊熊燃烧的柴堆里！"另一位老妪也说道。

"这么办可能更稳妥。"米斯特里科勒说道。

有个年轻教士来了好一会儿，倾听欧德里修女的议论和大法官的判决。他神态严肃，额头宽阔，目光深邃。只见他默默拨开人群，端详那个"小巫师"，伸出手去护住；正是千钧一发的时候，所有修女都在热心地描绘"柴堆的熊熊火焰"。

"我收养这孩子。"教士说道。

他用教袍一兜，将孩子带走。众人瞠目结舌，目送他走开。不一会儿，他就消失在由教堂通修士院的红门里。

一阵惊愕之后，约翰娜·德·拉塔尔姆俯过身去，对着拉戈耳提埃的耳朵说："嬷嬷，我早就跟您说过，这个年轻神学生克洛德·弗罗洛先生是个巫师。"

二　克洛德·弗罗洛

提起克洛德·弗罗洛，确非寻常之辈。

他出身中等家庭，按上个世纪粗俗的语言，有不同的叫法，称为上等市民或者小贵族。他的家庭从帕克莱兄弟继承了蒂尔夏普采邑。那片采邑原属巴黎主教管辖，为了其中的二十一栋房子，在十三世纪打了许多场官司。现在，克洛德·弗罗洛作为采邑的主人，位于一百四十一位领主之列，享有巴黎及其城乡的年贡。有鉴于此，他的姓名长期载于存放在田园圣马尔丹教堂的档案中，排在属于弗朗索瓦·勒雷的唐卡维尔公馆和图尔学院之间。

克洛德·弗罗洛早在幼年，就由父母决定献身神职。他是从拉丁文学习认字看书的，并养成低头垂目、轻声说话的习惯。他在童稚之年，就被父亲送进大学城托尔希学院，过着隐修学习的生活，在经书和希腊文辞典中长大成人。

不过，这孩子生性忧郁，总是一老本神，不苟言笑，学习十分勤奋，领悟得很快。在课间游戏时，他从不吵吵嚷嚷，也不同福瓦尔街那些酒徒胡混，更不知道"打耳光揪头发"为何种游戏；即使一四六三年那次暴乱也没有他的份儿；史家以《大学城第六次动乱》为题，严肃地记述了那一事件。很少见他嘲笑蒙塔居的穷学生，不叫他们因穿风帽短斗篷而博得的"傻帽"的绰号，也不嘲笑道尔芒学院那些公费生，尽管他们剃得光光的脑袋，身上穿着四王冠教堂红衣主教书所说的湖绿、宝蓝、绀紫三色粗呢制服，都是极好的笑料。

反之，他倒经常出入约翰·德·博韦街的大小学堂。山谷圣彼得教堂的神父，每次到圣旺德日西尔学校开始宣讲教会法典时，首先注意到总靠着一根柱子站着的一名学生，那就是克洛德·弗罗洛，只见他携带了羊角墨水瓶，用嘴咬着鹅毛管笔，垫着磨损的膝头记录，冬天还要往手指上呵气。每星期一早晨，歇夫·圣德尼学校一开门，神学博士米勒·狄利埃先生看见头一个气喘吁吁跑来听讲的，就是克洛德·弗罗洛。因此，这个年轻的神学生虽然才十六岁，在神秘神学方面比得上教堂的神父，在经文神学方面比得上宗教评议会的神父，在经院神学方面比得上索邦神学院的博士。

修完神学课程，他又急忙攻读法典；刚放下《判例大全》，又一头扎进《查理曼法令汇编》。他的求知欲十分旺盛，啃了一部又一部教令，诸如伊斯帕尔的主教泰奥道尔谕录、沃姆的主教布夏尔谕录、夏特尔的主教伊夫谕录，接着又啃了承继查理曼法令的格拉田教令、格列高利九世谕令集，以及洪诺留三世《论抱负》的书信集。总之，由泰奥道尔于六一八年开启的，并由格列高利教皇于一二二七年结束的那个时代，是民法和教会法在中世纪混乱中纷争创建的时期，这一长期庞杂的情况，克洛德·弗罗洛全都搞清楚，全弄得滚瓜烂熟了。

他吃透了法典之后，又潜修医学和各种自由学科，攻读了草药学、膏药学，成了热症、扭伤、骨折和疔疮方面的专家。雅克·德·埃斯尔如若在世，一定会接受他为内科医生；同样，理查德·艾兰也会接受他为外科医生。在自由学科方面，他先后获得了学士、硕士和博士学位。他还攻读语言，学会了拉丁文、希腊文和希伯来文，这三座圣堂，当时很少人能够升堂入室。他如饥似渴，不断获取和积累知识的财宝。到了十八岁，他修完了四个学院的全部课程。这个青年似乎认为，人生的唯一目的就是求知。

　　大约这个时期，即一四六六年盛夏时节，流行一场大瘟疫，仅在巴黎子爵采邑，就夺走了四万多人的性命，据约翰·德·特洛伊说，其中就有"国王的星象师阿努尔，一个聪明而有趣的好人"。大学城里盛传，瘟疫在蒂尔夏普街尤为猖獗，而克洛德的双亲所住的采邑，恰恰就在那条街上。年轻的神学生惶惶不安，赶紧跑回家去，一进门才知道，父母已于头天晚上双双病故，只抛下一个小弟弟，在摇篮的褓褓中呱呱啼哭。克洛德一家人，只留下这个小弟弟了。年轻人抱起孩子，离开家门，边走边考虑。从前，他完全生活在学问中，此后，他开始在现实中生活了。

　　这场灾祸，是克洛德生来所面临的一次危机。他成了孤儿，但又是长兄，十九岁就当了家长，便从学校的梦幻中猛醒，回到尘世中来。于是，他大发悲悯之心，对这个孩子，自己的弟弟产生挚爱和献身精神：他这样一个只爱书本的人，忽然有了常人的亲情，这真是美妙的奇事。

　　这种亲情发展到特殊的程度，在一颗白璧无瑕的心灵中，这种感情就像初恋一般。可怜的神学生自幼送去隐修，离开他还不大了解的父母，关在书城里面，不顾一切地潜心学习，只想在知识中提高自己的智力，在文学中扩展自己的想象力，还没有闲暇感受一下自己的心灵所占的地位。这个幼儿，这个父母双亡的小弟弟，突然自天而降，落入他的怀中，使他焕然一新，前后判若二人。他发现除了索邦神学院的思辨，除了荷马诗句之外，这世界上还有别的东西，人需要感情，而缺乏温情和爱的生活，不过是没上油的齿轮，只能发生吱吱咯咯的噪音。然而，他毕竟青春年少，只会以幻想代替幻想，以为骨肉手足之情是唯一的需要，有这样一个幼弟，就足以充实他的一生。

于是,他对小约翰投注了全部的爱心,况且他天生一种痴情,性格深沉,虔诚而专注。这个可怜而孱弱的孩子,粉红的脸蛋,一头金黄色鬈发,模样儿很好看,这个唯有另一个孤儿可依托的孤儿,深深地搅动了他的五脏六腑;他本来就素性深沉,善于思考,现在更是以无限慈悲的心怀,考虑如何安排小约翰。他把孩子视为十分脆弱、十分珍贵的东西,给予无微不至的关怀,远远胜过一位长兄,简直成了一位母亲。

小约翰没有断奶就失去了娘亲,克洛德就请奶妈喂养。他继承的产业,除了蒂尔夏普采邑之外,还有附属于方形堡的磨坊。那个磨坊坐落在山丘上,靠近温歇斯特(比赛特)城堡。磨坊女主人自己有个吃奶的漂亮孩子,而且离大学城又不远,克洛德就亲自把小约翰送去喂养。

从此,克洛德感到肩负重担,便极为严肃地对待生活了。有小弟弟占据他的头脑,这不仅成为他的娱乐,而且成为他研究学问的宗旨。他决心对上帝负责,全身心献给这孩子的前途,决心一辈子不要女人,不要孩子,只保证弟弟的幸福和前程。从此,他更加专心致力于教职的使命。由于他品德高尚,博学多才,采邑又直接附属于巴黎主教,教会的大门自然为他敞开。年仅二十岁,他就得到教廷的嘉惠殊恩,当上了神父,成为圣母院中最年少的教士,主持人称"懒汉圣坛"的最晚的弥撒。

同时,他越发潜心研读,即使偶尔放下心爱的书本,也只是出去个把钟头,跑到磨坊去看一看。这样苦学苦修,在他这种年龄是难能可贵的,因此,他很快就博得修院上下的敬重和钦佩。他博学的声望也从修院传到百姓中间,赢得"巫师"的绰号,这一小小的改篡,在当时也是常有的事。

懒汉圣坛就在唱诗室通向中堂的右侧门旁边,离圣母像不远。卡希魔多日那天,克洛德到懒汉圣坛做完弥撒,回去时看见弃婴木榻围了一堆人,听到几个老太婆叽叽喳喳的议论,这便唤起他的注意。

就这样,他走近那个遭人痛恨威胁的不幸的小东西。可怜的孩子身体畸形丑陋,遭到遗弃,这情景惨不忍睹,克洛德不禁联想到自己的弟弟,头脑里突然产生一种幻觉:万一自己死了,他亲爱的小约翰也会被置放在弃婴木榻上,落到这种悲惨的境地。于是他百感交集,悲悯之心油然而生,就把孩子抱走了。

他把孩子从麻布口袋里抱出来一看,的确是个畸形,丑陋不堪。可怜的小魔鬼左眼上长了个瘤子,脑袋缩到脖腔里,脊椎骨弯曲,前胸隆起来,双腿也打弯,不过,看样子生命力倒很旺盛,虽然听不懂他咿咿呀呀讲的是什么语言,但那啼叫声却很有力量,表明体格十分健壮。面对这样奇丑的形体,克洛德反而倍加同情,他暗自许下心愿,为了对弟弟的爱心,他要抚养这个孩子长大成人,将来小约翰无论犯下什么过错,都有以他的名义做的这桩善事来补赎。这是克洛德为小弟积的一份阴德,未雨绸缪,算是善行的一笔投资,以备小淘气日后不时之需:要知道,上天堂只收这种买路钱。

克洛德给养子洗礼,取名为"卡希魔多",也许他想以此纪念收养孩子的日子,也许他想以名副实,表明这个可怜的小东西天生的形体残缺不全。确实如此,卡希魔多,独眼,驼背,又是罗圈腿,只能说"三分像人[①]"。

[①] 卡希魔多在拉丁文意为"好像","差不多"。

三　怪兽群有怪牧人[①]

时光流逝,到了一四八二年,卡希魔多已经长大成人,多亏义父克洛德·弗罗洛的保举,在圣母院当敲钟人已有数年;而克洛德·弗罗洛也多亏恩公路易·德·博蒙的保举,当上了若萨的主教代理;而路易·德·博蒙于一四七二年纪尧姆·夏提埃去世之后,继任为巴黎主教,也是多亏恩公奥利维·勒丹的保举;而多亏了上帝,勒丹是路易十一的御前理发师。

就这样,卡希魔多成了圣母院的敲钟人。

日子一长,在敲钟人和主教堂之间,便结下了难以描摹的不解之缘。这个可怜而不幸的人,身份不明、形体又丑陋,从小就被这双重不可逾越的魔圈困住,他习惯于生活在收养他的宗教壁垒中,对外部世界一无所见。随着他的发育成长,圣母院相继是他的蛋壳、巢穴、家园、祖国,乃至宇宙。

在这个生灵和这个建筑物之间,的确存在一种先天而神秘的和谐。他还幼小的时候,就在穹隆的黑暗中歪歪斜斜,一蹿一跳,拖着步子走路,虽为人面却有兽躯,真像一个天生的爬行动物,生活在潮湿阴暗的石板地上,周围尽是罗曼式斗拱投下的怪影。

后来,他下意识地第一次抓住钟楼的绳索,吊在上面,摇动起大钟,他的义父克洛德听了,就觉得那是孩子伸展舌头,开始说话了。

[①] 原文为拉丁文。雨果反用维吉尔《牧歌集》中的一句诗:牧群美牧人更美。

他始终顺应大教堂，就这样渐渐发育成长，在教堂里生活，睡觉，几乎从不出去，每时每刻都接受周围神秘的影响，可以说镶嵌在里面，成为不可分割的组成部分，结果酷似教堂了。请允许我们这样描绘：他那躯体的一个个棱角，恰好吻合建筑物的一个个凹角；看来，他在里面不仅仅是一个住客，而且是天生的肌体。甚至可以说，他以教堂为体形，如同蜗牛以其壳为形状一样。教堂就是他的寓所、洞穴和躯壳。他本人和古教堂关系极为笃深，本能上就息息相通，具有深厚的磁性亲缘，深厚的物质亲缘，因而他黏附于教堂，在一定程度上就像乌龟紧紧贴着甲壳。凹凸不平的大教堂，就是他的甲壳。

无须提醒读者，我们描述一个人和一座建筑物这种奇特、对称、直接，近乎同质的结合，不得不用借喻之法，自然不要死抠字面的意思；同样也无须赘述，在如此漫长而亲密的相处中，他对整个教堂又该是多么熟悉。这座教堂，就是卡希魔多特有的寓所，无深处不钻，无高处不登，哪儿他都去过。有多少回，他仅仅抓着浮雕，就从教堂正面攀援上去好几层。两座钟楼犹如孪生的巨人，那样高峻，那样凶险，那样骇人，可是人们常常看见他像只壁虎，爬在陡立的钟楼墙壁上，既不眩晕，也不害怕，毫不惊惧而发抖；看着在他的手下，钟楼那么温柔，那么容易攀登，真好像被他驯服了。在这巍峨的大教堂悬崖峭壁间，他终日蹿跳，攀登并嬉耍，在一定程度上变成了猿猴或羚羊，如同意大利南部海滨的孩子，还不会走路就能游泳，幼年就跟大海嬉戏。

不仅他的身体，就连他的灵魂，也是按照大教堂的模子塑造成型的。在这样扭结盘陀的皮囊里，在这样野性的生命中，这颗灵魂长了何等迂曲的褶纹，成为何等奇异的形状，究竟处于什么状态，这里很难描述清楚。卡希魔多生来就是独眼，驼背，跛足。克洛德·弗罗洛也以极大的耐心，费了九牛二虎之力，才教会他说话。

然而，这个可怜的弃婴也是在劫难逃，当了圣母院的敲钟人，十四岁上又得了一种残疾：耳朵鼓膜被钟声震破，从此变为聋子，这一下就无以复加了。造化本来为他敞开的通向外界的唯一大门，却訇然永远关闭了。

这个门户一关闭，就截断了透进卡希魔多心灵的明亮快乐的唯一光线。从此，他的灵魂就堕入黑夜的深渊。这个苦命人的忧郁，也同他的畸形一样，发展到了极致，不可治愈了。再说，他耳朵一聋，在一定程度上也随之变成哑巴。因为，他一发现自己聋了，就不想惹人耻笑，决意沉默不语，只有在独自一人的时候，才偶然打破沉默。他的舌头，克洛德·弗罗洛费尽苦心才给解开，他又情愿结扎起来了。因此，即使迫不得已要开口说话，他的舌头也变得僵硬，不听使唤了，如同一扇门合页锈住一样。

现在，我们如能透过这层坚硬的厚壳，尽量深入卡希魔多的灵魂，如能探测这畸形肌体的幽深之处，如果我们有办法借助火炬，从背后观察这些不透明的器官，勘察这个混浊不清的生灵的黑暗宇内，探明那密室暗道、死角异域，以强光突然照亮他那紧锁在洞穴里的灵魂，那么一定会发现那不幸的灵魂处于多么可怜的姿态，发育不良而佝偻枯萎，就像威尼斯铅矿里的囚徒，腰折成两段，老死在状如石匣的低矮狭小的矿坑里。

肉体畸形，精神也必定萎缩。卡希魔多几乎感觉不到以他形象长成的灵魂，在体内还能盲目地活动。外界事物的映像，要经过大大的折射，才能达到他的思想。他的头脑是一种奇特的介质，意念通过便完全扭曲变形。对外界的反应，经过这种折射，势必散乱无序，面目全非了。

由此产生了视觉上的种种幻象、判断上的种种悖谬；思想也时而疯狂，时而痴愚，产生了种种游移偏执。

这个肌体天生残疾，第一个后果就是扰乱了他投向物体的目光。他几乎接收不到视觉的直接反应。外界距他比距我们似乎远得多。

他这种不幸的第二个结果，就是变得凶狠了。

他的确凶狠，这是因为他粗野，他粗野又是因为他丑陋。他这种天性，也同我们的天性一样，自有一套逻辑。

他的体力异常发达，这也是他凶狠的一个原因。霍布斯说："健壮的孩子天生凶狠。"

不过，也得说句公道话，卡希魔多也许并非天生凶狠。他刚踏入人世，恐怕就感觉出，后来又看到自己受人奚落、厌弃和排斥。他所听到的人话，无非是嘲笑和诅咒。及至长大，他发现周围对他只有仇恨，于是接过这种仇恨情绪，同时也学会了人所共有的狠毒。他拾起了别人用来伤害他的武器。

总而言之，他要把脸转向人是非常勉强的。有他的大教堂就足够了。教堂里布满了大理石雕像，尽是国王、圣徒、主教，至少他们不会冲他发笑，只是向他投去平静而和善的目光。其他雕像虽为妖魔鬼怪，但是对他卡希魔多绝无仇恨；他们之间何其相似，是不会仇视的，倒是要嘲笑其他所有人。圣徒是他的朋友，为他祈福；魔鬼也是他的朋友，终日护庇他。因此，他时常久久地向雕像倾诉衷肠，有时一连几个钟头，蹲在一尊雕像前，单独交谈，一有人来就急忙跳走，就像情人正唱小夜曲时被人撞见一样。

对卡希魔多来说，大教堂不仅是一个社会，而且是全宇宙，是整个大自然。有鲜花始终盛开的彩绘玻璃，他不向往别的花园；有萨克逊式柱顶上石刻的落满鸟雀的茂盛树丛，他不追求别的树荫；有那两座矗立的钟楼，他不梦想别的山峰；同样，他也不渴望别的海洋，钟楼脚下的巴黎，浪涛就日夜鸣响。

在这慈母般的建筑物中，他首先喜爱的还是钟。那一口口钟唤醒他的灵魂,让灵魂在洞穴里凄惨收拢的双翼展开,有时也使他欢快起来。他喜爱钟,时常抚摩,对钟说话,也懂得钟的语言。从中轴尖塔的那一组钟,直到门廊上面的那口大钟,他无不满怀着柔情。中轴尖塔和两座主钟楼,在他眼里就是三个大鸟笼,由他喂养的鸟儿只为他歌唱。然而,把他耳朵震聋的也正是这些钟,不过,母亲还不是往往最疼爱给自己带来最大痛苦的孩子。

这些钟声是他唯一还能听得见的,这也是事实。从这个角度说,他最喜爱那口大钟。在这个家庭里,节庆日子在他周围欢蹦乱跳、吵吵闹闹的姑娘中,名叫玛丽的大钟,则是他的掌上明珠。她独自在南钟楼里,旁边有一口个头儿小点儿的钟,关在小点儿的笼子里,那是她妹妹雅克琳,是以约翰·德·蒙塔居的妻子姓名命名的。约翰·德·蒙塔居虽然捐赠了这口钟,后来还是没有逃脱厄运,被押上鹰山,落个身首异处的下场。北钟楼里还有六口钟,中轴尖塔则挂着六口钟,以及从圣周四晚饭后到复活节的头天早晨才敲响的一口木钟。卡希魔多在后宫豢养的,总共十五口爱钟,大玛丽则最受宠幸。

钟乐齐鸣的日子,卡希魔多那种高兴劲儿,是无法形容的。主教代理一放他走,对他说一声:"去吧!"他就急速登上钟楼的旋梯,上楼比别人下楼还快。他气喘吁吁跑进大钟凌空的房间,满怀爱心,默默地端详片刻,然后轻柔地对大钟说话,用手爱抚,如同爱抚即将远行的一匹骏马。对大玛丽要付出的辛劳,他感到心疼。爱抚一阵之后,他就吆喝在钟楼下面一层的助手可以开始了。助手们吊在绳索上,绞盘开始轧轧作响,那巨型金属圆盅缓缓摇动起来。卡希魔多注视着,心怦怦直跳。钟锤刚一撞上青铜的钟壁,就震动了他登在上面的木架。卡希魔多同大钟一起颤动。哈!他喊道,同时发出一阵狂笑。只见大钟摇摆的速度加快,幅度越来越大,卡希魔多的独眼也越睁越圆,射出火一样的光芒。终于,钟乐齐鸣,整个钟楼都颤抖了:木架、铅顶、石壁,从桩基直到顶层的梅花装饰,都一齐吼叫起来。卡希魔多激动万分,满口喷着白沫,他跑来跑去,从头到脚跟着钟楼一起颤抖。这时,大钟大发雷霆,左摇右摆,青铜大口忽而冲向钟楼这边侧壁,忽而冲向那边侧壁,咆哮声传出一二十公里。卡希魔多对着这张大口,随着大钟来回摆动,忽而蹲下,忽而立起,吸着这令人震悚的气息,时而望望脚下二百多尺熙熙攘攘的广场,时而看看每秒钟都冲他耳朵吼叫的巨大铜舌。这是他能听见的唯一话语,是打破他这寂静世界的唯一声响。他无比欢畅,如同鸟儿沐浴着阳光。突然,他受到大钟狂热的感染,眼神变得异乎寻常,等着大钟摆过来,就像蜘蛛等待苍蝇,猛地纵身扑上去,抓住青铜巨怪的耳朵,身子悬空吊在沉渊之上,投进大钟的疯摇狂摆之中,他紧紧夹住双膝,用脚跟驱策,以全身的冲击和重量,促使大钟倍加疯狂地震荡。这时,钟楼都摇晃起来,卡希魔多则大喊大叫,牙齿咬得咯吱乱响,棕红头发倒竖起来,胸脯呼哧呼哧像风箱一样,独眼也喷出火焰,而巨钟在他身下喘息着嘶鸣;在这种时刻,圣母院的大钟不复存在,卡希魔多也不复存在了,全部化为一场梦幻、一阵旋风、一阵狂风暴雨;这是以声响为坐骑的眩晕,是腾云驾雾的精灵,是半人半钟的怪物,是骑着鹰翼马身的青铜怪物狂奔的可怕的阿斯托夫①。

有这样一个奇异的人物存在,不知为什么整座教堂就生机盎然。他身上似乎逸出——至少按照百姓夸大的迷信说法——似乎逸出一种神秘气息,使圣母院的所有石头都活跃起来,使古老教堂的五脏六腑都突突悸动。只要知道他在那里,人们就能幻觉列

---

① 阿斯托夫是英国传说中的王子,他从仙女那里得到一支号角,能发出让人受不了的可怕声音。

廊和门道里上千尊雕像变活了，纷纷动起来。的确如此，大教堂就像一只动物，对他百依百顺，只等他一声令下，就发出洪亮的吼声。大教堂无时无处不着附卡希魔多，犹如无所不在的家神。可以说是他给了这宏伟的建筑以活气。他的确无处不在，化成无数的卡希魔多，遍布于这座教堂的各个角落。有时，钟楼顶端出现一个怪样侏儒，人们望见都非常惊骇，只见他攀登，蛇行，四足并用匍匐移动，要从外壁下到深渊，从一个棱角跃到另一个棱角，要钻进一尊女妖雕像的腹部搜寻：那就是在掏乌鸦巢的卡希魔多。有时，在大教堂一个黝黯的角落里，人们会撞见一个活怪物，就像神色忧郁、蹲在那里的狮首羊身龙尾喷火兽：那就是沉思中的卡希魔多。有时在钟楼下面，又会瞧见一颗大脑袋和畸形的四肢，拽着一根绳索拼命摇晃：那就是敲晚祷钟或三经钟的卡希魔多。深夜，时常能看见钟楼顶和半圆殿周围锯齿侧影的纤细栏杆上，有一个丑陋的形体在游荡：还是圣母院的那个驼子。于是，住在附近的女人都说，整个大教堂都显得那么怪异，显得那么神奇而可怖，到处都有睁大的眼睛、张开的嘴巴；经常听见这怪诞教堂周围有吼叫声，那是伸长脖子、张着大口日夜守护的石犬、石蟒和石龙。如果是在圣诞节夜晚，大钟声嘶力竭，似乎召唤信徒们来做热烈的午夜弥撒，而教堂阴沉的门脸神态也很怪，真让人以为那花棂圆窗凝视着人群，走进去的人群是被大拱门吞噬了。这种种印象，都是因卡希魔多而产生的。如果在埃及，人们会奉他为这座庙宇的尊神；然而中世纪，人们却认为他是这里的鬼怪；其实，他是这座大教堂的灵魂。

　　因此，凡是知道有卡希魔多存在过的人，都觉得圣母院如今荒凉了，毫无生意，死气沉沉。他们感到什么东西消逝了。这个巨大的躯体已经中空，只剩下骨架子，灵魂离开了，只能见到灵魂空出的地方，仅此而已。就好像一具骷髅头骨，还有眼睛窟窿，却没有目光了。

四　狗和主人

卡希魔多嘲弄和仇恨别人，但是有一个人例外，他爱如大教堂，甚至犹有过之，那就是克洛德·弗罗洛。

说来很简单。正是克洛德·弗罗洛把他捡来收养，给他吃喝，把他养大。小时候，有狗和孩子追赶吼叫，卡希魔多总是躲藏在克洛德·弗罗洛的胯下。正是克洛德·弗罗洛教他说话、识字和写字。最后，还是克洛德·弗罗洛让他当了敲钟人。把大钟许配给卡希魔多，就等于把朱丽叶许配给罗密欧。

因此，卡希魔多觉得义父恩重如山，他深挚而又无限地感激。尽管义父神色往往阴沉而严峻，说话通常简短、生硬而又专横，但是他的感激之情却一如既往，未曾稍减。对于这位主教代理，卡希魔多既是最忠顺的奴隶、最听话的仆人，也是最警觉的猛犬。可怜的敲钟人耳朵震聋之后，他和义父之间就形成一套只有他俩才懂的神秘的手势语言。这样，卡希魔多还保持通话的，也只有主教代理这一个人了。在这人世上，他只同两样东西有关系：一是圣母院，一是克洛德·弗罗洛。

主教代理对敲钟人具有无与伦比的支配力量，而敲钟人对主教代理也怀有无与伦比的依恋之情。只要克洛德打一个手势，只要卡希魔多想讨义父喜欢，他就会从钟楼顶上跳下去。卡希魔多的体力发达到了极点，却盲目地听从另一个人支配，这真是一件奇事。毫无疑问，这意味着儿子对父亲的忠孝，也意味着一颗灵魂受另一颗灵魂的迷惑。一个可怜而蠢笨的肌体，面对一种高深莫测、超群绝伦的智慧，只能俯首帖耳，垂目乞怜。总而言之，最主要的还是感恩戴德。感激之情达到极限，简直无可比拟了。这样一种品德，跟常人中最完美的事例，也不能同日而语。可以这样说，卡希魔多爱主教代理，远远超过任何一条狗、任何一匹马、任何一头大象爱其主人的程度。

五 克洛德·弗罗洛续篇

一四八二年,卡希魔多年近二十岁,克洛德·弗罗洛则三十六岁左右:一个长大了,另一个已具老态。

克洛德·弗罗洛不再是托尔希学校那个单纯的学生、小弟弟的深情保护者,也不再是精通许多事情、又不懂许多事情的爱幻想的年轻哲人。现在,他是一个严肃冷峭、面孔铁板的教士,世人灵魂的掌管者,又是若萨的主教代理先生、主教的副手,担任蒙莱里和夏多福两地的首席神甫,管辖一百七十四位乡村本堂神甫。他是一个威严而阴郁的人物,整个面孔只能看见光秃秃的大额头,一副沉思的样子,每回他抱着双臂,脑袋低低垂在胸前,神态庄严地从唱诗堂高高的尖拱下缓步走过,那些身穿白长袍和礼服的唱诗童子、圣奥古斯丁教堂的教友、圣母院的神职人员,都会不寒而栗。

当然,堂·克洛德·弗罗洛并没有放弃做学问,也没有放弃对幼弟的教育,这是他生活中的两大要务。不过,随着时光的流逝,这两件极为甜美的事物,却掺进了几分苦涩。保罗·狄阿克尔就说过:时间一久,最好的肥肉也要哈喇变味。小约翰·弗罗洛绰号"磨坊",只因为他是在磨坊寄养长大的,他并没有按照克洛德规定的方向发展。长兄指望他成为一名好学生,为人虔诚驯顺,博学多才。然而,小树往往辜负园丁的苦心,固执地朝空气和阳光的方向伸展。同样,幼弟成长壮大,长出挺秀的繁枝绿叶,也是朝着懒惰、无知和放荡的方面蔓延。他是个十足的荒唐鬼，放荡不羁，真让堂·克洛德紧皱眉头，可是，他那顽皮促狭、乖觉机灵的劲儿，又常惹长兄发笑。克洛德头几年学习和沉思的生活，是在托尔希学校度过的，他也把小约翰送进那所学堂。然而从前，那座神圣的庙堂以弗罗洛的姓氏为荣，如今却以这个姓氏为耻了，为此克洛德深感痛心。有时，他声色俱厉，狠狠地训了小约翰一大通，弟弟忍受下来，显示了大无畏的精神。归根到底，这个浪荡鬼还是心地善良的，就像所有喜剧中常见的那样。训过之后，他倒心安理得，依然故我，该胡闹还胡闹，该放荡还放荡。时而为了欢迎一个黄口小儿——这是对大学新生的称呼，他就把人家捉弄一顿，须知这一宝贵传统精心保存至今。时而他又鼓动起一帮子同学，按照老规矩冲进一家酒店，"他们就像听到号声，斗志昂扬"，"用木棒攻击"，将酒店老板揍一顿，然后欢天喜地，将酒店洗劫一空，甚至砸开窖里的酒桶。事后，托尔希学校副学监十分尴尬，呈送给堂·克洛德一份用拉丁文写的出色的报告，上面加了一条沉痛的边注：一场斗殴，头一条起因，就是贪饮美酒。这还不算，据说他放纵起来没边，多次光顾格拉蒂尼街①，实在可怕，一个十六岁的少年，竟然胡闹到了这种份儿上。

　　这种种行径大大伤害了手足亲情，克洛德极度伤心，一时心灰意冷，便更加狂热地投入学问的怀抱；学问对人，情同姊妹，至少不会嘲笑人，总能报偿人给予她的关怀，尽管她所付的钱币往往是菲薄的。这样，他越来越博学多识，但同时也遵循自然的逻辑，作为教士却越来越严苛，作为人则越来越忧伤了。这种情况也适用于我们每个人：智慧、品行和性格，彼此总保持一定的平衡，能够持

---

① 那条街是赌场和妓院的所在。

续地发展，唯有碰到生活的重大变故才会中辍。

　　早在年轻的时候，克洛德·弗罗洛就涉猎了可靠的、外在的和规范的人类知识，足迹遍及学问的整个圈子，要么到了"圈子边上"就停下脚步，要么还往远走，寻找其他食粮，以供养他那永不餍足的智力的活动。古代的象征物，那自啮其尾的怪蛇，尤其适于做学问。显然，克洛德·弗罗洛对此有切身的体验。好几个严肃认真的人都证实，克洛德穷尽了人类知识的"正规领域"之后，又胆大妄为，闯入了"禁区"。据说，他已经陆续尝遍了智慧树的所有果实，由于饥渴，也许由于厌腻，终于又咬起禁果来。读者已然看到，索邦神学院神学家的讲座，研讨圣奚拉里学说的文学家聚会，研讨圣马尔丹学说的法学家辩论会，在圣母院圣水缸前的医学家大会，克洛德都轮番参加了。被称为四大门类的四大菜谱，所能制作并供给智慧的所有正规批准的菜肴，他都吞下去了，未待消除饥饿就感到餍足了。于是，他往前往深挖掘，要到这种物质的、有限而终结的全面知识下面去探寻；也许他是拿自己的灵魂冒险，钻进洞穴，坐到炼金术士、星象家、方士们的那张神秘桌前，而在中世纪，那张桌子的一端坐着阿威罗伊、纪尧姆·德·巴黎和尼古拉·弗拉麦勒；那张桌子在七形枝烛台的光照下，在东方一直延展到所罗门、毕达哥拉斯和琐罗亚斯德。

　　不管对错，至少有人这样推测。

　　主教代理确实常常拜谒无辜婴儿公墓，诚然，他父母和一四六六年瘟疫的其他死难者，都埋葬在那里，但是，他对父母陵墓上的十字架，还不如对旁边陵墓的奇特雕像那样虔敬：建在近旁的是尼古拉·弗拉麦勒和克洛德·佩奈勒夫妇的陵墓。

　　人们也确实看见他常常走在伦巴第人街上，到了作家街和马里沃街的拐角，便溜进一幢小房里。那是尼古拉·弗拉麦勒建造的房子，约莫一四一七年他在那里寿终正寝，后来就一直空着，已经开始坍毁，单单各国方士和炼金术士纷纷跑来，在墙上刻名，就已经把墙壁损坏了。住在附近的几个人甚至证实，曾有一回从气窗口望见克洛德主教代理在两个地窖里挖地翻土：那地窖的拱壁上，满是尼古拉·弗拉麦勒涂写的诗句和象形文字，据信，弗拉麦勒就把点金石埋藏在地窖里。二百多年来，从马吉斯特里到太平神父，所有炼金术士都纷纷跑来，不断折腾这块土地，残忍地翻过来倒过去，在他们的践踏下，那座房子终于化作尘埃。

　　主教代理对圣母院富有象征意义的大拱门，确实怀着一种特殊的爱恋，那是主教纪尧姆·德·巴黎写在石头上的魔法书的一页。整座建筑物都永恒地咏唱圣诗，而那位主教却给添设如此恶毒的扉页，毫无疑问他被罚下地狱了。据说，主教代理克洛德还根究了圣克里斯托夫巨大雕像的奥秘：那尊高高的雕像，当时矗立在圣母院前庭广场入口处，好像一团谜，百姓都称为"灰先生"。大概所有人都注意到，克洛德常常坐在前庭广场的栏杆上，一连几小时凝望大门廊的雕像，时而观赏倒拿灯笼的那些轻佻少女，时而观赏直举灯笼的庄重处女；还有时候，他计算在左门道上那只乌鸦的视角，估测它往教堂里所凝视的神秘点，尼古拉·弗拉麦勒如果没把点金石放在地窖里，那一定埋藏在乌鸦注视的地方。顺便交代一句，那个时期，这座大教堂的命运实在奇特，同时得到两个人的热恋：这两个截然相反的人，从两种不同层次出发，都同样极为笃诚地热爱圣母院。卡希魔多是个半人半兽的怪物，具有野性，遇事凭借本能，他爱大教堂的美丽、高大、爱它宏伟整体所生发出来的和谐。克洛德则是个满腹经纶、想象力奔放的人，他爱大教堂的寓意、神话、爱它包藏的神理、门脸上各种雕刻隐藏的象征，如同羊皮书中第二次文字下面掩盖的最初文本，总之，爱它向人类智慧提出的永恒的谜。

主教代理也确实有一间极为隐秘的幽室，就设在俯瞰河滩广场的一座钟楼里，紧挨着钟的笼架，据说，谁也不能进去，不经他允许，即使主教也不例外。那间幽室几乎在钟楼顶端，毗邻鸦巢，当初是雨果·德·贝桑松主教辟建的，他在那里施展魔术。幽室里隐藏着什么，谁也不知晓；不过在夜里，从河滩地常能望见钟楼背面一个小窗洞透出红光，时隐时现，反复不断，间隔的时间既短又均匀，非常古怪，似乎随着急喘的气息而明灭，与其说是灯光，不如说是火焰。在黑夜里，那么高的地方出现火光，势必给人以怪异的印象。附近的老妇人就说：瞧呀，那是主教代理在喘气，那上面一闪一闪的，就是地狱的鬼火。

当然，这些毕竟算不上什么铁证，表明那是巫术。不过，总是冒烟的地方，难免不让人猜测里面有火，因此，主教代理也就赢得了昭著的恶名。老实说，无论埃及国术，还是巫术、魔法，即使再正当，再清白，也有敌人和告密者，而最凶恶的敌人、最无情的告密者，莫过于圣母院宗教裁判所的那些先生了。不管那是真心憎恶，还是贼喊捉贼的伎俩，反正教务会那些博学的脑袋都认定，主教代理那颗灵魂敢入地狱之门，出入于鬼洞魔窟，探索那左道旁门的黑暗境域。那些老百姓也不会看错，但凡有点头脑的人，都认为卡希魔多是魔鬼，克洛德·弗罗洛是巫师。显而易见，敲钟人要为主教代理效劳一段时间，期限一到，就要讨取报酬，摄走他的灵魂。因此，尽管主教代理的生活极为清心寡欲，那些虔诚者却觉得他一身邪气；而凡是信徒，即使毫无世事经验，也能嗅出他是个魔法师。

如果说他渐趋老态，学问中出现了深渊，那么深渊也在他的心灵里形成了。至少，我们要是审视他的面孔，看见他那灵魂透过阴云才闪现出来，就有理由相信这一点。他那宽阔的额头拔了顶，脑袋总是低垂着，胸膛时时发出叹息，这些究竟是何缘故呢？他两道眉毛紧锁在一起，就像要斗架的两头公牛，是什么隐秘的念头，又使他嘴唇泛起苦笑呢？他残留的头发为什么已经花白？他那目光有时非常明亮，犹如火炉眼，那又是什么火在内心燃烧呢？

这种心潮汹涌激荡的种种征象，在这篇故事开场的时候，尤其达到十分强烈的程度。不止一次，圣诗班童子看见他一个人在教堂里，目光异常明亮，就吓得赶紧跑掉。不止一次，在唱诗堂做法事时，旁边的神父听见他在"全声部"素歌中，插进了无法理解的话语。还有，在河滩为教士们洗衣服的妇女，也不止一次惊骇地发现，主教代理的白法衣上有指爪的掐痕。

然而，他的行止倍加谨严，更加堪称表率了。既由于身份，也由于性格，他一向不近女色，现在似乎更加憎恶女人了。只要听见丝绸衣裙窸窸窣窣的声音，他就急忙拉下风帽，遮住眼睛。他洁身自好达到不近情理的程度，就连一四八一年十二月，公主博热夫人来参观圣母院修院，他也郑重其事地禁止入内，提醒主教注意，一三三四年圣巴泰勒米节前夕颁布的黑皮书有规定，任何妇人，"无论老幼贵贱"，均不得进入修院。对此，主教只好援引教皇特使奥多的谕令：某些贵妇人不在此例，"某些贵妇人，我们若是拒之门外，势必引起公愤"。然而，主教代理仍固执己见，说是教皇特使的谕令颁布在先，是一二〇七年，即比黑皮书早一百二十七年，因此，事实上已被黑皮书废除。最后，他还是坚持不见公主。

此外，人们还注意到，一段时间以来，他越发憎恶埃及和茨冈女人了。他曾请求主教颁布一项法令，禁止吉卜赛女人到圣母院前庭广场敲手鼓跳舞；从那时起，他还查阅宗教裁判官的潮湿发霉的档案，搜集男女巫师借助于猪、羊之类施展妖术，被判以火刑或绞刑的案例。

六　不得民心

上文说过，圣母院周围的士绅庶众，不大喜欢主教代理和敲钟人。克洛德和卡希魔多时常一道出去，主仆一前一后，穿过大教堂前面的阴凉、狭窄而黝黯的街巷，一路上总要听到挖苦、嘲讽和谩骂的声音，除非在难得的情况下，克洛德·弗罗洛抬着头，露出冷峻的、几近威严的前额，嘲笑者才望而生畏，不敢放肆。

他们二人在那一地段，犹如雷尼耶所说的诗人：

　　诗人后面跟随者色色形形，
　　好似黄莺乱叫尾随猫头鹰。

有时，一个小淘气溜过去，把一根别针插进卡希魔多的驼背，要得一点难以形容的乐趣，不惜拿自己的皮肉冒险；有时，一个美丽的姑娘，活泼过分，又特别放肆，她故意擦过教士的黑道袍，冲他哼唱讥刺的歌曲："回洞，回洞，魔鬼给生擒。"还有时候，一帮粗野的老太婆，坐在大门前台阶的阴凉中，看见主教代理和敲钟人经过，就起哄鼓噪，以咒骂向他们表示欢迎："嘿！来了两个人，一个人的灵魂，就像另一个人的体形！"再不然，就是一群学生和当兵的，正玩跳房子，一见他们就肃立，用拉丁文嘲骂，以这种传统的方式向他们致敬："来呀，来呀！克洛德和克洛瘸！"

然而这类笑骂，神父和敲钟人往往都充耳不闻。卡希魔多太聋，克洛德又陷入沉思，哪里听得见这些恭维的颂词。

第五卷

一　圣马尔丹修道院院长

堂·克洛德声名远扬，因而有人前来拜访，大约是在他不肯见德·博热夫人那个时期，此事他久久难忘。

那是一天晚上，他做完晚课，刚回到圣母院修院他那间禅房。房中有几个小玻璃瓶丢在角落里，装满了相当可疑的粉末，酷似炸药，除此之外，恐怕再也没有什么怪异神秘的地方。当然，墙壁上还有一些文字，但那纯粹是科学或宗教的警句，全部引自正经的作家。主教代理刚坐到堆满手稿的书案前，借着三灯嘴的灯光，手臂支着摊开的洪诺留·德·欧坦所著的《论宿命和自由决定》，这是他不久前拿进房中唯一对开的印刷品，一边翻阅，一边陷入沉思。恰好这时候，有人敲门。"谁呀？"这位学者高声问道，声调就像饿狗啃骨头时被打扰一样。来人在门外回答："您的朋友，雅克·库瓦提埃。"

主教代理过去开门。

来客果然是御医，此人五旬左右，冷峭的面孔仅从狡狯的目光略得补益。还有一个人陪伴他前来。二人都穿着灰鼠皮里的青石色长袍，扎着腰带，各戴一顶同样质地和颜色的帽子，全身裹得严严实实，手缩进袖子里，脚由袍子下摆盖住，眼睛则掩藏在帽子下面。

"上帝保佑，先生们！"主教代理说着，让进客人，"真没想到，这般时分，还会有大驾光临。"他说话很客气，但是不安而审视的目光,却看看御医,又看看他的同伴。

"拜访堂·克洛德·弗罗洛、德·蒂尔夏普这样的大学者,什么时候也不算太晚。"库瓦提埃博士答道,他那弗朗什孔泰地方口音,每句话都拖得很长,听来极为庄严,犹如贵妇拖曳的长裙。

就这样,御医和主教代理寒暄起来。这也是当年的习俗,学者相见交谈,彼此总要先恭维一番,以极大的热情表示学者相轻。而且,这种习俗延续至今:任何学者恭维另一位学者,嘴巴甜如蜂蜜,其实却赛过装满苦汁的坛子。

克洛德·弗罗洛向雅克·库瓦提埃道贺,主要说他医道高明,职位令人艳羡,每回为国王治病,都能得到许多实惠,这是更高超的炼金术,比寻找什么点金石更为可靠。

"确实如此!库瓦提埃博士先生,听说令侄当上了主教,我万分高兴,那位尊贵的彼尔·韦尔赛大人,不是荣任亚眠的主教吗?"

"是的,主教代理先生,这是大慈大悲的上帝的恩典。"

"要知道,圣诞节那天,您率领审计院全体官员,真是派头十足,对吧,院长先生?"

"哎!是副院长,堂·克洛德。唉!仅仅是副的。"

"您建在拱门圣安德烈街的那座豪华宅第,现在怎么样啦?那真赛似卢浮宫。我非常喜欢雕刻在大门上的那棵杏树,以及俏皮的双关语:'幸树菩提安[①]。'"

"唉!克洛德先生,造价太高啦。房子渐渐造起来,我也快要破产了。"

"哪里!您不是还拿典狱和司法宫典吏的俸禄吗?不是还有领地上那些房舍、货摊、客栈、店铺,每年都收租金吗?您的收益,

[①] 原文将杏树分读,冠以"A",谐音有"库瓦提安居"之意。此处译者变通。

就像挤一个涨满奶的乳头。"

"今年,我那普瓦西领地就没有什么进项。"

"可是,您在特里埃勒、圣雅各、拉伊河畔圣日耳曼各地征收的通行税,一向是很可观的。"

"不过一百二十利弗尔,还不是巴黎币。"

"您在御前任参事之职,领取固定的俸禄。"

"这倒是事实,克洛德教友,不过,波利尼那块该死的领地,传闻倒不少,其实不管丰年歉年,我也得不到六十金埃居。"

堂·克洛德对雅克·库瓦提埃讲这些奉承话,语气却隐含着奚落、尖刻和冷嘲热讽的意味,而面带的笑容既忧伤又残酷,表明这个出类拔萃而又不幸的人,一时寻寻开心,戏弄一下一个庸俗家伙的厚实家当。可是,对方却毫无觉察。

"凭我的灵魂起誓,"克洛德握着对方的手,终于说道,"看见您这么健朗,我由衷地高兴。"

"谢谢,克洛德先生。"

"顺便问一声,"堂·克洛德提高声音,"召您医病的国王怎么样?"

"他给御医的赏钱也不丰厚。"博士答道,同时朝旁边的同伴瞥了一眼。

"您这样认为吗,库瓦提埃伙计?"他的同伴说道。

陌生来客以惊讶和责备的口气讲这句话,便又把主教代理的注意力吸引过去,老实说,自从此人跨进禅房的门槛,他一刻也没有完全移开注意力。显然他有种种理由,必须照顾路易十一这位炙手可热的御医的面子,才容忍雅克·库瓦提埃大夫带个生客来。因此,听到雅克·库瓦提埃介绍同伴,克洛德的脸上丝毫没有热情的表示。

"对了,堂·克洛德,我给您带来一位教友,他仰慕大名,定要前来拜访。"

"先生也是学术界人士吗?"主教代理问道,他那锐利的目光凝视库瓦提埃的同伴,看到陌生人双眉下的目光也同样逼人,同样多疑。

只能凭借微弱的灯光判断这个人,只见他是个老头,六旬上下,中等身材,体格相当衰弱,一副病态,相貌虽然颇有市民的特点,但是仪态中却显露出几分威严气势,他的眉眶很高,深邃的目光炯炯有神,犹如从兽穴里射出的光芒,尽管拉低的帽檐儿一直遮住鼻子,但仍能感觉出他那天赋聪颖的宽阔额头在转动。

他自己来回答主教代理的问话。

"尊敬的大师,"他声调庄重地说,"敝人得闻大名,特意前来请教。我不过是外地的一个乡绅,总要先脱掉鞋子,才敢踏进学者的门槛。我应该报上姓名。我叫屠狼肉伙计[①]。"

"一位绅士取这种名字,实在奇特!"主教代理心中暗道。然而,他感到对方的威严,大有来头。他凭着高度的智慧,本能地猜出,屠狼肉伙计的皮帽下面,有一颗智慧不在他之下的脑袋。他端详着这张严肃的面孔,而自己阴沉的脸上,由于雅克·库瓦提埃来访而焕发的嘲讽的笑容,也就渐渐消失,就像天边的暮色隐入夜空。他恢复忧郁的神色,默默地重新坐到大型扶手椅上,臂肘支在书案的老地方,手托住额头,沉吟片刻,这才示意客人请坐,对屠狼肉伙计说。

"先生不耻下问,但不知关于哪种学科?"

"长老,"屠狼肉伙计答道,"我患了病,病势很重。听说您

[①] 路易十一爱称近侍为"伙计",也自称"伙计"。

是埃斯科拉庇俄斯再世,因此特来请教医学方面的问题。"

"医学!"主教代理摇头答道,然后若有所思,停了一下才又说道:"屠狼肉伙计,既然您这样称呼,请您掉过头去,您会看见我的答案就写在墙上。"

屠狼肉伙计遵命转身,果然看见脑袋上方的墙壁刻着这样一句话:

医学乃梦幻之女

——扬布利科斯

雅克·库瓦提埃听到同伴提的问题,本来就有气,这时听见克洛德的回答,就更恼火了。他欠身对着屠狼肉伙计的耳朵,以不让主教代理听见的低声说道:"我有言在先,他是个疯子。可是您执意要来看他。"

"难说,雅克大夫,很可能这个疯子有道理。"伙计同样低声答道,同时苦笑了一下。

"悉听尊便!"库瓦提埃冷淡地说,随即扭头,对主教代理说道:"您学问高深,不大把希波克拉特放在眼里,就跟猴子不把榛子放在眼里一样。医学,只是一场梦幻!这么说,您否认春药对血液的作用,膏药对皮肉的作用喽!您否认经营花草和矿物,商号为世界的这个永恒的药铺,是特意为名字叫人的这个永恒患者开设的啦!"

"我既不否认药铺,也不否认患者,"堂·克洛德冷冷地回答,"我否定的是医生。"

"这么说,"库瓦提埃口气激烈起来,"痛风是体内的一种疱疹,敷上一只烤老鼠能治枪伤,适量输些年轻血液能给老迈血管注入青春,这些都不是真的啦!二加二等于四,角弓反张之后则前弓反张,这些都不是真的啦!"

主教代理仍不动声色,回答说:"有些事情,我自有看法。"

库瓦提埃气得满脸涨红。

"好啦,好啦,库瓦提埃老兄,"屠狼肉伙计说道,"咱们别发火嘛。主教代理是咱们的朋友呀。"

库瓦提埃这才息怒,嘴里咕哝道:"不管怎么说,他是个疯子!"

"上帝戏人,"屠狼肉伙计沉吟片刻,又说道,"克洛德先生,您真让我为难。本来,我有两件事要向您讨教:一是关于我的健康,二是关于我的本命星。"

"先生,"主教代理又说道,"您若是抱着这个念头,那就大可不必辛苦一趟,气喘吁吁地登上我这楼梯。我不信医学。我也不信星相学。"

"当真!"老伙计吃惊地说。

库瓦提埃嘿嘿挤出几声笑,压低嗓门儿对屠狼肉伙计说:"您瞧了吧,他是个疯子。他居然不信星相学!"

"怎么能够想象,"堂·克洛德接着说道,"每道星光都是一根线,连在一个人的头上呢!"

"您到底相信什么?"屠狼肉伙计高声问道。

主教代理迟疑片刻,继而阴沉的脸上微微一笑,似乎又否定自己的回答:"我信上帝。"

"信我们的主。"屠狼肉伙计画个十字,补充说道。

"阿门。"库瓦提埃也念了一声。

"尊敬的大师,"屠狼肉伙计接着说道,"您如此笃诚地信教,我感到由衷的高兴。不过,您学问如此渊博,竟然达到不再相信科学的程度吗?"

"不是，"主教代理说着，抓住屠狼肉伙计的胳臂，暗淡的眸子里重又燃起热情的光芒，"不是，我并不否认科学。我匍匐在地上，指甲抠进土里，穿越地穴的无数道岔，爬行不算太久就看见，远远的在我前方，在昏黑长廊的尽头，有一点光亮，有一点火光，总之有一点什么东西，毫无疑问，那是炫目的中心实验场的反光，即是有毅力的人和智者撞见上帝的场所。"

"痛快说吧，"屠狼肉打断他的话，"您到底认为什么是真实而可靠的？"

"炼金术。"

库瓦提埃叫了起来："天哪，堂·克洛德，炼金术固然有其道理，但是您又何必诅咒医学和星相学呢？"

"你们的人文学，虚无！你们的天文学，虚无！"主教代理夸张地说道。

"好大口气，埃皮扎夫罗斯、迦勒底，您就这样一笔勾销了。"大夫冷笑着反驳道。

"请听我说，雅克阁下。这是我的由衷之言。我不是御医，陛下也没有赏赐给我代达罗斯建造的花园，让我在里面观测星座。您不要恼火，请听我说——您得出什么真理？我指的不是医学，而是星相学，医学太荒唐了。请您向我列举，如果竖写，耕牛式书写法有什么长处，兹鲁夫数字和泽菲罗德数字，又算什么新创造呢？"

"锁骨有感应力，能通鬼神，这您要否认吗？"库瓦提埃又说道。

"谬误，雅克阁下！您开的处方，没有一样产生实际的效用。反之，炼金术却有其发现。像这类成果，您还有异议吗？地下的冰埋藏上千年，就变成了水晶。铅是所有金属的始祖（因为黄金是光，不是金属）。只要经历四个时期，每一时期二百年，铅就依次由铅态化为雄黄态，由雄黄态化为锡态，再由锡化为白银，这难道不是事实吗？然而，相信什么锁骨，相信什么命星和宿命线，其可笑的程度，不亚于大可汗的臣民相信黄莺能变成鼹鼠，麦粒能变成鲤鱼！"

"我研究过炼金术，"库瓦提埃提高嗓门，"可是我认为……"

主教代理却更加激烈，不容他说下去："而我，也研究过医学、星相和炼金术。只有这里才有真理，"说着，他从桌案上拿起前面说过的装满粉末的小瓶子，"这里才有光明！希波克拉特，是梦幻；乌拉尼亚，是梦幻；赫耳墨斯，是一种思想。黄金，就是太阳；造出黄金，就是上帝。这才是唯一的科学。我也潜心研究过医学和星相学，告诉您吧，那是虚无、虚无！人体，一片黑暗；星宿，一片黑暗！"

说罢，他又倒身坐到椅子上，神态凛然，就像通了神灵一样。屠狼肉伙计一言不发，始终观察他。库瓦提埃则微微耸肩，挤出两声冷笑，反复咕哝着："疯子！"

"请问，"屠狼肉伙计猛然问道，"那美妙的目标，您达到了吗？您造出金子了吗？"

"我若是造出来，"主教代理仿佛边说边思考，一板一眼地答道，"那么，法兰西国王就不叫路易，而叫克洛德了。"

屠狼肉伙计皱起眉头。

"我这是说什么呀？"堂·克洛德轻蔑地微微一笑，又说道，"如果我能重建东罗马帝国，那么法兰西王位，对我又算什么呢？"

"就算这样吧！"屠狼肉伙计说道。

"噢！可怜的疯子！"库瓦提埃则咕哝道。

主教代理接着说下去，现在似乎只顺着自己的思路："没办法，我还在爬行，在地道的石子上磨破了脸和双膝。我只是隐约望见，并未尽情观赏！我一字一字辨识，还不能流畅地阅读！"

171

"一旦您能阅读了，"屠狼肉伙计说道，"就会造出金子来吗？"

"谁还能怀疑呢？"主教代理说了一句。

"果能如此，圣母知道我太缺钱了，也真想看看您的书。请问，尊敬的大师，您这种科学，该不会敌视或者讨厌圣母吧？"

针对这个问题，堂·克洛德只是平静而傲慢地答了一句："我究竟是谁的代理呢？"

"这话不错，大师。好吧！那您肯教我吗？让我随您一字一字辨识吧。"

克洛德摆出一副庄严而圣洁的神态，俨若一位撒母耳，说道："老人家，要做这样的旅行，历阅种种神秘的事情，所需的岁月，会远远超过您的有生之年。现在，您的头发已经花白啦！从洞穴出来，必定白发苍苍，可是进去的时候，必须满头青丝。单单这门科学，就足以使我们的脸庞凹陷、憔悴，形容枯槁；科学不需要老年人奉上的满布皱纹的面孔。不过，您的欲望如果真的无法遏制，到了这种年纪还非要学习，破译先哲可畏的文字不可，那么就找我来吧，我会竭尽绵薄之力。当然，您是位可怜的老人，我不会让您去探访先贤希罗多德斯说的金字塔墓室，或者登上巴比伦的砖塔，更不会让您去印度，参观埃格灵吉白色大理石圣殿。我同您一样，既没有见到迦勒底人仿照希克拉神圣式样的建筑、已经拆毁的所罗门庙宇，也没有见到以色列王陵破碎了的石门。我们只限于看看手头上的赫耳墨斯著述的残篇。我来向您解释圣克里斯托夫雕像、播种者的象征，以及圣小教堂门上那两个天使的寓意：其中一个天使把手伸进水罐里，另一个把手举到云端……"

刚才，雅克·库瓦提埃被克洛德的激烈反驳弄得哑口无言，他听到这里，又抖起精神，打断主教代理的话，那得意的口气，就像一个学者纠正另一个学者："差矣，吾友克洛德！象征不是数目。

您把俄耳甫斯错当了赫耳墨斯。"

"是您错了,"主教代理郑重反驳,"代达罗斯是地基,俄耳甫斯是墙壁,而赫耳墨斯则是建筑,是整体。"他又转身对屠狼肉伙计说:"随时恭候您的光临,我要给您看尼古拉·弗拉麦勒坩埚底残留的金屑,并拿纪尧姆·德·巴黎的黄金比比给您看。我会告诉您'庇里斯特拉'这个希腊词的神秘含义。不过首先,我要逐个教您认读大理石的全部字母,阅读花岗岩的全部书页。我们要从纪尧姆主教增设的大门廊、圆形圣约翰教堂的大门,走到圣小教堂,再走到马里沃街,去尼古拉·弗拉麦勒的住宅,到无辜婴儿公墓里去认他的坟墓,到蒙莫朗西去看他的两所济贫院。我还要带您去铁匠街圣热维医院,教您认读那大门廊四个大铁架上铸满的象形文字。我们还要一起研读圣科姆、阿尔当的圣日内维埃芙、圣马尔丹、屠宰场圣雅各等等教堂的正面建筑……"

不管屠狼肉伙计的眼神多么聪颖,他早就听不懂堂·克洛德讲些什么了,于是打断对方的话:"上帝戏人!您讲的是些什么书啊?"

"这里就有一部。"主教代理说道。

他推开密室的窗户,用手一指宏伟的圣母院教堂,只见两座钟楼、石头外墙和庞大后殿的黑色侧影,映在布满繁星的夜空中,犹如双首斯芬克斯巨怪蹲在城市中心。

主教代理沉默无语,凝望高大的建造物,过了片刻,他叹息一声,右手指着桌案上摊开的那部书,左手指着圣母院,忧郁的目光从书本移向教堂,说道:"不幸啊!这个要扼杀那个。"

库瓦提埃急忙走到那本书跟前,不禁高声说道:"哎!这上面有什么,就那么可怕?这不就是《圣保罗书信集注》嘛,是安东尼·科桓格一四七四年在纽伦堡印行的,不算新书,只是格言大师彼埃尔·隆巴尔的旧作。就因为这是印刷品吗?"

"您说对了，"克洛德答道，他似乎陷入沉思，伫立在原地，撅起的食指顶在纽伦堡著名印刷机印出的对开本上。继而，他补充说了这句神秘莫解的话："不幸啊！小东西往往能战胜庞然大物，一颗牙齿能啃掉大个头儿。尼罗河中的小老鼠能咬死鳄鱼，剑鱼能戳死鲸鱼，书能扼杀建筑物。"

雅克大夫低声向同伴重复他那不变的老话："他是个疯子。"这回，他的同伴则答道："我想是这样。"

恰巧这时，修院熄灯钟敲响了。到了这一时辰，任何外人不得在修院逗留。两位客人就此告辞。屠狼肉伙计道别时，对主教代理说道："大师，我喜爱学者和俊才高人，我尤其敬重阁下。明天请到小塔宫来，您问图尔的圣马尔丹修道院院长就行了。"

主教代理回到房中，不胜惊愕，他忆起图尔的圣马尔丹修道院文件汇编中的一段话，终于明白屠狼肉伙计是什么人了："圣马尔丹修道院院长，即法兰西国王，按照教会通例，为议事司铎，享有与圣维南提乌斯同等小俸禄，并掌管教堂金库。"

据说，从这个时期开始，路易十一每次回到巴黎，经常召见主教代理谈话，从而，堂·克洛德所受的恩宠超过了奥利维公鹿和雅克·库瓦提埃，但是御医也自有办法虐待国王。

二　这个要扼杀那个

主教代理说："这个要扼杀那个，书要扼杀建筑物；"请女读者允许我们稍事停留，探究一下这种玄妙的话里，可能隐藏着什么思想。

照我们看，这一思想有两面。首先，这是教士的想法，教士面对印刷术这一新事物所产生的恐惧。这是圣殿的人面对谷登堡[①]光辉的印刷机所感到的恐怖眩晕。这是教坛和手稿，口讲的话和手写的话，面对印出的话所产生的恐慌，颇像一只麻雀看见天使莱吉翁展开六百万翅膀[②]而目瞪口呆。这是先知发出的一声惊呼，因为他听到解放了的人类喧闹蚁动，预见智慧将铲除信念，舆论将取代信仰，尘世将动摇罗马。这是哲学家的预言，因为他看见人的思想安上印刷的翅膀，将要逃离神权的樊笼。这也是守城士兵看清青铜撞角，惊叫"炮楼要塌"时的惊骇。这意味一种威力将取代另一种威力。这就是说：印刷机将扼杀教会。

不过，我们认为，在这第一层，无疑也最单纯的意思下面，另外还有一层更新的意思，是第一层意思的一种推论，不易于捕捉，但更容易驳斥，这层意思同样是哲学性质的，而且不仅仅是教士，也是学者和艺术家的一种见解了。这是一种预感：人的思想改变形

[①] 约翰·谷登堡（1400之前—1468），德国印刷工人，发明活版印刷术。
[②] 雨果可能反用其意。据《马可福音》，莱吉翁是魔鬼，率领两千头猪。

式,随之也要改变表达方式,每一代人的主导思想,不会再用原来的材料、原来的方式书写出来;石头书尽管十分牢固和持久,也要让位于更为牢固和持久的纸书。从这个角度看,主教代理的含混说法还有第二层意思,表明一种艺术将取代另一种艺术。这就是说,印刷术要扼杀建筑艺术。

事实上,从人类初始直到公元十五世纪,包括十五世纪在内,建筑艺术是人类的大型书籍,是人类各个发展阶段的主要表达方式,既体现人的力量,也体现人的智慧。

原始人日益感到记忆力不堪重负,人类的记忆所积累的行装,越来越沉重,也越来越繁杂了,单凭毫无依托、转瞬即逝的话语传递,就有可能在途中丧失一部分;于是,人就采用最为明显、最为持久、最为自然的方式,把记忆载于地面上。每一代传统,都凝结成为一座历史丰碑。

最初的建筑,仅仅是岩石居住区,正如摩西所说,"跟铁还没有关系"。建筑艺术的开头,也同任何书写文字一样,最先是字母。在地面上立起一块石头,这就是一个字母,每个字母即一个象形,负载着一群意念,犹如圆柱顶端安置的各种装饰。全世界每处地面上的原始人,都同时这样做。凯尔特人那种架起的巨石,在亚洲的西伯利亚、美洲的潘帕斯草原上都可以见到。

稍后一个时期,才开始造词:石头摞石头,拼成花岗岩的音节,动词则试着将一些词搭配起来。凯尔特人的石棚和大石垣、伊特鲁立亚人的坟头、希伯来人的古冢,这些全是词。有一些,尤其是坟头,是些专有名词。也有些时候,石头很多,场地也宽敞,就写出一个句子。凯尔奈克的巨大砌石,已经是一种完整的表达方式了。

最后写出书来。传统产生象征,并在象征之下消失,犹如树干为枝叶所覆盖。人类信仰的所有这些象征,又要生长繁衍,交叉纠结,越来越错综复杂了,早期的建筑再也容纳不下,就向四处漫溢了;那时的建筑,还能勉强表达与本身同样朴实无华、匍匐于地的原始传统。象征亟待在建筑中勃发兴旺。因此建筑艺术和人类思想同步发展,变成千首千臂的巨人,将飘忽不定的所有象征意念,用看得见的、触摸得到的永恒形式固定下来。体现力量的代达罗斯进行测量,体现智慧的俄耳甫斯在歌唱,于是柱子为字母,拱廊为音节,金字塔为词,全按照几何律、诗律同时活动起来,聚拢组合,交织混杂,下降上升,在地面并列,重叠升空,遵循一个时代的总观念,终至写成一部部神奇的书籍,亦即神奇的建筑,诸如印度的埃格灵吉宝塔、埃及的兰塞伊翁陵墓、所罗门神庙。

本源的思想,即智慧圣言,不仅寓于这些建筑的内部,而且寓其外形上。例如所罗门神庙,就不单是圣书的封面,还是圣书本身。从神庙同心圆墙的每一处,祭司们都能读到诠释出来并呈给瑞眼的智慧圣言,他们就这样历阅它从一座圣殿到另一座圣殿的演变,直至在最新的圣柜中抓住其神髓,看到它最完整的形式:仍然体现在建筑上,即拱形。由此可见,智慧圣言寓于建筑物中,但其形象却显露在建筑的外形上,如同木乃伊的棺椁上绘有死者的形貌。

建筑物不仅外形,而且选择的地点,都能揭示出要表现的思想。依照所表达的象征是明快还是晦暗,希腊人在山顶上建造赏心悦目的神庙,印度人则劈山开岭,在地下凿出由巨大花岗岩象群驮着的形状各异的佛塔。

因此,人类社会初始的六千年历史中,从印度斯坦最古老的佛塔,直到科隆的大教堂,建筑艺术始终是人类最伟大的著作。这是千真万确的,不仅一切宗教象征,而且全部人类思想,在这部鸿篇巨制中,无不有其一页,无不有其丰碑。

任何文明都始于神权而终于民主。自由取代一统的这条法则,就写在建筑艺术中。因为，我们必须强调这一点，不要以为营造术的力量，仅仅在于建起庙宇，表述神话和宗教象征，仅仅在于用象形文字，将摩西十诫录在这些石头书页上。如果真像他们以为的那样，那么任何人类社会到了一定时候，神圣象征总要陈旧，被自由思想磨掉，而人也要逃避教士，各种哲学和各种体系的赘疣，就要侵蚀宗教的面孔，建筑艺术就难以再现人类精神的新面貌，一页页尽管正面满是字迹，背面却一片空白，这样的作品势必缺头少尾，这样的书籍也势必残缺不全。其实不然。

　　试以中世纪为例：这个时期离我们较近，更容易看清楚。中世纪早期，神权政治正致力于组建欧洲，梵蒂冈正往自己周围聚拢，重新组合从卡皮托尔四周覆灭的古罗马托生出的新罗马的各种因素，而基督教文化则到过去文明的废墟中，搜寻构成社会的各个层次，并利用遗迹，重新建造以僧侣为栋梁的新的等级世界。其时，在一片混乱中，我们先是隐隐听到，继而又渐渐瞧见，在基督教文化之风的吹拂下，借助蛮族之手，从古希腊和古罗马消亡的建筑艺术的瓦砾中，出现了神秘的罗曼建筑艺术：这种建筑艺术是埃及和印度神教营造术的姊妹，是纯正天主教的经久不变的标志，也是教皇一统天下的永不更改的象形文字。当时的整个思想，的确都记述在这种晦暗的罗曼风格中。处处能感到威权、一统、密不透风、绝对性，即格列高利七世；处处感到教士，却从来感觉不到人；处处感觉到等级，却从来感觉不到人民。然而，十字军远征开始了，这是大规模的民众运动，而凡是大规模的民众运动，无论其缘起和目的如何，在最后的冲击中，自由精神总要脱颖而出。新事物也就要随之问世了。这样，又进入了天下汹汹的时期：雅克团、布拉格运动、神圣联盟相继发生。神权摇摇欲坠，一统渐渐瓦解。封建政权要求同神权平分秋色，接着民众不可避免地登上舞台，而且一如既往，要占有狮子的份额，"因为我叫狮子"。于是，领主权从僧侣权下面显露出来，村社又从领主制下面显露出来。欧洲的面目改变了。嘿！建筑风貌也焕然一新。如同文明一样，建筑艺术也翻过去一页，而时代新精神发现它准备好，要按照口授谱写新篇章。建筑艺术从十字军远征中带回尖拱艺术，如同各民族从十字军远征中带回自由。于是，罗马帝国渐渐解体，罗曼建筑艺术也逐步消亡。象形文字抛弃了大教堂，赶去装饰城堡，给封建制度助威。大教堂本身，一向讲究中规中矩的建筑物，从此也闯进来市民、村社和自由，开始脱离教士的控制，落到艺术家的手中。艺术家可以随心所欲地建造大教堂了。永别了，神秘、神话和戒律。现在盛行的是随意性和奇思异想。教士只要有大教堂和神坛，也就别无他求了。四面墙壁交给了艺术家。建筑艺术这部书不再为僧侣、宗教和罗马所有，而属于想象、诗歌和民众了。正因为如此，这种只有三百年历史的建筑艺术，有了难以计数的飞速变化，而在六七百年历史的罗曼艺术长期停滞之后，这种变化令人惊叹不已。这期间，建筑艺术以巨人的步伐前进。从前由主教们包揽的事情，现在要发挥民众的才能和独创精神。每个种族路过时，都要在这本书上写下一行字，从而划掉大教堂扉页上的古老罗曼象形文字；因此，在各个种族所置放的新象征下面，老教条充其量也只能偶尔显露出来。民众为其挂上帏幔，很难再看出当初宗教骨架的痕迹。那时的建筑师，甚至对待教堂也胆大妄为，现今是无法想象的。例如，巴黎司法宫的壁炉厅里，可以欣赏到雕刻在柱头上含羞做爱的男女修士；还有，布尔大教堂的门廊上则雕有赤条条的挪亚的艳遇。再如，博什维尔修道院的盥洗室壁上，竟有一个长着驴耳朵的醉修士，举着酒杯嘲笑全体僧众。那个时代，在石头上刻写并表达思想的特权，完全可以和今天的新闻自由相比拟。那就是建筑艺术的自由。

这种自由走得很远。有时是教堂的门廊、正面装饰，有时甚至整座教堂所表达的象征意义，同宗教崇拜截然相反，甚或敌视教会。早在十三世纪，有纪尧姆·德·巴黎，还有十五世纪的尼古拉·弗拉麦勒，都写过这类蛊惑的篇页。屠宰场圣雅各教堂，就是一座完全唱反调的教堂。

当时的思想，只有以这种方式才能自由表达，因此，也就完全写在叫作建筑物的这些书籍上。舍此建筑物的表达方式，那种思想若是敢冒大不韪，以手稿形式表述出来，那就必然要被刽子手押上广场，当场焚毁。这样一来，表述在教堂门廊上的思想，就要目睹表述在书籍中的思想受刑。人类思想要面世，只有营造这一条途径，因此也就从四面八方趋之若鹜。这就是为什么无数大教堂遍布欧洲，数量惊人，即使经过核实也难以置信。社会的全部物质力量、全部智慧力量，都汇集到一点，即建筑。建筑艺术就是以这种方式，借口为上帝建造教堂，得以波澜壮阔地发展起来。

在这种情况下，天生的诗才也要当建筑师了。民间藏龙卧虎，但到处受封建制度的压制，如同压在青铜盾牌的"龟壳"下面，这种才干，只能从建筑方面寻求出路，只能通过这种艺术施展，他们的《伊利亚特》就采用了大教堂的形式。其他所有艺术都归顺过来，以建筑艺术为师，组成伟大作品的工匠队伍。建筑师、诗人、大师总揽一切，以雕刻为这部作品镌刻门面，以绘画为它制作绚丽的彩绘玻璃，以音乐敲响它的大钟，弹奏它的管风琴。就连可怜的纯粹诗歌，还坚持待在手稿中默默无闻者，若想有所作为，也不得不以颂歌或"散文"的形式，进入建筑的框架里。归根结底，这也是埃斯库罗斯的悲剧在希腊的宗教节日中，《创世纪》在所罗门神庙中所扮演的角色。

因此，在谷登堡发明活版印刷术之前，建筑艺术始终是主要的表意文字，世界通用的书写形式。这部花岗岩书籍，由东方开始撰写，由古希腊和古罗马继续著述，而中世纪则写完了最后一页。民众建筑艺术取代等级建筑艺术，我们上文在中世纪所观察的这种现象，随同人类智慧的一切类似运动，还要在历史其他伟大时代中再现。因此，这里只是简要地提出这条规律，如若详尽阐述，那就得写成几卷的大部头。在远古的东方，原始时代的摇篮，继印度建筑艺术之后，出现了腓尼基建筑艺术，它是阿拉伯建筑艺术的体态丰盈的母亲；在古代，先有埃及建筑艺术，而伊特鲁立亚风格和库克罗普斯建筑，不过是其中的变种，然后才出现希腊建筑艺术，而添加迦太基式圆顶的罗马风格，也不过是希腊风格的延续；在现代，继罗曼建筑艺术之后，则出现了哥特建筑艺术。这三个系列拆开来分析就能发现，三位大姐，即印度建筑艺术、埃及建筑艺术、罗曼建筑艺术，都有同样的象征，也就是神权、种姓等级、一统、教条、神话、上帝；反之，三位小妹，即腓尼基建筑艺术、希腊建筑艺术、哥特建筑艺术，无论三者本质所固有的形式多么不同，也都有同样的寓意，这就是自由、民众、人。

在印度建筑、埃及建筑或罗曼式建筑中，总能感觉到祭司，而且只能感觉到祭司存在，不管名称如何，叫婆罗门、麻葛，还是叫教皇。民众的建筑艺术则不然，要更加丰富多彩，而少几分神圣的意味。在腓尼基建筑中感到的是商人，在希腊的建筑中感到的是共和派，在哥特建筑中感到的则是市民。

神权建筑的普遍特征，就是一成不变，恐惧进步，固守传统，把原始型神圣化，以其象征的不可理解的任性不断压制人和自然所有形态。那是些晦涩的天书，只有得到密授的教徒才能读懂。而且，任何形式，乃至任何变态，一旦在建筑上有了某种含义，也就神圣不可侵犯了。不必要求印度、埃及和罗曼的营造术改革其设计、改进其雕塑艺术：任何改进完善，对它们都是大不敬。在这类建筑中，僵化的教条似乎扩及石头，好像再度石化了。反之，民众营造术的普遍特点，就是追求变异、进步、独特、丰富和永动。这类建筑在很大程度上摆脱了宗教的桎梏，可以考虑自身的美，可以修饰了，不断纠正装饰自身的雕像和花纹图案。还有，这类建筑属于世俗社会，含有人性，不断把人性掺进神圣象征中，并且仍在这种象征下求得发展。因此，这类建筑尽管还是象征性的，但是像大自然一样容易理解了，任何心灵、任何智慧、任何想象力，都能有所领悟。在神权建筑和民众建筑之间，有神圣语言与通俗语言之别，有象形与艺术之别，有所罗门与菲迪亚斯之别。

如果抛开无数例证和无数见解，上文扼要所述，概括起来可以这样说：直到十五世纪，建筑艺术是人类活动的主要记载；在这段历史中，世上出现的稍微复杂的思想，无不化作建筑物；民众的任何创见、宗教的任何律法，无不有其丰碑；总之，人类的重大构想，无不刻写在石头上。为什么会这样呢？因为，任何思想，无论宗教的还是哲学的思想，都追求永世流传。一种思想既已推动了一代人，还要推动下几代，并要留下痕迹。若想不朽，手稿是多么靠不住！而一座建筑物，就是一部书，要更加牢固持久，更能经受时间的考验！要毁掉记述下来的话语，只需一个火把和一个野蛮人就够了。要拆毁建筑起来的话语，就要有一场社会革命、一场尘世革命。罗马大竞技场经历蛮族浩劫而幸免，金字塔也许经历了世界大洪水而幸存下来。

进入十五世纪，一切都变了。

人类思想发现一种永世流传的办法，比起建筑艺术来，新办法更为经久耐用，简单易行。建筑艺术被赶下宝座。俄耳甫斯的石头字母，即将为谷登堡的铅字所取代。

书籍将扼杀建筑!

发明印刷术是最重大的历史事件。这是引起一系列变革的革命,是人类彻底革新了的表达方式,是脱掉一种形式而被覆另一种形式的人类思想,是从亚当以来象征智慧的那条蛇最终彻底的蜕变。

以印刷形式表达的思想,比以往任何时候都更难磨灭,它不翼而飞,扩散到空气中,从此难以捕捉,无从摧毁。在建筑艺术的时代,思想曾化为高山,牢牢地把握一个时代和一块地盘。现在,思想化为无数鸟雀,四处飞散,同时占领空中和地面的所有点。

我们再说一遍,谁还看不到,以这种方式表达的思想更难磨灭呢?这种思想从坚硬一变而为轻灵,从持久一变而为永恒。一个庞然大物可以平毁,然而,又怎能消灭无处不在的东西呢?再发一场洪水又有何妨,即使高山早已被滚滚波涛淹没,鸟儿还会照样飞翔,只要水面上漂浮一叶方舟,鸟儿就会落在上面,随方舟漂流,一同观察洪水退去。灾难过后出现的新世界,刚一苏醒就会看见,被埋葬的旧世界的思想在长空展翅翱翔。

只要看到这种表达方式不仅最易保存,而且最为简单方便,最容易掌握使用;只要想一想这种方式没有拖累,既不必携带大件行李,也不必搬运沉重的用品;只要比较一下,被迫寓于建筑物中的思想,要动用四五种艺术、多少吨黄金,要动用一座高山的石料、一片森林的木材,也要动用大批工匠,而著书立说,则需要一些纸张、一点墨水和一枝鹅毛管笔就够了,这样一比较,人类智慧放弃建筑艺术而采用印刷术,又何足为奇呢?试挖一条水平面低于河床的沟渠,用以截断河流,那么河水必然改道。

由此可见,自从发明了印刷术,建筑艺术是多么明显地渐渐枯涩、衰败,渐渐空乏了。我们又是多么明显地感到,水位日见下降,生命汁液逐渐流走,时代和民众的思想慢慢脱离建筑艺术!当然，在十五世纪，这种冷却现象还不易觉察，当时印刷机还很稚弱，从强大的建筑艺术那里，充其量只能摄取一点过剩的生命力。可是，一进入十六世纪，建筑艺术的病症就一目了然了，基本上它不再表现社会，而是可怜巴巴地变成古典艺术：建筑，从高卢的、欧洲的、土著的风格，变成希腊和罗马艺术，又从真实的和现代的艺术，变成了伪古典艺术了。人称文艺复兴者，就是这种衰败的颓势。不过这颓势又极为壮美，因为哥特的古老精魂，这西沉的太阳，在落到美因茨印刷机的高山背后，那夕照的余晖，在一段时间内，还继续浸染那拉丁式圆拱和柯林斯柱廊的混杂堆砌①。

这是黄昏的夕阳，我们却当作震旦的旭日。

建筑艺术一旦丧失盟主的地位，不再是统领的、独霸的艺术，而跟其他艺术平起平坐了，它就再也没有力量笼络其他艺术了。其他艺术挣脱建筑师的枷锁，纷纷解放出来，从此各奔前程了。每种艺术都从分离中得到益处。孤立状态能促一切事物成长。雕刻发展成为雕塑艺术，彩绘发展成为绘画，卡农②发展成为音乐。那情景就像亚历山大死后，它的帝国就分崩离析，各省自立为王国了。

从而就产生了拉斐尔、米开朗琪罗、约翰·古戎、帕莱斯特里纳，他们全是光辉的十六世纪的英才。

思想也和艺术同时从各方面解放出来。中世纪的异端祖师爷已经重创了天主教。到了十六世纪，宗教的一统天下打破了。在印刷术之前，宗教改革只能是教派分裂，有了印刷术便成为革命。搬走印刷机试试，异端邪说就孱弱无力了。命定也好，机缘也罢，反正

---

① 拉丁圆拱系罗马风格，柯林斯柱式系希腊风格，雨果认为文艺复兴时期的建筑是混杂堆砌。

② 卡农：按照严格模仿的原则，用一个或更多的声部相距一定的拍节模仿原有旋律的曲式或作曲技巧。欧洲初期音乐就是这种复调的宗教乐曲。

谷登堡是马丁·路德的先驱。

那时，中世纪的太阳完全沉落了，哥特的精魂也在艺术的天际永远陨灭，建筑艺术渐渐暗淡下来，失去光彩，越来越隐没了。印刷的书籍这种蛀虫，不断蛀蚀并要吃掉建筑物。建筑艺术蜕皮，落叶，眼看着消瘦下去，变得平庸、贫乏，毫无价值了，不再表达任何意念，甚至不再追摹从前时代的艺术。建筑艺术被人类思想抛弃，因而也被其他艺术抛弃，从此冷落孤零，再也招募不来艺术家，只好使用工匠了。普通玻璃代替了彩绘玻璃，石匠代替了雕塑家。永别啦，一切元气、一切特色、一切活力、一切智慧。建筑艺术沦为作坊乞丐，十分凄惨，从一个抄本爬到另一个抄本。早在十六世纪，米开朗琪罗无疑就发现，建筑艺术正在衰亡，他悲愤之余，要实现最后一个构想。这位艺术巨匠将万神祠堆砌到巴特农神庙上，造起了罗马的圣彼得大教堂。这一伟大作品冠绝古今，堪称绝世之作，是建筑艺术的最后一次独创特制，也是在即将合上的宏伟石头史书，这位艺术巨擘在末页签署的名字。米开朗琪罗死了，可怜的建筑艺术也过了大限，只是在苟延残喘，形同怨鬼幽魂，这又能有什么作为呢？无非照搬圣彼得大教堂，模仿到了滑稽可笑的地步。简直成了怪癖，怪到了可怜可悲的程度。于是，每个世纪都有自己的罗马圣彼得大教堂：十七世纪有圣恩谷教堂，十八世纪有圣日内维埃芙教堂。每个国家也都有自己的罗马圣彼得大教堂，如伦敦，如彼得堡，而巴黎则有两三座。这种毫无意义的遗嘱，乃是一种伟大艺术临终时返回童年的呓语。

我们若是抛开上文提到的有特点的建筑物，只观察一下建筑艺术从十六世纪到十八世纪的总貌，那就会发现同样衰微破败的现象。从弗朗索瓦二世朝代起，建筑物的艺术形式就日渐消亡，让几何图形显赫突起，如同一个患者瘦骨嶙峋的架子。冷峻无情的几何线条，代替了优美曼妙的艺术线条。建筑物不复为建筑，而成为多面体了。当然，建筑艺术还在处心积虑，力图掩饰这种贫乏赤裸的状态。这样，希腊式门楣装饰便镶进罗马式门楣装饰中，反之亦然。不外乎罗马万神祠掺进希腊巴特农神庙，不外乎圣彼得大教堂的翻版。这样，就出现亨利四世时代的石砌边角的红砖楼房、王宫广场、太子广场。还出现路易十三时代的教堂，又笨重又低矮，扁扁的缩成一堆，上面架了个圆屋顶，好似驼背一般。还出现马扎兰时代的建筑，那拙劣的仿意大利式的四大民族学院。继而，又出现路易十四时代的宫殿，那形同兵营的朝臣厅室，看上去僵硬死板，令人生厌。最后，到了路易十五时期，就出现了菊苣和通心粉状、各种瘤状和菌状的装饰图案，把个老掉牙的衰朽建筑艺术打扮成老妖精模样。从弗朗索瓦二世到路易十五世，建筑艺术的病症以几何积数加重。这种艺术只剩下皮包骨，完全是一副垂死的惨相。

　　在这一历史时期，印刷术的情况又如何呢？脱离建筑艺术的生命力，全部注入了印刷术。一方面，建筑艺术逐步衰退败落，另一方面，印刷术却日益发展壮大。从前，人类思想把精力耗在建筑上，此后便全部献给书籍了。因此，刚进入十六世纪，印刷术就已然羽毛丰满，能与日趋衰落的建筑艺术分庭抗礼，同它较量，并把它扼杀。到了十七世纪，印刷术战果辉煌，地位相当稳固，而且声望日隆，能让全世界欢庆一个伟大的文学世纪了。印刷术在路易十四的宫廷里长期养精蓄锐，到了十八世纪，便重操路德的旧兵刃，武装起伏尔泰，气势汹汹，大举冲击旧欧洲，而其时，它早已扼杀了建筑艺术这个旧欧洲的表现方式。到了十八世纪末叶，它已经摧毁了一切。等到十九世纪，它又要重新建设了。

　　不过，现在我们要问，三个世纪以来，这两种艺术究竟哪一种真正代表人类思想？究竟哪一种表述人类思想？不仅表现人类思想对文学和学术的癖好，而且表现人类思想开阔、深沉而又普遍的冲动呢？究竟哪一种既不间歇，又天衣无缝，始终附着前进中的人类这个千足怪物呢？是建筑艺术，还是印刷术呢？

是印刷术。这一点我们不要弄错，建筑艺术已经死了，死不复生了，被印刷书籍所扼杀，它不够耐久，造价又特别昂贵，被扼杀是不足为奇的。每一座大教堂靡费都数以十亿计。我们算一算，现在需要多少资金，才能重新写出建筑艺术这部书，才能在大地上重新建起千万座建筑，回到建筑物林立的时代，正如一位目击者所说，那个时代，"世界仿佛抖动着身躯，卸掉敝衣旧装，换上一套白色教堂裁制的新衣裳"（格拉伯·拉杜普斯）。

书籍印得既快，费用又少，还能广为流传！整个人类思想顺着这条斜坡流淌，又何足为奇呢？这并不等于说，建筑艺术今后在世界某处，就不会再出现一座秀美的建筑、一部孤立的杰作。在印刷术的统治之下，完全有可能竖起一根圆柱，我想那是投入一支军队，用大炮熔铸而成的，就像在建筑艺术的统治之下出现的《伊利亚特》《罗曼采罗》《摩诃婆罗多》和《尼伯龙根之歌》，也是全民族搜集大量行吟诗，最后融合而成的。二十世纪也可能会有一位天才建筑师脱颖而出，正如十三世纪出了个但丁一样。不过到了那时，建筑艺术就不再是社会的艺术、集体的艺术，也不再是主宰的艺术。到了那时，伟大的诗篇、伟大的建筑、人类的伟大创作品，就不再建造起来，而是印刷出来了。

从此以后，建筑艺术纵然东山再起，也不会独步天下了；它要受制于当年文学从它那里接受的规律。这两种艺术的地位相互颠倒了。在建筑艺术统治的年代，诗歌作品固属凤毛麟角，但也确实同建筑物相像。在印度，毗耶婆的著述卷帙浩繁，古怪离奇，同浮屠一样难以参悟。在东方埃及，诗歌像建筑物一样，线条宏大而静谑；古希腊的诗歌则谐美、安详而平和；基督教欧洲的诗歌，表现出天主教的庄严、民众的纯真，表现出一个更新时代的欣欣向荣和丰富多彩。《圣经》犹如金字塔，《伊利亚特》好似巴特农神庙，荷马类乎菲迪亚斯。十三世纪的但丁，就是最后一座罗曼教堂；十六世纪的莎士比亚，就是最后一座哥特大教堂。

上述必不完全，纰漏难免，总括来说，人类有两大部书、两部记录、两份遗嘱：建造艺术和印刷术，石圣经和纸圣经。这两部圣经在多少世纪曾大大展开，诚然，我们今天拜读时，不免要追怀那花岗岩文字的一目了然的壮美：那些以圆柱、方柱、方尖塔为符号的字母多么巨大，那些人造的高山覆盖了世界，覆盖了从金字塔到钟楼、从凯奥普斯直到斯特拉斯堡的以往岁月。应当重温石头书页上记载的历史。应当不断翻阅和欣赏由建筑艺术撰写的这部著作，但是也不应否认印刷术应时造起的大厦的宏伟。

这个大厦无比宏伟。不知哪位统计学家计算过，自谷登堡以来，印刷的书籍如果一本本全部摞起来，就能从地球抵达月球。不过，我们要讲的不是这种宏伟。然而，我们要是真的想象一下迄今为止印刷品的全貌，头脑里不是会出现一座巍峨的建筑吗？这座建筑不是以整个大地为基础，由全人类不懈地营造，它的硕大无朋的头颅直插未来的云天吗？也可以说，这是无数智慧构成的蚁巢，是喻为金色蜜蜂的所有想象携来花蜜的蜂窝。这座大厦的楼层何止万千！只见处处楼栏，通向里面纵横交错的科学的暗穴。大厦外面也由艺术之神装饰，处处藤蔓花纹、花棂彩窗、齿叶镶边，斗妍争奇，令人目不暇接。上面的每样作品，不管多么随意，多么孤立，无不各得其所，各展其姿。这整体呈现出和谐。从莎士比亚大教堂直到拜伦清真寺，无数小钟楼都壅塞在这世界思想的大都会中。大厦底层上，补写了建筑艺术没有记载的人类几个古老题目。大门廊两侧各有标记,左侧白色大理石上有荷马的古老浮雕,右侧各种文字的《圣经》则昂立着七颗头。再往上一点,又有挺立起来的《罗曼采罗》七头蛇,以及其他一些杂生的怪物:《吠陀》和《尼伯龙根之歌》。况且,这座神奇的大厦还一直在兴建。印刷机这台巨型机器,不断抽汲社会的全部智慧汁液,又不断吐出新的建筑材料。全人类都登上了脚手架,每人的才智都是工匠。最卑微的人也能堵个洞,或者放上一块石头。雷蒂夫·德·拉布列东也推来一车灰泥。天天都要加高一层。除了每个作家独特贡献之外,还有集体的创作。十八世纪推出了《百科全书》,大革命则提供了《导报》。自不待言,这座建筑呈螺旋形,永无休止地扩建升高,当然也有语言的混乱、无穷的活力、不知疲倦的劳作。这是全人类通力合作,为智慧造个避难所,使其免遭大洪水和蛮族的扫荡之灾。这是人类建造的第二座巴别塔。

第六卷

一 公正看看古代法官

公元一四八二年,贵族罗伯尔·戴图维尔官运亨通,这位骑士是贝讷领主、马尔什地区伊夫里和圣安德里两地男爵、国王的参事和侍从官,实授巴黎府尹之职。众所周知,这是个美差,与其说是显位要职,不如说是私有领地;约翰内斯·莱曼诺斯就说过:"这一官职还握有治安大权,并享有不少实惠和特权。"出现彗星那年,一四六五年十一月七日,国王封给他这一官职,到一四八二年,任期差不多有十七个春秋了,这事实在令人惊叹不已。走马上任那天,恰逢路易十一的私生女与波旁私生子喜结良缘。就在那一天,罗伯尔·戴图维尔接替雅克·德·维利埃而任巴黎府尹,约翰·都维接替埃利·德·托雷特而任司法院大法官,约翰·儒夫奈·德·于尔散接替彼埃尔·德·莫尔维利埃而任掌玺大臣,雷尼奥·德,道尔芒接替彼埃尔·皮伊而为宫廷供奉总管。然而,自从罗伯尔·戴图维尔管辖巴黎以来,司法院大法官、掌玺大臣、宫廷供奉总管换了多少任!而圣旨则"诏其留任",毫无疑问,他连年留任,抓得牢牢的,整个人儿都钻进去,同这官职合而为一,终于逃脱撤职的危险。须知路易十一生性猜疑,事事躬亲,又爱吹毛求疵,喜怒无常,总是频繁调任和撤换他的臣属,以保持他当政的弹性。可是,这位正直的骑士不仅保住官职,而且还为儿子求得荫庇,能继承他的职位。两年前,贵公子雅克·戴图维尔候补骑士的名字，就同父亲的名字并列在巴黎市府礼仪书之首。如此殊恩，确实罕见！说起来，罗伯尔·戴图维尔倒也是个好军人，效忠朝廷，曾经高举枪旗反对"公共福利联盟"，在一四××年王后进入巴黎之日，他曾送上用蜜饯做成的一只奇妙的鹿。此外，他同荣誉法庭首席官特里斯唐·赖米特过从甚密。这样，罗贝尔大人的日子过得十分甜美开心。首先，他的俸禄很丰厚，另外还有不少进项，就像一串串葡萄挂在他的葡萄架上，诸如府尹衙门民事和刑事诉讼费，小堡昂巴法庭民事和刑事公开审理费，这还不算芒特和科贝伊的小额过桥费、向巴黎的木柴和食盐衡量吏征收的捐税。他还有一种乐趣，那就是骑马巡街，走在身穿半红半棕色长袍的行政官吏中间，展示和炫耀他那漂亮的军装，那形象后来还雕在诺曼底的瓦尔蒙修院中他的墓石上，他那顶压花的高头盔也摆在蒙莱里，至今还供人瞻仰。再说，号令各小队警官、大堡的看守兼巡夜、大堡的两名审理员、十六个区民区的十六名特派员、大堡的狱吏、四名有采邑的警官、一百二十名骑警、一百二十名治安军警、巡防队长及其巡防队、巡防小队、巡防前卫队、巡防后卫队，号令这么多人，难道不算什么吗？掌握高级和初级审判权，有权判处鞭笞、绞刑、拖刑，此外，还按特权书上的规定，在巴黎子爵采邑及其显赫的七个贵族辖区，拥有初审权掌管这么多大权，难道不算什么吗？像罗伯尔·戴图维尔大人这样，在大堡那菲利浦·奥古斯都式宽阔而低矮的尖拱厅里，每天下令逮捕和审判，难道有人想象得出，还有比这更开心的事情吗？他让人把哪个倒霉鬼送进"剥皮场街的小笼子里过夜，就是说投进由巴黎府尹和法官们选中的，只有十一尺长、七尺四寸宽、十一尺高的牢房里"，事后就按照习惯，傍晚去王宫附近的伽利略街，在他从妻子昂勃鲁瓦丝·德·洛雷夫人名下接过来的漂亮宅第里过夜，以便消除判案的劳累，难道有人想象得出，还有比这更开心的事情吗?

罗伯尔·戴图维尔大人作为巴黎府尹和巴黎子爵,不仅掌握本职的审判权,而且还削尖了脑袋,积极插手朝廷的重大案件的审理。凡是稍微高贵一点的头,无不先经过他的手,然后才落入刽子手的掌中。正是他前往圣安托万大街的巴士底堡,亲自把德·内穆尔先生押赴菜市场,亲自把德·圣波耳先生押赴河滩广场。在押往刑场的途中,德·圣波耳先生咆哮不已,府尹大人看着心花怒放,因为他不喜欢这位陆军统领。

要过上幸福而荣耀的生活,要在那部有趣的巴黎府尹列传中,有朝一日占有突出的一页,这一切当然绰绰有余。我们在那部列传中可以看到,乌达尔·德·维尔纳夫在屠宰场街拥有一幢房子,纪尧姆·德·昂加斯特买下了大小萨瓦宫,纪尧姆·蒂布斯特将他在克洛班街的房产,全部馈赠给圣日内维埃芙修女们,于格·欧勃里奥住在豪猪公馆,以及其他一些生活琐事。

生活中有这么多赏心乐事,尽可以慢慢享受,然而,一四八二年一月七日早晨,罗伯尔·戴图维尔大人一觉醒来,却觉得心头郁闷,情绪十分恶劣。心情何以这样坏呢?连他本人也说不清楚。是不是因为天空阴沉沉的呢?是不是他这条蒙莱里旧皮带扣得太紧,把他发了福的官体勒得难受呢?是不是因为他望了望窗外,看见街上一大帮痞子四人一排走过去,他们外套里面不穿衬衣,高筒帽子没有盖,身边挎着褡裢和酒瓶,从窗下经过时嘲笑他呢?还是因为隐隐约约预感到,明年登基的查理八世要把府尹的俸禄削减三百七十利弗尔十六苏八分呢?这些原因,读者可以任意挑选。至于我们,我们倒觉得他心情恶劣,就是因为他心情恶劣。

况且,这是节日的第二天,所有人都感到烦闷,而这位司法官大人尤其如此,因为他要负责清除巴黎每次过节所造成的垃圾:这里

"垃圾"一词，具有本义和引申意义。再说，他还要去大堡出庭问案。我们早已注意到一个现象，法官通常设法在心绪不佳的日子开庭，以便以国王、法律和正义的名义，总能找个冤大头发泄自己的恶气。

不过，没等他到场就开庭了。他的分管民事、刑事和私事的副手们，根据惯例替他干起来；从早晨八点钟起，几十名男女市民就来到小堡的昂巴公判庭，被驱赶到一道结实的橡木栅栏和墙壁之间的阴暗角落里，饶有兴趣地旁听府尹大人的副手、小堡公判庭庭长弗洛里昂·巴勃迪安先生审案，看他颠三倒四，胡判乱判民事和刑事案件，不啻观看一场丰富多彩、妙趣横生的演出。

审判厅低矮狭小，圆形的拱顶。上首摆一张雕有百合花的大桌案，正中一张雕花橡木太师椅现在空着，乃是府尹大人的座席；左侧一张凳子，坐着弗洛里昂庭长。录事坐在下首，正记录供词。对面是听众。门前和桌案前站着府尹衙门的许多警卫，身穿缀有白十字的紫色粗呢短军服。市民厅的两名警卫身穿半红半蓝的万圣节礼服，守着桌案后面一道关闭的低矮小门。厚厚的墙壁只开了一扇尖拱小窗，射进一月份的惨淡光线，映现两张丑陋的面孔：一个是拱顶正中悬吊的石刻的狰狞魔鬼，一个是厅堂上首坐在百合雕花桌案侧面的法官。

请想象一下大堡庭长弗洛里昂·巴勃迪安那副尊容吧：他坐在府尹公案的侧首，双肘支在两擦案卷之间，一只脚踏着棕色粗呢长袍的下摆，红赤赤、恶狠狠的脸缩进白色羔皮的领子里，两道眉毛就像从皮领上脱落下来的，一对眼睛总是眨动，腮帮子威严地坠下两块肥肉，到下颌则贴在一起。

且说庭长大人失聪了。对于一位庭长，这当然是微疵。别看耳朵不灵，弗洛里昂大人照样判案，总能恰如其分地做出终审判决，不得上诉。的确，当审判官的，只要摆出听案的样子就够了，这是公正判案的唯一主要条件，而庭长大人完全称职，因为他的注意力绝不会受到任何声音的干扰。

不料，今天在听众堆里，却有一个人无情地监视着他的一举一动，那正是我们的老朋友磨坊约翰·弗罗洛。昨天大出风头的这个学子，在巴黎到处乱窜，除了在学校讲桌对面之外，在任何地方都保险能碰见他。

"瞧呀！"他低声对罗班·普斯潘说；他评论着眼前的各种场面，身边的同伴则嘿嘿冷笑，"瞧呀，约翰内顿·杜·比伊松来了，那可是新市场懒虫的美丽的女儿！……凭我的灵魂发誓，那老家伙，准没长眼睛，也没长耳朵，还要惩罚她呢！戴两串珠子，就罚她十五苏四分巴黎币，罚得未免也太重了点。这条法律真严厉！那个是谁，原来是铠甲匠，罗班·歇夫·德·维尔！就因为被接纳，成为他那行业的师傅！……这是他的入门费……嘿！这帮下九流里边，还有两位绅士！艾格莱·德·苏安、于坦·德·马伊，耶稣的躯体！是两位候补骑士！要罚钱，就因为他们掷骰子啦！什么时候能在这儿看到咱们的校长？向国王缴纳一百利弗尔罚款！巴勃迪安那家伙，就跟聋子似的敲桌子！……我愿意当主教代理，跟我哥哥掉过个儿，如果那样我就不能再赌博的话：不能再没日没夜地赌，在赌博中混日子，死在赌博场上，也不能再输掉衬衣还赌上灵魂！……圣母啊！这么多花姐儿！一个跟一个，我的小姐儿！昂勃鲁瓦丝·莱居埃尔！伊莎博·佩伊奈特！贝拉德·吉罗南！上帝呀，我全认识！……罚款！罚款！这回叫你们尝尝扎镀金腰带的滋味！叫你们臭美！罚十个苏！……哼！法官那老东西，看那德行，又聋又愚蠢！……哼！弗洛里昂那老笨蛋！哼！巴勃迪安那老蠢货！瞧他上了餐桌啦！他吃打官司的人，吃诉讼费，他大吃大嚼，拼命往里塞，要撑破肚皮！罚款，侵吞无主的财物，收这个税，要那个捐，这种报酬，那种赔偿，这种利，那种费，拷问，坐牢，戴枷锁，全要收钱，全是他的圣诞蛋糕、圣约翰节的小杏仁饼！瞧那头猪！……嘿！好嘛！又来一个浪货！蒂博，蒂博那女人，一点儿不差！……只为她从格拉提尼街走出来！……那小子是谁呀？吉夫鲁瓦·马博纳，是弓箭队宪警。他侮辱了圣父。罚钱，蒂博的女人！罚钱，吉夫鲁瓦！两个人全罚！那老聋子！肯定把两个案子弄混啦！我敢打赌，是罚那婊子渎神，罚那大兵卖淫啦！……注意，罗班·普斯潘！他们又要带上什么人来呀？这么多警士！天神啊！所有鹰犬都倾巢出动！一定是猎到了大家伙。是一头野猪。……没错儿，罗班，真是野猪！……好大个儿呀！……大力神啊！那是我们昨天的大王，是我们的丑大王，是那个敲钟人，是那独眼、驼子、大鬼脸！那是卡希魔多！……"

一点儿也不假。

正是卡希魔多，只见他五花大绑，全身手脚捆了个结结实实，还严加看守。一队警士把他团团围住，由巡防骑士亲自押解；那骑士的军装上，前胸绣着法兰西纹章，后背绣着巴黎城徽。再看卡希魔多，除了他那畸形的躯体之外，全身没有一点可以解释何以对他这样剑拔弩张。他脸色阴沉，一声不吭，也一动不动，那只独眼只是偶尔瞧瞧全身捆缚的绳索，隐含着愤怒的神色。

卡希魔多也环视了一下周围，不过眼睛暗淡无光，妇女们都不觉得他可怕，指指点点，拿他当个乐子。

这工夫，弗洛里昂庭长大人正仔细翻阅录事呈上的控告卡希魔多的案件，半响阅毕，似乎又思考了片刻。他每次问案，总要先采取这样的谨慎步骤，弄清被告的姓名、身份和罪状，做到心中有数，预料被告会如何狡辩，自己再如何反驳，不管审讯多么迂回曲折，他总能应付得了，不大显出自己失聪。对他来说，案卷就是给瞎子领路的狗。纵然他这种残疾有所表现，说话前言不搭后语，或者提出令人费解的问题，让一些人觉得挺深奥，让另一些人觉得很愚蠢，无论哪种情况也无伤大雅，因为一位法官被人看作愚蠢还是深奥，这都无所谓，就怕让人知道是个聋子。因此，他千方百计地掩饰，不让任何人看出自己重听，而且通常装得还很像，就连他本人都产生了错觉。这种自欺欺人的事，实在比人们想象的要容易。凡是驼背，走路总好昂首阔步，凡是结巴，总好高谈阔论，凡是聋子，总好窃窃私语。至于弗洛里昂大人，他认为自己的耳朵，大不了有点不听使唤而已。这是关于他的耳朵，他向公众舆论做出的唯一让步，还得逢他审视良心、开诚相见的时刻。

且说他吃透了卡希魔多的案情之后，就把脑袋向后一仰，眯缝起眼睛，以便增添几分威严和公正廉明，殊不知这样一来，他既聋又瞎了。若是缺乏这两个条件，他就算不上十全十美的法官了。他就是摆出这等威仪开始问供："姓名？"

然而这时，却出现一种超出"法律规定"的情况，就是一个聋子审问一个聋子。

卡希魔多无从知晓问他什么话，也就没有回答，独眼一直盯着法官。法官是个聋子，也无从知晓被告同样是个聋子，还以为他像一般被告那样回答了问题，就继续有板有眼、愚蠢而机械地问供："好。年龄？"

这个问题，卡希魔多照样不回答。法官倒觉得回答满意，又接着问道："那么，职业呢？"

被告仍旧一言不发。这时，旁听的人都面面相觑，开始低声议论。

"好啦。"庭长泰然自若，以为被告答复了第三句问话，就接着说道："你被告到本庭，罪状如下：第一，深夜扰乱治安；第二，行为不端，对一名浪荡女子欲行无礼，'侮辱一名娼妓'；第三，图谋不轨，抗拒国王陛下的禁军巡警。这些罪状，你必须从实招来——录事，被告刚才交代的，都记录在案了吗？"

这句话问得太不凑巧，从录事到听众，全场哄堂大笑，大家笑得前仰后合，无法遏制，而且感染了所有人，连两个聋子都觉察到了。卡希魔多回过身去，鄙夷地耸了耸驼背；弗洛里昂大人跟他一样惊讶，但是推测全场哄笑，是被告回答时出口不逊引起的，而又见他那么一耸肩，就更觉得此事一目了然，于是怒斥道："混账，胆敢如此回答，就该处以绞刑！你明白是在同什么人说话吗？"

他这样申斥，非但不能阻止全场哄笑，反而更让大家觉得离奇古怪，莫名其妙，一个个笑得更凶，就连市民厅的警卫们也都忍俊不禁，而他们本来是清一色的黑桃J痴呆的形象。唯独卡希魔多仍然保持严肃的表情，原因很简单：他根本不明白周围发生了什么事情。法官越来越恼怒，认为有必要以同样严厉的口气，继续发威审问，以此降伏被告，震一震听众，迫使他们恢复敬畏的态度。

"你这么强词夺理，胆敢藐视本庭长，看来是个阴险刁悍的家伙。本官掌管巴黎治安警察，负责调查各种犯罪案件、不轨行为，督导各行各业，查禁欺行霸市的垄断，保养市内街道，制止倒卖家禽和野味，监督称量木柴和其他木料，清除街道上的污泥和空气中的传染病菌，总而言之，为了公共福利事业不辞辛劳，既无供奉，也不指望任何额外的报偿！你知道不知道，本官名叫弗洛里昂·巴勃迪安，是府尹大人的助理，还兼任警察督监、调查官、督导官和检验官，在府尹衙门、司法管区、财产抵押署和初审法庭，等等，都享有同样的权利……"

聋子对聋子说话，是没有理由住口的。如果不是低矮的后门猛然打开，让进府尹大人，天晓得弗洛里昂先生在雄辩的大海中荡舟，奋力划桨，到什么时候才肯上岸。

看到府尹大人进来，弗洛里昂先生并没有戛然住口，而是半转过身去，把刚才轰击卡希魔多的如雷咆哮，又突然移向府尹大人，说道："卑职请大人裁决，严惩公然藐视本庭的这名被告！"

说罢，他气喘吁吁地坐下，连连擦汗，只见豆大的汗珠从额头上滚下来，像泪水一般打湿了摊在他面前的羊皮纸。罗伯尔·戴图维尔皱起眉头，十分严厉地指了指卡希魔多，以示警告；聋子这才注意，多少明白一点儿。

府尹向被告厉声问道："混账东西，你干了什么坏事，被押到这里来啦？"

可怜的家伙以为府尹问他姓名，便一反往常，打破沉默，以嘶哑的喉音答道："卡希魔多。"

答非所问，又引起哄堂大笑。罗伯尔大人气得满脸涨红，怒道："混蛋，你连我也敢嘲笑吗？"

"圣母院的敲钟人。"卡希魔多答道，他还以为法官要他说明职业。

"敲钟的！"府尹重复道；上文说过，他早晨醒来心情就不好，听到这样奇怪的回答，更是火上浇油。"敲钟的！我要让人拉你去游街，用鞭子在你脊背上打钟！听见了吗，混蛋？"

"您想知道我的年龄吧，"卡希魔多说道，"到了圣马尔丹节，我想就该满二十岁了。"

这也太放肆了，府尹已忍无可忍。

"哼！可恶的东西，你敢藐视本堂！执刑警士，把这个家伙拉到河滩耻辱柱上，给我狠狠地打，再绑在轮盘上转一小时。上帝的脑袋，叫他尝尝我的厉害！我命令，派四名宣过誓的号手，到巴黎子爵采邑的七领地，晓谕本判决。"

录事立即书写判决书。

"上帝的肚子！瞧他判得真棒！"学子磨坊约翰·弗罗洛在角

落嚷道。

府尹转过头来，炯炯发光的眼睛再次盯住卡希魔多，说道："我想，这家伙说了'上帝的肚子！'录事，再加收骂人罚款巴黎币十二德尼埃，其中半数拨给圣厄斯塔什教堂。我特别信仰圣厄斯塔什。"

几分钟的工夫，判决书就写好了，判词简单明了。府尹衙门和巴黎子爵府的行文，还没有经过蒂博·巴叶大法官和讼师罗杰·巴尔姆的润色加工，还没有被十六世纪初这两位法学大师所培植的诡辩和程序的大树所遮掩，因而从头至尾都明明白白，易懂易行，循此方向可直达目的地：每一条小径都不弯曲，也没有荆丛，一眼就能望见尽头是车轮、绞架还是耻辱柱。至少明白走向何处。

录事把判决书呈上，府尹盖上大印。然后，府尹大人出去巡视各个审判厅，要把他的心情当天就带到巴黎的所有监狱。约翰·弗罗洛和罗班·普斯潘嘿嘿窃笑。卡希魔多看着眼前发生的一切，表情又奇怪又无动于衷。

就在弗洛里昂·巴勃迪安庭长看了判决书，正要签发的时候，录事实在觉得那倒霉鬼被判得冤枉，就想争取为他减刑，便尽量凑近弗洛里昂的耳朵，指着卡希魔多说道："那人是个聋子。"

录事倒希望，弗洛里昂庭长能够同病相怜，在心里萌生对犯人的同情。然而，我们已经看到，弗洛里昂大人根本不愿意让人知道自己失聪，再说，他的耳朵也实在太聋，一个字也没有听见。不过，他还要摆出听到的样子，回答说："唔，唔！这就不同了。这情况我还不知道。既然如此，耻辱柱示众就再加一小时。"

他修改之后，就签发了判决书。

"判得好！"罗班·普斯潘说，他对卡希魔多仍然耿耿于怀："谁叫他粗暴对待别人了。"

二 老鼠洞

请读者允许我们回到河滩广场,昨天为了随格兰古瓦跟踪爱丝美拉达,我们离开了那里。

现在是上午十点钟,一片节日后的景象。铺石马路上尽是垃圾,有缎带彩条、破布片、折断的羽饰、灯火的蜡烛油、公共食摊的残渣。许多市民在街上闲逛,按今天的说法"闲逛",用脚翻翻烟花的余烬,在大柱厅前愣一会儿神,回想昨天漂亮的帷幔,而今天虽然只看到挂帷幔的钉子,也算品品未尽的余兴了。苹果酒和麦酒贩子滚着酒桶,从一群群人中间穿过去。一些忙碌的人则匆匆过往。开铺子的站在店门口聊天,跟人打招呼。人人都在谈论昨天的节日,谈论外国使团、科坡诺勒、丑大王。大家争先恐后,看谁说得最逗人,笑得最开心。这工夫,来了四名骑警,分立在耻辱柱的四边,吸引广场上很大一部分闲人围观:那些人待在那里无事可干,正闷得发慌,巴不得惩罚什么人添点热闹。

广场各个角落演出的这出喧闹的话剧,读者观赏之后,如果掉转目光,看看堤岸西侧那座半哥特式、半罗曼式的古老楼房罗朗塔,就会发现楼房正面一角有一大部精装本祈祷书,放在遮雨的披檐下,隔着一道栅栏,只能伸进手去翻阅,但是偷不走。祈祷书旁边有一扇狭小的尖拱窗户,正对着广场,窗洞安了两道交叉的铁杠,里边是一间斗室。斗室无门,窗洞是唯一通口,可以透进一点空气和阳光,这是在古老楼房底层的厚厚墙壁上开凿出来的。因为邻近巴黎最拥挤、最喧闹的广场,周围人来人往,沸反盈天,这间斗室就尤其显得幽深冷寂。

这间斗室,大约三百年前在巴黎就出名了。当年,罗朗德夫人为了悼念在十字军远征中阵亡的父亲,在自家古老的罗朗塔楼厚壁中开出一室,她关在里面,决心幽居一辈子,门也给砌死了,无论寒冬盛夏,窗洞始终敞着。整个府邸送给了穷人和上帝,她只留下这么一间陋室。这位悲痛的大家闺秀,当真关在提前造的坟墓里,一直等了二十年才死去,她日夜为父亲的亡灵祈祷,就睡在炭堆上,连一块可做枕头的石头都没有,身穿黑色麻布口袋,仅靠过路人怜悯放在窗台上的面包和水赖以为生。就这样,她施舍了家产之后,又接受别人的施舍了。临终时,即将移入另一座坟墓之际,她就把这座坟墓永远留给痛苦的妇女:母亲、寡妇或孤女,她们也要活活埋葬在巨大的痛苦中,或者严苛的苦修里,也有许多苦楚要为别人或自己祈祷。当时的穷苦人用眼泪和祝福,为她举行了隆重的葬礼;但是他们非常遗憾,这样一位虔诚的女人,只因没有后台而未能列为圣徒。他们当中有些人颇为蔑视教会,曾经期望这事到天堂去办比到罗马更容易,就干脆为亡灵向上帝祈祷,不再理睬教皇了。大多数人也只好把罗朗德死后的名声奉为神圣,把她遗留下来的破衣烂衫当作圣物。巴黎城为了悼念她,特意设了这部公用祈祷书,固定放在小屋的窗洞旁边,让行人随时停下脚步,哪怕只是祈祷一下,如果在祈祷中想起施舍则更好,继承罗朗德的洞穴隐修的那些可怜女人,就不至于完全被人遗忘而饿死了。

这类墓穴,在中世纪的城市中并不少见。在最繁华的街道,最拥挤最热闹的市场,就在马路正中,在马蹄之下,也可以说在车轮之下,时常能看到这样一个地洞、一口井、一间安了铁窗并砌死了门的斗室,里边有个人日夜祈祷,甘愿终生哀泣,诚心悔罪。然而,这种奇异的景象、这种介乎房舍与坟墓、城镇与墓园之间的可怕幽室,这个斩断尘缘、已经列入死者圈子的活人,这盏在黑暗中即将耗干的油灯,这个在地穴里摇曳残喘的生命,这种气息、这种声音,这种在石头匣中终生的祈祷,这张永远转向另一个世界的面孔,这双已经映现另一颗太阳的眼睛,这颗囚禁在这肉体中的灵魂,这个囚禁在这地牢中的肉体,而在这肉体和岩石的双重外壳里受折磨的灵魂的絮语,这一切,今天我们都会深长思之,而当时根本不为世人所理解。那个时代的人,虔诚有余而理性不足,也缺乏细腻的情感,遇到一种宗教行为,就看不出那么多方方面面,看待事物总是笼而统之,推崇并敬佩,必要时也神化牺牲精神,但是并不剖析其中的痛苦,仅仅泛泛地可怜同情,不时给惨苦的忏悔者送点食物,朝洞里望望人是否还活着,却不知道那人的姓名,也不大清楚那人奄奄一息的状态持续了几年。如果陌生人问起正在地穴里腐烂的那具活骷髅是谁,住在附近的人也回答得很干脆,是男的,就说:"那是隐修士";是女的,就说:"那是隐修女"。

  当时就是这样,只用肉眼观察一切,既不玄想,也不夸张,更不用放大镜。无论对物质的东西还是精神的东西,都还没有发明出来显微镜。

  正如上文所述,这类幽居遁世的例子,在城市中心的确常见,人们也就见多不怪了。巴黎就有许多这类祈祷上帝、潜心忏悔的幽室,里边几乎总有人。诚然,教士们也不愿意让那些地方空着,那就显得教徒们缺乏热情了,因此,没有忏悔者,就把麻风病人关进去充数。除了河滩广场那间斗室之外,鹰山那里,无辜婴儿公墓那里各有一间,还有一间忘记在哪里了,想必是在克利松府吧。在许多地方都有,如今建筑已不复存在,只能从传说中找到线索了。大学城也不例外,在圣日内维埃芙山上,中世纪就出现一个约伯式的人物,他在干涸的蓄水槽里的粪堆上,唱忏悔七圣诗,唱完了从头又唱,夜晚嗓门更高,一唱就是三十年。直到今天,好古的人走进"自言井"街,还仿佛听见他的歌声。

还是回到罗朗塔楼的幽室,应当说到那里苦修的人从未间断过。罗朗德夫人去世后,极少有空上一两年的时候。许多女人住进去,为亲人、情夫,为自己的过错哭泣,直到咽了最后一口气。巴黎人最是轻口薄舌,什么都要说三道四,连最不相干的事也不放过,硬说那里见不到什么寡妇。

根据当时的习俗,墙上刻有一句拉丁文铭文,告诉识字的过路人,这间小室派作何等信仰的用场。在门楣上镌刻一句短短的格言,来标明一座建筑物,这种习俗一直延续到十六世纪中叶。例如,在法国图维尔领主府邸的监狱窗口上方,现在还能看到这样一句话:"缄默与希望";在爱尔兰福斯特居城堡大门的纹章下面,则写着这样一句话:"坚固的盾,首领的后盾";在英格兰考柏好客的伯爵府大门上,能看到这样一句话:"宾至如归"。可见,当时任何建筑物都表达一种思想。

罗朗塔楼的小屋由于没有门,只好在窗口上方用粗大的罗曼字母刻了这句话:

你,祈祷吧

老百姓看事仅凭良知,不会细腻入微,情愿把拉丁文的"路易大王"译为"圣德尼门",给这个黝黯而潮湿的黑洞起名叫"老鼠洞"。这种诠释当然不如原文来得庄严,但是毕竟更加形象生动。

三　玉米饼的故事

　　这段故事发生的时候，罗朗塔楼的幽室里有人居住，读者若想知道那人是谁，请听三位忠厚妇女的对话。就在我们注视老鼠洞的工夫，那三个女人正好沿着河边，从大堡走向河滩广场。

　　从穿戴来看，其中两位是富裕的市民。她们身穿细布白胸衣、红蓝条纹的羊毛粗呢裙，腿上紧紧裹着踝骨处绣彩花的白线长袜，脚下穿着黑底方头棕色皮鞋；尤其她们戴的尖顶高帽，镶饰着各种缎带、花边和金属箔片，堪与俄罗斯帝国近卫榴弹兵的军帽相媲美，如今香槟省的妇女还戴这种帽子；整个一身打扮表明，她们属于富商的阶层，介乎仆役称之为"妇人"和"夫人"之间。她们既不戴金戒指，也不挂金十字架，但显而易见不是穷得戴不起，而是天真地害怕罚款。另一位的打扮同她们大致相仿，但是装束和举止中有一种说不出来的东西，让人感到她是外省公证人的妻子。看她把腰带扎得靠上，就知道她好久没有来巴黎了。此外，她的胸衣带褶纹，鞋上有缎带结，裙子的条纹也不是竖的而是横的，还有许多古怪之处，令趣味高雅的人嗤之以鼻。

　　前两位的步伐也是巴黎妇女所特有的，可以让外省妇女见识见识巴黎的风度。那位外省女子手拉着一个胖小子，胖小子手拿着一张大饼。

　　很抱歉，我们还要说明一句：由于天气寒冷，小男孩把舌头当手绢使用。

这孩子让母亲拉着走，正如维吉尔说的那样，他的"步子不稳"，跌跌撞撞，惹得母亲大叫大嚷。的确，孩子的眼睛只顾盯着大饼，根本不看路，然而，他只是温情脉脉地盯着，并不咬上一口（咬一口大饼），这其中必有重大的缘故。显然，这张饼能不能吃，只有妈妈说了算。这样一来，胖小子成了坦塔罗斯，这也未免太残忍了。

这工夫，这三位太太（"夫人"当时只能用于称呼贵妇人）都在同时说话。

"咱们快点走吧，玛伊埃特太太，"三人中最年轻，也是最胖的一个，对外省女人说，"我真担心赶不上了。我们在大堡那不是听说，要即刻把他押到耻辱柱去吗？"

"哎！乌达德·缪斯尼埃太太，您着的是什么急呀？"另一位巴黎女人接过话头，"他要绑在耻辱柱上呆两个钟头呢。咱们赶得上。亲爱的玛伊埃特，您见过在耻辱柱上受罚的人吗？"

"见过，在兰斯。"外省女人答道。

"哎！得了吧，你们兰斯的耻辱柱算什么？就是一个破笼子，只能转转庄稼人！真值得夸耀！"

"只转转庄稼人！"玛伊埃特说，"在呢布市场上！在兰斯！罪大恶极的人，我们都见过，有的杀死了亲娘老子！庄稼人！您也太小看我们啦，杰尔维丝！"

为了维护她家乡耻辱柱的名誉，这个外省女人真的要发火了。

幸而乌达德·缪斯尼埃太太比较慎重，及时岔开话题。

"顺便问一句，玛伊埃特太太，您觉得佛兰德使团怎么样？你们在兰斯，也能见到这样派头的使臣吗？"

"这我承认，"玛伊埃特回答，"只有在巴黎，才能见到这样的佛兰德人。"

"使团里那个大块头使臣是个袜商,您看见了吧?"

"看见了,"玛伊埃特答道,"他那样子活像农神萨图恩。"

"还有那个大胖子?那张脸像露出来的大肚皮,"热尔维丝又说道,"还有那个小矮子呢?那对小眼睛,周围的红眼皮毛乎乎的,仿佛修剪过,就像一个起绒刺果。"

"还是他们的马看着带劲儿,"乌达德说道,"那身披挂,全是他们国的时装!"

"哦!亲爱的,"外省女人玛伊埃特打断她的话,也摆出一副神气活现的样子,"十八年前,就是一四六一年,在兰斯举行加冕,你们若是看见了王爷和国王侍从所骑的马,又会怎么说呢?各种各样的鞍褥和马铠:有大马士革粗呢、金丝细呢的,带黑貂皮镶边,有丝绒的,带紫貂皮镶边,还有的全身披金挂银,戴着大个儿的金铃银铃!这得花多少钱啊!骑在马上的少年侍从,个个都那么英俊!"

"不管怎么说,"乌达德冷淡地反驳道,"反正佛兰德使团的马都是些骏马,昨天,京兆尹大人还在市政厅设晚宴招待他们,宴席上有糖裹杏仁、肉桂滋补酒、各种蜜饯,还有许多风味食品。"

"您乱说什么呀,我的好街坊!"热尔维丝高声说,"那些佛兰德人是在红衣主教府,在小波旁宫用晚宴的。"

"不对,是在市政厅!"

"哪儿的话,是在小波旁宫!"

"在市政厅,千真万确,"乌达德尖刻地又说道,"斯库拉布尔博士还用拉丁文高谈阔论,他们听了十分满意。是我丈夫告诉我的,他是宣过誓的书商。"

"在小波旁宫,千真万确,"热尔维丝也同样尖刻地反驳道,

"红衣主教大人还派司库教士给他们送礼：十二瓶半升装的白色、淡红色和深红色肉桂滋补酒、二十四盒里昂蛋黄杏仁饼、二十四支两斤重的大蜡烛、六桶二百升的上等博讷白葡萄酒和淡红葡萄酒。我想这些都确凿无疑。我是听我男人讲的，他是市民厅的警队中队长，今天早晨他还比较一番，佛兰德使臣和教皇的使臣、特拉布宗王国皇帝的使臣有什么不同。那还是上一朝代的事，特拉布宗王国使臣从美索不达米亚到巴黎来，耳朵上还戴大耳环呢。"

"一点儿没错，是在市政厅用的晚宴，席上那么多酒肉果品，从来没见过。"乌达德不听那一套，又驳斥道。

"跟您说吧，是在小波旁宫，由市政警士勒·塞克侍候的，大概因为这一点，您就弄混了。"

"跟您说，是在市政厅！"

"是在小波旁宫，亲爱的！当时还用魔幻玻璃照出写在大门上的'希望'两个字。"

"是在市政厅！是在市政厅！于宋·勒·瓦尔还演奏了笛子！"

"跟您说不对！"

"跟您说就是！"

"跟您说不对！"

胖大嫂乌达德还要争下去，口角眼看就要发展为揪头发，幸好这时，玛伊埃特突然叫道："瞧啊，那边桥头聚了一堆人，正围着什么东西瞧呢。"

"真的，"热尔维丝说道，"我听见鼓声了，想必是爱丝美拉达那小姑娘跟小山羊耍把戏呢。快点儿，玛伊埃特！拉着孩子，加快脚步。您到巴黎来看新奇的事儿，昨天看见了佛兰德人，今天应当看看那个埃及姑娘。"

"埃及女郎！"玛伊埃特一听，猛然掉头要往回走，并紧紧搂住她儿子的胳膊。"上帝保佑！她要拐我的孩子！快走啊，厄斯塔什！"

她沿着堤岸开始朝河滩广场跑去，把那座桥远远抛在后面。这时，她拖着的孩子猛地跌倒，她这才停下脚步喘气。乌达德和热尔维丝从后面追上来。

"那个埃及女郎拐您的孩子！"热尔维丝说道，"您也真能胡思乱想。"

玛伊埃特摇了摇头，好像在想什么。

"这事儿也怪了，"乌达德指出，"对于埃及女人，麻袋女也有同样的念头。"

"麻袋女是什么？"玛伊埃特问道。

"哦！就是古杜勒修女。"乌达德答道。

"古杜勒修女又是谁呀？"玛伊埃特又问道。

"您还说是兰斯人，连这个都不知道！"乌达德回答，"那是老鼠洞的隐修女呀。"

"什么！"玛伊埃特惊问道，"就是我们要给她送玉米饼的那个可怜女人？"

乌达德点点头，说道："正是。等一会儿到河滩广场，您从小窗口就会看见她了。对那些打手鼓、给人算命的流浪的埃及人，她跟您有同样的看法。不知道怎么回事儿，她特别憎恨茨冈人和埃及人。可是您呢，玛伊埃特，干吗一看见他们，就这样没命地逃跑？"

"噢！"玛伊埃特双手搂住儿子的圆脑袋，回答说，"我可不愿意遭到帕盖特·香花歌乐女那样的不幸。"

"哦！这里面肯定有一段故事，您讲给我们听听吧，我的好玛伊埃特。"热尔维丝抓住她的手臂央求道。

"讲讲行啊，"玛伊埃特答道，"不过，你们还是巴黎人呢，连这个都不知道！我这就讲给你们听，但是也没有必要停下来。帕盖特·香花歌乐女十八岁的时候，是个很美的姑娘，那时我也一样，说起来那是十八年前的事儿了。到现在都有三十六岁了，如果说她不像我这样有男人，又有儿子，还是个皮肤红润的胖乎乎的妈妈，那也只能怪她自己了。况且，她刚满十四岁，人就毁啦！……她父亲吉伯托在兰斯，是船上的乐师。查理七世加冕时，乘船沿韦勒河顺流而下，从锡耶里一直到穆宗，正是她父亲给国王演出的，当时甚至圣女贞德也在船上。老父去世的时候，帕盖特还很小，只剩下幼女寡母。她舅舅马蒂厄·普拉东先生住在帕兰—加兰街，是铁锅和黄铜制品匠师傅，去年刚死的。可见，她还是好人家的姑娘。可惜，她母亲是个善良的妇女，只教会帕盖特做点针线活儿，做点小玩意儿。尽管如此，小丫头还是出落成大姑娘，可也一直受穷。母女俩住在兰斯沿河的磨难街。要注意这一点，我想就是那地点不吉利，给帕盖特带来厄运。一四六一年路易十一加冕，愿上帝保佑当今的王上，那年，帕盖特美极了，也快活极了，走到哪儿，人家都叫她香花歌乐女——可怜的姑娘！——她的牙齿很美，又特别爱笑，总要露给人家看。然而，爱笑的姑娘，到后来只有哭的份儿；美丽的牙齿能毁了美丽的眼睛。香花歌乐女就是这样。她和母亲艰难度日；自从乐师死后，母女俩的生活就一落千丈。做针线活儿，每周挣不到六德尼埃，还不值两枚鹰币。单拿那次加冕来说，吉伯托老爹在庆典演奏一曲，就挣十二苏巴黎币，那年月还到哪儿去找啊？一年冬天，就是一四六一年那年，两个女人家中连一根柴火棍也没了，天气冷得很，冻得香花歌乐女脸色格外红润，男人都叫她'雏菊'，有的还直呼她'菊妞儿'！她就是这样毁了——厄斯塔什，看你敢咬饼！——我们马上就看出她那个人毁了：那是个礼拜天，她到教堂去，胸前挂了个金十字架——刚满十四岁！竟有这种事儿！——头一个情人是年轻的科蒙特伊子爵，建有钟楼的府邸距兰斯三公里，接着是国王骑卫侍从亨利·德·特里昂库老爷；接下来就差劲了，是近卫军小队长希亚尔·德·博利翁；往后越来越差劲，有国王侍餐仆人盖里·欧贝荣、太子殿下的理发师马塞·德·弗雷普，再就是大厨师泰夫南·勒穆瓦讷；就这样，岁数越来越大，地位也越来越低，低就了弦琴乐师纪尧姆·拉辛、灯笼匠蒂埃里·德·梅尔。可怜的香花歌乐女，就这样成了万人骑。她这块金子最后也耗尽了。两位太太，我还能对你们说什么呢？就在一四六一年，国王加冕那年，正是她给花子王铺床！——就是那一年的事儿！"

玛伊埃特长叹一声，擦掉在眼里滚动的一滴泪。

"这故事也没有什么特别的，"热尔维丝说道，"听到现在也没有埃及人和小孩。"

"别急呀！"玛伊埃特接着说道，"小孩嘛，这就要有一个——到这个月圣保罗节，就有十六年了，帕盖特生下一个女孩。不幸的女人！简直把她乐疯了。她早就盼望有个孩子。她母亲是个善良的女人，对女儿的事向来睁只眼闭只眼，不幸也去世了。帕盖特在世上，再也无人可爱，再也无人爱她了。她失身五年来，从前的香花歌乐女，现在成了可怜的玩意儿！在世上举目无亲，生活中孤苦伶仃，走在街上给人指脊梁骨，遭人唾骂，挨警官的棍棒，还受破衣烂衫的儿童的欺侮。说话到了二十岁，对于骚娘儿们来说，二十岁就成了老太婆，卖骚挣的钱，还不如从前做针线活赚得多：多一条皱纹，就少一枚银币。冬天越来越受罪了，炉子里没有什么柴烧，碗橱里也没有什么面包吃了。她已经干不了活儿，人一放荡，也就变得懒惰，人变得懒惰，也就更加放荡，因而她更加痛苦——至少，圣雷米的本堂神父就是这样讲的，他解释这类女人到了老年，为什么比别的穷家妇女更受饥寒之苦。"

"这倒是，"热尔维丝附和说，"可是，埃及人呢？"

"等一下嘛，热尔维丝！"乌达德说道，她听得仔细，不那么着急。"开头就全讲完了，那到结尾还讲什么呀？请您接着说吧，玛伊埃特。这个可怜的香花歌乐女！"

玛伊埃特接着讲道："就这样，她的生活十分悲惨，十分凄凉，终日流泪，脸颊都陷下去了。不过，她在耻辱中，在放荡中，在遭人唾弃的境况里，还是觉得如果世上有一样东西，或者有一个人，能爱她并值得她爱，那么她就不会那么放荡，不会感到那么耻辱，那么孤苦无依了。那只能是个孩子，只有孩子还很天真烂漫，才能够做到这一点——她是在尝试爱一个窃贼之后，才认识到这一点的；那个窃贼是唯一还愿意要她的人，然而不久她就发现，那人也瞧不起她——大凡这种放荡的女人，没有情人或孩子，心灵就空虚，换句话说，她们就感到很不幸——找情人是没有指望了，她就转而一个心思盼望有个孩子，况且，她一直很虔诚，就把这事当作终生愿望来祈求仁慈的上帝。仁慈的上帝自然可怜她，让她生了个女孩。她简直乐疯了，眼泪哗哗流，又是亲又是吻，那情形就别提了。她自己奶孩子，把她床上唯一的被子拆了做襁褓，她自己不觉得饿，也不觉得冷了。她又变美了，老婊子变成了年轻的妈妈，于是又风流起来，又有人来光顾，香花歌乐女自身的货色又找到买主，用得来的肮脏钱给孩子买衣物：童便帽、围嘴儿、花边衬衣、绸缎小帽，就是没有考虑再给自己买一床被子——厄斯塔什先生，我跟您说过，别吃这张饼——孩子的教名叫阿涅丝，也算本名，因为，香花歌乐女早就没有家姓了——毫无疑问，小阿涅丝身上的缎带和绣花，比太子采邑上的一位公主的打扮还要华丽！别的不说，就是她那双绣花小鞋，恐怕连国王路易十一也没有那样的。是做母亲的亲手缝制，亲手刺绣做成的，她就像给圣母做衣裙那样，使出了全副功夫，精工细作，加了各种各样的装饰。一双粉红色绣花鞋，真是世界上最俏丽的。只有我这大拇指长，要不是看着孩子脱下鞋露出小脚丫儿，真难相信她能穿进去。没说的，那双脚丫儿特别小，特别好看，粉红粉红的，比粉红的缎鞋还鲜艳！——等您有了孩子，乌达德，您就会知道那小手小脚比什么都好看。"

"我巴不得有孩子，"乌达德叹道，"可是也得等安德里·缪斯尼埃先生高兴的啊。"

"当然，"玛伊埃特接着说，"帕盖特的孩子也不光是脚丫儿好看。她刚四个月时我见过，真是小爱神的化身！那眼睛比小嘴还大，油黑的头发非常纤细，已经打鬈，可爱极了。等长到十六岁，她肯定成为棕色皮肤的美人儿！母亲爱她日甚一日，简直到了发狂的程度：又是爱抚，又是亲吻，又是搔痒，给她梳洗，把她打扮成怪样子，恨不得一口把她吞下去！帕盖特真是乐昏了头，为此感谢上帝。尤其孩子那双美丽的粉红色小脚丫儿，令她无限惊奇，给她增添无穷乐趣！她的嘴唇总是贴在上面，也总是奇怪脚丫儿为什么那么小。一会儿给穿鞋，一会儿又给脱下来，赞美赏玩没个够，觉得一天过得很快，还扶孩子在床上学迈步，看着又心疼，真是当成圣婴的小脚，恨不得跪一辈子给孩子穿鞋脱鞋。"

"故事倒很好听，"热尔维丝咕哝道，"可是讲了半天，埃及人在哪儿呢？"

"这就来了，"玛伊埃特答道，"有一天，兰斯来了一帮骑马的人，样子非常古怪。他们都是乞丐、流浪汉，由他们的公爵、伯爵率领，在全国到处游荡。他们皮肤黝黑，头发鬈曲，戴着银耳环。女的比男的模样还要丑，脸色还要黑，也从来不罩点什么，身上穿着破烂不堪的短外衣，肩头系着粗麻布旧披肩，头发扎成马尾状。那些孩子在她们胯下打滚，都能把猴子吓跑了。他们是一帮被逐出天主教社会的人，全从下埃及经波兰直接到兰斯的。据说教皇给他们做了忏悔，要他们在世上连续漂泊七年，不许睡在床上，当作赎罪。因此，他们自称悔罪者，身上一股臭味。看来他们从前是撒拉逊人，信奉天神朱庇特，并且根据教皇的一道谕旨，向所有红衣大主教、主教，以及佩戴十字架和法冠的神父索取十利弗尔图尔币。他们以阿尔及尔国王和德意志皇帝的名义，到兰斯来给人算命。你们完全明白，单凭这一点，就不能让他们进城。这样，他们一伙人情愿在勃雷姆城门附近安营扎寨，在一座有磨坊的山丘上，挨着废弃的石灰矿坑搭起帐篷。兰斯城里人都争相去找他们。他们给人看手相，就能说出将来如何交上好命，甚至能预言犹大将来能当上教皇。不过，也有可怕的流言，说他们拐小孩，扒钱包，还吃人肉。明智的人告诫糊涂人：'千万别去那儿，'可是，他们自己却偷偷跑去。大家都像中了魔似的。的确，那些埃及人说的事情，连红衣主教听了也要吃惊。母亲还带孩子去，让埃及女人看手相，听说手相上用异教文和土耳其文写的各种奇迹，她们就特别得意。这个孩子将来能当皇帝，那个能当教皇，还有一个能当三军统帅。可怜的香花歌乐女也好奇得要命，想知道小阿涅丝有没有那么一天，当上亚美尼亚女皇或者什么的。她把女儿抱到埃及人那里，埃及女人见了赞不绝口，又是爱抚，又是用黑嘴唇亲孩子，看了小手更是惊叹不已。唉！母亲有多么高兴啊！她们尤其赞美那小脚好看，小鞋也好看。孩子还不满一岁，已经咿呀学语，她长得胖乎乎，圆滚滚的，总朝母亲憨笑，各种戏耍的动作和娇态，就像小天使一般可爱。她一看见埃及女人，就吓得哇哇大哭。然而，母亲听了给阿涅丝算出的富贵命，就连连吻女儿，满心高兴地回家。小阿涅丝要长成个美人儿，有高尚的节操，能当上王后。香花歌乐女回到磨难街的阁楼,心想抱回去一个小王后,心中万分自豪。她母女俩一向同睡一张床,次日,她趁女儿在床上睡觉,就轻轻掩上房门,跑到晒衣场街的一个女邻居家,说说将来有那么一天,她女儿小阿涅丝用餐时,会有英国国王和埃塞俄比亚大公伺候,还讲了许多出人意料的情况。回家上楼时,没有听到孩子的叫声,她心想:好嘛!孩子还睡着呢。她出去时房门掩上了,现在却大敞四开,可怜的母亲,她慌忙进屋,跑到床前……孩子不见了,床上是空的,孩子的东西全都不翼而飞,只剩下一只美丽的小鞋。她冲出房间,跑到楼下,脑袋使劲往墙上撞,连声呼叫:'我的孩子呀!我的孩子在哪儿?是谁抱走了我的孩子?'——街上没有人影,她住的小楼也孤零零的,没人能向她提供一点情况。她像疯了一般,样子很可怕,东奔西窜满城转了一整天,察看了大街小巷,挨家挨户都嗅一嗅,真像一只野兽丢了崽子似的。她披头散发,流干泪的眼睛直冒火,样子真吓人,逢人就拦住,喊道:'我那女儿!我那女儿!我那美丽的小女儿!谁把女儿还给我,我就给谁当牛做马,给他的狗当奴婢,让他剜我的心吃也行。'——她碰见圣雷米的本堂神父,对她说:'神父先生,要我用手指头耕地都成,可是得把孩子还给我!'——听了真揪心,乌达德;有个铁石心肠的人,就是讼师逢斯·拉卡勃尔先生,我看见连他都流泪了——噢!可怜的母亲!——天黑了她才回家。在她出门寻找的时候,有个女街坊看到一个情况:有两个埃及女人抱着个包裹,偷偷上楼去,关上房门之后又下来,急忙溜掉了;她们走后,就听见帕盖特的房间有小孩的哭声。香花歌乐女转悲为喜,咯咯笑起来,她就像长了翅膀飞上楼去,又像炮弹似的轰开房门,冲了进去……——说起来真骇人听闻,乌达德!她看到的不是她那可爱的小阿涅丝,不是那细皮嫩肉、红润鲜艳的孩子,仁慈上帝的恩赐,而是一个小怪物,一个独眼瘸腿、身体畸形的丑八怪，号叫着在石板地上乱爬。她恐怖得捂上眼睛，说道：'噢！怎么，巫婆把我女儿变成这个可怕的畜生？'人们急忙把那小怪物抱开，免得她受刺激发了疯。那个畸形儿童约有四岁，不知是哪个埃及女人给魔鬼生的，也不知道说的是不是人话，只发出些无法听懂的字音——香花歌乐女扑向那只小鞋，她的全部所爱只剩下这一样东西了。好久好久她匍匐在那里，一声不吭，也没有气息，就跟死人一样。猛然，她浑身颤抖，发狂似的亲吻这件圣物，同时放声痛哭，一颗心仿佛破碎了。跟您说，我们也都哭了。她边哭边说：'噢！我的小女儿啊！我的美丽的小女儿啊！你在哪儿呀？'这哭诉真能撕肝裂胆。现在想起来我都要流泪。喏，我们的孩子，是我们身上掉的肉——我可怜的厄斯塔什！你呀，长得多好看！你们不知道他有多乖！昨天他还对我说：'长大了我要当骑卫。'唔，我的厄斯塔什！你若是丢了，我可怎么好！——香花歌乐女猛然站起身，冲了出去，在兰斯城中乱跑乱叫：'到埃及人营地去！到埃及人营地去！警官啊，烧死那些巫婆！'——可是，埃及人已经走了，天又黑了，不可能去追赶他们——第二天，在离兰斯八公里远葛村和蒂洛瓦村之间的灌木丛中，发现了篝火的灰烬、帕盖特女儿的几条缎带、几点血迹和几颗羊粪蛋儿。刚刚过去的正是星期六夜晚，再也无可怀疑，埃及人在灌木丛中举行了群魔舞会，他们按照伊斯兰教徒的规矩，同魔鬼一起把孩子吃掉了。香花歌乐女听说这些可怕的情况，却没有哭泣，嘴唇动了动像要说话，可是又说不出来。第二天她的头发就花白了，第三天人也消失得无影无踪。"

"不错，这个故事真是凄惨，"乌达德说，"连勃艮第人听了也会流泪。"

"怪不得您那么害怕埃及人呢！"热尔维丝也说道。

215

"刚才您拉着厄斯塔什逃跑,也是对的,"乌达德又说,"因为,这帮埃及人也是从波兰来的。"

"不对,"热尔维丝说道,"听说他们是从西班牙,从卡塔卢尼亚来的。"

"卡塔卢尼亚?这倒有可能,"乌达德答道,"波洛涅、卡塔洛涅、瓦洛涅,这三个省我总好搞混。有一点是肯定的,他们都是埃及人。"

"而且,他们牙齿肯定很长,能吃小孩,"热尔维丝也说,"那个爱撒嘴的爱丝美拉达也吃一点点,我绝不会感到惊奇。她那只白色小山羊那么能耍鬼把戏,恐怕有时也会贪嘴。"

玛伊埃特默默走着,还沉浸在遐想中:在一定程度上,这种遐想就是讲述一件惨事的延续,只有震颤一波一波直到触及心弦时才会停止。这时,热尔维丝忍不住又问道:"香花歌乐女的下落,就没有人知道了吗?"

玛伊埃特没有回答。热尔维丝摇晃她的手臂,同时呼唤她的名字,又重复问了一遍。

"香花歌乐女的下落吗?"玛伊埃特机械地重复这个问题,就好像刚刚听到,随即又集中神思来理解,这才急忙回答:"唔!谁也不知道。"

她沉吟片刻,又说道:"有人说在黑天时,看见她从弗莱香博门出了兰斯城;也有人说在天蒙蒙亮时,看见她从巴塞老城门出了城。有个穷人在如今成了集市的庄稼地里,发现她把金十字架挂在石头十字架上。正是那件宝贝,在一四六一年把她给毁了,那是她头一个情郎,英俊的科蒙特伊子爵送给她的。帕盖特日子再苦,也一直舍不得卖掉,像命根子一样珍藏着。因此,我们那些女人一看见她把金十字架也扔掉了,就都认为她死了。然而,旺特小酒店的人倒看见过她，光着一双脚，沿着石子路往巴黎方向走去。不过，真若是那样，就应该从维勒门出城，反正说法都不一样。要照我说，她的确是从维勒门出去的，但不仅离城，而且离开人世了。"

"这话我不明白。"热尔维丝说道。

"维勒，是一条河呀。"玛伊埃特凄然一笑，答道。

"可怜的香花歌乐女，她淹死啦！"乌达德打了个寒噤，叹道。

"淹死啦！"玛伊埃特又说，"当年善良的吉伯托老爹乘船顺流而下，唱着歌从坦葛桥下驶过，哪里会想到他亲爱的小帕盖特日后也会从桥下经过，但是既不坐船也不唱歌呢？"

"那只小鞋呢？"热尔维丝问道。

"跟母亲一起消失了。"玛伊埃特答道。

"可怜的小鞋！"乌达德叹道。

胖女人乌达德好动感情，恐怕只顾着跟玛伊埃特一起哀叹。然而，热尔维丝更为好奇，遇事总要刨根问底。

"那个怪物呢？"她突然问玛伊埃特。

"什么怪物？"玛伊埃特反问道。

"就是巫婆换走香花歌乐女的女儿，丢在她家的那个埃及小怪物呀！你们怎么处置他啦，但愿也把他淹死。"

"没有。"玛伊埃特回答。

"怎么！那就是烧死啦？真的，这样更好，巫婆的崽子！"

"既没有淹死，也没有烧死，热尔维丝。红衣大主教先生对那个埃及儿童发生了兴趣，为他驱了邪，祝了福，并仔细地把他身上的魔鬼赶走，然后把他送往巴黎，放到圣母院的弃婴木榻上。"

"这些主教啊！"热尔维丝咕哝道，"他们仗着有学问，做什么事就同别人不一样。您说说，乌达德，竟然把魔鬼当成弃儿！要知道，那小怪物肯定是魔鬼——对了，玛伊埃特，送到巴黎来又怎么样了呢？想必哪个善心人也不愿收养他吧？"

"不知道，"兰斯女人答道，"正巧那时候，我丈夫买下贝律公证事务所，那儿离城有八公里，我们也就顾不上那件事了。再说，贝律前面有塞尔奈两座土丘遮挡，望不见兰斯大教堂的钟楼。"

这三位良家妇女边走边谈，来到了河滩广场。她们只顾谈论这件事，从罗朗塔楼的公用经书前边经过也没有停步，下意识地一直朝耻辱柱走去。耻辱柱周围人越聚越多，那里的景象吸引了所有人的目光，也很可能会使她们完全忘却老鼠洞，以及她们原本打算去那儿要做的事情；可是，玛伊埃特拉着的六岁胖儿子，突然提醒了她们此行的目的。

"妈妈，"厄斯塔什说，就好像他本能地感到已经走过了老鼠洞，"现在我可以吃饼了吧？"

厄斯塔什若是再机灵一点儿，也就是说嘴别那么馋，再耐心等一等，等回到大学城，回到瓦朗斯夫人街安德里·缪斯尼埃的寓所，拉大老鼠洞和玉米饼的距离，中间隔了塞纳河的两道河汊和老城的五座桥，到那时他再贸然提出这个胆怯的问题："妈妈，现在我可以吃饼了吧？"

厄斯塔什提出这个冒失的问题，的确时机不对，立即唤起了玛伊埃特的注意。

"哎呀！真的，"她叫起来，"咱们把那位隐修女给忘啦！我要给她送饼去，告诉我老鼠洞在哪儿。"

"这就去吧，"乌达德说道，"这可是行善的事儿。"

这绝非厄斯塔什的初衷。

"唉，我的饼呀！"说着，他晃晃脑袋，左右耳朵轮流触碰肩膀，这是他遇到这种情况所能表示的最大不满。

三个女人掉头往回走，快到罗朗塔楼的时候，乌达德对两个同伴说："咱们三人不要同时往洞里瞧，那样会吓着麻袋女。你们二位就假装翻阅经书，我到窗口探看一下。麻袋女还算认识我一点儿。等我招呼，你们再过去。"

她独自走到窗口，往里一窥视，脸上立刻流露内心的悲悯，顿时改变了鲜艳的容颜和欢快的表情，仿佛从阳光下走到了月光之下。只见她的眼睛湿润了，嘴唇翕动，好像要哭的样子。过了一会儿，她将一根手指放到唇边，示意要玛伊埃特过去瞧瞧。

玛伊埃特心情激动，踮着脚走过去，俨如走近临终之人的病榻。

两个女人敛声屏息，一动不动，隔着窗栏往老鼠洞里观瞧，所见的景象的确非常凄惨。

斗室非常狭小，宽度还大于长度的尺寸，屋顶呈尖拱状，从里面看，颇似主教巨大法冠的里侧。在光秃秃的石板地的一角，坐着，确切地说是蹲着一个女人，她的下巴搭在膝盖上，手臂紧紧地抱在胸前，整个人儿缩成一团，全身裹着皱巴巴的棕色麻布袋，长长的头发从额前披散下来，顺着小腿一直垂到脚面，头一眼望去，就像斗室黑墙衬托出的一个怪影、一个黑乎乎的三角形，被窗洞透进的天光截成两种色调：半身晦暗，半身明亮。这正是人们梦中所见，也是戈雅在那件杰作上所表现的半明半暗的幽灵，惨白可怖，一动不动，蹲在坟头上，或者靠着地牢的铁窗。分不清是女人还是男人，是个活物，还是一个难以确定的形体；这一形象，是虚实交织、明暗相映的一个幻影。由于垂到地面的长发遮住，看不清那形锁骨立的侧身；那件麻布长袍，也难以遮护在坚硬冰凉的石板地上抽动的赤脚；从那丧服里露出的这一点点人的形体，看着叫人不寒而栗。

这个形象仿佛牢牢固定在石板上，纹丝不动，既无意念，也无气息。时值一月份，室里没有炉火，像地牢一般昏暗，斜斜的窗洞只能吹进冷风，从来照不进阳光，而她只穿着薄薄的麻布长袍，卧在花岗石板上，好像没有痛苦，甚至没有感觉，随地牢而化作石头，随冬季而化作冰块。头一眼望去，以为是个幽灵，第二眼望去，则觉得是尊石像。

不过，她那发青的嘴唇不时微微张开呼吸一下，而且微微颤动，但又那么僵死而机械，不啻随风飘落的枯叶。

同样，她那暗淡的眼睛射出一道目光，一道难以描摹的目光，一道既深邃阴森，又沉滞宁静的目光，死死盯住从窗外看不见的一个角落。这道目光将这颗受着煎熬的灵魂的万般哀痛忧思，全维系在一件神秘莫测的物品上。

因住处而称为"隐修女"，因衣着又叫作"麻袋女"的，就是这样一个生灵。

热尔维丝也已来到玛伊埃特和乌达德身边，三个女人从窗洞往里窥视，她们的头挡住能透进地牢的微弱的光线，也没有引起那可怜女人的注意。乌达德低声说道："别打扰她，她凝神专注，正在祈祷呢。"

玛伊埃特注视着这个憔悴枯槁、披头散发的女人，心中越来越焦虑悲怜，眼睛不禁漾出泪水，她喃喃说道："真若是她，那也太奇特啦！"

她把头探进铁窗的栏杆里，这才望见那不幸女人始终凝视的那个角落。

她再把头缩回来的时候，已是泪流满面了。

"你们怎么称呼这个女人？"她问乌达德。

乌达德答道："我们叫她古杜勒修女。"

"要让我说，"玛伊埃特说道，"我就叫她帕盖特·香花歌乐女。"

说着,她把一根指头放到嘴唇上,示意要目瞪口呆的乌达德把头探进窗洞里,亲眼瞧瞧。

乌达德探进头去一看,只见隐修女阴沉凝视的那个角落里,有一只缀着各种各样金箔银片的粉红缎子小鞋。

接着,热尔维丝也探进头去张望。这三个女人注视着那不幸的母亲,都不禁流下眼泪。

然而,无论她们的目光还是眼泪,都没能分散隐修女的注意力。她双手合拢,嘴唇木然不动,眼睛专注凝视,而在了解小鞋来历的人看来,这一情景真令人心痛欲裂。

三个女人都一声不吭,谁也不敢说话,连低声说话也不敢。如此深沉的静默、深沉的痛苦、深沉的遗忘,即除了一样东西之外,万物都消失了,面对此情此景,她们都恍如置身于复活节或圣诞节的主祭坛前,一个个沉默不语,全神贯注,随时准备跪下祈祷。就好像这是受难主日,她们走进了一座教堂。

三人中热尔维丝最好奇,因而也最不易动感情,这时她想让隐修女开口说话:"嬷嬷!古杜勒嬷嬷!"

她连叫三遍,一遍比一遍声音高。然而,隐修女仍旧不动:一声也不吭,一眼也不看,甚至不叹一口气,没有一点声息。

乌达德也呼叫,但是声音更为柔婉亲热:"嬷嬷!圣古杜勒嬷嬷!"

依然悄无声息,依然纹丝不动。

"真是个怪女人!"热尔维丝嚷道,"就是大炮轰炸,她也会无动于衷!"

"也许她耳朵聋了吧。"乌达德叹道。

"也许眼睛瞎了吧。"热尔维丝也说道。

"也许死了吧。"玛伊埃特也说了一句。

这样一个死气沉沉、昏然无觉的躯体,灵魂即使还没有离开,至少也肯定隐藏在幽深之处,外部器官感知不到了。

"只能把饼放在窗口了,"乌达德说道,"会让孩子拿走的。怎么才能把她唤醒呢?"

且说厄斯塔什,刚才他看见一条大狗拉一辆小车经过,注意力被吸引过去,这时忽然发现,带他来的三个大人正往窗口里窥探,也生了好奇之心,于是蹬上一块路碑,踮起脚来,那张红扑扑的胖脸蛋儿伸到窗口,叫道:"妈妈,让我也瞧瞧呀!"

听到这样清脆响亮的小孩声音,隐修女打了一个寒噤,她猛然扭过头来,就跟安了弹簧一样。她那两只骨瘦如柴的长手掠开额前的头发,盯住这孩子,眼神流露出惊讶、痛苦而绝望的表情。不过,那目光一闪即逝。

"上帝啊!"她忽然大叫一声,把头埋进双膝里,那嘶哑的声音仿佛冲破了胸膛,"至少,别叫我看见别人的孩子呀!"

"您好,太太。"孩子一本正经地说。

不过,经过这一震动,隐修女总算醒过来,她从头到脚,浑身一阵颤抖,牙齿咯咯打战,胳膊紧紧夹住臀部,双手抓住两只脚,仿佛要焐热似的,说道:"噢!好冷啊!"

"可怜的女人,"乌达德满怀同情问道,"您要生点火吗?"

那女人摇摇头。

"好吧,"乌达德又说,同时递进去一个小瓶,"这里有肉桂滋补酒,喝点儿吧,可以暖暖身子。"

那女人又摇摇头,眼睛盯住乌达德,答道:"要水。"

"不行,嬷嬷,"乌达德还是坚持,"一月里不能喝凉水。应该喝点甜酒,吃这个玉米发面饼,这是我们特意为您做的。"

那女人推开玛伊埃特递进去的大饼,说道:"要黑面包。"

"得，"热尔维丝也生了怜悯之情，脱下身上的毛衣，说道，"这件衣服比您的暖和一些，您披上吧。"

那女人也同样拒绝了毛衣，回答说："要麻袋片。"

"您总归看出来一点儿；昨天过节了吧。"好心肠的乌达德说道。

"看出来了，我这水罐两天没水了。"隐修女答道。

她沉默了一会儿，又补充说道："就因为过节，别人把我忘了。这也是应该的。我都不想人世，人世干吗想着我呢？炭火熄灭，灰也就冷了。"

接着，她的头重又垂到膝盖上，那样子就像话说多了累的。心地单纯而又善良的乌达德，以为听懂她这话是抱怨太冷的意思，就天真地回答：

"这么说，您要生点儿火吗？"

"生火！"麻袋女声调奇特，说道，"可怜的孩子在地下十五年了，您也能给生点火吗？"

她四肢哆嗦，说话声音颤巍巍的，眼睛发亮，身子跪立起来。她突然伸出惨白枯瘦的手，指向以惊奇的目光注视她的小男孩，嚷道：

"快把这孩子带走！埃及女人要来啦！"

说罢，她的脸扑在地上，额头撞地，发出撞击石头的声响。三个女人以为她死了。可是过了一会儿，她又开始动弹了，只见她用膝盖和臂肘着地，爬到放小鞋的角落。她们不忍再看下去，然而不看则可，却还能听见那连连亲吻，连连叹息，杂以撕肝裂胆的呼叫，以及仿佛头撞墙壁的闷响。继而，有一声撞击特别猛烈，三个女人的身子都为之摇晃，接着就听不见动静了。

"她可能撞死了吧？"热尔维丝说道，壮起胆子把头探进窗口里，叫道："嬷嬷！古杜勒嬷嬷！"

"古杜勒嬷嬷！"乌达德也叫道。

"噢！上帝呀！她不动弹啦！"热尔维丝又说道，"她死了吧？古杜勒！古杜勒！"

玛伊埃特一直哽咽得说不出话来，还是尽力克制一下，说道："等一等！"随即俯身冲窗口叫道："帕盖特！帕盖特·香花歌乐女！"

玛伊埃特这样突然一喊名字，给室内古杜勒隐修女的震惊，不亚于一个孩子傻乎乎地去吹没点好的爆竹，却不料爆竹在眼前爆炸所受的惊吓。

隐修女浑身一阵哆嗦，赤脚站起来，跳到窗口，两只眼睛直冒火，吓得三个女人和一个孩子连连后退，一直退到堤坝的栏杆前。

这时，窗口出现隐修女那张凄惨的面孔，她狂笑着喊道："哈，哈！是埃及女人在叫我。"

恰好这时候，耻辱柱那边出现一幕场景，吸引住她那狂乱的目光。她憎恶地皱起眉头，两条骷髅一般的胳膊伸出囚室，就像要断气的人那样直着嗓子喊道：

"又是你呀，埃及女人！是你在叫我呀，你这偷小孩的贼！哼！你真该死！该死！该死！该死！"

四　一滴泪报一滴水

隐修女这几句话，可以说是同时展开的两幕场景的结合点。两幕场景各有各的舞台：一幕发生在老鼠洞，我们刚刚看到，另一幕发生在耻辱柱的梯子上，我们即将看到。头一幕的目击者，只有读者刚结识的三位女士；另一幕的观众，则是我们在上文看见聚在广场，尤其聚在耻辱柱和绞刑架周围的所有市民。

早晨九点钟，四名警士就守护在耻辱柱的四角，人们见此情景，知道准有一场好戏看，不是绞死什么人，至少也是抽鞭子、割耳朵，或者类似的刑罚，因此，他们纷纷跑来，很快就聚拢一大片人。四名警士见他们挤得太厉害，就不得不用马鞭和马屁股，拿当时的话来说，几次"弹压"群众。

这群人看惯了在公共场合行刑，也都耐心等待，并不显得特别急躁。他们待着无聊，就观赏耻辱柱。其实，这种刑台构造很简单：一座石砌的方形平台，是空心的，高十尺许；有一条很陡的石阶通到台上，当时叫作"梯子"；台上平行安着一个橡木板大轮盘。犯人跪在轮盘上，双手反绑在木轴上；而木轴则连着下面暗装的绞盘，由绞盘带动，大轮盘始终呈水平面旋转，这样就能让广场各个角落的人看到罪犯的面孔。这就是所谓犯人"旋转示众"。

显而易见，河滩广场的耻辱柱，远远不如菜市场的耻辱柱那么百看不厌。这里谈不上建筑艺术，也谈不上规模宏大。没有带铁十字架的顶盖，没有八角灯，没有挺立到屋顶而展示花雕叶饰头拱的细长圆柱,没有妖魔鬼怪守护的雨槽,没有精雕细镂的框架,也没有深深刻进石头里的精美雕塑。

这座刑台只有四面粗糙的石墙、两堵洞口的砂石护壁,以及旁边那个光秃秃、枯瘦难看的石头绞刑架。

哥特建筑艺术的爱好者,要观赏这种东西当然不能过瘾。不过,中世纪那些看热闹的老实人,倒是对建筑没什么兴趣,并不在乎耻辱柱建得美不美。

犯人拴在一辆车的后边,终于拖来了。他被押上平台,用绳索绑在大转盘上,广场各个角落都看得见了,这时嘘声、欢笑和喝彩声冲天而起。大家认出那正是卡希魔多。

的确是他。变化也实在奇特。就在这同一座广场上,昨天他还被拥戴为丑大王,接受万民欢呼致敬,身边簇拥着埃及公爵、金钱王和伽利略皇帝,而今天却绑在耻辱柱上。有一点肯定无疑,这群人里没有一颗脑袋,甚至昨日为王、今为阶下囚的卡希魔多本人,也没有明确地想到把这两种境况联系起来。这个场面只缺格兰古瓦和他的哲学。

不久,国王陛下宣过誓的传谕官米歇尔·努瓦雷,喝令全场肃静,高声宣读判决书。然后,他率领身穿号衣的部下退到囚车后面。

卡希魔多神态木然,连眉头也不皱一下。他根本不可能反抗,因为,按照当年判罪的用语,他被"五花大绑,捆得结结实实",这就意味,皮索和铁链恐怕吃进肉里去。而且,坐牢和罚苦役的传统尚未丧失,手铐脚镣恰恰在我们这样文明、温和而人道的民族中间保存下来(且不说地牢和绞刑架)。

卡希魔多任由别人又拉又推,又搁又抬,绑上加绑,他却不动声色,从那面容上只能隐约看出有野人或白痴的那种惊愕。大家知道他是个聋子,现在真可以说他还是个瞎子。

拖到转盘上,按他跪下他就跪在那儿;外衣衬衣都给扒掉,连腰带也给解下，他都逆来顺受。又用皮索加环扣，按新方式捆绑，他也任人摆布，仅仅不时地呼呼喘息，就像一头小牛犊的脑袋垂在屠夫的大车沿上摇来摇去。

"这个傻瓜，"磨坊约翰·弗罗洛对他朋友罗班·普斯潘说（须知两名学生追随罪犯，就好像是理所当然的事），"他一点儿也弄不明白，如同扣在盒子里的一只甲虫！"

卡希魔多那鸡胸驼背、那毛乎乎厚皮的双肩，统统亮了相，围观的人都哄然大笑。就在全场兴高采烈的时候，一条五大三粗，身穿官吏制服的汉子蹬上平台，站到犯人的身边。他的大名随即在人群中传开；那正是小堡宣过誓的执刑吏，彼埃拉·托特律先生。

他登上刑台，先把一个黑色沙时计放到耻辱柱的一角，只见上面瓶子装满的红沙，呈细线漏到下面的容器里。接着，他脱掉两种颜色的官服，右手拎着一条皮鞭，只见那细长的皮鞭绳又白又亮，编结成许多疙瘩，鞭梢儿上还拴了不少铁爪。他抬起左手，随便挽右边的衬衣袖，一直挽到腋下。

这工夫，约翰·弗罗洛那颗金发鬈的脑袋探出人群（当然这要撑着罗班·普斯潘的肩膀），嚷道："先生们，女士们，快瞧呀！这是我哥哥若萨主教代理先生的敲钟人，卡希魔多先生，他的身体是东方式的古怪建筑，脊背像圆拱顶，双腿像弯弯的柱子，他就要受惩罚挨鞭子啦！"

众人又哈哈大笑，儿童和姑娘们笑得最开心。

行刑吏跺了跺脚，转盘终于开始旋转。卡希魔多全身绑缚，也随之摇晃起来，那畸形的脸上突然显现惊愕的神情，惹得围观的人笑得更加厉害。

卡希魔多的驼背随着转盘送到彼埃拉先生的眼前，他就举起右臂，那细长的鞭绳像盘曲的毒蛇，在空中发出咝咝叫声，又狠命地落到不幸人的肩上。

卡希魔多浑身一跳，这才猛醒，他开始明白了，于是身子在绳索里扭动，脸上惊骇痛苦，肌肉猛烈抽搐，面孔都变形了。然而，他却不发出一声哀叹，只是头朝后仰，左右晃动躲闪，犹如肋条给牛虻蜇疼的一头公牛。

又一下皮鞭抽下来，接着第三下、第四下，一下一下抽个不断。轮盘不停地旋转，鞭子也像雨点似的落下来。不大工夫就出血了，只见驼子黝黑的肩膀上出现一道道细流，而细长的皮鞭在空中盘旋嘶叫，将血星儿抛到人群中间。

卡希魔多又恢复木然的状态，至少表面上如此。起初，他暗暗运力，企图挣断绳索；只见他那独眼发亮，肌肉鼓起来，四肢也收拢，而绳索铁链则绷紧了。他使出了九牛二虎之力，进行异乎寻常而绝望的挣扎，讵料府尹衙门的绳索非同小可，极有韧劲，只是轧轧响了一阵而已。卡希魔多挣扎无效，便颓然作罢，惊愕的神态又转为凄苦难言、深深沮丧的表情。他那只独眼又闭上，脑袋耷拉到胸前，如同死了一样。

此后他再也不动弹了，任凭怎么抽打也一动不动。鲜血不住地流淌，鞭笞越来越疯狂，执刑吏也越打越恼火，越打越起劲，而那可怕的皮鞭胜过毒蛇，犹如魔爪，越来越锐利，嘶叫声也越来越响亮；尽管如此，卡希魔多仍然一动不动。

从行刑一开始，身穿黑官服、骑着黑马的小堡执达吏，就守候在"梯子"旁边，他终于举起乌木棒，指向沙时计。执刑吏住了手，轮盘也停止旋转。卡希魔多的独眼则缓缓睁开。

鞭笞完毕。执刑吏的两名随从走上前来，洗净犯人臂膀上的血污，不知涂上什么药膏，立刻使伤口愈合了，然后又给他套上修士袍式样的套头黄衫。这工夫，彼埃拉·托特律则甩动染红的鞭绳，将浸透的鲜血一滴滴抛到路面上。

然而，卡希魔多并未就此了事，他还得在刑台上跪一小时，这是在罗伯尔·载图维尔大人判决之后，弗洛里昂·巴勃迪安大人十分英明的加刑；这刑上加刑，使一句古老的俏皮话大放异彩："聋子即笼子"①，约翰·库曼纳这句话既合生理学，又合心理学。

于是，沙时计又掉转过来，让绑在轮盘上的驼子继续示众，一直达到刑罚规定的时间为止。

民众，尤其中世纪的民众，在社会里就像孩子在家中一样，只要还处于蒙昧无知、道德和智力低下的这种状态，就可以把他们和孩子相提并论：

这种年纪②，毫无怜悯。

我们已经指出，大家都普遍憎恨卡希魔多，也的确各有充分的理由。围观的人中，无不有理由或自认为有理由怨恨圣母院这个坏驼子，看见他被押上刑台，无不拍手称快。他受了酷刑之后那副惨状，非但没有博得众人的同情，反而增添一分乐趣，使他们的憎恨更加残忍。

因此，借用司法界今天还使用的行话来说，泄了"公愤"，便开始泄私恨了。在这里也像在司法宫大堂里一样，发作最凶的是妇女。她们人人对他都怀恨在心，有的恨他狡猾，有的恨他丑陋。恨他丑陋的女人气势汹汹，尤为激烈。

"呸！反基督的妖孽！"一个女人嚷道。

"骑扫帚的恶魔！"另一个嚷道。

"好一个丧门星，"第三个嚷道，"今天若是昨天，就凭这副

---

① 原文为拉丁文，是一种文字游戏，可直译为"聋子是荒唐可笑的"。
② 法文中，中世纪的"世纪"和"年纪"是同一个词。

嘴脸,你准能当上丑大王!"

"好极了,"一个老太婆接过话头,"这是耻辱柱上的怪相。什么时候再做个绞刑架上的鬼脸呢?"

"什么时候顶着你那口大钟,埋到地下一百尺深呢,你这该死的敲钟人?"

"那就该是魔鬼敲祈祷钟啦!"

"呸!聋子!独眼龙!驼子!怪物!"

"这副嘴脸能把孕妇吓流产,比什么医道药物都灵验!"

这时,两名学生,即磨坊约翰和罗班·普斯潘,二人直着嗓子唱起古老的民谣:

  一条绳索
  吊死大恶魔!
  一堆劈柴
  烧死丑八怪!

各种花样的辱骂如倾盆大雨,嘘声、诅咒和嘲笑声四起,不时还投来石块。

卡希魔多耳朵虽聋,但是独眼却看得清:众人怒火发于言词,也同样明显地怒形于色。况且,石块砸过来,也说明了哄笑的原因。

起初,他还硬挺着。然而,刚才在行刑吏的皮鞭下;他挺住了,现在又飞来无数蚊虫又叮又咬,他就渐渐失去耐心,沉不住气了,如同阿斯图里亚斯的公牛,并不在乎斗牛士的攻击,而受到群犬的围攻,投枪的刺激,就要暴跳如雷。

卡希魔多开始以威胁的目光慢慢扫视众人。然而他全身系缚,这种目光无力驱散叮咬他伤口的蚊蝇。于是,他在绳索中拼命挣扎躁动，震得轮盘的木板咯咯直响。众人见了他那副样子，笑骂和嘘声更是变本加厉。

这不幸的人好似野兽，挣不断套住脖子的绳索，只好老实不动弹了。不过，他的胸膛还时而鼓起来，发出一声愤怒的叹息。他的脸上毫无羞愧之色。他距社会状态太远，离自然状态太近，不知何为羞耻，何况，身体畸形到了无以复加的程度，还能有耻辱的感受吗？不过，在这张丑陋的脸上，愤怒、仇恨、绝望逐渐凝聚成乌云，越来越阴暗，所负荷的雷电也越来越多，在这巨人的独眼里射出千万道闪电。

这工夫，一名教士骑骡子从人群走过来，可怜的犯人远远望见骡子和教士，脸上的乌云开朗了一会儿，神情也温和下来，转怒为喜，原来抽搐变形的面孔泛起一丝微笑。这笑容非常奇异，充满难以描摹的温和、善良和深情，而且随着教士越走越近，也变得越来越明显清晰，越来越焕发神采。仿佛受苦受难的人恭迎一位救星。然而，骑骡子的教士走近了耻辱柱，认出受刑者是什么人，他就把头一低，突然掉头往回走，双脚催动骡子疾驰，就好像要摆脱令他难堪的要求，不愿意接受一个处于受刑姿态的可怜家伙的致敬，也不愿意让那家伙认出来。

那个教士正是主教代理堂·克洛德·弗罗洛。

卡希魔多的额头上，乌云重又密聚，更加阴暗了。那丝微笑一时还在云层隐现，但已变为气馁、极度悲伤的苦笑。

时间慢慢过去，他受刑至少有一个半小时了，受尽了伤痛和嘲笑的折磨，差点儿被人用石块砸死。

在倍加绝望之下，他突然再次挣扎，要挣断绳索，连身下的轮盘木架都为之震颤，他还打破一直固执保持的沉默，叫了一声："喝水！"这嘶哑愤怒的吼声压过嘘声，但是不像人的呐喊，更像动物的咆哮。

这声凄惨的呼叫，非但没有引起同情，反而给"梯子"周围的巴黎善良百姓增添了笑料。应当指出，这些人作为群体而言，其残忍和昏昏的程度，并不逊于可怕的丐帮；须知丐帮不过是民众的最底层，我们已经带领读者去见识过了。在这受刑的罪犯的周围，只要有人喊叫，必定是嘲笑他口渴的声音。固然，此刻他的脸涨得紫红，汗流满面，眼神狂乱，因激怒和煎熬而口吐白沫，舌头也耷拉出一半，这种可笑的丑态难以引起同情，倒是更加惹人讨厌。还应当指出，刑台那耻辱的阶梯周围，弥漫着对羞耻极大偏见的气氛，人群中别说是哪个好心的男人或女人要行好，给那受罪的不幸者送杯水喝，就是好心肠的撒玛利亚人也会望而却步。

过了几分钟，卡希魔多绝望的目光扫视人群，声音更加凄惨地又喊道："喝水！"

全场又一阵哄笑。

"给你喝这个吧！"罗班·普斯潘叫喊，同时把一块浸在阴沟里的海绵朝他的脸抛去，"接住，可恶的聋子！就算我送给你的。"

一个女人朝他脑袋扔去一块石头："叫你明白明白，还敢半夜敲你那鬼钟吵醒我们不啦！"

"喂，小子！"一个跛子吼道，还极力伸拐杖要打他，"你还敢在圣母院的钟楼上，向我们施魔法吗？"

"这一罐子给你喝去！"一个汉子也嚷道，并朝他胸口摔一个破罐子，"就是你这家伙，从我老婆面前过一过，就让她生下一个双头的婴儿！"

"还有我家那只猫，生下了六只脚的猫崽！"一个老太婆尖声怪叫，朝他抛去一块瓦片。

"喝水！"卡希魔多喘息着，第三次喊道。

这时，他看见人群闪开一条路，一位穿戴奇特的少女走过来，她手中拿着巴斯克小鼓，身边跟随一只金角山羊。

卡希魔多的独眼忽然一亮：那正是昨夜他企图劫持的吉卜赛姑娘，而他模模糊糊感到此刻受刑，就是为了那一暴力行为；其实大谬不然，他受惩罚，仅仅因为他不幸是个聋子，又不幸由一个聋子法官审判。他毫不怀疑姑娘也是来报仇的，也像别人一样要打他。

果然，姑娘快步登上阶梯。卡希魔多又气又恼，一时透不过气来，恨不能震坍这刑台，恨不能眼中射出雷电，不待埃及女郎登上平台就把她殛为齑粉。

姑娘走到徒然挣扎要逃避她的罪犯，一言不发，从腰带上解下一个水壶，轻轻地送到那不幸者焦渴的唇边。

于是，他那始终干滞而焦炙的独眼里，只见一大滴泪珠滚动，并顺着因痛苦绝望而久久抽搐的畸形脸庞，缓缓地流下来。也许这是这个苦命人流下的第一滴眼泪。

这时，他忘记了喝水。埃及姑娘不耐烦地撇了撇小嘴，又粲然一笑，将水壶按在卡希魔多那支出利齿的嘴唇上。他开始大口大口地喝水，显然渴到了极点。

不幸的人喝完水，又伸出乌黑的嘴唇，无疑想吻刚刚解救他的这只美丽小手。然而，姑娘也许早就怀着戒心，还记着昨夜的暴力行为，她慌忙抽回手，就像小孩怕被动物咬着似的。

于是，可怜的聋子凝视姑娘，眼神充满责备和难以言传的感伤。

这样一个美丽鲜艳、纯洁可爱，同时又十分娇弱的姑娘，就这样跑来救助集苦难、畸形和恶毒于一身的怪物，这一场面发生在什么地方都非常感人，而发生在示众刑台上，就尤为壮丽了。

围观的民众也深为感动，纷纷鼓起掌来，高声欢呼："好哇！好哇！"

就在这种时刻，隐修女从地穴的窗口望见站在刑台上的埃及女郎，立刻狠狠地诅咒她："埃及女人，该死的东西！该死的！真该死！"

五　玉米饼故事的结局

爱丝美拉达脸色刷地白了,她踉踉跄跄地走下耻辱柱刑台。隐修女的声音紧追不舍:"你下来吧!下来吧!埃及贼婆,到时候你还得上去!"

"麻袋女又发疯啦!"人群中窃窃议论,但也只是说说而已。要知道,这类女人是令人畏惧的,因而具有神圣不可侵犯的色彩。况且,谁也不愿意去碰一碰日夜祈祷的人。

时间到了,该把卡希魔多押回去。有人给他解绑,观众也就散去。

玛伊埃特和两个同伴一道返回,走到大桥附近猛然停下:"对啦,厄斯塔什,你拿的那张饼呢?"

"妈妈,"孩子回答,"您跟洞里那位夫人说话的工夫,一条大狗咬我的饼,我也就跟着吃了。"

"什么,先生,"母亲又说,"您全给吃啦?"

"妈妈,是狗吃的。我对它说不许吃,可是它不听。那我也就跟着吃,就是这样!"

"这孩子真要命!"母亲笑着责备道,"跟您说吧,乌达德,我们家在夏朗日的园子里那一大棵树的樱桃,他一个人就能全给吃光了。因此,他爷爷说他,将来能当统帅……看您下次还敢这样,厄斯塔什先生……走吧,小胖狮子!"

第七卷

一 山羊泄密的危险

转眼过去了几星期,到了三月上旬。

当时,迂回修辞法的祖师爷杜巴尔塔还没有称太阳为"万烛大公",但是太阳还照样又欢畅又灿烂。春日融融,温馨而美丽,全巴黎人都来到广场和散步场所,就跟星期天和节日一样。在这种清朗、温馨而宁静的日子里,总有某一时刻特别适于观赏圣母院的大拱门,那就是太阳偏西,几乎正面照射主教堂的时刻。阳光越来越呈水平状态,缓缓地从广场的地面撤离,沿着圣母院正面的陡壁攀缘,照得无数浮雕明暗较然,异常突出,而照得正中央大圆窗红彤彤的,犹如雷神炉火映红的巨人的独眼。

现在正是这种时刻。

有一座哥特式的富家宅第,坐落在广场和前庭街的交道口,正对着落日染红的宏伟的主教堂。在门廊上方的石阳台上,几个美丽的姑娘正说说笑笑,表现出娇媚风骚的种种情态。只见长长的轻纱,从她们镶满珍珠的尖帽顶一直垂到脚踵;绣花衬衣做工十分精美,遮住双肩,却按照风流的时尚,半露出处女的美妙胸脯;小外套本来就非常讲究,令人赞叹,裙子则更为华丽珍贵;她们浑身上下尽是天鹅绒和绫罗绸缎,而那一双双手又白又嫩,表明她们一向游手好闲,凡此种种,不难看出她们是大家闺秀,是巨额财产的继承人。她们正是百合花·德·功德月桂小姐及其女伴:狄安娜·德克里斯特伊、阿姆洛特·德·蒙米歇尔、鸽子·德·加伊封丹和小姑娘德·香舍佛里埃，全是名门闺秀，此刻聚在孀居的德·功德月桂夫人府上，为的是四月份博热大人偕夫人要来挑选女傧相，好派往庇卡底那里，从佛兰德人手中迎来菊花公主玛格丽特。方圆百余公里的贵绅之家，无不要为自己的女儿争取这份荣耀，不少人家亲自把女儿带来，或者派人送到巴黎。这几个女孩子，是她们父母托付给可敬而又可靠的阿洛伊丝·德·功德月桂夫人照看的。这位夫人是羽林军弓箭队一位将领的遗孀，带着独生女儿离开社交界，隐居在圣母院广场街上自家宅第里。

几位姑娘所在的阳台通一间客厅，客厅四面镶着浅褐色佛兰德皮革壁纸，上面印有金黄色的旋涡叶饰图案。屋顶平行的一道道横梁上，雕刻许多怪异的形象，彩绘加描金，望上去十分悦目。柜橱镂花刻纹，多处镶嵌的珐琅闪耀着光泽。华美的餐具柜上，摆着一个陶瓷的野猪头，柜中的两格表明女主人是方旗骑士的妻子或孀妇。客厅里端是一座高大的壁炉，从上到下饰有纹章。壁炉旁摆一把红色天鹅绒的华丽太师椅，上面坐着德·功德月桂夫人，从面容和衣着打扮上，都能看出她有五旬上下。一位青年侍立在她身边，神态颇为傲慢，那样子虽然有点轻狂，但仍不失一个英俊青年，能令所有女人一见倾心，而会相面的严肃男人见了就要耸肩摇头。他身穿羽林军骑卫队的军装，非常华丽，酷似我们在第一卷欣赏的朱庇特的戏装，因而可以让读者免受赘述之苦。

几位小姐，有的在屋里，坐在带金角的乌得勒支丝绒方垫上，有的在阳台，坐在有花卉人物雕刻的橡木凳子上。她们一同绣一大幅帷幔，各人拉一个角放在膝上，还有一大块拖曳在铺于地板的席子上。

她们喁喁交谈，不时窃笑：大凡姑娘圈子里有一个男青年，她们总是如此。一个青年在场，就足以激发所有女性的虚荣心；可是这个青年，虽然身在一群竞相吸引他注意的佳丽中间，却似乎驰心旁骛，在用他那麂皮手套揩拭皮带的环扣。

老夫人不时低声对他说两句话，他则尽量恭敬地回答，但是那种礼貌显得笨拙而勉强。阿洛伊丝夫人低声和队长讲话，同时笑容可掬，打着会意的小手势，朝女儿百合花瞥上两眼，从而不难看出，他们一定谈到已定的婚约，也就是这个青年和百合花即将成亲之事。然而，从这青年军官冷淡而尴尬的表情上，同样不难看出，至少他这方面已无爱情可言了。他的整个神态表明心里为难而厌倦，而我们今天卫戍部队的少尉们若有这种念头，准会大言不惭地骂出来："真他妈的活受罪！"

可怜母亲心，这位老夫人执意夸自己的宝贝女儿，却看不出青年军官缺乏热情，一再低声让他注意，百合花穿针引线的指法无与伦比，多么精熟灵巧。

"瞧呀，小侄儿，"她拉拉青年的衣袖，对着他的耳朵说，"瞧她那样子！现在她又低下头了。"

"哦，不错。"年轻人答道，随即又沉默了，态度冷淡而又心不在焉。

过了一会儿，青年军官又不得不俯下身，阿洛伊丝则对他说："瞧你这未婚妻，模样儿多喜人，多可爱，到哪儿找去？还有比她更白净的皮肤，更美的金发吗？瞧她那双手，不是十全十美吗？还有她那脖颈，不是同天鹅一样优美，仪态万方吗？有时候，我还真有点嫉妒你！你这个小滑头，生为男子汉，真是天大的福气！我的百合花是个绝色美人，使你迷恋上了，对不对呀？"

"当然了。"青年军官嘴上答应，心中却想别的事。

"你倒是跟她说说话呀，"阿洛伊丝夫人忽然说道，并推推他的肩膀,"去跟她说点什么。现在你变得这么腼腆了。"

我们可以向读者保证,腼腆既不是这位队长的优点,也不是他的缺点。不过,他还是按照夫人的吩咐去做。

"可爱的表妹,"他走到百合花面前,说道,"您在这帷幔上,绣的是什么图案啊?"

"可爱的表哥,"百合花以怨愤的口气回答,"我都对您说过三遍啦,这是海王洞府。"

百合花显然比她母亲看得清楚,队长态度冷淡而又心不在焉。队长无可奈何,只得没话找话,又问道:"这海王洞府图,是给谁绣的呀?"

"是给田园圣安托万修道院绣的。"百合花又答道,眼皮也没抬一抬。

队长拉起帷幔的一角。

"表妹,这个吹喇叭的胖宪兵,腮帮子都鼓起来,他是什么呀?"

"他是海王子特里同。"姑娘回答。

百合花说话干干巴巴,显然还有点赌气。年轻人当即明白,他必须凑到她耳边,对她说点悄悄话,说点无聊的恭维话。于是,他俯下身去,可是,他发挥了全部想象力,所想出的温柔体己话,也无非是这样:"您母亲为什么总穿这种绣纹章的衣裙,就像查理七世时代我们的祖奶奶呢?亲爱的表妹,请您告诉她,现在已经不时兴了;还有,衣裙绣着功德和月桂枝的纹章,她穿着就像会移动的壁炉架子。真的,现在谁也不把自己衣裙的后摆坐在屁股下面了,我向您发誓!"

百合花抬起美丽的眼睛,充满责备地望着他,低声说道:"您向我发誓,只是为这个吗?"

这工夫,阿洛伊丝老夫人看见他俩交头接耳,窃窃私语,心中乐不可支,她一边摆弄祈祷书的搭钩,一边说道:"这爱情图景多动人啊!"

年轻军官越来越尴尬,又回到帷幔这个话题,高声赞道:"这真是好手工啊!"

另一位身穿开领很低的蓝衣裙、皮肤白皙的金发美人,鸽子·德·加伊封丹,这时接过话茬儿,怯生生地对百合花说了一句话,心中却盼望英俊的队长来回答:"亲爱的功德月桂,您见过罗什一居戎府上的帷幔吗?"

"是不是卢浮宫洗衣妇花园里的那个宅子?"狄安娜·德·克里斯特伊笑着问道,她的牙齿很美,因此笑口常开。

"那里有巴黎古城墙那座粗粗的古箭楼。"阿姆洛特·德·蒙米歇尔也叹道;狄安娜爱笑,而这位满头褐鬈发、肌肤鲜艳的美人好叹气,也不知道为什么。

"我亲爱的鸽子,"阿洛伊丝接口道,"您是不是指当年查理六世朝,德·巴克维尔先生的那座府邸呢?那里的竖纹帷幔,确实非常精美。"

"查理六世!国王查理六世!"年轻军官捻捻胡子,咕哝道,"上帝啊!这样的老古董,老夫人都还记得!"

德·功德月桂夫人继续说道:"那帷幔,的确非常漂亮。那做工极受赞赏,都认为非常独特!"

这工夫,七岁的小姑娘贝朗热珥·德·香舍佛里埃,从阳台的梅花格栏杆朝广场张望,忽然叫起来:"哈!瞧呀,百合花教母,那个美丽的姑娘敲着手鼓在跳舞,围了一大圈老百姓!"

果真,巴斯克手鼓响亮的声音传过来。

"是个波希米亚的吉卜赛姑娘吧。"百合花懒懒地扭头望望广场,说道。

"瞧一瞧！瞧一瞧！"几位活泼的女伴嚷道，纷纷跑到阳台边上；百合花也跟了过去，但是脚步缓慢，心里还在琢磨未婚夫为何如此冷淡。这个未婚夫倒是松了一口气，庆幸出点热闹，打断了一场尴尬的谈话，他又回到客厅的另一端，像下了岗的士兵那样喜形于色。按说，陪伴美丽的百合花这样的岗位，本应是一件美差，从前他也是这样认为；然而，年轻军官渐渐心生厌腻，想想婚期迫近，他的态度也就日趋冷淡了。况且，他这个人没有常性；还有一点要挑明说吗？他的趣味相当低下。他出身的门第虽然十分高贵，但是金玉其外，败絮其中，他染上了兵痞的恶习。他最爱出入小酒馆，其后果不言自明。只有讲讲粗话，以军人的方式吊吊膀子，寻花问柳，情场得意，只有干这类不费劲的事情，他才如鱼得水。诚然，他也受过家庭教育，学到一点举止礼仪，可是，他年纪轻轻就过上军旅生活，年纪轻轻就跑遍全国各地，他身上一层贵绅的光泽，被骑卫的军装磨损，日渐消退了。尽管他身上还多少剩点人情世故，隔三岔五还来看看百合花，可是他每次来访，都感到双重的难堪：一则，他到处拈花惹草，浪掷了情爱，留给未婚妻的感情就所剩无几了；二则，他那张嘴讲惯了脏话，一来到这群庄重、规范而又文雅的美貌女子中间，他就提心吊胆，给自己的口套上嚼子，生怕冒出脏话来。想一想，万一说走了嘴，那场面该有多精彩！

不仅如此，在衣着、容貌和仪表方面，他还自视甚高。这类事情，谁愿怎么想就怎么想。我在此仅仅叙述故事。

且说他倚着壁炉的雕刻框架，默默地伫立半响，不知心中想什么还是什么也没想，这时，百合花却突然回头问他话。归根结底，可怜的姑娘跟他赌气，毕竟情非所愿。

"表哥，您不是对我们说过，两个月前您巡夜，从十来个强盗手中救出一个吉卜赛小姑娘吗？"

"我想是吧，表妹。"军官答道。

"那么，"百合花又说，"也许就是在广场上跳舞的那个吉卜赛姑娘。您过来看看，是不是还认得，浮比斯表哥。"

青年军官看出，姑娘特意呼他的名字，邀请他过来，这种雅意中隐含着言归于好的愿望。浮比斯·德·夏多佩队长（从这一章开始读者所见的正是他），这才缓步走到阳台。

"喏，"百合花说着，温存地将手搭在他的胳膊上，"您瞧瞧，那群人圈子里跳舞的那个小家伙，是不是那个吉卜赛姑娘？"

浮比斯望了望，答道："是她，看那只山羊，我就知道是她。"

"嘿！那只小山羊真好看！"阿姆洛特合掌称赞。

"它的角是真金的吗？"贝朗热耳问道。

阿洛伊丝夫人没有离座，也插言道："那个姑娘，是不是去年从吉巴尔门进城的吉卜赛那一伙的？"

"母亲大人，"百合花柔声说道，"那座城门，如今改称地狱门了。"

德·功德月桂小姐知道母亲这种老说法，青年军官会觉得刺耳。果然，他开始讪笑，口中念道："吉巴尔门！吉巴尔门！那是给国王查理六世通行的！"

"教母，"贝朗热耳高声说，她总是东张西望，又突然抬头朝圣母院钟楼顶望去，"那顶上有个穿黑衣裳的人，他是谁呀？"

几位姑娘都举目望去。在北钟楼顶，的确有一个人倚着栏杆，面对着河滩广场。那是一名教士。他的服装，以及双手托住的脸，都能看得清清楚楚。他在那里纹丝不动，好似一尊雕像，眼睛俯视，死死盯住广场。

那一动不动的姿态，就像一只鹞鹰盯着刚发现的一窝麻雀。

"那是若萨的主教代理先生。"百合花说道。

"您眼睛真尖，这么远都能认出来！"加伊封丹小姐说道。

"瞧他那样子，死盯着跳舞的姑娘！"狄安娜·德·克里斯特伊也说道。

"那埃及姑娘可得当心呀！"百合花说，"他不喜欢埃及。"

"他那样望着小姑娘，真不像话，"阿姆洛特·德·蒙米歇尔补充说，"人家的舞跳得多好啊！"

"浮比斯表哥，"百合花忽然说道，"您既然认识那个吉卜赛小姑娘，那就叫她上来吧，好让我们开开心。"

"好啊，好啊！"几位姑娘都拍手嚷道。

"真有点胡闹，"浮比斯说，"恐怕她早把我忘记了，而我连她的名字也不知道。不过，几位小姐既然有这种愿望，那就让我试试吧。"他说着，从阳台栏杆探身叫道："小姑娘！"

跳舞的姑娘这时恰巧没有敲手鼓，她转身朝发出叫声的地点望去，发现浮比斯，明亮的眼睛立刻看直了，舞蹈也戛然停止。

"小姑娘！"队长又喊了一声，同时摆动一根手指叫她过来。

那姑娘又望望他，脸唰地红了，面颊好像燃起一团火，她把手鼓往腋下一夹，穿过惊愕的观众，走向浮比斯叫她的那幢楼房的正门，只见她眼神恍惚，脚步缓慢而又踉踉跄跄，活像被一条蛇迷住的一只小鸟。

不大工夫，客厅的门帘掀起来，吉卜赛女郎出现在门口。她气喘吁吁，满脸羞红，愣在那里，不敢再迈进一步。

贝朗热珥拍起小手。可是，跳舞的姑娘停在门口，还是一动不动。这几位姑娘一看见她，心里都产生一种异样的感觉。本来，她们都不约而同，隐隐约约地渴望取悦于这位英俊的军官，他那光彩夺目的军装成为她们卖弄风情的焦点，自从他到场，她们之间就暗暗展开一场竞争，这在她们内心都不肯承认，但在她们的言谈举止中，还是无时无刻不爆发出来。不过，她们几个姿色大致相当，以相等的武器进行搏斗，因而每个人都有获胜的希望。不料，吉卜赛姑娘一来，却突然打破这种均势。她的确美得出奇，人世罕见，在客厅门口刚一出现，就满室生辉。在这间壅塞的客厅里，在这由帷幔和细木镶壁的幽暗场所，她显得更加美丽，更加光彩照人，远非她在广场上所能比拟。这就好比一只火炬，从阳光下猛然移到黑暗之处。几位贵族小姐都情不自禁地目眩神摇，每人都感到自己的美貌多少受到损伤。因此，恕我冒昧，她们的战线立时改变了，而且无须交换一句话，都能心领神会。女人凭直觉，比男人凭智慧能更快地互相理解，互相呼应。她们都感到来了一个敌手，因而联合起来。只需一滴葡萄酒，就能染红一杯水；若让一群美貌女子染上不快的情绪，只需闯来一个更美的女子，——尤其只有一位男士在场的时候。

因此，吉卜赛女郎受到极大的冷遇。她们从头到脚打量她一番，然后相互看了一眼，这就心照不宣，大局已定了。这工夫，吉卜赛姑娘还等着别人向她有所表示，她心情十分激动，眼皮也不敢抬一抬。

青年军官首先打破沉默，以他那肆无忌惮又自命不凡的口气说道："老实说，还真是一个妙人儿！您觉得怎么样，亲爱的表妹？"

换一个细心人要这样赞扬，至少会压低声音；显然，这样一句品评的话，不宜于消除几位警觉观察吉卜赛姑娘的女性的嫉妒。

百合花以轻蔑的口气，矫揉造作地回答："还说得过去。"

其他几位小姐则交头接耳。

阿洛伊丝夫人出于护女之心，嫉妒的情绪也不亚于其他人，她终于开口，对跳舞的姑娘说："过来，小姑娘。"

"过来，小姑娘。"贝朗热珥重复道；她刚有人家腰那么高，却学大人的话，拿腔拿调，样子很滑稽。

吉卜赛姑娘朝贵妇人走去。

"漂亮的小丫头，"浮比斯也走上前几步，夸张地说道，"不知道我有没有这份无上的荣幸，能被您认出来……"

姑娘抬头冲他粲然一笑，眼神里含着无限柔情，打断他的话："哦，对！"

"她的记性真好。"百合花评论一句。

"唔，提起这事儿，"浮比斯又说，"那天晚上，您逃得真快呀。怎么，我让您害怕吗？"

"哦，不！"吉卜赛女郎答道。

先是一声"哦，对"，又是一声"哦，不"，语气意味深长，不免挫伤了百合花。

"我的美人儿，"这位队长一跟街头姑娘说话，舌头就特别灵便，他继续说道，"您逃跑不要紧，却给我留下一个讨厌的怪物，又是驼背，又是独眼，我想是主教的敲钟人。据说，他是主教代理的私生子，而且生下来就是个魔鬼。他的名字很有意思，叫什么'四季大斋日'①'圣枝主日'②'封斋前的礼拜二'不知道还有什么！反正是要敲钟的一个节日名称！他居然劫持您，就好像您天生是给教堂那些执事预备的！这简直太离谱了。那只猫头鹰，要抢您干什么呢？唉，您说说看！"

"我也不知道。"姑娘回答。

"竟敢如此放肆！一个敲钟的家伙抢一位姑娘，要学子爵的行为！一个下贱人，竟然偷猎贵族的禁脔！这真是件稀罕事。偷鸡不成蚀把米，他付出很大代价。彼埃拉·托特律先生心狠手辣，非常

---

① 四季大斋日：天主教会规定的每季度的3天斋日。
② 圣枝主日：是复活节前的那个星期天。

厉害，从来不轻饶一个无赖；您若是喜欢听，我可以告诉您，那个敲钟的人的狗皮，不被他几下子就剥下来才怪。"

"可怜的人！"吉卜赛女郎叹道，她听了这番话，又想起了耻辱柱受刑的场面。

年轻军官哈哈大笑："牛的犄角！这种怜悯心，给的真是地方，就像一根羽毛插在猪屁股上！我倒愿意像教皇那样大腹便便，只要……"

他猛然住口："对不起，女士们！恐怕我要顺口说出什么蠢话了。"

"呸，先生。"加伊封丹小姐来了一句。

"对什么人说什么话，他讲的是这个贱丫头的语言！"百合花低声说道，心中越来越气恼。这位队长欣赏吉卜赛姑娘，尤其还孤芳自赏，以大兵那种粗野天真的方式，围着人家转，大献殷勤，反复说道："凭我的灵魂起誓，真是个漂亮的姑娘！"百合花见他这副样子，怨恨的情绪有增无减。

"穿戴可相当粗俗。"狄安娜·德·克里斯特伊笑着说，露出美丽的牙齿。

这一看法好似一道光线，启迪了其他几位，使她们看到吉卜赛女郎的弱点。既然攻不动她的美貌，那就扑向她的服饰。

"这话真不错，小姑娘，"蒙米歇尔小姐说道，"你怎么养成这种习惯，不戴披巾，也不穿胸衣，就满街乱跑呢？"

"这裙子也短得没法儿瞧。"加伊封丹小姐也补充说。

"亲爱的，"百合花语气尖刻，接茬儿说道，"您扎着镀金的腰带，若是让警官撞见，非被抓去不可。"

"小姑娘，小姑娘，"克里斯特伊残忍地冷笑道，"你若是体面点儿，穿上带袖子的衣裳，胳膊就不会晒成这样了。"

这个场面，真该给比浮比斯聪明的人瞧瞧：这几位美丽的姑娘恼羞成怒，摇其毒舌，像蛇似的围着这个街头舞女，盘曲游动，纠缠不休。她们既残忍无情，又温文尔雅，施展吹毛求疵的本领，从她这身缀满金属饰片的、寒碜而又轻佻的服装上找话茬儿，狡黠地大做文章，又是嘲笑，又是讥讽，没完没了地羞辱人。冷嘲热讽的话语、居高临下的慈悲、恶毒凶狠的目光，一齐朝吉卜赛姑娘袭来。这个场面，真像古罗马的贵族小姐少妇拿美丽的女奴取乐，用金针深深刺进那女奴的胸脯；又好似一群鼻孔张开、眼睛冒火的雄健的猎犬，围着主人用目光禁止它们撕咬吃掉的一只牝鹿。

　　在这些大家闺秀的眼中，一个街头的穷舞女又算得什么呢？她们似乎根本不考虑有她在场，当着她的面就对她评头品足，高声讲给她本人听，就好像谈论什么相当龌龊、相当下流而又相当漂亮的东西。

　　对于这些讥刺，吉卜赛姑娘并非满不在乎，她不时因受辱而羞红，眼睛里或面颊燃起怒火，嘴唇翕动，仿佛要讲出一句轻慢的话，或者撇撇小嘴，做出读者熟悉的藐视的神态。不过，她始终伫立不动，一声不吭，注视着浮比斯，眼含着隐忍、忧伤而温柔的神色，同时也饱含着幸福和深情，就好像她怕被赶走，只好竭力克制自己。

　　浮比斯倒是笑嘻嘻的，站到吉卜赛姑娘一边，态度又怜悯又放肆，将金马刺碰得直响，反复说道："让她们说去吧，小姑娘。您的穿戴有点奇特，有点粗野，可是，对您这样一位可爱的姑娘，又能有什么妨害呢？"

　　"上帝啊！"金发的加伊封丹小姐挺起天鹅般的脖颈，带着酸溜溜的微笑高声说道："看来，羽林军弓箭手先生们，碰到埃及姑娘的美丽眼睛，很容易激动啊！"

　　"有何不可呢？"浮比斯回敬道。

　　队长顺口回答的话，就像随意抛去的石子，没人注意落到哪里。鸽子咯咯笑起来,于是,狄安娜、阿姆洛特、百合花,也都跟着大笑,百合花还笑出了眼泪。

吉卜赛姑娘本来目光低垂,看着地面,她听到鸽子·德·加伊封丹的话,就抬起头来,重又凝视浮比斯,眼睛闪耀欣喜和自豪的神采。此时此刻,她的确光艳照人。

老夫人目睹这种场面,觉得受了伤害,又不明白怎么回事。

"圣母啊!"她突然叫起来,"是什么东西在我的腿中间乱动?哎呀!讨厌的畜生!"

原来是小山羊来找主人,冲了过来,犄角一下子挂着老夫人坐下时堆在地上的裙摆。

这是个插曲。吉卜赛姑娘仍然不说话,把小山羊解救出来。

"嘿!这只小山羊,脚也是金子的!"贝朗热珥嚷着,高兴得跳起来。

吉卜赛姑娘半跪下来,用脸蛋儿亲着小山羊的头,就好像请她原谅刚才丢下它。

这时,狄安娜凑到鸽子的耳畔。

"天啊!我怎么早没有想到呢?她就是带山羊的那个吉卜赛姑娘啊!听说她是女巫,她这山羊能搞许多神奇的把戏。"

"那好啊,"鸽子说道,"那就让山羊显显神通,再给咱们开开心。"

狄安娜和鸽子都催促吉卜赛姑娘:"小姑娘,快点让你的山羊显显神通!"

"我不懂你们要说什么。"舞女答道。

"神通,就是魔法,说穿了,就是巫术啊。"

"不明白。"吉卜赛姑娘开始抚摩小山羊,重复叫道:"佳利!佳利!"

这时，百合花发现山羊脖子上挂着一个绣花皮荷包，便问吉卜赛姑娘："这是什么？"

吉卜赛姑娘抬起大眼睛，庄重地回答："这是我的秘密。"

"我倒要了解你这是什么秘密。"百合花心中暗想。

这工夫，老夫人面带愠色，站立起来，说道："哼！吉卜赛小姑娘，既然你，还有你的山羊，都不能给我跳个舞，那么还待在这里干什么呢？"

吉卜赛姑娘没有应声，缓步朝门口走去；但是离门口越近，她的脚步越慢，仿佛被不可抗拒的磁石吸引住。她猛然回头，噙着泪水的眼睛望着浮比斯，停下了脚步。

"真正的上帝啊！"队长高声说道，"不能说走就走啊！回来吧，给我们跳个舞。顺便问一下，我的小美人儿，您叫什么名字？"

"爱丝美拉达。"姑娘答道，眼睛还一直盯着他。

听到这么古怪的名字，几位小姐又是一阵狂笑。

"哎呀！"狄安娜说，"一位小姐，起这样可怕的名字！"

"这回你们该明白了吧，"阿姆洛特也说道，"她就是女巫。"

"亲爱的，"阿洛伊丝夫人提高嗓门，庄严地说道，"您父母给您起的这个名字，总归不是从洗礼圣水盘里钓上来的吧？"

这工夫，小贝朗热珥趁大家不注意，用一块小杏仁饼，把山羊引到客厅的角落去，两个很快就成了好朋友。小姑娘好奇，把山羊脖子上挂的荷包解下来，再打开，将包里的东西全部倒在席子上。原来是一组字母，分别刻在黄杨木的一个个小木块上。木块刚刚抖搂出来，小姑娘就惊奇地看见山羊用金脚扒拉出几个，轻轻推着排列起来，也许这就是它的一种神通。不大工夫，几个字母就构成一个词，而山羊毫不犹豫，就好像它会写字似的；贝朗热珥佩服极了，合起小手，突然嚷道："百合花教母，快来看呀，山羊多能耐！"

百合花跑过去一看，浑身不寒而栗。字母在地板排列成这样一个词：

　　浮　比　斯

"这是山羊写的吗？"百合花问道，说话的声调都变了。
"是呀，教母。"贝朗热珥回答。
不容怀疑，小姑娘根本不会写字。
"这就是她的秘密！"百合花心想。
听到孩子的喊声，母亲、几位小姐、吉卜赛姑娘、军官，所有人都跑了过去。
吉卜赛姑娘看见小山羊干了蠢事，她的脸一阵红一阵白，好像犯了罪一样，在军官面前发抖；而军官又得意又惊奇，笑呵呵地看着她。
"浮比斯！"几位小姐十分惊讶，小声议论，"这是队长的名字呀！"
"您的记忆力实在惊人！"百合花对吓呆了的吉卜赛姑娘说。接着，她放声大哭，两只美丽的手捂住脸，痛苦地抽泣着说："噢！她是个女巫！"然而，内心深处有个更凄楚声音对她说："她是情敌！"
百合花当场晕倒在地。
"孩子呀！孩子呀！"母亲惊慌失措，拼命呼唤，"滚蛋，你这地狱冒出来的吉卜赛女人！"
眨眼工夫，爱丝美拉达拾起闯了祸的字母，招呼佳利，从一扇门出去；与此同时，百合花则被人从另一扇门抬走。
浮比斯队长独自一人，在两扇门之间犹豫片刻，最后还是决定去追吉卜赛姑娘。

249

二　教士和哲学家原本两路人

　　如上文所述，几位姑娘望见圣母院北钟楼顶上，有个教士俯瞰广场，死盯着跳舞的吉卜赛姑娘，那正是主教代理克洛德·弗罗洛。

　　想必读者没有忘记，在这座钟楼里，主教代理保留了一间密室。（顺便说一句，今天还能看到的小屋，不知道是不是那一间，在钟楼基座的平台上，从一人高的朝东小方窗洞可以看见室内：那是一间陋室，里面光秃秃的，空空如也，破烂不堪，墙壁涂抹粗灰泥，挂着几幅发黄的拙劣版画，画面是几座主教堂的正面建筑。据我推想，那个幽洞里有蝙蝠和蜘蛛同居竞争，因而苍蝇遭受双重的歼灭战。）

　　每天日落前一小时，主教代理就登上钟楼，关在这间斗室里，有时就在里面过夜。且说这一天，他来到幽室的低矮小门前，从行走坐卧不离身的腰包里，掏出一把极复杂的小钥匙，插进锁孔要开门，忽然听见手鼓和响板的声音，从教堂前广场传过来。我们说过，那间小屋只有一个窗口，还是朝教堂后面。克洛德·弗罗洛急忙拔出钥匙，过了一会儿，他就登上钟楼顶，正是几位小姐望见的那副阴沉凝注的样子。

　　他伫立在那里，一动不动，神态严峻，眼睛只盯住一个目标，心里只有一个念头。整个巴黎在他的脚下，只见建筑物的尖塔林立，天边丘峦环抱，桥下的河流斗折蛇行，街道上人流滚滚，半空中烟云雾霭，而屋顶则鳞次栉比，环连波动，从四面八方进逼圣母院。然而，于全城中，主教代理只看地面的一点，即圣母院广场；

于熙熙攘攘的人群中,他只看一个身影,即那个吉卜赛女郎。

很难说那是什么性质的目光,何以像喷射的火焰。那目光凝注固定,但又紊乱浮动。他全身那么深沉地僵伫,只是偶尔机械地颤动一下,犹如风中的大树;他的双肘那么板滞,比他所撑的栏杆更像石头;他的脸抽搐所泛起的笑意,又那么凝结僵化,看到这整个姿态,真可以说克洛德·弗罗洛从上到下,只有两只眼睛还活着。

吉卜赛姑娘舞姿翩翩,用指尖顶着旋转的手鼓,一边抛向空中,一边跳着普罗旺斯萨拉班德舞,她身轻如燕,又灵活又欢快,全然不觉沉重落到她头上的可怕目光。

她周围聚集许多观众;一个身穿红黄两色衣衫的汉子,不时起来打打场地,然后又退下去,坐到离跳舞的姑娘几步远的一张椅子上,将小山羊脑袋搂在双膝上。显而易见,他是吉卜赛姑娘的伙伴。但是,克洛德·弗罗洛居高临下,看不清他的脸面。

主教代理发现那个陌生男人之后,注意力似乎分摊到跳舞的姑娘和那汉子两人身上,而神色也越来越阴沉了。他猛然直起身,从头到脚一阵战栗,恨恨地自言自语:"那个人是谁?我看她总是单独一个人啊!"

于是,克洛德·弗罗洛又冲到盘旋的拱顶之下,顺着螺旋梯下楼,经过半开的钟笼小门时,看到一个令他吃惊的情况:卡希魔多趴在很像大百叶窗的青石板披檐开口处,也在注视着广场,正全神贯注,没有发觉义父从身边经过。他那只带有野性的独眼神情奇特,是一种陶醉而温柔的目光。"真是怪事!"克洛德自言自语,"他这副样子,难道也在看吉卜赛姑娘吗?"主教代理脚步未停,继续下楼,不大工夫,他就从钟楼底下的侧门出去,心事重重地走到广场。

"吉卜赛姑娘哪儿去啦?"他挤到人群中,问这些被手鼓声招来的观众。

"不知道，"旁边的一个人回答，"她刚刚走掉。对面那座房子有人叫她，我想，她去那里跳凡丹戈舞了吧。"

刚才，吉卜赛姑娘舞姿翩翩，遮住了地毯上的藤蔓花图，现在她不见了，在这同一条地毯上，换了那个身穿红黄两色衣衫的男人，他为了挣几个小钱，也在走圆场，只见他双手撑着后腰，头朝后仰，脖子绷紧，脸涨得通红，用牙齿咬住一把椅子的横掌，而椅子上绑着一只吓得嗷嗷直叫的猫，是一个女邻居借给他的。

这个卖艺的人顶着椅子和猫构成的金字塔，额头上豆大的汗珠直往下淌，他走到主教代理的面前时，主教代理不禁惊叫一声："圣母啊！彼埃尔·格兰古瓦先生在干什么呀？"

听到主教代理的这声断喝，可怜的家伙十分震惊，头上的金字塔立刻失去平衡，椅子和猫全掀下来，砸到观众的头上，激起了一片笑骂和嘘声。

此公正是彼埃尔·格兰古瓦，如果他不按照主教代理的示意，趁着混乱之机，跟随主教代理躲进教堂里，那么借给他猫的女邻居，以及周围有的脸被砸伤或抓伤的人，很可能不会轻饶他。

这时，大教堂里已经昏暗，空无一人了。大殿四周的回廊笼罩在黑暗中，拱顶漆黑一片，两厢小礼拜堂上了灯，如同闪烁的星星。唯独教堂正门上的大圆窗映着夕阳，在幽暗中像一堆宝石一般五光十色，一直返照到大殿的另一端。

他们二人进了教堂，又走了几步，堂·克洛德就往柱子上一靠，眼睛盯住格兰古瓦。这倒不是格兰古瓦所害怕的目光，按说，他穿着这身小丑衣衫，被一位严肃而博学的人物撞见，的确感到无地自容；然而，教士的目光毫无讥讽和嘲笑的意味，而是一副严肃、沉静而洞察秋毫的神色。主教代理首先打破相对无言的局面。

"说说看，彼埃尔先生。许多事情，您得向我解释解释。先问问您,差不多有两个月不见您的踪影,今天却在街头相遇,真不敢相信我的眼睛!您穿着这样奇特的服装,半红半黄,就像科德贝克那地方的苹果,这究竟是怎么回事?"

"先生,"格兰古瓦一副可怜相,说道,"这身打扮确实很古怪,您见我这样子,会觉得比一只猫顶个葫芦瓢还丢人现眼。我自己也感到这样太差劲,存心招惹警官先生们举起棍棒,敲打这件衣衫里毕达哥拉斯派哲学家的肩胛骨!然而,尊敬的师傅,有什么办法呢?只怪我那件旧外套,刚一入冬,它就卑鄙地把我抛弃了,借口什么烂成破布片,该到收破烂的大筐里休息了。怎么办呢?文明还没有像从前第欧根尼所提倡的那样,发展到了人可以裸体上街的程度。何况,现在寒风呼号,总不能选择这一月份,让人类接受走出新的一步。碰巧这件衣衫出现在我的面前,我就穿上了,把身上的那件破旧的黑袍扔掉了:我这样一个隐士穿着那件黑袍,身体也太不隐蔽了①。因此,我就像圣热内斯特②那样,穿上小丑服了。有什么办法呢?这是一种权宜之计,就连阿波罗,不是也给阿德墨托斯看过猪嘛。"

"您这儿干的可是好行当啊!"主教代理又说了一句。

"师傅,我承认最好搞搞哲学,写写诗,吹吹炼金炉火,或者接受天火,干什么都胜过把猫捧上天。因此,刚才您叫我的时候,我就是套上烤肉转叉的驴子那副蠢相。可是,您叫我有什么办法呢?人天天都得生活呀!最美的亚历山大体诗句,在嘴里嚼起来到底不如布里地区的一块奶酪!我为佛兰德的公主玛格丽特创作了脍炙人口的婚礼赞歌,这您是知道的,然而,这座城市当局分文不给,借口说写得不精彩,就好像索福克勒斯的一部悲剧,他们能给

---

① 原文有文字游戏的意味。
② 圣热内斯特:古罗马的圣徒,为传播基督教而殉道,临刑时被迫穿上小丑服装。

上四枚银币似的！就这么着，我要给饿死了，幸而我发现，我这下巴颏儿还算结实点儿，于是就对下巴颏儿说：'你就耍耍把戏吧，自己养活自己。'一大帮乞丐成了我的好朋友，他们教了我许多卖块儿的把戏；现在，每天晚上我给牙齿面包呀，也是白天牙齿卖力气，脑袋流大汗挣来的。话又说回来，我得承认，对我的智能来说这毕竟是大材小用，而人生来，不是为了打手鼓和咬椅子过一辈子的。不过，尊敬的师傅，过一辈子谈何容易，还得挣口饭吃啊！"

堂·克洛德默默地听他讲，突然，那深陷的眼睛露出机锋，十分锐利，格兰古瓦当即感到，那目光简直探入他的灵魂深处。

"很好，彼埃尔先生，不过，您现在同那个跳舞的埃及姑娘搭伴，这又是怎么回事呢？"

"这还用问！"格兰古瓦答道，"她是我妻子，我是她丈夫呀。"

教士阴森的眼睛冒出火光。

"混蛋！你干出这种事来？"他恶狠狠地抓住格兰古瓦的胳膊，吼道，"你就这么被上帝唾弃了，居然去碰那种女人？"

"凭我上天堂的福分起誓，大人，"格兰古瓦浑身发抖，答道，"我从来没有碰她，如果，如果您担心的就是这事的话。"

"那你怎么又说什么丈夫妻子的？"教士又问道。

于是，格兰古瓦赶紧讲了他这段经历，尽量简洁地叙述一遍他在奇迹宫的遭遇，以及摔罐成亲的事，这些情况读者已经知道了。显然，这场婚姻有名无实，每天夜晚都像头一天那样，吉卜赛姑娘赖掉新婚之夜。

"这真是一个苦果，"最后他说道，"不过，只怪我命不好，娶了一位圣处女。"

"您这话是什么意思？"主教代理问道，他听了这番叙述，情绪逐渐平静下来。

"很难解释清楚,"诗人回答,"这是一种迷信吧。那里一个称作埃及公爵的老家伙告诉我,我妻子是个弃儿,或者是丢失的孩子,反正这是一码事儿。她脖子上戴了一个护身符,据说能保佑她日后找到父母,可是,如果那姑娘失去贞操,护身符就不灵了。因此,我们两个人都守身如玉。"

"这样说来,"克洛德又说道,他的脸色越来越舒展开朗了,"彼埃尔先生,您认为那个女人,任何男子都没有亲近过?"

"堂·克洛德,您让一个男人如何对付一种迷信呢?这事儿深深印在她的头脑里。我认为她生活在极容易狎昵的吉卜赛女人之间,还像修女一样坚守贞节,真是天下少见!不过,倒有三样东西,她可以用来保护自己:一是埃及公爵,成为她的庇护人,也许打算将来把她卖给不中用的神父;二是她那整个部落,人人都特别敬重她,把她视为圣母;三是有一把小匕首,那个泼辣的姑娘不顾府尹大人三令五申,总藏在身上,只要有人想搂她的腰,小匕首就立刻钻出来。总之,她是只马蜂,很不好惹!"

主教代理一再盘问格兰古瓦。

按照格兰古瓦的判断,爱丝美拉达是个善良可爱的姑娘,模样儿很美,只是有个爱撇嘴的习惯;她既天真又热情,对什么事都热心,什么又都不懂,甚至还不知道男女有什么差别,即使在梦中也不知道;天生就是这样。她特别喜欢跳舞,喜欢热闹,喜欢到处跑,是一种蜜蜂式的女人,脚上生了无形的翅膀,一生总是飞来飞去。这种性情,是她在一直流浪的生活中养成的。格兰古瓦还了解到,她很小的时候,就走遍了西班牙和卡塔卢尼亚,乃至到过西西里岛;格兰古瓦还认为,她所在的那群茨冈人车队,曾带她去过阿尔及尔王国;那个王国位于阿哈伊亚,而阿哈伊亚则一边毗邻希腊和蕞尔小国阿尔巴尼亚,另一边濒临西西里海,因此能通往君士坦丁堡。格兰古瓦说,吉卜赛人是阿尔及尔国王的臣民,因为他是白摩尔人整个民族的首领。有一点是肯定的,爱丝美拉达很小的时候,是经由匈牙利来到法国。这个小姑娘从她经过的地方,学会了支离破碎的奇特的方言土语,学会了一些外族的歌曲和意念,因而,她的语言是个大杂烩,好比半是巴黎式、半是非洲式的服装。再说,她常去的那些街道的居民都很喜欢她,喜欢她喜气洋洋和可爱的样子,喜欢她天真活泼的性情,喜欢她的舞蹈和歌声。她认为全城只有两个人恨她,一提起来她就心惊胆战:一个是罗朗塔的麻袋女,即那个可恶的隐修女,不知为什么那样憎恨埃及女人,可怜的跳舞姑娘每次从她的窗口经过,都要挨她的咒骂;另一个是教士,只要相遇,总向她投去恶毒的目光和话语,令她不胜恐惧。主教代理听了后面这一点,非常局促不安,但是格兰古瓦没大注意:这位诗人太不虑事,不过两个月工夫,那天夜晚碰见埃及姑娘的特殊情景,以及主教代理在其中所起的作用,他都忘得一干二净。好在这个跳舞的姑娘没什么可担心的,她不给人算命,可免遭被人控告兴妖作怪,而埃及女人经常因为这种事吃官司。再者,格兰古瓦算不上她丈夫,总可以充当她的兄长。归根结底,这位哲学家十分忍耐,能接受这种柏拉图式的婚姻。反正有个栖身之处,有充饥的面包。每天早晨,他从丐帮的巢穴出发,经常是和这个埃及姑娘同行,在街头帮她收收鹰币和小银币;每天傍晚,和她回到同一住所,由着她进小屋里锁上房门,他本人也能睡个安稳觉。他说,这种日子,总的来看,还是相当甜美,相当适于幻想的。况且,凭良心说,这位哲学家并不十分肯定,自己就痴情地爱那个吉卜赛姑娘。他几乎也同样爱那只小山羊。那是个可爱的动物,又温柔,又聪明,又伶俐,是只通人性的山羊。这种训练有术的动物,在中世纪是常见的,它们令人赞叹不已,也能把驯兽人引到火刑的柴堆上。那只金蹄山羊的巫术妖法,其实完全是无害的小聪明。格兰古瓦向主教代理解释说,那类小把戏看来十分吸引人。在大多数情况下,只需以不同的方式把手鼓递过去,就能让山羊敲出规定的鼓点。这是吉卜赛姑娘训练出来的,她那样心灵手巧的人也确实少见,只花了两个月工夫,就教会山羊用活字块拼成"浮比斯"。

"浮比斯!"教士说,"为什么拼浮比斯呢?"

"我也不知道,"格兰古瓦回答,"也许她相信这是具有神秘魔力的咒语吧。她以为周围无人的时候,就常常小声念叨这个词。"

"您就这么肯定,"克洛德以犀利的目光注视他,又问道,"这不是人名,仅仅是一句咒语吗?"

"谁的名字?"诗人反问道。

"我怎么知道呢?"教士回答。

"师傅,我是想当然。那些吉卜赛人都有点信拜火教,崇拜太阳,所以就念叨浮比斯。"

"我看未必如此,彼埃尔先生。"

"反正这与我不相干,随她怎么念叨她的浮比斯吧。有一点是肯定的,就是佳利爱我几乎像爱她一样了。"

"佳利是什么?"

"是那只小山羊。"

主教代理以手托腮,似乎沉思了片刻。继而,他猛然转身,又问格兰古瓦:"你能向我发誓没有碰过她吗?"

"碰过谁呀?小山羊吗?"格兰古瓦问道。

"不是,我指的是那个女人。"

"是指我妻子啊!我向您发誓没有碰过。"

"你经常单独跟她在一起吗?"

"对,每天晚上,待上一小时。"

"哼！哼！单男和独女在一起，可想而知，他们是不会念主祷文的。"

"我以灵魂发誓，即使我念'主祷文''圣母颂'，即使我念'信仰上帝我们万能的父'她也不会注意我，就像一只母鸡不会注意教堂一样。"

"拿你母亲的肚子发誓，"主教代理恶狠狠地又说，"你一手指头也没有碰过那女人。"

"我还可以拿我父亲的头发誓，因为，这两样有不少关系。不过，我尊敬的师傅，请允许我也提一个问题。"

"说吧，先生。"

"这同您又有什么关系呢？"

这么一问，主教代理的苍白面孔刷地红了，就跟大闺女似的，他半响没应声，然后十分尴尬地说："请听我说，彼埃尔·格兰古瓦先生，据我观察，您还没有被判处下地狱。我关心您，是为您好。那个魔鬼般的埃及女人，您只要稍微碰一碰，就会变成撒旦的奴仆。要知道，总是肉体毁掉灵魂。您若是亲近那个女人，必将大祸临头！事情就是这样。"

"我倒试过一次，"格兰古瓦搔着耳朵说，"那是在新婚之夜，不料我给蜇了一下。"

"您怎么这样无耻呢，彼埃尔先生？"

教士的脸色又阴沉下来。

"还有一回，"诗人笑嘻嘻地继续说，"在睡觉之前，我从她房门的锁孔里往里瞧，看见她只穿着内衣，光着脚丫，踩得帆布床轧轧直响，那真是秀色可餐的绝色美人！"

"见鬼去吧！"教士大喝一声，眼睛露出凶光，猛力一推惊愕的格兰古瓦的肩膀，随即大步走进拱顶最黝黯的大殿。

三　钟

　　从耻辱柱受刑那天的早晨起，圣母院周围的居民发觉，卡希魔多的钟乐演奏的热情大大减退了。以前，动辄钟声齐鸣，有从初课延至终课的长鸣钟，有大弥撒的大鸣钟，还有婚礼或洗礼的小鸣钟，各种音丝声线在空中交织而成色彩斑斓的绣锦。这座古老的教堂，整个儿颤动，整个儿鸣响，始终洋溢着钟声的常乐，令人时时感到，这里有个喧闹而任性的精灵，通过这一张张大铜口歌唱。然而现在，这个精灵仿佛消逝了，大教堂显得死气沉沉，甘愿保持缄默了。无论节日还是葬礼，钟仅仅敲响而已，声音干枯而无华采，勉强应付礼仪的需要。一座教堂总有两套音响：管风琴奏于内，钟声鸣于外，而现在只剩下管风琴的声音，就好像钟楼里没有乐师了。其实，卡希魔多始终都在。他发生了什么变化呢？莫非在刑台上受辱蒙羞，创巨痛深，还耿耿于怀吗？莫不是执刑吏的鞭笞，还一声声在他的心灵中不断回响，而遭此酷刑所产生的巨痛深悲，使他万念俱灭，连对钟的热情也熄灭了呢？抑或在圣母院敲钟人的心中，大钟玛丽有了情敌，她和十四个姊妹遭到冷淡，是因为他有了更美更可爱的目标呢？

　　在一四八二这个喜庆之年，三月二十五日星期二恰是天使报喜节[①]。这一日天清气爽，卡希魔多也感到对钟姊妹多少恢复了些爱

[①] 这一天，天使向玛利亚报喜，说她有了身孕，后来便生下了耶稣。

心,于是,他登上北钟楼。与此同时,教堂执事打开所有的门。当年圣母院的门都是硬木制作的,包着皮革,四周用金头铁钉铆住,门框则尽是"巧夺天工的"雕刻。

卡希魔多走进高大的钟笼,注视那六口钟好一会儿,忧伤地摇摇头,仿佛哀叹他心中有什么异物将她们和他隔开。然而,他一旦把六口钟推动,一旦感到这串钟在他手中摇晃起来,看见(因为他听不见)八度音活跃了,顺着音阶忽上忽下,犹如一只小鸟在枝丫间跳跃,而音乐之魔一旦摇起金光闪闪的串铃,发出颤音和琶音,迷住这可怜的聋子,他就重又快活起来,忘掉一切,重又心花怒放,笑逐颜开了。

他窜来窜去,连连拍手,从一根钟绳跳到另一根钟绳,用喊声和手势鼓舞这六名歌手,如同一位乐队指挥激励着天才音乐家的演奏。

"好哇,"他说道,"好哇,加布里埃珥!将你的声响全部倾泻到广场上。今天过节呀!……还有你,蒂博,别偷懒呀,你可慢下来了。加油,加油啊!你这懒虫,锈住了怎么的?……这才像样!快呀!快呀!不要让人看见铜舌!叫他们跟我一样,耳朵全都震聋了。对啦,蒂博,好好干!……纪尧姆!纪尧姆!你是最胖的;帕斯齐埃是最小的,可是唱得最欢。咱们打赌,凡是听得见的人,准都觉得她比你响亮。……很好!很好!我的加布里埃珥,大点声!再大点声!……喂!你们这两只麻雀,在上边干什么呢?我怎么看不见你们一点响声呢?……你们铜口怎么回事,这是唱歌,怎么像打呵欠呢?可得卖点力气呀!今天是报喜节。外面多好的太阳。也应当奏好钟乐。……可怜的纪尧姆,我的胖子,你都累得喘不过气来啦!"

卡希魔多一个劲儿地催促他的钟,只见这六口钟都竞相欢跳,摇摆着亮晶晶的臀部,就像被车夫吆喝驱赶的几头喧闹的西班牙骡子。

他偶尔垂下目光,从钟楼陡壁半腰的青石板披檐缝间俯瞰,忽见一个穿戴奇特的姑娘停到广场,往地上铺了一块地毯,一只小山羊立刻跳上去,而看热闹的人也围成了一圈。他看到这一场景,思路顿时改变,音乐的热情骤然凝结,如同融化的松脂一见冷风便凝固一样。他住了手,转身不再理睬鸣钟,却蹲到青石板披檐后面,凝望那跳舞的姑娘,沉思的目光充满柔情蜜意。已经有过一次,这种目光令主教代理深为诧异。这工夫,几口钟被丢到一边,都突然一齐停止鸣响。钟乐爱好者正在货币兑换所桥上聆听,不禁非常失望,离去时的那种愕然神情,不啻用骨头引来又投以石块的一条狗。

四　命运

　　且说就在这三月份的一天，想必就是二十九日星期六，圣欧斯塔什节吧，我们的青年朋友、大学生磨坊约翰·弗罗洛早晨起来，要穿衣服的时候，发觉放钱包的裤子里没有发出金属的声响。他从腰兜里掏出钱袋，叹道："可怜的钱袋！怎么，一文钱也没有啦！骰子、啤酒和维纳斯多么残忍，把你的五脏六腑都掏空啦！瞧你这皱巴巴、软塌塌的样子，真像一个泼妇的乳房！西塞罗和塞内加两位老先生，我看你们的硬皮书扔了满地，请问我学问再大有什么用呢？我身上连一小枚黑鹰铜子都没有，不能碰碰掷骰子的运气，就算我胜过钱币总监，胜过货币兑换所桥上的一名犹太人，知道一枚王冠金埃居价值合三十五枚面值为二十五苏八德尼埃巴黎币的安赞，一枚新月银埃居合三十六枚面值二十六苏六德尼埃图尔币的安赞，又有什么用呢？唉！西塞罗执政官！这样一种灾难，不是使用迂回修辞法，加几个'同样'如何如何，'其实'如何如何，就能摆脱得了的！"

　　他伤心地穿好衣裳，在系短皮靴的带子时，萌生了一个念头，但立刻排除了，不料驱而复来，弄得他把背心都穿反了，表明他内心斗争得很剧烈。终于，他把帽子往地上一摔，嚷道："豁出去啦！管它会怎么样呢。我这就去找我哥哥。我会找一顿训斥，但也能弄到一枚银币呀。"

于是，他匆忙地穿上毛皮镶边的外套，拾起帽子戴上，义无反顾地出去了。

他沿着竖琴街走向老城，经过小号角街的时候，闻到不断转动的著名烤肉叉的阵阵香味，嗅觉器官直痒痒，不禁以爱恋的目光瞧瞧那家大烧烤店，正是那家烧烤店，有一天方济各会修士卡拉塔吉隆见了，曾发出这样的悲叹："这烧烤店令人惊愕，真是名不虚传！"可惜约翰没有钱吃饭，只好长叹一声，钻进小堡的门拱，穿过拱卫老城大门的呈双梅花形的几座大塔楼。

他从佩里奈·勒克莱克的可耻雕像前经过，甚至没有工夫按照习惯扔去一块石子：那家伙在查理六世朝代把巴黎城献给英国人，因为这种罪恶，他的雕像脑袋被石块砸烂，浑身被泥巴涂脏，在竖琴街和比西街口赎罪已有三百多年，如同永远钉在耻辱柱上。

过了小桥，又大步流星穿过圣日内维埃芙新街，磨坊约翰便到了圣母院的门前，忽又犹豫起来，绕着勒格里先生的雕像走了片刻，惴惴不安地念叨："挨训确定无疑，银币可没有把握！"

他拦住一名从修院出来的执事，问道："若萨的主教代理先生在哪儿？"

"我想，他是在钟楼上的那间密室吧，"执事回答，"不过，我劝您不要去打扰他，除非您是教皇或者国王那种人派来的。"

约翰拍起手来，说道："见鬼！这真是大好机会，去看看那间有名的巫术小屋。"

有了这种想法，他就把心一横，步伐坚定地钻进一道小黑门，开始攀登通向钟楼顶层的圣吉勒旋梯，边走边叨叨咕咕："我就要看见啦！凭圣母的大乌鸦发誓！我那尊敬的老哥的密室，像家丑一样隐藏，里边一定有名堂！据说，他在那里点起地狱的炉灶，用旺火煮炼金石。上帝啊！在我看来，炼金石不过是普通的石头。世界上最大的炼金石,我也不稀罕,我宁愿在他的炉灶上找到复活节的猪油荷包蛋!"

登上小圆柱走廊,他喘息片刻,骂了几百万车鬼话,恨透了走不到头的楼梯,这才钻进北钟楼如今已谢绝参观的那扇小门,继续往上攀登,过了钟笼不大工夫,便看见侧面壁龛有个小过道,连着一扇低矮的尖拱小门;从小门对面楼梯圆壁上开出的枪眼张望,能瞧见那把大锁和牢固的铁护板门。如今谁若是好奇,想见识一下那道小门,就会从发黑的墙壁上辨认出刻的白文:"我爱柯拉莉。一八二九。签字:雨仁①。""签字"也是原来就有的。

"唔!"学生约翰自言自语,"无疑是在这里了。"

钥匙就插在锁眼里,门是虚掩着。他轻轻推开一条缝,探进头去。

读者大概翻阅过绘画的莎士比亚,伦勃朗的精彩作品。在许多美妙的版画中,尤其有一幅铜版画,据猜测是表现浮士德的,任何人欣赏都会感到目眩神摇。画面是一间黝黯的斗室,正中摆一张大桌案,桌案上堆满各种丑陋可怕的物品,有人的头骨、地球仪、蒸馏器、圆规、象形文字羊皮书等等。浮士德博士身穿肥大的黑袍,皮帽子一直扣到眉毛上,坐在大桌案前。只能看见他半身。他从巨大的椅子上欠起身,两个拳头撑着桌面,惊奇而又恐惧地凝视由魔幻字母排成的大光圈:那光圈映在对面墙壁上,犹如进入那间暗室的太阳的幽灵。这玄妙的太阳似乎在眼中颤动,以它神秘的光辉,照得斗室一片灰白色。这情景既美又可怕。

约翰微微推开门,试着探进头去,所见的情景颇像浮士德的斗室。同样是一间黝黯的小屋,几乎没有什么光线。也有一把大椅

---

① 作者的兄弟欧仁·雨果可能于1823年被拘禁在圣母院。

子、一张大桌案,也有圆规、蒸馏器,动物骨架吊在天棚上,一个地球仪滚在地下,马头瓶和里面金叶颤动的大口瓶混杂,人的头骨放在涂满图形和文字的犊皮纸上,巨卷手稿完全摊开,毫不怜惜羊皮纸折了角;总而言之,全是科学的垃圾,这一大堆破烂上,又到处是灰尘和蜘蛛网;但是没有画面上的那种文字的光环,也没有像老鹰凝望太阳那样,对着烈焰幻景静观的博士。

当然,密室也不是空无一人。高背扶手椅上坐着一个男子,身子俯向桌案,背对着门口。约翰只能看见他的双肩和后脑勺,但是不难辨认:大自然永远剃度了这颗头颅,就好像要以这一外貌象征,标示主教代理的不可抗拒的宗教使命。

因此,约翰认出他哥哥,但是他开门极轻,丝毫未惊动堂·克洛德,这个好奇的学子便趁机从容地观察一下小屋。他头一眼没有看到,椅子左侧的窗户下面,还有一个大炉灶。天光要从窗洞射进来,必然通过一面圆圆的蜘蛛网;那蜘蛛网宛如精美的花棂圆窗,巧妙地镶嵌在尖拱窗洞里;那位昆虫建筑师端坐在网中央,纹丝不动,好似轮辐形抽纱的轴心。大炉灶上乱七八糟堆放着各种坛坛罐罐、粗陶瓶、玻璃曲颈瓶、装炭的长颈瓶。约翰边看边叹息,这里连一口小炒勺都没有,心中暗道:"这套炊事用具,还未动用过呢!"

再说,炉中也没有火,看那样子,恐怕很久没有生火了。在这堆炼金器皿中,约翰还发现一个玻璃面罩,显然是主教代理炼制危险物质时护脸用的,但是现在却丢在角落里,落满灰尘,仿佛被遗忘了。旁边还有一个风箱,盖板上黄铜丝嵌字的这句铭文:"有口气就有希望"。

还有一些铭文箴言,按照炼金术士的习惯,大部分刻写在墙壁上:有的用墨水书写,有的是用金属尖器刻出的,有哥特文、希伯来文、希腊文,还有罗马文,交错混杂,彼此侵吞,新文抹掉旧文，全都扭结纠缠在一起，如同荆丛的乱枝，又如混战中的刀枪剑戟。这的确是一个大杂烩，有形形色色的哲学、形形色色的幻想，也有各种各样的人类智慧。时而能看到一行文字格外显眼，犹如枪林中的一面战旗，一般总是拉丁文或希腊文的简短格言，那是中世纪人擅长表述的："从何处？从何时？——人对人是恶魔。——星辰、城堡、名称、神意。——大著作，大祸害。——敢于求知。——灵感随愿生。"等等有时孤立一个词，表面上毫无意义，如"特定食谱"，也许是辛酸地影射修道院的饮食制度。有时则是教规的一句格言，用严格的六韵步诗句表达："称天主为上帝，称地主为凡人。"也有希伯来文巫术书的片言只语，约翰连希腊文都马马虎虎，希伯来文就更一窍不通了。而且，这些引文又任意标星号、人和兽的形象、三角符号，彼此交错，就更显得混乱不堪，满室涂满字迹的墙壁，真像猴子用饱蘸墨汁的笔胡乱涂抹的一张纸。

此外，整个小屋是被人抛置的一片破败景象，从物件器皿肮脏残破的状况，可以想见主人必有其他心事，好久无暇顾及自己的工作了。

这工夫，密室主人正埋头阅读一大部有古怪插图的手稿，他显得意乱心烦，似乎有什么念头不断打扰他在思考；至少约翰是这么判断的，因为听到他的思考中不时叫喊，就像说梦话一般："不错，马努讲过，琐罗亚斯德也是这样教导的：日生于火，月生于日。火是万物之灵；火的基本粒子形成无数射流，不断向世界扩散；射流相交于天空便生光，相交于大地便生金。——光和金为同物，均为火的具象。——是为同质，只有可见与可触之分，流态与固态之别，犹如水汽之于冰，不过如此。——这绝非梦想，——这是大自然的普遍规律。——然而，如何探究科学，才能了解这条普遍规律的奥秘呢？什么！照在我手上的光，就是金子！同样这种粒子，按照某种规律就流散，现在的问题是，要按照另一种规律把粒子凝聚起来！怎么办呢？有人设想将阳光埋藏起来。——阿威罗伊……对，正是阿威罗伊……阿威罗伊收集一束阳光，埋在科尔多瓦①大清真寺古兰圣殿左侧第一根柱子下面。然而，只有八千年之后打开地穴，才能知道实验是否成功了。"

"见鬼！"约翰自言自语，"要等这么久才能得到一埃居！"

"……还有人认为，"主教代理继续神游梦呓，"最好用天狼星的光线做实验。然而，很难取到天狼星的纯光，因为别的星光同时射来，掺杂进去了。弗拉麦勒则认为，使用地上的火更为简便。——弗拉麦勒！这名字真是天定，弗拉马！——对，就是火呀，原来如此。——钻石寓于煤，黄金寓于火。——可是，怎么提取出来呢？马吉斯特里断言，某些女人的名字，具有十分甜美和神秘的魅力，炼金时只要诵念就行了——看看马努是怎么说的：'妇女受尊重的地方，神明就欢喜；妇女受蔑视的地方，祈祷上帝也徒劳无益。——女人的口始终是洁净的，那是长流水，那是太阳光。——女人的名字必然是悦耳、温馨、虚幻的，结尾声调拖长，如同祝福词。'……不错，先贤说得对，譬如：玛利亚、索菲亚、爱丝美拉……该死！总萦绕这个念头！"

他猛地合上书。

他伸手摸摸额头，仿佛要赶走纠缠不休的念头。继而，他从桌案上拿起一根钉子和一把铁锤，只见铁锤柄上的文字古里古怪，就像画的符咒。

"这一个时期，"他苦笑着说道，"我的试验屡屡失败，就是这个固定的念头总来烦扰，像施刑烙铁一样烙我的脑子。我甚至没

---

① 科尔多瓦：西班牙南方城市。

能发现卡西奥多鲁斯的秘密：他点燃的那盏灯，既没有油也没有灯捻。而事情又是多么简单啊！"

"屁话！"约翰咕哝一句。

"……看来，"教士继续自言自语，"只要产生一点点邪念，一个人就会变得软弱而痴迷啦！唉！克洛德·佩奈勒那个女人该笑话我了：当年她再怎么勾引，尼古拉·弗拉麦勒一刻也没有分心，总是继续他的伟大事业！怎么！我手中拿的可是泽希耶雷的魔锤呀！那个可怕的犹太教法师在他的密室，哪怕同他诅咒的仇人遥隔万里，他只要用这把锤子敲这颗铁钉，就能把仇人打入地下，永远埋葬。就连法兰西国王，有天晚上无意中撞了一下那位法师的大门，走在巴黎街道上竟突然陷下去，一直没到膝盖。——这件事情距今还不过三百年。——喏！这锤子和钉子我都有了，然而在我手中，还不如铁匠手中的一把刃具厉害。——其实，关键在于找到泽希耶雷敲钉子时所念的咒语。"

"废话！"约翰心中暗道。

"喏，总得试试吧，"主教代理紧接着又说道，"如果成功，钉子头就能冒蓝火花。——艾芒——黑胆！艾芒——黑胆！——哎，不对。——西佳尼！西佳尼！让这钉子给叫浮比斯的人打开坟墓！……该死！又来啦，永远离不开这个念头！"

他气恼地扔掉锤子，颓然坐到桌前的大椅子上，隐没在高大的靠背后面，有好几分钟，约翰只看见他握紧的拳头放在一本书上。继而，堂·克洛德猛地站起来，操起一个圆规，默默地在墙上刻出这个希腊词的大写字母：

　　　命　运

"我哥哥敢情疯了，"约翰自言自语，"命运这个词，写拉丁文不是更简单吗？不是人人都非得懂希腊文不可。"

主教代理回身又坐到椅子，双手捧住脑袋，如同病人头重发烧一样。

这位学子观察他哥哥，心中十分惊讶。他这个人一向胸怀坦荡，在世间只遵循有益的自然法则，有什么激情都随意宣泄，心潮的湖泊始终流光，因为每天早晨都广泛开辟排泄感情的新沟渠，他哪里知道人的情涛欲海，如果堵塞泄口，就会汹涌澎湃，汇积暴涨，就会漫溢泛滥，就会冲毁心田，始发为内心的饮泣、无声的痉挛，终至冲垮堤坝，恣意横流。约翰始终被克洛德·弗罗洛的外表所迷惑，看他那严峻冷峭、凛若冰霜的面孔，看他那道貌岸然、不近人情的神态，这个天性快活的学子绝未想到，埃特纳火山积雪皑皑的额头下面，却有沸腾、激荡而深沉的熔浆。

我们不知道约翰是否茅塞顿开，意识到这些，但是他尽管没有头脑，这次还是明白他看到不应该看的情况，他无意中撞见他哥哥处于最隐秘状态的灵魂，而这绝不能让克洛德发觉。他见主教代理又恢复当初的静止不动的姿态，就轻轻地缩回脑袋，在门外踏了几步，故意弄出声响，仿佛一个人到来，以脚步声通报似的。

"请进！"主教代理在斗室里高声说，"我恭候您呢，还特意把钥匙留在门上了。进来吧，雅克先生！"

这位学子大摇大摆地走进去。此时此地，主教代理见是这样一位来客，不免十分尴尬，浑身在椅子上哆嗦了一下，说道："怎么！是您，约翰？"

"反正名字的开头字母都是J。"这位学子答道，他那红润的脸上一副快活而放肆的神情。

堂·克洛德却重又板起面孔。

"您到这儿来干什么?"

"我的哥哥,"约翰回答,他竭力装出一副稳重恭顺、可怜巴巴的样子,双手以天真的态度摆弄着帽子,"我是来请您给我……"

"什么?"

"一点我急需的教诲。"约翰未敢高声讲完,"和一点我更急需的钱。"这后半句话没有发表出来。

"先生,我对您很不满意。"主教代理冷冷地说道。

"唉!"这位学子叹了口气。

堂·克洛德把椅子转了小半圈,凝视约翰,说道:"见到您很高兴。"

这是可怕的开场白,约翰准备要被痛斥一顿。

"约翰,天天有人来向我告您的状。那次斗殴是怎么回事?使用棍棒,把个小子爵阿贝尔·德·拉蒙尚打得鼻青脸肿……"

"哦!"约翰回答,"有什么大不了的!那个青年侍从坏透了,骑马兜风,溅了我们学生一身泥!"

"还有,"主教代理又说道,"您那个马伊埃·法尔法的袍子扯破了,又是怎么回事呢?诉状上说:'袍子被撕破'。"

"哎,算啦!什么袍子,不过是蒙泰居城制作的一件破斗篷!"

"诉状上写的是'袍子'而不是'斗篷'。您懂不懂拉丁文?"

约翰闭口不答。

"是啊,"教士摇摇头,接着说道,"语文学习,现在就到了这种地步。拉丁语勉强听得懂,古叙利亚语没人知道,希腊语十分可恶,就连最博学的人跳过一个希腊词念不出来,也不以为没有学识,还说什么:这是希腊文,不认识。"

这位学子毅然抬起眼睛:"兄长先生,可否允许我以纯正的法语，向您解释刻写在墙壁的那个词呢？"

"什么词？"

"命运。"

主教代理蜡黄的脸上泛起淡淡的红晕，仿佛火山蕴藏的汹涌熔岩所冒出来的青烟。不过，这位学子没大注意。

"那么，约翰，"兄长结结巴巴，勉强应付说，"这个词是什么意思呢？"

"命运。"

堂·克洛德的脸色唰地又白了，而约翰则满不在乎地继续说道："还有下面那个词，是同一只手刻的，意思是淫秽。您瞧，人家还懂希腊文呢。"

主教代理默不作声了，这一堂希腊文课令他深长思之。小约翰是惯坏了的孩子，善于察言观色，他觉得时机有利，可以提一提要求了。于是，他声音极其温柔，开口言道："我的好哥哥，您就这么恨我，对我吹胡子瞪眼的？其实，我不过是打着玩玩，抢两拳头，扇几个耳光，不知打了什么小娃儿，谁家小崽子。您瞧，克洛德好哥哥，这不拉丁话也会说。"

然而，这种虚情假意的好话，在严厉的大哥身上起不到应有的作用。刻耳柏洛斯不咬蜜糕。主教代理铁板的面孔不见舒展。

"有话直说好不好？"他冷淡地说道。

"哦，直说！是这样！"约翰果敢地回答，"我要钱。"

这话还有脸说出来，主教代理听了，顿时换成严父训诫的表情："约翰先生，您也知道，咱们家蒂尔夏普领地，进项并不多，年贡和二十一栋房子的租金，总共不过三十九利弗尔十一苏六德尼埃巴黎币。比帕克莱兄弟那时候是多了一半，但还是不多。"

"我要钱。"约翰坚忍不拔，重复说道。

"您也知道,教会法庭做出决定,咱们的二十一栋房子归附主教采邑,要想赎回来,就必须付给主教大人两枚价值六利弗尔巴黎币的镀金的银马克。就这两马克,我还凑不足呢。这您是知道的。"

"我知道我缺钱。"约翰第三次说道。

"要钱干什么?"

这样一问,约翰眼中倒闪现希望之光,他又装出亲热甜蜜的样子:"这么说吧,亲爱的哥哥克洛德,我向您伸手,绝不是想胡闹,既不想带您的钱去小酒馆里充大爷,也不是想穿上锦缎华服,带着仆人,在巴黎街头出风头。不是这样,哥哥,而是要做善事。"

"什么善事?"克洛德颇感意外,问道。

"我的两个朋友,要给圣母升天会一位穷寡妇的婴儿买襁褓布。这是慈善行为,要花三枚弗罗林银币,我也想凑个份子。"

"您的两个朋友叫什么名字?"

"彼埃尔屠夫和巴普蒂斯特赌徒。"

"哼!"主教代理说道,"这样的名字去做善事,就像石炮去拜神坛。"

毫无疑问,这两个朋友的名字选得太糟,但约翰意识到为时已晚。

"再说,"精明的克洛德接着说道,"什么襁褓布值三枚弗罗林银币?要给什么圣母升天会修女的婴儿?从什么时候起,圣母升天会的寡妇生起孩子啦?"

约翰索性丢掉顾虑,说道:"那好,不错!我要钱,就是打算今天晚上去爱情谷,看看伊莎博·蒂埃里!"

"你这淫荡的东西!"教士嚷道。

"淫秽。"约翰说道。

约翰照搬屋墙上的这个希腊词,也许是开开玩笑,但是对教士却发生了奇效。他咬住嘴唇，怒色化入面红耳赤中。

"给我滚出去吧，"他对约翰说，"我要有客人来。"

这名学子还要争取一下："克洛德哥哥，至少给我一个巴黎小钱好吃饭呀。"

"格拉田教会的课程，您学得怎么样？"堂·克洛德问道。

"我的笔记本丢了。"

"拉丁人文学课学得如何？"

"我那本贺拉斯的书给人偷去了。"

"那么亚里士多德的学说呢？"

"说真的！哥哥，是哪个神父啦，他不是讲，任何时代的异端邪说，都能从亚里士多德形而上学杂论中找到根据吗？滚他的亚里士多德吧！我可不能让他的形而上学毁掉我的宗教信仰！"

"年轻人，"主教代理又说道，"上次王驾入城，有个叫菲利浦·科明的贵族侍从，他的鞍褥上绣着他的格言，我劝您仔细琢磨琢磨：'不劳者不得食'。"

这名学子一时语塞，搔搔耳朵，眼睛注视地下，面有愠色。继而，他突然转向克洛德，就跟白鹡鸰一样敏捷。

"这么说，好哥哥，我要一个巴黎苏买面包吃，您都不肯给啦？"

"'不劳者不得食'。"

主教代理毫不动心，还是这句回答。约翰双手捂住脸，就像女人哭泣似的，凄惨地喊道："噢托托托托套伊！"

"这是什么意思，先生？"克洛德问道，他听到这种怪语深感意外。

"哼！这还用问！"学子说道，他抬起放肆的眼睛看着克洛德，不过，眼睛刚才用拳头揉过，就像流了泪而发红了，"这是希腊文呀！是埃斯库罗写诗用的抑抑扬格，能充分表达痛苦。"

273

说罢,他哈哈大笑,样子特别滑稽,又笑得特别厉害,也把主教代理给逗笑了。其实,克洛德只能怪他自己,谁让他把这孩子娇惯坏了呢?

约翰见哥哥有了笑容,胆子更大了,他又说道:"唔!我的好哥哥克洛德,瞧瞧我这双靴子,都破了,鞋底伸出了舌头,世上还有比我这更悲惨的靴子吗?"

主教代理顿时又恢复严厉的面孔,说道:"我会派人给您送去一双新靴子。可是钱一个子儿也不给。"

"就给一个小铜子儿也行,哥哥,"约翰继续哀求,"我一定把格拉田教令背个滚瓜烂熟,我一定好好信奉上帝,我一定在科学和品德方面当个真正的毕达哥拉斯!只要一个铜子,发发善心吧!难道您让饥饿张开大嘴把我吃掉吗?这张大嘴,就在我眼前,比个鞑靼人的嘴,或者比个修士的鼻子还要黑,还要臭,还要深。"

堂·克洛德摇了摇满是皱纹的脑袋,还是那句话:"不劳者⋯⋯"

约翰不待他说完,就叫起来:"算啦,见鬼去吧!快乐万岁!我要去泡酒馆,我要去打架斗殴,我要打破瓶瓶罐罐,我要去会妞儿!"

说着,他把帽子往墙上一扔,用手指打响,就像打响板似的。

主教代理脸色阴沉地看着他。

"约翰,您根本没有灵魂。"

"果真如此,拿伊壁鸠鲁的话来说,我缺少一样由没有名称的东西构成的玩意儿。"

"约翰,您应当认真考虑改过自新。"

"说这个,"学子又嚷道,他看看哥哥,又看看炉灶上的蒸馏瓶,"这里又怎么样,思想也好,瓶子也好,全都离奇古怪!"

"约翰，您正处于很滑的陡坡上，知道要滑到哪里去吗？"

"滑到酒馆去。"约翰答道。

"酒馆通向耻辱柱。"

"那不过挂着一盏普通的灯笼，也许正是第欧根尼白天找人打的那盏。"

"耻辱柱通向绞刑架。"

"绞刑架是一架天平，一端是一个人，另一端是整个大地。做人是件美事。"

"绞刑架通向地狱。"

"地狱是一片烈火。"

"约翰呀，约翰，不会有好下场。"

"反正开头很自在。"

这时，楼梯传来脚步声响。

"别出声！"主教代理将一根手指放在唇边，说道，"雅克先生来啦！听着，约翰，"他压低声音补充说，"您在这儿听到的和看到的，绝不要讲出去。快点躲进这个炉灶里，不要出声。"约翰钻进炉灶下面。他在里面忽然灵机一动，有了个妙主意。

"好吧，克洛德哥哥，给我一枚银币，我就不出声。"

"住口！我答应。"

"现在就得给。"

"拿着。"主教代理说着，气愤地把钱包扔给他。

约翰重又钻进炉灶下面，这时房门就打开了。

五　两个黑衣人

　　来客身穿黑袍，神情忧郁。可想而知，我们的朋友约翰在那角落里，尽量摆好姿势，以便能随意观察和倾听整个情景。他第一眼就注意到，来者无论衣着还是面容，都显出极度的忧伤，不过脸上倒有几分温和之色，但那是猫和法官的温和，一种虚情假意的温和。此人年近六旬，头发已经花白，满脸皱纹，不时眨眨眼睛，眉毛白了，嘴唇垂下来，两只手很肥大。约翰端详一遍，心想不过如此，准是医生或者司法官，而且此人鼻子离嘴很远，表明是个蠢货。于是，他在洞里又蜷缩起来，心中不免恼火，自己处于这样受罪的姿势，不知要跟这种笨伯泡上多久。

　　主教代理甚至没有起身迎客，只是打个手势，让客人坐到靠门口的凳子上，又沉默片刻，仿佛继续先前的思考，然后，他才以礼贤下士的口气说："您好，雅克师傅。"

　　"您好，师傅。"黑衣人答礼。

　　一个说"雅克师傅"，另一个则只称"师傅"，这两种称呼方式的差别，如同大人之于庶民，主人之于仆役。显然，这是导师和弟子之间的称谓。

　　主教代理又沉默片刻，才又开口问道："怎么样，您成功了吗？"

　　雅克先生刚才不敢打扰他的清静，见他动问，这才苦笑一下，答道："唉！师傅，我一直鼓风，烧出来的灰多得很，但是连金子的一点闪光也没见到。"

堂·克洛德不耐烦地摆摆手，说道："我讲的不是这件事，雅克·夏莫吕先生，而是您那个魔法师的案件。您管他叫马克·瑟南，是审计院的膳食总管，对不对？他招认会巫术了吗？审讯成功了吗？"

"唉，没有呀！"雅克回答，依然带着苦笑，"我们还没有得到这种安慰。那人是块顽石，到头来他什么也不会招认，恐怕只好把他押上猪市场煮死了。为了逼他招供，我们什么刑都用了，他整个人都散了架。我们还要用尽一切办法，正如滑稽老人普劳图斯所说：

　　面对刺棒、烙铁、脚镣和锁链，
　　面对监牢、枷锁、绳索和皮鞭。

不起一点作用。这家伙真厉害。我白折腾了一顿。"

"您在他的家中，再也没有搜出什么东西吗？"

"怎么没有，"雅克先生说着，摸索自己的腰包，"搜出这卷羊皮书。上面有些词我们看不懂。刑事律师菲利浦·娄利埃先生还懂一点希伯来文呢，他是在布鲁塞尔城康特斯坦街犹太人一案中学的。"

雅克先生边说边展开羊皮书卷。

"给我，"主教代理说道。他看了看文卷，又惊叹道："纯粹是巫术呀，雅克先生！'艾芒—黑胆！'这是吸血鬼到群魔会时的叫声。'通过他身，随同他身，在于他身'这是敕令，要把地狱的魔鬼再锁起来。'哈克斯，帕克斯，摩克斯！'这是医术咒语，是治疗狂犬咬伤的符咒。雅克先生！您是教会法庭的检察官，这卷羊皮书真是罪孽。"

"我们还要重审那家伙。还有这个……"雅克先生又摸摸腰包,补充说道,"也是在马克·瑟南家中搜出来的。"

拿出来的一个小罐,和堂·克洛德炉灶上的瓶瓶罐罐同属一类。主教代理说道:"哦!炼金术士的坩埚。"

"不瞒您说,"雅克笨拙地笑了笑,讷讷说道,"我在炉灶上试过,跟我的坩埚没两样,都没有成功。"

主教代理仔细察看这个罐子:"他的坩埚上刻的是什么?'奥什!奥什!'这是驱赶跳蚤的咒语!这个马克·瑟南,简直愚昧无知!现在我明白了,您用这玩意儿,是炼不出黄金的!只配夏天放在您的里屋里!"

"既然我们弄错了,"检察官又说,"我上来之前,又仔细地看了看大拱门,尊敬的阁下,您能肯定进入这门科学的途径,就刻在主宫医院旁边的这扇大门上吗?而圣母脚下的七个裸体雕像中,脚跟有翅膀的那个,就是墨丘利吗[①]?"

"没错,"教士答道,"这是奥古斯都·尼孚的书中记载的。这个意大利博士身边有个大胡子魔鬼,把什么都教给他了。对了,我们还得下楼去,我就着图像再向您讲解。"

"谢谢,我的老师,"夏莫吕一躬到地,说道,"唔!我倒忘记啦!您想让我什么时候派人抓那个小女巫呢?"

"什么女巫?"

"就是那个吉卜赛姑娘,这您知道,她总违反教会法庭的禁令,天天到圣母院广场上来跳舞。她那只魔鬼附身的小山羊,长着魔鬼的两只角,能识字写字,还会算术,赛过皮卡特里克斯;单凭这一点,就该把所有吉卜赛女人绞死。一切准备就绪,哼,这案子

[①] 墨丘利:罗马神话中的商业神、盗神。

一下就能审完！凭良心说，那个跳舞的姑娘，还真是个美人儿！一对黑眼睛无与伦比，犹如两颗埃及宝石。我们什么时候动手？"

主教代理的脸色极度苍白。

"以后再说吧，"他含混不清地说道，接着又振作一下，补充说："还是管您的马克·瑟南吧。"

"您就放心吧，"夏莫吕微笑着说，"我一回去，就命人把他绑到皮床上。不过，这家伙是魔鬼托生的，就连彼埃拉·托特律都打累了，他的手比我的还粗大呢。正如普劳图斯那位老兄说的：

　　你被捆住，裸体倒挂金钟，
　　也有一百斤重。

上刑枷审问！这是最好的办法。要他的狗命。"

堂·克洛德神色黯然，仿佛在愁思苦索。他转身对夏莫吕说："彼埃拉先生……雅克先生……我的意思是，还是管您的马克·瑟南吧！"

"是啊，是啊，堂·克洛德。那可怜的家伙，又该吃尽苦头啦！要去参加群魔会，真是异想天开！审计院的膳食总管，总该知道查理曼的法令啊！'不是吸血鬼，就是女巫！'——至于那个小姑娘——他们叫她爱丝美拉达，——我就听候您的吩咐。——哦！等一下经过大拱门时，还要请您解释解释，一进门那幅平涂画的园丁表示什么。是不是'播种者'？——咦，师傅，您想什么呢？"

堂·克洛德陷入沉思，不再听他说话。夏莫吕顺着对方的目光望去，只见他死死盯住窗洞里的一面大蜘蛛网。恰好这时，一只昏头昏脑的苍蝇寻觅三月的阳光，一头撞上蜘蛛网，就给粘住了。蛛网一振动，那大蜘蛛就猛地冲出中心帐，一下子扑向苍蝇，用两只前足将其折弯，可怕的长喙寻找它的头。"可怜的苍蝇！"教会法庭检察官说了一句，举手要去解救苍蝇。这工夫，主教代理仿佛猛醒，抽风似的猛地一把抓住他的胳膊。

"雅克先生，"他嚷道，"听凭命运的安排吧。"

检察官十分惊骇，转过身来，就觉得胳膊被一把铁钳夹住了。主教代理则两眼冒火，直愣愣的，依然盯着苍蝇和蜘蛛那残忍的组合。

"噢，对啦！"主教代理继续说道，那声音仿佛发自肺腑，"这是一切的象征。这只苍蝇刚刚诞生，它飞舞盘旋，多么快活，它在寻求春天、新鲜空气和自由的空间；噢，对啦，它却撞上那致命的花棂圆窗，蜘蛛冲了出来，可怕的蜘蛛！噢！可怜的跳舞的生灵！可怜的薄命的苍蝇！雅克先生，随它去吧，命该如此！唉！克洛德，你就是蜘蛛。克洛德，你也是苍蝇！你飞向科学，飞向光明，飞向太阳，一心渴望到达自由的空间，到达永恒真理的阳光下；然而，盲目的苍蝇，发昏的博士，你只顾冲向炫目的窗口，冲向那开向另一个世界，开向光明、智慧和科学世界的窗口，却没有看见在你和光明之间，命运织了一面纤细的蜘蛛网，可怜的疯子啊，你奋不顾身地扑上去，结果碰得头破血流，翅膀折断，在命运的铁钳里拼命挣扎！——雅克先生！雅克先生！就让蜘蛛干它的去吧！"

夏莫吕莫名其妙，愕然看着他，只好说道："我向您保证，绝不去碰它。不过，师傅，您还是高抬贵手，放开我的胳膊吧，您这只手真跟钳子一样。"

主教代理根本没听见，他的眼睛没有离开窗口，又说道："噢！昏昧啊！你这小苍蝇的翅膀，即使能挣破这可怕的蛛网，你以为就能抵达光明吗？唉！后面那道玻璃，那透明的障碍，那道隔开一切哲学和真理的、比铜墙铁壁还坚固的水晶墙，你又怎么能够穿越呢？科学的虚幻啊！多少贤哲从远处飞来，撞破头颅！多少学说体系，纷乱喧扰，撞击这永恒的玻璃窗！"

他戛然住口。顺着这最后的想法，他不知不觉又回到科学，情绪也似乎平静下来。雅克·夏莫吕向他提出一个问题，终于使他完全恢复现实感："哦，对了，师傅，您什么时候来帮我炼金？我总是不成功。"

主教代理苦笑一下，摇摇头，说道："雅克先生，读读米歇尔·普塞吕斯的作品：《关于魔鬼的力量和行为的对话》。我们现在所为，并不是完全无罪的。"

"声音轻一点儿，师傅！我也意识到了，"夏莫吕说道，"不过，一个人仅仅在教会法庭当检察官，年俸才有三十图尔银币，搞点炼金术总还可以吧。可是，咱们说话得小点儿声。"

这时，炉灶下面发出啃啃咀嚼食物的声响，引起夏莫吕紧张不安。

"这是什么响动？"

原来，约翰·弗罗洛蜷缩在那里，很不舒服，也很无聊，偶尔有所发现，捡了一小块干硬的面包和一小角发霉的奶酪，他也不讲究了，大嚼起来，充作午餐，聊以自慰。他实在饿得慌，吃东西也就发出很大声响，每嚼一口都有声有色，不免引起检察官的警觉和惊慌。

"那是我的一只猫，"主教代理急忙回答，"在下面开荤吃老鼠呢。"

夏莫吕听他这样解释，也就满意了。

"这倒是，师傅，"他恭敬地笑了笑，答道，"历来大哲学家，无不有自己宠爱的动物。您也知道塞尔维乌斯的这句话：'守护神无处不在'。"

堂·克洛德怕约翰再搞点什么鬼名堂，赶紧提醒他的得意门生，说是还要一起研究大门廊的一些雕像，于是，二人走出小屋，而学子约翰则长长出了一口气，他真担心膝盖要打上他下巴的印记。

六　户外大骂七声的效果

"主啊，我们赞美你！"约翰从灶洞里爬出来，嚷道，"两只喋喋不休的猫头鹰终于走了。奥什！奥什！哈克斯！帕克斯！摩克斯！跳蚤！狂犬！魔鬼！这种谈话，真把我听腻味啦！弄得我的脑袋嗡嗡响，就跟钟楼似的。还得吃发霉的奶酪！快！赶紧下楼去，带着大哥的钱包，把里面的钱币统统换酒喝！"

他以温柔和赞美的目光，朝宝贝钱包的里面看了一眼，整理一下衣裳，擦擦皮靴，掸掸沾满炉灰的可怜的衣袖，又吹起口哨，原地跳起转了一圈，看看屋里是否还有什么好拿的，在炉灶上捡了几个彩色玻璃护身符，准备当作珠宝送给伊莎博·蒂埃里，终于推门出去。他哥哥出于最后一次宽容，没有锁上房门，而他最后再搞一下恶作剧，让房门照样大敞四开。他像一只小鸟儿，蹦蹦跳跳地冲下螺旋楼梯。

约翰摸黑下楼，在旋梯中间碰到个什么东西，咕哝着给他让路，他猜想准是卡希魔多，觉得这事儿非常滑稽，一路捧腹大笑，到了楼下，走上广场，他还大笑不止。

他回到地面，便连连跺脚，说道："巴黎可亲可敬的街道啊！那楼梯真要命，就是登惯雅各天梯①的天使，也会累得喘不上气来！我犯了什么病，跑到这个戳破天空的石头钻上，仅仅为了吃点长了

---

① 据《旧约·创世记》记载，雅各梦见天梯，有上帝使者上下。

毛的奶酪，从窗洞里望望巴黎的钟楼！"

他走了几步，又瞧见那两只猫头鹰，即堂·克洛德和雅克·夏莫吕先生，正观赏大门上的雕像。他蹑手蹑脚凑上前去，听见主教代理低声对夏莫吕说："这是遵照纪尧姆·德·巴黎的盼咐，在这块边缘泛金黄色的青金石上雕刻约伯像。有约伯雕像的这块点金石，也必须经历考验和磨难，方能变得完美无瑕。正如雷蒙·吕勒所说：'以特定的形式保存，灵魂方能得救'。"

"对我无所谓，"约翰自言自语，"反正我有钱包。"

这时，他忽然听见一个洪亮的声音，在他身后发出连珠炮似的咒骂："上帝的血！上帝的肚子！上帝的嘴巴！上帝的肉体！魔王的肚脐！教皇的名字！犄角和天雷！"

"以我的灵魂起誓，"约翰嚷道，"没别人，那准是我的朋友浮比斯队长！"

浮比斯这个名字传到主教代理的耳畔，其时，他正向检察官解释：那条龙尾巴隐没在水中，而水中冒起青烟，出现一个国王的脑袋。堂·克洛德听到这个名字，不禁浑身一抖，同时话语中断，令夏莫吕深为诧异，他回头一望，只见弟弟约翰站在功德月桂府门口，正同一位身材魁伟的军官说话。

那正是浮比斯·德·夏多佩先生。他靠在未婚妻住宅的山墙角，像异教徒那样诅咒。

"老实说，浮比斯队长，"约翰拉住他的手，说道，"您骂得真带劲，真精彩。"

"犄角和天雷！"队长回答。

"您自己才长犄角，挨天雷呢！"学生约翰反驳道，"喂，文雅的队长，您这样的妙语连珠，究竟怎么啦？"

"对不起，好朋友约翰，"浮比斯摇晃约翰的手，嚷道，"骏马奔跑起来，不能猛然停住；而我刚才咒骂，就是狂奔的马。我是刚刚离开那帮假正经女人，我每次离开，骂人的话总是冲到嗓子眼儿，我要是不痛快吐出来，就会给憋死，肚子和天雷！"

"去喝两杯好吗？"学生问道。

听到这样提议，队长才平静下来："好啊，可是我身上没钱。"

"我有哇。"

"哦！真的吗？"

约翰显得既庄严又随便，把钱包亮给队长看。这工夫，主教代理丢下不胜惊愕的夏莫吕，朝这边走过来，离几步远的地方站住，仔细观察，而他们二人只顾欣赏钱包，并没有注意他。

浮比斯嚷道："约翰，钱包在您的衣兜，就是月亮在水桶里，看得见，却摸不着，不过是影子罢了。妈的！咱们打赌，里面装的准是石子儿！"

约翰冷静地回答："瞧吧，我兜里装的尽是这样石子儿！"

他不再多说什么，干脆把钱币全部倒在旁边的界石上，那神态真像一个罗马人在拯救祖国。

"真上帝啊！"浮比斯咕哝道，"全是银盾、大银币、小银币、半图尔银币、巴黎德尼埃、真正的鹰钱！真叫人看花眼！"

约翰依然那副神气十足、满不在乎的样子。有几枚鹰钱滚落到泥中，队长正在兴头上，弯腰就要去拾，却被约翰一把拉住了："甭管啦，浮比斯·德·夏多佩队长！"

浮比斯数了钱，转过身去，郑重其事地对约翰说："您知道吗，约翰，总共二十三巴黎苏！昨天晚上，您到割脖子街劫了什么人？"

约翰将那头金发鬈往后一仰，眯起眼睛，傲然说道："人家有个当主教代理的傻瓜哥哥嘛！"

"上帝的犄角！"浮比斯嚷道，"这人可真够意思！"

"去喝酒吧。"约翰说道。

"去哪儿？"浮比斯问道，"去'夏娃苹果'酒馆吗？"

"不，队长，还是去'老科学'酒馆吧。'老科学'是个谐音谜语，就是'老太婆咳血'。我喜欢这个。"

"滚它的谜语吧，约翰！'夏娃苹果'那儿的酒好；再说，酒馆门旁有向阳的葡萄架，我在那儿喝酒特别开心。"

"那好！就去品尝夏娃和她的苹果，"约翰说着，挽上浮比斯的胳膊，"对啦，亲爱的队长，刚才您讲割脖子街，这种讲法太不文雅。现在，人不能那么野蛮，应当说割喉街。"

这对朋友动身前往夏娃苹果酒馆，自不待言。他们是收起了钱才走的，而主教代理则尾随其后。

主教代理脸色阴沉，失魂落魄地跟在后面。自从他同格兰古瓦那场谈话之后，浮比斯这个该死的名字，就总是萦念于心，难道就是这个人吗？他还无法肯定，但不管怎么说，这也是一个浮比斯。单单听到这个名字，主教代理就像中了魔，他蹑手蹑脚紧跟着两个无忧无虑的伙伴，既全神贯注又忧心忡忡，窃听他们的谈话，观察他们的一举一动。其实，倾听他们全部谈话也易如反掌，他们扯着大嗓门，让行人都多少了解他们的隐私也满不在乎。他们一路谈论着决斗、姑娘、喝酒和胡闹。

走到一条街的拐角，从附近十字街头传来巴斯克手鼓的声音。堂·克洛德听见军官对学生说："天雷！快点走。"

"干吗呀，浮比斯？"

"怕那个吉卜赛姑娘瞧见我。"

"哪个吉卜赛姑娘？"

"有只山羊的那个小姑娘。"

"爱丝美拉达吗？"

"正是她，约翰。她那鬼名字，我总记不住。快点走，叫她看见会认出我来。这是在街上，我可不愿意那姑娘跟我拉拉扯扯的。"

"您认识她，浮比斯？"

说到这里，主教代理看见浮比斯嘿嘿笑着，对着约翰的耳朵轻声说了几句话。接着，浮比斯又敞声大笑，得意地摇晃着脑袋。

"当真？"约翰问道。

"以我的灵魂起誓！"浮比斯回答。

"今天晚上？"

"今天晚上。"

"您有把握她准来？"

"喂，约翰，敢情疯啦？这种事还能怀疑吗？"

"浮比斯队长，您交上桃花运啦！"

这番谈话，主教代理全听到了。他的牙齿咯咯打战，显见全身一阵哆嗦。他停下脚步，像醉汉一般，在一块界石靠了片刻，继而，他继续跟踪，去追那两个快活的家伙。

等他追上来，他们两个已经改变了话题，只听他们俩扯着嗓门高唱古老的歌谣：

　　小方块街傻小孩，
　　就像牛犊吊起来。

七　狂教士

"夏娃苹果"酒馆相当有名,坐落在大学城,位于小圆盾街和善会会长街交道口。楼下餐厅很宽敞,但是非常低矮,一根涂成黄色的粗木柱,支撑着穹窿屋顶中央的落拱点。各处都摆着餐桌,墙上挂着亮晶晶的锡酒壶,酒徒和粉头终日满座;临街有一排玻璃窗,大门旁是葡萄架;门楣有一块铁皮板,安在铁轴上,随风转动而哗哗作响;铁皮板上画着一个苹果和一个女人,已被雨水淋锈:这种临街的风信鸡就算招牌了。

夜幕降临,十字街头已经黑了。酒馆烛火通明,远远望去,就像黑暗中的铁匠炉。碰杯和大吃大嚼的声响,谩骂和争吵的喧闹,从玻璃窗的破洞逸出,在外面就听得见。隔着因屋热而附了一层水汽的临街玻璃窗,只见上百张模糊的面孔蠕动,不时发出一阵哄笑。路人行色匆匆,打这闹哄哄的窗前经过,却无暇瞥上一眼。只有穿着破衣烂衫的小男孩,偶尔来到窗前,踮起脚够着窗台,朝酒馆叫喊:"酒鬼,酒鬼,酒鬼,去见鬼!"这是当年嘲笑醉汉的老调。

然而,有一个人却在吵闹的酒馆门前逗留,他走来走去,时时窥探,不肯离去,就像哨兵不肯离开岗亭一样。他裹着一件斗篷,连鼻子都遮住了,那是他在夏娃苹果酒馆附近的旧衣店刚买的,无疑是为了遮挡三月夜晚的风寒,也许还要遮掩自己的服装。他不时停下脚步,站在有铅网的发乌的玻璃窗前倾听探看,跺着脚取暖。

酒馆的门终于打开了，这似乎正是他的期待。两位喝酒的顾客走出来，从门里射出的烛光，一时映红了他们快活的面孔。披斗篷的人便溜到街对面，躲进一座门道里监视。

"犄角和天雷！"其中一位顾客嚷道，"要打七点钟了，到了我赴约的时间。"

"跟您说呀，"他的伙伴接过话茬儿，但舌头却不利落了，"我并不住在恶语街，'住在恶语街的人可恶'。我住在松软面包约翰街，'住在松软面包约翰街'。——您比独角兽角还尖，如果把话说反了。——谁都知道，骑过一回熊的人，就什么也不怕了；嘿，真的，您这鼻子歪向糖果一边，就跟医院中的圣雅各雕像。"

"约翰，我的好朋友，您喝醉了。"另一位说道。

"随您怎么说，浮比斯，"约翰身子摇摇晃晃地回答，"柏拉图的侧影像只猎犬，这可是千真万确的。"

毫无疑问，读者已经认出我们的两位老朋友，队长和大学生。躲在暗角里窥视他们的那个人，看来也认出他们了，因为他缓步跟上去，步大学生的后尘，走着弯弯曲曲的路线；队长是好酒量，一点儿也没有醉，但也不得不随着大学生的步伐。裹斗篷的人倾耳细听，能够抓住他们俩全部有趣的对话。

"酒神的信徒！您要尽量照直走，学士先生。您知道，我该同您分手了。现在是七点钟，我要去会一个女人。"

"走吧，不要管我！我看见星星和火花。您就跟唐马尔丹城堡一样笑破肚皮。"

"凭我奶奶的瘤子起誓，约翰，您这样胡说八道，简直太过分啦！——对啦，约翰，您没有剩下钱吗？"

"校长先生，没错儿，那是小屠宰场，'小屠宰场'。"

"约翰啊，我的朋友约翰！要知道，我约了那个小妞儿在圣米歇尔桥头见面,只能带她到老娼妇法路代尔那里,那个长白胡子的老货在桥头开客栈,要付房钱,不准赊欠。约翰,行行好吧!教士钱包里的钱,难道全喝了酒,一个铜子也没剩下吗?"

"想想过了一段快活的时光,比餐桌上什么佐料都有味。"

"肚子和肠子!别说废话啦!魔鬼约翰,告诉我,您身上是不是还剩点零钱?上帝的嘴,拿出来,要不我就搜身啦,哪怕您像约伯那样患了麻风病,像恺撒那样生了疥疮!"

"先生,加利亚什街一头连玻璃厂街,另一头连纺织厂街。"

"是啊,我的好朋友约翰,我可怜的伙伴,加利亚什街,好,很好。可是,看在老天的份上,快醒醒吧。我只要一个巴黎苏,好赴七点钟的约会。"

"周围都静一静,听我唱一段小调:

有朝一日鼠吃猫,
阿拉斯地归王朝;
圣约翰日一到来,
汪洋大海结冰块;
阿拉斯人走冰上,
离开家乡去他乡①。"

"好啦,你这反基督的学生,怎不让你娘的肠子勒死你!"浮比斯吼道,狠命推了一把,将醉醺醺的学生推到墙根,软软地瘫在菲利浦·奥古斯都的铺石路面上。酒肉哥们儿之间向来都有同情心,浮比斯也不例外,还残存一点儿,于是他用脚踢着约翰翻滚,

---

① 歌中所唱史实为:法国国王路易十一于1476年围困阿拉斯城,于次年攻陷,将全城居民迁走。

好让他的头枕着点什么东西。也是苍天有眼，巴黎的各个角落，都给穷人预备了这种枕头，也就是富人轻蔑称为的"垃圾堆"。队长把约翰的脑袋安置在白菜根堆成的斜坡上，这位学子立刻以优美的低音打起鼾来。不过，队长心中的怨恨并没有完全消除。"魔鬼的车子若是经过这里，把你拾了去，那就活该啦！"他对沉睡中的可怜神学生说了一句，便扬长而去。

穿斗篷的人一直跟踪，这时在鼾卧的学生跟前站了片刻，似乎犹豫不决，继而长叹一声，便追随队长而去。

如果读者愿意，我们也要丢下约翰，追随他们而去，就让约翰露宿街头，由星光看护吧。

浮比斯队长走进拱廊圣安德烈街时，发觉有人跟踪，他偶尔回头望望，只见后边有一个黑影贴着墙根行走。他站住，那影子跟着站住；他继续朝前走，那影子也跟着走。遇到这事，他并不怎么担心。——"哼！管他呢！"他自言自语，"我身上一个子儿也没有。"

走到奥坦学校门前，他停下来。他就是在这所学校开始他所谓的启蒙教育的，而学童的顽劣习惯犹存，每回经过这座大楼，他都要侮辱一下大门右侧彼埃尔·贝特朗红衣主教的雕像，正如在贺拉斯讽刺诗《从前我是无花果树干》中，普里阿普斯所痛苦抱怨的那种侮辱。每回他都劲头十足，几乎把"奥坦主教"的铭文给抹掉了。这一回又像以往那样，他在雕像前站定，而街上阒无一人。他漫不经心地结上军短裤连上装的带子，随意望了望，只见那影子走过来，脚步极慢，他能从容地看清那影子头戴帽子，身上裹着斗篷。影子走到他跟前停住，伫立不动，赛似贝特朗红衣主教的雕像，不过，那两只眼睛却盯住浮比斯，放射出夜晚猫瞳孔所特有的朦胧的光。

这位队长素性勇敢，长剑在手，何虑一个小小的蟊贼。然而，这是一尊行走的雕像，是个化石人，他见了就不禁毛骨悚然。世上流传各种故事，有幽灵夜晚在巴黎街头游荡，这时，此类故事模模糊糊在他的脑海中浮现。他愣了几分钟，终于强颜笑了笑，打破沉默："先生，如果您像我所希望的是个强盗，那么您来劫我，就等于鹭鸶去啄核桃。亲爱的，我是破落人家的子弟。您还是另寻财宝吧！这所学校的小教堂里，有镶银的木雕十字架。"

那影子从斗篷里伸出手，一把抓住浮比斯的胳膊，如同鹰爪一般有力，同时也开口讲话："浮比斯·德·夏多佩队长！"

"见什么鬼！您知道我的名字！"浮比斯惊道。

"不但知道您的名字，还知道今晚您有约会。"裹斗篷的人又说道，好似从坟墓里发出来的声音。

"是啊。"浮比斯惊愕地答道。

"七点钟。"

"还差一刻钟。"

"在法路代尔老婆子那里。"

"不错。"

"那里在圣米歇尔桥头开的客栈。"

"照天主经上说，就是圣米歇尔大天使。"

"淫徒！"幽灵咕哝道，"去会一个女人？"

"我承认。"

"她的名字叫……"

"爱丝美拉达。"浮比斯轻快地答道。渐渐地，他那无忧无虑的劲头又完全恢复了。

听到这个名字，那影子的利爪便疯狂地摇晃浮比斯的胳膊。

"浮比斯·德·夏多佩队长，你说谎！"

队长气得满脸涨红,他猛烈地往后一蹦,挣脱了抓住他胳膊的铁钳,傲慢地握住他的剑柄,而裹斗篷的人神色黯然,面对这种愤怒还是岿然不动:谁目睹此刻的情景,都会不寒而栗。这就像堂·璜和石像的搏斗。

"基督和撒旦!"队长嚷道,"一个夏多佩家族的人的耳朵,很少听到这种话的攻击!你不敢再讲一遍!"

"你说谎!"那影子冷冷地说道。

队长牙咬得咯咯直响。什么幽灵、鬼魂、迷信,此刻他统统置之度外,眼里只有一个人和给他的侮辱。

"哼!好极啦!"他怒不可遏,说话都结巴了。人愤怒时也像恐惧一样浑身颤抖,他拔出剑来,又结结巴巴地说:"来呀!快动手!上啊!拿剑!拿剑!血染街道!"

然而,那影子还是纹丝不动,他见对手拉开架势,准备冲刺,就说道:"浮比斯队长,您忘记约会了。"那激动的声调透出苦涩的味道。

浮比斯这种人,怒火就像奶油汤,只要一滴冷水点下去就能止沸。仅仅这么一句话,他就放下手中寒光闪闪的利剑。

"队长,"那人又说,"明天,后天,一个月;十年之后,再让我碰见,我就割断您的喉咙;不过现在,您还是先去赴约会吧。"

"不错,"浮比斯说道,好像要给自己找个台阶下,"一次约会,两件妙事,既有剑又有姑娘,两样可以兼得,我何乐而不为呢!"

说着,他又把剑插回鞘中。

"去赴您的约会吧。"陌生人又说道。

"先生,"浮比斯颇为尴尬地回答,"承蒙厚意,不胜感谢。的确,明天搏斗也不晚,彼此把亚当老爹给我们的皮囊砍几道口子,戳上几个窟窿。感谢您容我再快活一刻钟。我原来倒想把您撂倒在血泊里，再及时赶去会我那美人，况且，定了约会，让女人稍微等一等，也显得挺有派头。不过，我觉得您这人挺够意思，把决斗推迟到明天，恐怕更稳妥一些。我还是先去赴约会。您也知道，定在七点钟。"说到这里，浮比斯搔搔耳朵，又说道："糟糕！上帝的犄角！这事儿倒忘啦！我身上一个铜子儿也没有，拿什么付那破屋子钱。那老货要先付钱，是信不过我的。"

"拿去付房钱吧。"

浮比斯感到那陌生人冰凉的手往他手中塞一大枚钱币。他不由自主地接过钱，并握住那只手，高声说道："真上帝啊！小老弟有您的！"

"有个条件，"那人说道，"要向我证明是我错了，您讲的是真话。把我藏在角落里，让我亲眼看看是否真是您说的那个女人。"

"唔！"浮比斯回答，"我无所谓。我们要开的是圣玛特房间，旁边有个狗窝，您躲在里边随便看。"

"好，走吧。"那影子说道。

"为您效劳，"队长说道，"我不知道您是否就是魔鬼先生。不过今天晚上，咱俩还是做好朋友吧。明天，钱债和剑债，我全部还清。"

二人重又上路，走得很快。几分钟后听见哗哗的河水声，他们明白走上了圣米歇尔桥，当年桥上有不少小屋。

"我先把您带进去，"浮比斯对同来的人说，"然后我再去接我那美人儿，她会在小堡附近等我。"

那人也不应声。二人并肩走了这一段路，他一句话也未讲。浮比斯走到一扇低矮的门前，用力撞击。门缝里透出灯光。

"谁呀？"一个没有牙齿的声音问道。

"上帝的身子！上帝的脑袋！上帝的肚子！"队长回答。

门立刻打开了,来客面前出现一个老太婆和一盏老油灯,两者都瑟瑟发抖。老太婆佝偻着腰,脑袋直摇晃,一对小眼睛深陷下去,身上破衣烂衫,头上裹一块破布;整个人儿布满皱纹:双手、面颊、脖颈,无不皱皱巴巴;嘴唇紧贴着牙龈,嘴巴周围长了一撮撮白毛,就像猫的胡须。

房屋也跟她一样残破不堪。墙壁涂了白垩灰泥,棚顶横梁檩条都黑乎乎的,壁炉破烂塌毁,各个角落都挂着蜘蛛网,在缺腿少掌的一圈桌凳中间,一个肮脏的小孩在灰土中玩耍。屋子里端有一座楼梯,说白了就是一架木梯,通向顶楼的洞口。

走进这个巢穴,浮比斯那个神秘的同伙拉起斗篷,几乎遮到眼睛。队长则像撒拉逊人那样骂骂咧咧,并且像杰出诗人雷尼埃所说,赶紧"亮出如灿烂阳光的埃居",嚷道:"要圣玛特房间。"

老太婆立刻拿他当大老爷对待,随手将钱币塞进抽屉里。等她一回身,那个长头发破衣裳,在灰土中玩耍的小男孩,吱溜一下蹿到抽屉跟前,取出钱币,换上他从柴火上扯下的一片枯叶。

老太婆称二人为绅士老爷,招呼他们跟着她登上梯子。到了楼上,她把油灯放在一口木箱上。浮比斯作为这里的常客,走过去打开通小黑屋的一扇门,对同伴说道:"进里边去吧,亲爱的。"裹斗篷的人也不答言,遵照吩咐走进去。他听见浮比斯插上门闩,过了一会儿就跟老太婆下去了。灯光也随之消失。

八　临河窗户的用场

克洛德·弗罗洛（我们推想读者比浮比斯聪明，自会看出这次奇遇中的幽灵，无非就是主教代理），被队长反锁在小黑屋里，摸索了半晌。这种角落，往往是建筑设计中屋顶和山墙交汇所留下的空间。浮比斯说得好，这个"狗窝"纵剖面呈三角形，既没有窗户也没有通气孔，屋顶倾斜下来，人进去直不起腰。克洛德只好蹲在灰尘里，把脚下厚厚的灰泥硬块踏碎。他的头滚烫，于是伸手摸索周围，从地上摸到一块碎玻璃，拾起来贴到脑门上，感觉清凉才好受些。

主教代理晦暗的心灵，此刻在考虑什么呢？只有他本人和上帝知晓。

在他的思虑中，爱丝美拉达、浮比斯、雅克·夏莫吕、他十分喜爱又抛之于泥中的兄弟、他这身主教代理教袍，也许还有他拖到法路代尔老太婆这里的名誉，所有这些形象，所有这些遇合，究竟以什么命定的秩序排列呢？我无法断言。但是可以肯定地说，这些念头在他的脑海里，汹汹然搅成了一团。

等了有一刻钟，他觉得自己老了一百年。忽然，他听见木楼梯板吱咯作响。有人上来了。通口盖板重又掀开，灯光也重又出现。他这扇虫蛀的门有一道很宽的缝子，他把脸贴上去，就能看见隔壁房间的全部情况。从洞口第一个钻出来的人是猫脸老太婆，她手里端着油灯；随后是捻着小胡子的浮比斯，而上来的第三个人，正是爱丝美拉达那美丽曼妙的腰身。教士看着她从地下钻出来，犹如光艳照人的天仙。他浑身颤抖起来，眼前升起一片云雾，脉搏剧烈地跳动。他再也看不见，再也听不见什么了。

等他恢复神志的时候，屋里只剩下浮比斯和爱丝美拉达两个人了。他俩并排坐在大木箱上，旁边放着油灯。主教代理借着灯光，觉得这两张青春面孔格外醒目，也看到摆在顶楼小屋另一端的简陋床铺。

床铺旁边有一扇窗户，玻璃早已像暴雨打烂的蜘蛛网；透过破损的铅丝窗网，能望见一角天空，以及卧在薄云鸭绒褥上的月亮。

那姑娘满面羞红，呼吸急促，也不知所措。她那长长的睫毛低垂下来，把羞红的脸罩在朦胧之中。她不敢抬眼看那满面春风的军官，只是下意识地用手指在坐板上胡乱划着线条，眼睛则盯着手指，那显得笨拙的动作却十分可爱。别人看不见她的脚，那只小山羊趴在上面。

队长打扮得格外漂亮，衣领和袖口镶缀着一束束金穗：这是当时最时髦的穿戴了。

堂·克洛德的太阳穴血液沸腾，嗡嗡直响，勉强才能听见他们的谈话。（情话缠绵，其实相当乏味，总是没完没了地重复"我爱您"。这个乐句如不配上"装饰音"，在不相干的人听来就平淡无奇了。不过，克洛德在此倾听，却不是毫不相干的人。）

"噢！"姑娘仍未抬眼，说道，"您不要瞧不起我，浮比斯大人。我觉出我这样干很不好。"

"瞧不起您，美丽的女孩！"军官回答，他摆出一副风流倜傥、善体下情的样子，"瞧不起您，上帝的脑袋！为什么呢？"

"就因为随您来了。"

"说到这一点嘛,我的美人儿,我们的看法可不一样。我不应当瞧不起您,而是应当恨您。"

姑娘惊慌地看看他,问道:"恨我!我干了什么事儿啦?"

"让我这么央求您。"

"唉!……"姑娘叹道,"这是因为我要违背一个许愿……我找不到自己的父母了……护身符要不灵验了……可是,这又有什么关系呢?现在我还需要父亲母亲吗?"

姑娘说着,凝视队长,她那对黑色大眼睛,闪着喜悦和柔情的泪光。

"鬼才明白您是什么意思呢!"浮比斯高声说道。

爱丝美拉达沉默片刻,继而,她的眼里漾出一滴泪水,嘴唇发出一声叹息,这才说道:"唔!大人,我爱您。"

姑娘周身散发着浓郁的纯洁的芬芳、贞烈的魅力,就连浮比斯在她身边也有所拘束。然而,这句话却给他壮了胆。"您爱我!"他狂喜地说,张开双臂就搂住吉卜赛姑娘的腰。他等的就是这个机会。

教士见他这样,用指尖试了试藏在胸前的匕首尖。

"浮比斯,"吉卜赛姑娘轻轻拉开队长紧紧抓着她腰带的手,继续说道,"您心地善良,为人慷慨,相貌又英俊。您救了我的命,而我不过是流落到波希米亚的一个可怜的女孩。很早我就梦见一位军官搭救我。其实我梦见的是您,我的浮比斯,在认识您之前。我梦中的那位军官像您一样,穿一身漂亮的军服,佩戴长剑,威风凛凛。您叫浮比斯,这个名字很美,我喜爱您的名字,喜爱您的长剑。把您的剑拔出来,让我瞧瞧,浮比斯。"

"真是个孩子!"队长说道,笑着拔出长剑。

吉卜赛姑娘瞧瞧剑柄、剑锋,又极为好奇地细看剑柄上的姓名图案，吻了吻剑，说道："你是一位勇士的剑。我爱我的队长。"

浮比斯趁机吻了一下低垂的美丽脖颈。姑娘抬起头，脸唰地红了，宛如熟透的樱桃。教士在黑暗的角落咬牙切齿。

"浮比斯，"吉卜赛姑娘又说，"让我对您说，您走几步好吗，让我瞧瞧您魁梧的身材，听听您的马刺响。您多英俊啊！"

队长顺着她的意思，洋洋得意地站起来，微笑着说她："您可真是个孩子！……哦，对了，您没有看见我检阅时穿的盔甲吧？"

"唉！没见过。"姑娘回答。

"那才叫漂亮呢！"

浮比斯回身又挨着她坐下，这回靠得更近了。

"听我说，亲爱的……"

吉卜赛姑娘用美丽的小手拍拍他的嘴，她这种孩子气显得十分娇憨可爱，十分快活喜人："不，不，我不要听。您爱我吗？您要告诉我是不是爱我。"

"是不是爱你，我生命的天使！"队长半跪下，高声说道，"我的肉体、我的血液、我的灵魂，全部属于你。我爱你，除了你没爱过别人。"

这番话，他在类似场合不知重复了多少遍，已经背得滚瓜烂熟，这回一口气讲出来，半个字也不差。吉卜赛姑娘听到这样激情的表白，抬起洋溢着天使般幸福的目光，望着代替天空的肮脏天棚，喃喃说道："噢！这一时刻真可以死啦！"

浮比斯却认为"这一时刻"是个好机会，又抢着吻了一下，使主教代理在角落里又如受酷刑。

"死！"多情的队长高声说，"您说的这是什么话呀，美丽的天使？这种时候正应该活着，否则，朱庇特就只是个顽童啦！如此一件美事刚刚开始就死去！公牛角，开什么玩笑！……不能这样。……听我说,亲爱的西米拉玛……爱丝美拉达……对不起,没办法,您这撒拉逊的名字太奇特了,我总是叫不出来,就像一片荆棘,突然把我挡住。"

"上帝呀,"可怜的姑娘说道,"我还以为这名字奇特就好听呢!既然您不喜欢,那我就叫戈通吧。"

"哎!不要为这点小事伤心嘛,亲爱的!这个名字没别的,慢慢习惯就好了。我一旦记在心里,随口就能叫出来。……听我说,我亲爱的西米拉玛,我崇拜您到了狂热的程度。我这么爱您,简直太神奇了。我知道有一个小姑娘会因此气得发疯……"

姑娘嫉妒了,打断他的话:"谁呀?"

"这同我们有什么关系?"浮比斯说,"您爱我吗?"

"唔!……"姑娘咕哝一声。

"好哇!这就够了。您会看到,我也爱您。我若不能使您成为天下最幸福的人,那就让大魔鬼尼普图努斯一叉子将我叉死。我们找个地方,安一个美丽的小家。我还让您在窗口检阅我那些弓箭手,他们全骑马,根本不把米尼翁队长的人放在眼里。他们手执长矛和火枪。我还要带您去吕利谷仓,参加巴黎人的盛大集会。热闹极了。有八万人全副武装,三万人穿戴盔甲,白鞍白马,六十七面各行各业的旗帜;有大理院、审计院、修会会长金库、铸币间接税商会等等的旗帜,总之,那是魔鬼的大队人马!我还带您到行宫去看狮子,那种猛兽,凡是女人都喜爱。"

有好一阵,姑娘沉浸在美好的梦想中,只闻他的声音,却没有听他话语的意思。

"嘿!您会多么幸福啊!"队长继续说,并动手轻轻地解姑娘的腰带。

"您这是干什么?"姑娘急忙说道,这一"动手脚",就把她

299

从梦幻中拉出来了。

"没什么，"浮比斯答道，"我只想说，日后你跟我一起生活的时候，就应当把街头卖艺的这种荒唐打扮统统换掉。"

"我跟你一起生活的时候，我的浮比斯！"姑娘温柔地说道。

她又静下来，陷入沉思。

队长见她这样温柔，胆子大起来，干脆搂住她的腰，也不见她抗拒，于是，他就动手解可怜孩子的胸衣带子，弄出窸窸窣窣的声响，并用力扯下领巾。那边教士呼呼喘气，他看见吉卜赛姑娘美丽的肩膀从薄纱中袒露出来，微褐色，圆圆的，宛如天边雾霭中升起的月亮。

姑娘似乎毫无觉察，听任浮比斯摆布。色胆如天的队长眼里闪闪发光。

忽然，她转向队长，无限深情地说道："浮比斯，教教我你的宗教吧。"

"我的宗教！"队长哈哈大笑，高声说道，"就我，还教教你我的宗教！犄角和天雷！你要了解我的宗教干什么呀？"

"我们好结婚啊。"姑娘答道。

队长脸上换了表情，显得又惊讶，又鄙夷，既满不在乎，又充满淫欲，他说："哼！还要结婚？"

吉卜赛姑娘的脸顿时失去血色，脑袋忧伤地垂到胸前。

"我心爱的美人，"浮比斯温柔地说，"哪儿来的这些傻念头？结婚，算什么大事！不到教士的店铺里吐点拉丁语，难道爱的劲头就小了吗？"

他拿出最甜美的声调这样说着，又凑过来，紧紧挨着吉卜赛姑娘的身子，他的双手又回到老位置上，爱抚地搂住姑娘极为纤细曼妙的腰身，眼中的欲火越燃越炽烈，种种迹象表明，浮比斯先生显然到了神魂颠倒的时刻；而天神朱庇特每逢这种时候，就干出许多蠢事，弄得好心的荷马不得不呼来云彩替他遮羞。

然而，堂·克洛德却看得一清二楚。房门是用破桶板做的，全都腐烂了，中间裂开大缝子，正好让他那猛禽的目光通过。这位肩膀宽宽的、皮肤发黑的神父，在此之前一直囚在修道院，过着禁欲的生活，现在眼见情欲淫乐之夜的场面，不由得浑身颤抖，血液沸腾。美丽的姑娘神情慌乱，要委身给这个火热的青年，这给他的感觉，就像脉管里流动着熔化的铅水。他内心异常冲动。他的目光又嫉妒又淫荡，深入到一颗颗解下的别针的里面。此刻谁看见不幸的人把脸贴在房门的朽木条上，就会以为看见一只猛虎在笼子里注视着豺狼吞噬羚羊。他的眸子闪闪发光，仿佛烛光从门缝射出去。

浮比斯手疾眼快，突然把吉卜赛姑娘的胸褡扯下来。可怜的姑娘脸色苍白，原本沉溺于幻想，这下猛然惊醒，拼力挣脱军官的搂抱，瞧了瞧裸露出来的胸脯和肩膀，于是又羞又愧，满脸绯红，慌忙交叉双臂遮掩胸乳，一句话也讲不出来。她双眼低垂，这样静默伫立，如果不是面颊似火燃烧，那她真像一尊廉耻女神像。

队长扯掉她的胸褡，她脖颈上吊着的神秘的护身符也就露出来。"这是什么？"他问道，同时借着这个引子，又靠近被他吓跑的美丽的姑娘。

"别碰！"姑娘急忙答道，"这是我的保护神，能保佑我找到亲人，如果我没有给他们丢脸的话。噢！队长先生，放开我吧！我母亲！我那可怜的母亲！母亲啊！你在哪儿！快来救救我吧！求求您啦，浮比斯先生，把胸褡还给我吧！"

浮比斯往后退，冷淡地说道："哼！小姐，我完全明白，您并不爱我！"

"说我不爱你！"可怜的孩子难过地高声说，与此同时，她拉队长并排坐下,搂住他的脖子,"说我不爱你,我的浮比斯!你真坏,说这种话,要撕裂我的心吗?唔!好吧!把我拿去,全拿去吧!随你拿我怎么样都成!我是你的人了,护身符又算什么!我母亲又算什么!你既然爱我,就是我母亲!浮比斯,亲爱的浮比斯,你看见我了吗?是我呀,瞧瞧我!是你不嫌弃的小姑娘,她来了,来找你了。我的灵魂、我的生命、我的身子、我这个人,整个儿都属于你,我的队长。好吧,不结婚就不结婚,省得惹你心烦。其实,我呀,算什么呢?一个流浪街头的穷苦姑娘,而你呢,我的浮比斯,你是贵人绅士。想得真美,一个跳舞的姑娘,要嫁给一名军官!我真的发疯了。好吧,浮比斯,不结婚,我只做你的情妇,供你消遣,供你玩乐,是属于你的一个姑娘,只要你高兴就行,我生来就是这个命,受侮辱,受歧视,受人轻贱,可是,这又算什么!反正得到爱了。我将是最自豪、最快活的女子。等我老了或者丑了,浮比斯,等我不配再爱您了,老爷,您还允许我伺候您!别人的女人给您绣绶带;而我,是您的奴仆,要帮您穿戴。您让我给您擦马刺,刷军装,擦净马靴。对不对,我的浮比斯,您有这份儿怜悯心?不过眼下,您把我拿去吧!喏,浮比斯,这一切都属于你,只要爱我就行啦!我们埃及女人,只求这个,只要空气和爱情!"

爱丝美拉达说着,伸出双臂搂住军官的脖子,她含泪粲然一笑,以恳求的目光,从上到下端详他。她那娇嫩柔美的胸乳,摩擦着粗呢军服和粗糙的刺绣,半裸的美丽的身躯在他的膝上扭动。队长心醉神迷,火热的嘴唇贴在这非洲姑娘秀色可餐的肩上。姑娘失神的目光望着天棚,身子朝后仰,颤抖着接受这一亲吻。

突然,她看见浮比斯头上出现一个脑袋:那张面孔灰白而抽搐,一副恶魔的眼神。在那张脸旁边举着一只手,握着一把匕首。那正是教士的脸和手。他已然破门而出,来到跟前。浮比斯看不见他。姑娘慑于那可怕的魔影,全身冻结而动弹不得,一句话也讲不出来,如同窝里的一只鸽子,一抬头正好看见瞪着圆眼凝视的老鹰。

她想喊也喊不出声来,只见匕首朝浮比斯刺下去,重又举起来时冒着血气。"该死!"队长叫了一声,便倒下了。

姑娘也昏了过去。就在她合上眼睛,迷离恍惚中,她仿佛觉得嘴唇被火烫了一下,那是比刽子手的烙铁还要灼热的一个吻。

她恢复知觉的时候,发现自己被巡夜的军警围住,队长满身血污被抬走,那教士不见了,而屋子另一端临河窗户大敞四开,他们拾起一件斗篷,以为是队长的,只听周围的人说:"她是个女巫,刺杀了队长。"

第八卷

一 银币变成枯叶

格兰古瓦和奇迹宫所有人都担心死了。整整过了一个月,也没有爱丝美拉达的下落,不知她出了什么事,也不知小山羊怎么样了。埃及公爵及其丐帮朋友十分伤心,格兰古瓦更是倍加痛苦。这埃及姑娘一夜之间失踪了,从此毫无音信。到处寻找也毫无结果。有几个爱戏弄人的家伙对格兰古瓦说,那天晚上在圣米歇尔桥附近,她跟一个军官跑了,被他们撞见。然而,这位做丈夫的按照吉卜赛人的习俗,称得上是一个绝不轻信的哲学家,况且他比谁都清楚,他妻子是多么珍惜处女的贞洁。他早就做出估价,埃及女人加护身符这两种品性结合起来,能产生何等坚不可摧的廉耻心;他甚至像数学一样精确地计算过,这种贞操是对另一种强力的抗力。因此,这方面他完全放心。

这样,格兰古瓦就无法理解她为什么失踪了。他忧心惨切,如果可能,身体还会消瘦几分。他把一切都置于脑后,连文学兴趣,连他的伟大著作《论常规和非常规修辞》,也都淡忘了。这本巨著,他打算自己一有钱就拿去印行。——他见识过格·圣维克多的《论学》的凡德兰·德·斯皮尔著名版本,从那之后就崇拜起印刷术了。

有一天,他愁眉苦脸,经过刑事法庭的门前,看见司法宫一道门那里聚了许多人。

"这里出了什么事儿?"他问一个从里面出来的青年。

"我也不知道,先生,"年轻人回答,"据说要审一个女人,她杀了一名警官。由于案件牵涉巫术,主教和宗教法庭都参与判案。我哥哥是若萨主教代理,他把精力全搭在这上面了。我要跟他说说话,可是人太多,挤不上去,真气人,我还等钱花呢。"

"唉,先生,"格兰古瓦说道,"我倒是愿意借给您点儿;不过,如果说我这裤兜里面有窟窿,那可不是装银币磨破的。"

他没敢告诉这个青年自己认识他哥哥。那次在教堂发生口角之后,他再也没去找主教代理,这样失礼,也就不好意思见面了。

那学生径自走了。格兰古瓦则尾随众人,登上大厅的楼梯。他认为法官一般都蠢得可笑,列席一场刑事审判,比看什么热闹都更能消愁解闷。他钻进人群:大家拥挤着默默走去。司法宫有一条昏暗的长廊,仿佛是这座古老建筑物的肠胃道,人群在曲折的长廊里走走停停,十分腻味,好久才通过,到了一扇矮门。格兰古瓦个子高,能从攒动的人头上面望去,察看矮门里面的大厅。

大厅很宽敞,因昏暗而显得更大,时已薄暮,天光惨淡,从尖拱窗户射进来,照不到拱顶了。穹窿是巨大的木架结构,上面雕刻的无数形象,在黑暗中似乎蠢蠢而动。几张桌案已经点上蜡烛,照着伏案翻阅案卷的录事们的脑袋。大厅前半部分挤满了听众,左右两厢的桌案,已有穿法袍的人落座。大厅上首的讲坛上,坐着不少审判官,后几排则隐没在黑暗中。那一张张铁板的面孔狰狞可怕。四周墙壁到处是百合花图案。审判官头上有一大幅耶稣像还依稀可见。斧钺矛戈林立,锋尖映着烛光,像一朵朵火焰。

"先生,"格兰占瓦问身边的一个人,"先生,怎么那么多人坐在那儿,就像开主教会议似的。"

"先生,"那人答道,"那些人,右首是大法庭评议官,左首是审案评议官;穿黑袍的是宗教裁判官,穿红袍的是朝廷法官。"

"坐在他们上首、满头大汗的那个胖子,他是什么东西?"格兰古瓦又问道。

"是庭长先生。"

"他身后那群绵羊呢?"格兰古瓦继续问道。——前文说过,他不喜欢司法宫,也许他的剧作演出失败之后,他对司法宫始终怀恨在心吧。

"那是御前审案官先生们。"

"在大胖子前面的那头野猪呢?"

"那是大法庭的录事先生。"

"右首的那条鳄鱼呢?"

"那是大律师菲利浦·娄利埃先生。"

"左首那只胖胖的黑猫呢?"

"那是教会法庭检察官雅克·夏莫吕先生,以及教会法庭的先生们。"

"哦,是嘛,先生,"格兰古瓦说,"这些家伙都跑这儿来干什么呢?"

"他们要审判。"

"审判谁?不见被告呀。"

"审判一名女犯,先生。您是看不见她,她正背对着我们,而且被人群遮住。喏,瞧那堆持戟的警士,她就在那儿。"

"那女人是谁?"格兰古瓦问道,"您知道她的名字吗?"

"不知道,先生。我也刚到一会儿,看到教会法庭的人同堂问案,只是猜测这是件巫术案。"

"好哇!"我们的哲学家说,"我们要看到所有这些穿法袍的家伙要吃人肉了。这种场景已经是老一套了。"

"先生,"旁边那人指出,"您不觉得雅克·夏莫吕先生样子很和蔼吗?"

"哼!"格兰古瓦回答,"我才不信那种尖鼻子、薄嘴唇的人和蔼呢!"

说到这里,旁边的人让两个闲扯的人肃静,现在正听一个人的重要证词。

"各位大人,"法庭中央一个老太婆说道,她的面孔几乎都缩在衣服里,整个人像能行走的一堆破衣裳,"各位大人,这事儿是千真万确的,就跟我是法路代尔老婆子一样千真万确。我老婆子在圣米歇尔桥头安家已有四十年,总是按时交房租、捐税和年贡;我家的门正对着河上游塔散—加雅尔染房。——别看我现在成了可怜的老太婆,从前可是个美丽的姑娘呢,各位大人!近几天有人对我说:法路代尔婆婆,晚上纺线别太熬夜了,魔鬼就喜欢用它的角给老太婆梳理纺锤。去年在圣殿那一带的那个幽灵,现在肯定到老城来游荡。法路代尔婆婆,当心那幽灵要捶你家门。——一天晚上,我正在纺线,忽听有人捶门。我问是谁。外面的人骂骂咧咧。我打开门,进来两个人。一个穿黑袍的,跟一个漂亮军官。穿黑袍的只露出两只眼睛,跟火炭一样。全身都被斗篷和帽子遮住了。他们对我说:圣玛特房间。那是我楼上那间屋子,各位大人,是我最干净的房间。他们给了我一埃居银币,我就塞进抽屉里,心里念叨:明天正好去凉亭剥皮场买些牛羊下水来。——我们上楼,到了上面的房间,我一转身的工夫,那穿黑袍的人就不见了,真叫我有点惊讶。那名军官仪表堂堂,像个大爵爷。他跟我下楼,然后就出去了。纺四分之一支线的工夫,他又回来,还带了一个美丽的姑娘;跟个玩偶娃娃似的,要是再打扮一下,就会像太阳一样光辉灿烂。那姑娘带了一只山羊,一只大山羊,白色的还是黑色的,我记不清了。我一看这情况,心里就犯合计了:姑娘吗,跟我不相干,可是大山羊!……我不喜欢这类畜生,又长胡子又长角。样子有点像人了,而且还带点妖气。不过,我什么话也没讲。我拿了银币嘛。公平交易,对不对,法官先生?我带姑娘和队长到楼上房间,然后就离开,让他们单独在一起,当然还有山羊。我回到楼下,重又开始纺线。——要向诸位说明一点,我那房子有两层,背靠着河,跟桥上其他房屋一样，楼上楼下的窗户都是临水的。——我正纺着线，也不知道怎么回事，怕是山羊引起来的，我总想着那个幽灵，还觉得那美丽的姑娘打扮得也挺古怪。——突然，我听见楼上一声叫喊，又咕咚一声，有什么东西落到地上，接着窗户打开，我赶紧跑到我这屋的窗口，跟楼上的窗户上下正对着，就看见一堆黑乎乎的东西，从我眼前掉进河水里。那是个幽灵，穿着教士的服装。当时月光很明亮，我看得清清楚楚：那幽灵朝老城游去。我吓得浑身直哆嗦，叫巡逻队来。那些巡警先生们一进屋，还没闹清是什么事，就先把我给揍一顿，大概是取个乐子。我向他们说明了情况，我们上楼去，一上去看见了什么呀？我那可怜的房间全是血，队长直挺挺地倒在地上，脖子上插着一把匕首，姑娘在装死，山羊也惊了。——'好家伙，'我说，'我得花半个月的时间，才能把地板刷干净，还得一点点抠，真要命！'——队长给抬走了，可怜的年轻人！姑娘的衣衫全扒开了。——等一等，还有最糟糕的事：第二天，我要拿那枚银币去买下水，掏出来一看却变成枯叶子了。"

老太婆住了口。听众之间响起一阵骇怖的私议声。

"那个鬼魂、那只山羊，全有巫术的味道。"格兰古瓦旁边的一个人说道。

"还有那片枯叶子呢！"另一个人接上说。

"毫无疑问，"第三个人说，"那是个巫婆，跟幽灵串通一气，专门抢劫军官。"

格兰古瓦自己也差不多觉得，整个这件事很可怕，也像是真的。

"法路代尔老婆子，"庭长先生威严地说："您再没有别的情况要对本庭讲吗？"

"没有了，大人，"老太婆回答，"倒是有一个情况，起诉书中把我的房子说成是七扭八歪、臭气冲天的破屋，说得太损了。桥上的房屋都不大气派，那是因为人太多了；可是，连卖肉的都不嫌弃，他们都是有钱人，娶了非常干净的漂亮女人。"

格兰古瓦看着像鳄鱼的那位法官站起来，朗声喊道："肃静！我请各位大人不要忽略在被告身上搜出的一把匕首。法路代尔老太婆，魔鬼给您的银币变化的枯叶，您带来了吗？"

"带来了，大人，"她回答，"我找到了。就是这一片。"

一名执达吏将枯叶转呈给鳄鱼，鳄鱼哭丧着脸，点了点头，又传递给庭长。庭长接过去，又传给宗教法庭检察官。就这样，那片枯叶周游了大厅。

"这是一片白桦树叶，"雅克·夏莫吕先生说，"是妖术的又一证据。"

一位评议官发言："证人，有两个男子一道去您家中。穿黑袍的人，您先是看见他消失了，后来又看见他穿着教士的服装，跳进塞纳河游走；另外一个是军官。那两个人究竟是哪个给了您银币？"

老太婆想了一会儿，答道："是军官。"听众又是一阵议论。

"唔！"格兰古瓦想道，"原来这样，我又半信半疑了。"

这时，大律师菲利浦·娄利埃先生再次发言："我提请诸位注意，在被害军官床前笔录的证词说：当黑衣人上前搭话时，他隐隐约约想到这很可能是幽灵，还说那鬼魂极力怂恿他去同被告幽会；又据军官的证词，他身上没有钱，付给法路代尔的那枚埃居银币，是那个鬼魂给他的。因此，那银币是一枚冥钱。"

这一决定性的发言，似乎驱散了格兰古瓦和其他听众的疑虑。

"诸位都有本案的材料，"大律师坐下来补充道，"可以查阅一下浮比斯·德·夏多佩的证词。"

一听这个名字，被告站起来，她的头也就从听众的遮挡中露出来。格兰古瓦一见，万分惊骇，他认出那是爱丝美拉达。

爱丝美拉达脸色惨白；当初，她那秀美的发辫多么光润，缀满金箔，而现在却乱蓬蓬地披散下来；她的嘴唇发青，两眼塌陷，形容真吓人。唉!落到这一步!

"浮比斯!"她怔忡叫道,"他在哪儿?老爷们啊!求求你们啦,在处死我之前,告诉我他是不是还活着!"

"住口,你这女人!"庭长喝道,"这不关我们的事!"

"噢!可怜可怜吧!告诉我,他是不是还活着!"她又叫道,同时合拢消瘦了的纤手。锁链顺着她衣裙垂下,因抖动而哗啦之声可闻。

"好吧!"大律师冷淡地说,"他要死了。……这回您满意了吧?"不幸的姑娘又重重地坐到小凳上,她说不出话来,流不出眼泪,惨白的面孔像蜡人一般。

庭长俯身,对他脚边的一个人说:"执达吏,带第二名被告!"

执达吏头戴金黄帽子,身穿黑袍,脖颈搭着一条铁链,手中拿着笞杖。他应命而去。

众人都扭头注视一道小门。小门开了,格兰古瓦的心狂跳起来,带进来的却是金角金蹄的美丽小山羊。那秀雅的动物到门口停留片刻伸着脖子,仿佛立在山岩上,举目眺望辽阔的天际。忽然,它发现吉卜赛姑娘,立刻纵身一跃,越过一名录事的桌子和脑袋,两跳就蹿上女主人的膝头,姿势优美地滚在她的脚下,乞求一句话或一阵爱抚。然而,被告还是一动不动,连对可怜的佳利都不看上一眼。

"哦,对……就是这个可恶的畜生,"法路代尔老太婆说,"她们两个,我都认得清清楚楚!"

雅克·夏莫吕说道:"诸位先生如果允许,我们就开始审讯山羊。"

不错,山羊正是第二名被告。审讯一只动物的巫术案,在当时是极为寻常的。府尹衙门一四六六年档案中就有不少这类案例,其中一件特别有趣,详细记载了审理吉莱—苏拉尔及其猪一案的费用,那两名被告"以渎神罪在科贝伊处决"。费用全部列上了:放置母猪的刨坑费、从莫桑港运来的五百捆柴火、三品脱葡萄酒和面包,即临刑前犯人和刽子手同吃的最后一餐,直到每天计为八德尼埃的十一天母猪喂养看管费。审讯有时甚至超出动物的范畴。查理曼和忠厚路易就曾下过诏书,要严惩胆敢出现在空中的火焰鬼魂。

这时,教会法庭检察官嚷道:"如果这只山羊附体的魔鬼抗拒驱魔,坚持兴妖作怪,以此恐吓法庭,那么我们要告诫它,我们将不得不对它处以绞刑或者火刑。"

格兰古瓦不禁出了一身冷汗。夏莫吕从桌案上拿起吉卜赛姑娘的手鼓,以特别的姿势伸向山羊,问道:"几点钟啦?"

山羊以明慧的目光注视他,用金蹄敲了七下。当时正好七点钟。听众惊骇,一阵骚动。

格兰古瓦按捺不住,喊道:"它这是害了自己。你们都知道,它并不懂自己在干什么事!"

"后边的市民肃静!"执达吏尖声喝道。

雅克·夏莫吕凭借手鼓,以同样的手法,引逗山羊做了好几个把戏,例如指出今天是几号,现在是几月份,等等,读者在前文都见识过了。佳利这些无害的小把戏,同样是这些人在街头恐怕不止一次为之喝彩,而在司法宫的穹窿之下,随着审讯而产生幻视,就都惊恐万分了。毫无疑问,山羊是魔鬼。

更糟的是,检察官把佳利脖子上吊的小皮袋里装的字母块倒在地上,它又立刻用蹄子从散乱的字母中拼出"浮比斯"这个要命的名字。铁证如山,正是这种巫术害死了队长;于是,在所有人眼中,吉卜赛女郎成了十足可怕的妖婆,而曾几何时,这个姑娘的曼妙舞姿,不知多少回使行人目眩神摇。

不过,她已半死不活,无论佳利的出色表演、检察官的恫吓,还是听众低声的咒骂,一概引不起她的注意。

为了把她唤醒,一名警士不得不重重地摇她,庭长也不得不提高嗓门庄严宣布："你这姑娘，出身流浪种族，惯于兴妖作怪；你与另一案犯妖羊合谋，并串通魔鬼的力量，于三月二十九日夜间，借助于蛊术和妖法，谋害并刺杀了羽林军弓箭队队长浮比斯·德·夏多佩。你还拒不招供吗？"

"真可怕！"姑娘用双手捂住脸，喊道，"我的浮比斯！噢！这样折磨人啊！"

"你还拒不招认吗？"庭长又冷酷地问道。

"要我招认！"她的声调很可怕，而且站起身，两眼炯炯发光。

庭长继续逼问："那么，你又如何解释控告你的这些事实呢？"

"我已经说过。我不知道。那是个教士干的。我不认识的一个教士。一直追逐我的恶魔教士！"

"这就对了，"法官接口说，"正是幽灵。"

"噢！老爷们！可怜可怜吧！我只是一个可怜的姑娘……"

"……埃及姑娘。"法官说道。

雅克·夏莫吕口气温和地发言："被告冥顽不化，令人痛心，有鉴于此，我请求动刑审问。"

不幸的姑娘吓得浑身发抖，不过，她还是听从荷戟警士的命令，站起身来，以相当坚定的步伐，跟在夏莫吕和教会法庭的教士们后面，由两排荷戟警士押送，走向一道便门。那便门忽然张开，等她进去又合上；伤心的格兰古瓦见这情景，就觉得那是一张骇人的大口，一下把她吞噬了。

姑娘的身影刚刚消失，就听见咩咩一阵哀叫，那是小山羊在哭泣。

现在休庭。一位评议官提出，各位先生都已疲倦，而要等很久，刑供才可能出来。庭长回答：身为司法官，就应恪尽职守。

"该死的贱女人真可恶，"一位年迈的法官抱怨，"偏偏在人家该吃晚饭的时候去受刑讯！"

二　银币变成枯叶续篇

爱丝美拉达始终由一队送葬似的警士押送，走在白昼还需照明的黑暗走廊里，上上下下经过几道台阶，终于被司法宫的警官推进一个阴森可怖的房间。房间呈圆形，是一座大塔楼的底层。这类大塔楼，刺破新巴黎用以覆盖旧巴黎的现代建筑层，如今还高高屹立。这间地下室没有窗户，只有这道矮门一个通口，由一扇巨大的铁门封闭。不过，室内并不缺少光亮：厚厚的墙壁里砌了一座炉子，炉火燃得正旺，照得全室红彤彤的，衬得角落里的一支蜡烛反而暗淡无光了。用来遮挡炉口的铁箅子这时已经拉上去，从黑乎乎墙壁的火红炉口，只能看见铁条的下端，就像一排间缝很宽的黑色利齿，显得整个炉膛好似传说中火龙的巨口。借着炉火的亮光，这名女犯看见房间四周摆列许多骇人的器具，不知道是做什么用的。房间中央有一张皮垫床，几乎贴着地面；上空一条带环扣的皮带吊下来，上端系在拱顶石雕刻的塌鼻子怪物咬着的铜环上。铁钳、烙铁、宽大的犁铲，乱七八糟塞满了炉膛，已经烧得通红。炉火放射血红的光，照亮全室杂乱的什物，无不令人毛骨悚然。

这个野蛮的场所，就是所谓的"刑讯室"。

凶神恶煞的行刑吏彼埃拉·托特律，懒洋洋地坐在皮垫床上。他的两名打手是方脸夜叉，都扎着皮围裙，穿着粗布裤子，正在翻动炉火上那些铁器。

可怜的姑娘鼓起勇气也是枉然，她一走进屋就魂不附体了。

司法官的警官排在一侧，宗教法庭的教士们排在另一侧，一名文书则到角落去，那里有桌子和笔墨纸张。雅克·夏莫吕先生笑呵呵地走到埃及姑娘面前，和颜悦色地说道："亲爱的孩子，你还拒不招供吗？"

"嗯。"她回答的声音极其微弱了。

"既然如此，"夏莫吕又说道，"我们只好忍痛，对你更加严厉地审问了，我们本来并不愿意这么做。——劳驾，请坐到这张床上来。——彼埃拉先生，给这位小姐让座，请把门关上。"

彼埃拉气哼哼地站起来，咕哝道："关上门的话，这炉火就会熄灭。"

"好吧，亲爱的，那就敞着门吧。"夏莫吕又说道。

这工夫，爱丝美拉达仍然站着不动。有多少不幸者，在这张皮床上惨遭酷刑。她看着这张床惊恐万状，骨髓都冻结了，呆立在原地，一副怔营惶怖的样子。夏莫吕一挥手，两名打手就上前揪住她，把她按在床上。这两个人并没有把她弄疼，可是他们的手一碰到她，而她的身子一接触皮床，她立刻感到周身血液倒流，涌进心房。她仓皇四顾，恍若看见那些奇形怪状的刑具都蠢蠢而动，从四面八方向她逼来，顺着她的身体爬行，又啃又咬：这些刑具在她见过的所有器具中，可以说是鸟雀虫豸中的蝙蝠、蜈蚣和蜘蛛。

"大夫在哪儿？"夏莫吕问道。

"在这儿。"一个声音回答，是她还没有瞧见的一个穿黑袍的人。

她不寒而栗。

"小姐，"宗教法庭检察官又以甜甜的声调问道，"第三次问您，您还矢口否认您犯罪的事实吗？"

这回她只能点点头，已经发不出声来了。

"您还坚持吗？"雅克·夏莫吕说道，"好吧，我十分遗憾，不能不履行我的职责了。"

"检察官先生，"彼埃拉突然问道，"我们从哪一样开始？"

夏莫吕犹豫半晌，蹙眉斜眼，仿佛诗人在推敲韵脚一般，终于说道："先上脚枷吧。"

不幸的姑娘深深感到自己被人和神抛弃了，脑袋耷拉在胸前，如同一件自身没有力量的物体。

行刑吏和医生一同走到她面前。与此同时，那两名打手也开始翻捡骇人的武库。

听到那些可怕的铁器叮当作响，可怜的少女浑身战抖，就像一只通了电的死青蛙。——"噢！我的浮比斯！"她喃喃自语，声音细微得无人听见。她随即重又缄默而静止不动，活像大理石雕像。除了法官之外，任何人见此情景，都会痛断肝肠。这颗犯了罪的可怜灵魂，到了地狱的猩红色入口，要受撒旦的拷问；这个可怜的躯体，落入一堆可怕的大锯、转轮、拷问架中间，要受刽子手和刑具的残忍魔掌摆布，正是这个温柔、洁白而柔弱的姑娘。多么可怜的谷粒，要由人间司法放进酷刑的巨磨中碾成齑粉！

这工夫，彼埃拉·托特律的打手伸出结满老茧的手，粗暴地扒下姑娘的长袜，使她那美丽的双腿和纤足裸露出来：曾有多少回在巴黎街头，她那双腿和纤足以其曼妙秀丽而令行人赞叹不已。

"真可惜！"行刑吏端详如此光润纤美的肢体，低声咕哝道。

此刻主教代理若是在场，一定会想起他所说的蜘蛛和苍蝇的那个比喻。

不幸的姑娘透过面前弥漫的迷雾，眼看着刑枷逼近，眼看着自己的脚被铁板夹住，消失在可怖的刑具中。她一阵恐惧，又有了力量，于是狂叫起来："卸下来吧！饶命啊！"

她披头散发,身子要立起来,跳下床,扑到检察官的脚下,然而双腿却被沉重的橡木和铁板刑枷紧紧夹住,她颓然瘫在脚枷上,比翅膀灌了铅的蜜蜂还要疲竭无力。

夏莫吕一摆手,打手又把她拉到皮床上,两只粗大的手将棚顶吊下来的皮带系住她纤细的腰身。

"最后再问一次,您招认所犯的罪行吗?"夏莫吕问道,而且始终和颜悦色。

"我是无辜的。"

"既然这样,小姐,您又如何解释指控您的罪证呢?"

"唉,大人!我也不知道。"

"您否认吗?"

"全部否认!"

"动手吧!"夏莫吕吩咐彼埃拉。

彼埃拉转动起重杆,脚枷就越上越紧,可怜的姑娘连声惨叫。这是人类任何语言都标示不出来的。

"住手!"夏莫吕对彼埃拉说,随即又问埃及姑娘:"您招不招?"

"全招!"可怜的姑娘嚷道,"我招!我招!饶命啊!"

她面对刑讯,没有估计一下自己的力量。可怜的孩子,有生以来,日子过得多么快活,多么甜美,这次刚一尝到受刑的疼痛滋味,她就垮掉了。

"出于人道,我必须告诉您,"检察官指出,"一招供,您就只好等死了。"

"死了才好。"姑娘说道,仰身倒在皮床上,已经奄奄一息,任凭皮带吊着腰身,躯体折成两段。

"站起来,我的美人儿,稍微坚持一下!"彼埃拉先生将她扶起来,说道:"看您这样子,真像勃艮第公爵脖子上吊的金绵羊。"

雅克·夏莫吕高声说:"录事,记录下来。——吉卜赛姑娘,您经常跟恶鬼、假面鬼和吸血鬼一起,参加地狱的宴会和群魔会,并且兴妖作怪,您招认吗?回答。"

"是。"她回答的声音低得就像喘气。

"您承认见过只有巫师才能看到的、别西卜为召集群魔而显示在云端的那只山羊?"

"是。"

"您承认崇拜过圣殿骑士的可憎的偶像博佛迈的脑袋?"

"是。"

"您承认经常同魔鬼打交道,而魔鬼化身为与本案有关的一只家养的山羊?"

"是。"

"最后,您也供认不讳,在三月二十九日夜晚,您借助于恶魔和通常称为幽灵的那个鬼魂,谋害并刺杀了名叫浮比斯·德·夏多佩的队长吗?"

姑娘抬起一双大眼睛,直瞪瞪地注视司法官,既不冲动,也不颤抖,只是机械地回答:"是。"显然,她的意志完全崩溃了。

"记录下来,录事。"夏莫吕说道。回头又对打手们说:"将犯人放下来,押回法庭去。"

等人给犯人脱掉"刑靴",检察官看了看她那双疼得还发僵的脚,说道:"好啦!没怎么伤着。您叫喊得挺及时,美妞儿,以后还能跳舞!"

他又转向他那些宗教法庭的助手:"案件终于水落石出!令人快慰啊,先生们!这位小姐可以作证:我们尽量从轻用刑,做到仁至义尽。"

三　银币变成枯叶终篇

　　被告脸色苍白,一瘸一拐回到审判大厅,迎接她的是一片欣慰的私议声。听众方面所表露的是等得不耐烦转而满意的情绪,如同看戏的人终于盼到最后一段幕间休息结束,幕布重又拉开,演出接近尾声了。法官方面所表露的情绪,则是可望很快能回去用晚餐了。小山羊也高兴得咩咩直叫,想奔向女主人,但是却被拴在凳子上了。

　　天色完全黑了。法庭没有增添蜡烛的数量,烛光极其微弱,都照不见墙壁。黑暗给所有物品蒙上一层迷雾,连法官无精打采的面孔也若隐若现。只见长长大厅的另一端,在他们对面由黑暗背景衬出一个隐约的白点。那就是被告。

　　她已拖着脚步回到位置上。夏莫吕也已端然落座,刚坐定又站起来,他刑讯成功,但并不过分流露得意之色,宣布一声:"被告已经供认不讳。"

　　"吉卜赛姑娘,"庭长接口说,"您承认兴妖作怪,卖淫,并杀害浮比斯·德·夏多佩的全部罪行了吗?"

　　姑娘一阵揪心,只听见她在黑暗中啜泣,声音微弱地回答:"你们要我承认什么都行,但是快点杀死我吧!"

　　"宗教法庭检察官先生,"庭长又说道,"本庭准备听取您的公诉状。"

　　夏莫吕打开吓人的大本,以控诉的夸张声调,并伴以频频的手势,宣读一大篇拉丁文演说词,其中立案的证据全以西塞罗式的迂回句法罗列出来,并穿插引述他最喜爱的滑稽作家普劳图斯的名言。非常遗憾,我们不能让读者欣赏到这篇奇文。演说家一开头就念得有声有色,可是引言部分还未念完,他的额头上就冒出汗来,眼眶里也冒出泪珠子。他正念到一大段中间,突然顿住,那平常相当温和,甚至相当痴呆的眼睛,这时射出凶光。

"先生们,"他高声说,这回讲的倒是法国话,因为大本子上没有,"在这个案件中,撒旦十分嚣张,他就在这里旁听,以怪相嘲笑法庭的尊严。瞧啊!"

他说着,用手直指小山羊。小山羊见夏莫吕比比画画,还以为让它照样做,于是它后腿坐实,舞动前腿,摇摆长胡子的脑袋,极力模仿宗教法庭检察官的激情表演。想必大家记得,这是它的一样拿手好戏。然而,这个插曲,这个最后的证据,产生了极大的效果。有人上前将山羊的四蹄捆起来,检察官又滔滔不绝地宣读下去。

公诉状十分冗长,但结尾部分令人绝倒。下面是最后一句话,请读者凭借想象,加上夏莫吕先生的嘶哑嗓音和气喘吁吁的手势:

"各位大人,妖术一目了然、罪行昭明较著,犯罪意图也已成立,因此,我们从矗立在纯净的老城岛上的、拥有初高级一切司法权的巴黎圣母院这一圣殿名义,根据本诉状的内容,宣布以下几点要求:第一,判以一定数量的罚款;第二,令其在巴黎圣母院大门前悔罪;第三,判处该女巫及其山羊死刑,或在俗称河滩的广场,或者到塞纳河上这座岛子之外,在靠近御花园尖角的地方执刑。"

检察官戴上帽子,重新坐下。

"唉!这拉丁文真拙劣!"格兰古瓦伤心地叹道。

另一个身穿黑袍的人,从被告旁边站起来。他是被告的辩护律师。法官们饿得慌,开始低声抱怨。

"律师,请简短些。"庭长说道。

"庭长先生,"律师答道,"既然被告招认犯了罪,我向诸位先生就只讲一句话。撒利克法典①有这样一条:'一个女巫如果吃掉一个男人,并且供认不讳,她就要付八百德尼埃罚款,合二百金苏。'请法庭判我的当事人付这笔罚金。"

"该条款已经废除。"王朝大律师反驳道。

"不对。"辩护律师回敬道。

"表决吧!"一名评议官发言,"罪行确凿,时间也晚了。"

于是当庭付于表决。法官都急着要走,就以帽子表示赞成还是反对。庭长低声向法官们提出事关人命的表决问题,昏暗中隐约看见他们一个接一个摘下帽子。可怜的被告好像在注视他们,可是混浊的眼睛什么也看不见了。

接着,录事开始登录,然后将一长卷羊皮书呈给庭长。

这时,不幸的姑娘听见人们一阵忙乱,矛戈碰击的声响,一个冷酷的声音说道:"吉卜赛姑娘,由国王陛下指定日子的那天正午,您只穿内衣,赤着双脚,脖子套着绳索,乘大车到圣母院大门前,手执两斤重的大蜡烛进去悔罪,然后押往河滩广场,在本城绞刑架上处以绞刑,您这只山羊也同样吊死;此外,您供认犯了兴妖作怪、卖淫、杀害浮比斯·德·夏多佩先生等罪行,还必须向教会法庭交纳三枚金狮币赎罪。愿上帝接收您的灵魂!"

"噢!这真是一场梦!"爱丝美拉达自言自语,她感到粗暴的手将她拖走。

---

① 撒利克法兰克人法典,508年克洛维一世时公布。其中一条规定女子无土地继承权。

四　抛却一切希望

中世纪建筑物凡属完整的,大抵地上地下各占一半。只有像圣母院那样打地桩的建筑物例外,其余宫殿、堡垒、教堂,无不有双重地基。譬如大教堂,可以说地下还有一座大教堂,非常低矮、幽暗、神秘、又瞎又哑,而上面的大殿则是通红透亮,日夜回荡着管风琴和鸣钟的乐音;有的教堂地下是一座墓穴。宫殿和堡垒的底层,往往是地牢,也有的是墓穴,或者两者兼备。这类巨大而坚固的建筑,我们在别处解释过其构成和"增殖"的方式,它们不仅有地基,而且可以说有根须,四处往地下延伸,构成厅室、走廊、楼梯,一如地上的建筑。因此,教堂、宫殿、堡垒,都有半截埋在土中。一座建筑物的地下室又是一座建筑物,那是走下去而不是登上去:地下各层之于地上各层,恰如岸边的树林和山峦投向镜湖的倒影。

圣安托万堡垒、巴黎司法宫、卢浮宫,这些建筑的地下部分是监牢。这些监牢又一层层深入地下,越来越狭窄,也越来越黑暗,区段越深而越阴森恐怖。但丁描述地狱,最好的样板莫过于此。地牢排列成漏斗状,斗底通常是一间密牢,那是但丁安置撒旦,社会安置死囚的地方。一个不幸的人一旦埋葬在那里,就永远告别了天日、空气、生活,就"抛却一切希望",走出去不是上绞刑架,就是上火刑柴堆;有的就死在里面腐烂掉,人间司法称之为"遗忘"。死囚感到头上压着一堆石头和一群狱卒,把他和人类隔开,而整个牢狱,整个庞大的堡垒,无非是一把结构复杂的大锁,把他锁在人世之外。

被判绞刑的爱丝美拉达,就是囚禁在这样一个斗底,由圣路易挖掘的地牢,小塔的密牢里,头上压着司法宫的庞大建筑,无疑是怕她越狱。殊不知可怜的苍蝇,连最小一块石头也拱不动!

毫无疑问,要摧毁一个如此柔弱的生命,何须这样大动干戈,这样施刑和折磨!

她囚禁在里边,被黑暗吞没,被深深埋葬,被牢牢禁锢。谁若是见过她在阳光下欢笑跳舞,再见她落到这种境地,一定会不寒而栗。这里像黑夜一般寒冷,像死亡一般寒冷,头发再也没有清风拂弄,耳畔再也没有人声,眼前再也没有一缕天光,身子被锁链折成两段,蜷缩在一个水罐和一块面包旁边,身下的一点草浸在牢房渗出的水所积成的水洼里,她一动不动,几乎没有气息,甚而感觉不到痛苦了。浮比斯、太阳、中午、天空、巴黎街道、博得掌声的舞蹈、同那军官的呢喃情话,继而那教士、那老婆子、匕首、鲜血、酷刑、绞刑架,这一切还在她脑海中浮现,时而好似金光灿烂的欢歌幻景,时而又像奇特怪诞的噩梦;然而这一切,完全成了消失在黑暗中的一场朦胧的挣扎,或者高高在地面上演奏的一种遥远的音乐,而在这苦命的姑娘所跌入的沉渊里,再也听不见了。

她囚禁到这里之后,始终处于非醒非眠的状态。她在这种悲惨境地,在这间密牢里,再也分不清苏醒和睡眠,现实和梦幻,白天和夜晚。这一切都虚无缥缈,在她头脑里混淆起来,都破碎了,飘浮着,向四处扩散。她再也不能感知,不能辨识,不能思考了,顶多似梦非梦,精神恍恍惚惚。一个活人,从未这样深深陷入空幻中。

久而久之,她肢体麻木,冰冷,僵硬了,有两三回头顶什么地方的盖板掀开而发出声响,她也没有注意。盖板掀开,也透不进一点光亮,只有一只手给她扔下一块黑面包。狱卒定时来察看,这是她与人类仅余的一点联系了。

只有一样东西还能机械地充斥她的耳朵:头上的拱顶因潮湿,从发霉的石缝中渗出水气,凝聚成水珠,按一定的间歇滴落下来。她痴呆呆的,倾听水滴落入她身边水洼所发出的声响。

水滴落入水洼中,这是她周围唯一的活动、唯一标明时间的时钟,也是地面上一切声响中唯一抵达她耳际的声音。

总之,她还不时感到有什么冰凉的东西,从这黑乎乎的脏水洼中出来,爬到她脚上和手臂上,吓得她浑身颤抖。

关到这里有多久了,她自己也不清楚,只记得在什么地方宣判什么人死刑,然后她就被人拖到这里来,等到清醒才发现,周围是黑夜,一片死寂,寒气袭人。她爬行察看一下,只觉铁环吃进她的踝骨,铁链哗哗作响。她辨认出四周是墙壁,身下是汪水的石板地,铺了一堆草。然而既没有灯,也没有通气孔。于是,她坐到草堆上,有时换换姿势,就坐到地牢石阶的最后一级上。有一阵子,她在黑暗中试图计数滴水的分秒,但是病弱的头脑支持不住,很快就中断这种可悲的努力,重又陷入呆痴愚钝的状态。

有一天,或者一天夜晚(因为在这墓穴里,半夜和中午是同一颜色),她终于听见头顶有响动,比往常声音大,不像狱卒给她送面包和水罐那样。她抬头一望,只见一道发红的光,从地牢穹隆的那道门,或者那块盖板的缝隙中射进来。与此同时,沉重的铁件轧轧作响,生锈的铰链也咯吱叫起来,盖板翻转掀开,于是,她看见一盏灯、一只手,以及两个男人的下半身,不过活门太低,她还看不见头;而且双眼被灯光强烈刺痛,只好闭上了。

她重新睁开眼睛时,活门已经关上了,风灯放在一级台阶上,一个男人独自站在她面前，身上的黑袍遮到脚面，头上黑风帽遮住他的脸。这人无论面孔还是双手，什么部位也看不见，简直就是长长的裹尸布立在那里，觉得里边有什么东西在蠕动。她对着这幽灵似的东西，注视了几分钟，双方谁也不讲话，活像对峙的两尊石像。地穴里仿佛只有两样东西是活的：因潮气而噼啪作响的灯捻儿、拱顶落下的水滴。单调的嘀嗒声，切断不规则的劈劈啪啪声，也搅动映在油污水洼的灯光，形成一个个同心圆的光波。

终于，女囚打破沉默：" 您是谁？"

"教士。"

这个词、这种语调、这种嗓音，令她不寒而栗。

教士以低沉的声音，一字字问道："您准备好了吗？"

"准备什么？"

"去死。"

"噢！"女囚说，"很快了吗？"

"明天。"

她的头，刚刚高兴得抬起来，一下子又垂到胸前，喃喃说道："还有这么长时间！就在今天，对他们又有什么关系呢？"

"这么说，您极为不幸啦？"教士沉吟一下，又问道。

"我很冷。"女囚回答。

她双手握住脚，同时牙齿打战，这是不幸者感到冷时的习惯动作，我们已经在罗朗塔楼看过隐修女也是这样。

教士风帽下的眼睛似乎环视整个地牢。

"没有灯！没有火！泡在水中！真惨！"

"是啊，"她一副由灾难给她带来的惊奇样子回答，"白天是属于所有人的，为什么只给我黑夜？"

教士又沉默片刻，才问道："您知道为什么关到这里来吗？"

"我想我原来是知道的，"她说着，用瘦削的手指按按眉头，仿佛要帮助回忆，"可是现在我不清楚了。"

突然，她像孩子似的哭起来："我要出去，先生。我冷，我害怕，还有虫子在我身上爬。"

"好吧，跟我来。"

教士说着，抓住她的胳膊。不幸的姑娘本已冻彻五脏六腑，然而这只手还是给她冰冷的感觉。

"哦！"她咕哝道，"这是死神冰冷的手。——您究竟是谁？"

教士掀起风帽。姑娘一瞧，原来是久久追逐她的那张阴险的面孔，是她在法路代尔那里看见在心爱的浮比斯头上出现的那个魔头，是她昏过去之前最后一次看见匕首旁的那双贼眼。

这个魔影一直是她命中的灾星，把她推向一个又一个灾难，直到惨遭酷刑，这次出现却把她从麻木状态中拉出来。遮掩她记忆的重重幕布仿佛撕开了，她的悲惨遭遇的所有细节，从法路代尔店里黑夜的场面，直到小塔法庭她的死刑宣判，都一齐浮现在她的脑海，不像先前那样朦朦胧胧，一片模糊，而是清清楚楚，真真切切，一目了然，活生生的，惨不忍睹。这些事的记忆，由于极度的痛苦，已有五分淡漠，几近遗忘了，可是眼前这个阴沉的面孔，又把这种种记忆唤醒，如同隐形墨水写的白纸一靠近火，字迹就清晰地显现出来一样。她心上的一道道创伤，仿佛重又开裂，一齐流血了。

"哎呀！"她叫了一声，双手立刻捂上眼睛，身子一阵痉挛似的颤抖，"又是那个教士啊！"

然后，她沮丧地垂下双臂，坐着不起来，脑袋耷拉着，默默无言，眼睛凝视地面，浑身还一直发抖。

教士则凝视姑娘，那是一副鹞鹰的目光：鹞鹰在高空久久盘旋,围绕着躲在麦地里的一只可怜的云雀,而且不声不响渐渐缩小飞旋的大圈子,然后疾如闪电,突然猛扑下去,一爪抓住惴惴抽动的猎物。

姑娘低低的声音说道:"结果了吧!结果了吧!最后一击!"她惊恐地把头缩进肩膀里,犹如一只羔羊等着屠夫大锤的打击。

"我就这么令您憎恶吗?"教士终于说道。

姑娘不应声。

"您憎恶我吗?"他又重复问道。

姑娘的嘴唇抽动,仿佛泛起微笑。

"是啊,"她说道,"刽子手在嘲弄死囚。有好几个月了,他一直追逐我,威胁我,恐吓我,上帝呀,要是没有他,我该有多么幸福啊!是他把我抛进这个深渊!天哪!是他杀了……是他杀的!杀了我的浮比斯!"

说到这里,她失声痛哭,抬眼望着教士:"噢!坏蛋!你是谁?我怎么得罪你啦?你就这么恨我?唉!你恨我什么呢?"

"我爱你!"教士喊道。

姑娘戛然止泪,痴呆的目光注视着教士。教士则跪下来,熊熊烈焰的目光死死盯住她。

"明白了吗?我爱你!"教士又喊道。

"这是什么爱呀!"不幸的姑娘说着就浑身颤抖。

教士接口说:"是一个下地狱的人的爱!"

二人都受激情的重压,沉默了好几分钟,他是丧失理智,而她则陷于呆痴。

"听我说,"教士又恢复异常的平静,终于开了口。"你这就了解全部情况。我要对你讲的事,就连在黑沉沉的夜晚,似乎上帝看不见我们的时候,我悄悄地扪心自问,也还是不敢向自己承认的。听我说。姑娘，我遇到你之前，生活是幸福的……"

"我也是呀！"姑娘有气无力地叹道。

"不要打断我的话。——是的，我的生活挺幸福，至少我是这样认为的。我纯洁无瑕，心灵清澈明净。谁也不能像我那样自豪，那样容光焕发，可以高高地扬起头。教士们来向我请教贞洁操守的问题，博士们来向我请教经学。不错，那时对我来说，学问就是一切。学问如同姊妹，我有个姊妹就知足了。如果不是年龄增长，我也不会产生别的念头。不止一次，我看到女人经过，肉体就冲动起来。这种性欲的力量、男性热血的力量，我在狂热少年时期就以为终生扼杀了，可是它还不时骚动抽搐，掀起把我这可怜的人锁在圣坛冰冷石头上的誓愿的铁链。然而，在修院的斋戒、祈祷、学习和苦修，重又使灵魂主宰了肉体。后来，我就躲避女人。况且，我一打开书卷，沐浴在科学的光辉中，头脑中的各种欲念也就烟消云散。阅读不大工夫，我就感到尘世的种种烦忧庶务都远远逃遁，我在永恒真理的静谧光辉照耀下，内心又恢复平静，安详和沉肃。魔鬼要袭击我，如果只派那些在教堂、街道、草地上纷纷掠过我眼前、却难入我梦境的女人朦胧的身影，那么我就能容易地战胜恶魔。唉！如果说我没有保住胜利，那么也全怪上帝，是上帝不给人以抗衡魔鬼的力量。——听我说，后来有一天……"

教士说到此处，忽然停下来，女囚听见他胸中发出几声叹息，犹如临终诀别的残喘。

他接着说道："……后来有一天，我正靠在密室的窗台上……当时我看什么书来着？噢！整个过程在我的头脑里已经乱成一团。——反正我在看书。窗户对着广场。我听见手鼓和音乐声，不免打扰我的沉思，心中恼怒，便朝广场望去。我所望到的情景，别人也看到了，然而那不是人间应有的。当时正当中午，阳光灿烂，就在那里，在广场中间，一个人在跳舞。那人美极了，上帝见了也会认为她赛过圣母，如果他降世的时候她已然在人间，那么他宁愿投胎到她身上，选择她做母亲！她那双眼睛黑黑的晶莹闪亮；那黑色秀发有几束映着阳光，就像缕缕金丝。她的双足欢舞飞旋，如同疾速转动的轮辐，全然不辨踪影。脑袋四周乌黑的发辫，缀满金属饰片，在阳光下闪闪发亮，额头好似戴着一顶星冠；她的蓝色衣裙也播撒了金箔银片，宛如仲夏的夜空星斗灿烂。那两条柔软的棕色胳膊，就像两条彩带，忽而缠住腰身，忽而松解展开。她那体态婀娜多姿，美艳惊人。啊！那光艳明媚的形象，即使在阳光照耀下，也如发光体一般光彩夺目……唉！姑娘啊，那人就是你！……我又惊又喜，心醉神迷，忘情地注视你。我全神贯注地凝望，猛然惊恐得战栗起来：我感到命运抓住了我。"

教士过分激动，又停了一会儿，才继续诉说："眼看要神魂颠倒，我就想抓住点什么东西，以免再往下坠落。我想起撒旦给我设过各种圈套。眼前这个女子美貌绝世超人，只能来自天堂或地狱，绝非用一点泥土做成的、体内仅有一颗妇人灵魂的摇曳微光照耀的普通姑娘，而是一个天使！然而是黑暗天使、火焰天使，而不是光明天使。我正想到这一点，忽然看见你身旁的山羊，那群魔会上的畜生，正冲着我发笑。在中午的阳光下，它的角像两束火焰。于是我看出这是魔鬼的陷阱，也不再怀疑你来自地狱，是要毁掉我。我相信了这种判断。"

教士讲到这里，直视女囚，冷冷地补充道："现在我还相信这一点。——然而，魔法渐渐发挥作用，你的舞姿在我的头脑里回旋，我感到神秘的蛊术控制了我，灵魂中本应觉醒的成分，全都沉睡了，如同躺在雪地上要死去的人，乐得让这种瞌睡袭来。突然，你又唱起歌。我已束手无策，又能怎么办呢？你的歌声比你的舞蹈还要迷人。我想逃避,却又不可能,双脚就像生了根,死死定在原地,就觉得石板地升起来,一直埋到我的膝盖。必须奉陪到底。我的腿脚结了冰,脑袋里沸腾嗡鸣。也许你终于可怜我,停止唱歌,人也消失了。渐渐地,那令人目眩的幻视的映像,在我眼前消隐,那令人心醉的音乐的回响,也在我耳畔止息。于是,我瘫倒在窗脚下,比推倒的雕像还要僵硬,还要虚弱。晚祷的钟声把我惊醒。我站起来逃走,然而,唉!我心中倒下什么东西再也立不起来,出现什么东西再也逃避不开。"

他又停了一下,继续说道:"不错,从那一天起,我就变成一个我不认识的人。我打算用一切方法治疗:修院、圣坛、工作、读书。纯粹痴心妄想!噢!一个人用充满欲情的头狠命撞去时,科学所发出的声音是多么空洞啊!从那以后,我在我和书籍之间总看到什么,姑娘,你知道吗?总看到你,你的影子,那天在我眼前显现的光辉灿烂的形象。不过,这个形象变换了颜色,显得晦暗、惨淡而黝黑,犹如冒失鬼注视太阳之后久久留在视觉上的黑斑。

"再也摆脱不掉,总是听见你的歌声在我头脑里回荡,总是看见你的双脚在我的祈祷书上飞舞,总是在夜间梦里,感到你的身形在我的肉体上滑来滑去,因此,我渴望再次见到你,触摸你,了解你是谁,看一看我再见到你时,是不是符合你给我留下的理想形象,也许现实会粉碎我的梦幻。总之,这种印象变得我难以忍受,我希望以新的印象抹掉原来的印象。我到处寻找,终于又见到你。不幸啊!我见到你两次,就想千次万次看见你,时时刻刻看见你。——从这地狱的斜坡上滑下去,又怎么能刹住车呢?——可见,我已经不能自主了。魔鬼用线一头拴住我的翅膀,另一头系在你的脚上。我变得像你一样到处游荡。我在人家大门口守候你,在街角探察你,在我的钟楼上窥视你。每天晚上,我反躬自省,发现自己越发迷恋,越发沮丧,越发中魔,越发堕落啦!

"我知道了你是什么人,你是埃及姑娘、吉卜赛姑娘、茨冈姑娘、流浪姑娘,怎能怀疑你不会巫术呢?听我说。我希望通过一场审讯能摆脱魔法。阿斯蒂的布鲁诺烧死迷惑他的女巫,自己也就痊愈了。这种疗法我知道,也想试一试。首先,我设法禁止你踏进圣母院广场,以为你不再来我就会忘记你。然而你却不理睬,又来了。接着,我又打算把你劫走。一天夜晚我动手了。我们有两个人,已经抓住你了,不料那个混账军官突然闯来,把你救了。从此开始了你的不幸,还有我的和他的不幸。总之,我束手无策,也不知会落到什么地步,只好向宗教法庭告发你,以为我也能像阿斯蒂的布鲁诺那样治愈,并且隐隐约约地感到,一场官司就能把你交到我手中,一入大牢我就能抓住你,得到你,一到狱中你就休想逃出我的手心:你控制我的时间够久的了,也该轮到我占有你了。人一旦作恶,就必须干到底,只有疯子才会中途罢手!罪恶的极端就是狂喜。一个教士和一个女巫,在地牢的草堆上,就可以结合起来,一起销魂!

"因此,我告发了你。正是在那段时间,每次相遇我都令你惊慌不安。我策划对付你的阴谋,在你头顶呼唤来的乌云风暴,已经从我这里频频发出威胁和闪电。不过我还犹豫不决。我的计划有可怕的成分,令我畏葸不前。

"也许我可以放弃这种图谋,也许我的恶念本可以在头脑中枯死而结不出果实。我原以为继续还是中断这个案子,始终取决于我。然而,任何邪念都是执拗顽固的,非要变成事实不可。正是在我自认为无比强大的领域,命运却比我更强大。唉!唉!是命运抓住了你,把你推进我暗自建造的机器的可怕齿轮中!听我说,已经接近尾声了。

"有一天,又是一个阳光灿烂的日子,我看见面前走过一个人,他念叨你的名字,边说边哈哈大笑,眼睛色迷迷的。该死的家伙!我就跟随他。后来的情况你都知道。"

他住了口,姑娘只讲得出一句话:"我的浮比斯啊!"

"别讲这个名字!"教士狠狠抓住她的胳膊,说道:"不要讲这个名字!噢!我们多不幸,正是这个名字毁了我们!说得更准确些,是无法解释的命数毁了我们所有人!……你在受折磨,对不对?你冷,眼前一片黑夜,身子被牢房重重包围,不过,你心中也许还有一线光明,哪怕是你对那个玩弄你感情的空虚男人所产生的幼稚爱情!然而我,地牢却在我心中,我心中只有寒冬、冰雪、绝望。我的灵魂里是一片黑夜。我忍受多大痛苦你知道吗?审讯你的时候我在场,就坐在教会法官的席位上。不错,那些教士风帽中,有一顶遮住了一个罪人的痛苦痉挛。把你带上法庭时,我就在那里;审问你的时候,我就在那里。——那是狼窝呀!——是我犯下的罪过,我看见在你额头缓缓树起来的是我的绞刑架。每次作证,提出每一个证据,每次辩护,我全在场,可以计数你在痛苦路上的每一步;我同样在场,看见那个凶恶的野兽——噢!我没有预料到会动刑!——听我说,我跟随你进了刑讯室,看见行刑吏那无耻的手扒下你的衣服,触摸你半裸的身体。我看见你的脚,这双脚我愿用一个帝国换取一吻,然后死而无憾,我愿撞碎头颅,死在这脚下而感到无限欢欣,然而我却看见上了刑枷,上了能把人的肢体变成一团血肉的刑枷。噢!可怜的人啊!我目睹这种场面时,修士袍里藏着一把匕首,用来一下下割我的胸膛。我听见你那声惨叫;就用匕首刺进我的肉;听见你第二声惨叫,匕首就刺进我的心!瞧瞧吧,我想伤口还在流血。"

他解开修士袍。果然,他的胸膛像被虎爪抓破一样,肋上有一道相当大的伤口，尚未完全愈合。

女囚恐惧得往后退。

"噢！"修士说道，"姑娘，可怜可怜我吧！你以为自己不幸，唉！唉！你却不知道什么是不幸。噢！爱一位女子！又身为教士！被她憎恨！以心灵的全部狂热去爱她，深感为换取她一丝微笑，情愿献出鲜血和生命，情愿牺牲名誉和灵魂，情愿舍弃今生和来世，舍弃永世和永生！只恨自己不是国王、天才、皇帝、大天使、神灵，好作为高贵的奴隶投在她脚下。在睡梦中，在思念里，日日夜夜搂抱着她；看见她爱上一身军装！而自己能奉献给她的，却是她所畏惧厌恶的一件肮脏的教士袍！心怀嫉妒和恼怒，眼睁睁看着她将爱情和美貌的珍宝，虚掷给一个自吹自擂的蠢货！看着这光艳灼人的腰身、这秀色可餐的胸脯，看着这肉体在另一个人的吻下悸动而羞红！天啊！爱她的双脚、她的手臂、她的肩膀，想她那蓝色脉络、棕色肌肤，乃至通宵不眠，在斗室的地上打滚呻吟；看到朝思暮想的所有抚爱温存，却导致她遭受酷刑！只达到让她睡上皮革刑床的目的！噢！那真是地狱之火烧红的烙铁啊！噢！比较起来，在夹板中被锯断身体的人，被四马分尸的人，该有多幸运啊！你可知道漫漫长夜受折磨的滋味：血脉奔腾，心肠破碎，脑袋炸开，用牙齿咬双手，就像穷凶极恶的打手不停地上刑，在烧红的烤架上，在情思、嫉妒和绝望的念头上备受煎熬！姑娘，开恩吧！让人喘息片刻！给这炭火盖上点灰！我恳求你，给我擦一擦从额头流下的大滴汗珠吧！孩子！你就一只手折磨我，一只手抚慰我吧！可怜可怜我吧，姑娘！可怜可怜我吧！"

教士滚到石板地的水洼中，脑袋往石头台阶上撞得咚咚响。姑娘听他讲，眼睛注视他。等到他精疲力竭，气喘吁吁地住了口，她仍然低声重复："噢！我的浮比斯！"

教士膝行爬到她跟前，高声说道："我哀求你了，你还有心肝的话，就不要拒绝我！噢！我爱你！我是个可怜的人！你提这个名字的时候，不幸的姑娘，就仿佛用牙齿咬我每一根心弦！开恩吧！如果你来自地狱，那我就随你去。为此我什么都干了。你要去的地狱，就是我的天堂，你的目光比上帝更迷人！喂，说呀！你就不想要我吗？一个女人会拒绝这样的爱，那我真以为高山也会摇晃。啊！你若是愿意的话！嘿！我们会多么幸福啊！我们一起逃走，我设法帮你逃出去，我们到别的地方去，找一个阳光最灿烂、树木最茂盛、天空最晴朗的地方。我们将彼此相爱，灵魂彼此倾注，将永无休止地渴求我们自身，一起不断地痛饮这杯永不枯竭的爱情甘露！"

姑娘哈哈狂笑，声音非常响亮，打断了他的话："您看哪，神父！您的指甲都沾血啦！"

教士呆若木鸡，直愣愣地看着手，过了半晌才又说道，但口气异常温和："哦，是啊！你就侮辱我吧，嘲笑我吧，叫我无地自容吧！可是走吧，走吧。我们要赶快，我得告诉你，日子定在明天。河滩广场的绞刑架，知道吧？一直竖在那里。可怕极啦！看着你坐车押赴刑场！噢！发发慈悲吧！——我从未像现在这样感到多么爱你。——喂！随我走吧。等我帮你逃离之后，你会慢慢爱上我的。你要恨我多久都可以。可是走吧。明天！就是明天！上绞刑架！你要受刑！噢！逃走吧！不要折磨我啦！"

他神态失常，抓住姑娘的胳臂，要拖她走。

姑娘直瞪瞪地看着他："我的浮比斯怎么样啦？"

"哼！"教士放开她的手臂，说道，"您真是无情无义！"

"浮比斯怎么样啦？"她还是冷冷地重复问道。

"他死啦！"教士喊道。

"死啦！"她始终冷冰冰的，一动不动，又说道，"那您劝我活下去干什么？"

教士并没有听她讲，仿佛在自言自语："唔！是的，他肯定是死掉了。匕首刺进去很深，我想是伤了心脏。哼！整个匕首我全刺进去啦！"

姑娘像一只发狂的猛虎，扑上去，以超自然的力量，一下将他推倒在石阶上，喊道："滚开，魔鬼！滚开，杀人凶手！让我去死！让他和我的血，永远染在你的额头上！做你的人，教士！休想！休想！什么也不能把我们拉到一起，就是地狱也不行！滚，该死的东西！休想！"

教士绊在石阶上，他默默地从袍襟的缠裹中拔出双脚，提起灯笼，开始缓慢地登梯级，到了通口打开盖板，随即出去了。

忽然，姑娘又看见他探进头来，脸上一副狰狞的样子，声音嘶哑，气急败坏地喊道："告诉你，他死啦！"

姑娘扑倒在地上。地牢里再也听不见别的声响，黑暗中唯有使水洼悸动的滴水的叹息。

五　母亲

　　我不相信世上还有什么欢欣的事，能超过一位母亲看见自己孩子的小鞋时心中醒来的思绪。如果这是节日礼拜天和洗礼时穿的鞋，是连底子都绣了花的鞋，是孩子穿上还未曾走过一步的鞋，那就更是如此了。这种鞋真是小巧玲珑，简直不可能穿来走路，母亲见了就好像看到自己的孩子。她冲鞋子笑，吻鞋子，还同鞋子说话。她寻思当真会有这样小的脚吗；而且，即使孩子不在跟前，只要看见美丽的花鞋，眼前就能浮现娇弱的小人儿。她恍若看见孩子，就真的看到了，整个人儿，又活泼，又欢快，两只手那么纤巧，脑袋圆圆的，嘴唇那么纯洁，眼白发蓝的眼睛那么平静。如果是冬天，孩子就在屋里，在地毯上爬行，一个劲儿地要爬上小凳子，而母亲则提心吊胆，生怕孩子挨近火炉。如果是夏天，孩子就在庭院里，在花园里匍匐，拔下路石缝里的小草，天真地瞧着大狗、大马，一点也不害怕；有时玩贝壳，玩花朵，把沙子弄到花坛里，把泥土弄到石径上，惹起园丁的嗔怪。周围一切同孩子一样，都在欢笑，都闪闪发光，都在玩耍，甚至清风和阳光，也争相在那柔软的鬈发中嬉戏。鞋子向母亲显示这一切，像火熔化蜡一样也熔化了她的心。

　　然而，孩子丢失之后，小鞋唤起的欢乐、迷人而温存这种种情景，又都化为撕肝裂胆的事情。现在，这只漂亮的绣花鞋完全成为刑具，永远辗磨着母亲的心。还是同一根心弦，最幽深最敏感的心弦在颤动，但不是天使在抚弄，而是恶魔又掐又拧。

五月的一天早晨，太阳升上蔚蓝的天空：加罗法洛绘制《十字架解下耶稣图》，就爱选择这样的天空做背景。罗朗塔楼的隐修女听见河滩广场车马和铁器的声响，并没有怎么惊醒，她用头发缠住耳朵以塞听，又跪下来瞻仰她已经崇拜十五年的那个无生命的物件。上文说过，这只小鞋是她的整个宇宙，她的思想禁锢在里面，至死方得出来。正是为了这玩意儿，为了这粉红缎子绣花鞋，她向苍天发出多少辛酸的诅咒、多少感人的哀怨，向苍天做了多少祈祷，抛洒多少眼泪，只有罗朗塔楼这阴森的地穴知道。就是为了更可爱更美妙的东西，也从来没有人这样悲痛欲绝。

这天早晨，她的痛苦发作悲声，似乎比以往更加凄厉，从外面听得见她那令人心碎的单调的悲号："我的女儿啊！我的女儿！我那可怜的心肝宝贝啊！我再也见不到你了，一切都完啦！我总觉得这才是昨天发生的事儿！我的上帝，我的上帝，这么快就把她取走，当初还不如不给我。难道您不知道吗？孩子是我们身上掉下来的肉，做母亲的丧失孩子就不信上帝啦！——噢！我真作孽，那天真不该出门！——主啊！主啊！您就这样把她夺走，是从来没有看一看我同她在一起的情景，没有看一看我是怎样满心欢喜地用火热的身子给她煦暖，她吃奶时怎样冲我笑，我又是怎样让她的小脚丫，从我胸口一直登上我的嘴唇！噢！我的上帝，您若是看一看那情景，就会怜悯我的欢乐，就不会剥夺唯一存在我心中的爱！主啊，难道我是个不可救药的人，您不看一看我就惩罚我吗？——唉！唉！这是鞋子，可是小脚在哪里？身子在哪里？孩子在哪里？我的女儿，我的女儿啊！他们把你怎么啦！主啊，把她还给我吧。我的上帝，我祈求您十五年，膝盖都磨破了，难道这还不够吗？主啊，把她还给我吧，哪怕是一天，一小时，一分钟，只一分钟！然后把我永生永世抛给恶魔也行！噢！我若是知道您的袍襟在哪里拖曳，双手就会紧紧抓住，非求您把孩子还给我才放开！主啊，她这只美丽的小鞋，难道您一点也不怜悯吗？您能惩罚一个可怜的母亲，这样折磨她十五年吗？慈悲的圣母！天上大慈大悲的圣母啊！我的小耶稣，给人弄走啦，给人偷走啦，在荒树丛给人吃掉啦，喝了她的血，啃了她的骨头！慈悲的圣母啊，可怜可怜我吧！我的女儿！我要我的女儿！她就是在天堂，对我又怎么样呢？我只要孩子，不要您的天使！我是一头母狮子，要我的狮崽儿！——主啊，您若是留住我的孩子，我就在地上打滚，用脑袋撞碎石头，我就宁愿下地狱，也要诅咒您！主啊，您看到了，我的两条胳膊都咬烂了，难道慈悲的上帝没有怜悯心吗？——噢！只要有我女儿，只要她像太阳一样温暖我，那只给我盐和黑面包就行啦！唉！我主上帝啊，我不过是个作了孽的贱女人，但是我女儿使我变得虔诚了。那时由于爱她，我心里充满宗教的感情，我通过她的笑容，就像通过天开的缝儿望见了您。——噢！哪怕给我一次机会，把这只鞋穿到她那粉红色的美丽的小脚丫上，再给一次机会，仅仅一次，慈悲的圣母啊，我就可以在赞美您的声中死去！呀！十五年啦！现在她一定长大啦！不幸的孩子呀！怎么！这是真的了，我再也见不到她啦，就是在天堂见面也休想！因为，我上不了天堂。噢！多悲惨啊！怎么全完啦，只剩下她这只鞋啦！"

不幸的女人扑向这只鞋，扑向她多年来的安慰和绝望，就像头一天那样哭得肝肠寸断。母亲失去孩子，到什么时候都像当天那样。这种痛苦不会衰老。丧服尽管磨破，变得灰白，而心依然漆黑一片。

这时，孩子的清新而欢快的声音传到小屋。每回看见或听到儿童经过这里,这可怜的母亲就慌忙躲到这墓穴最阴暗的角落,脑袋仿佛要扎进石头里,以免听见他们的声音。这回却相反,她仿佛惊醒,猛然直起身子,贪婪地倾听。其中一个男孩刚说了一句:"今天可要绞死一个埃及女人。"

正如我们在上文看到的,蛛网一抖动,蜘蛛就扑向苍蝇一样,她一下跳起来,冲到窗口。读者知道,窗洞正对着河滩广场,她一看,在长年竖立的绞刑架那里,果然放了一架梯子,刽子手正忙着调整被雨淋锈的索链,周围聚拢了一些人。

那帮又说又笑的孩子已经走远了。麻袋女左右张望,想找个行人打听一下。她瞥见有个教士佯装看公共祈祷书,其实心思远远不在"铁栅里的经书",而在绞刑架,因为他那阴沉而凶狠的目光不时朝绞刑架投去。麻袋女认出那正是若萨的主教代理,一位圣洁的人。

"神父先生,"她问道,"那里要绞死什么人啊?"

教士看了看她,没有搭理;她又问了一遍,教士这才说道:"不清楚。"

"刚才几个孩子说,要吊死一个埃及女人。"隐修女又说道。

"我想是吧。"教士回答。

帕盖特·香花歌乐女一听,嗷嗷发出一阵狂笑。

"嬷嬷,"主教代理问道,"这么说,您憎恨埃及女人啦?"

"问我恨不恨她们?"隐修女嚷道,"她们是恶鬼,是拐小孩的窃贼!她们吃掉了我的小女儿,我的孩子,唯一的孩子!我的心肝没了,被她们吃掉啦!"

她那形容可怖,而教士则冷眼瞧着她。

"特别有一个我最恨,总是诅咒,"她又说道,"她很年轻,年龄跟我女儿相当,如果我女儿没有被她娘吃掉的话。那条小毒蛇每次经过这里，都搅得我的血液沸腾起来！"

"好哇！嬷嬷，这回您大大地开心吧，"教士说道，那冷冰冰的样子好似墓前的雕像，"正是她，您要亲眼看着她绞死。"

教士说罢，脑袋垂到胸前，缓步走开了。

隐修女高兴得扭动胳膊，嚷道："我早就对她说过，总有一天她要上绞架！谢谢，神父！"

继而，她在窗洞铁栏里大步走来走去，只见她披头散发，两眼冒火，肩膀时时撞在墙上，像如同关在笼子里饿了很久，并感到喂食的时刻临近的一条恶狼。

六　三颗不同的心

浮比斯其实没有死；这种人，命特别大。王国大律师菲利浦·娄利埃先生对可怜的爱丝美拉达说："他快死了，"不是口误就是戏言。而主教代理对女囚重复说："他死了，"也是根本不了解情况，仅仅这样认为，这样指望，这样切盼，从而也就毫不怀疑了。把情敌的好消息告诉自己所爱的女人，这是他绝难容忍的。换了别人，都会像他这样干。

当然，并不是说浮比斯伤势不重，但是程度却不像主教代理所渲染的那样。巡防士兵立刻把浮比斯抬到外科医生诊所，医生担心他活不过一个礼拜，并用拉丁话把这情况告诉他。然而，青春活力又占了上风；往往有这种事情：不管医生如何预后和诊断，自然造化却爱跟医道开开玩笑，让患者起死回生。浮比斯还躺在简陋的病榻上，就接受了菲利浦·娄利埃和教会法庭调查官的初步审问，他厌烦得要命，因此一感到好一些，便留下金马刺充做医疗费，一天早晨溜之大吉。不过，这并没有给这件案子的预审造成丝毫麻烦。刑事案件的案情清楚准确与否，当时的司法机构并不在意；只要把被告送上绞刑架，就算完事大吉。再说，法官们已有足够的证据判处爱丝美拉达。他们相信浮比斯死了，那就必死无疑。

至于浮比斯，也没有逃到天涯海角，他只是跑到法兰西岛地区，回到布里尾村的军营，距巴黎城只有几驿站的路途。

话又说回来，要亲自出庭作证，对他来说绝非什么快慰的事情。他模模糊糊地感到，一旦上法庭准要出丑。的确，他自己还稀里糊涂，不知如何看待整个这件案子。凡是纯粹的武夫，都迷信而不信教，浮比斯也不例外，他回想这段艳遇，总拿不准那只小山羊、他同爱丝美拉达的奇特相遇，以及她向他流露爱慕的同样奇特的方式，也拿不准她那埃及姑娘的身份，以及那个幽灵。从这段经历中，他隐约看出巫术的成分远远超过爱的成分，大约她是个女巫，也可能是魔鬼；总之是一场滑稽剧，或者按当时的说法；是一场无聊的圣迹剧，而他扮演了非常愚蠢的角色，一个挨打受戏弄的角色。他所感到的那种羞愧，我们的拉封丹有过绝妙的刻画：

耻如狐狸反被母鸡逮住。

他特别希望这个案子不要闹得满城风雨，而他不出庭，名字就可能不大被人提及，至少不会传到大堡法庭之外去。在这一点上，他的打算并不错，当时还没有《法庭公报》，而且，巴黎的法庭多如牛毛，几乎每周都要煮死一个伪币铸造者，吊死一个巫婆，或者烧死一名异教徒，在每个十字街头，都可以看到封建专制的老婆子忒弥斯挽起袖子，光着手臂，在绞刑架、梯子和耻辱刑台上忙得不亦乐乎，这种场面大家都司空见惯，谁也不大留意了。当时的上流社会人士看到经过街头押赴刑场的人，也不大清楚叫什么名字，顶多那些寻常百姓才肯享用这种粗劣的菜肴。行刑处决是巴黎市井的日常景象，如同天天见到的烤肉店的烤炉、屠户的剥皮场。刽子手无非是稍微内行的屠夫罢了。

这样，浮比斯很快就放下心来，不去想什么魔女爱丝美拉达，或者他所说的西米拉珥，不去想是吉卜赛姑娘还是幽灵（对他无所谓）刺他的那一刀，也不去想审案的结果。他这方面心事一涣然冰释，便又想起了百合花的容颜。浮比斯队长的心，就像当时的物理学，最害怕真空了。

况且，布里尾村的日子过得十分乏味，这里尽是马蹄铁匠和粗手大脚的牧牛女，简陋的木棚茅舍，在大路两侧连成长带，绵延两公里，名副其实的一条尾巴。

百合花小姐，在他的欲情中，只居倒数第二位，她不过是个漂亮姑娘，有一笔诱人的嫁妆。且说事过两个来月，创伤已经痊愈，推想吉卜赛姑娘一案已该了结，被人遗忘了，于是在一天上午，这位情郎骑马匆匆赶到功德月桂府门前。他没有留意圣母院大门前广场上聚了那么多人，他想起这是五月份，大概在举行宗教游行仪式，庆祝圣灵降临节，或者别的什么节日。他把马拴在门廊的铁环上，兴冲冲地上去找他美丽的未婚妻。

府上只有她们母女二人。

百合花的心头，总压着女巫及其山羊和该死的拼字的场景，总压着浮比斯久不来访的恼恨。然而，姑娘一看到队长走进来，见他满面春风，军服簇新，绶带闪闪发亮，一副热情洋溢的神态，她立刻满心欢喜，俏脸绯红了。这位大家闺秀也从来没有如此娇媚可爱，光彩夺目的金发辫格外妖娆迷人，雪白的肌肤配上一身天蓝色衣裙十分和谐，这是闺友鸽子教她的风流打扮，而那双美目水汪汪的，满含绵绵情思，越发显得楚楚动人了。

浮比斯在布里尾村所领略的美色，只有那些村妇，这回一见百合花，立刻心荡神迷。因此，我们的军官显得十分殷勤，十分趋奉，二人当即就和好了。功德月桂夫人坐在安乐椅上，始终是那副慈母的神态，没有精神头儿来责备他。至于百合花的嗔怪，都化作呢喃絮语了。

姑娘坐在窗口附近，仍在绣她那幅海王洞府图。队长站在身后，倚着她的椅子靠背。姑娘低声娇嗔地说他："狠心的，两个多月没有音信，您怎么啦？"

这么一问，浮比斯颇为尴尬，他回答说："我向您发誓，您这么美，能让一位红衣主教想入非非。"

姑娘忍不住笑了。

"好啦，好啦，先生，别说我怎么美了，先回答我的话吧。怎么美，倒是真的！"

"哎！亲爱的表妹，我是被召回去驻防了。"

"请问，在哪儿！为什么不前来同我告别呢？"

"在布里尾村。"

浮比斯暗自庆幸，回答头一个问题就能避开第二个问题了。

"可是那很近呀，先生。您怎么连一次也不来看我呢？"

这一下真把浮比斯给问住了。

"这是……因为……勤务……还有，可爱的表妹，我病倒了。"

"病倒啦！"姑娘吓坏了。

"是啊……受了伤。"

"受伤！"

可怜的孩子可真惊慌失措了。

"哎！别担心，没事儿！"浮比斯满不在乎地说，"争吵起来，动了剑，这同您有什么关系呢？"

"同我有什么关系？"百合花高声说，同时抬起泪汪汪的美丽的眼睛，"噢！您这么讲，该不是心里话吧？动了剑？我要了解全部情况。"

"是这样，亲爱的美人儿，我同马埃·费迪吵了一架，您知道吗？他是拉伊河畔圣日耳曼那里的副队长，我们交了手，彼此都戳破几块皮。不过如此。"

队长随口胡诌，他却完全清楚维护荣誉的行为，总能抬高一个男人在一个女人心目中的地位。果然，百合花面对面注视他，又是担心，又是欣喜,又是赞赏,心情十分激动。不过,她还是不能完全放心。

"但愿您完全治好了,我的浮比斯!"姑娘说道,"我不认识那个马埃·费迪,但肯定他是个恶棍。你们是怎么吵起来的?"

浮比斯想象力一向贫乏,这个难以自圆其说、不知如何下台了。

"唔!我怎么知道呢?……鸡毛蒜皮的事儿,是因为一匹马,一句话吧?——美丽的表妹!"他提高嗓门,以便改变话题,"广场上出什么事儿啦,这么闹哄哄的?"

他走到窗前:"吓!上帝啊,亲爱的表妹,广场上这么多人啊!"

"我也不知道,"百合花说道,"今天上午,好像有个女巫到教堂门前请罪,然后就绞死。"

队长深信爱丝美拉达一案早已了结,因此听了百合花的话并不在意。不过,他还是提了一两个问题。

"女巫叫什么名字?"

"不知道。"姑娘回答。

"说她干了什么啦?"

姑娘这回又耸耸雪白的肩膀:"我也不知道。"

"哼!耶稣上帝呀!"母亲说道,"现在巫师巫婆真多,总是烧,恐怕连名字都不知道了。就跟打听每一朵云彩的名字那样难。慈悲的上帝掌握着花名簿。"可敬的老夫人说到这里,起身走到窗口,又说道:"主啊!您说对了,浮比斯,真有一大片老百姓。哦,上帝保佑,连房顶上都有人。——您知道吗,浮比斯?这让我想起我年轻那时候。查理七世国王入城那次,也有这么多人。——记不清是哪年了。——我向你们提起那情景,你们会觉得是老年的事情,不是吗?可对我来说,却是年轻的事情。——啊!那时候,人比现在多得多,连圣安托万城门的突堞上都站满了。国王和王后一前一后,同乘一匹马,两位陛下后边是所有朝廷命妇,也都分别坐在官老爷的马后面。

我还记得,大家有一阵大笑不止,因为骑马并排走过来一高一矮:阿马尼翁·德·加朗德矮得出奇,马特弗龙却是个铁塔骑士,他杀死的英国人简直成堆。那时景象非常壮观。法兰西所有侍从贵族都在队列里,插着小红旗,红光耀眼。也有打三角旗,打战旗的。说不清还有什么?卡朗爵士打的是三角旗。若望·德·夏多莫朗是战旗,古西爵士也是战旗,但比谁的旗帜都华丽,仅仅比波旁公爵的逊色……唉!想起当年的盛况,如今再也见不到了,真叫人伤心啊!"

这对情侣并不听敬爱的老人家的唠叨。浮比斯又回到原位,臂肘拄着未婚妻的椅子靠背。这个位置妙不可言,他那色迷迷的目光,可以从百合花领巾的开口深入下去。而她那胸衣也撑开得恰到好处,能让他看到不少奇妙的景色,同时还能让他想象出许多未见的景物;因此,浮比斯观赏着这闪光美缎似的肌肤,不禁心旌动摇,暗自思忖:"除了这洁白的美人儿,还能爱别的什么东西呢?"

二人都沉默不语,姑娘不时抬起头来,欣喜而温柔的目光望望他;二人的秀发,在春天的阳光里交织起来。

"浮比斯,"百合花忽然轻声说道,"再过三个月,我们俩就要结婚了,您要向我发誓:除了我,您从来没有爱过别的女人。"

"我向您发誓,美丽的天使!"浮比斯回答,为使百合花信服,他不仅声调十分诚恳,而且眼神也充满欲情。此时此刻,恐怕连他自己也深信不疑了。

这工夫,老夫人看到未婚夫妇如此和美,心中喜不自胜,就离开客厅,去料理家务事了。浮比斯见她离去,房中别无他人,胆子就大起来,这位风流队长立刻想入非非。百合花爱他,又是他的未婚妻,这会儿单独同他在一起,不免唤醒他对百合花的旧情,虽说不似当初那么新鲜,但还保持全部欲望;吃点儿尚未成熟的麦子,毕竟不算什么大罪过。笔者也不知道他的头脑里是否闪过这些念头，但可以肯定的是，百合花看到他的眼神，忽然惊慌起来。她瞧瞧四周，不见母亲了。

"上帝呀！"她面红耳赤，不安地说道，"我好热啊！"

"不错，想必快到中午了，"浮比斯应声说，"阳光太强了，还是把窗帘放下来吧。"

"不要，不要，"可怜的小姑娘嚷道，"恰恰相反，我需要新鲜空气。"

如同牝鹿嗅到一群猎犬的气息，她站起身，跑到窗口，拉开落地窗，冲到阳台上。

浮比斯颇为气恼，也只好跟了过去。

读者知道，阳台正对着圣母院前庭广场，此刻广场上阴森可怖的奇特景象，立刻改变了胆小的百合花恐惧的性质。

人流如潮，从各条涌道拥入广场。要不是军警和手执火铳的火器营组成厚厚的一道护墙，前庭周围齐肘高的矮墙根本挡不住，人群早就冲进去了。幸亏刀枪剑戟林立，前庭才空无一人，入口由一队佩戴主教纹章的戟士把守。主教堂几扇宽阔的大门紧闭，而广场四周民宅的无数窗户，甚至山墙上的小窗也都敞开，两者形成鲜明的对照。那些窗口探出成千上万的脑袋，一颗颗摞起来，犹如炮兵仓库里的一堆堆炮弹。

这片人海的浮面灰暗，显得肮脏而混浊。人们等待要看的场景，显然有一种特殊的力量，能提取并唤起民众中最龌龊的东西。丑恶可憎，莫过于这片纷纷如蚁的黄帽子脏头发中所发出的喧嚣。人群里笑声压过喊叫，女人多于男人。

在一片喧闹声中，不时有个尖利的高音突起。

……

"喂！马伊埃·巴利弗尔！是在这儿吊死她吗？"

"笨蛋！到这儿来是请罪只穿着衬衣呀！好上帝要把拉丁话唾她一脸！每次都是正午，在这儿举行。你要看绞刑，就到河滩广场上去吧。"

"这儿看完了再去。"

……

"您说呢，布康勃里太太？她真的会拒绝忏悔师吗？"

"很可能，贝歇尼太太。"

"就是嘛，那个异教徒！"

……

"先生，这是惯例，歹徒判决之后，司法官要交付行刑，是在俗的就交给巴黎府尹，是教士就交给主教法庭。"

"谢谢您，先生。"

……

"噢！上帝啊！"百合花说道，"可怜的人！"

有了这种想法，她扫视人群的目光就充满痛苦的神色了。队长一心放在她身上，不大理睬那些衣衫褴褛的观众，这时他正满怀情爱，从背后抚摸她的腰身。姑娘回过头来，笑着央求道："行行好吧，放开我，浮比斯！我母亲要是进来，会看见您这只手的！"

这时，圣母院的大钟缓缓敲响正午十二点。人群中响起一阵满意的嗡嗡声。第十二响的余音尚未止息，所有脑袋就像风吹波浪一样动荡起来，一阵巨大的喧哗从广场、窗口和屋顶升起来："她来啦！"

百合花双手捂住眼睛不敢看。

"亲爱的，您想回屋吗？"浮比斯问道。

"不。"姑娘回答；她因害怕而闭上眼睛，又因好奇而睁开了。

一匹诺曼底高头大马拉着一辆刑车，由身穿绣有白色十字的紫色军服的骑警押解，从公牛圣彼得教堂街驶入广场。军警们挥鞭驱赶民众，为刑车开道。几位司法和治安的官员，骑马与刑车并行，从他们的黑色服装和在马上的笨拙样子就能看出来。趾高气扬走在队首的,正是雅克·夏莫吕先生。

死囚车上坐着一个姑娘,手臂绑在背后,身边没有教士。她只穿着衬衣,长长的黑发披散在半裸露的胸前和肩上:按当时的习俗,到了绞刑架下才剪掉头发。

透过比乌鸦羽毛还油黑发亮的波浪形秀发,可以看见盘结着一条灰色粗绳索,磨着可怜姑娘的柔弱锁骨,缠绕着她那可爱的脖颈,仿佛鲜花上爬着一条蚯蚓。绳索下方吊着一件发亮的东西,那是镶缀着绿玻璃的护身符,还让她戴着,显然是不便再拒绝快死之人的要求了。从窗口观看的人,能望见囚车里她那赤裸的双脚,而她竭力要把腿掩在身下,大概是出于女性的最后本能吧。她脚边有一只小山羊,也是五花大绑。那女刑犯用牙齿咬住没有扣好的衬衣,就好像身外绝境,在众目睽睽之下,她这样赤身露体,也还是羞愧难当。唉!姑娘的羞耻心,哪儿能经受这种折磨!

"耶稣啊!"百合花激动地对队长说,"瞧呀!表哥!正是带山羊的那个吉卜赛坏女人!"

她说着,转向浮比斯,只见他脸色煞白,眼睛死死盯住刑车。

"哪个带山羊的吉卜赛女人?"他结结巴巴地说道。

"怎么!您不记得了吗?……"百合花又问道。

浮比斯打断她的话:"我不明白您要说什么。"

他举步要回屋。然而,先前百合花被这个埃及姑娘引起那么强烈的嫉妒心,此刻又复苏了。她满腹狐疑,审视他一眼,这时又隐隐约约想起来,曾听人说过有个队长卷进这个女巫的案子里。

"您这是怎么啦?"她对浮比斯说,"就好像看见那个女人就心慌意乱了。"

浮比斯挤出两声笑来:"我吗!没影儿的事!嘿,这还用问!"

"那就待这儿吧，"她不容置辩地又说道，"我们就一直看到结束！"

倒霉的队长只好留下来。不过，他稍感放心的是，女犯的眼睛一直盯着囚车的车板。千真万确，正是爱丝美拉达。即使到了这耻辱和不幸的绝境，她仍然那么美丽，一对黑色大眼睛因面颊消瘦而显得更大，形容苍白，但是纯洁而崇高。她还是原先的模样，正如马萨乔所画的圣母酷肖拉斐尔所画的圣母：只是有几分虚弱，有几分单薄，有几分清瘦。

此外，她已深深陷入错愕沉痛中，除了羞耻心之外，一切都任其自然，可以说周身无处不在摇晃。的确，她的躯体犹如死物或坏了的物品，随着囚车的颠簸而跳动。她的目光无神而散乱，可以看到眼眶里还噙着一颗泪珠，但是滞留不动，仿佛冻结了。

这工夫，森严可怖的骑队穿过人群，真是欢声四起，怪态百出。不过，我们还应尊重史实，要指出看到她如此美丽，又如此颓丧，许多人都深感痛惜，就连铁石心肠的人也动了恻隐之心。

囚车驶入前庭空场，在圣母院的中央正门前停下。

押解队分列两侧，排成作战队形。民众肃静下来，在这一片庄严而不安的肃静气氛中，教堂大门的两个门扇仿佛自动开启，铰链吱吱发出笛子的声响。这样，在阳光灿烂的广场中间，教堂就像洞口大开的洞穴，一眼能望到最深处，只见大殿披着黑纱，一片昏暗愁惨，只有远远的主祭坛上微微闪烁着几支蜡烛。在最里端半圆室的阴影中，一个巨型银十字架隐约可见，由黑色帷幕衬着从穹顶垂至地面。大殿里阒无一人。不过，还能隐隐约约地望见几位神父的脑袋，在唱诗室的座席之间晃动，而教堂大门一打开，就从里面传出庄严、洪亮而单调的歌声，犹如丧歌哀乐，断片阵阵掷到女犯的头上。

我并不畏惧成千上万的人包围我；主啊，起来吧，救救我吧，上帝啊！

救救我吧，上帝啊，因为水已经进入我的灵魂深处。

我深深陷入泥潭，孤立无援。

与此同时，另一个独唱的声音，在主祭坛的台阶上唱着忧郁的献祭曲：

谁听我的话，并相信派我来的主，谁就能够永生，不受审判，而是从死走向生。

几位隐没在黑暗中的老者，从远处为这美丽的生灵唱的歌，正是悼亡弥撒曲，而这个生灵却还充满青春活力，受融融春光的抚爱，沐浴在灿烂的阳光里。

民众肃静地聆听。

不幸的姑娘早已魂不附体，她的视觉和思想，仿佛都迷失在教堂幽暗的腹心。她那灰白的嘴唇在翕张，好像在祈祷。刽子手的助手上前扶她下车时，听见她低声念叨着："浮比斯。"

她和山羊都松了绑，一起下车，小山羊感到自由，高兴得咩咩直叫。她光着脚在坚硬的石路面上，一直走到教堂门前的台阶下，而套在脖子上的绳索拖在身后，活像紧紧追赶的一条大蛇。

这时，教堂里的歌声中止。一个大的金十字架和一列蜡烛，开始在昏暗中移动，只听身穿彩服的教堂侍卫矛戈的撞击声。过了一会儿，一长列身穿祭披的神父和身穿法袍的祭司，唱着赞美诗，一个个神态庄严，朝女犯走来，在她和观众眼前展开队列。但是，女犯的目光却停留在紧随十字架走在队首的那个教士身上。

"噢！"她打个冷战，低声说道，"又是他！那个教士！"

不错，正是主教代理。左首是副领唱，右首是手执指挥棒的领

唱,他仰着头,两眼瞪得圆圆的,边走边朗声高唱:

> 我从地狱腹心呼叫,而你听见我的声音。
> 你将我投入海底深渊,我周围波涛滚滚。

他身披绣有黑十字的银色肥大的祭披,走到高大的尖拱门廊,出现在阳光下,脸色极为苍白,观众见了,许多人都觉得,他是跪在唱诗室墓石上的一尊大理石主教塑像,现在起身来到墓门口,迎接这个要死的女人。

女犯,脸色也同样苍白,同样像一尊雕像,手里塞进一根点燃的黄色大蜡烛,也几乎毫无感觉,根本没有听书记官尖声宣读的那索命的悔罪书,当人家吩咐她回答"阿门",她就回答"阿门"。等她看见那个教士挥退看守,独自朝她走来,她这才恢复一点意识,有了一点活力。

这时,她感到血液在头脑里沸腾起来,残存的愤慨情绪,在这颗已经麻木冰冷的灵魂中复燃了。

主教代理缓步走近前。即使身陷绝境,爱丝美拉达还是发现,他的目光闪烁着淫欲、嫉妒和渴念的神色,饱览她这几乎赤裸的身体。只听他高声说道:"姑娘,您请求上帝宽恕您的过错和罪孽吗?"接着,他凑到姑娘耳边(观众还以为他接受女犯的临终忏悔),又说道:"你要我吗?我还可以救你!"

姑娘凝视他,答道:"滚开,恶魔!要不我就揭发你!"

教士狞笑了一下:"别人不会信你的。——你只能罪上加罪,多了一桩诽谤。——快回答!你要我吗?"

"你把我的浮比斯怎么样啦?"

"他死了。"教士回答。

恰巧这时，无耻的教士无意识地抬起头，一眼望见广场另一端功德月桂府的阳台上，浮比斯队长就站在百合花身边。他身子一摇晃，站立不稳，用手揉揉眼睛，凝眸再瞧，不禁低声诅咒一句，同时整个面孔都剧烈地抽搐起来。

"那好！你就去死吧！"他咕哝道，"谁也得不到你。"

于是，他抬手放到姑娘头顶，提高嗓门，以哭丧的声调说："现在你走吧，暧昧的灵魂，愿上帝怜悯你！"

这是这类凄惨的仪式结束时，常用的可怕套语，也是教士给刽子手打的约定的信号。

民众纷纷跪下。

"主啊，宽恕我们吧。"侍立在尖拱门廊下的众教士齐诵。

"主啊，怜悯我们吧。"民众附和，同时一阵嗡鸣在人们头顶奔腾，如同大海的澎湃汹涌。

"阿门。"主教代理说了一句。

他转过身去，不再理睬女犯，脑袋重又垂到胸前，双手交叉起来，回到教士的行列。过了一会儿，就看见他连同十字架、蜡烛和祭披，都进入主教堂，在雾蒙蒙的拱顶之下消隐，而在合唱中，他唱出这一绝望诗句的洪亮嗓音，也渐渐止息了：

你的所有深涡、所有波涛，已经没了我的头顶！

与此同时，教堂侍卫的矛戈断断续续的撞击声，也在大殿的柱子之间逐渐沉寂，仿佛钟锤敲响了女犯的丧钟。

就在这段时间，圣母院的几扇大门始终敞着，只见教堂里面空荡荡的，既无烛光也无人声，一片服丧的愁惨气氛。

女犯待在原地不动，听候处置。就在整个这一幕过程中，夏莫吕先生潜心观赏大拱门廊的浮雕，那些雕像表示什么说法不一，有人认为是亚伯拉罕的献祭,也有人认为是炼金操作场面:天使代表太阳,柴堆代表火,亚伯拉罕代表术士。一名执棒警官只好去叫他。

好不容易才把他从潜心观赏中唤醒。他终于转过身来,挥了挥手,于是,刽子手的助手,两个黄衣人走过去,要重新捆上埃及姑娘的双手。

不幸的姑娘又要登上死囚车,驶向生命的最后一站,也许她还有点痛惜留恋生活,不觉抬起干涩发红的眼睛,望望天空,望望太阳,望望把蓝天切成四边形和三角形的白云,然后目光移下来,再看看大地,看看人群,看看房舍……就在黄衣人捆她手臂的时候,突然她狂叫一声,那是一声欢叫。就在广场的一角,在那边的阳台上,她望见了他,望见了她的朋友,她的主宰,浮比斯,她的生命的再现!法官说谎!教士说谎!那正是浮比斯,她不能不相信,他就在那边,还活着,还那么漂亮,身穿鲜艳的军服,军帽上插着羽翎,腰间带着佩剑!

"浮比斯!"她喊道,"我的浮比斯!"

爱情冲动,一阵狂喜,她的手臂不禁颤抖,想要伸出去,却被捆得死死的。

这时,她望见队长皱起眉头,而伏在他肩头的一位美丽的姑娘凝视着他,眼含愠怒,轻蔑地撇着嘴,继而,浮比斯说了几句悄悄话,二人就急忙进屋,将阳台的落地窗关上了。

"浮比斯!"爱丝美拉达还是狂呼乱叫,"难道你也相信?"

一个令人发指的念头,这时突然出现了:她想起来,自己被判处死刑的罪名,就是杀害了浮比斯·德·夏多佩。

时至今日,她什么都忍受了。然而,这最后一击太惨重了,她昏倒在地上。

"快点,"夏莫吕吩咐道,"把她抬上车,赶紧了结吧!"

且说在尖拱门道上面一层的列王雕像廊上,有一个怪人在观望,把整个场面都看在眼里,但是谁也没有注意到。他毫无表情,脖子伸得很长,五官形状怪异,要不是身穿半红半紫的彩服,还真让人以为是一个石头怪物,而六百年来,大教堂长长的承溜口中,吐出不少那类怪物。从午时起圣母院门前所发生的情况,这位旁观者都一一看在眼里。早在最初没人想到注意他的时候,他就将一条打了结的粗绳放下去,垂到台阶上,另一头牢牢系在走廊的一根柱子上。然后,他静静地观望,偶尔看见一只乌鸦飞过还吹吹口哨。正当刽子手的助手要执行夏莫吕的冷酷命令时,突然他一个箭步跨出走廊的栏杆,抓住绳索,手脚和膝盖并用,像一滴雨水溜下玻璃窗,他从教堂正面滑下去,又像从屋顶跳下的猫儿一样迅疾,冲向两名打手,抡起两只大拳头将二人打倒,一手托起埃及姑娘,如同孩子抓起布娃娃似的,又纵身一跳进了教堂,将姑娘举过头顶,以雷鸣般的声音高呼:"圣殿避难!"

这一举动突如其来,兔起鹘落,如果在夜晚,那就是完全发生在电光一闪的瞬间。

"避难!避难!"民众也随之高呼,同时千万双手热烈鼓掌,使得卡希魔多的独眼射出快乐自豪的光芒。

这样一震动,女犯倒苏醒过来,她睁开眼,一看见卡希魔多,急忙又闭上,就好像畏惧她的救命恩人。

夏莫吕,以及刽子手和全体押解人员,一个个都呆若木鸡。的确,一进入圣母院的墙垣之内,女犯就享有不可侵犯的权利了。大教堂是一个避难所,世俗的任何司法权都不能越雷池一步。

卡希魔多在正中大门口站住,两只脚仿佛生了根,像粗重的罗曼石柱一样立在地面上,他那头发蓬乱的大脑袋缩进肩膀里,活像没有颈项而只有鬣毛的一头雄狮。姑娘气喘心跳,举在他那布满老茧的手上,宛如一幅白布;他也像举着一朵花似的倍加小心,生怕碰坏或者弄枯萎了。他那样子就像觉出这是精美宝贵的物品,他的手是不配触摸的。有时，他显得连碰也不敢碰，甚至连口气都不敢吹上去。可是过了一会儿，他又把她紧紧搂在凸凹不平的胸前，视为他的财富、他的宝贝，俨如这孩子的母亲；他那地鬼一般的独眼俯视姑娘，向她倾注无限柔情、沉痛和怜悯，继而又猛然抬起来，放射灼灼的光芒。妇女们又是大笑，又是流眼泪，群众都热情地跺脚，因为此刻，卡希魔多真的显示出他的美。他的确美，他这个孤儿，这个弃婴，这个遭唾弃者，此刻他感到自己又威严又强大，直视斥逐他的、而他又强有力干预进来的这个社会，直视他夺其战利品的人间司法，直视这些只好空咂嘴的所有虎豹豺狼：鹰犬、法官和刽子手，直视他这个残疾人以上帝的力量摧毁的王国的整个威力。

再说，这么畸形的人来保护这么不幸的人、卡希魔多搭救一个被判处死刑的姑娘，这事本身就感人肺腑。受自然虐待和受社会虐待的两个极端不幸，如今相互接触，相濡以沫了。

卡希魔多胜利示威了几分钟，又托着姑娘突然冲进教堂里。民众总是热爱英勇行为，还想尽情欢呼，可惜他这么快就跑掉了；他们还凝望昏暗的大殿搜寻他，忽然又见他出现在法兰西列王廊的一端。他双臂托着战利品，发疯一般沿着走廊奔跑，一边高喊："避难！"群众再次爆发雷鸣般的掌声。他跑过走廊，重又钻进教堂里面。过了一会儿，他又出现在上面的平台上，一直托着埃及姑娘，一直发疯地奔跑，一直高喊："避难！"群众再次鼓掌。最后，在大钟的钟楼顶上，他又第三次出现，仿佛要从那高处，向全城炫耀他所搭救的姑娘，连续三遍狂呼："避难！避难！避难！"他那如雷的声音响彻云霄，别人难得听见，而他本人却从来听不见。

"好啊！好啊！"群众也跟着喝彩。

这声势浩大的欢呼传至对岸，惊动了河滩广场上的群众，也惊动了眼睛盯着绞刑架一直等待的隐修女。

第九卷

一 热昏

　　克洛德·弗罗洛用以捆住埃及姑娘,也捆住他自身的命运之结,就这样被他养子猛然斩断,而这突变发生的时候,不幸的主教代理并不在圣母院。当时他一回到圣器室,就急忙脱掉法衣、祭披和襟带,统统丢给教堂执事,弄得执事莫名其妙;他随即从修院的暗门溜出去,吩咐滩地的船夫渡他到塞纳河左岸去,上了岸,他就一头扎进大学城高低起伏的街道中,也不知道去哪里,每走一步都碰见成群结伙的男男女女,只见他们欢天喜地赶往圣米歇尔桥,可望"还能赶得上"观看绞死女巫。主教代理脸色苍白,神态失常,那样昏头昏脑,惊慌失措,胜过一群孩子在大白天放出来并追捕的一只夜鸟。他弄不清自己身在何处,想些什么,是否是在做梦。他时而走,时而跑,慌不择路,见到街道就钻,总隐隐觉得可怕的河滩广场在他后边紧紧追赶。

　　他沿着圣日内维埃芙山,终于从圣维克多门出了城。回头望去,只要还能看见大学城塔楼耸立的城垣,以及关厢零落的房舍,他就继续逃跑,直到一块高地将可恨的巴黎完全遮住,他才以为跑出数百公里,来到乡间,来到荒野,于是停下脚步,好像又能够呼吸了。

　　这时,种种可怕的念头,一齐涌入他的脑海。他重又洞烛自己的灵魂,顿时不寒而栗。他想到毁掉他又被他毁掉的那个不幸姑娘。他那怔忡的目光回顾一下所走过的路,也是在劫难逃,他们两条命途曲折多舛,到了交叉点,两个命运便无情地相撞而粉碎了。他想到终生侍奉上帝的许愿是多么荒唐,想到守身修德、求知信教是多么虚空,想到上帝又是多么无用,他又满心欢喜地沉溺于邪恶思想中,越陷越深,就感到撒旦在他身上爆发一阵阵狂笑。

他这样深挖灵魂,看到自然天性给情欲准备多么广阔的天地,于是他就更加辛酸地发出冷笑。他把全部仇恨、全部邪恶,都从内心深处倒腾出来,并以医生诊视病人的冷静目光,看出这种仇恨、这种邪恶,无非是损害了的爱,而爱,人的一切美德的这种源泉,流入教士的心中,便转化为可憎的东西,像他这样一个人当了教士,也就变成了恶魔。想到这里,他又狂笑起来,可是突然,他又面失血色,变得惨白,因为他审视了他这注定失意的情欲最可怖的一面:这种腐蚀毒化心灵的爱,转为绝情仇恨的爱,结果只是把一个送上绞刑架,把另一个引入地狱,她成了绞刑架的冤魂,他成了炼狱的恶鬼。

继而,想到浮比斯还活着,他重又嘿嘿冷笑。队长毕竟没有死掉,他还活得轻松自在,身上的军装比以往更神气,还带着新情妇观看绞死旧情人。他要咒死的人中间,唯独埃及姑娘他不恨,唯独埃及姑娘却未能幸免,转念至此,他的笑声更加凄厉了。

这工夫,他从队长又想到民众,立时萌生前所未闻的嫉恨,心想那些平民百姓,所有那些平民百姓,也都看见了他所爱的女人只穿衬衣、几乎赤身露体的样子。一想到这种情景他就痛心疾首,这个女人,哪怕是在黑暗中,他隐隐约约见到形体就会感到无限幸福,而今她却穿着仅供淫乐之夜的衣衫,暴露在光天化日之下,在正午供万人玩赏。越想越气恼,他失声痛哭,悲悼爱情的所有这些神秘感,全遭玷污毁辱,全被剥露而永远凋残了;他失声痛哭,能想象出有多少双淫邪的眼睛，从那没有扣上的衬衣里得到满足，这么一位美丽的姑娘，这么一朵贞洁的百合花，这么一杯娇羞欢乐的美酒，他是战抖着才敢沾一沾唇，而今却变成公共食盆，就连巴黎的市井无赖、盗贼乞丐、厮徒仆役，都一同来享用这荒淫的、污秽的、堕落的乐趣。

他竭力想象，假如她不是吉卜赛姑娘，假如他也不是教士，假如没有浮比斯那个人，假如她能爱他，那么他在人间就能获得什么样的幸福；他想象自己也一样，完全可能过上静谧的爱情生活，如同此刻在人间随处可见的情侣：他们在橘树下，小溪边，对着落日的余晖、灿烂的星空，讲着绵绵情话；假如天从人愿，他和她本来也可以组成这样幸福的一对，他想着想着，一颗心在柔情和绝望中酥软融化了。

噢！是她！又是她！这个打消不掉的念头，总是挥去又来，不断折磨他，不断啮噬他的头脑，撕裂他的五脏六腑。但他不懊恼，也不痛悔，干过的事准备再干，宁肯看她落入刽子手的掌心，也不愿看她投入队长的怀抱。然而他痛不欲生，甚至揪下头发看看是不是变白了。

有一阵子他想到，他早上看见的那条狰狞的锁链，也许此刻正在收紧活结，死死勒住她那异常纤弱、异常秀美的脖颈。此念一生，他的每个毛孔都顿时沁出了冷汗。

还有一阵子，他像中了魔一般，自娱自乐，忽而想象他头一天所见的爱丝美拉达，想她打扮得那么漂亮，欢跳活泼，无忧无虑，翩翩起舞，就跟长了翅膀一样，忽而又想象最后一天所见的爱丝美拉达，想她只穿着衬衣，光着脚，脖子套着绳索，缓步蹬上绞刑架路脚的梯阶：这两幅图景，在眼前栩栩如生，他不禁发出一声凄厉的号叫。

这场痛不欲生的风暴，震撼，摧折，扫荡他心灵中的一切，乃至连根拔除，与此同时，他也望望四周的自然景物，只见脚边有几只鸡在草丛中啄食，金龟子亮晶晶的翅膀迎着阳光飞舞，头上几朵灰斑白云在碧空中逃逸，远处圣维克多修道院的灰石板方塔矗立，尖顶刺破丘冈的曲线，而科坡冈上的磨坊主则吹着口哨，瞧着风磨旋转的翅翼。周围的万物都生机勃勃，组织有序而又恬静安适，呈现出千姿百态，他看着反而揪心，就赶紧逃跑。

他就这样在田野里奔跑了一天，一直跑到黄昏，想逃避大自然，逃避生活，逃避他自己，逃避世人，逃避上帝。有时，他扑倒在地，用指甲抠麦苗；有时在荒村的街上停下来，思想痛苦得难以忍受，双手紧紧抱住脑袋，恨不得拔下来，掷到石路上摔个粉碎。

太阳西沉的时分，他再次内省，发现自己近乎疯癫了。自从他丧失搭救埃及姑娘的希望和意念之后，这场风暴就一直在内心持续，没有给他的意识留下一点健全的思想，一个立得起来的念头。他的理智几乎完全摧毁，在他的头脑里僵卧了；心中只有两个清晰的形象：爱丝美拉达和绞刑架，其余便漆黑一团。这两个形象组合起来，构成一幅可怕的画面，吸引住他仅余的思想和注意力，越看越以奇幻的速度扩大膨胀，一个益发显得楚楚动人，光艳夺目而又秀色可餐，而另一个则益发显得狰狞可怖；最终呈现在他眼前的，爱丝美拉达皎若一颗明星、而绞刑架则枯若一条巨大的断臂。

有一种情况值得注意，在这悲痛欲绝的整个过程中，他却一刻也没有认真想寻短见。这卑劣的家伙天生如此，他贪生怕死，也许真的看到身后便是地狱。

这时天色暗下来。他身上尚存的意识，开始朦朦胧胧想到回返。他以为远离了巴黎，可是辨别一下方向就发现，他转悠一天也没有离开大学城的墙垣。右侧的地平线上，矗立着圣绪尔皮斯修道院的尖塔,以及牧场圣日耳曼修道院的三个高高的尖顶。于是他朝这个方向走去,不久到了圣日耳曼修道院有壕沟的围墙,听见垛子上武装侍卫高喊口令的声音,他赶紧绕开,走上一条小路,从修道院的磨坊和麻风病院中间插过去,走了一阵,便到了神学生草坪的边缘:这片草地因日夜喧哗而大有名气,可以说是牧场圣日耳曼的可怜修士们的"九头蛇怪","说它是牧场圣日耳曼修士们的九头蛇怪,就因为神学生总是频频挑起争论"。主教代理怕碰见人,怕见到任何人的面孔,他避开大学城和圣日耳曼镇,想尽量晚些时候进入城内大街。就这样,他取道神学生草坪和新医院中间的僻静无人的小路,终于走到塞纳河边。堂·克洛德找到一名船夫,付了几枚巴黎德尼埃,吩咐渡船溯流而上,把他送到老城的岬角。下船的地方是一条荒凉的沙嘴,与牛渡岛平行,狭长部分越过对岸的御花园,而上文读者见到格兰古瓦正是在那里冥思苦索。

小船单调的摇荡和流水潺潺的声响,多少麻痹了不幸的克洛德。小船划走之后,他还呆呆立在滩头,愣愣地望着前方,所见的景物无不动荡膨胀,仿佛一片鬼蜮的幻象。这种情况并不罕见,过度痛苦所引起的疲惫状态,对我们神智就会产生这种作用。

现在正是薄暮时分,太阳西沉,落到奈斯勒高塔后面。天空白茫茫,河水白茫茫。他所凝望的塞纳河左岸,巨大的阴影投进这两片白之间,越往远延伸越细薄,最后像一只黑箭射入天边的雾霭中。岸上房舍相连,只见朦胧一片,又有天光水色的衬托,越发显得黝黑了。有的人家已经上了灯,闪亮的窗户好似一个个炉口。这座巨型的黑色高塔,孤零零地夹在苍茫的天水之间,在此处的部分尤为宽展,给堂·克洛德造成一种奇特的印象,好比一个人躺在斯特拉斯堡大教堂的钟楼脚下,仰望头上那巨大的尖顶直插入暮天。只不过在这里,克洛德站立着,而那高塔却酣然横卧;但是河水映印天空,他脚下的深渊就更深不可测,而这巨大的岬角冲入虚空,其挺拔之势,比得上任何大教堂的尖顶。两者印象是一样的。这种印象奇就奇在,看这就是斯特拉斯堡大教堂钟楼,但又是高达八公里的钟楼,给人的印象尤为深刻,这座建筑无比巨大,难以测量,真是闻所未闻,见所未见,赛似巴别通天塔。再加上楼房的烟囱、墙垣的雉堞、房顶所切削的山墙、圣奥古斯丁修道院的箭顶、奈斯勒高塔,所有这些突角将这巨塔的侧影戳出许多缺口,犹如繁丰而神奇的精雕巧饰,给幻视增添不少奇异的特色。克洛德正处于中魔生幻的状态,他真的以为看见,亲眼看见了地狱的钟楼。这高峻可怖的塔楼上上下下闪动着无数灯火,看上去就像地狱那巨大炼炉的一洞洞火口,从里边传出闹声和喧扰,如闻地狱中的惨叫和喘息。于是他害怕了,双手捂住耳朵不要再听,转过身去不要再看,大步离开,逃避这骇人的幻景。

然而,幻景就在他心中。

他回到街上,看着店铺门前灯光中来来往往的行人,总觉得是幽魂来来往往,始终不离他的左右。奇特的嘈杂声始终在耳中鸣响。光怪陆离的幻觉也扰乱他的神智。他既看不见房屋、街道、车辆,也看不见男女行人,眼前一片模糊,景物都相互嵌接融合起来,难以辨认了。小桶厂街拐角有一家杂货铺,按照古老的习俗,门前的披檐周边镶有白铁环,吊着一圈木制蜡烛,在风中相互撞击,如响板一般啪啪山响;克洛德仿佛听见鹰山上那一串串骷髅,在黑暗中相互撞击。

"噢!"他喃喃自语,"晚风吹着他们的尸骨相互碰撞,铁链和骨头的声响混杂!也许她就在那里,在那中间!"

他晕头转向,不知去哪里,走了一会儿,发现来到圣米歇尔桥上,只见一栋房子的底层窗口透出灯光,便走上前去。隔着破裂的窗玻璃,他瞧见里面是一间肮脏的屋子,心中不觉浮起一种影影绰绰的记忆。屋里灯光微弱,有个脸色红润的金发青年,正哈哈大笑,搂着一个打扮得很俗气的姑娘。灯旁有个老太婆,一边纺线一边颤巍巍地哼唱。那青年时笑时停,老太婆的歌声也就断断续续传到教士的耳畔。这支歌谣有些晦涩,也令人毛骨悚然:

  河滩狂叫,河滩喧闹吧!
  纺车快转,纺车快纺呀!
  纺出绳索给那刽子手,
  他吹哨在监狱院里走。
  河滩狂叫,河滩喧闹吧!

  又粗又出色的大麻绳!
  从伊西到旺佛全播种,
  不种小麦全部种大麻。
  白给小偷小偷也不拿,
  又粗又出色的大麻绳。

  河滩狂叫,河滩喧闹吧!
  要看烂眼睛的绞刑架,
  吊死那卖淫的小娼妇,
  家家窗口都是大眼珠。
  河滩狂叫,河滩喧闹吧!

  这时,那青年又笑起来,抚摸着姑娘。老太婆,就是法路代尔;那姑娘,是个妓女;而那青年,正是他兄弟约翰。

主教代理继续窥视。看这个场面还是另一个景象，对他反正是一样。

　　他看见约翰走到房间那头，推开窗户，望了一眼远处万家灯火的河滨大街，又听见他边关窗户边说："他妈的！天都黑啦，嘿！市民上了灯，上帝撒了满天星！"

　　说罢回到淫荡女人的身边，从桌子上操起一个酒瓶磕破了，嚷道："嗨！牛犄角，空啦！可我也没钱啦！伊莎博，亲爱的，要我喜欢朱庇特，除非他把你这对雪白的乳房，变成两只黑酒瓶，让我白天黑夜喝里边的博纳葡萄酒！"

　　这句玩笑开得很妙，把那粉头逗笑了，约翰也就走了出来。

　　堂·克洛德急忙扑倒在地，差点儿给他兄弟撞上认出来。幸好街上昏暗，这名学生又醉了。不过，他还是瞧了瞧趴在街道烂泥里的主教代理，说道："嗨！嗨！这家伙，快活了一天，跑这儿来挺尸啦！"

　　他用脚踢了踢堂·克洛德，堂·克洛德则屏住呼吸。

　　"烂醉如泥了，"约翰说道，"嘿，灌饱啦，真是一只从酒桶里掉出来的蚂蟥。"他弯腰瞧了瞧，又说道："还是个秃驴，一个老家伙！'走运的老家伙！'"

　　继而，堂·克洛德听见他走开，边走边说："反正是一码事儿，理智也是个好东西，而我那哥哥主教代理真走运，又理智又有钱。"

　　主教代理听他走远，才爬起来，黑暗中望见矗立在民居之上的圣母院巨大钟楼，他就一口气跑回去。

　　他跑得气喘吁吁，到了前庭广场，不禁畏葸退缩了，不敢抬头看这阴森的建筑物。

　　"噢！"他咕哝道，"就在这里，今天，就是今天上午，难道真的发生了这种事！"

终于，他鼓起勇气看看教堂，只见门脸黑黝黝的，背后是灿烂的星空，一弯新月已经飞升，此刻停在古钟楼顶上，宛如一只发光的大鸟，栖息在从侧面看呈黑色梅花形的栏杆边缘。

教堂后边修院的门关闭了。不过，主教代理总是随身携带他那工作室所在的钟楼的钥匙。他打开门，走进教堂。

教堂像洞穴一样，漆黑死寂。各处从上边垂下的大块大块暗影，他看出是上午为悔罪仪式张挂的帷幔，到现在还没有撤下。那个银制的大十字架，在黝黑的深处闪现点点光斑，看似这墓穴中夜空上的银河。唱诗室那几扇长窗从黑色帷幕上面露出的尖拱，透进一缕月光，彩绘玻璃显得紫不紫，白不白，蓝不蓝，这种难以确定的夜间色调，只有在死人脸上才能见到。主教代理望着唱诗室四周窗户的灰白色尖拱，真以为看到被打入地狱的主教们的法冠。他闭上眼睛，等到睁开的时候，又觉得一圈惨白的面孔在注视他。

于是，他穿过教堂逃跑，而教堂也似乎震动，摇晃起来，开始活跃，有了生命，每一根粗柱变成一条巨足，扁平的石脚拍击着地面，宏伟的主教堂完全成了一头巨像，呼呼喘息着行走，柱子成为象腿，两座钟楼成为象牙，而巨幅黑幕就是身上的披挂。

他热昏或者谵妄，就这样达到了极度，在这不幸的人看来，周围世界完全到了末日，是一幅看得见、摸得着、令人恐惧的《启示录》中的景象。

有一阵他略感轻松点，便朝侧厢走去，瞥见一排柱子后面有一点红光，急忙跑过去，仿佛跑向指路明星。其实，那不过是一盏小灯，日夜照着铁栏里圣母院公用祈祷书。他迫不及待扑上前去，抓住圣书，渴望从中得到安慰或鼓舞。祈祷书翻开的页面，恰巧是约伯这一段，他凝眸念道："一个幽灵从我面前经过，我听见细微的气息，不禁毛发倒竖。"

读到这样惨厉的语句,他所产生的感觉,就好比盲人拾了一根木棍,又被棍上的刺给刺痛一样。他双腿一软,瘫倒在地,想起了白天处死的那个姑娘。他觉得脑子里冒出股股浓烟,就好像他的头颅变成了炼狱的烟囱。

他瘫在地上许久,似乎什么也不想,完全受魔掌的控制了。他终于恢复一点气力,考虑还是应当躲进钟楼,待在忠于他的卡希魔多身边。他爬起来,但仍然心惊胆战,于是拿了祈祷书旁的小灯来照亮。这当然是一种渎神的行为,可是他再也顾不上这点小事了。

他慢腾腾地登上钟楼的楼梯,心里充满了无名的恐惧,而在这样深夜,他这盏灯的神秘亮光,在高高的钟楼从一个枪孔升到另一个枪孔,恐怕也要把这种无名的恐惧,传给广场上寥寥几个行人。忽然,他脸上有一股清凉之感,这才发现快到顶层过道的门口了。平台上空气清冷;几大片白云在天空运行,相互倾轧而挤碎棱角,犹如冬天河流开化解冻的情景。一弯新月搁浅在云滩中间,仿佛天上一只渡船夹在空中这些冰排里。

他走到连接两座钟楼的一排小圆柱栏杆前,移下目光远眺片刻,透过烟霭薄雾的轻纱,只见巴黎一片寂静的屋顶,尖峭细小,难以计数,好似夏夜风平浪静的粼粼海波。

月色凄迷,给天地蒙上一层青灰的色调。

这时,响起细弱嘶哑的钟声。已是午夜十二点,教士却想到正午十二点。十二下钟声逝而复来。

"噢!"他喃喃自语,"现在,她一定全身冰冷啦!"

忽来一阵清风,将他的灯刮灭。几乎与此同时,他看见钟楼的另一角出现一个影子,一身缟素,一个人形,一个女子的形体。他不寒而栗。只见那女子身边,跟着一只小山羊,咩咩的叫声同最后的钟声齐鸣。

他硬着头皮看去。那正是她。

她脸色苍白，神情忧郁。头发还像上午那样，披散在肩头。不过，脖颈上去掉了绳索，双手也不再捆绑了。她自由了，她死了。

她一身全白衣裙，头上裹着白纱巾。

她仰望天空，朝他缓缓走来。他感到身体化为石头，沉重得无法逃遁。她前进一步，他就后退一步，也只能如此。他一步步退进拱顶黑暗的楼道里，想到她可能也要进来，吓得浑身都僵冷了；果真进来的话，他非吓死不可。

她果然走到楼道门口，但是站住了，朝黑洞洞的门里凝视片刻，似乎没有看见教士，然后走过去了。看样子，她比生前高一些；他透过白衣裙看见了月亮，还听见她的喘息声。

她走过去之后，他就开始下楼，但是动作缓慢，跟刚才见到的幽灵一样，他觉得自己也是个幽灵，眼睛直直的，毛发倒竖，手里还擎着熄灭的小灯，一边走下螺旋楼梯，一边清清楚楚地听见耳朵里有个声音在嘲笑，在重复说："……一个幽灵从我面前经过，我听见细微的气息，不禁毛发倒竖。"

二　驼背独眼又跛脚

中世纪任何城市，而直到路易十二世时期，法国任何城市都有避难所。刑法和野蛮审判如滔滔洪水，淹没了城市，而避难所就成为从人间司法水面突起的孤岛。任何罪犯一踏上去就得救了。在一个郊区，避难所的数量同刑场一样多。滥施豁免和滥施刑罚并肩而立，两种坏事企图彼此矫正。国王宫苑、王公府邸，尤其是教堂，都有权提供避难。有时为了增加入口，整个一座城市就暂时辟为避难所。例如一四六七年，路易十一世就把巴黎当作避难城。

罪犯一踏入避难所，就神圣不可侵犯了。不过，他也得当心，不得贸然出去。走出圣殿一步，就要重入法网。刑轮、绞架、吊刑杆，部署在避难所周围，严阵以待，日夜窥伺着猎物，如同鲨鱼围着船只游动，可以看到有些被判决的犯人，待在修院里，站在一座宫殿楼梯上、修道院的田地里、教堂的拱门下，熬白了头发；从而可见，避难所与监狱毫无二致。有时，司法院也做出重大决定，无视避难权，将罪犯捉拿归案，交由刽子手处决。但是，这种情况是罕见的。各地司法院也畏惧主教。两种长袍一旦发生摩擦，法袍是斗不过教袍的。然而有时候，例如巴黎的刽子手小约翰被杀一案，再如谋害约翰·瓦勒莱的凶手埃默里·卢梭被杀一案，司法机构就跳过了教会，立刻执行司法院所做出的判决。除非司法院做出决定，否则谁持械闯入避难之所，谁就要倒霉！法兰西元帅罗伯尔·德·克莱蒙,以及香槟地区统领约翰·德·夏隆二人,究竟是怎么毙命的,大家也都知道,而事由不过是一个货币兑换商的伙计,名叫佩兰·马克的小无赖杀了人,但是,元帅和统领破门而入,闯进圣梅里教堂,这就罪该万死了。

提起避难所,当时人人敬畏,据传连动物都受益。艾莫宛讲过一个故事,法兰克王达戈贝尔特追捕一头鹿,鹿就躲到圣德尼坟墓的旁边,一群猎犬戛然停住,狂吠不已。

教堂里通常有一间小房,专供接待请求避难的人,一四○七年,尼古拉·弗拉麦勒就雇工匠,在屠宰场圣雅各教拱顶上造了这样一间房,花费四利弗尔六苏十六德尼埃巴黎币。

在巴黎圣母院,这间小屋就建在外壁拱架下的底座之上,对着修士院,而今,正是钟楼门房的妻子辟为花园的地方。这座花园比起古巴比伦的空中花园,就如同拿莴苣去比棕榈树,拿门房的妻子去比塞弥拉弥斯①。

且说卡希魔多以胜利的姿态,在钟楼上和走廊里跑了一阵之后,才把爱丝美拉达安放在这间小屋里。只要他还在奔跑,姑娘就不可能完全恢复神智,总是处于半昏迷半苏醒的状态,感知不到什么,只觉得身体升上天空,在飘浮,在飞旋,被什么东西托举着离开了地面。耳边不时响起卡希魔多响亮的笑声和欢叫,她微微睁开眼睛,隐约看见巴黎一片铺瓦和石板屋顶,仿佛红蓝两色的镶嵌图案,她头上则是卡希魔多那张可怕而快活的面孔。于是,她又合上眼睛,以为这回全完了,自己在昏迷中已被处决,而主宰她命运的厉鬼又把她抓走了。她不敢看他,只好听天由命。

然而,等到披头散发,跑得气喘吁吁的敲钟人将她放在避难

---

① 塞弥拉弥斯:希腊神话传说中巴比伦的创建者,叙利亚美丽贤明的女王。

室里,等她感到他粗大的手轻轻给她解开死死勒住双臂的绳索,她就感到猛然一震,清醒过来,如同黑夜航船触到岸边,旅客都惊醒一样。神智一恢复,心中的念头又一一浮现了。她发觉身在圣母院中,想起自己是被人从刽子手的掌中救出来的,浮比斯还活着,可是浮比斯不爱她了。这两个念头同时出现在可怜女犯的脑海中,后一念头极为惨苦,压倒了前一个念头,于是她转过身来,看着站在她跟前而令她畏惧的卡希魔多,问道:"您为什么救我呢?"

卡希魔多焦急地注视她,好像要极力猜想她说的是什么。她又重问一遍。于是,他无限哀伤瞥了她一眼,随即跑开了。

丢下她一人好不诧异。

过了一会儿,他回来了,把拿来的包裹扔到她脚下。这是几位行善女人给她的衣裳,放在教堂门口。姑娘低头看看,这才发现自己几乎赤身露体,立刻满面羞红。人又复活了。

对这种羞耻心,卡希魔多似乎有所感,他用大手掌遮住眼睛,再次走开,但是这回脚步却很缓慢。

姑娘急忙穿上衣服。这是一身白色长袍和一副白色面纱,是主宫医院见习护士的服装。

她刚穿好衣裳,就瞧见卡希魔多又回来了,一只胳膊挎着一个篮子,另一只胳膊夹着一床褥子。篮子里装着一瓶水、一块面包和别种食物。他将篮子往地上一搁,说了一声:"吃吧。"他再把褥子铺在石板地上,又说了一声:"睡吧。"

敲钟人取来的是他自己的饭食、他自己的铺盖。

埃及姑娘抬头看看他,要表示感谢,但又说不出话来。这可怜的魔鬼实在太吓人了。她吓得一阵战栗,头又垂下了。

于是,卡希魔多对她说:"我叫您害怕。我样子很丑,对不对?您就一眼也别瞧我,只听我说话就行了。——白天,您就待在这儿；晚上，整个教堂您可以随便走。不过，不管白天还是黑夜，您都不要走出教堂。您出去就完了。他们会杀掉您，那我也不活了。"

姑娘听了很感动，抬起头来要回话，却不见他的人影了。又剩下她一个人，她琢磨这个模样像鬼的人所讲的奇异的话，觉得他的声音虽然嘶哑，但语调却很温柔，心中不免暗暗惊奇。

接着，她又观察这间小屋。房间大约六尺见方，小窗户和一扇门对着微微倾斜的青石板房顶。好几条雨水槽上有兽类雕像，在四周伸长脖子，似乎从窗洞窥视她。她的视线沿着房顶边缘望过去，只见无数烟囱的顶端，此刻全城袅袅炊烟，尽收眼底。这个可怜的埃及姑娘，这个弃儿，这个被判死刑的女犯，这个没有祖国、没有家园的不幸女人，看到这种景象，心里多么悲伤啊。

她念及自身孤苦伶仃，正在特别伤心的时候，忽然感到一个长胡子的毛茸茸的头偎到她手中、她的膝盖上。她浑身一抖（现在她什么都怕），低头一看，原来是可怜的小山羊。机灵的佳利，趁卡希魔多打散夏莫吕的押解队的工夫，也随着主人逃开了，现在亲热她的脚快有一小时了，却未能博得惠顾一眼。埃及姑娘连连亲吻小山羊，说道："唔！佳利，我怎么把你给忘啦！你倒是总惦念着我！哦！你呀，可不是个忘恩负义的家伙！"

她这样说着，就仿佛有一只无形的手搬开重压，郁积心头已久的泪水得以倾泻，她失声痛哭了。眼泪滚滚流淌，而痛苦中最揪心、最苦涩的感觉，也随之流走了。

到了晚上，她觉得夜色极美，月光极为柔和，于是在教堂楼顶的回廊里漫步。居高临下眺望，大地显得很恬静，她的心情也稍感轻松了。

三 失聪

次日早晨醒来,她才发觉自己睡了一觉。这事真不寻常,她好生奇怪,已经失眠多长时间了。旭日的一束快活阳光,从窗洞射进来,照在她的脸上。她看见阳光的同时,还看见窗口有个吓人的东西,正是卡希魔多那张丑脸。她不由自主地又闭上眼睛,可是徒然,透过粉红色的眼睑,她总觉得仍旧看到那张鬼脸:独眼,又豁牙露齿。但她还是闭着眼睛,这时却听见一个粗嗓门十分温柔地说:"别怕!我是您的朋友。我是来看您睡觉的。我来看您睡觉,也不妨害您,对不对?您闭着眼睛的时候,我在这儿,这对您又有什么妨害呢?现在我就走开。喏,我躲到墙后头去,您可以睁开眼睛了。"

这几句话挺哀伤,而说话的声调更为哀伤。埃及姑娘受了感动,睁开眼睛一看,他确实不在窗口了。她走到窗口,只见可怜的驼子蜷缩在墙角,一副痛苦而隐忍的神态。她极力克制由对方所引起的厌恶情绪,口气温和地说道:"过来。"卡希魔多见她嘴唇翕动,还以为赶他走,于是站起来,一瘸一拐慢腾腾地走开,耷拉着脑袋,饱含极痛深悲的眼睛,甚至不敢抬起来望一望姑娘。埃及姑娘又叫了一声:"过来呀!"可是,他越走越远了。姑娘只好冲出小屋,追上前去,抓住他的胳膊。卡希魔多感到她的手触摸,不禁浑身颤抖起来。他抬起哀求的目光,看出她是要把他拉回身边,脸上这才焕发出喜悦和柔情的神色。姑娘要他进屋,他却坚持待在门口。"不行,不行,"他说道,"猫头鹰不能进云雀的窝里。"

于是,姑娘落落大方地蜷坐在铺垫上,而小山羊则躺在她脚边,好一阵工夫,二人相对无言,彼此静静地端详,他的眼中是花容玉貌,而她眼中则是陋形鬼面。姑娘在卡希魔多身上,随时都能发现新的畸形,她的目光从那向外翻的膝盖移到那驼背,又从驼背移到那只独眼,简直不能理解,天下怎么能长出这样奇形怪状的人来。然而,这整个形貌又充溢着无限忧伤和温柔,她也就开始不介意了。

卡希魔多首先打破这种沉默:"您刚才是叫我回来吧?"

姑娘点点头,说了声:"是的。"

他明白了点头的意思。"唉!"他又说,但是吞吞吐吐,"跟您说……我是个聋子。"

"可怜的人!"吉卜赛姑娘高声叹道,脸上的表情流露出善意和怜悯。

卡希魔多沉痛地微微一笑,说道:"您觉得只差这一点,我就占全了,对不对?不错,我还是个聋子。我生来就是这个样子。难看极了,不是吗?而您却这么漂亮!"

这声调表明,这个苦命的人对自身的不幸有深切的体悟,姑娘听了,一句话也说不出来,何况说了他也听不见。他又说下去:"我从来没有像现在这样觉出自己丑。我拿自己同您比较,就特别可怜自己,我真是个又可怜又不幸的怪物!说说看,您一定觉得我像个野兽。……看您,您是一束阳光、一滴朝露、一曲鸟儿的歌!……可是我呢,是一堆可怕的东西,不是人,也不是兽,说不出是什么,反正比路上一个石子更坚硬,更受人践踏,更不成形状!"

说着,他哈哈大笑,而这笑声比什么都更撕肝裂胆。他接着说道：“不错，我还是个聋子。不过，您可以用手势动作同我说话。我有个主人，他就是以这种方式同我交谈。再说，看您嘴唇的动作，看您的眼神，我就会很快明白您的愿望。”

"那好吧！"姑娘含笑说道，"告诉我，您为什么要救我吧。"

姑娘说话的时候，他就聚精会神地注视她。

"明白了，"他回答说，"您问我为什么要救您。您忘记了，一天夜里，有个坏蛋想劫持您，而第二天，您却蹬上他们那卑鄙的耻辱柱帮助那个坏蛋。一点点水、一点点怜悯，这个恩情，我一辈子也报答不完。您忘了那个坏蛋，可是他还记得。"

姑娘听他讲，深受感动。敲钟人的眼中滚动着一大滴泪，但是没有淌下来。看来事关荣誉，他必须把泪水吞下去。

等到这滴泪不会滚落了，他才放下心，又说道：“听我说，我们这儿的钟楼很高，一个人若是掉下去，不等着地就没命了。您什么时候高兴要我跳下去，不用说话，使个眼色就行了。"

说罢他站起身，真是个怪人，吉卜赛姑娘尽管自己身遭极大的不幸，内心对他还是产生几分同情，因此示意叫他别走。

"不行，不行，"他说道，"我在这儿不应该待得太久。您看着我，看得我浑身不自在。您是出于怜悯，才没有转过脸去。我找个待的地方，能看见您，又不叫您看见我。那样好些。"

他从衣兜里掏出一只金属哨子，说道："拿着。您需要我的时候，想叫我来的时候，觉得见我不会太厌恶的时候，就吹这个哨子。哨子声我听得见。"

他把哨子放在地下，随即跑开了。

四　陶土瓶和水晶瓶

日子一天天过去。

爱丝美拉达姑娘的心情又平静下来。极度痛苦和极度高兴，都同样是强烈的情绪，不能持久。人心不可能长期处于一种极端的情绪中。吉卜赛姑娘这次飞来横祸，大难不死，末了只感到诧异了。

有了安全感，希望也随之复萌。她离开了社会，离开了生活，但是隐约感到，也许还有可能返回去。她恍若已亡人，手中还掌握自己坟墓的钥匙。

那些长时间困扰她的魔影，她感到逐渐远离而去。所有那些魑魅魍魉，诸如彼埃拉·托特律、雅克·夏莫吕，包括那个鬼教士，都从她头脑里敛影匿形了。

再说，浮比斯还活着，这一点确切无疑，她亲眼见到了。浮比斯的生命便是一切。身遭一连串的磨难和震撼，她心灵中的一切都倾毁了，但她发现有一样东西仍然屹立着，那便是一种感情，是她对那军官的爱。是的，爱情犹如树木，能够自生自长，深深扎根于我们的周身，在一颗心的废墟上还是枝繁叶茂。

这实在是难以理解的事情：这种爱越是盲目，就越是执着，到了自身毫无道理可言的时候，反而矢志不渝了。

自不待言，爱丝美拉达姑娘一想到那军官，就不免心酸；想想也实在可怕，连他也误解了，相信这种不可能的事情，竟然以为能为他万死不辞的女子会刺杀他。但是归根结底，不应当过分责怪他：她本人不是也供认了"她的罪过"吗？她一个弱女子，不是严刑逼迫而屈招了吗？这完全怪她自己。宁肯脚趾甲全给拔掉，她也不应当松那个口。不过，只要能再见到浮比斯一面，哪怕见一分钟，能讲上一句话，看上一眼，就可以释疑，让他回心转意。这一点她是毫不怀疑的。还有许多怪事，她百思不得其解，就说临刑悔罪那天，那么巧浮比斯也在场，同他在一起的那个姑娘又是谁。那自然是他妹妹了。这种解释不近情理，但合她心意，因为，她需要相信浮比斯始终爱她，只爱她一人。他不是对她发过誓吗？她又天真又轻信，还要别的什么保证呢？况且，从表面看来，这件事与其说怪他，不如说怪她自己吗？因此，她还有所期待，有所指望。

还应指出，圣母院，这座宏伟的大教堂，既救了她，又将她千包万裹，保护起来，它本身就是天大的抚慰。这座建筑物形态庄严，姑娘周围的物品无不具有宗教神采，这巨石每个毛孔似乎都逸出虔诚而静穆的思致，凡此种种，都在不知不觉中对她起了作用。同样，这座建筑的音响，极为祥和又极为庄严，也安抚着这颗罹病的灵魂。举行法事的修士们单调的唱诗声，善男信女的应和，时而细微难辨，时而响若滚雷，彩绘玻璃窗震颤和鸣，管风琴好似上百只小号齐奏，而三座钟楼犹如几大窝蜂群，这个大型乐队音域宽广，从合奏到一座钟楼独鸣，音乐起伏跌宕，平复着她的记忆、想象和痛苦。尤其钟声，对她安抚的效果更为明显。这些巨型乐器仿佛向她发射滚滚的巨大磁波。

因此，每天旭日东升，她的心情都更为平静，呼吸更为舒畅，苍白的面颊也增添一点红润。内心的创伤逐渐愈合，她又容光焕发，娇艳如初了，只是较为深沉而平静一些。原先的性情也恢复了，如撇嘴的娇态、对小山羊的喜爱、唱歌的兴趣、少女的娇羞、甚至恢复几分快活的情绪。每天早晨穿衣裳,她都注意躲到小屋的角落里,怕让附近阁楼的人从她这窗洞瞧见。

埃及姑娘在思念浮比斯之余,有时也想到卡希魔多。现在,她同世人,同活人的唯一纽带、唯一关系、唯一交往,就是卡希魔多了。可怜的姑娘,她甚至比卡希魔多还要与世隔绝!她一点也不了解这个不期而遇的古怪朋友。她常常责备自己,感激之情还不能达到视而不见其丑的程度,可怜的敲钟人长得太丑了,她怎么也看不惯。

卡希魔多给她的哨子还丢在地上,尽管如此,头几天他还不唤自来,不时露露面。当他送饭食篮和水罐来的时候,姑娘竭力掩饰厌恶的情绪,不扭过头去,但是稍有流露,他总能觉察出来,随即伤心地走开了。

有一次他来了,正巧看见埃及姑娘在爱抚小山羊,他面对小山羊和姑娘这可爱的一对,若有所思地站了片刻,最后摇了摇他那笨重的畸形脑袋,说道:"我的不幸,在于还是太像人了。我真希望完全成为一头牲畜,就像这只小山羊。"

姑娘抬起头,惊奇地看他一眼。

他针对这种目光答道:"唔!我非常清楚是什么原因。"说罢他就走开了。

另一次,他来到小屋的门口(他从不进去)。爱丝美拉达正在唱一支西班牙的古老歌谣,词句她不懂,但是从小就听吉卜赛女人唱这支歌哄她睡觉,因此记得很熟。姑娘唱到半截,看见那张丑脸突然出现,脸上不由得流露出惊恐的神色,歌声也随即停止了。可怜的敲钟人跪倒在门口,那双畸形大手合十,痛苦地哀求道:"噢!求求您,唱下去吧,不要赶我走。"姑娘不忍伤他的心,便浑身颤抖着继续唱歌。恐惧的情绪逐渐消除,她整个身心都沉醉在这支歌忧伤而悠长的曲调中。卡希魔多始终跪在那里,双手合十仿佛在祈祷,全神贯注,几乎停止了呼吸,眼睛盯着吉卜赛姑娘明亮的眸子,就好像听她眼睛唱歌。

还有一次,卡希魔多来到她面前,神态又尴尬又胆怯,吃力地说道:"请听我说,我有话要对您讲。"姑娘示意她听着呢。然而,他却叹了口气,微微张开嘴唇,眼看要讲了,可是又看了看埃及姑娘,摇了摇头,用手捂住脑门,慢腾腾地走开了,弄得姑娘莫名其妙。

墙上有不少古怪狰狞的雕像,有一个他特别喜爱,似乎经常与之交换友爱的目光。有一回,埃及姑娘听他对那雕像说:"噢!我怎么不跟你一样,也是石雕的呢!"

有一天早晨,爱丝美拉达终于走得远点,到了教堂屋顶的边缘,目光越过圣约翰圆教堂的尖顶俯视广场。卡希魔多就在她后面,他选中这个地方待着,就是要尽量避开姑娘的视线,免得惹人讨厌。吉卜赛姑娘浑身猛然一抖,眼里既漾出一滴泪水,又闪现一道欣喜的光芒。她跪在屋顶边缘,焦虑不安地朝广场伸出双臂,喊道:"浮比斯!来呀!来呀!看在老天的份儿上,听我说句话,只说一句话!浮比斯!浮比斯!"她的声音,她的神情、她的姿势,她的整个人,都表露了撕肝裂胆的痛苦,如同沉船落难的人,望见天边阳光里驶过一条轻快的船而发出的呼救。

卡希魔多探身俯视广场,发现她这样多情而惨切哀求的目标,是个青年男子,是一名骑卫队长,是一名英俊的骑手,只见他全身披挂,佩剑盔甲闪闪发光,骑马到广场那一边兜头急转,举起羽冠,向阳台上一位笑吟吟的小姐致敬。不过,那军官没有听到不幸姑娘的呼叫。他离得太远了。

然而,可怜的聋子却听见了,他从胸中发出一声长叹,转过身去，心中胀满他吞下的泪水，两只紧握的拳头猛捶自己脑袋，手抽回来一看，每只都揪下一绺棕发。

埃及姑娘根本没有注意到他。他咬牙切齿咕哝道："该死！人就应当长成这样子！只要外表漂亮就行啦！"

这工夫，姑娘仍然跪在那里，万分激动地招手呼唤："嘿！他下马啦！……他要走进那座楼房！……浮比斯！……他听不见！……浮比斯！……那女人真坏，偏要和我同时跟他讲话！……浮比斯！浮比斯！"

聋子注视着她。他听不见声音，但是明白那比比画画的手势。可怜的敲钟人泪水盈眶，但绝不让流下来。忽然，他轻轻地拉拉姑娘的衣袖。姑娘转过身。这时，卡希魔多情绪已经平静了，对她说道："您想要我去把他叫来吗？"

姑娘高兴得叫了一声："啊！好啊！去吧！跑去！快点儿！叫那个队长！就是那个队长！把他给我叫来！我会喜欢你的！"

说着，她搂住卡希魔多的双膝。卡希魔多沉痛地摇了摇头，声音微弱地说道："我去把他给您叫来。"他扭头便走，大步下楼去，而啜泣哽塞在喉。

他赶到广场，已不见队长的人影，只有那匹骏马拴在功德月桂府门前。队长进屋去了。

他举目朝教堂屋顶望去。爱丝美拉达仍在原地，仍是原来的姿势。他伤心地朝姑娘摇摇头，然后靠到功德月桂府门前一块角石上，决意等候队长出来。

这天是个喜庆日子，功德月桂府举行婚礼前宴会，招待宾客。卡希魔多看见许多人进去，却不见一个人出来。他不时望望圣母院房顶。埃及姑娘同他一样静待不动。一名马夫出来，解下缰绳，将马牵到府内的马厩里。

一整天就这样过去：卡希魔多倚着角石，爱丝美拉达姑娘跪在房顶，而浮比斯当然跪在百合花的脚下。

　　夜幕终于降临。这是一个没有月光的夜晚，一个漆黑的夜晚。卡希魔多极目凝望也是枉然，在暮色中，不久爱丝美拉达就只剩下一个白点，继而一无所见，全部消失，一片漆黑了。

　　卡希魔多看见功德月桂府里上了灯，楼房正面上下窗口全亮了，还看见广场周围其他人家的窗户也陆续点燃灯火，后来又陆续熄灭，因为他在那里守了一整夜。军官还没有出来。最后的行人也已回家，其他人家都熄灯之后，卡希魔多仍然独自守候，待在黑暗中。当年，圣母院前庭广场还未安路灯。

　　甚至过了午夜，功德月桂府中仍然灯火通明。卡希魔多守在原地不动，注意观察，看见五彩缤纷的窗户上映出舞姿婆娑的人影。他若是没有失聪，随着巴黎沉睡而喧声止息，就能渐渐清晰地听见功德月桂府中欢声笑语、音乐喜庆的喧声。

　　将近凌晨一点钟，宾客们开始散去。卡希魔多裹着夜色的黑衣，注视他们一个个从火炬照耀的门道里出来。哪个也不是队长。

　　卡希魔多忧心忡忡，不时望望天空，就像心烦意乱的人那样。大块大块乌云垂悬，残破龟裂而又滞重，仿佛星空天幕下垂挂的一张张罗纱吊床，又如苍穹上编织下来的一面面蜘蛛网。

　　就在这时候，他忽然瞧见阳台的落地窗神秘地打开，而阳台就在他头顶，那石雕栏杆衬着星空，轮廓十分清晰。狭长的玻璃门一开，走出一男一女，又悄无声息地关上了。卡希魔多好不容易才辨认出，那男的就是英俊的队长，女的就是上午在这阳台上迎接军官的那位小姐。广场上一片漆黑，而玻璃门关上之后，里面深红色双幅窗帘重又落下，灯光几乎照不到阳台上。

　　聋子听不见他们的半句谈话，但能看出他们沉醉在情意缠绵的幽会中。姑娘似乎容忍军官搂着她的腰,但是婉拒了他的吻。

这一场戏不是做给别人看的,因此格外美妙动人。卡希魔多从下面窥视,他观赏这种幸福、这种美貌,心中实在不是滋味。在这可怜家伙的身上,天性归根结底并不喑哑,他的脊梁骨尽管七扭八歪,但同别人一样会激动战栗。他想到上天对他太薄,让他终生看着女人、爱情、淫乐从他眼前溜过,只能眼睁睁看着别人美满幸福。不过,眼前这一景象最令他痛心,最令他憎恶和愤慨的,还是想到埃及姑娘若是看见该会多么伤心。固然,黑夜沉沉,爱丝美拉达即使原地不动(这是他深信不疑的),也毕竟相距太远,就连他本人也才勉强分辨阳台上这对情侣。他这样一想,心情也就宽解一点了。

这工夫,一对情侣越谈越动情。小姐仿佛在恳求军官不要提出进一步的要求。不过,这整个场景,卡希魔多也只能看清姑娘合起美丽的纤手,举目望着星空,眼含泪光和笑意,而队长火辣辣的眼睛则俯视着姑娘。

就在姑娘半推半就的时候,幸而阳台的门忽然又打开了,出来一位老妇人,弄得美丽的姑娘十分羞愧,而军官则颇为气恼。于是,三人回屋去了。

过了一会儿,门廊下传出马蹄声,那名披挂华丽的军官披着夜行斗篷,从卡希魔多面前飞驰而过。

等他到街口拐了弯,敲钟人便追上去,那动作跟猴子一样敏捷,边追边喊:"喂!队长!"

队长勒马停住。

"你这恶棍,要干什么?"他喝道,同时审视从黑暗中一瘸一拐跑来一个丑八怪。

卡希魔多跑到跟前,大胆地抓住马缰绳,说道:"请跟我走,队长,有个人要同您谈谈。"

"见鬼的角!"浮比斯咕哝道,"来了个挖挲毛的恶鸟,好像在哪儿见过。……喂!伙计,你放开我这马缰绳好吗?"

"队长,"聋子回答,"您不问问我是谁吗?"

"我叫你放开我的马,"浮比斯不耐烦了,又喝道,"这个怪家伙,吊在我的战马上于什么?你要把我的马当成绞刑架吗?"

卡希魔多非但没有放开缰绳,还要拉马往回走。他不明白队长为什么拒绝,就赶紧说:"来吧,队长,是个女人在等您。"他又勉强补充一句:"是个爱您的女人。"

"少见的无赖!"队长说,"还以为我必须一个一个见那些爱我的女人,或者自称爱我的女人!……万一碰到一个像你这样,也是一副猫头鹰嘴脸呢?……回去告诉派你来的那个女人,就说我要结婚了,叫她见鬼去吧!"

"请听我说,"卡希魔多嚷道,以为一句话就能打消他的顾虑,"走吧,老爷!是您认识的那个埃及姑娘!"

这句话对浮比斯确实产生很大效果,但是还不像聋子所期待的那样。想必读者还记得,那天这位风流军官同百合花回屋之后不大工夫,卡希魔多就从夏莫吕手中将女犯救走。后来,他每次到功德月桂府上做客,总是有意避免重提那个女人,况且她给他留下的记忆也是沉痛的;至于百合花,她则认为告诉他埃及姑娘还活着是不策略的。就这样,浮比斯以为"西米拉"已经死了,死了有一两个月了。再说,这阵工夫,队长也想到这样黑漆漆的夜晚,牵线的人又异常丑陋,说话的声音像从坟墓里发出来的,已经过了午夜时分,街上阒无一人,就像碰见幽灵的那天夜晚一样,就连他的马看着卡希魔多都打鼻响。

"埃及姑娘!"他差点儿吓掉了魂儿,嚷道,"怎么,你是从阴间来的吗？"

说着，他的手握住剑柄。

"快点儿，快点儿，"聋子要拉他的马，"走这边！"

浮比斯抬起大马靴，朝他胸口猛踹一脚。

卡希魔多眼露凶光，作势要扑向队长，但还是忍住了，对他说道："嘿！有人爱您，您真幸运！"

他说"有人"二字加重了语气，随即放开了缰绳："走您的吧！"

浮比斯一策马，骂骂咧咧地扬长而去。卡希魔多目送他隐没在街道的夜雾中。

"哼！"可怜的聋子咕哝道，"这样的美事还拒绝！"

他回到圣母院，点亮灯，登上钟楼。果然不出所料，吉卜赛姑娘仍然待在原地。

远远望见他，姑娘就跑着迎上去。

"就你一个人！"姑娘嚷道，同时痛苦地合拢美丽的双手。

"我没能找到他。"卡希魔多冷冷地说。

"就该等一个通宵！"姑娘生气地又说道。

他看到姑娘恼怒的样子，明白是责备他。

"下一次，我好好等他就是了。"他垂下脑袋说道。

"滚开！"姑娘对他说。

他走开了，显然姑娘对他不满意，但是他宁肯被她错怪了，也不愿意惹她伤心。全部痛苦，都由他一人忍受。

从这一天起，他再也不到小屋来了，埃及姑娘再也见不到他的面，仅仅有几回望见他在一座钟楼顶上，神态忧郁地注视着她。不过，那敲钟人一发觉被她看见，就立刻消失了。

我们应当指出，可怜的驼子主动回避，爱丝美拉达并不怎么难过，在内心里还有几分感激。况且在这方面，卡希魔多并不抱什么幻想。

爱丝美拉达看不见他了，但是感到身边总有个护卫天使。在她睡觉的时候，有一只无形的手给她更换食物。一天早晨，她发现窗口放了一只鸟笼子。小屋上方有个雕像怪吓人的，她曾多次在卡希魔多面前表露这一点。一天早晨（须知这类事情总是在夜晚发生的），她发现那雕像不见了，是被敲掉了。一直攀登到雕像那里，无疑是冒着生命危险的。

夜晚有几回，她听见有人躲在钟楼披檐下面唱歌，唱一支忧伤而古怪的歌曲，仿佛是为她催眠。歌词没有韵律，好像是聋子随口编出来的。

不要看面孔，
姑娘，要看心。
英俊少年的心往往长成畸形。
有些人的心中留不住爱情。

姑娘啊，松柏不好看，
不像杨柳那么娇艳，
但是冬天松柏叶常青。

唉！说这些有什么用？
不好看的人不该出生；
从来美人只能爱英俊，
阳春四月不理一月份。

人美就算最完美，

人美就能无不为,
只有美才不枉人间走一回。

乌鸦就只能在白天飞,
猫头鹰只能在夜间飞,
天鹅白天黑夜都能飞。

一天早晨醒来,她看见窗台上放了两瓶花。一个是水晶瓶,非常好看,晶莹耀眼,然而满是裂纹,满满的水全漏掉了,里面插的鲜花也已枯萎。另一个是陶土瓶,又粗糙又平常,但是灌的水全存住了,插的花仍然那么鲜艳。

不知道有意还是无意,爱丝美拉达拿起那束枯萎的花,一整天都抱在胸前。

那一天,她没有听到钟楼上的歌声。

但是,她并不怎么介意。她打发日子,就是同小山羊亲热,窥视功德月桂府大门,低声念叨浮比斯,撕面包渣儿喂燕子。

再说,她根本见不到卡希魔多的面,也听不见他的声音了。可怜的敲钟人仿佛从教堂里消失了。然而一天夜晚,她没有睡觉,还在思念她那英俊的队长,忽然听见小屋门口有人叹息,她吓得要命,赶紧起来瞧瞧,借着月光,只见门外横卧着不成形状的一堆。那是卡希魔多睡在石地上。

五 红门钥匙

这期间,埃及姑娘如何奇迹般被人救走,市民议论纷纷,主教代理也有所闻了。他得知这一情况,心中有一种说不出来的滋味。本来他料定爱丝美拉达已死,他的痛苦到了极限,也就死心了。人心(堂·克洛德思考过这个问题)承受悲痛是有限量的。海绵吸饱水之后,任凭大海从上面流过去,也不能再吸收一滴泪。

爱丝美拉达姑娘既已死去,海绵也就吸饱了水,因而对堂·克洛德来说,尘缘已成定局。然而,现在又感到她活在世上,重又感到浮比斯的存在,于是种种折磨、频频打击、抉择取舍、世俗生活,一切重又开始。可是,克洛德对这一切已经厌倦了。

他得知这一消息之后,就躲进修院的密室里,闭门不出,既不出席教士会议,也不主持例行的圣事,拒不见任何人,连主教也不例外,就这样一连几周与世隔绝。别人以为他病倒了。他确实患了病。

他关在密室里干什么呢?这个不幸者在同什么念头搏斗呢?是同他那可怕的情欲进行最后一搏吗?还是制定害死她并毁掉自己的最终方案呢?

他那约翰,他那宝贝弟弟,他那娇惯坏了的孩子,有一回来叩门,又是咒骂,又是哀求,报了十几遍名字,然而克洛德就是不开门。

他的脸贴在窗户玻璃上,一整天一整天地待着。窗户正对着修院,他能望见爱丝美拉达的小屋,看见她经常和小山羊相伴,有时还同卡希魔多在一起。他注意到那个丑陋的聋子对埃及姑娘关怀备至,态度又殷勤又顺从。他的记性很好,而记忆又专门折磨嫉妒者;他记得一天傍晚，敲钟人注视那跳舞的姑娘时，眼神非常奇特。他不免思忖，卡希魔多救她究竟出于什么动机。吉卜赛姑娘和那聋子接触的许多小小的场景，他远远地观赏，并带着强烈的情欲加以评断，就觉得那哑剧充满脉脉温情。于是，他隐约感到心中萌生了嫉妒的情绪，不禁脸红，又羞愧又恼恨，这是万万没有想到的：嫉妒那个队长倒还罢了，居然为这个家伙！——转念至此；他真是心乱如麻。

夜晚更是忧煎难熬。念及幽灵和坟墓的冷森森的思绪，曾经袭扰他一整天，后来逐渐消解，自从得知埃及姑娘还活着，肉欲又来引导他了。他感到那褐色肌肤的姑娘近在咫尺，就越发辗转难寐，身子在床上痉挛扭动。

每个夜晚，他昏昏沉沉，想象爱丝美拉达最令他血液沸腾的各种姿态。他看到她双目紧闭，横躺在被刺杀的队长身上，袒露的美丽胸脯沾满了浮比斯的鲜血；就在那幸福的一刻，他吻了那不幸姑娘的苍白嘴唇，而那姑娘虽已吓成半死，还是感到那一吻灼热烫人。他还看到行刑打手野蛮地扒下她的鞋袜，给她裸露出来的小脚、圆润秀美的小腿和柔软雪白的膝盖上了刑枷，并拧紧铁螺丝。他重又看到托特律那残酷刑具的外面，仅仅露出她那象牙一般的膝盖。最后，他就想象那姑娘只穿着衬衣，脖颈上套着绳索，袒露双肩，光着脚，几乎赤身露体，正如最后一天他所见到的形象。这一系列肉感的形象极富刺激性，他握紧拳头，脊梁骨一阵阵酥麻。

一天夜里，他这样想入非非，童男和教士的血液在脉管里沸腾起来，欲火尤为猛烈难持，他就咬枕头，又霍地跳下床，在衬衣上加了一件罩衫，手擎着灯冲出房间，几乎衣不蔽体，两眼冒火，一副丧魂落魄的样子。

他知道修院通教堂那道红门的钥匙在哪儿，而且我们也知道，他总是随身带着钟楼楼梯的钥匙。

六 红门钥匙续篇

这天夜里,爱丝美拉达姑娘在小屋里睡觉,她完全忘记忧痛,心里充满希望和甜蜜的思念,已经睡了好一会儿,并像往常一样梦见浮比斯,忽然听见周围好像有动静。她跟鸟儿一样,睡眠一向轻微而警觉,稍有响动就会醒来。她睁开眼睛。夜色漆黑,但她还是瞧见窗口有一张面孔在窥视她,因有灯光照出那张脸。那人影发现爱丝美拉达姑娘有所觉察,便一口气把灯吹灭。然而,姑娘还是认出他来,吓得赶紧闭上眼睛,咕哝道:"噢!又是那个教士!"声音极其微弱。

她的不幸遭遇,像闪电一般又全部浮现。她浑身僵冷,又颓然倒在床垫上。

过了一会儿,她感到有什么东西接触她的全身,不禁猛一惊抖,便完全清醒,愤怒地翻身坐起来。

原来那教士溜到她身边,正在搂抱她。

她想喊又喊不出声来。

"滚开,魔鬼!滚开,杀人凶手!"她极度气愤和恐惧,喊声又低又颤抖。

"行行好!行行好!"教士咕哝着,连连吻她的肩膀。

她一把揪住那秃头上残余的头发,奋力推开他,仿佛他的吻跟蛇咬的一般。

"行行好吧!"不幸的家伙反复说,"你哪里知道,我爱你到了什么程度!这是火焰,是熔化的铅,是剜我心的千把尖刀啊!"

他以超人的力量抓住她的胳膊。姑娘气愤难忍,冲他喊道:"放开我,要不我就啐你的脸啦!"

教士放开手,说道:"你就侮辱我吧,打我吧,对我发狠吧!随你怎么干都行!可是行行好,爱我吧!"

于是,姑娘像大发脾气的孩子,狠狠地捶他,美丽的双手用力去抓他的脸,连声喊道:"滚开,恶魔!"

"爱我吧!爱我吧!行行好!"可怜的教士喊道,同时滚倒在她身上,以爱抚亲吻回敬她一下下的捶打。

姑娘忽然感到敌不过他。

"这事儿必须了结!"教士咬牙切齿地说。

姑娘拼得气喘吁吁,筋疲力尽,支持不住了,被他搂得紧紧的,受他摆布。她感到一只淫荡的手在她身上乱摸,便最后奋力挣扎一下,高喊:"救命啊!快来救我!有吸血鬼!吸血鬼呀!"

谁也没来救她,只有佳利惊醒,不安地咩咩叫唤。

"住口!"教士也气喘吁吁地说。

埃及姑娘在地上挣扎,乱滚乱爬,手忽然触到一个冰凉的金属东西,正是卡希魔多留给她的口哨,她在扭动中怀着希望抓住哨子,送到嘴边,使尽剩余的气力吹响,发出清亮尖厉的声音。

"怎么回事?"教士问道。

几乎在同时,他感到一只有力的胳膊将他拎起来:小屋很黑,看不清是谁抓住他,但能听到愤怒咬牙的声响,不过黑暗中还有点零散的微光,他得以看见头上有一把宽刃刀闪闪发亮。

看那身形,教士觉得像卡希魔多,而且猜想只可能是他。他想起刚才进屋时,绊到一个横放在门口的包裹。然而,新闯进来的人一言不发，他也就无从判断了。于是，他扑向举刀的胳膊，喊了一声："卡希魔多！"情急之间，他竟然忘了卡希魔多是个聋子。

眨眼工夫，教士就被掼到地上，感到一只沉重的膝盖顶住他的胸口，但从这膝盖棱角的触感来看，他认出了卡希魔多。可是怎么办呢？有什么办法，让卡希魔多也认出他来呢？黑夜里，聋子又变成了瞎子。

这回他完蛋了。吉卜赛姑娘像发怒的母老虎，绝不会发善心向前救他。眼看那把刀要朝他的头砍下来，情况万分危急。忽然，他的对手似乎犹豫了，瓮声瓮气地说："血不要溅到她身上！"

果然是卡希魔多的声音。

这时，教士感到那大手抓住他的脚，将他拖到门外，要他死在外面。这时，月亮刚升起不多一会儿，真算他侥幸。

他们一出房门，淡淡的月光便落到教士的脸上。卡希魔多面对面一瞧，浑身立刻抖起来，放开教士，连连后退。

吉卜赛姑娘也来到门口，她十分惊讶，发现二人突然交换了角色。现在是教士气势汹汹，卡希魔多哀告求饶了。

教士火冒三丈，又挥拳又顿足，大肆责骂聋子，粗暴地挥手叫他滚蛋。

聋子垂下头，然后走过去，跪到吉卜赛姑娘的门口。

"大人，"他说道，声音既严肃又隐忍，"您要怎么干都行，不过先得把我杀掉。"

说着，他双手捧刀要给教士。教士气冲冲扑上去，不料姑娘更加眼疾手快，一把从卡希魔多手里夺过刀，哈哈狂笑，对教士说道："过来呀！"

她高高举起那把利刃。教士心里犯合计，要贸然过去，她准会一刀砍下来。

"你不敢过来了吧,胆小鬼!"她对教士喊道;接着又冷酷无情地补充一句:"哼!我知道浮比斯没有死!"深知她这样讲,就等于用上千根烧红的铁扦穿透教士的心。

教士一脚踢翻卡希魔多,气急败坏地冲进拱顶之下的楼道里。

等他走后,卡希魔多拾起救了埃及姑娘的哨子,递给她并说道:"已经生锈了。"随即离她而去。

姑娘遭此强暴,惊魂难定,倒在床上精疲力竭,不禁失声痛哭。她的前景又变得凶险了。

至于那教士,他摸黑回到自己的房间。

全完了。堂·克洛德嫉妒起卡希魔多。

他若有所思,反复念叨这句发狠的话:"谁也别想得到她!"

第十卷

一 格兰古瓦连生妙计

且说彼埃尔·格兰古瓦，他目睹了整个案件如何顿起波澜，断定要有绳索、绞架和其他刑罚等待这出闹剧的主要人物，也就不想再惹麻烦了。他一直留在丐帮，觉得在巴黎，乞丐们是最好处的伙伴；而乞丐们则继续关心埃及姑娘的命运。这也是极其自然的，他们都同她一样，迟早要去见夏莫吕和托特律，不像他这样跨着神马珀伽索斯①，遨游想象的王国。从他们谈话中，他得知他那摔罐成亲的妻子进入圣母院避难，因而就更加心安理得了。可是，他并没有打算前往探望，只有几次想起小山羊，仅此而已。再说，白天他要耍把戏混碗饭吃，夜晚则绞尽脑汁草拟控告巴黎主教的诉状，因为主教的水磨曾溅了他一身水，至今他还耿耿于怀。同时，他还潜心评注《论石雕》，努瓦永和图尔奈的主教博德里·勒鲁日的名著，由此对建筑艺术又产生了浓厚的兴趣，取代了他曾一度热衷的炼金术。其实，炼金术和建筑艺术密切相关，是必然的因果关系。格兰古瓦只是从喜爱一种思想，转而喜爱这种思想的形式。

有一天，他走到圣日耳曼—欧塞鲁瓦王家教堂附近，停在人称"主教讲坛"的一座建筑的拐角。这座建筑正对着所谓的"国王讲坛"，里面有一个秀美的十四世纪小礼拜堂，其唱诗圆室正好临

---

① 珀伽索斯：希腊神话传说中生有双翼的神马，升天成为宙斯的坐骑。它的蹄子踏过的地方常有泉水涌出，诗人可以从中获得灵感。

街。他虔诚地观赏圆室外部的雕刻,一时陶醉,独享着专一而无上的乐趣:在这种时刻,艺术家在世界上只看到艺术,并且在艺术中看世界。突然,他感到一只手郑重地放到他肩头,扭头一看,原来是他的老朋友,从前的老师主教代理先生。

格兰古瓦不禁愣住了。好久没有见面,而堂·克洛德这种人既庄严又热情,一位怀疑派哲人见了总要失去心理平衡。

主教代理半晌不作声,格兰古瓦正好可以从容地端详他,发现他样子大变,脸色像冬天早晨一样苍白,两眼陷下去,头发几乎全白了。教士终于打破沉默,他声调平静,但冷冰冰地问道:"近来无恙吧,彼埃尔师傅?"

"问我的身体吗?"格兰古瓦回答,"嘿,嘿!可以说凑凑合合吧,不过,总的来看还成。什么我都不贪求。您也知道吧,老师?身体健康的秘诀,据希波克拉底说,就是'饮食、睡眠和行乐都要节制'。"

"这么说,您毫无忧烦啦,彼埃尔师傅?"主教代理又问道,眼睛盯着格兰古瓦。

"的确没有。"

"现在您做什么呢?"

"您这不是看到了吗,老师,我在观察这些石雕,观察这一浮雕的刻法。"

教士微微一笑,仅仅翘起一边嘴角,显见是一种苦笑,他说道:"您看着开心吗?"

"就跟上了天堂!"格兰古瓦高声说道;他探身细观那些雕刻,神采奕奕的样子,真像在解说生命现象,又接着说道:"就拿浅浮雕的这种变形来说吧,您不觉得刻工十分灵巧,十分精美而细腻吗?再看这小圆柱,在哪个斗拱上,您能找到刀法如此柔和圆熟的叶饰图案呢？这是约翰·马伊万的三个圆浮雕，还算不上这位伟大天才的杰作。尽管如此，人物面部天真和善的表情、举止神态和衣饰的喜性，甚至所有缺陷都透出这种难以解释的悦目之感，使得这些小雕像显得十分明快，十分传神，也许有点过分了。您不觉得这非常有趣吗？"

"这还用问！"教士回答。

"您若是进小教堂去看看，就更开眼啦！"诗人兴致大发，饶起舌来，"到处都是雕刻，像菜心一样丛集！半圆拱后殿更是圣法肃穆，非常奇特，我在别处从未见过。"

堂·克洛德打断他的话："这么说，您很幸福啦？"

格兰古瓦十分激动地回答："老实说，是很幸福！我先是爱女人，后来爱动物，现在就爱石头了。比起动物和女人来，石头同样好玩，还不那么负情弃义。"

教士一只手捂住额头，这是他的习惯动作："真的！"

"喏！"格兰古瓦又说道，"乐在其中嘛！"他挽上任他拉扯的教士的胳膊，带他走进主教讲坛的楼梯角楼，说道："这儿有楼梯！我每次见到就感到愉快，梯级结构，是全巴黎最朴实，最罕见的，每一级下面都抹成圆角，阶面宽一尺左右，体现出美感和简朴，相互衔接，镶嵌，扦插，贯连，纠结，交织，彼此咬合，真是又牢固又好看！"

"您没有什么渴望了吗？"

"没有了。"

"也没有什么缺憾吗？"

"既无缺憾也无渴求。我的生活已安排妥当。"

"人安排妥当，事情又会来打扰。"克洛德说道。

"我信奉皮朗哲学，"格兰古瓦回答，"凡事我都要保持平衡。"

"您是怎么维持生计的？"

"有时给人做点诗，编点剧；不过，进项最多的，老师，还是您所知道的把戏：用牙齿叼着叠椅子。"

"一位哲学家干这种行当，未免太粗鄙了。"

"这还是平衡问题，"格兰古瓦说道，"人一旦有了一种思想，在任何事物中都能发现这种思想。"

"这我知道。"主教代理回答。

教士沉吟一下，又说道："其实，您相当穷困潦倒吧？"

"穷困不假，潦倒未必。"

这时传来一阵马蹄声，这两个谈话的人抬头一看，只见街头跑过一队人马：那是羽林军骑卫，由军官率领，一个个高举长矛，全队披挂，光彩夺目，踏着石路的嗒嗒声在长街回荡。

"您怎么两眼盯着那个军官！"格兰古瓦对主教代理说。

"我好像认识他。"

"您说他叫什么名字？"

"我想，他叫浮比斯·德·夏多佩吧。"克洛德答道。

"浮比斯！好怪的名字！还有一个浮比斯，就是德·福瓦克斯伯爵。记得我认识一位姑娘，她总是以浮比斯发誓。"

"跟我来，"教士说道，"我要对您说点事儿。"

这支马队走过之后，主教代理冷冰冰的神态中，就透出一点激动的情绪。他说罢举步先行，格兰古瓦也就跟了上去。格兰古瓦对他一向唯命是从，换了谁一接触有如此巨大影响的人，都会这样顺从的。二人走到相当僻静的圣贝尔纳会修士街，堂·克洛德便停下了。

"您要同我谈什么事啊，老师？"格兰古瓦问道。

"难道您不觉得，刚过去的那些骑兵穿得比你我都神气吗？"主教代理一副沉思的样子答道。

格兰古瓦摇了摇头："算了吧！我还是喜欢这半红半黄的罩衫，不喜欢他们满身的钢铁鳞片。真滑稽，走起路来叮当山响，就像破铜烂铁码头街闹地震一样！"

"这么说，格兰古瓦，您就从来不羡慕那些身穿战袍的威风凛凛的小伙子吗？"

"羡慕什么呀，主教代理先生，羡慕他们的力气、盔甲，还是他们的纪律呢？还不如穿着破衣烂衫研究哲学这样自由自在呢。我宁肯做苍蝇脑袋，也不愿做狮子尾巴。"

"事情真怪，"教士若有所思地说，"漂亮的军装终归漂亮。"

格兰古瓦见他想事儿，就离开几步，径自去观赏旁边一家宅第的门廊，回来时连连拍手，说道："主教代理先生，如果您在漂亮的军装上少花点心思，那我就请您去瞧瞧这座大门。我一直这么说，奥勃里先生府邸的大门，是天下最有气派的。"

"彼埃尔·格兰古瓦，"主教代理问道，"您是怎么对待那个跳舞的埃及姑娘的？"

"是说爱丝美拉达吗？您这话题转得也太突然了。"

"她不是做过您妻子吗？"

"是啊，是摔瓦罐结成的姻缘，要做四年的夫妻。——哦，对了，"格兰古瓦半开玩笑似的看着主教代理，又问了一句，"您怎么还一直惦念她呢？"

"您就不惦念了吗？"

"不大惦念了。——我的事儿太多！……上帝啊，那只小山羊多漂亮啊！"

"那个吉卜赛姑娘，不是救过您一命吗？"

"这事儿不假。"

"那好，她怎么样啦？您又为她做了什么呢？"

"说不好，想必她给人绞死了吧。"

"您真的这样认为？"

"说不准。看见他们要绞死人,我就赶紧离开现场。"

"您就知道这点情况?"

"等一等。听说她躲进圣母院,在那里挺安全,得知这一情况我非常高兴,但是还没有打听到,小山羊是否跟她一起逃脱了,这就是我了解的全部情况。"

"让我再告诉您一些吧,"堂·克洛德高声说,本来他的嗓门一直压得很低,说话缓慢,几乎听不见,现在突然吼声如雷,"她的确躲进圣母院避难了。可是,再过三天,法庭还要把她抓出来,押到河滩广场去绞死。大法院已经做出决定。"

"那可就糟啦。"格兰古瓦说道。

眨眼之间,教士又变得冷淡而平静了。

"真见鬼,"诗人又说道,"是哪个家伙寻开心,提出逮捕归案的动议呢?就不能让司法院安静一阵吗?一个可怜的姑娘躲到圣母院的屋檐下,待在燕子窝旁边,又有什么妨害呢?"

"世上就是有撒旦!"主教代理回答。

"这情况简直糟透了。"格兰古瓦指出。

主教沉吟一下,又说道:"总之,她救过您一命吧?"

"那是在我的好朋友丐帮那里。差一点点我就要给吊死了。若真吊死,今天他们会后悔的。"

"您就一点也不打算救她吗?"

"我巴不得能救她,堂·克洛德。可是,万一把我也搭进去呢?"

"那有什么关系!"

"哼!有什么关系!您会做好人,我的老师!我有两部巨著,才刚刚动笔。"

教士拍了拍额头,他尽管故作镇静,仍然时有猛烈的举动,泄露他内心的烦乱。

"怎么救她呢?"

格兰古瓦对他说:"老师,我要用土耳其的一句话回答您:上帝就是我们的希望。"

"怎么救她呢?"克洛德沉思着重复道。

格兰古瓦也拍拍脑门儿。

"请听我说,老师。我有想象力,给您出些计谋。——对了,恳请国王恩赦怎么样?"

"恳请路易十一赦免吗?"

"有何不可呢?"

"无异于与虎谋皮!"

格兰古瓦又考虑别的办法。

"哦!有啦!——我请隐婆帮忙,就说姑娘怀孕了,您说怎么样?"

教士一听,深陷的眼睛射出凶光。

"怀孕!混账!你是不是知情人?"

见他那副凶样子,格兰古瓦吓了一跳,就赶紧解释:"哎!不是我干的!我们的婚姻,是一桩名副其实'外婚姻',我始终在门外。可是说她怀孕,毕竟能争取缓刑。"

"荒谬!无耻!住口!"

"您不该发火,"格兰古瓦咕哝道,"争取缓刑,这不损害任何人,还能让隐婆挣上四十德尼埃巴黎币,她们可都是穷苦的女人。"

教士不听他的,而在自言自语:"她无论如何得离开那里!再过三天,司法院的决定就要付诸实施。即使没有这个决定,还有卡希魔多!女人的口味实在反常!"他提高嗓门说道:"彼埃尔师傅,我认真考虑过了,只有一个办法能救她。"

"什么办法?我是束手无策了。"

"听我说,彼埃尔师傅,不要忘记,您的性命是她救的。我的想法坦率地告诉您吧：大教堂有人监守，只允许看到进去的人走出来。因此，您可以进去。进了教堂，我带您去找她。您同她换装，她穿您的外套，您穿她的裙子。"

"您的想法到现在还成，"哲学家指出，"然后呢？"

"然后？然后，她穿着您的衣服出来，您穿着她的衣裙留在里边。您也许会被绞死，但是她就得救了。"

格兰古瓦一本正经地搔搔耳朵，说道："咦！这主意，我是绝对想不出来！"

听了堂·克洛德这样出乎意料的建议，诗人那张开朗快活的脸骤然阴云密布，就像意大利灿烂的风光，忽然狂风大作，刮得乌云同太阳相撞。

"喂，格兰古瓦！您说这办法怎么样？"

"叫我说嘛，老师，不绞死我也许有可能，绞死我却是绝对肯定的。"

"这与我们就不相干了。"

"真要命！"

"她救过您一命，这笔债您得偿还。"

"还有好多债我都没偿还呢！"

"彼埃尔师傅，非如此不可。"

主教代理说得斩钉截铁。

"您听我说，堂·克洛德，"诗人大惊失色，回答说，"您坚持这种想法，恐怕不大对头。我弄不明白，干吗要代替别人上绞刑架。"

"生活有什么，还值得您这么留恋？"

"哦！多着呢！"

"请问，都有什么？"

"都有什么？有空气呀，天空呀，清晨呀，黄昏呀，月光呀，我那些乞丐朋友，还有，同姑娘们开开心，研究研究巴黎的美丽建筑，还有三大部书要写，其中一部就是抨击主教及其水磨的，还有什么呢？安那克萨哥拉①说，他生在世上就是为了欣赏太阳。再说，我十分幸运，每天都同我本人这个天才朝夕相处，确实非常愉快。"

"真是木头脑瓜！"主教代理咕哝道，"喂！说说看，生活这么美好是谁给你保全下来的呀？多亏了谁，你才能呼吸这空气，欣赏这天空，还能够胡诌八扯，想入非非，愉悦你这云雀一样的性情呢？没有她，现在你在哪里？你多亏她才活下来，现在却想让她死吗？这个女子，多么美丽，多么温柔，多么可爱，是人世不可缺少的光明，比上帝还要神圣，就坐视她死去吗？而你呢，半智半疯，一块粗坯，派不上用场，一株草木，自以为行走，自以为思想，其实在苟且偷生，窃夺了她的性命，活着也没用，犹如中午点燃的一根蜡烛！好啦，格兰古瓦，发发善心吧！你也该有点慷慨精神。这也是她率先做到的。"

教士言辞激烈。格兰古瓦洗耳恭听，脸上的表情先是迟疑，接着渐渐动容，最后凄然地做了个鬼脸，好似初生婴儿肚子疼时的样子。

"您的话真感人，"他抹了一把眼泪，说道，"好吧！我再考虑考虑。——您这个主意，真是别出心裁。——归根结底，"他沉吟了一下，又说，"谁知道呢？也许他们不会绞死我。订了婚不见得就结婚嘛。我穿上裙子，戴上女帽，打扮得古里古怪，待在那小屋里，他们发现我那样子，也许会哈哈大笑。——再者说，真要绞死我，那就认啦！绳索勒死，跟别种死法一样，更确切地说，跟别种死法不同。这样死法配得上终生摇摆不定的智者，这样死法不伦不类，恰好符合真正怀疑论者的精神，这样死法具有皮朗主义和犹豫的色彩，让你上不着天下不着地，永远垂悬在天地之间。这是哲学

---

① 安那克萨哥拉：公元前5世纪的希腊哲学家。

家的死法,也许是我命里注定的。走完一生的路,死也非常壮丽。"

教士打断他的话:"就这么说定啦?"

"说到底,死又算什么呢?"格兰古瓦仍然兴奋地继续说,"不过是难过的一刻、一道关卡、从微乎其微到虚幻空无的过渡。有人问迈加洛波利斯城的克尔吉达斯,他是否愿意死,他回答说为什么不愿意呢?死了之后我能见到那些伟人,见到哲学家中的毕达哥拉斯、历史学家中的赫卡泰奥斯、诗人中的荷马、音乐家中的奥林匹斯。"

主教代理把手递给他,说道:"那就一言为定?您明天来吧。"

这一举动把格兰古瓦拉回到现实中来。

"哎!这可不行!"他如梦方醒,说道,"让人绞死!那太荒唐了。我可不干。"

"那就再见啦!"主教代理接着又咕哝一句,"我还会找你的!"

"我才不要这个鬼人来找我,"格兰古瓦心中暗道;他赶紧去追堂·克洛德。——"等一下,主教代理先生,老朋友之间,别赌气呀!您关心那个姑娘,我是说,关心我那老婆,这很好。您要把她救出圣母院,想出了一条妙计,可是,这主意对我格兰古瓦来说却糟透了。——我若是别有良策就好啦!——先告诉您一声,就在此刻,我刚好灵机一动。——我要想的妙计,既能救她脱险,又不至于给我脖子套上绳索,您说怎么样?难道说这样还不够吗?非得把我送上绞刑架您才满意吗?"

教士急得直揪道袍的纽扣,嚷道:"信口开河!你有什么办法呀?"

"不错,"格兰古瓦自言自语,同时用食指抵着鼻子,表示在思考,"有啦!——那些乞丐都是好汉。——埃及部落也喜欢她。——只要说一声,这两拨人都会挺身而出。——这事儿易如反掌。——来个突然袭击。——趁着混乱,不必费劲就能把她抢出来。——就定于明天傍晚——他们都巴不得呢。"

"办法！说呀。"教士边说边抓住他摇晃。

格兰古瓦威严地转过身来，对他说道："放开我嘛！您没看见我在思考吗？"他又考虑了一会儿，这才鼓掌为自己的主意叫好："妙极啦！马到成功！"

"办法！"克洛德又恼火地说道。

格兰古瓦却得意扬扬。

"这边来，让我悄悄告诉您。将计就计，这妙计非同凡响，能给我们大家排忧解难。上帝呀！应当承认，我可不是个笨伯。"

他停了一下，又问道："哦，对啦！小山羊同那姑娘在一起吗？"

"在一起。让魔鬼把你抓去得啦！"

"他们本来也要绞死小山羊，对不对？"

"这同我有什么关系？"

"不错，他们也打算绞死小山羊。上个月，他们就吊死一头母猪。刽子手就爱这么干，然后好吃肉。要吊死我那美丽的佳利！可怜的小羊羔！"

"真该死！"堂·克洛德嚷道，"你就是刽子手。混账东西，你到底想出什么搭救的办法啦？还得用产钳，才能把你的主意拉出来吗？"

"妙极啦，老师！是这样。"

格兰古瓦俯过身去，压低嗓门，对着主教代理的耳朵如此这般讲了一遍，不安的目光同时横扫整个一条街，其实街上一个行人也没有。等他讲完了，堂·克洛德握了握他的手，冷淡地说道："好吧，明天见。"

"明天见，"格兰古瓦也说道。他同主教代理分手，又自言自语："这事儿真值得自豪啊，彼埃尔·格兰古瓦先生。不信那个邪。小人物，不见得就被大事业吓住。庇同双肩扛过大公牛；鹡鸰、黄莺和燕子，都能飞过海洋。"

二 你去当乞丐吧

主教代理回到修院,看见他弟弟磨坊约翰站在他修室门口等候,因为等得不耐烦,就用木炭在墙上画哥哥的侧面像,还画上一个异乎寻常的大鼻子。

堂·克洛德另有心事,没有正眼看他兄弟。这个浪荡子的快活脸蛋,曾经多少回一扫教士的愁容,现在却无力驱散在这腐朽恶臭、萧索僵死的灵魂上越聚越厚的迷雾。

"哥哥,"约翰怯生生地说,"我来看您了。"

主教代理连眼皮也不抬一抬,问了一声:

"来看又怎么样呢?"

"哥哥,"这个假惺惺的鬼头又说道,"您待我这么好,苦口婆心地教导我,因此我总要找您。"

"来找又怎么样?"

"唉!哥哥,您对我讲的话真是入情入理,您说:约翰啊!约翰!'教师停止授课,学生停止服从'。可是你呀,约翰,你要明智,约翰,你要博学,约翰,没有正当理由,未经老师准假,不要擅自离校。'约翰啊,也不要打庇卡底人',不要像'目不识丁的笨驴那样'腐烂在学校的草铺上。约翰啊,要接受老师的任何责罚。约翰啊,每天晚上都要去小教堂,唱一支圣歌,并向光荣的圣母玛利亚祈祷。唉!这些都是一字千金的忠告啊!"

"那又怎么样呢？"

"哥哥，站在您面前的，是一个罪人，一个罪犯，一个恶棍，一个放荡鬼，一个大坏蛋！亲爱的哥哥，约翰把您的忠告当成粪草，用脚践踏。但是，我也受到严厉的惩罚，仁慈的上帝无比公正。我一有钱就胡闹，大吃大喝，寻欢作乐。唉！这种放荡生活，从正面看十分迷人，从后面看却又丑恶又讨厌！现在，我手头一个铜子儿也没有了，就连桌布、衬衣和毛巾都卖光了，快活的日子一去不复返！悦目的蜡烛熄灭了，只剩下可恶的油脂捻儿，直往我鼻孔里灌烟。那些粉头儿都嘲笑我。我也只能喝凉水充饥，每天受悔恨和债主的苦苦追逼。"

"还怎么样呢？"

"唉！最亲爱的哥哥，我很想改过自新，过上正经的生活。我来见您，满怀悔罪的心情。我是来忏悔的，现在我忏悔了，而且捶胸顿足。您希望我有朝一日拿到学士文凭，到托尔希学校去当助理学监，是完全有道理的。现在我觉得，这正是我的光辉灿烂的天职。可是，我没有墨水了，要买墨水；没有鹅毛管笔了，要买鹅毛管笔；没有纸了，没有书了，全得买。这些急等着用，就得需要几个小钱。因此我来见您，满怀悔罪的心情。"

"完了吗？"

"完了，"学生回答，"要几个小钱。"

"没有！"

于是，学生立刻郑重而又坚决地说：

"那好吧，哥哥，我非常遗憾地告诉您，别人却向我提出极好的建议。您不肯给我钱吗？——不给？——既然如此，那我就去当乞丐。"

他说出这样大逆不道的话，就摆出埃阿斯那样的神气，单等雷霹雳头击来。

主教代理却冷淡地说：

"你就去当乞丐吧。"

约翰向他深鞠一躬，吹着口哨下楼去了。他走到庭院，经过他哥哥的窗下时，忽听窗户打开，抬头一看，只见窗口探出了主教代理那张严肃的面孔。

"见鬼去吧！"堂·克洛德喊道，"给你钱，最后一次，我再也不会给了。"

教士说着，把钱袋扔下去，正巧砸在约翰的额头上，砸起一个大包。约翰拾起钱袋，又恼火又高兴地走了，就像一条狗给扔来的骨头棒子砸了似的。

三　快乐万岁

读者大概没有忘记，奇迹宫有一部分靠着巴黎旧城墙，而城墙的箭楼当时大多开始坍塌，其中有一座被丐帮辟为欢乐场，底层大厅充作酒馆，上面几层也各有妙用。这座箭楼是丐帮最活跃，因而也是最丑恶的据点，好似一个无比巨大的蜂巢，日夜发出嗡鸣的闹声。到了深夜，丐帮其他人等都已入睡，广场上各户土灰色门脸的窗户熄了灯火，那无数间小屋里，无数窃贼、娼妓、拐来的和私生的孩子不再喊叫了，但是那箭楼里还有闹声，通气孔、窗口和墙壁裂缝，即所有毛孔还透出猩红的灯光，总能认出那寻欢作乐的场所。

那充作酒馆的正是地下室，要通过一道低矮的小门，走下同古典亚历山大诗体①那样陡直的楼梯，才能到达那里。门上的招牌也绝妙无比，胡乱涂画几枚新钱币和几只宰掉的鸡，下方写了一句谐音的双关语："来光顾醉死的人②。"

且说一天夜晚，巴黎大小钟楼都敲响了宵禁的钟声，在这一时分，城防巡逻队若是走进那可怕的奇迹宫，就会发现丐帮酒馆比往常更加喧闹，酒喝得更凶，咒骂也更加新颖。外面空场上，成帮结伙聚了许多人，都在低声交谈，仿佛在策划重大的行动，各处都有

---

① 亚历山大体每行诗十二音节，是法文格律诗中运用最广泛的诗体。
② 此句谐音，按不同的停顿读法，意为"新钱币，死了的鸡"。

怪家伙蹲在铺石地上,铮铮磨着凶刃。

不过,在酒馆里,大家又喝酒又赌牌,大大分散了注意力,将今晚的主要打算置于脑后,因而很难听出他们谈论什么事情,只是他们比往常更快活,而且每人的两腿间都有一件闪亮的武器,诸如砍柴刀、板斧、古代长剑,或者火铳的枪托。

这间大厅呈圆形,非常宽敞,可是桌子摆得很挤,喝酒的人又多,而且男人、女人、板凳、啤酒罐、喝酒的、睡觉的、打牌的、身体健壮的、缺胳膊少腿的,好似胡乱堆在这酒馆里,要讲秩序与和谐,就同一大堆牡蛎壳一般。桌子上点着几支蜡烛,然而,酒馆里的真正照明还是炉火,其作用相当于歌剧院里的大吊灯,因为地下室太潮湿,炉火常年不熄,夏天也不例外。这座壁炉特别大,炉台有雕刻图案,上面杂乱放着沉重的铁柴架和几件炊具,炉膛里烧着木柴和泥炭,火势熊熊;如果是夜晚在乡村的街道上,这种炉火映在对面的墙壁上,通红通红的,就像炼铁炉口的魔影。一条大狗庄严地蹲坐在炉灰里,正翻动着炭火上的一根烤肉叉。

这场面虽然混乱不堪,但是多看上两眼,就能从人群中分辨出三个主要团伙,每伙围着一个中心人物,都是读者熟识的。其中一位,衣着古里古怪,全身镶满东方色彩的假金箔,他就是埃及和波希米亚大公马提亚斯·韩加迪·斯皮卡利。这家伙坐在一张桌子上,跷着二郎腿,一根指头指向空中,正在高声传授他所精通的黑白法术,即巫术和魔幻术,他周围的人一个个听得目瞪口呆。

另一圈人的中心,正是我们的老友,武装到牙齿的金钱大王克洛班·特鲁伊傅。他神态庄严,低声发号施令,正指挥抢夺武器。他面前有一个装满武器的大酒桶,已经劈开,倾泻出斧头、战剑、铁盔、锁子甲、大砍刀、长矛头、箭头、利箭和旋转箭,就像丰年大角①中源源流出的苹果和葡萄，每人都拿一件，你拿头盔，他拿长剑，还有人拿十字柄短刀。孩子们也都武装起来，甚至截掉下肢的残疾人也披上盔甲，就跟大甲虫似的，从喝酒的人腿中间爬过去。

第三堆人数最多，吵闹得最凶，气氛也最活跃，桌子凳子上都挤满了，圈子中间有个人全身披挂重甲，扯着尖嗓门连演说带咒骂。此公披挂得严严实实，从头盔到马刺，一样不落，腰带上插满短刀和匕首，右侧佩带一把长剑，左侧挂着一张生了锈的弓箭，整个人儿几乎全遮护起来，只露出一只厚颜无耻向上翘的红鼻子、一绺金黄鬈发、鲜红的嘴唇和无所畏惧的眼睛。他面前放着大酒壶，右边自然少不了那个袒胸露怀的肥胖粉头。他周围的一张张嘴无不在欢笑，在咒骂，在喝酒。

此外，三五成堆的还有二十来伙；还有男女侍者，头顶着酒罐来回奔走；还有蹲着赌博的人：打弹子的，下三子棋的，掷骰子的，玩抢帽徽游戏的，以及热闹的投圈比赛；这边墙角有人争吵，那边墙角有人亲嘴，整个场面笼罩着通红的火光，四面墙壁上舞动着无数巨大的怪影。这一切都看在眼里，对这酒馆就会有个总体的印象。

至于喧闹声，那就仿佛置身于一口正在狂敲的大钟里。

烤肉流出的油滴，像雨点一般落到承接盘里，那持续不断的劈劈啪啪声，填满了大厅里相互交叉和呼应的无数谈话的空隙。

在酒馆的里端，有一位哲学家坐在壁炉后侧的凳子上，双脚插在炉灰里，眼睛盯着炉火，在一片喧嚣声中沉思默想，他就是彼埃尔·格兰古瓦。

"喂，快点儿！抓紧，都拿起武器！过一个钟头就要进军啦！"

---

① 做成牛角状的巨形丰年象征物。

克洛班·特鲁伊傅对他的黑帮分子说。

一个姑娘在哼唱:

> 晚安,我的父母亲!
> 后走的人要熄灯。

两个打牌的人吵起来。

"梅花J!"脸涨得最红的那个伸出拳头,嚷道,"我要在你脸上打出个梅花印来,你到国王陛下的牌局里就可以代替梅花J啦!"

"哎哟!这里挤得跟石头城的圣徒一样。①"有人嚷道,那浓重的鼻音表明他是诺曼底人。

"孩子们,"埃及大公勒着假嗓对听众说,"法兰西的女巫们去参加群魔会,既不骑扫把,也没有别的坐骑,也不使用油脂,只念几句咒语就行了。而意大利的女巫,门口总有一只山羊守候,她们必须从烟筒里出去。"

那个满身披挂、怪模怪样的青年叫嚷起来,声音压过了全场的喧闹:"真棒呀!棒极啦!今天是我头一次武装!乞丐!基督的肚子,我成了乞丐啦!给我倒酒喝!……朋友们,我叫磨坊约翰·弗罗洛,是个绅士。照我看,上帝即使是警察,也会当强盗的。弟兄们,我们就要耀武扬威地出征啦!我们个个都是勇士。去围攻大教堂,打破一道道门,抢出美丽的姑娘,保护她免遭法官的毒手,教士的毒手,捣毁修院,把主教烧死在主教府中,这些事,我们马到成功,比一个镇长喝一勺汤还痛快。我们的事业是正义的,我们要把圣母院洗劫一空,那就大功告成。还要吊死卡希魔多。小姐们,你们认识卡希魔多吗?在圣灵降临节,你们可曾见他气喘吁吁地

---

① 这是诺曼底的一句俗语。

吊在大钟上吗？圣父的犄角！太美啦！就像骑在一张兽嘴上的魔鬼。……朋友们，请听我说，我打心眼里就是乞丐，在灵魂深处就是黑帮分子，天生就是窃贼。从前我很有钱，财产全吃光了。家母想要我当军官，家父想要我当副祭助理，姑妈想要我审讯评议官，祖母想要我当大法官，姑奶想要我当短袍司库。可是，我却当了乞丐。我告诉父亲，他就当面臭骂我，告诉母亲，老太太她就哭天抹泪，就跟柴架上这段劈柴一样。欢乐万岁！我是名副其实的比塞特！老板娘我的相好，再上点酒来！我还付得起钱。我不想喝叙雷讷酒了，烧我的喉咙。他妈的，干脆喝他一篮子！"

那名学生见周围的听众又是哄堂大笑，又是鼓掌叫好，人越聚越多，他又嚷道："嘿！多好听的吵闹声！'愤怒的人民，不可扼制的疯狂！'"接着他唱起来，声调如同神父诵晚祷经，眼睛像沉醉一般眯缝着："'是什么圣歌，什么乐器、什么歌曲，这里高唱而无休止！回荡着甜如蜜的颂歌乐器。天使最和谐的旋律、圣歌中最美妙的雅歌！'……"

他忽又改口叫道："鬼老板娘，给我上晚餐那！"

这工夫，闹声稍微平静一点，埃及大公的尖嗓门又响起来，他正教导那些吉卜赛人："……黄鼠狼名叫阿谀君，狐狸名叫蓝脚或者猎手，狼叫作灰脚或金脚，熊叫作老头或者老爷爷。……戴上地鬼的帽子能隐身，还能看见看不到的东西。……要施洗的癞蛤蟆，必须套上蓝色或者黑色丝绒，脖子挂上铃铛，脚也挂上铃铛。教父提脑袋，教母撅屁股。……魔鬼西德拉加素姆施魔法，能让大姑娘跳裸体舞。"

"凭弥撒起誓！"约翰插话说，"我倒愿意成为魔鬼西德拉加素姆。"

这工夫，酒馆另一端，乞丐们小声议论，还在继续武装自己。

"可怜的爱丝美拉达！"一名吉卜赛人叹道，"她是我们的妹子。一定要把她救出来。"

"那么，她还一直在圣母院吗？"一个犹太脸型卖假货的人问道。

"那当然啦！"

"好吧！伙计们，"卖假货的人喊道，"到圣母院去呀！尤其是那儿的圣费瑞奥和圣费律雄小教堂里，有两座金塑像，一座是圣巴普蒂斯特，另一座是圣安东尼，共重十七金马克①十五艾斯特兰，下面镀金的银座重十七金马克五盎司。这情况我了解，我是金银匠呀。"

这工夫，有人给约翰送来晚餐。他靠到身边一个女人的胸脯上，嚷道："我以圣伍·德·吕克，就是老百姓称呼圣戈格吕的名义发誓，我简直快活极啦！对面有个傻瓜瞪着眼睛瞧我，光溜溜的脸蛋像个大公。左首这个家伙牙齿真长，连下巴都给遮住了。还有，我就像吉耶统帅围攻蓬图瓦兹城那样，右边身子靠在女人的乳房上。……穆罕默德的肚子！伙计呀！看你这样子，分明是个小贩子，竟然坐到我的身边！我是贵族，朋友，商人怎能跟贵族平起平坐，你一边待着去吧！……吓——啦——嘿！你们这帮家伙，别打架呀！怎么，吃小鸟的巴普蒂斯特，你的鼻子这么漂亮，要去碰碰那个愣头青的拳头！蠢货！并不是随便谁都长个鼻子。……你真圣洁啊，咬耳朵的雅克琳！只可惜你没头发了。……喂，本人名叫约翰·弗罗洛，哥哥是主教代理，让魔鬼把他抓走吧！我跟你们讲的全是实话。我要当乞丐，就诚心诚意放弃了哥哥要在天堂分给我的半幢房子。'教堂广场的半幢房子'我引述的是原话。我在蒂尔夏

---

① 金马克：贵重金属重量单位，1马克合8盎司。

普街有一处采邑，所有女人都爱我，这是千真万确的，就像圣艾洛瓦是出色的金银匠一样，就像巴黎这座大都市五大行业是鞣革、制革、皮革制作、钱袋制造和苦力一样，也像圣洛朗是在蛋壳火堆上烧死的一样。伙计们，我向你们发誓：

我若真的说了谎，
一年就不灌辣汤！

我的美人儿，出月亮了，从窗孔往外瞧瞧吧，风儿卷起那些云片！就像我摆弄你这胸衣。……姑娘们，给孩子们擤擤鼻涕，给蜡烛剪剪烛花①。基督和穆罕默德！给我吃的这是什么呀，朱庇特！唉嘿！老虔婆！在你这些骚娘儿们脑袋瓜上摸不着头发，在你摊的鸡蛋里却能找到！老婆子！我还是喜爱光秃的摊鸡蛋。让魔鬼砸扁你的鼻子！这客栈是阎王店，骚娘儿们都用叉子梳头发！"

说罢，他将盘子一掷，在石地上摔得粉碎，接着又拼命唱起歌来：

我以上帝血，
发誓最明确！
无法又无天，
无家又无业，
王不管，
天不怜！

这阵工夫，克洛班·特鲁伊傅已经分发完武器，他见格兰古瓦

---

① 原文"擤"和"剪"是同一个动词。

两脚搭在柴架上，一副沉思的样子，便走到他身边。

"彼埃尔朋友，"金钱王问道，"你在想什么鬼事儿呢？"

格兰古瓦转过身，忧郁地对他微微一笑："我喜爱火，亲爱的大人，这倒不是火能暖脚，能烧汤，这些原因微不足道，而是因为能爆出火花。有时，我一连几个钟头观察火花，在缀满黑洞洞炉膛的火星中，发现成千上万的事物。每个火星就是一个世界。"

"雷劈了我，也不懂你说的什么！"丐帮帮主说，"你知道现在是什么时辰啦？"

"不知道。"格兰古瓦回答。

于是，克洛班又走到埃及公爵面前，说道："马提亚斯伙计，这时辰可不好。听说国王路易十一在巴黎。"

"那更得动手，把我们妹子从他的魔爪下救出来。"老吉卜赛人回答。

"你这话有大丈夫气魄，马提亚斯，"金钱王说道，"当然，我们行动要迅速。无须担心教堂里会有抵抗。那些神父都胆小如鼠，我们又人多势众。等明天，司法院派人去抓她，准要扑个空！教皇的肠子！我绝不允许把那美丽的姑娘吊死！"

说罢，克洛班就走出酒馆。

这工夫，约翰沙哑的嗓门还在大喊大叫："我要喝，要吃，喝醉了，我是朱庇特！喂，屠夫彼埃尔，你若是还这么望着我，我就用指头给你弹掉鼻子上的灰！"

格兰古瓦也从沉思中醒来，扫视周围喧闹混乱的场面，低声咕哝道："酒为奢侈品，酒后无德。唉！我不喝酒真有道理，圣伯诺瓦说得好：'贤者嗜酒也会叛教！'"

这时，克洛班从外面回来，以雷鸣般的声音喊道："半夜十二点！"

这一喊声，如同向停歇的部队发出"上马"的号令，丐帮男女老少，都蜂拥冲出酒馆，兵刃铁器相撞发出一片喧响。

月亮已经隐没。

奇迹宫也完全笼罩在黑暗中，没有一点灯火，但是绝非空无一人，还能隐约看出一大群男男女女，各种武器在幽暗中闪闪发亮，能听见他们窃窃私语的嗡嗡声响。克洛班登上一块大石头，喊道："集合，丐帮！集合，埃及部落！集合，伽利略！"

昏黑中一阵骚动，大批人马渐渐排成纵队。过了几分钟，金钱王又朗声喊道："现在，要悄悄穿过巴黎街道！口令是'火焰剑闲逛'！到达圣母院才能点亮火把！出发！"

黑压压的队列像一条长龙，静静地穿越菜市场大区纵横交错而又曲折的街巷，十分钟之后，便逼近货币兑换所桥，吓得巡逻骑队仓皇逃窜。

四 坏事的朋友

这天夜晚,卡希魔多没有睡觉。他最后巡察一遍整个教堂,在关门的时候,没有注意主教代理擦肩而过。堂·克洛德看见卡希魔多仔细关上两扇大铁门,插闩上锁,坚如壁垒,不禁流露出恼怒的神色,此刻他忧心忡忡的样子更甚于往常。自从夜闯爱丝美拉达卧室而触了霉头之后,他就不断虐待卡希魔多,不但训斥,有时甚至拳打脚踢;然而,敲钟人的忠心始终不动摇,总是隐忍无语,逆来顺受,任凭主教代理怎样打骂,怎样威胁,他都没有一句烦言,不发一声怨气。只不过在堂·克洛德上钟楼时,他才惴惴不安地拿眼睛紧盯着,而主教代理倒也知趣,不再去惊扰埃及姑娘。

且说这天夜晚,卡希魔多瞧了一眼雅克琳、玛丽、蒂博等遭他遗弃的可怜的钟,就一直登上北面钟楼的房顶。将可以遮光的风灯放在铅皮屋檐上,开始眺望巴黎。我们说过,夜色黝黯。当年巴黎街头还没有照明,望下去黑乎乎一片,有几处为塞纳河泛白色的湾道所切断。卡希魔多望见只有远处一扇窗口发出亮光:那座建筑坐落在圣安托万门方向,模糊的暗影矗立在民宅房顶之上。那里也有人彻夜不眠[①]。

敲钟人那只独眼的目光,在夜雾迷蒙的天边浮荡,而内心有一种说不出来的不安。他这样提防有好几天了。白天,他发现有人不

[①] 即巴士底城堡,下一章则补述出来。

断在教堂周围转悠，发现那些人心怀叵测，眼睛死盯着吉卜赛姑娘的避难所。他猜想可能在策划什么阴谋，要残害避难的不幸姑娘。他想象老百姓也跟恨他一样恨那姑娘，可能很快就要出事。因此，他在钟楼顶上守望，如同拉伯雷所说："在梦中梦想"，那独眼时而望望姑娘的小屋，时而望望巴黎的街道，像一条好狗牢牢地守门，高度警惕，不放过一点可疑的情况。

卡希魔多那只独眼得天独厚，目力极其敏锐，几乎可以弥补他所缺少的其他各器官的功能。他正仔细察看全城的时候，忽然觉得老皮货坊那边堤岸的暗影中有异常情况，那地方好像有动静，岸边栏杆映在白色水面上的黑影的线条，不像别处那么平直而静止，看似在波动，如同河流的细浪，又像一大群人行走而攒动的脑袋。

卡希魔多好奇怪，便加倍注意，他发现那片模糊的东西似乎朝老城方向运动，可是一点亮光也没有，只见在那码头边持续片刻，接着好像移入城岛，渐渐消失乃至完全停止，那段堤岸水影的线条也恢复平直而静止不动了。

卡希魔多正百思不得其解的时候，忽又发现那运动的东西，在圣母院对面朝城岛延伸的前庭街重新出现。尽管夜色很浓，他终于看见前队从那条街出来，不一会儿就在广场上扩散开了，黑暗中难以辨清，只能猜出是一大片人群。

这种景象确实可怖。奇异的队列趁着沉沉夜色极力隐蔽，同样也极力保持肃静，不过还是多少有点响动，便是嚓嚓的脚步声。然而，这点响声还未传到聋子卡希魔多的耳畔就消失了。这么一大片，近在咫尺，但见蠕动行走，却看不清什么东西，又听不见一点声音，给他的印象就仿佛一大群死人，隐没在烟雾里，既悄然无声，又不可触摸，又像朝他逼近的人影幢幢的一片迷雾，幽冥中不断蠕动的一片鬼影。

于是，他心中又萌生种种忧虑，头脑里又浮现有人企图危害埃及姑娘的念头。他隐约感到就要面临凶险的境况，在这危急时刻，他独自计议，谁也想不到他这样先天残疾的头脑，思考竟如此周全而敏捷。要不要叫醒埃及姑娘？叫她逃离吗？从哪儿逃出去呢？街道全给围得水泄不通，教堂后背靠河流。没有船！无路可逃！……唯一的办法，就是宁死守住圣母院大门，至少抵抗到救兵驰援，如果有救兵的话，但是不能惊扰爱丝美拉达的睡梦。如果难免一死，什么时候叫醒不幸的姑娘都不晚。既已下此决心，他就更加沉着镇定地观察"敌情"了。

前庭广场上的人群似乎越聚越多。不过，卡希魔多能够推断出，他们发出的声响极小，因为广场周围的住户没有人打开窗户观望。忽见一点闪亮，转瞬间，七八枝火把点燃，开始在人群头上游动，在黑暗中摇晃一簇簇火焰。卡希魔多这才看清楚广场上十分可怕，男男女女黑压压一片，全都破衣烂衫，手执长镰、矛戈、大刀、铁架，数不清的兵器尖头闪闪发亮。到处竖起黑叉，如同那一张张丑恶的面孔长出的犄角。他又模模糊糊地想起那帮人，觉得认出那一张张嘴脸，几个月前正是他们拥戴他为丑大王。有个人一手举着火把，另一只手拿着个短家伙，蹬上一块界石，好像在演说。与此同时，这支奇特的军队改变队形，仿佛在教堂周围布置兵力。卡希魔多拎起风灯，下楼走到两座钟楼之间的平台上，以便就近观察，并考虑防卫的办法。

克洛班·特鲁伊傅到达圣母院高大的正门前，的确号令他的部队排成战斗队形。尽管预料不会遇到任何抵抗，这位谨慎的统帅还是要求队伍保持阵容，必要时可以对付巡逻骑队或巡防队的突然袭击。这样，他的队伍所排成的阵势，从高处和远处看，就像埃克诺马战役①中的罗马军队三角阵,亚厉山大的猪头阵,或者古斯塔夫斯—阿道尔甫斯著名的楔形阵。三角形的底边紧靠着广场的底边,正好堵住前庭街,一条边对着主宫医院,另一条边则对着公牛圣彼得教堂街。克洛班·特鲁伊傅位于三角的尖端,左右簇拥着埃及大公、我们的朋友约翰,以及丐帮的勇士们。

类似丐帮此刻企图攻打圣母院的举动,在中世纪的城市中并不罕见。我们今天所谓的"警察",当年还没有。在人口密集的城市,尤其在各国京城,还不存在中央政权、统一的控制。封建制度建起的这类大型市镇,结构是非常奇特的。一座城市由上千个领主采邑组成,也就分割成形状各异、大小不一的独立区域,从而有上千套警察组织,彼此矛盾,也就等于没有警察。以巴黎为例,全城有一百四十一名领主自称有权收年贡,此外还有二十五名自称拥有司法权和征收年贡权,其中大至掌管一百〇五条街道的巴黎主教,小到只有四条街道的田园圣母院院长。所有这些拥有司法大权的封建主,只在名义上承认国王的君主权。他们各设关卡,各行其是。路易十一这个不知疲倦的工匠,已经开始大规模地拆毁封建大厦,后来黎塞留和路易十四为了王朝而继承遗志,最后米拉博②为了人民而完成大业。路易十一力图打破覆盖巴黎的这张封建割据网,下了两三道严厉的谕旨,要建立全城统一的治安警察。例如一四六五年,明令一到夜晚,居民就点起蜡烛照亮窗户,并且把狗关起来,违者处以绞刑;同年又命令夜晚用铁链封锁街道,并禁止夜晚携带匕首或别的攻击性武器上街。然而实行不久,市镇立法的所有这些

---

① 埃克诺马是西西里岛北部山峰。公元前3世纪至前2世纪,罗马和迦太基发生战争,亦称布匿战争。前后3次战争历时一个世纪。埃克诺马战役是第一次战争的重大战役。

② 米拉博(1749—1791),法国著名演说家,在1789年三级会议上主张君主立宪,开创革命时期。

尝试全都废止了。晚风吹灭自家窗口的蜡烛，自家的狗在外面游荡，市民们都听之任之，而铁链只在戒严时才拉起来；至于携带武器的禁令所引起的变化，也只是把"住口街"改名为"割喉街"，这就算是明显的进步了。封建裁判的古老构架仍然屹立；各个司法裁判区和采邑，在城中错综复杂，彼此妨碍，相互纠葛，相互遏阻，相互嵌卡；巡防队、巡防分队、巡防检查队名目繁多，却形同虚设，存在许多空白缝隙，强盗持械剪径，打家劫舍，乃至聚众闹事，可以说横行无阻。因此，在治安普遍混乱的情况下，即使在住户最稠密的街区，像这样聚众攻打一座宫殿、一座府邸或一处民宅的事件，绝不是海外奇谈。在大多数情况下，左邻右舍并不过问，只要不抢到自己家里来，就关上窗板，堵住门户，外面的火枪声充耳不闻，管他巡防队来不来干预，听凭一场冲突自行了结。第二天巴黎城就会有人奔走相告："昨天夜晚，艾蒂安·巴尔拜特家被抢了。""克莱蒙元帅被人绑架了。"等等。这样，不仅像卢浮宫、故宫、巴士底堡、小塔宫等王家住宅，而且像小波旁宫、桑斯公馆、昂古莱姆公馆等一般领主府邸，墙垣上都有枪眼，大门上也都有突堞枪眼。教堂则以其神圣而得以保全。不过也有设防的，圣母院不在此列。牧场圣日耳曼教堂就像一座男爵府邸，围墙筑有雉堞，铸火炮比铸钟用的铜还多；那座堡垒，一六一〇年还能见到，如今只剩下光秃秃的教堂了。

言归正传，回到圣母院。

我们应当赞扬丐帮的纪律，他们悄然无声而又极其准确地执行克洛班的号令；头一个阵势布置完毕，这位卓越的帮主便登上前庭广场的栏杆上，面对着圣母院，挥舞火把，弄得火焰在风中闪忽不定，时而为自己的浓烟所笼罩，教堂淡红色的正面也时隐时现，他又提高那嘶哑的粗嗓门，喊道："你听着，路易·德·博蒙，巴黎主教,司法院咨议官,我克洛班·特鲁伊傅,金钱王,丐帮主,黑帮龙头,狂人主教,我要告诉你,我们的妹子被加上妖术罪名错误地判决了,她逃进你的教堂;你应当准许避难,并给予保护。然而,司法院还要把她抓回去,你竟然同意了,如果没有上帝和丐帮在这里,明天就要在河滩广场把她绞死!因此,我们来找你,主教。如果说你的教堂是神圣的,那么我们的妹子也是神圣的;如果说我们的妹子不神圣,那么你的教堂也不神圣。因此,我们勒令你把那姑娘交还给我们,如果你想保全教堂的话;要不然,我们就要把她抢出来,还要洗劫你的教堂。那就更好了。我在这里竖起战旗,特此宣战,但愿上帝保佑你,巴黎主教!"

他神态庄重,显得既阴沉又狂野,发表了这通演说,只可惜卡希魔多一句也听不见,一名乞丐呈上战旗,克洛班接过来,庄严地插进铺石路的石缝中。战旗就是一把叉子,齿儿上血淋淋挂着一大块肉。

竖起战旗之后,金钱王转过身,扫视他的人马:这群凶猛的人,眼睛闪闪发光,不亚于长矛枪头;他沉默片刻,又喊道:"冲啊,孩子们!撬锁高手,干起来吧!"

三十来个人应声出列,他们个个身强力壮,虎背熊腰,肩扛大锤、铁钳和撬杠,都是一副锁匠的长相。他们冲向教堂的正中大门,蹬上台阶,转瞬间到尖拱门道里,只见他们立刻蹲下来:用铁钳和撬杠砸门。一群乞丐也跟了上去,有的帮忙,有的围观,十一级台阶都站满了。

然而,大门坚不可摧。一个人嚷道:"见鬼!这么坚硬,这么牢固!"另一个人说:"这大门老了,骨头也更硬了。"

"加油啊,伙计们!"克洛班叫道,"我敢用我的头赌一只拖鞋,等你们撬开大门,夺回姑娘,席卷主祭坛,教堂一个执事也不会惊醒。瞧啊！我看大锁开始松动了。"

话说了半截，忽听身后一声巨响，他猛地转身，只见一根粗大的梁木自天而降，刚刚落在台阶上，一下子砸扁十来个弟兄，又裹着隆隆的声响弹跳下去，滚进人群，撞断一些乞丐的腿。他们惶恐惊叫，四下逃散，眨眼工夫，前庭禁垣里的人全跑光了。那些撬锁惯家虽有深深的门道保护，也都丢下大门，纷纷后撤。就连克洛班本人也敬而远之，避开教堂一段距离。

"差点儿要我的命！"约翰嚷道，"牛的头，我脑后都感到带下来的风！击牛的屠夫彼埃尔却被击死了。"

这根巨梁掉在群盗之间，所引起的惊异与惶恐是难以描述的。他们目瞪口呆，久久仰望天空，畏惧这段木头甚于羽林军两万弓箭手。

"撒旦！"埃及公爵咕哝道，"看样子有妖法呀！"

"是月亮把这段劈柴扔到我们头上的。"红头发安德里说。

"这么说，月亮是圣母的朋友喽！"弗朗索·唱李子也来了一句。

"一千个教皇！"克洛班嚷道，"你们全是大笨蛋！"可是，他本人也解释不了为什么掉下一根大梁来。

由于火把光亮照不到圣母院楼上，就看不清那里有什么情况。沉重的粗梁木横卧在广场中央，只听最先受伤的几个可怜家伙还在惨叫，他们磕在石阶棱角上，给开膛破肚了。

金钱王惊魂稍定，终于找到一种解释，伙伴们听了也觉得有道理，他说："天杀的！难道教士们要顽抗？那就把他们塞进麻袋里！塞进麻袋里！"

"塞进麻袋里！"众人跟着怒吼道。于是对准教堂门脸，弓弩、火铳齐发。

这一阵轰鸣，惊醒了附近住户安歇的居民。只见好几扇窗户推开，探出戴着睡帽的头和拿着蜡烛的手。"朝窗口射击！"克洛班喊道。那些窗户立时关闭了，可怜的市民惊恐的目光，朝那火光和混乱的场面刚刚瞥一下，就吓出一身冷汗，赶紧回到妻子身边，心想群魔会是不是移到圣母院前庭广场来举行了，或者是不是勃艮第人又打来了，像一四四六年那样。于是，做丈夫的想到要遭抢掠，做妻子的想到要遭奸污，大家都心惊肉跳。

"塞进麻袋里！"黑帮分子重复叫嚷。然而光叫喊不敢靠近。他们注视教堂，注视这根梁木。梁木一动不动，建筑物依然那么平静，阒无一人，但是总有点什么东西令乞丐们胆战心寒。

"动手吧，撬锁行家们！"特鲁伊傅喊道，"一定要攻破大门！"

谁也不肯向前迈一步。

"胡子和肚子！"特鲁伊傅说道，"你们这帮人，连一根椽木都怕！"

一个老锁匠对他说："统帅，我们犯愁的不是椽子，而是大门，全用铁条焊起来的，钳子根本啃不动。"

"那得用什么来攻破呢？"特鲁伊傅问道。

"要用攻城锤。"

金钱王勇敢地跑到粗大的梁木前，一脚踏上去，喊道："这就是一根啊！是教士们送给你们的。"他冲着教堂滑稽地鞠了一躬，又说了一句，"谢谢你们，教士！"

这一勇敢举动效果极佳，祛除了梁木的魔力。丐帮重又精神振奋。顷刻之间，两百条健壮的手臂将沉重的大梁托起，就像托根羽毛似的，迅猛地冲向几经尝试而未动摇的大门。乞丐手中的火把不多，照得广场昏光暗影，一群人抬着长长的梁木，奔跑着冲向教堂，这情景望上去，就像一只千足虫巨怪低头猛攻那石头巨人。

五成金属的大门受到梁木的冲击，像巨大的鼓发出咚咚的声响,却没有破裂,但是整个教堂都撼动了,只听建筑内部幽深的地穴鸣响回荡。与此同时,一阵大石头块像雨点一般,从教堂正面楼上朝进攻者的头砸下来。

"见鬼!"约翰嚷道,"钟楼摇晃得这么厉害,连石栏杆都倒下来砸在我们头上啦?"

不过,金钱王身先士卒,大家都同仇敌忾,肯定是主教在顽抗,因此谁也不顾石如雨下,左右都有人脑袋开花,还是更加勇猛地撞击大门。

值得注意的是,石头虽说一块一块落下来,却又持续不断,黑帮汉子总是感觉同时挨两下:一下砸在腿上,一下砸在脑袋上。幸免的人极少,地上已经死伤一片,伤者流着血,在进攻者的践踏下气息奄奄。黑帮汉子们都气冲牛斗,他们前仆后继;长长的梁木继续撞击大门,像钟舌撞击大钟一样有节奏;石块如雨落,大门似雷鸣。

自不待言,这出乎意料并激怒丐帮的抵抗,正是来自卡希魔多。

不幸的是,偶然的时机帮了勇敢聋子的大忙。

他跑下楼,来到钟楼之间的平台上时,头脑里还一片混乱。他发疯似的,又沿着楼廊来回狂奔了一阵,居高窥视,看到密密麻麻的乞丐准备冲击教堂,只好祈求神鬼来救埃及姑娘。他一度想蹬上南钟楼,敲响警钟,可是转念又一想,还不等大钟玛丽摇晃起来,发出一声长鸣,教堂就是有十道大门,岂不是也给攻破了吗?恰在这时,撬锁高手们正持械冲向大门。怎么办?

他猛然想起,泥瓦匠在这儿干了一整天,正修缮南钟楼的墙壁、屋架和房顶。他心头忽然一亮:墙壁是石头砌的,房顶铺的是铅皮,而屋架又是木头的,架子十分高大,木料林立,称之为"森林"。

卡希魔多跑向南钟楼,看到下面的房间果然堆满了材料:一堆堆石料、一捆捆铅皮、一簇簇板条和锯好的粗大椽子,还有一堆堆砂石。这个武库一应俱全。

情况危急。下面大门口,铁钳大锤干得正欢。卡希魔多天生一副膂力,又面临危险而增大十倍,他捆起一根最长最重的梁木,从一个窗洞探出去,再到钟楼外面把它拉出来,拖到平台周围石栏杆的一角,往下一推。这根粗大的木头,从一百六十尺高坠落下去,擦了一下墙壁,碰坏一些雕塑,在空中旋转几圈,宛如风磨的一翼在空间的自由落体,最后接触地面,引起一阵惊叫,而这黑色的粗木在石地上弹跳,又像一条蟒蛇。

卡希魔多看着梁木落下去,砸得丐帮四处逃散,好似孩童一口气吹散灰尘一般。他们都恐慌万状,瞪着迷信的眼睛,瞧着这根从天上掉下来的大棒,然后便一阵弓箭霰弹,射向大门道的圣徒雕像。卡希魔多则趁此机会,不声不响地运送"武器弹药",在投下梁木的栏杆旁边,堆积起来砂石、大石头、石料,甚至搬来一袋袋瓦匠工具。

这样,丐帮一开始撞击大门,石块就像冰雹一样降落,仿佛教堂在他们头上忽然坍毁。

此刻卡希魔多的样子,谁见了都会大吃一惊。他不仅在栏杆上擦起投射物,平台上也运来一大堆石头。一旦边上的石头用完,就到大堆上来取。他就是这样俯身,直起,再俯身,再直起,动作快得令人难以置信。他那地鬼似的大脑袋探出栏杆,于是,一块大石头砸下去,接着一块又一块……他不时用眼睛盯着,看到一块大石头砸死人了,就"哼!"地叫一声。

然而,丐帮好汉并不气馁。一百多人运足力气,传到沉重的橡木撞角上,抬着一次又一次猛冲,撞得那厚实的大门一阵阵摇动,门板咯咯断裂,雕刻图像四飞五散;每次震撼,铰链就在枢轴上跳动，木板损坏，铁筋之间的木屑纷纷脱落。还算卡希魔多运气好，大门结构主要是铁而不是木料。

尽管如此，他也感到大门摇摇欲坠了。每一下撞击，虽说听不见，却同时在教堂空穴和他的胸膛里震荡。从上面望见乞丐们怒气冲天，信心百倍，向黝黑的教堂门脸挥动拳头，他不禁万分焦急，担心埃及姑娘和他自己，甚至羡慕从他头顶飞逃的猫头鹰的翅膀。

如雨的石块不足以击退进攻者。

卡希魔多正惶惶无计，忽然瞧见他朝丐帮投物的栏杆下面一点，伸出两个长长的流水石槽，外口正对着下方的大门，里口则连着平台的石板。他灵机一动，赶紧跑到他作为敲钟人的住处，抱来一捆柴火、几捆板条和铅皮，这是他还没有动用的弹药，在两个槽之间堆好之后，就用灯笼点燃了。

这工夫，没有石块落下来，丐帮好汉们也不再仰望天空了。他们活像一群猎犬，汹汹然要冲进野猪的巢穴，拥挤在大门口。大门受撞击虽然变了形，但是还立在那里。他们都兴奋得发抖，准备给予最后一击，将大门开膛破肚。大家争着挤到前边，单等大门一撞开，就抢先冲进这座富甲天下的大教堂，冲进这积财聚宝达三百年之久的巨大宝库。他们乐不可支，大吼大叫，贪婪地议论精美的银十字架、华丽的织锦教袍、镶银镀金的堂皇的陵墓、唱诗室的金碧辉煌的装饰，还议论令人目眩的节庆、历年烛火通明的圣诞节、阳光灿烂的复活节，所有这些隆重庆典上所展示的圣骨盒、烛台、圣物盒、圣体龛、圣物柜，给祭坛增添了一层金银和钻石的浮雕。当然，在这大发横财的时刻，假扮残废和病弱的人、大打手和小帮凶，想的是如何抢劫圣母院，而不是如何搭救埃及姑娘。要照我们看，如果强盗也得找借口的话，那么对他们许多人来说，救爱丝美拉达不过是个借口。

他们聚拢在攻城槌的周围，屏住呼吸，憋足了劲，正准备全力以赴，给大门以决定性的一击，却忽听他们中间有人惨叫，比粗大的梁木砸下来时的叫声更为凄厉可怖。还活着而没有喊叫的人，急忙四下瞧瞧，只见两道熔化的铅水从教堂上面冲入密集的人群中。人海的波涛滚滚后退，沸腾的金属熔液溅落之处，在人群中间冲出两个冒烟的黑洞，好似沸汤浇在雪地上。这两股可怕的雨柱溅出飞点，散落到进攻者的身上，像火钻一般穿进他们的头颅。这真是万钧雷霆之火，射出无数霰粒，把这些倒霉鬼烧得遍体鳞伤。

惨叫声撕肝裂胆。他们无论胆大还是胆小的，把梁木扔在尸体上，都纷纷逃窜。前庭广场再次廓清了。

人人举目望去，只见教堂上面一片奇异的景象：中央花棂圆窗上方两座钟楼之间的最高层楼道上，烈焰熊熊，卷起火星的旋涡。那烈焰飞腾狂舞，不时被风刮走一段，化为浓烟，烈焰下面，黝黑的石栏杆梅花格窜出火苗，再下面雕成妖怪巨口的两个石槽，不断喷射火雨，由黑乎乎的教堂门脸衬出那银白色的流注。两股熔铅流越接近地面，就越四下扩散，犹如水从喷壶的无数细孔喷出来一样。在火焰上方，两座巨大的钟楼都显示两张面孔，对比十分强烈而鲜明：一张漆黑、一张通红，那巨大的阴影一直投上天空，因而钟楼显得更加嵯峨峨突几。无数魔鬼怪龙的雕刻，全呈现狰狞的面孔。火光闪烁变幻，看上去就像魔舞龙飞。吞婴蛇妖似在狞笑，笕嘴兽似在尖叫，蝾螈似在吹火，塔拉斯各龙似在浓烟里打喷嚏。火光冲天，人声鼎沸，那些怪龙妖兽都从石头的沉睡中惊醒，其中一个还来回走动，只见它不时掠过大火的烈焰，仿佛一只蝙蝠掠过烛火。

这座怪异的灯塔，无疑要惊醒远方比塞特山丘的樵夫：圣母院钟楼的巨影在他那片灌木林上摇晃，他看着不免心惊胆战。

丐帮也在一片恐怖中不敢作声，寂静中只听见关在修院中的教士们的惊叫，比失火马厩中的马匹还要慌乱惊扰，还听见附近住户偷开窗户旋即关上的声响、民宅和主宫医院内部的喧扰、火焰中的风吼、垂死者的残喘，以及熔铅的雨柱不断泻溅在石路面上的噼啪声。

这工夫，丐帮中的头面人物都退避到功德月桂府门廊下，商议如何应付局面。埃及公爵坐在一块界石上，怀着宗教的恐惧心情，仰望二百尺高空红光耀眼的火焰幻景。克洛班·特鲁伊傅狠命地咬着自己的大拳头，嘴里咕哝道："冲不进去！"

"这古老教堂有点邪气！"老吉卜赛人马提亚斯·韩加迪·斯皮卡利也咕哝道。

"凭教皇的胡子打赌，"一个当过兵而头发花白的人戏谑地说，"教堂的流水槽比勒克图尔城墙突堞还厉害，朝人喷射熔化的铅水弹。"

"那个魔鬼在烈火前跑来跑去，你们看到了吧？"埃及公爵高声说道。

"他妈的，"克洛班说，"就是那个该死的敲钟人；就是那个卡希魔多！"

那老吉卜赛人摇了摇头："跟你说吧，那是大侯爵，城堡恶魔撒布纳克的幽魂。他的形体就像全副武装的士兵，长一颗狮子头。有时，他骑一匹面目狰狞的大马。他能把人变成石头，用来建造城楼。他统率着五十个军团。肯定是他，我认出来了。有时他们扮成土耳其人样子，穿一件华丽的金袍子。"

"星星美葡萄到哪儿去啦？"克洛班问道。

"死啦。"一名乞丐答道。

红头发安德里傻笑着，说道："圣母可给主宫医院找事儿干了。"

"就这样束手无策，攻不破这道大门吗？"金钱王连连顿足嚷道。

埃及公爵愁眉苦脸，指了指那两股沸腾的铅流，看上去就像两根长长的磷光纺纱杆，不断擦着大教堂黑乎乎的门脸。

"倒是见过这样自卫的教堂，"他叹道，"四十年前，君士坦丁堡圣索菲亚教堂，就曾连续三次摇晃脑袋，摇晃它那几个圆屋顶，将穆罕默德的新月旗抛到地上。那座教堂的建筑师，巴黎的纪尧姆，就是个魔法师。"

"难道就这样认了，灰溜溜地走掉，跟老爷在旅途上遭劫时的仆役一样吗？"克洛班说道，"难道把我们妹子丢在那里，让那些披着人皮的狼明天抓去绞死！"

"圣器室里还有几车黄金呢！"一名乞丐补充说，可惜我们不知道他的名字。

"凭穆罕默德的胡子发誓！"特鲁伊傅喊道。

"再试他一回。"那名乞丐说道。

马提亚斯·韩加迪摇了摇头，说道："从大门没法儿进去，得要找出这个老妖婆铠甲的弱点：一个破洞，一道暗门，或者一条接缝儿……"

"谁去干？"克洛班问道，"我自己去转一转吧。对了，那个学生约翰，那个全身披挂破铜烂铁的小家伙，到哪儿去啦？"

"可能死了吧，听不见他的笑声了。"有人回答。

金钱王皱起眉头："可惜！他那破铜烂铁的披挂里面，可有一颗勇敢的心。——彼埃尔·格兰古瓦老弟，你说呢？"

"克洛班统帅，"红头发安德里说，"咱们刚走到货币兑换所桥，他就溜走了。"

克洛班顿足嚷道："天杀的！是他把我们鼓动起来的，干到半"

道上,他却把我们甩啦!——爱讲大话的胆小鬼,拿拖鞋当头盔的家伙!"

"克洛班统帅,"红头发安德里望着前庭街,又说道,"那个学生来了。"

"赞美阎王吧!"克洛班说道,"可是,他身后拖个什么鬼玩意儿?"

果然是约翰,他一身流浪武士的沉重披挂,在地上顽强地拖着一架长梯,还尽量跑得快些,累得上气不接下气,赛似一只蚂蚁拖一根比它身子长二十倍的草茎。

"胜利啦!赞美上帝吧!"大学生嚷道,"这是圣朗德里码头装卸工的梯子。"

克洛班迎上去,问道:"孩子!这梯子,上帝的犄角!你弄来干什么呀?"

"弄到手啦,"约翰气喘吁吁地回答,"我知道放在哪儿。——就放在总监府的仓库里。——那儿有个相好的姑娘,她觉得我跟丘比特一样英俊。——我就利用她搞到梯子,这不弄来了,穆罕默德复活!——那可怜的小妞儿来给我开门,只穿着内衣呀。"

"是啊,"克洛班说,"可是,你弄这梯子来干什么呀?"

约翰一副狡狯的、无所不能的神气,注视着克洛班,同时手指打着响,就跟响板似的。此刻他确实显得崇高而豪迈:头戴一顶十五世纪的超重型盔,单是那怪异的头盔顶饰,就足以吓退敌人。他那顶饰有十个铁啄竖立,因此,约翰完全可以同荷马笔下的涅斯托尔[①]战舰比个高下,赢得"十个撞角"的可怕称号。

"我弄来干什么,威严的金钱王?您没看见那三座大门的上

---

① 涅斯托尔:希腊传说中的皮罗斯王,是特洛伊战争中的名将。

方,有一排傻瓜模样的雕像吗?"

"看见了又怎么样?"

"那就是法兰西列王雕像廊。"

"那跟我有什么相干?"克洛班说道。

"别急呀!列王廊那头有一道门,只用门闩插着。有这架梯子,我就能爬上去,进入教堂。"

"孩子,让我先上去。"

"不行,伙计,梯子是我的。来吧,您第二个上。"

"让魔王掐死你!"暴躁的克洛班说道,"我不愿意跟在任何人的屁股后面。"

"那好,克洛班,自己去找梯子吧!"

约翰在广场上拖着梯子边跑边嚷:"小伙子们,跟我来!"

转眼工夫,梯子就对着侧面一扇大门竖起来,架到一楼走廊的栏杆上。丐帮众人欢呼雀跃,簇拥在下面,都要争先爬上去。然而,约翰把持优先权,第一个踏上扶梯。要爬上去,还真有好长一段距离。如今,法兰西列王廊距地面大约六十尺,而当年,圣母院门前有十一级台阶,那就更增加了高度。约翰一只手抓住梯子,一只手拿弓弩,又碍于笨重的盔甲,因而爬的速度很慢。他爬到梯子中间,朝下面扫了一眼,忧伤地看了看遍布台阶的可怜丐帮分子的尸体,叹道:"唉!尸体堆积如山,真赛过《伊利亚特》第五章中的场面!"说罢,他继续攀登。丐帮的人紧随其后,梯子每一级上都有一个人。在幽暗中,这一长列甲胄背影起伏上升,看上去就像一条铁甲蟒蛇朝教堂昂首直立。约翰在前头打着呼哨,给人的这种印象就更逼真了。

这名学生终于够到楼廊的阳台,相当敏捷地跨上去,赢得丐帮所有人的喝彩。他就这样占领了这座堡垒,不禁欢呼一声,可是又戛然住口,一下子惊呆了。原来,他发现卡希魔多躲在一尊国王雕像后面,那只独眼在黑暗中闪闪发亮。

不待第二个进攻者踏上阳台,那可怕的驼子一下蹿到梯子跟前,一句话不讲,两只有力的大手抓住梯子的柱头,将其调起,从搭靠的墙壁推开;打弯的长梯晃了几晃,从上到下的乞丐一阵惊叫,他再以超人的力量猛然一推,将一大串人摔向广场。有那么一瞬间,就连视死如归的人也要心惊肉跳。梯子向后折去,到垂直点停留一刹那,似倒非倒,接着,突然划了一个半径为八十尺的巨大弧线,满载着强盗摔到广场铺石路面上,比断了铁索的吊桥倒下去的速度还要快。只听一片诅咒叫骂声,继而完全沉寂了;有几个不幸摔伤的人,从死人堆里爬出来。

围攻者起初胜利的欢呼,又转变沉痛和愤怒的吼叫。卡希魔多却双肘挂着栏杆,漠然地朝下观看,活像一个披头散发的老国王立在窗口。

约翰·弗罗洛处境堪虞,他与伙伴们隔了八十尺的高墙,在楼廊里单独面对可怕的敲钟人。他趁卡希魔多摆弄梯子的工夫,就溜向暗门,不料门却锁住了。聋子来到楼廊时,随手将暗门锁上了。约翰无奈,只好躲到一尊国王雕像的后面,大气也不敢出,眼睛盯着可怕的驼子,那惊恐万状的样子,好似一个人追求野兽园看守的老婆,一天晚上赴幽会,却跳错了墙,猛然发现自己面对一只大白熊。

起初,聋子并没有注意他,后来一回头,瞥见那个学生,便霍地立起身子。

约翰准备他猛扑过来;然而聋子却呆立不动,只是转过身来注视他。

"哼!哼!"约翰说道,"你这只忧伤的独眼,干吗这样盯着我呀?"

古怪的小青年这么说着,暗中却拉弓搭箭。

"卡希魔多!"他叫道,"我给你改个绰号,以后就叫你瞎子吧。"

嗖的一声,铁头铜翼箭射出去,正中驼子的左臂,可是他满不在乎,就像法腊蒙王雕像给蹭了一下似的。卡希魔多抓住箭杆,一下把箭拔出来,从容地放到粗大的膝头磕成两段,随手丢在地下。约翰来不及再搭弓射箭,卡希魔多把箭折断,喘着粗气,如同蚱蜢那样,一蹿便扑到大学生的身上,将他的甲胄顶在墙上顿时挤扁。

这时,在火把闪忽不定的若明若暗中,那可怖的场面隐约可见。约翰自知小命玩完,就不再挣扎了。卡希魔多伸出左手,一把抓住他的双臂,再伸出右手,开始剥下他全身的披挂。只见那聋子一副凶相,不声不响,缓缓地取下大学生的剑、匕首、头盔、铠甲和护臂,如同猴子剥核桃一般,将那铁甲铜壳一件件扔在脚下。

大学生眼睁睁看着被人解除武器,扒掉全身披挂,落到这魔掌中,跟这聋子说话也没用,干脆硬充好汉,冲着对方嬉笑,拿出十六岁少年大无畏的孟浪劲头,唱起当时流行的一首民歌:

康布雷城堡呀,
全身呀好披挂,
马拉番来抢呀……

不待他唱完,只见卡希魔多站在楼廊栏杆上,一只手抓住约翰的双脚,凌空甩了两圈,再像投石一般将他抛出去,只听啪嚓一声,好似骨盒撞墙所发出的破碎声响,又见有什么东西坠落,刚落三分之一的高度就挂到建筑物的突角上。挂在那里的是一具尸体,

431

脑浆迸裂，腰身摔断，折为两段了。

丐帮中间发出一阵恐怖的惊叫。

"报仇啊！"克洛班喊道。

"塞进麻袋里！"众人呼应，"冲啊！冲啊！"

于是，各种语言、各种土话、各种口音的怒吼，汇成一片呐喊。可怜学生的惨死，使这群人义愤填膺，热血沸腾。在一座教堂前，让一个驼子阻挡了这么久，他们真的恼羞成怒，情急智生，找来一架架梯子，点燃一个个火把，不出几分钟，就像蚂蚁一般，从四面八方爬上来，向圣母院发起猛攻。卡希魔多看到这样可怕的阵势，就不知所措了。人人奋勇当先，没有梯子的，就用打结的绳索；没有绳索的，就抓着浮雕向上攀登；他们一个扯着一个的破衣烂衫，狰狞的面孔如汹涌的海潮，势不可挡。那一张张凶恶的嘴脸因愤怒而涨红，那一个个污浊的额头大汗淋漓，那一双双眼睛闪闪发亮。所有那些怪异的身躯，所有那些奇丑的面孔，一齐围攻卡希魔多。那情景真像别的教堂派来蛇发女魔、犬怪、山妖、魔鬼，派来最为怪异的雕像攻打圣母院。在这座教堂门脸的石头鬼怪上面，又爬满一层活怪物。

这工夫，广场上点燃无数火把，多如繁星。整个骚乱的场面，原先一直隐没在黑暗中，现在突然给照得通明透亮。前庭广场朗若白昼，火光烛天。教堂楼顶平台上的柴堆仍在燃烧，远远照亮城区。两座钟楼的巨大投影，在巴黎的屋顶延展远伸，将一片光亮打开宽宽的幽暗缺口。满城仿佛惊动了，远处的警钟在哀鸣。乞丐们吼叫着，喘息着，还不断咒骂，不断往上攀登。面对这么多敌人，卡希魔多束手无策了，为埃及姑娘提心吊胆，眼见一张张狂怒的脸越来越逼近楼廊，他绝望地绞动着双臂，只有祈求上天显灵了。

五 法王路易的祈祷室

读者或许没有忘记，卡希魔多站在钟楼顶上眺望巴黎，在发现丐帮夜行队伍之前，看到全城只有一处灯光。那是在圣安托万门旁边，一座高大黝黑的建筑物最高层闪亮的一扇玻璃窗。那座建筑物，就是巴士底堡；那颗闪亮的星，就是路易十一的烛光。

的确，法王路易十一来到巴黎已有两天了，准备后天就离开，回到他那蒙蒂兹塔楼要塞。他难得驾幸心爱的巴黎城，而且每回逗留的时间都很短，总觉得到了这里，周围没有设置那么多机关、绞架和苏格兰卫队，呆得不踏实。

这天，他来到巴士底堡下榻。他不大喜欢卢浮宫里的寝宫：那个方形房间太大，长宽都将近十米；壁炉也太大，上面雕刻着十二头巨兽和十三个大先知；床铺也太大，十一尺宽，十二尺长。周围物品都那么大，他反倒茫然失措，不如巴士底堡里的小房间和单人床，这位国王不改市民的习气。况且，巴士底堡要比卢浮宫坚固。

在这座著名的国家狱堡中，国王专用的这个小房间还是偏大，占据主楼里小塔楼的整个顶屋。房间呈圆形，四壁镶了发亮的麦秸席；天棚横梁上装饰了锡制描金百合花，中间的小梁全是彩绘的；护壁板很华美，有白锡玫瑰花图案，底色则是雄黄和上等靛青调成的悦目的鲜绿色。

全室只有一扇窗户，是尖拱长窗，装有黄铜丝网和铁栏杆，再加上绘有国王和王后纹章的华丽彩色玻璃（每一片价值二十二苏），光线就更暗了。

全室只有一个通道，是一扇现代式样的门，扁圆拱顶，里面挂着门帘，外面是爱尔兰式的木门廊：细木结构，做工十分精巧，一百五十年前在许多老式房舍还能看到。索瓦尔哀叹道："这种结构既不美观，又妨碍走路，尽管如此，我们的先辈却不愿拆除，无论如何也要保留。"

房间里没有一般住宅的家具陈设，没有板凳、搁凳、折叠凳，箱子形状的矮凳，也没有四苏一张的凳腿交叉的漂亮凳子，只有一张折叠扶手椅，漆成红底玫瑰花图案，朱红色羊皮垫面，铆了许多镀金的铆钉，镶缀着长长的丝绸流苏，显得十分华丽。这孤零零一张椅子表明，房间里只有一个人有权坐下。椅子旁边靠窗口的地方，摆了一张铺着百鸟织锦台布的书案，上面放着一个有墨渍的墨水瓶、几卷羊皮纸、几枝鹅毛管笔和一只镂花的高脚银杯。再过去一点有一个炭盆、一张由金头钉固定猩红丝绒垫的祈祷凳。最里端摆一张普通的床铺，挂着红黄两色的幔帐；幔帐胡乱坠下流苏，既没有绣花边，也没有金属饰片。正是这张床，因为路易十一在上面度过安眠和不眠之夜而著名，二百年前在一位枢密官的府上还能瞻仰到，年迈的皮卢夫人就曾见过：她在《居鲁士》中，是扮演"阿丽吉狄雅"那个"活道德"角色而出了名。

所谓法王路易的祈祷室，就是这个样子。

我们带读者进来的时候，这间屋很暗。宵禁的钟声敲过有一个小时，已是深夜了。桌上只点着一根蜡烛，摇曳的烛光照见在房间分散几处的五个人。

烛光照见的头一个人，是一个衣着华丽的贵族：下面紧身裤配银白条的猩红半短上衣，外罩黑花纹金黄呢短袖外套。这身华服最招惹光亮,每一条皱褶似乎都凝着火焰。此公胸前绣有色彩鲜艳的纹章:人字形条纹尖顶有一只奔鹿,盾牌右侧是橄榄枝,左侧是鹿角。他的腰带上佩一把华丽的短刀,镀金的刀柄镂刻成鸡冠状,柄头为伯爵冠冕图样。他一副恶人相,神态趾高气扬。观其面孔,头一眼看出盛气凌人,第二眼便看出阴险狡诈。

他光着脑袋,手拿一长卷文书,站在扶手椅的背后。椅子上却坐着一个衣冠不整的人,他的坐态也不雅观,佝偻着腰身,跷起二郎腿,一只手臂搭在桌子上。不妨想象一下,在这样华丽的皮椅子上,却耷拉着两个弯曲的膝盖、两条瘦腿,下身只穿一条寒酸的黑羊毛紧身裤,上身则裹着毛呢大衣,皮里子几乎成光板了;头上那顶油乎乎的旧帽子就更糟,是用最粗劣的黑呢做成的,周围缀了一圈小铅人,而肮脏的帽衬包得严严的,不让一根头发露出来。从坐着的这个人身上,只能看到这一些。他的头一直垂到胸口,脸庞遮在阴影里,看不清相貌,只见露在光亮中的鼻子尖,显然鼻子很大。看他那只满是皱纹的枯瘦的手,就能猜出是个老年人。他就是路易十一。

在他们身后隔一段距离,有两个汉子在低声交谈,都是一身佛兰德打扮。他们半截身子没有被阴影遮住,因此去看过格兰古瓦圣迹剧演出的人,就会认出这是佛兰德使团的两名主要成员:根特城养老金领取者,精明的纪尧姆·里默,以及受大众喜爱的袜商雅克·科坡诺勒。我们还记得,这两个人参与了路易十一的政治秘密。

最后还有一个人,离得最远,靠门口站在黑暗中,像石雕那样一动不动。那人四肢短粗,是个壮汉,身穿军服,外面罩一件绣有纹章的外套。他长得四方大脸,嘴大得出奇,额头扁平,两只眼鼓出来,贴着头皮的头发从两侧耷拉下去,像披檐一样遮住了耳朵,那模样既像恶犬,又像猛虎。

除了国王，其他人都脱掉帽子。

站在国王身后的那位贵族，正在念流水账，国王似乎听得很仔细。那两个佛兰德人则在窃窃私语。

"上帝的十字架！"科坡诺勒咕哝道，"我都站累了，这里就没有椅子吗？"

里默摇摇头，同时不安地笑了笑。

"上帝的十字架！"科坡诺勒又说道，他这样被迫压低嗓门实在难受，"我恨不能盘起腿来席地而坐，就像我在店里卖袜子那样。"

"这可不妥，雅克先生！"

"哎呀呀！纪尧姆先生！难道在这里只能两腿站着吗？"

"两腿跪着也行。"里默说道。

这时，国王提高了嗓门。他们俩随即住口。

"仆役的号服要用五十苏，王室的教士做道袍要用十二利弗尔！要这么多！这是把金子成吨往外倒呀！你疯了吗，奥利维？"

老人说着，抬起头来，只见他戴的圣米歇尔山一串金贝壳项链闪闪发亮。烛光迎面照着他那瘦削而阴沉的脸庞。他一把夺过账本。

"你想要我们破产啊！"他那无神的眼睛扫了一下账本，嚷道，"这都是什么呀？两名忏悔师，每人每月十利弗尔，还有一名小教堂执事，要一百苏！一名跟班，一年九十利弗尔！四名大厨师，每人每年一百二十利弗尔！还有烧烤师一名，汤羹师一名，腊肠师一名，烹调师一名，餐具师一名，助手两名，每人每月六利弗尔！两名助厨，要八利弗尔！一名马夫和两名助手，每月二十四利弗尔！还有搬运夫一名，糕点师一名，面包师一名，车夫两名，每人每年六十利弗尔！还有马蹄铁匠一名，一百二十利弗尔！总账房司库一千二百利弗尔，审计五百利弗尔！……真不知道还有什么？简直是挥霍！这样开销的烈火，能把卢浮宫的所有金条都熔化了！

长此下去,我们的餐具也要卖掉!到了明年,如果上帝和圣母还让我们活在世上的话①(说到这里他举了举帽子),我们就得用锡杯子喝药茶啦!"

说罢,他朝桌子上闪闪发光的银杯瞥了一眼,咳嗽一声,又继续说道:"奥利维先生,统治大片国土的君主,如国王和皇帝,绝不能让家室滋长淫佚奢华之风;因为上行下效,这种火势必然要从宫廷向各地蔓延。……因此,奥利维先生,要牢记这一点。我们的开销逐年增加,这种状况令人讨厌!天杀的,怎么弄成这样子,直到一四七九年,还不超过三万六千利弗尔;八〇年达到四万三千六百一十九利弗尔,——数字都在我脑子里;八一年竟高达六万六千六百八十利弗尔;今年呢,我敢打赌,准能突破八万利弗尔!四年工夫翻了一番!真是骇人听闻!"

他呼呼喘息,又气愤地说道:"我看周围的都吃肥了,只瘦我一个人!你们从每个毛孔吮吸我的银圆!"

众人敛声屏息。这种怒气发泄出来就完了。国王继续说道:"法兰西全体贵族用拉丁文写的那份奏折就提出,我们必须审查所谓的朝廷的巨大负担!确为负担!国家承受不了的负担!哼!先生们,你们说既没有司肉官,也没有司酒官,那我们还算什么国王!天杀的!我们就要让你们瞧一瞧,我们究竟算不算国王!"

他说到这里,意识到自己的威势君权,不禁微微一笑,脸上的愠色也就和缓一些,他转身对佛兰德人说道:"您瞧见了吧,纪尧姆先生?面包司官、司酒官、司寝官、大总管,都抵不上一个最下等的仆役。……科坡诺勒先生,请记住这一点,他们毫无用处。他们在国王身边纯粹是摆设,我看就像王宫大钟盘周围的四福音圣

---

① 第二年,即1483年,路易十一便死了。

徒。不久前，那四位由菲利浦·勃里耶修饰一新，镀上了一层金，然而并不指示时间，时针根本用不着他们。"

国王沉吟了一下，摇了摇苍老的脑袋，又补充说道："哦！哦！以圣母的名义发誓，我可不是菲利浦·勃里耶，绝不给那些大管家重新镀金，倒是赞同英王爱德华的看法：拯救百姓，杀掉贵族！……念下去吧，奥利维。"

他指名道姓的人又捧起账本，继续高声念道："……支付印章费十二利弗尔巴黎币，经手人巴黎府尹衙门掌印官亚当·特农，因原印章日久破损，不复能用，故需翻铸为新。

"支付给纪尧姆·弗赖尔四利弗尔四苏巴黎币，是为他今年一月、二月、三月喂养小塔行宫两鸽舍鸽子的酬金和奖赏，以及购买七塞斯提①的大麦的费用。"

"为一罪犯忏悔事由，支付某方济各会派修士四苏巴黎币。"

国王默默地叫着，不时咳嗽两声，丁是端过银杯呷一口，脸上随即做一个怪相。

"今年在巴黎各大街路口，吹喇叭晓谕法令共五十六次，费用尚待结算。

"为在巴黎及外地挖掘寻找所传埋藏的财宝，但一无所获，花费四十五利弗尔巴黎币。"

"为了挖出一文小钱，要埋进去一枚金币！"国王说道。

"……为小塔宫中铁笼子安装六块白玻璃，十三苏。……奉圣旨，为迎接鬼怪节，制作镶饰玫瑰花边的四块盾形王徽，六利弗尔。……为陛下的旧上衣换两只新袖子，二十苏。……为陛下购置皮鞋油一盒，十五德尼埃。……为王家饲养的黑猪新建猪栏一座，

---

① 塞斯提，谷物计量单位，约合60公斤。

三十利弗尔巴黎币。……为豢养狮子,在圣彼得教堂附近建造隔间,安装地板和盖板,二十二利弗尔。"

"这些动物可真费钱啊。"路易十一说道,"没关系!这是国王的排场嘛。有一头棕色大狮子,温文尔雅,深得我的喜爱。……您去看过吗,纪尧姆先生?……帝王就应当豢养这种珍奇动物。我们身为国王,就应当以雄狮为家犬,以猛虎为家猫。雄大宜乎王尊。在供奉朱庇特的异教时代,百姓向教堂祭献一百头牛、一百头羊,皇帝则赏赐一百头狮子、一百只鹰。这未免张狂,但是很有气魄。法兰西历代君王宝座的周围,都有猛兽的吼叫。不过,后人会给我公正的评价,说我在这方面不如他们靡费,没有养那么多狮、熊、象和豹子。……好啦,念下去吧,奥利维!这些话,只是想说给我们的佛兰德朋友听的。"

纪尧姆·里默深鞠一躬,而科坡诺勒则板着面孔,那样子就像国王所说的一只熊。国王倒没有留意,他的嘴唇又接触银杯,呷了一口药茶,随即又吐出来,说道:"噗!这药茶真难喝!"

奥利维先生继续念流水账:"一名拦路抢劫犯在剥皮场监狱已关押六个月,听候发落,伙食费六利弗尔四苏。"

"怎么回事?"国王打断他的话,"还养一个应当绞死的人!天杀的!这种伙食费,我一文钱也不给。……奥利维,这件事你同戴图维尔先生安排一下,今天晚上就筹办好,让那家伙跟绞刑架结婚,去做风流鬼吧。……往下念。"

奥利维用大拇指划掉"拦路抢劫犯"一项,跳了过去。

"奉巴黎府尹大人之命,并由他亲自审定,支付给巴黎法院刽子手大头目亨利埃·库赞六十苏巴黎币,为购置一把大砍刀,供处决因犯罪而由法庭判处死刑者之用,大砍刀备有刀鞘及其他附属物件;亦为修复处决路易·德·卢森堡时破损的旧砍刀的费用,以备今后再用……"

国王打断他的话:"可以了,我乐意支付这笔费用。这类开销,我看都不要看,拿出钱去从来不后悔!……念下去。"

"为新制造一个大囚笼……"

"嘿!"国王两手抓住椅子扶手,说道,"我就知道这趟巴士底堡不会白来。……等一等,奥利维先生,我要亲眼看看囚笼。我一边看,你就一边向我报账吧。……佛兰德先生们,去看看吧。很有意思。"

说着,国王站起身,扶着报账人的手臂,示意站在门口的那个哑巴似的人在前边带路,又示意两名佛兰德客人在后面跟随,然后就走出房间。

王驾到了门外,又增添了执械并身披重甲的侍卫,以及举着火炬的瘦溜的少年侍从。他们在主塔里走了一阵,通过一直嵌入厚厚的墙壁中的楼梯和过道。巴士底堡卫队长在前头开路,打开一道道小门;年迈多病的国王佝偻着身子,边走边咳嗽。

每过一道小门,除了岁月压弯了腰的老人之外,其他人都不得不低头通过。

"哼!"老人牙掉光了,说话从牙龈透风,"我们都快要进入墓门了。过矮门,不得不低头。"

最后一道门锁上加锁,十分复杂,花了一刻钟才算打开。他们走进去,只见这间大厅尖拱顶,宽敞高大,正中有一个立方体的庞然大物,借着火炬亮光可以看出是砖泥铁木结构,外实中空。这就是有名的囚笼,人称"国王的小酒瓶",专用来监禁国家要犯。囚笼侧壁开了两三扇小窗,但是密密地安装了粗铁条,连玻璃都给遮住了。门扇是一大块石板,好似墓门一般。这种门从来有进无出,只是这里的死者是个活人。

国王围着这座小型建筑，缓步走着，仔细察看；奥利维则跟在后边，朗声念流水账："为新造一个巨大的木笼，长九尺，宽八尺，上下板间距七尺，用粗梁木、框架和承梁，并以肋条加固，以粗铁条螺钉铆合。这个笼子置放在圣安托万门巴士底堡的塔楼一间大厅里，奉国王陛下旨意，将原关在破旧笼内的一名囚犯迁移进去。新造囚笼用料九十六根横梁和五十二根立梁，以及十根各长六尺的桁木；十九名木工在巴士底庭院内砍削、修整并安装上述木料，共计干了二十天……"

"相当出色的橡树心木。"国王说着，用拳头敲敲木架结构。

"……这个囚笼还用了二百二十根八九尺长的铁条，其余的为中等长度，有圆形铁箍片、带孔铁板和垫板，铁料共重三千七百三十五斤，此外还有用于固定囚笼的八根粗铁钩，以及扣钉和铆钉，共重二百一十八斤，而置放囚笼的房间门窗上安装的铁栅和其他铁件，尚未计算在内……"

"要遏制轻举妄动的念头，需用这么多铁啊！"国王叹道。

"……花费合计三百一十七利弗尔五苏七德尼埃。"

"天杀的！"国王叫起来。

这句詈语是路易十一的口头禅，刚一出口，笼子里就好像有人醒来了。只听铁链磨着底板发出声响，似乎从坟墓里传出微弱的人声："陛下！陛下！开恩啊！"但是只闻声音不见人。

"三百一十七利弗尔五苏七德尼埃！"路易十一重复道。

笼子里传出的哀鸣，在场的人听了无不心惊胆寒，连奥利维先生也不例外。唯独国王不为动容，似乎没有听见。奥利维先生遵命继续报账，而国王则继续冷静地察看囚笼。

"……此外，为给窗户打洞安装铁栅，为置放囚笼的房间铺设地板，因原地板难以承受囚笼的重量，支付一名泥瓦匠工钱二十七利弗尔十四苏巴黎币……"

笼子里的人又呻吟起来："开恩啊！陛下！我向您发誓，背叛您的不是我，而是昂热诚的红衣主教先生。"

"那个泥瓦匠真贪心！"国王说道，"继续念，奥利维。"

奥利维遵命继续念道："……为安装窗户、床铺、马桶及其他设备，支付给一名木工二十二利弗尔二苏巴黎币……"

笼子里的声音继续哀告："唉！陛下，您怎么不听我说呢？我向您保证，给德·圭耶讷大人写密函的不是我，而是拉巴吕红衣主教先生！"

"木匠要价太高，"国王指出，"就这些了？"

"不，陛下。……为安装上述房间的玻璃，支付给一名玻璃工四十八苏八德尼埃巴黎币。"

"开开恩吧，陛下！我的财产全部给了审判我的法官们，难道还不够吗？餐具给了托尔西先生，藏书给了道里奥勒先生，壁毯给了鲁西永地区长官，难道这不够吗？我没有罪呀！我在笼子里关了十四年，求生不得，欲死不能！饶命吧，陛下！您到天堂会有好报的。"

"奥利维先生，"国王问道，"总共多少？"

"三百六十七利弗尔八苏三德尼埃巴黎币。"

"圣母啊！"国王嚷道，"这笼子也太奢华啦！"

他一把夺过奥利维手中的账本，开始扳着指头自己计算，看看账本，又瞧瞧笼子。这工夫，可以听见囚徒悲咽之声。在幽暗中，这种啜泣格外凄惨，大家面面相觑，脸色都白了。

"十四年啦，陛下！已经十四年啦！从一四六九年四月至今。看在上帝的圣洁母亲份儿上，陛下，请听我说！您一直享受着温暖的阳光，而我，身心交病，难道再也见不到天日了吗？开开恩吧，陛下！发发慈悲吧。宽仁是君王的美德：只要宽仁，就能怒消气顺。难道陛下认为,为人君者对冒犯天颜的人都严惩不贷,到临终时就能完全心安理得吗?何况,陛下,我绝没有背叛您,那是昂热的红衣主教所为。我脚上拖着沉重的铁链,铁链头上还拴个大铁球,重得违背常理!唉!陛下!可怜可怜我吧!"

"奥利维,"国王摇摇头,说道,"灰泥一米伊只值十二苏,我发现算我二十苏。这笔账你再重算算。"

他转身背对囚笼,准备走出大厅。火光和人声渐渐离去,可怜的囚徒明白国王走了,他还绝望地呼号:"陛下!陛下!"

门重又关闭。他再也看不见什么,再也听不到什么了,唯有狱卒嘶哑的歌声传到他耳畔:

> 约翰呀巴吕,
> 再也望不到
> 他的主教区;
> 凡尔登主教,
> 大势也已去;
> 呜呼全报销。

国王默然无声,上楼返回祈祷室。扈从人员紧随其后,他们听到囚犯最后几声哀号,还一直心惊肉跳。突然,国王转过身,问巴士底典狱长:"哦,对了,刚才那笼子里是不是有个人啊?"

"确实有人,陛下!"典狱长回答,他听这一问不禁十分诧异。

"是什么人?"

"是凡尔登的主教。"

其实,国王比谁都清楚,但是他有这种癖好。

"哦!"他装出一无所知、初次想到的样子,"红衣主教拉巴吕先生的朋友,纪尧姆·德·阿朗吉尔。一个多出色的主教啊!"

过了一会儿,那小屋的门又打开了,读者在开头见到的那五个人走进去,门随即又关上了。他们各就各位,恢复原来的姿态,继续低声交谈。

在国王出去这工夫,他的桌上送来一些紧急公文。他一件一件亲自拆封,立刻过目,示意奥利维先生拿起鹅毛管笔,也不讲来函的内容,就开始低声口授复信。看来奥利维是御前文牍大臣,他跪在桌前笔录,姿势相当不舒服。

纪尧姆·里默在一旁观察。

国王声音很低,两个佛兰德客人根本听不清他口授的内容,只能听到片言只语,且又不易理解,例如:"……富饶地区的支柱是商业,而贫瘠地区的支柱是手工制造业……让那些英国老爷们瞧瞧我们的四尊大炮:伦敦号、布拉班特号、布雷斯地区布尔格号、圣奥迈尔号……有了大炮,现在战争才趋向合理……致我们的朋友勃雷絮尔先生……军队没有贡赋无法维持……"等等。

有一回他提高了嗓门:"天杀的!西西里国王竟然效仿法国国王,用黄色火漆封信!就连我的表兄弟勃艮第公爵,当年都不用直纹红色底面的纹章。特权不容丝毫侵犯,世家王室才能确保威严。把这一点记下来,奥利维伙计。"

还有一回,他也提高了嗓门:"吓!吓!重大消息!我们这位皇帝老兄向我们要求什么呀?"他一边浏览,一边发出感叹。"当然喽!德意志十分强大,简直令人难以置信……不过,我们不会忘记这句古老的谚语:最美的伯爵领地是佛兰德,最美的公国是米兰,最美的王国是法兰西。对不对呀,佛兰德先生们?"

这回,科坡诺勒也跟纪尧姆·里默一起躬了躬身:这位袜商的爱国心受到了逢迎。

路易十一拿起最后一封信，不禁皱起眉头，嚷道："怎么回事？请愿，控告我们在庇卡底的驻军！奥利维，火速给鲁奥统领去信……就说军纪松弛了……羽林军、被放逐的贵族、自由弓箭手、瑞士雇佣兵，都为所欲为，残害百姓……军卒到庄户人家抢掠还嫌不足，竟然还用棍棒鞭子驱赶，逼他们进城买美酒鱼肉和其他美食品……现在，国王了解到这种情况……我们决定保护百姓不受骚扰和抢掠。……凭圣母的名字，这就是我们的意愿！……此外，我们也不能容忍乐师、理发师、军人仆役效仿王侯，穿什么天鹅绒和绸缎衣裳，戴什么金戒指……这种浮华虚荣受到上帝的憎恶……就是我们这些贵绅，也只穿每巴黎码十六苏呢料的衣服……让那些随军仆役先生们降降格，也按这种标准吧……就这样传旨诏示……给我们的朋友德·鲁奥先生……好啦。"

他高声口授这封信，说说停停，但是口气坚决。信刚口授完，忽见房门打开，慌慌张张走进来一个人，进来就喊道："陛下！陛下！巴黎民众发生暴乱！"

路易十一严肃的面孔抽动一下，然而，明显的动容一闪而逝，他立刻恢复常态，口气严厉而又镇定地说："雅克伙计，就这么闯进来，你也太鲁莽啦！"

"陛下！陛下！造反啦！"雅克伙计气喘吁吁地又说道。

这时国王已经站起身，他狠狠地抓住雅克伙计的手臂，忍住怒火，瞥了佛兰德人一眼，对着他的耳朵私语道："住口，要说也得小点儿声！"

来人这才明白过来，于是他压低声音，丧魂落魄他讲述一遍，国王则镇定自若地听着。纪尧姆·里默那边叫科坡诺勒注意来人的相貌和服饰，看他那毛皮风帽、短斗篷，以及黑色天鹅绒袍子，颇像审计院院长。

来人刚讲了几句，路易十一就哈哈大笑，高声说道："真的吗！说话大点声，库瓦蒂埃伙计！干吗这么低声说话呢？圣母在上，我们没有什么要瞒着佛兰德好朋友的。"

"可是，陛下……"

"大声讲啊！"

库瓦蒂埃伙计一时瞠目结舌。

"看来，"国王又说道，"你倒是讲啊，先生，看来，我们的巴黎城里，老百姓闹事啦？"

"是的，陛下。"

"你是说，他们反对司法官的大法官？"

"看样子是的。"雅克伙计结结巴巴地回答，他还转不过弯来，弄不清国王头脑里想什么，就这样莫名其妙突然改变了口气。

路易十一又问道："巡逻队是在什么地方同暴民遭遇的？"

"从丐帮老营出发到货币兑换所桥的途中。我奉旨前来，正巧遇见他，听到他们有人高呼：'打倒大法官！'"

"他们对大法官有何不满？"

"哦！因为他是他们的领主。"雅克伙计答道。

"真的吗？"

"是的，陛下。那些人都是奇迹宫的乞丐。他们都是大法官的子民，对领主早就不满，不承认他有权审判，有权管理道路。"

"是嘛！"国王又说了一句，他掩饰不住，脸上泛起满意的微笑。

"他们向司法院呈送的每份请愿书，"雅克伙计又说道，"都声称他们只有两个主人：一个是陛下，一个是上帝，我想他们的上帝就是魔鬼。"

"嘿！嘿！"国王说道。

他连连搓手,暗自窃笑,脸上喜气洋洋,尽管他不时敛容,装模作样,但还是掩饰不住得意的神色。大家都茫然不解,连奥利维先生也莫名其妙。国王沉吟片刻,显然非常满意。

"他们人多势众吗?"他突然问道。

"当然了,陛下。"雅克伙计回答。

"有多少人?"

"少说有六千人。"

国王不禁说了声:"好!"随即又问道:"他们带武器了吗?"

"拿着长镰、矛戈、火铳、铁镐。还拿着各种各样的凶器。"

国王听他这样列举,似乎毫无不安的表示。雅克伙计认为有必要补充说:"如果陛下不火速派人援救,大法官就性命难保。"

"要派人的,"国王佯装一本正经地说,"可以。我们一定要派人。大法官先生是我们的朋友。六千人!全是亡命徒。真是胆大包天,实在可恼可恨。然而,今天夜晚我们人手不多。……明天上午也还来得及。"

雅克伙计叫起来:"马上派人吧,陛下!到了明天上午,大法官不知会给人抢掠多少回,领地遭到蹂躏,大法官也早给吊死了。看在上帝份儿上,陛下!马上救援,不要等到明天上午了。"

国王逼视他,说道:"我对你说了,明天上午。"

他那目光是不容分辩的。

路易十一沉吟了一下,又提高嗓门:"我说雅克伙计,情况你大概知道吧?当初……"他改口说:"现在,大法官封建裁判管辖区有多大?"

"陛下,大法官的管辖区,从轧光厂街一直到草市街,其间包括圣米歇尔广场,以及田园圣母院(听到这里,路易十一掀了掀帽檐儿)附近俗称隔墙的地方,那里有十三座府邸,还有奇迹宫、称做城郊的麻风病病院,还有从麻风病院到圣雅各门的道路。在这些地方,他既是路政官,又是高级、中级和初级裁判官,总之是全权领主。"

"好家伙!"国王用右手搔着左耳,说道:"把我的城市占去好大一片呀!唔!原来,大法官先生在这一大片领地上称王啊!"

国王说,"原来",这一回却不改口了。他若有所思,接着说下去,仿佛在自言自语:"好极了,大法官先生!原来,你牙齿咬着我们巴黎的好大一块!"

突然,他暴跳如雷:"天杀的!他们是什么人,竟然在我们这里自称路政官、司法官,自称领主和主人?竟然在我们这里随处征收路费,在我们百姓居住的每个路口安置刽子手,施行司法裁判权?以至于法国人看见有多少绞架,就以为有多少国王,如同古希腊人发现多少泉水,就以为有多少神,又像波斯人望见多少星辰,就以为有多少神!天晓得,这种状况太糟糕,混乱不堪,实在令我讨厌!在巴黎,除了国王还有一个路政官,除了我们的司法院还有一个司法机构,在这个王国除了我们,还有一个皇帝,我倒要问一问,难道这是上帝的意愿吗?凭我的灵魂发誓,早晚有一天,法兰西就只能有一个国王、一个领主、一个法官、一个刽子手,就像天堂只有一个上帝那样!"

说到这里,他再次掀掀帽檐儿,还一直像梦呓一般,神态和声调如同一名猎人吆喝猎犬冲上去:"好哇!我的百姓!真棒!干掉这些冒牌的领主!放手干吧!冲啊!冲啊!抢他们,吊死他们,消灭他们!……哼!领主们,你们想称王吗?上啊!我的百姓,上啊!"

他戛然住口,咬了咬嘴唇,仿佛要抓住半失控的思路,锐利的目光逐个审视周围的五个人,双手猛地抓住帽子,眼睛盯着帽子说道:"哼!你若是知道我头脑里想什么,我就把你烧掉!"

然后，他又环视周围，那留神而不安的目光，恰似悄悄回洞穴的狐狸："不管怎么说，大法官先生有难，我们还是要救援的。只可惜，此刻我们这里兵力太少，只能等到明天。到时候整顿老城的秩序，捕获的乱民全部绞死。"

"哎呀，陛下！"库瓦蒂埃伙计说道，"刚才太慌张忘了一件事：那伙人有两个掉队的，让巡逻队抓住了。陛下若想见一见，他们已经押来了。"

"问我想不想见他们！"国王嚷道，"怎么！天杀的！这种事你都忘啦！去，快点，奥利维！你去把他们带来！"

奥利维先生奉命出去，不大工夫，就带来由羽林军弓箭手押解的两名犯人。头一个有一张痴呆的大脸、一副醉醺醺而又惊愕的神态；他一身破衣烂衫，走路膝盖弯曲而又拖着脚步。后边一个脸色苍白，笑容可掬，是读者早就认识的。

国王端详二犯，半晌不讲话，然后突然问头一个人："你叫什么名字？"

"吉夫罗瓦·潘司布尔德。"

"职业？"

"乞丐。"

"你想干什么，参加那万恶的暴乱？"

那乞丐痴呆呆地注视国王，摇动着两只胳膊。他那颗头颅属于愚钝型的，智力就像烛罩压住的烛火，没有活动的余地。

"不知道，"他回答，"别人去，我也就去了。"

"你们不是要悍然袭击、抢掠你们的领主，司法院大法官吗？"

"我就知道大伙要到什么人家去拿点东西。就这么回事儿。"

一名士兵将一把镰刀呈给国王过目，说是从这乞丐手中缴过来的。

"这件兵器你认得吗?"国王问道。

"认得,是我的镰刀,我是种植葡萄的。"

"你承认这个人是你的同伙吗?"路易十一指着另一名犯人又问道。

"不是,我根本不认得他。"

"好了,"国王说,他用手指了指站在门口一动不动又一声不响、我们已经让读者注意的那个角色,又说道:"特里斯唐伙计,这个人交给你处理了。"

隐修士特里斯唐躬了躬身。接着,他又低声命令两名士兵将可怜的乞丐带走。

这工夫,国王走到汗流浃背的第二名犯人跟前,问道:

"姓名?"

"陛下,我叫彼埃尔·格兰古瓦。"

"职业?"

"哲学家,陛下。"

"你这家伙真怪,竟敢去围攻我们的朋友大法官先生,这次暴乱,你有什么说的?"

"陛下,我没有参加。"

"哦,是嘛!下流东西,你不是跟那些坏蛋在一起,被巡逻队给抓住的吗?"

"不是,陛下,误会了。也是命该如此。我跟悲剧打交道。陛下,我恳求您听我说。我是个诗人。干我们这行的性情忧郁,喜欢夜里在街头溜达。今天晚上我经过那里。纯粹是偶然,把我错抓了来。我跟民众暴乱毫无关系。陛下明鉴,刚才那个乞丐就说不认识我。我恳请陛下……"

"住口!"国王喝了一口药茶,说道,"你把我们的脑袋都吵炸啦。"

隐修士特里斯唐走上前，指着格兰古瓦："陛下，这一个也吊死吗？"

这是他讲的头一句话。

"唔！"国王漫不经心地回答，"我看没有什么不妥。"

"我看大大不妥！"格兰古瓦说道。

此刻，我们这位哲学家的脸色比橄榄还绿。他见国王那副冷冰冰的漠然神态，便知道别无指望，只能动之以情，讲些极为感人的话，于是扑在路易十一的脚下，捶胸顿首，绝望地号叫："陛下！请听我陈述下情！我不过是一根草芥，不值得您大发雷霆！上帝的霹雳，绝不会击打一棵莴苣。陛下，您是万民敬畏的强大君王，请怜悯一个可怜的老实人吧，我这样一个人去煽动暴乱，真比要冰块迸出火星还难。无限仁慈的陛下，宽厚乃是狮子和君王的美德。唉！严酷只能令人生畏，凛冽的北风不能促使行人脱掉大衣；而阳光逐渐温人身心，行人才会只穿衬衫。陛下啊，您就是太阳。我的君主、至高无上的主人，我不是丐帮分子，不是盗贼和歹徒。叛乱分子和强盗不是阿波罗的随行。那些乌合之众，爆破而成为叛乱的喧嚣，我绝不会投入进去。我是陛下的忠臣顺民。丈夫唯恐妻子失节所产生的担心，儿子唯恐失去父爱所感到的忧烦，一名好的臣属为维护君王的光荣都应当具备。他必须竭尽热忱维护王室，为大业竭尽犬马之劳。支配他的任何别种热情，那纯粹是疯狂。陛下，这些就是我立身的座右铭。因此，不要看我衣服肘磨破了，就断定我是乱党和强盗。如蒙宽恕，我就日夜为陛下祈祷上帝，磨破双膝也在所不惜。唉！我的确不是非常富有，甚至可以说颇为清贫，但是并未因此而成恶人。贫穷不是我的过错。众所周知，万贯家财不是从学问中产生的，学富五车的人，不见得冬天都能烧得起一炉旺火。狡诈诡计独吞了所有收获的谷物,只给其他科学行业留下麦秆。可以举出四十多句精彩的谚语,说明哲学家穿的是破洞百出的大衣。噢!陛下,宽宏大量是照亮伟大心灵的唯一光芒。宽宏大量高举火炬,走在所有美德的前头。没有它,其他美德就会盲目摸索着寻找上帝。慈悲和宽宏是一码事;君王慈悲,能赢得万民爱戴,从而也获取最强大的护卫队。万民瞻仰陛下而目眩,在大地上多留一个可怜的人,对陛下又有什么妨碍呢?一个老实而可怜的哲学家,空皮包拍打着空肚皮,只能在灾难的黑暗中匍匐,留在大地上又有何妨呢?再说,陛下,我是一个文人,而伟大的君王把保护文学当作王冠上的一颗明珠。大力神赫拉克勒斯并不鄙视驭者的头衔。马提亚斯·科温就厚待数学明珠约翰·德·蒙鲁瓦雅尔。因此,提倡文学又绞死文人,这是极坏的做法。亚历山大若是绞死亚里士多德,那该是多大的污点啊!那种举动,不会给他荣名的脸上贴金,反而是毁损他形象的一个毒瘤。陛下,我创作一部非常应时的婚礼赞歌,献给佛兰德公主和极其尊贵的太子殿下。这怎么能是叛乱的导火线呢?陛下明鉴,我不是个拙劣的作家,学习时期就成绩优异,天生就能言善辩。陛下,赦免我吧,您高抬贵手,就是为圣母结下一个善缘。我向您发誓,想到要被吊死,我吓得魂飞魄散!"

悲痛欲绝的格兰古瓦一边说着,一边吻国王的拖鞋。纪尧姆·里默悄声对科坡诺勒说:"他真能随机应变,匍匐在地上!国王都像克里特岛上的朱庇特,耳朵长在脚上。"

袜商并不理睬克里特岛上的朱庇特,粗鲁地笑了笑,眼睛盯着格兰古瓦,说道:"唔!的确如此!我好像听见首相于果奈在向我求饶。"

格兰古瓦说得气喘吁吁,终于住口了,他战战兢兢,抬头仰望国王。此刻,国王正用指甲刮看裤子膝盖上的一个脏点,接着又呷了一口银杯中的药茶，但始终一言不发，以沉默折磨着格兰古瓦。终于，国王看了他一眼，说道："这小子可真能叫喊！"随即又转身对隐修士特里斯唐说："算啦！放了他吧。"

格兰古瓦又惊又喜，一屁股坐到地上。

"放了他！"特里斯唐咕哝道，"陛下要不要把他塞进笼子里关一关？"

"伙计，"路易十一答道，"花三百六十七利弗尔八苏三德尼埃造笼子，你以为是要关这种鸟人的吗？立刻放掉这个淫棍（这个词同'天杀的'一样，是路易十一的口头禅，同为他欢悦的底蕴），给我用拳头把他打出去！"

"唔！"格兰古瓦叫起来，"真是伟大的国王！"

他唯恐国王收回成命，急忙冲向门口。特里斯唐真不想给他开门。几名大兵也一道出来，挥拳驱赶他。格兰古瓦不愧是个名副其实的斯多葛派哲学家，这一切都隐忍承受了。

国王听说发生了反对大法官的暴动，从各方面都流露出来好情绪。异乎寻常的宽大，绝非一个无足挂齿的迹象。而隐修士特里斯唐站在那角落里，铁板着脸，如同看见一根骨头而没有捞到的一条大狗。

这时，国王手指敲着椅子扶手，弹出《奥德迈桥进行曲》的节拍。他是一位深藏不露的君王，然而掩饰痛苦的本领远远胜过掩饰喜悦；只要听到好消息就喜形于色，有时甚至得意忘形。例如，得知莽汉查理的死讯，他就向图尔的圣马丁教堂捐了银制栏杆；他登基的时候，竟然忘记传旨为父王举行葬礼。

"唉，陛下！"雅克·库瓦蒂埃突然高声说道，"王上召我来，不知病体如何？"

"噢！"国王答道，"伙计呀，我实在疼痛难忍：耳中鸣响，胸膛里像有烧红的铁耙刮来刮去。"

库瓦蒂埃拉起国王一只手,摆出行家的派头给他号脉。

"瞧啊,科坡诺勒,"里默低声说道,"库瓦蒂埃和特里斯唐在他一左一右,这就是他的整个朝廷班子。为他自己预备一名医生,给别人准备一名刽子手。"

库瓦蒂埃号着脉,神色越来越惶遽。路易十一颇为不安地看着他。库瓦蒂埃的脸色眼见着阴沉下来。除了国王的病体,这个可怜的人没有别的进钱路了,因此他总是猛宰。

"唉!唉!"他终于说道,"情况确实严重。"

"是吗?"国王不安地问道。

"脉息急促,虚浮,喧响,而又有间歇跳。"

"天杀的!"

"不出三天,就有性命之忧。"

"圣母啊!"国王惊道,"有什么妙方,伙计?"

"我正在考虑,陛下。"

他请路易十一伸出舌头,边看边摇头,还做了个鬼脸,在装神弄鬼的中间忽然说道:"对了,陛下,我必须禀告一件事:有个出缺的主教收益权,而我有个侄儿……"

"把我的收益权赐给你侄儿了,雅克伙计,"国王回答,"可是,你快点给我去掉胸中的火吧。"

"陛下既然如此慷慨,"御医又说,"想必还会资助一点,帮我建成在拱廊圣安德烈街的那个宅子。"

"哼!"国王未置可否。

"我的财力窘迫,"御医接着说道,"那宅子若是上不了房顶,那就太遗憾了。房子倒不足惜,原本很朴实,完全是平民式的;可惜的是约翰·傅博的那些画:那是美化护墙板的,画面上有个在空中飞翔的狄安娜，极为出色，又温柔，又秀雅，那姿态有一种天然的风韵，那发髻梳成新月形，十分曼妙，而那肌肤雪白莹净，谁多看一眼都要心荡神迷。还有刻瑞斯，也是个绝色的女神。她坐在几捆麦子上，头上戴的麦穗花环，还编进了婆罗门参和别的鲜花。她那明眸无比多情，那双腿无比丰满，那神态无比高贵，那衣裙无比飘逸。那是画笔所绘出的佳妙无双的美人。"

"刽子手！"路易十一咕哝道，"你究竟想说什么？"

"我要建个屋顶，陛下，遮盖那些画，虽说区区小事，然而我没钱了。"

"你那屋顶要多少钱？"

"哦……屋顶有镀金的铜像装饰，不超过两千利弗尔。"

"啊！凶手！"国王嚷起来，"他给我拔一颗牙，就得是钻石的。"

"我能盖上房顶吗？"库瓦蒂埃问道。

"能啊！见鬼去吧，快点儿给我治好病。"

雅克·库瓦蒂埃深鞠一躬，说道："陛下，一剂发散药，就能保您无事，要给您的腰部敷上由蜡膏、红玄武土、蛋清、植物油和醋调成的大福膏。药茶陛下还要继续喝，保您药到病除。"

一根燃烧的蜡烛只引来一只飞蛾。奥利维先生看到国王如此慷慨，认为是个好时机，就赶紧凑上前来，说道："陛下……"

"又有什么事？"路易十一问道。

"陛下，想必您知道西蒙·拉丹去世了吧？"

"那又怎么样？"

"他原是御前咨议官，掌管财政司法。"

"那又怎么样呢？"

"陛下，这个职务空缺了。"

奥利维先生说着，那张妄自尊大的面孔换了表情，从盛气凌人转为低首下心了。朝臣的嘴脸，只有这一种变换方式。国王逼视他，冷淡地说道："明白了。"

接着，他又说道："奥利维先生布西科统领说过：赏赐皆来自国王，打鱼只能到大海。看来你是同意布西科先生的见解了。现在你听仔细。我们的记性很好。一四六八年，我们让你当上内侍；六九年，派你去掌管圣克卢桥头堡，俸禄为一百图尔利弗尔（你想要巴黎币）；七三年十一月，我们在热尔日颁诏，封你为万森树林总管，取代候补骑士吉贝尔·阿克勒；七五年，让你掌管圣克卢鲁弗雷森林，取代雅克·勒梅尔；七八年，我们又以绿色火漆双封的凭券，特许你们夫妇二人享受十利弗尔巴黎币的年利，在圣日耳曼学校附近的市场收取；七九年，任命你为色纳尔森林总管，接替可怜的约翰·戴兹，尔后又任命你为洛什城堡队长，尔后又为圣冈坦长官，尔后又为墨朗桥队长，从那时起你就称起了伯爵。凡是节日，理发匠给人刮脸就罚款五苏，你留下三苏，剩下的才给我们。你本来复姓'恶魔'我们很想给你改一改；其实，尊姓和尊容太相配了。七四年，我们力排贵族众议，准许你采用五颜六色的纹章，看你趾高气扬的样子，就跟孔雀一样。天杀的！还没有把你给填饱吗？捕的鱼不是又多又大吗？再多捞一条鲑鱼，难道你就不怕翻船吗？倨傲托大要毁了你的，伙计。托大托起来的总是败落和羞辱。你还是免开尊口，好好想一想吧。"

这番话声色俱厉，奥利维先生听了十分气恼，脸上又恢复放肆的表情，近乎高声咕哝道："好吧，显然今天国王是有病了，什么都答应了医生。"

听了这样放肆无礼的话，路易十一非但不恼，反而和颜悦色地说道："哦，还忘了一件事，我派你出使根特，常驻玛丽皇后的朝廷。不错,"国王转身,又对两位佛兰德客人说,"这位还当过大使呢。"随即又对奥利维说:"哎!老伙计,咱们不要闹翻嘛,都是老朋友了。晚间太晚了。我们公事已然办完,给我刮刮脸吧。"

自不待言,读者无须等到现在就能认出,这个"奥利维先生"不是别人,正是那个可怕的费加罗,由导演人间正剧的天命极为巧妙地安排到路易十一的漫长而血腥的喜剧中。我们无意在此详述这个古怪的角色。御前理发师有三种称呼:在朝廷,人们彬彬有礼地叫他奥利维公鹿;老百姓叫他奥利维魔鬼;他真正的姓名叫奥利维恶魔。

奥利维恶魔站在那里一动不动,跟国王赌气,睥睨着库瓦蒂埃,从牙缝里咕哝道:"是啊,是啊!医生!"

"嗯!是啊,医生。"路易十一情绪好得出奇,接过话头说,"医生还是比你厉害。这道理很简单。他掌握我们的全身,而你只抓住我的下巴。好啦,可怜的理发师,机会还会有的。如果我也像希尔佩里克王那样,养成用手捋胡子的习惯,那么你又怎么说呢,还能有你这职位吗?……好了,老伙计,干你的差使吧,给我刮刮胡子。去拿你要用的工具吧。"

奥利维见国王执意要打哈哈,简直无法将他惹火,只好咕哝着奉命出去了。

国王站起身,走到窗口,异常兴奋地推开窗户,拍手叫道:"吓!真的呀!老城上空一片红光。是大法官的府邸在燃烧,只能是这种情况。我的好百姓啊!你们终于这么干了,帮我铲除领主割据!"

接着,他转向佛兰德客人,又说道:"先生们,过来看看。那不是熊熊大火吗?"

两位根特人凑上前来。

"这么大火。"纪尧姆·里默说道。

"嗐！"科坡诺勒也说道，他的双眼突然闪亮，"看这大火，我就想起焚烧领主汉贝库尔府的情景。那边一定发生了大规模暴乱。"

"您这样认为吗，科坡诺勒先生？"路易十一的眼神几乎同袜商一样兴奋，"恐怕是势不可挡吧，不对吗？"

"上帝的十字架！陛下！羽林军若是撞上，也要丢盔卸甲！"

"哼！我嘛！那可不一样，"国王又说，"我若是愿意！……"

袜商大胆地回答："如果这场暴动像我推测的那样，陛下呀，您的意愿也无济于事！"

"伙计，"路易十一说道，"只要派两队羽林军，放一阵蛇形炮，就能把那帮贱民乌合之众赶跑了。"

袜商不顾纪尧姆·里默频频示意，似乎决意要同国王争辩到底："陛下，瑞士雇佣兵也都是贱民。勃艮第公爵是一位大贵族，根本不把那乌合之众放在眼里。在格朗松战役中，陛下，公爵高呼：炮手们！向那些贱民开炮！他还以圣乔治的名义发誓。然而，大法官夏纳什塔尔高举大棒，率领老百姓冲向公爵；明盔亮甲的勃艮第军队，一碰上皮肤跟水牛一样厚的农民，就像玻璃投上一个石子那样碰得粉碎。多少骑士死在那群小百姓的手下。勃艮第的最大领主吉戎堡先生，同他那匹大灰马并排倒在沼泽中的一小片草地上。"

"朋友，"国王却说，"您讲的是战役，而这里是暴乱。什么时候我想皱皱眉头，就能一举将他们打垮。"

对方却不以为然，反驳道："这有可能，陛下。如果是这种情况，那就表明民众的时机还没到来。"

纪尧姆·里默不能不插言了："科坡诺勒先生，您是在同一位强大的君王谈话。"

"这我知道。"袜商严肃地回答。

"让他讲吧,我的朋友里默先生,"国王说道,"我喜欢这样开诚布公。先父路易七世常说,真话生病了;我倒认为真话死绝了,死的时候连个忏悔师都没有找到。现在,科坡诺勒先生打消了我这种看法。"

说着,他亲热地把手搭在科坡诺勒的肩上:"雅克先生,刚才您说?……"

"陛下,我说也许您想的不错,在贵国,民众的时机还没到来。"

路易十一敏锐的目光注视他,问道:"时机什么时候到来呢,先生?"

"您会听到那个时辰的钟声。"

"请问是哪一座钟?"

科坡诺勒始终保持镇静而粗豪的态度,将国王拉到窗口,说道:"听我说,陛下!这里有座主塔、一座钟楼,有许多大炮,还有市民和军卒。等到警钟敲响,炮声轰鸣,主塔訇然颓倾,市民和军卒大声吼叫,相互厮杀,那个时辰的钟声就敲响了。"

路易十一脸色阴沉下来,半响无言,陷入沉思。继而,他像抚摩骏马一般,拍拍主塔厚厚的墙壁,说道:"哎!不会的!我的出色的巴士底堡,你不会这么容易就倒塌吧?"

他又猛一转身,对那个大胆的佛兰德人说:"您见过叛乱吗,雅克先生?"

"我制造过叛乱。"袜商答道。

"您是怎么制造叛乱的呢?"国王又问道。

"哦!倒也不太难,"科坡诺勒回答,"办法也多得很。首先,城里人必须有不满情绪。这情况并不少见。再就要看那里居民的性情。根特的居民就好造反。他们向来不喜欢君王,只喜欢王子。喏!设想一下,有天早晨,店铺里来人,对我说:科坡诺勒老伯,有这样一件事,还有那样一件事……比方说,佛兰德公主要保自己的宠臣,大法官决定鳖鱼皮革税要翻一番,诸如此类的事情,爱怎么说就怎么说。于是,我撂下买卖,走出店铺,到大街振臂高呼:'塞进口袋里!'街上总有破酒桶,我登上去,将嘴边的话,压在心头的话高声讲出来。只要是民众的一分子,心头总压着什么要讲的话,陛下。这样,人就越聚越多,大家喧嚷呼噪,再敲响警钟,解除兵卒的武装,用以装备老百姓,市场上的商贩也纷纷加入,于是浩浩荡荡,冲啊!只要领地上还有领主,市镇上还有市民,农村里还有农夫,这种情况就不会改变。"

"你们那是造谁的反呢?"国王问道,"造大法官的反,还是造领主的反呢?"

"有时就是这样。要看情况。有时也造大公的反。"

路易十一回到座位上去,含笑说道:"唔!这里嘛,他们只不过造造大法官的反!"

这时,奥利维公鹿回来了,身后跟来两名端着国王洗漱用品的青年侍从。不过,令路易十一惊讶的,后面还跟来神色惶遽的巴黎府尹和巡防骑士。满腹怨气的理发师也显得张皇失措,只是内心里还有点幸灾乐祸。他首先开口禀报:"陛下,请恕我带来凶信。"

国王急忙转身,带动座椅,致使椅子腿划破了地上的席子:"什么凶信?"

"陛下,"奥利维公鹿一脸凶相,无疑是暗中庆幸要给人以沉重打击,他又说道,"民众暴乱,不是冲着大法官。"

"那是冲谁来的?"

"冲您来的,陛下。"

老国王一跃而起,身干挺直,就跟年轻人似的:"你说清楚,奥利维!你说清楚!老伙计,小心你的脑袋,我凭圣洛的十字架发誓,这种时刻你若是谎报军情,砍断卢森堡先生脖子的那把剑,就算有点缺口,也能把你的脑袋给锯下来!"

这个誓言骇人听闻,路易十一整个一生,也只有两回凭圣洛的十字架发誓。

奥利维刚开口回答:"陛下……"

"跪下!"国王就厉声打断他,喝道,"特里斯唐,给我看住这家伙!"

奥利维双膝跪下,冷静地说道:"陛下,有个女巫被陛下的司法院判处死刑。她逃进圣母院。老百姓动武要把她抢走。府尹大人和巡城骑士先生从暴乱现场来,如果我的话不属实,他们可以当场揭穿。民众围攻的是圣母院!"

国王气得脸色刷白,浑身抖动,他低声说道:"好嘛!圣母院!他们居然到大教堂去围攻圣母,我的慈善主神!……起来,奥利维。你说得对,我将西蒙·拉丹的职位赏赐给你。你说对了……他们是向我进攻。女巫受到主教堂的保护,而主教堂受到我的保护。哼!我还以为是造大法官的反!竟敢反对我!"

一怒之下,他焕发青春,开始大步踱来踱去。现在他不笑了,而是凶相毕露,走来走去的样子,活像狐狸变成了豺狼。他似乎窒息了,一时说不出话来,只见嘴唇翕动,皮包骨的手紧紧握成拳头。他猛然抬起头,深陷的眼睛仿佛冒火,说话就跟喇叭一样洪亮:"下手吧,特里斯唐!干掉那帮浑蛋!去吧,特里斯唐,我的朋友!杀吧!杀吧!"

他发泄一通之后,又回到座位上去,抑制住怒火,冷静地说:"这里,特里斯唐!……在这巴士底堡,就在我们身边,有吉夫子爵的五十名枪骑兵,共有三百匹马,你全带去。还有夏多佩先生的羽林军弓箭队,你也带去。你是都统,带上手下的人马。在圣波尔

461

宫，太子新卫队有四十名弓箭手，你也带走。带上这些人马，火速前往圣母院……哼！巴黎平民百姓先生们，你们竟敢践踏法兰西王冠，践踏圣母院的圣地，践踏这个国家的安定！……斩尽杀绝，特里斯唐！要斩尽杀绝！一个不留，逃到那里，也逃不脱鹰山绞架。"

特里斯唐躬身答道："遵命，陛下！"

他停了一下，又问道："那个女巫如何处置呢？"

对这个问题，国王想了想，说道："唔！女巫啊！……戴屠维尔先生，老百姓要抢她干什么？"

"陛下，"巴黎府尹答道，"既然老百姓要把她从圣母院避难所里抓出来，我想他们看到她逍遥法外当然不满，是要绞死她。"

国王好像凝神沉思，继而对隐修士特里斯唐说："好吧！伙计，杀光老百姓，绞死女巫。"

"正是这样，"里默悄声对科坡诺勒说，"惩罚表示意愿的老百姓，而又实现老百姓的愿望。"

"这就行了，陛下，"特里斯唐答道，"如果女巫还在圣母院里，也要把她抓出来，不管避难权吗？"

"天杀的，避难权！"国王搔着耳朵说，"反正要把那个女人绞死。"

说到这里，他似乎灵机一动，急忙跪在座椅前边，摘下帽子并放到椅子上，虔敬地注视帽子上缀的一个铜制护身符，同时合拢手掌祈祷："噢！巴黎的圣母啊，我仁慈的神主，宽恕我吧。我只干这一回。必须惩罚那个罪恶的女人。圣母啊，我仁慈的神主，我向您担保，那个女巫不配受到您热情的保护。圣母，您也知道，许多十分虔诚的君王，为了上帝的荣光和国家的利益，都曾侵犯过教堂的特权。英国主教圣于格，就曾允许国王爱德华进入教堂抓出一个魔法师。先师圣路易为了同样的目的，也曾进犯过圣保罗教堂。耶路撒冷的王子阿尔封斯先生，还曾侵犯过圣墓教堂。因此，请宽恕我这一回吧，巴黎的圣母。下不为例，为此我要给您塑一尊金身，就像去年我捐给艾库伊圣母院的那尊美丽的银像。就这样说定了。"

他划了个十字，站起身来，又戴上帽子，对特里斯唐说道："火速前往，老伙计。将夏多佩先生带去。你去敲响警钟。你去镇压民众。你去绞死女巫。照此办理。我要你亲自去办，回来向我禀报……过来吧，奥利维，今夜我不睡了，给我刮胡子吧。"

隐修士特里斯唐躬了躬身，退出去了。国王又挥了挥手，让里默和科坡诺勒退下，他说道："愿上帝保佑你们，我的好朋友，两位佛兰德先生。去歇息一会儿吧。夜深了，恐怕不久就要天亮了。"

二人告退，由巴士底队长带领回卧室。科坡诺勒对纪尧姆·里默说："哼！我厌腻了这个总咳嗽的国王！我见过喝得醉醺醺的查理·德·勃艮第，他喝醉了也没有生病的路易十一这样凶狠。"

"雅克先生，"里默答道，"因为国王们喝的酒，不如药茶的劲儿大。"

六　火焰剑闲逛

格兰古瓦出了巴士底堡，就像脱缰的马，飞速跑向圣安托万街，到了博多耶门，又直奔竖在广场中央的石头十字架，就仿佛在黑暗中，他也能看清坐在十字架底座的台阶上、一身黑袍黑风帽的那个人的面孔。

"是您吗，老师？"格兰古瓦问道。

黑衣人站起来，怨道："要命，受难！您让我等得好心焦啊，格兰古瓦。在圣热维钟楼上的人刚刚报过凌晨一点半了。"

"哎！"格兰古瓦辩解道，"这不怪我，全怪巡逻队和国王。我刚刚脱险！我差点被绞死，历来如此，这是我命中注定的。"

"你什么都差点儿，"对方说道，"好啦，快点吧。弄来口令了吗？"

"老师，您想想看，我见到国王了，刚从他那儿来。他穿着绵绒布短裤。真是一次奇遇！"

"喂！哪儿这么多废话！你那奇遇，跟我有什么相干？丐帮的口令弄来了吗？"

"放心吧，弄来了。就是'火焰剑闲逛'。"

"好哇。弄不到口令，我们就无法进入教堂。各条街道部给丐帮的人封锁住了。幸好他们大概遭到了抵抗。也许我们还能及时赶到。"

"是的,老师。可是,我们如何进入圣母院呢?"

"我有钟楼的钥匙。"

"我们又如何出来呢?"

"修院后面有一扇小角门,外面就是河滩地,再过去就是塞纳河。我拿了小角门的钥匙,今天上午在河边拴了一条船。"

"真危险,我差点给绞死!"格兰古瓦又提起老话。

"快点儿!走吧!"对方催促道。

于是,二人大步流星朝老城走去。

七 夏多佩驰援

　　想必读者还记得，我们离开卡希魔多的时候，他正处于危急关头。这个善良的聋子四面受敌，即使没有完全丧失勇气，但至少完全丧失了希望，当然不是顾虑他本人，而是考虑救不了埃及姑娘了。他沿着楼廊狂奔。圣母院眼看就要被攻陷。突然，急促的马蹄声响彻几条邻街，只见火把好似长龙，密密麻麻的骑兵队伍执枪策马，像飓风一般袭来，吼声立时充斥广场：法兰西！法兰西！乱民格杀勿论！夏多佩来增援！骑卫队！骑卫队！

　　丐帮人等惊慌失措，转身御敌。

　　卡希魔多耳朵听不见，但是眼睛看到出鞘的马剑、高举的火把长矛，看到骑兵队伍开来，并认出带队的正是夏多佩队长。他还看到丐帮一片混乱，大多惊恐万状，连最勇敢的也慌了手脚。这真是意想不到的救援，他顿时力量倍增，把最先跨进楼廊里的进攻者一个个扔了出去。

　　开来的确是羽林军。

　　丐帮众人也是勇猛异常，拼死抵抗，然而，侧面受公牛圣彼得教堂街方向的夹击，尾部则受前庭街之敌，被迫退守在圣母院门前，就是这样，他们仍继续攻打卡希魔多守卫的大教堂，既是围攻者，又被反包围，处境十分奇特。后来一六四〇年著名的都灵之战，又出现过这种情景；亨利·德·阿库尔伯爵围攻萨瓦的托马斯亲王，又被勒迦奈侯爵的人马给包围了，正如他在书信中写道："围攻都灵又反被包围。"

这是一场恶战。正如马太神父说的这样：狗牙咬住狼肉。羽林骑兵手下无情，逢人便杀，躲过剑锋的又做刀下鬼，而浮比斯·德·夏多佩在他们中间尤为勇敢善战。丐帮众人武器简陋，他们怒气冲天，连牙齿都用上了，男女老少，有的蹿上马背，有的抱住马脖子，揪住不放，像猫一样用牙乱咬，用四只爪子乱抓。还有人抡起火把，往弓箭手的脸上乱戳。也有人手执长长的铁钩子，专搂骑兵的脖颈，将他们拉下马。拉下马来的无不碎尸万段。

有一条大汉非常突出，他手握闪亮的宽叶大镰刀，一直在割马腿。他的样子非常凶，一边用鼻音哼着歌曲，一边不停地挥动大镰，扫来扫去。他每扫一下，就在周围留下一大圈断肢。他就这样杀进骑队的重围，从容不迫，缓缓推进，摇晃着脑袋，均匀地喘气，就像在麦田里收割的农夫一样。他就是克洛班·特鲁伊傅。一声火铳响将他击倒。

这阵工夫，广场周围住户的窗户又打开了。他们听见羽林军的喊杀声，也纷纷助威，从各层楼的窗口射击，枪弹像雨点一般落到丐帮好汉的头上。只见前庭广场硝烟滚滚，弹痕划出一道道火光。硝烟弥漫，几乎看不见圣母院的门脸和残破的主宫医院。主宫医院的天窗也打开了，有几个脸色苍白的瘦弱患者在凭窗张望。

丐帮终于溃败了。他们缺乏得力的武器，又战得精疲力竭，突遭袭击而陷于慌乱，既挨从住户窗口射来的子弹，又遭羽林军的重创，死伤惨重，最后顶不住了。他们冲出包围圈，向四下逃散，在前庭广场上留下一堆堆尸体。

卡希魔多一刻也没有停止战斗，他看到丐帮溃败逃散，便双膝跪下，手臂伸向天空。继而，他欣喜若狂，像鸟儿一样，飞速跑向那间木屋。他多么顽强地守卫，绝不让人进犯，现在就只有一个念头，跑去跪到他再次搭救的姑娘的面前。

他冲进小屋一看，里面却空无一人。

第十一卷

一 小鞋

丐帮众人围攻大教堂的时候，爱丝美拉达姑娘正在睡觉。

然而时过不久，周围的喧嚣声越来越大，先醒来的小山羊也惊慌地咩咩直叫，终于把她吵醒了。她坐起来，侧耳听一听，又朝外望一望，听到喧闹声，又看见火光，一时吓得要命，急忙冲出小屋，要到外面看个究竟。只见广场上鬼影汹汹，夜袭引起一片混乱，狰狞可怖的人群腾挪蹿跳，在黑暗中影影绰绰，宛如一大群青蛙，人吼马嘶汇成一片鬼哭狼嚎，几枝火把在这片暗影中交叉奔跑，好似沼泽上面雾气中乱窜的燐燐鬼火，整个场面在她看来，就像一场神秘的恶战，妖魔在同教堂的石头怪物相争。爱丝美拉达从小耳濡目染，接受了吉卜赛部落的迷信观念。因而，她头一个念头，就是以为撞见了在夜间兴妖作怪的精灵，吓得魂飞魄散，赶紧跑回小屋，蜷缩在简陋的床铺上，好避开做这样可怕的噩梦。

不过，最初的恐惧情绪逐渐消失了，她听见越来越喧响的喊杀声，也注意到其他一些现实的迹象，便意识到来围攻她的是人，而不是幽灵。于是，她的惶恐虽然没有加剧，但是改变了性质。她想到可能是老百姓暴动，要把她从避难所里抓出去。本来她还抱有希望，瞻念将来总能隐约望见浮比斯，现在想到自己又要丧失性命，又要丧失希望和浮比斯，想到自己这样柔弱无能，无依无靠，孤苦伶仃，一切逃路都已阻绝，这千种思绪，万般感慨袭上心头，她不禁气馁绝望，双手抱住头顶着床铺，跪在那里战战兢兢，虽说是个埃及姑娘，是个崇拜偶像的异教徒，现在却哭着祈求基督教的仁慈上帝的保佑，祈求向她提供避难所的圣母的保佑。须知一个人即使毫无宗教信仰，一生也总有几回要临时抱佛脚。

她就这样跪伏许久，事实上只顾发抖，也顾不上祈祷，感到那众怒的气焰越逼越近，不由得周身血液都凝固了，根本弄不清这阵势是什么来头，不知道这其中策划了什么名堂，不知道他们在干什么，要干什么，只是预感到后果不堪设想。

她在这惴惴不安中，忽然听见旁边有脚步声，扭头一看，只见小屋走进来两个男人，其中一个手提着灯笼。她有气无力地惊叫一声。

"不要怕，是我。"说话的声音听来并不陌生。

"您是谁？"姑娘问道。

"彼埃尔·格兰古瓦。"

听到这个名字，她放了心，抬头一认，果然是诗人。然而，他身边有个穿黑袍的人，从头到脚都遮住，吓得她说不出话来。

"哎！"格兰古瓦以责备的口气说，"佳利比您还先认出我来了。"

的确，小山羊无须等格兰古瓦自报姓名，一见他进来，就迎上去，亲热地蹭他的膝盖，在亲昵中给他身上沾了不少白毛，因为正赶上小山羊脱毛时期。格兰古瓦也亲热地抚摩它。

"同您一道来的是谁？"埃及姑娘低声问道。

"放心吧，是朋友。"格兰古瓦答道。

接着，哲学家把灯笼撂到石板地上，自己蹲下来，紧紧搂住佳利，兴奋地嚷道："嘿！多么招人喜欢的动物啊！当然是好在洁净，而不是个头儿，还好在明慧，机灵，能识文断字，比得上语文学家!喂,我的佳利,你那些奇妙的把戏,一点也没有忘记吗?雅克·夏莫吕先生是什么样子?……"

那黑衣人不让格兰古瓦说下去,走上前粗暴地推推他的肩膀。格兰古瓦站起身来,又说道:"真的,我倒忘了咱们得赶紧。……不过,老师,也不能因为这个,就对人这么不客气呀。……我亲爱的美丽的小姑娘,您有生命危险,佳利也有生命危险。有人还要把你们绞死。我们是你们的朋友,来救你们了,快跟我们走吧。"

"真的吗?"姑娘惊慌失措,高声问道。

"对,千真万确!快走吧!"

"我愿意跟你们走,"姑娘结结巴巴地说,"可是,您这位朋友怎么不说话呢?"

"哦!"格兰古瓦答道,"这怪他父母性情古怪,他天生就沉默寡言。"

姑娘只好听信这种解释了。格兰古瓦拉住她的手,他那同伴则拾起灯笼,走在前头。姑娘已经吓昏了头,任凭让人拉走。小山羊蹦蹦跳跳跟在后边,它又见到格兰古瓦,简直高兴极了,总往他的胯下钻,犄角绊得他跌跌撞撞。

"生活就是这样,"哲学家每次险些绊倒,就说一句,"往往是最好的朋友绊我们跌跤!"

他们急匆匆走下钟楼,穿越教堂,从小红门进入修士庭院。教堂大殿里一片漆黑,阒无一人,却回荡着厮杀的喧嚣声,形成可怖的鲜明对照。修士庭院也空荡荡的,修士都逃往主教府邸去集体祈祷了,只剩下几名仆役,失魂落魄,躲在黑暗的角落里。他们三人和小山羊穿过庭院,来到通河滩地的小角门。黑衣人掏出钥匙,把门打开。读者知道,这片河滩地像舌头一样呈长条状,属于巴黎圣母院,位于教堂的后面,靠里侧是老城的围墙,外侧便是城岛的东端。他们发现这里寂无一人,喧嚣传到这里声势大减,丐帮进攻的呐喊,在他们听来已然模糊不清,不似那么惊天震地了。滩头独立一棵大树,在顺水吹来的清风中,枝叶沙沙作响。然而,他们还没有脱离险境,最近的建筑物仍是主教府邸和圣母院。主教府内显然一片混乱,那黑乎乎的庞然大物划出一道道光亮,从一扇窗口跑向另一扇窗口,就像刚燃过的纸张,在留下一堆黑色灰烬中,还有明亮的火星划出无数奇妙的光痕。旁边那圣母院的巨大钟楼,从背面望去,矗立在长形大殿上面,由前庭广场上烛天的火光衬出黑影,犹如巨人火炉前的两副大柴架。

环视周围,整个巴黎都明暗交织,光影摇曳。伦勃朗的绘画,有的就取这样的背景。

提灯笼的人径直走向滩头岬角。只见水边有一排钉了板条的残存烂木桩,低低挂着细瘦的葡萄藤,枝条像叉开的手指四外伸展。在这排木桩外面的阴影中,隐蔽着一只小船。那黑衣人招招手,让格兰古瓦和姑娘上船,小山羊也跟了上去,他自己则最后跳上船,随即砍断缆绳,用长篙把船撑离岸边,再抓起双桨,坐到船头,全力向河中流划去。这里水流湍急,费了好大劲儿,船才离开岬角。

格兰古瓦上了船,头一件事就是把小山羊抱在膝上。他坐在船尾,姑娘过来紧紧挨着诗人坐下,她见那陌生人就产生无名的恐惧。

我们的哲学家一感到小船滑动,就拍起手来,对准佳利的额头吻了一下,说道:"哈!咱们四个,这下得救了。"

接着,他又摆出一副深刻思想家的神态,补充说道:"凡是成大事者,或是鸿运高照,或是计谋神妙。"

小船缓缓向右岸划去。姑娘侧目而视,暗自怕那陌生人。那人已将灯笼的亮光遮盖得严严实实,在黑暗中,只能影影绰绰看见他在船头,好似幽灵一样。他的风帽始终压得很低,如同戴了一副面具;他每划一下桨,肥大的黑袖子随着胳膊飘起来,真像蝙蝠的两只翅膀。再者,他还没有讲一句话,没发出一点声息。他在船上所发出的声音,仅仅是摇桨和行舟荡起无数水纹的声响。

"凭我的灵魂发誓!"格兰古瓦突然嚷道,"我们多么轻松,多么快活,真好比小飞虫!可是,我们又像毕达哥拉斯学派的哲学家,或者像鱼一样,都默不作声。天杀的!朋友们,我真希望有谁同我说说话。人声到了人耳就是音乐。讲这话的人不是我,而是亚历山大城的狄迪莫斯,可谓至理名言啊。——亚历山大城的狄迪莫斯,当然不是个寻常的哲学家。——说句话吧,美丽的小姑娘,求求您了,跟我说句话。——对了,您不是爱撒嘴吗,特别好看,现在还常这样做吗?亲爱的,任何避难所,都逃不开司法院的管辖,而您在圣母院的小屋里有极大危险,这您知道吗?唉!小蜂鸟在鳄鱼口中做窝呀。——老师,月亮又出来了。——但愿没有看见我们!——我们救出小姐,是做了一件值得称颂的大好事;然而,他们一抓住我们,就会以国王的名义把我们绞死。唉!人的行为总有两个把柄:一件事我受辱;而你受奖;谁崇拜恺撒,就是谴责喀提林。对不对呀,老师?您说这个哲理如何?我通哲学,全凭本能和天性,'如同蜜蜂懂得几何学'。——算啦!没人搭腔儿!你们两个,情绪就这么坏吗?我只好自言自语了,这就是我们在悲剧中所说的'独白'。——天杀的!——告诉你们,刚才我见了国王路易十一,这句警语还是从他那儿学来的。——因此我也说:天杀的!老城里还是那么喊杀震天。——那老国王非常残暴,他全身裹着毛皮衣裳,可是欠我创作婚礼赞歌的酬劳始终不给,今晚还差点叫人把我绞死,绞死我也就赖掉债了。——可见,他对有才干的人非常吝啬,真应当仔细读读科隆的萨维亚努斯那四卷书《驳吝啬》。千真万确全这个国王对待文人太刻薄了,有时残暴野蛮透顶,跟一块海绵似的,把老百姓的血汗钱全吸进去了。他的吝啬就如脾脏,它肥大起来,就把身体所有其他器官消耗瘦了。因此,艰难的时世所引起的怨声,就转变为抱怨君王的牢骚。在这位温和而虔诚的君主统治下,刑架上吊满了绞死的人,断头台血腥腐臭,牢房也要像肚子一样撑破了。这个国王一只手抓钱,一只手抓人。他是盐税夫人和绞架大人的总代理。大人物纷纷失去荣华富贵,小百姓的数量不断增加。这个君主贪得无厌,我实在不喜欢。您呢,老师?"

黑衣人并不搭理,由喋喋不休的诗人絮叨去。他继续奋力划船,同湍急的逆流搏斗:这股急流隔开城岛的顶头和如今叫圣路易岛的圣母院岛的末尾。

"对了,老师,"格兰古瓦忽然又说道,"咱们到达前庭广场,从狂怒的丐帮队伍穿过去的时候,大人可曾注意到那个可怜的小家伙,让您那聋子抢起来,在列王廊栏杆上碰得脑浆迸裂?我眼神不好,没有认出来。您可知道那是谁吗?"

那陌生人没有应声,但戛然停止划桨,双臂像折断一般垂下来,头也耷拉到胸前。爱丝美拉达听见他抽搐的哀叹,不禁打了个寒战,这样的叹息声她曾听见过。

小船一时顺水漂流。过了片刻,那黑衣人重又打起精神,抓住双桨,溯流奋力划进,绕过圣母院岛的岬角,划向草料码头。

"嘿!"格兰古瓦说道,"那边就是巴尔博府邸了。——喏,老师,瞧那黑乎乎一片房顶,屋角多么奇特,像一片低沉齷齪的乌云,又斑驳又混乱,月亮进去也给挤个粉碎,犹如从破裂的蛋壳里抛洒出来的蛋黄。——那座府邸很漂亮,里面小教堂的拱顶精雕细刻,装饰得富丽堂皇。您可以看到上面钟楼亭亭玉立。还有一座赏心悦目的花园,里面有一个池塘、一座鸟棚、一条回音廊、一个木槌球场、一座迷宫、一所兽房,以及许多深合维纳斯之意的曲径幽蹊。园中还有一棵荒唐树，人称'淫荡树'只因它向一位著名的公主和一位风流倜傥的法兰西统帅提供了寻欢场所。——唉！我们这些可怜的哲学家，同一位统帅相比较，无异于一畦白菜萝卜地去比卢浮宫花园。可是说到底，这又有什么关系呢？大人物也同我们一样，一生好坏参半，苦乐相随，好比作诗，扬抑抑格总伴随抑扬扬格。——老师，巴尔博府的传说，我一定要讲给您听听。那种事，结局总是个悲剧。那是在一三一九年，菲利浦五世统治时代，他是历代法兰西国王中身子最长的。那一传说的寓意，正在于肉欲是有害而邪恶的诱惑。邻人的老婆，长得再怎么美，再怎么让我们动心我们也不要色迷迷地看人家。通奸是一种极为放荡的思想。通奸是一种好奇心，对别人的情欲感兴趣。……哎呀！那边的喊杀声更厉害啦！"

果然，圣母院周围的喧嚣有加无已。他们侧耳细听，可以相当清晰地听见胜利的欢呼声。大教堂上上下下，突然无数火把齐明，照亮军卒的盔甲：钟楼上，楼廊上，扶壁拱架下，到处闪闪发亮。举着那么多火把，似乎在寻找什么；不久，那远远的喊叫声就清清楚楚传到潜逃者的耳畔："埃及姑娘！女巫！处死埃及姑娘！"

不幸的姑娘垂下头，脸埋在手里。那陌生人开始拼命划向岸边。而我们的哲学家，这时却在心里犯合计。他感到吉卜赛女郎靠得越来越紧，似乎把他当成唯一的避难所，他反倒悄悄地避开，只是紧紧地搂住小山羊。

毫无疑问，格兰古瓦忧心如焚，左右为难。他想到"按照现行法律"，小山羊若是被抓回去，定然处以绞刑：失去可怜的佳利，那太遗憾了；不过，两名刑犯都拖累他，就未免太多了，况且他那位同伴正巴不得照看埃及姑娘。他思想上展开激烈的斗争，如同《伊利亚特》中的朱庇特那样，反复衡量埃及姑娘和小山羊。他眼泪汪汪,看看小山羊又看看埃及姑娘,喃喃说道:"我可没能力救你们两个呀。"

小船震动一下,表明抵岸了。老城那边喊杀声一直甚嚣尘上。那陌生人站起身,走到埃及姑娘面前,要挽上她的手臂扶她下船。姑娘却一把将他推开,扭身紧紧抓住格兰古瓦的衣袖。而格兰古瓦又一心照护小山羊,几乎也是将她推开了。于是,姑娘只好独自跳下船,此刻她心慌意乱,不知所措,也不知道该去哪里,眼睛注视着流水,站在那里呆立半晌,等返过神儿来才发现,码头上只剩下她和那个陌生人了。看来,格兰古瓦趁下船之机,已经带小山羊溜走,钻进水上谷仓街那密集的房舍中间去了。

可怜的姑娘一看眼前只有这个人,便不寒而栗。她想说话,想喊叫,想呼唤格兰古瓦,可是舌头不听使唤,嘴里发不出一点声音。猛然间,她感到陌生人的手放到她手上,只觉得冰凉而有力,不由得上下牙齿咯咯打战,脸色比照着她的月光还要苍白。那人一言不发,拉住她的手,大步朝河滩广场走去。在这一时刻,她隐约感到命运是一种不可抗拒的力量,精神也就垮下来,听任那人拉着,一路小跑才跟上他的步伐,虽然此处码头是上坡路,却恍若顺坡滑下去。

她四面张望,不见一个行人,堤岸空荡荡的;周围也寂静无声,感觉不到有人活动,而只有一水之隔的老城则火光烛天,传来喧嚣叫嚷,并夹杂着呼她名字,要杀死她的喊声。除了老城,巴黎其他街区呈现大片黑影,在她周围铺展。

这工夫,陌生人一直拉着她走,仍然一声不吭;仍然脚步匆急。这次经过的任何地点,姑娘都想不起来曾经到过。走到一扇亮灯的窗前时,她情急挣扎,猛力大喊一声:"救命啊!"

窗户打开了,住在里面的居民穿着睡衣,举着灯出现在窗口,痴呆呆地朝码头大街望了一眼，咕哝两句话，又把窗板关上了。姑娘没听见他讲什么，但是最后希望的一点亮光也熄灭了。

黑衣人仍一言不发，牢牢抓住她，越走越快。她也不再挣扎了，有气无力地跟着走。

铺石路面起伏不平，她深一脚浅一脚，跑得上气不接下气，但还是不时鼓起勇气问一声："您是谁？您是谁？"而对方就是不理睬。

他们始终沿着码头大街走去，来到一片相当大的广场。这时正好有点月光，看出这是河滩广场，只见场中央竖着一个黑黑的东西，好像十字架，那正是绞刑架。姑娘辨清这些景物，便明白到了什么地方。

那人停下脚步，转身面对她，一把掀下风帽。

"噢！"姑娘惊呆了，结结巴巴地说道，"我早就知道又是他！"

果然是教士，那样子就像他本人的阴魂。恐怕是月光的效果，在这种清辉下，所见似乎全是景物的幽灵。

"你听我说，"他终于开口，这阴森可怖的声音，姑娘好久没有听到了，现在一听便不寒而栗。他继续说下去，话语急促而又断断续续，表明内心异常激动，"你听我说。我们来到这里。我有话要对你讲。这里是河滩。这里也是一个终点。命运将我们投在一起，我就要决定你的生死，你就要决定我的灵魂。这是一片广场，现在是黑夜，跨过去就一瞑不视了。因此，你要听我说。我要告诉你……首先，不要向我提起你那个浮比斯。（他边说边拖着她来回走动，就像一刻也不能待在原地的人。）不要提起他。明白吗？你若是讲出这个名字，我不知道会干出什么来，肯定非常可怕。"

说罢，他就像一个物体重又掌握重心，恢复静止不动的状态。尽管如此，他的话还是照样流露出内心的激动，声音也越来越低沉了。

"不要这样扭过头去，你听我说，这是很严肃的事情。首先，事情经过是这样的。——我向你发誓，这绝不能开玩笑。——刚才我说什么来着？提示我一下吧！哦！——司法院有个决定，要把你送上绞刑架。我这是从他们手中把你救出来。可是，他们还在追捕你。瞧瞧吧。"

他伸臂指向老城。看情景，那里果然还在搜寻。喧声越来越近。河滩对面总监府的塔楼人声嘈杂，火把通明；军卒举着火把，在对岸跑来跑去，连声喊叫："埃及姑娘！埃及姑娘在哪儿？绞死她！绞死她！"

"你看到了，他们在追捕你，我没有对你说谎。我呀，我爱你。——不要开口，如果只想说你恨我，还是不说为妙。我已经下了决心，再也不听这种话了。——我刚刚救了你。——先让我把话说完。——我有能力保你安然无恙，而且全部准备就绪，就看你的意愿了。只要你一句话，我就能办到。"

他猛然打住："不对，要讲的不是这些。"

他始终没有放手，现在又拖着她跑起来，径直跑到绞刑架下，指着绞刑架，冷淡地对她说："你在它和我之间选择吧。"

姑娘从他手中挣脱，跪到绞刑架下，抱住阴森森的石台。继而，她把俊秀的头半扭过来，看着教士，那姿态真像十字架下的圣母。教士则伫立不动，手指始终指着绞刑架，那姿势如同一尊雕像。

埃及姑娘终于对他说："它还不像你这么可恶。"

教士听了，缓缓放下手臂，眼睛盯着铺石路面，神情万分沮丧。他喃喃说道："这些石头若是会说话，是的，那一定会讲这个男人多么不幸。"

他接着说下去。姑娘跪在绞刑架下，披散的长发盖住半截身子，无意打断他的话。现在，他的声调变得哀怨而柔和，同他那盛气凌人的面容形成痛苦的对照。

"我呀，我爱您。唉！这可是千真万确的。不过，烧灼我心灵的烈火，却丝毫也没有流露出来！唉！姑娘啊，日日夜夜，真的，日日夜夜都在燃烧，难道这一点也不值得怜悯吗？告诉您，这是日思夜想的一种爱情，是一种痛苦的折磨。——噢！我可怜的小姑娘，我太痛苦啦！——我敢肯定，这是值得同情的。您瞧，我对您讲话口气多么温和，真希望您不再这么讨厌我。——归根结底，一个男人爱上一个女人，这不能怪他！……噢！上帝啊！——怎么！您永远也不会原谅我吗？要永远恨我吗？难道就这样完啦？正是有了这种念头，我才变坏了，您瞧，连我自己都讨厌啦！——您连瞧都不瞧我一眼！我站在这儿同您讲话，为我们两人所面临的大限而战战兢兢，而您可能在想别的事情！——千万不要向我提起那个军官！——怎么！我就是匍匐在您的脚下，就是亲吻……当然不是吻您的脚，这您是不肯的，而是吻您脚下的土地，怎么！我就是像孩子一样痛哭流涕，从我胸膛里掏出……不是掏出话语，而是掏出心肝五脏，以便对您说我爱您，就是做出这一切，也都无济于事啦！——然而，您的心灵里只有温柔和宽厚，您洋溢着最美好的温情，完全是甜蜜、善良、仁慈和柔美的化身。唉！您只对我一个冷酷无情！噢！竟是这种命运！"

他双手捂住脸。姑娘听见他的饮泣，这还是头一回。他这样站着哭泣，全身颤动，比跪下来还要显得凄惨而恳切。他就这样哭了半晌。

"算了！"他流了一阵眼泪之后，又说道，"我想不出什么话了。本来我想了许多，应当对您说些什么。而现在，我却只顾颤抖，只顾战战兢兢，在关键时刻怯懦了，我感到有一种至高无上的沉了。

"不要这样扭过头去,你听我说,这是很严肃的事情。首先,事情经过是这样的。——我向你发誓,这绝不能开玩笑。——刚才我说什么来着?提示我一下吧!哦!——司法院有个决定,要把你送上绞刑架。我这是从他们手中把你救出来。可是,他们还在追捕你。瞧瞧吧。"

他伸臂指向老城。看情景,那里果然还在搜寻。喧声越来越近。河滩对面总监府的塔楼人声嘈杂,火把通明;军卒举着火把,在对岸跑来跑去,连声喊叫:"埃及姑娘!埃及姑娘在哪儿?绞死她!绞死她!"

"你看到了,他们在追捕你,我没有对你说谎。我呀,我爱你。——不要开口,如果只想说你恨我,还是不说为妙。我已经下了决心,再也不听这种话了。——我刚刚救了你。——先让我把话说完。——我有能力保你安然无恙,而且全部准备就绪,就看你的意愿了。只要你一句话,我就能办到。"

他猛然打住:"不对,要讲的不是这些。"

他始终没有放手,现在又拖着她跑起来,径直跑到绞刑架下,指着绞刑架,冷淡地对她说:"你在它和我之间选择吧。"

姑娘从他手中挣脱,跪到绞刑架下,抱住阴森森的石台。继而,她把俊秀的头半扭过来,看着教士,那姿态真像十字架下的圣母。教士则伫立不动,手指始终指着绞刑架,那姿势如同一尊雕像。

埃及姑娘终于对他说:"它还不像你这么可恶。"

教士听了,缓缓放下手臂,眼睛盯着铺石路面,神情万分沮丧。他喃喃说道:"这些石头若是会说话,是的,那一定会讲这个男人多么不幸。"

他接着说下去。姑娘跪在绞刑架下,披散的长发盖住半截身子,无意打断他的话。现在,他的声调变得哀怨而柔和,同他那盛气凌人的面容形成痛苦的对照。

"我呀,我爱您。唉!这可是千真万确的。不过,烧灼我心灵的烈火,却丝毫也没有流露出来!唉!姑娘啊,日日夜夜,真的,日日夜夜都在燃烧,难道这一点也不值得怜悯吗?告诉您,这是日思夜想的一种爱情,是一种痛苦的折磨。——噢!我可怜的小姑娘,我太痛苦啦!——我敢肯定,这是值得同情的。您瞧,我对您讲话口气多么温和,真希望您不再这么讨厌我。——归根结底,一个男人爱上一个女人,这不能怪他!……噢!上帝啊!——怎么!您永远也不会原谅我吗?要永远恨我吗?难道就这样完啦?正是有了这种念头,我才变坏了,您瞧,连我自己都讨厌啦!——您连瞧都不瞧我一眼!我站在这儿同您讲话,为我们两人所面临的大限而战战兢兢,而您可能在想别的事情!——千万不要向我提起那个军官!——怎么!我就是匍匐在您的脚下,就是亲吻……当然不是吻您的脚,这您是不肯的,而是吻您脚下的土地,怎么!我就是像孩子一样痛哭流涕,从我胸膛里掏出……不是掏出话语,而是掏出心肝五脏,以便对您说我爱您,就是做出这一切,也都无济于事啦!——然而,您的心灵里只有温柔和宽厚,您洋溢着最美好的温情,完全是甜蜜、善良、仁慈和柔美的化身。唉!您只对我一个冷酷无情!噢!竟是这种命运!"

他双手捂住脸。姑娘听见他的饮泣,这还是头一回。他这样站着哭泣,全身颤动,比跪下来还要显得凄惨而恳切。他就这样哭了半响。

"算了!"他流了一阵眼泪之后,又说道,"我想不出什么话了。本来我想了许多,应当对您说些什么。而现在,我却只顾颤抖,只顾战战兢兢,在关键时刻怯懦了,我感到有一种至高无上的力量在控制我们,因此,我跌跌撞撞,啊!如果您还不可怜我,不可怜您自己,我就会摔倒在这地上!不要把我们两个人都毁掉了,您若是了解我多么爱您!我这是怎样一颗心啊!唉!不顾品德,这是何等背叛啊!我又是何等自暴自弃啊!我这个博士,却在践踏科学;我这个贵族,却在折辱自己的姓氏;我这个教士,却拿弥撒书当作淫荡的枕头,却要啐我那上帝的脸!这一切全是为了你呀,你这狐狸精!也是为了更有资格下你的地狱,而你却不要我这个罪人!噢!让我对你全说了吧!还有,还有更可怕的,噢!更可怕的!……"

他讲最后的这几句话时,样子完全失态了。他沉默片刻,又仿佛自言自语,但声音却很响:"该隐①,你把你兄弟怎么样啦?"

他又沉吟一下,才接着说下去:"主啊,我是怎样对待他的呀?我收养了他;将他抚养大,供他吃喝,喜欢他,溺爱他,结果又把他杀害啦!是的,主啊,刚才就当着我的面,他被人抢起来,在您教堂的石头上碰得脑浆迸裂,这事儿怪我,怪这个女人,怪她……"

他的眼神慌乱起来,声音渐渐低沉,又机械地重复好几遍,间隔的时间颇长,宛如钟声悠长的余韵:"怪她……怪她……"继而,只见他嘴唇翕动,却不闻一点声音了。陡然,他瘫倒在地上,如同一件物品倾颓一样,头埋在双膝之间,匍匐在那里一动不动了。

姑娘想把压在他身下的脚抽出来,稍微一动,就使他返过神儿来。他缓缓举手,摸摸凹陷的脸颊,惊然地看着湿了的手指,半响才喃喃说道:"怎么!我流了泪?"

他又猛然转向埃及姑娘,无比焦虑地说:"唉!您看着我痛哭

---

① 该隐是亚当和夏娃的长子,因嫉妒而杀死自己的兄弟亚伯,事见《旧约·创世纪》第四章。

流泪，却无动于衷！孩子，你知道这泪水就是火山的熔浆吗？我们仇恨的人怎么也打动不了我们，难道真是这样吗？你看着我死去，还会发笑呢。噢！而我，却不忍看着你死！说一句话吧！只要说一句请原谅的话！不必说你爱我，只说你愿意，这就够了，我就可以救你。要不然……噢！时间一点点过去，求求你，我以一切神圣的事物求求你，不要等我重新变成岩石，如同要索你命的绞刑架！想一想我掌握两个人的命运，而我又丧心病狂，这很可怕，我一松手，就全掉下去，我们下面是无底深渊啊，你这个冤家，我追随你堕落，永生永世！说一句宽厚的话！说句话吧，哪怕只讲一句！"

　　姑娘张口要回答。他立刻扑倒，跪在她面前，要聆听即将从她口中讲出来的，可能是动情的话。姑娘对他说："你是杀人凶手！"

　　教士狂暴地一把搂住她，开始狞笑，说道："嗯，不错！杀人凶手！可我能得到你。你不要我做奴隶，就是要我做主人。我能得到你！我有一个巢穴，要把你拖到那里去。你得跟我走，你必须跟我走，不然我就把你交出去！美人儿，要么死，要么跟我！委身给教士！委身给叛教者！委身给杀人凶手！就在今夜，你听见了吗？来吧！快活快活！来吧！亲亲我，你这疯女人！要么坟墓，要么我的床笫！"

　　他的眼睛闪着淫荡和疯狂的神色，淫邪的嘴唇烫红了姑娘的脖颈。姑娘在他怀抱中拼命挣扎，而他满嘴冒白沫儿，吻遍她的全身。

　　"别咬我，魔鬼！"姑娘连声喊叫，"噢！邪恶的教士！放开我！我要把你这肮脏的花白头发揪下来，一把把扔到你脸上！"

　　教士的脸一阵红一阵白，他终于放开姑娘，脸色阴沉地看着她。姑娘以为获胜了，继续说道："告诉你，我属于我的浮比斯，我爱的是浮比斯，浮比斯才英俊呢！你这个教士，这么老！这么丑！滚开！"

教士大吼一声,就像受炮烙之刑的不幸者,他咬牙切齿地说道:"那你就死吧!"姑娘见他眼露凶光,想要逃跑,却被他一把抓住。教士又推又搡,将她摔倒在地,抓住她美丽的双手,拖着她快步朝罗朗塔楼拐角走去。

到了那里,他转身又问她一句:"最后问一遍,你愿意跟我吗?"

姑娘用力回答:"不!"

于是,教士高声喊道:"古杜勒!古杜勒!埃及姑娘就在这儿!你报仇吧!"

姑娘猝然感到臂肘被人抓住,回头一看,只见一只枯瘦的胳膊从墙壁的窗洞伸出来,像铁钳一般紧紧抓住她。

"抓紧啦!"教士说道,"她就是那个逃跑的埃及姑娘。不要放开她!我去叫军警。你会亲眼看着把她绞死。"

"哈!哈!哈!"一阵从喉头发出的笑声,从墙里呼应这几句血腥的话。埃及姑娘看见教士朝圣母院桥跑去:那边传来嗒嗒的马蹄声。

这时,埃及姑娘已认出是凶恶的隐修女,不由得惊恐万状,想用力挣脱,她扭动身子,垂死挣扎,绝望地蹿跳几下,可是对方力量大得出奇,紧紧抓住她不放,那瘦骨嶙峋的手指狠狠地掐进她的肉里,渐渐合起来,箍在她的胳膊上,就像铆住似的。甚至可以说,这不只是铁链,不只是枷锁,不只是铁环,更是从墙里伸出的一把有智力的活钳子。

姑娘挣扎得精疲力竭,便颓然倚到墙上,这时,头脑里充满了死亡的恐惧。她想到生命的美好,想到青春、蓝天、自然景象,想到爱情、浮比斯,想到正在逝去的一切和逐渐逼近的一切,想到告发她的教士、要赶来的刽子手,以及在眼前的绞刑架。于是,她感到恐慌的情绪从心头升起,以致毛发倒竖。她又听见隐修女狞笑,低声对她说:"哈!哈!哈!你就要被绞死啦!"

姑娘气息奄奄,扭头看看窗洞,只见铁栏里面麻袋女一脸凶相。

"我怎么得罪您啦?"她有气无力地问道。

隐修女并不答言,只是唱咧咧的,又恼恨又嘲笑地念叨:"埃及姑娘!埃及姑娘!埃及姑娘!"

不幸的爱丝美拉达又低下脑袋,长发披散下来遮住脸面,她明白自己不是在同人打交道。

隐修女忽然嚷起来,仿佛埃及姑娘的问话这么久才抵达她的大脑:"你怎么得罪我?还问我!哼!埃及女人,怎么得罪我!好吧,你听着。——当初我有个孩子,明白吗?当初我有个孩子!告诉你,一个孩子!一个非常漂亮的小姑娘!——我的阿涅丝!"她在黑暗中好像吻了什么东西,神态失态地又说道:"哼!埃及姑娘,你明白吗?有人把我孩子弄走了,把我孩子偷走了,把我孩子吃掉啦!这就是你干的好事!"

姑娘像只羔羊回答说:"唉!那时也许我还没有出生呢!"

"哼!不对!"隐修女又说道,"你肯定出生了,你正是那时出生的孩子。她活到现在,也是你这样年龄!没错儿!——我来到这里十五年了,苦了十五年,祈祷了十五年,这十五年来,我的头总是撞这四面墙壁。——告诉你吧,我的孩子是埃及女人偷走的,明白吗?是她们吃掉的!——你有没有心肝?想想看,一个娃娃是怎样玩耍,怎样吃奶,怎样睡觉,那简直天真可爱极啦!——噢!正是这样一个孩子,让人偷走啦,让人杀害啦!仁慈的上帝完全了解!——今天,该轮到我了,我要吃掉埃及孩子。——哼!没有铁栏杆挡着,我真想咬你几口!我的头太大,钻不出去!——可怜的小乖乖,趁着她睡觉的时候!她们抱走她时即使把她弄醒,她怎么哭叫也没用,我不在跟前呀!——哼!做母亲的埃及女人,你们吃了我的孩子！来看看你们孩子的下场吧！"

说罢，她咯咯大笑，或者说咯咯咬牙，这两者在她那狂怒的脸上十分相似。这时，天色开始放亮，灰蒙蒙的曙光照见这一场景，看着模模糊糊，可是广场上的绞刑架则越来越清晰了。可怜的女犯仿佛听到，圣母院桥那边的马蹄声越来越近了。

"太太，"姑娘双手合十，跪下来说道，她披头散发，惊恐万状，看样子完全懵头了，"太太！抬抬手吧。他们来了。我没有做过一点对不起您的事情。难道您愿意看着我就这样被残忍地处死吗？我相信，您是有恻隐之心的。那样死太可怕了。放我逃走吧！放开我！行行好啊！我不愿意那样死掉！"

"还给我孩子！"隐修女嚷道。

"饶命吧！饶命吧！"

"还给我孩子！"

"看在上天的份儿上，放了我吧！"

"还给我孩子！"

姑娘全身瘫软，支撑不住，再次倒下去，眼珠直了，就跟入殓的人一样。她讷讷地说："唉！您找您的孩子，我却找我父母。"

"把我的小阿涅丝还给我！"古杜勒还照样说，"你不知道她在哪儿吗？那你就等死吧！——我来告诉你。从前我是个妓女，有个孩子，孩子被人偷走了。——是埃及女人干的。这你就明白了，你必须死。日后你的埃及妈妈来向我要你，我就对她说：做母亲的，看看这个绞刑架吧！——要不，那就得把孩子还给我。——你知道我的小女儿在哪儿吧？喏，我让你瞧瞧，这就是她的小鞋，我只有这一点念心儿了。还有同样一只，你知道在哪儿吗？你若是知道，就告诉我吧，就是在天边，我爬着也要去找回来！"

她说着，就从窗口探出另一条手臂，给埃及姑娘看绣花小鞋。

这时天已大亮,能够看清鞋的形状和颜色了。

"让我好好看看这只鞋,"埃及姑娘颤抖着说,"上帝呀!上帝呀!"

与此同时,她用没有被揪住的那只手,急忙打开脖子上挂的缀着绿玻璃珠的小香囊。

"打开吧!打开吧!"古杜勒吼道,"搜搜你那魔鬼的护身符!"

可是,她戛然住声,浑身哆嗦起来,从肺腑深处发出一声喊叫:"我的女儿!"

原来,埃及姑娘掏出来一只小鞋,同另一只完全是一对。小鞋上贴着一块羊皮纸,上面写着这句谶语:

另外一只找回来,
母亲把你搂在怀。

隐修女的动作比闪电还要迅疾,当即对比了两只鞋,看了羊皮纸上的字迹,她立时笑逐颜开,脸上焕发天堂的喜悦,叫道:"我的女儿!我的女儿!"

"我的母亲!"埃及姑娘应道。

这情景我们就不细表了。

墙壁和铁窗栏将母女二人隔开。隐修女怨道:"噢!墙壁呀!噢!看到她,却不能拥抱!你的手,把手伸过来!"

姑娘把手臂从窗洞伸进去,隐修女一下子扑上去,嘴唇紧紧贴在这只手上,沉醉在这个吻中,许久没有生息,只是因啜泣而后身不时起伏。她在黑暗中,这样默默无声,然而却泪如泉涌,好似夜雨滂沱。可怜的母亲,积十五年的苦楚,一滴滴滤出的泪水,贮蓄在她这口又黑又深的心井里,现在汹涌而出,倾泻在这只宝贝的小手上。

她猛然直起身,掠开额前的灰白长发,一言不发,便用双手狠摇铁窗栏,比母狮还要凶猛。铁条撼不动。于是,她到屋子的角落,搬来她当枕头的大石块,铆劲儿朝铁窗栏砸去,只见迸出无数火星儿,一根铁条应声断裂。再砸第二下,古旧的铁十字窗栏就完全垮了。接着,她用双手将铁条完全折断,再将生锈的断头掰开。有时候,女人的手有超人的力量。

不到一分钟的工夫,通道就打开了,她拦腰抱住女儿,将她拉进小屋,嘴里一边咕哝道:"来吧!让我把你拉出深渊!"

她把女儿拉进小屋,就轻轻地放到地上,然后又抱起来,搂在怀里,仿佛还是她原来的小阿涅丝。她在小屋里走来走去,如醉如痴,又叫又唱,简直乐坏了,边吻女儿边同她说话,忽而咯咯大笑,忽而号啕大哭,这一切都同时迸发出来。

"我的女儿!我的女儿!"她说道,"我有女儿啦!她就在这儿,仁慈的上帝还给我了。喂!大家都来看啊!这里有人来看我有女儿了吗?我主耶稣啊,她多美呀!我的仁慈上帝,您让我等了十五年,就是要等她出落个漂亮姑娘还给我。——原来,埃及女人并没有把她吃掉啊!这话是谁讲的啦?我的小女儿!我的小女儿!亲亲我!那些善良的埃及女人!我喜爱埃及女人。——真是你呀,怪不得你每回经过这里,我的心就怦怦直跳,我还以为这是仇恨的缘故。原谅我吧,亲爱的阿涅丝。当时你觉得我很凶,对不对?我爱你。——你脖子上这颗小痣,还有吗?瞧一瞧。还在呢。嘿!你的模样多美!这双大眼睛是我给您的呀,小姐。亲亲我吧。我爱你。别的女人有孩子,我才不在乎呢,现在对她们嗤之以鼻。她们来看看就知道了。这是我的女儿。瞧她这脖子、这眼睛、这头发、这双手,到哪儿能找到这样漂亮的!嗯!我敢打保票,她这样人,准有许多追求者。我哭了十五年,容貌完全凋残了,现在又在她身上重现。亲亲我呀!"

她还说了许多疯疯癫癫的话,而声调优美极了,甚至还拨弄可怜姑娘的衣衫,弄得姑娘脸都红了,又用手摩挲她那光润油亮的发丝,又连连吻她的脚、膝盖、脑门和眼睛,无处不爱得着迷。姑娘由着她爱抚,只是不时无限温柔地低声叫一声:"母亲!母亲!"

"你瞧,我的孩子,"隐修女说一句吻一下,"你瞧,我会多么爱你。我们离开这里,一起去过美好的日子。在我们家乡兰斯,我继承了一点财产。兰斯,你知道吗?哦!不,你不会知道,那时你还太小!你也不知道,你生下来四个月的时候有多漂亮!有人好奇,从七古里远的埃佩尔奈来看你的小脚!我们能有土地,能有一所房子。我让你睡在我的床上。上帝呀!上帝呀!谁想得到呢?我找回女儿啦!"

"母亲啊!"姑娘激动万分,好容易恢复说话的力量,"那个埃及女人早就跟我说过了。埃及女人中,有一个心肠非常好,是去年死的,她一直像奶娘一样照看我。就是她把这小香囊挂到我脖子上,还常常对我说:'孩子,好好保存这件宝贝,这非常珍贵,日后能帮你找到母亲。你这是把母亲挂在脖子上。'那个埃及女人,她说得多准!"

麻袋女又把女儿紧紧搂在怀里。

"来,让我亲你!这话你说得多感人。等回到家乡,我们就把这双小鞋送进教堂给圣婴穿。我们这一切,全亏了圣母。上帝呀!你的声音多甜啊!你刚跟我说话,就跟音乐一样!啊!我主上帝啊!我可找回孩子啦!天下有这种事,能叫人相信吗?人不会随便就死掉的,这个,我也没有乐得死过去。"

接着,她又拍起手来,又笑又叫:"我们要过上幸福的日子啦!"

这时,兵器撞击和战马奔驰的声响,恰好传进小屋,马队似乎从圣母院桥那边过来,越跑越近了。埃及姑娘惊慌起来,立刻投进麻袋女的怀抱。

"救救我!救救我吧!妈妈!他们来啦!"

隐修女面失血色。

"天啊!你说什么?我倒忘啦!有人追捕你!你干了什么事儿啦?"

"我也不知道,可我却被判处死刑。"不幸的孩子答道。

"死刑!"古杜勒说道,她像遭了雷殛,身子摇晃起来,"死刑!"她直愣愣地看着女儿,又缓缓说道。

"是呀,妈妈,"姑娘惊恐万状,又说道,"他们要杀我。他们跑来抓我啦。那个绞刑架是给我预备的!救救我!救救我吧!他们到啦!救救我呀!"

隐修女好像化为石像,半晌没有动弹;继而,她摇了摇头,表示怀疑,接着敞声大笑,又恢复那吓人的狞笑:"哈!哈!不!你这是说梦话。哦,是啊!我失去了她,一过就是十五年,而我把她找回来,却只待一分钟!他们又要把她从我身边夺走!瞧她现在长得这么美,长得这么高,瞧她跟我说话,这么爱我,而正是在这个时候,他们倒要来吃她,当着我这做母亲的面把她吃掉!噢,不行!这种事情不可能。仁慈的上帝绝不允许这样。"

这时,马队似乎停止前进,只听远处有人说:"走这边,特里斯唐先生!教士说,我们到老鼠洞就能找到她。"于是,重又响起嗒嗒的马蹄声。

隐修女站起来,绝望地喊道:"快逃命!快逃啊,我的孩子!我全想起来了。你说得对,他们要杀你!残暴啊!伤天害理啊!你快逃吧!"

她从窗口探出头去,立刻又缩回来。

"待在这儿吧,"她急促而又凄然地低声说,同时紧紧抓住半死不活的埃及姑娘的手,"待在这儿吧!别出声!到处都是兵。你不能出去,天都大亮了。"

她的眼睛干涩如焚,半晌没讲话,只是在小屋里大步走来走去,不时停一停,扯下一缕斑白头发,用牙齿咬断。

忽然她说道:"他们靠近了。我去对付他们。你躲在这个角落里。他们看不见你。我就对他们说你跑掉了,我把你放掉了,就这样!"

她一直抱着女儿,这会儿才放到从外面看不见的屋角里,再让女儿蹲下,仔细让她藏好,手脚都不要露出阴影,把她乌黑的头发披散开,遮盖白色的衣裙,再把水罐和石块放到她面前,以为这屋里唯一的两样东西能把她遮住。隐修女这样安顿好之后,稍微放一点心,便跪下来祈祷。天刚刚亮,老鼠洞里有几处还很暗。

就在这时,小屋附近传来那教士恶毒的叫声:"在这边,浮比斯·德·夏多佩队长!"

一听到这个名字、这个声音,爱丝美拉达在蜷缩的角落里动了一下。

"别动!"古杜勒说。

话音刚落,人马和刀剑声响成一片,全在小屋前停住。母亲急忙站起来,用身子堵住窗口。她瞧见一大队军卒,步行和骑马的都有,在河滩上列队。领队的军官跳下马,朝她走来。

"老婆子!"那个面目狰狞的汉子嚷道,"我们搜捕一名女巫,要把她绞死。听说在你这里。"

可怜的母亲极力装出满不在乎的样子,回答说:"您说什么呀,我不大明白。"

那汉子又说："上帝的脑袋！那个惊慌失措的主教代理，刚才胡诌什么呀！他在哪儿呢？"

"大人，他不见了。"一名士兵回答。

"喂，疯老婆子，"带队军官又说道，"别对我撒谎。刚才有个女巫交给你看管，你把她弄哪儿去啦？"

隐修女怕引起怀疑，不好一口否认，就以直率的口吻，粗声粗气地回答："刚才倒有人把一个高个儿姑娘塞给我，如果您指的是她，那我就告诉您，她咬了我，疼得我放开手。就是这样。让我安静点吧。"

那个官员颇为失望，做了个鬼脸。

"你休想骗我，老妖精，"他又说道，"我名叫隐修士特里斯唐，是国王的伙伴。隐修士特里斯唐，听见了吗？"他环视河滩广场，又补充说："这名字在这儿响得很。"

"您就是隐修士撒旦，我也不怕，也没什么可告诉您的了。"古杜勒又有了希望，便回敬一句。

"上帝的脑袋！"特里斯唐骂道，"真是个老泼妇！唔！那女巫逃掉啦！往哪边逃啦？"

古杜勒以满不在乎的口气回答，"大概是往羊街那边跑了。"

特里斯唐扭过头去，指挥队伍准备开走。隐修女松了一口气。

"大人，"一名弓箭手突然说道，"您问问这个老妖婆，她窗栏的铁条怎么折断了。"

这样一问，可怜的母亲又心慌了，不过还保持清醒的头脑，她结结巴巴地说："铁条一直就是这样子。"

"不对！"那弓箭手又说，"昨天还好好的，是个黑色十字架，显得那么虔诚。"

特里斯唐瞟了隐修女一眼。

"看样子这老婆子撒谎啦!"

不幸的女人意识到,成败全看她能否保持镇静。于是,她心如死灰,却强作讪笑,做母亲的就有这种力量。

"哎!"她说道,"这个人喝醉了。是一辆拉石头的大车屁股撞的,把窗栏杆撞断了,这事儿都一年多了。当时,我还骂了那个赶大车的!"

"是有这回事儿,当时我在场。"另一名弓箭手说道。

到处都能遇见这种人;他们什么事都亲眼见过。有了弓箭手这个意想不到的见证,隐修女又振作起精神。刚才那阵盘问,她真像踏着刀刃走过一道深渊。

然而,她忽而有望,忽而惊慌,注定要这样提心吊胆。

"如果是大车撞的,"头一个弓箭手又说道,"那么撞断的铁条应当朝里弯,怎么朝外弯呢?"

"嘿!嘿!"特里斯唐对这名士兵说,"还真行,凭这鼻子,你够资格当小堡的预审法官了。老婆子,快回答他的话!"

"上帝呀!"她给逼得走投无路,眼泪都急出来了,嚷道,"大人,我向您发誓,铁条就是大车撞断的。您听见那人说亲眼看到了。再说,这同那个埃及姑娘有什么关系?"

"哼!"特里斯唐咕哝道。

"见鬼!这断裂的地方还是新茬儿!"那个士兵得到长官的夸奖,又十分得意地指出。

特里斯唐点了点头。隐修女脸色刷白。

"你说,大车撞了有多长时间啦?"

"一个月,也许半个月吧,大人,我记不清了。"

"刚才她说一年多了。"那士兵又指出。

"这里面有鬼!"宪警总监说道。

"大人啊，"隐修女叫道，她身上始终贴在窗口，生怕他们起疑心，探头瞧瞧室内，"大人，我向您发誓，铁条就是让大车撞断的。我指天堂的圣天使向您发誓，如果不是大车撞的，我就是背弃上帝，情愿永世下地狱！"

"你真上心，发这么重的誓！"特里斯唐说着，向她投去审视的目光。

可怜的女人感到越来越沉不住气了，已经到了笨嘴拙舌的地步，她明白自己没有讲出该讲的话，不禁心惊胆战。

这时，另一名士兵跑回来报告："大人，这老妖婆说谎。那女巫逃跑没有走羊街。那条街整夜都有铁链封锁，守卫人员没有看见有人过去。"

特里斯唐的脸色越来越阴沉可怕了，他质问隐修女："这回你有什么说的？"

又出了意外情况，不过，她还要极力顶住："大人，不知道我怎么会弄错了。我想，她恐怕是过河去了。"

"那就是相反的方向，"总监说道，"老城那儿正在搜捕，她还要回老城去，这显然不可能。你说谎，老家伙！"

"再说，河两岸都没有船。"头一个士兵一边帮腔。

"她可能是游过去的。"隐修女步步为营，反驳道。

"女人还能泅水？"那名士兵又说。

"上帝的脑袋！老家伙！你说谎！你说谎！"特里斯唐气愤地吼道，"我真想先把你抓起来，不管那个女巫，审你一刻钟，也许就能从你嘴里掏出实话。好啦！跟我们走一趟。"

这话正中下怀，她马上抓住："悉听尊便，大人。带我走吧，带我走吧。审我，好哇。快点，快点带我走！马上就走。"她嘴上这么说着，心里却合计：有这工夫，我女儿就会逃走了。

"该死的！"总监说道，"邪门，要尝尝酷刑的滋味！敢情疯啦，我真不明白。"

一名头发灰白的巡防老兵出列禀告："她确是个疯子，大人！她就是放掉那埃及女人，也不能怪她，因为她不喜欢埃及女人。巡防我干了十五年，天天晚上听见她恶言恶语，不住嘴地咒骂吉卜赛女人。我们要搜捕的，如果照我想的，就是那个有小山羊的跳舞小姑娘，那正是她最恨的一个。"

古杜勒硬着头皮说："最恨那一个。"

巡警们众口一词，向总监证实老警士的话。隐修士特里斯唐看看从隐修女口中什么也掏不出来，心里十分恼火，只好转身朝坐骑缓缓走去，而隐修女眼睛盯着他，心里有一种难以名状的惶恐不安。

"算啦！"他咬牙切齿地说，"上路！继续搜索！不绞死那埃及姑娘，我不睡觉！"

不过，他还犹豫了一会儿，没有上马。他那副疑虑重重的样子，环视广场，就像一只猎犬，感到猎物就躲在附近，因而迟迟不肯离去。这可苦了古杜勒，生死未卜，她的心悬在半空。特里斯唐终于摇摇头，翻身上马。古杜勒一颗倒悬的心总算放下来；从他们到来她就没敢看一看女儿，现在才瞥了一眼，悄声说道："得救啦！"

可怜的孩子一直躲在角落里，一动不动，大气也不敢出，就觉得死神站在面前。古杜勒和特里斯唐舌剑唇枪的较量，她一句也没有漏掉；母亲每下心惊肉跳，都会在她身上有所反响。她吊在深渊上面，只有一根悬丝，她听见悬丝拉得咯咯直响，多少回眼看就要挣断了，现在她才长出了一口气，感到双腿落到了实地。恰好这时，她听见一个声音对总监说："牛的犄角！总监先生，绞死女巫，可不是我这个军人的行当。暴民已经扫荡光了，您干您的差使，我回我的队伍，这样两便，您说好吧，他们也不能没有队长啊。"

那正是浮比斯·德·夏多佩的声音。埃及姑娘一听，真是百感交集。她的朋友，她的保护人，她的依靠，她的避难所，她的浮比斯，就在这儿啊！她站起身，不待她母亲阻拦，就冲到窗口，喊道："浮比斯！救我呀，我的浮比斯！"

浮比斯不在那里了，他策马飞驰，已经转过刀剪街。然而，特里斯唐却没有走。

隐修女大吼一声，扑到女儿身上，猛力将她拉回来，指甲都抠进她脖子的肉里。做母亲的有时赛似母老虎，急起来就顾不了这些。可是太晚了，特里斯唐已经瞧见。

"哈！哈！"他一声狂笑，牙齿全震掉了，那副豺狼面孔也直颤动，又嚷道："这耗子洞里有两只耗子！"

"我早就料到了。"那个士兵说道。

特里斯唐拍拍他的肩膀："你真是一只好猫！"他又叫了一声："喂，亨利埃·库赞何在？"

一个汉子应声出列，从衣着和仪态来看，不像个当兵的，只见他穿半身灰色、半身褐色号服，袖子是皮革的，脑袋理成平头，一只大手拎着一盘绳索。此人不离特里斯唐左右，而特里斯唐则不离路易十一左右。

"朋友，"隐修士特里斯唐说，"想必这就是我们要找的女巫。你把她给我绞死。你的梯子带着吗？"

"在大柱楼棚仓里有一架，"那汉子回答；他指着绞刑石架又说："这事儿就在那儿处置吗？"

"对。"

"好嘞！那就省事儿啦！"那汉子说着，狂笑一声，比总监的笑貌还要狰狞。

"快！完事儿再笑吧！"特里斯唐吩咐道。

特里斯唐既已看到她女儿，希望就完全丧失了，隐修女就再也没有讲一句话。她将半死不活的埃及姑娘扔到原来的角落里，自己又回到窗口，双手像两只利爪，放在窗台角上，目光又恢复原来凶猛而疯狂的神色，摆出这种大无畏的姿态，注视所有那些大兵。亨利埃·库赞走近小屋，一看到对方冲着他的那副异常凶恶的面孔，就吓得连连后退。

"大人，"他回到总监面前，问道，"究竟抓哪一个？"

"那个小的。"

"这就好。那老的看样子不好惹。"

"真可怜啊，有山羊的跳舞的小姑娘！"那个老巡警叹道。

亨利埃·库赞又走到窗口。母亲怒目而视，逼得他垂下目光。他怯声怯气地说道："夫人……"

隐修女声音恼怒而低沉，打断他的话："你想干什么？"

"不是找您，"他说道，"是找另一个。"

"什么另一个？"

"那个小的。"

她摇着头喊道："再没人啦！再没人啦！再没人啦！"

"还有！这您完全明白，"刽子手又说道，"让我抓走那个小的。我并不想伤害您。"

隐修女怪笑一声，说道："哼！你并不想伤害我！"

"把那个人交给我吧，夫人，这是总监先生的命令。"

她发疯一般反复说："再没人啦！"

"我跟您说还有人！"刽子手反驳道，"你们两个人，我们都看见了。"

"那你就再看看，把头伸进来呀！"隐修女冷笑道。

刽子手审视一下老婆子的指甲，不敢造次。

"快点！"特里斯唐吼道；他部署队伍围住老鼠洞，本人则在绞刑架旁边立马等待。

亨利埃极为狼狈，再次回到总监面前，把绞索撂在地上，双手摆弄着帽子，样子非常尴尬。他问道："大人，从哪儿进去呀？"

"走门。"

"没门哪。"

"走窗户。"

"窗户太窄了。"

"那就开大了，"特里斯唐气冲冲地说，"你不是有铁镐吗？"

母亲一直守在洞穴里，瞋目而视。她再也不抱任何希望，也不知道自己想干什么，但是就是不想让人抓走她女儿。

亨利埃·库赞到大柱楼的棚仓里去取工具箱，还拿了一架折叠梯子，立刻支在绞架下。总监手下的五六个人操起尖镐和撬杠，跟着特里斯唐走向窗口。

"老婆子，"总监厉声说，"乖乖地把那姑娘交出来。"

隐修女仿佛不明白，愣愣地看着他。

"上帝的脑袋！"特里斯唐又嚷道，"国王降旨要绞死这女巫，你干吗阻拦呢？"

可怜的女人又像往常那样狞笑。

"干吗阻拦？她是我女儿。"

她讲这话的声调，连亨利埃·库赞听了都毛骨悚然。

"实在遗憾，"总监又说道，"然而这是国王的旨意。"

她那可怕的笑声变本加厉，同时嚷道："这同我有什么相干？我跟你说，她是我女儿！"

"凿穿墙壁！"特里斯唐吩咐。

只要拆掉窗台砌石，就能打开相当大的洞口。母亲听到镐头和撬杠开始毁她的堡垒,便大吼一声,接着在小屋里飞快地转圈子,就像关在笼子里的野兽所养成的习惯。她不再说话,只是两眼冒火。军警见了都胆战心寒。

突然,她抓起那块石头,朝干活的人砸过去,但是双手颤抖,扔不准,没有击中任何人,一直滚到特里斯唐的脚下,恨得她咬牙切齿。

这时太阳虽然还没有升起,但是天色已经大亮。大柱楼那老朽的烟囱染上了红艳艳的朝霞。这个清晨时刻,大都市里最早打开的窗户,开始愉快地俯视屋顶。几个乡镇居民、几个水果商贩,骑着毛驴奔向菜市场,此刻经过河滩,走到围住老鼠洞的军警跟前站住,惊讶地看了一会儿,又扬长而去。

隐修女已经回身坐到女儿旁边,用身子挡住女儿,两眼发直,听着不敢动弹的可怜孩子低声呼唤:"浮比斯!浮比斯!"拆墙的人显然有所进展,母亲也机械地往后缩,把靠墙的女儿搂得越来越紧。她目不转睛,始终警戒着,忽然发现砌石松动了,又听见特里斯唐给人鼓劲的叫声。于是,她从这阵颓丧的状况中挣扎出来,开始大吼大叫,声音有时像锯子一般撕裂耳膜,有时又像所有诅咒一齐涌到嘴边,要同时迸发,因而结结巴巴:"噢!噢!噢!真是骇人听闻!你们都是强盗!你们当真要抢走我女儿吗?跟你们说,这是我女儿!哼!你们这帮卑鄙的家伙!哼!刽子手的帮凶!可恶的杀人凶手!救命啊!救命啊!失火啦!他们就这样明火执仗,要抢走我女儿吗?这还有没有天理啊?"

她满嘴冒着白沫儿,眼睛一副凶光,毛发倒竖,犹如豹子一般撑着四爪,又冲特里斯唐说:"过来吧,来抓我女儿试试!难道你还不明白,这个女人跟你说这是她女儿?你知道有孩子是怎么回事吗?喂!你这只豺狼,你从来没跟你的母狼睡过觉,从来没有狼崽子吗？如果有，崽子嗥叫的时候，你就一点也不动心吗？"

"石头顶不住了，把它撬下来。"特里斯唐吩咐。

撬杠掀掉一大块沉重的窗台座石。上文说过，这是母亲的最后堡垒。因此，她扑上去，想从里面顶住，指甲抠得紧紧的，然而石头太大，又有六条大汉从外面猛推，便渐渐脱开她的手，顺着撬杠滑落到地上。

母亲看见入口打开了，就横躺在那里，用身子堵住缺口，双臂乱挥，脑袋撞着石板，声嘶力竭喊叫："救命啊！失火啦！失火啦！"但声音嘶哑得几乎听不见。

"现在，去抓那姑娘！"特里斯唐一直无动于衷，又吩咐道。

母亲凝视着军警，样子凶极了，吓得他们想退不敢进。

"喂，亨利埃·库赞，你上！"总监又说道。

谁也不挪动一步。

总监骂起来："基督的脑袋！我手下的军人！居然害怕一个女人！"

"大人，"亨利埃说道，"您管这东西叫女人！"

"她有狮子的鬃毛！"另一个人也帮腔。

"上啊！"总监再次吩咐道，"洞口这么宽，三个人并排进去，就像攻打蓬图瓦兹那样。他妈的，快点了结！谁第一个退缩，我就把他劈成两段！"

总监和母亲都很凶，军警们进退两难，犹豫片刻，终于横下心来，朝老鼠洞挺进。

隐修女见此情景，双膝跪着突然立起身子，两只瘦骨嶙峋的手将长发从面前捋开，然后又撂在大腿上，大滴大滴的眼泪夺眶而出，顺着面颊的深纹滚落，犹如激流通过冲刷出来的河床。与此同时，她又开口讲话，而声音变得极其哀婉，极其温柔，极其恭顺，极其惨痛,连特里斯唐身边能吃人肉的老军警,也不止一个擦起眼泪。

"各位老爷!各位警官先生,请听我说一句话!这件事我一定得告诉你们。她是我女儿,明白吗?是我丢失的宝贝女儿!你们听着,说来话长。要知道,军警先生们我非常熟悉,从前我生活放荡,孩子们见了就扔石头,可是军警先生们对我一直很好。你们明白吗?你们一了解情况,就会把孩子留给我的!我是一个可怜的妓女。是吉卜赛女人把我孩子偷走的。她的一只小鞋,我可保存了十五年。瞧,就是这只。当时她的脚就这么大点儿。那是在兰斯,香花歌乐女。是在磨难街。这些也许你们都知道。那就是我。那时你们正年轻,真是一段好时光。过了不少快活的日子。各位老爷,你们会可怜我的,对不对?埃及女人把我女儿偷走,一藏十五年。我还以为她死了呢。你们想一想,好朋友们,我原来以为她死了。我在这里度过十五年,就在这洞穴里,冬天也不生火。真够苦的呀。可怜的宝贝小鞋!我整天呼号,仁慈的上帝终于听见了,昨天夜里把女儿还给了我。这是仁慈上帝显的灵。她并没有死。我完全相信,你们不会把她从我身边抓走的。怎么处置我,我都没话说,可是她呀,才刚刚十六岁的孩子!给她时间多见见阳光吧!——她怎么惹着你们啦?根本没惹着你们。我也一样。原先你们不知道,我在这世上只有她,我老了,这是圣母赐给我的恩宠!再说,你们大伙都这么善良!你们原先不知道那是我女儿,现在知道了。噢!我爱她!总监大老爷,我宁肯自己胸中捅个大洞,也不愿意让她手指擦破一点皮。您这模样,一看就是好心肠的大老爷!我向您说明了事情的真相,对吧?唔!您也是有过母亲的人啊,老爷!您是统帅,把我孩子留下吧!您瞧,我跪着求您,就像祈求耶稣·基督保佑一样!我对人无求什么,我是兰斯人,老爷们,我有一小块田产,是我叔父马伊埃·普拉东留给我的。我不是乞婆。我不要任何东西,只要我的孩子!噢!我主仁慈的上帝,不是无缘无故把女儿还给我!而国王!您是说国王!杀死我的小女儿,也不能给他增添多大乐趣啦!何况,国王也是仁慈的!这是我的女儿,是我生的女儿!不是国王的!她也不是您的!我想离开,我们想离开!两个女人,母女俩要走,就应当放她们走!放我们走吧,我们是兰斯人。哦!警官先生们,你们都是好心肠的人,我爱你们大伙。你们不会把我亲爱的女儿抓走,不可能那么干!根本不可能,对不对!我的孩子!我的孩子啊!"

她那手势、她那声调、边说话边吞饮的泪水、合拢起来又绞在一起的双手,那令人心酸的苦笑、那含泪的目光、那哀吟悲叹、那语无伦次的陈诉,以及揪心的惨叫,这一切我们就不描述了。等隐修女住了口,隐修士特里斯唐皱了皱眉头,不过是为了掩饰他那老虎眼中滚动的泪珠。然而,这是一时心软,他还是克制住了,口气干脆地说道:"这是国王的旨意。"

接着他俯身对着亨利埃·库赞的耳朵,低声吩咐:"快点了结!"这位凶神恶煞的总监,也许感到自己也要于心不忍了。

刽子手和军警冲进小屋。母亲毫不反抗,只是爬过去,不顾死活,扑到女儿身上。埃及姑娘眼看兵卒逼上来,自己死到临头,便一阵恐惧,又呼叫起来:"妈妈!妈妈!他们来啦!保护我呀!"那凄惨的声调难以描摹。

"好的,我的心肝,我来保护你!"母亲答应着,但声息微弱;她紧紧搂着女儿,遍吻女儿的身体。母女二人都倒在地上,此情此景,实在可悯可怜。

亨利埃·库赞把手臂插到姑娘美丽的肩下,把她拦腰抱起。姑娘感到这只手,"啊!"地叫了一声,便晕过去了。刽子手也情不自禁,眼泪一滴一滴落到她身上。他想把姑娘抱走,便极力掰开母亲的手，然而母亲的双手紧紧搂着女儿的腰肢，死死扣住，根本无法挣脱。亨利埃·库赞只好硬把姑娘拖出小屋，也连带把母亲拖了出去。母亲也同样紧闭双目。

这时太阳升起来了，广场上已经聚集了不少人，他们远远观望，不知从石路面上往绞刑台拖的是什么东西。闲人不准靠近围观，这是总监行刑时的老习惯。

住户的窗口一个人也没有，只看见远处俯临河滩广场的圣母院两座钟楼的顶层窗口，有两个人似乎朝这边张望，黑色的身影鲜明地印在早晨的晴空上。

亨利埃·库赞拖着母女二人，来到行刑架下站住，把绳索套在姑娘的可爱的脖颈上，但是心中不胜怜悯，连气都喘不过来了。不幸的姑娘感到绳索可怖的接触，抬起眼皮，看见头顶石头绞架支出瘦骨嶙峋的臂膀，不禁浑身摇晃，声音凄厉地高喊："不！不！我不愿意！"母亲一直把头埋在女儿的衣衫里，只看得见她浑身颤抖，还能听见她加速亲吻女儿的声响。刽子手趁机猛然掰开她紧紧搂抱女犯的双臂。她没有反应，也许是精疲力竭，也许是痛不欲生的缘故。于是，刽子手将姑娘搭在肩头，但见他那大脑袋旁边，那秀色可餐的女郎曼妙地折成两段。

这时，匍匐在地上的母亲忽然两眼圆睁，她没有号叫，但面容可怖，从地上一跃而起，像猛兽扑猎物一般，扑了过去，一下咬住刽子手的一只手。这一举动疾如闪电。刽子手痛得直叫。军警跑上前，好不容易把刽子手的血淋淋的手从老婆子牙齿中拉出来。她始终缄默不语，被人猛力推开，只见她的头重重地磕在石路面上；她被人扶起来，却又颓然倒下，原来她已经断气了。

刽子手始终没有丢下姑娘，他继续从梯子登上去。

二 白衣美人①

卡希魔多见小屋空了,埃及姑娘已不在里面,就在他全力保护的时候被人劫走了;他又惊讶又痛心,双手揪住头发,同时连连跺脚。继而,他满教堂奔跑,寻找他的吉卜赛姑娘,每到一处墙角就怪声呼唤,把他那棕红头发揪下来抛得满地都是。恰好这时,羽林军也攻进了圣母院,搜捕埃及姑娘。卡希魔多主动帮他们寻找,这个可怜的聋子哪里知道他们的险恶用心,还以为埃及姑娘的敌人是那些游民乞丐。他亲自给隐修士特里斯唐当向导;察看所有可能藏身的场所,打开每道密门、每处祭坛的夹层和圣器室的里间。如果不幸的姑娘还在教堂里,那么出卖她的肯定是卡希魔多了。特里斯唐轻易不肯罢手,但因一无所获,也就败兴而归。卡希魔多独自一人还继续寻找,整个教堂跑了有几十遍,上百遍,上下左右无一遗漏,跑上跑下,奔走呼号,东嗅嗅,西看看,无孔不入,脑袋见洞就钻,火把伸到所有拱顶下面,绝望疯狂到了极点。公兽失去母兽,也不过如此咆哮悲号,如此张皇失措。他终于确信,深信她不在教堂了,已经无可挽回,她被人从他手中夺走了。他缓步登上钟楼的楼梯。他搭救姑娘的那天,那么欣喜若狂,得意忘形,攀登的正是这条楼梯。还是原来的地点,他这次经过时却垂头丧气,既不

---

① 原文为意大利文。引自但丁《炼狱篇》第十二章,"白衣美人"是屈辱的天使。

出声,也不流泪,几乎连气息都没有了。教堂重又空荡荡的,沉入一片寂静。羽林军都已离开,前往老城追捕女巫去了。偌大的圣母院,刚才还遭受猛攻,杀声震天,现在却只剩下卡希魔多一个人了,他又走向埃及姑娘由他守卫而住了几周的小屋。快要临近时,他忽然想象也许会看见她就在屋里。他拐过对着侧道屋顶的楼廊,看见那小窗小门的斗室,依然蜷缩在巨大扶壁拱架下面,犹如挂在粗树枝下的小鸟窝。可怜的人,心脏都要停止跳动,靠到柱子上才没有摔倒。他想象埃及姑娘也许回来了,无疑是善良的天使给送回来的,这间小屋如此宁静,如此安全,如此可爱,她不会不待在里面;想到这里,他再也不敢多走一步,唯恐打破自己的幻梦。

"是的,"他心中暗道,"大概她在睡觉,或者在祈祷。不要惊扰着她。"

他终于鼓起勇气,踮起脚朝前走去,瞧了瞧,便进去了。空的!小屋始终空无一人。可怜的聋子慢腾腾地在屋里转悠,掀起床铺,看看姑娘是否藏在床垫和石板地之间,随即摇了摇头,在原地呆若木鸡。突然,他怒不可遏,一脚将火把踩灭,然后一声不吭,也不叹息,猛冲过去,一头撞在墙上,昏倒在石板地下。

等到苏醒过来,他就扑倒在床铺上打滚,狂热地吻起姑娘睡过而尚有余温的地方,又一动不动躺了几分钟,仿佛咽了气;继而,他又翻身起来,只见他大汗淋漓,呼呼喘气,像发了疯似的,脑袋一下下撞墙,跟敲钟一样有节奏,情形十分吓人,表明誓要撞个头破血流的决心。直到精疲力竭,他再次倒在地上,接着爬出小屋,蜷缩在房门对面,一副惊奇骇怪的神态。他再也没有动弹,就这样待了一个多小时,眼睛盯着空了的小屋,忧伤沉思的样子,胜过一位母亲坐在空出的摇篮和入殓的棺木之间。他一言不发,只是间隔许久才因啜泣而全身猛然抖动一下;然而,这是无泪的啜泣,好似夏天无声的闪电。

他苦思苦索，推想究竟是什么人猝然劫走了埃及姑娘，大概就在这时候，他想到了主教代理，想起只有堂·克洛德掌握一把钥匙，能进入通这小屋的楼梯，还想起堂·克洛德有两回黑夜袭击姑娘：头一回卡希魔多当了帮凶，第二回他挺身阻止了。于是，许多详情细节又在脑海中浮现，很快他就排除疑虑，确认是主教代理劫走了埃及姑娘。然而，他对教士这个人感恩戴德，无比忠诚，又无比热爱，这些感情在他心中深深扎根，即使到了这种时刻，也还是抵制嫉妒和失望情绪的侵袭。

卡希魔多想到这是主教代理干的；换了别人，他会食肉寝皮，方解心头之恨，而偏偏是克洛德·弗罗洛，可怜的聋子的愤恨只好转化为更大的痛苦。

他的思绪就这样集中到教士身上，不觉曙光照亮了扶壁拱架，他望见圣母院顶层半圆殿外围栏杆的拐角处，有个人影在走动。那人朝他这边走来。他认出正是主教代理。克洛德庄重地缓步走来，但是并不朝前看，目光移向北钟楼，脸也扭向那边，朝向塞纳河右岸，还高高地扬起头，仿佛极力越过屋顶张望什么。猫头鹰总好摆出这种姿态，侧目而视：它飞向一点，眼睛却盯着另一点。教士就是这样从卡希魔多上面走过而没有看见他。

这一显形突如其来，聋子惊得目瞪口呆，看着他钻进北钟楼的楼梯门里。读者知道，登上北钟楼，能望见府尹衙门。卡希魔多站起来，要跟踪主教代理。

卡希魔多随后登上钟楼，只是要弄清楚教士上去干什么。再说，可怜的敲钟人自己要干什么，要说什么，有什么打算，也一概不知道，他只是满腔怒火，也满腹疑惧。主教代理和埃及姑娘在他心中相撞击。

到了钟楼顶,他先不走上平台,而是停在黝黯的楼梯口,仔细观察教士在哪里。教士背对着他。楼顶平台四周围着一道镂空的雕栏。教士胸脯贴在朝圣母桥一面的栏杆上,俯视新城的街区。

卡希魔多蹑手蹑脚,走到他的身后,瞧瞧他在望什么。教士驰心旁骛,根本没有听见聋子走到身边。

巴黎的景观,尤其是在夏日清朗的晨曦中,从圣母院钟楼顶上眺望,更是美不胜收。这天大约是七月份。天空晴朗澄净,寥寥几颗残星渐渐消隐,但有一颗格外明亮,恰巧在最亮堂的东方闪耀。太阳就要出来了。巴黎开始蠢动。东边成千上万的房舍,沐浴在特别洁白纯净的晨光中,形状各异的轮廓分外醒目。圣母院钟楼的巨大阴影,逐个踏着房顶,从这大都市的一端延展到另一端。一些街区有了人声和响动。这里一声钟鸣,那里一声锤击,还有一处传来轧轧车行的错杂声。在这片屋顶上,已经袅袅升起几缕炊烟,犹如大片硫磺矿层的缝隙中冒出来的硫气。塞纳河水流经多少桥拱、多少沙洲岬角,水面皱起银纹细浪,波光粼粼。极目眺望周围城墙以远,只见薄薄的雾气环绕,透过雾气隐约看见一望无际的平原,以及起伏优美的丘峦。睡意惺忪的城市上空,飘散着各种各样的响声。晨风从丘峦的雾霭撕下一团团白絮,抛上天空,一直朝东方驱赶。

几位老妇人拿着奶罐,来到前庭广场,都非常惊讶,相互指点圣母院中央大门残破的奇异景象,以及凝固在砂石缝里的两道铅流。这是夜晚这场骚乱留下的全部痕迹。卡希魔多在两座钟楼之间点燃的柴堆早已熄灭。特里斯唐已经带人把广场打扫干净,将尸体抛进塞纳河中。像路易十一这样的国王,每场屠杀之后,总不忘立即将马路冲洗干净。

在钟楼顶栏杆外面,就在教士驻足之处的下方,探出一个哥特式建筑物上常有的造型奇异的石头雨槽，石槽的一道裂缝中长出两棵桂竹香，在晓风中摇着盛开的鲜花，就像人一样，相对鞠躬以为嬉戏。从钟楼上面的高空里，传来鸟雀的鸣啭。

然而这一切，教士视而不见，充耳不闻。他这种人不知何为清晨，不知何为鸟雀和鲜花。周围天地辽阔，景物繁多，而他的目光只凝注在一点上。

卡希魔多心中焦急，想询问他把埃及姑娘弄到哪儿去了。然而此刻，主教代理似乎离开了尘世，显然他正经历生命激烈冲荡的时刻，即使天崩地坼，他也毫无感觉。他两眼死死盯住一个地方，敛声屏息，身子一动不动；而这种沉默静止的状态，却有某种可怖的成分，就连桀骜不驯的敲钟人见了也心惊胆战，不敢贸然打扰，只能顺着他的视线望去，这也不失为一种询问的方式；于是，不幸的聋子的目光便落到河滩广场上。

他就是这样看到了教士凝望的目标。在常年竖立的绞刑架旁边，已经支起了梯子；广场上聚了一些人，但是军卒的数量要多些。一个汉子在石路面上拖着一个白色物体，后面还连着一个黑色物体，走到绞刑架下便站住了。

那里发生的情况，卡希魔多一时看不清楚，倒不是他那只独眼看不到那么远，而是有一帮士兵挡住，看不到整个场面。况且，太阳这时刚好升起来，天空霞光万道，巴黎城的所有高矗的建筑，诸如尖顶、烟囱、山墙尖角，仿佛同时燃烧起来了。

这工夫，那汉子开始登梯子。卡希魔多这才看清楚，他肩上扛着一个女子，是个穿白衣裙的姑娘，脖子上套着一根绳索。卡希魔多认出来：那正是她。

那汉子登到梯子顶端，调整一下绳结。这时，教士双膝跪到栏杆上，以便看得清楚些。

突然,那汉子一脚踹开梯子;卡希魔多已有半晌屏住呼吸,这时他看见那不幸的姑娘吊在绞索上,在离地面四米的高度摇摆,而那汉子则踏着她的肩膀蹲在上面。绞索转了几转,卡希魔多看见剧烈的痉挛传遍埃及姑娘的周身。至于教士,他则伸长脖子观赏,眼珠子都要冒出来,望着那可怕的一对:那汉子和姑娘,蜘蛛和苍蝇。

就在这惨不忍睹的一刹那,教士灰白的脸上爆发一阵魔鬼的狂笑:只有人不再是人时,才可能发出这种笑声。卡希魔多虽然听不见,但是看到了。敲钟人在主教代理身后倒退几步,突然又猛扑上去,两只大手掌狠命一推他的后背,就将他推下他所俯瞰的深渊。

堂·克洛德叫了一声:"该死!"随即掉了下去。

他坠落时,刚巧被下面的石头水槽托了一下,双手赶紧拼命抓住,张口正要喊第二声,忽见卡希魔多复仇的可怕面孔,从他头上的栏杆边沿探出来。于是他噤声了。

脚下是深渊。坠落下去两百多尺,就是铺石路面。处境凶险,但是主教代理一言不发,连一声也不呻吟,只是使出浑身解数,扭动着躯体,想搭着石槽上去。然而这花岗石槽没有抓处,两脚在黝黑的墙壁上乱蹬却踏不住。爬到过圣母院钟楼顶上的人都知道,顶台栏杆下面的石壁是向内凹进去的。可怜的主教代理,就是在这凹壁上耗尽了力气。他要攀登的不是陡壁,而是向里倾斜的墙壁。

卡希魔多只要一伸手,就能把教士拉出深渊,可是,他连看也不看一眼。他注视着河滩广场,注视着绞刑架,注视着埃及姑娘。聋子倚着的栏杆,正是刚才主教代理俯瞰的地方,他目不转睛,死死盯住他此刻在世上的唯一目标,一动不动,哑然无声,那姿态就像遭了雷殛的人。有生以来,他那只独眼只流过一滴泪,现在成串的滴珠默默地流淌。

这工夫,主教代理气喘吁吁,秃头上大汗淋漓,指甲在石头上抠出了血,膝盖在墙上也蹭得皮开肉绽。他每挣扎一下,都听见挂在水槽上的教袍撕裂开线的声响。更糟糕的是,这个石槽末梢接的一根铅管,禁不住他身体的重量而弯下来。主教代理也感到这根铅管慢慢弯曲,这个倒霉的家伙心想,一旦双手力竭松开,一旦教袍撕裂,一旦铅管摧折,他就势必掉下去,于是惊恐万分,肝胆俱裂。下面十来尺有个小台,是排列的石雕构成的。有几回绝望之余,他昏头昏脑看着窄窄的小台,心里祈求上苍,但愿能在这两尺见方的小台上了此一生,哪怕在上面还要活一百年。还有一回,他望望下面的广场,望望那深渊,赶紧闭上双眼,又抬起头来,吓得毛发倒竖。

两个人都沉默不语,这场面相当可骇。主教代理在下面几尺的地方垂死挣扎,而卡希魔多则涕泗涟涟,凝望着河滩广场。

主教代理每挣扎一下,只会摇撼脆弱的唯一支撑点,他见此情景,就决定不再动弹,抱着水槽悬在半空,几乎屏住气息,全身纹丝不动,只有腹部不时地痉挛一下,就像睡梦中感到自己跌落时所产生的反应。他两眼张大,目光怔忡,一副病态诧异的神色。然而,即使稳住不动,体力还是渐渐不支,手指从水槽往下滑,他感到双臂越来越乏力,躯体越来越沉重,支撑他的铅管也越来越折向深渊。下面的景象触目惊心,他看见圆殿圣约翰教堂的屋顶,小得像对折的一张纸牌。他又逐个审视钟楼上冷漠的石雕,全都跟他一样悬在深渊的半空,但无一为自身惊惧,也无一替他怜悯。周围全是石头:眼前是张开血盆大口的石头怪物;下面的渊底,则是铺石的广场;头上又是啜泣的卡希魔多。

前庭广场上聚集了几堆老实的闲人,他们不慌不忙地猜想,是什么人发疯了,这样别出心裁来寻乐子。他们说话的声音传上来,细弱但很清晰,教士听见他们说:"哎呀,他会摔得粉身碎骨!"

卡希魔多还在哭泣。

主教代理又气恼又恐惧，终于明白大势已去。不过，他还竭尽余力，最后拼一下，扳住水槽向上挺身，双膝同时用力顶墙壁，两手便抠进一道石缝，总算攀上去约有一尺。然而这样一震动，支撑他的铅管猛然弯下去，同时教袍也撕开了，他立时感到身子完全失去依托，唯独僵硬而无力的双手还抓住点什么，这倒霉的家伙闭上双眼，放开水槽，掉了下去。

卡希魔多看着他摔下去。

从这样的高度很难垂直坠落。主教代理先是头朝下，两手伸直，接着在半空转了几个圈，被风吹向一座楼房的屋顶，摔在上面，不幸的人摔断了几根骨头，不过还没有死。敲钟人看见他还要用指甲抓住山墙脊；然而顶盖太陡，他也精疲力竭，又从房顶急速滑下去，好似脱落的一片瓦，摔到铺石路面上弹跳几下，随即不动了。

于是，卡希魔多又举目看那埃及姑娘，远远望去，只见她的身子吊在绞架上，隔着白色衣裙还显出临终的震颤；接着，他又低头看那主教代理，只见他尸横钟楼脚下，已经血肉模糊。这时，他从心底发出一声哀号："噢！我所爱过的一切啊！"

三　浮比斯成亲

当天时近暮晚，主教的司法官前来检验，从前庭广场收走主教代理血肉模糊的尸体，圣母院里早已不见卡希魔多的踪影。

这段奇事有不少传闻。大家都不怀疑，卡希魔多即魔鬼，克洛德·弗罗洛即巫师，两者订了契约，现已到了践约的日子，魔鬼就要把巫师抓走了。有人推测，卡希魔多砸烂克洛德的躯体，取走他的灵魂，如同猴子砸开壳吃核桃仁一样。

因此，主教代理未能葬在圣地。

第二年，即一四八三年八月，路易十一死了。

至于彼埃尔·格兰古瓦，他终于救了小山羊，在悲剧创作上也硕果累累。看来，他先后尝试了星相学、哲学、建筑学和炼金术等各种荒唐的行业，然后重操旧业，进行悲剧创作，即荒唐行业中最荒唐的一种。这就是他所说的"有了个悲剧结局"。关于他在戏剧创作方面的成就，从一四八三年，朝廷的流水账就有记载："付给约翰·马尔尚和彼埃尔·格兰古瓦一百利弗尔，二人是木匠和作者，为迎接教皇使节先生莅临巴黎，制作和创作了圣迹剧，并设计了角色和服装，该剧在大堡演出。"

浮比斯·德·夏多佩也有一个悲剧结局：他结婚了。

四　卡希魔多成亲

上文叙过，埃及姑娘和主教代理毙命的当天，卡希魔多就从圣母院失踪了。确实再也没人见到他，谁也不知道他的下落。

爱丝美拉达姑娘受刑的那天夜晚，刽子手的助手按照习俗，将她的尸体从绞刑架上放下来，运到鹰山的万人窟里。

如索瓦尔所说，鹰山是"王国最古老又最壮观的绞刑台"。在圣殿和圣马尔丹关厢之间，出巴黎城垣约三百多米，离库尔提有几箭之地有一个小土丘，虽然坡度徐缓而不大显眼，但有一定高度，方圆几里都能望得见。山丘顶上有一个造型奇特的建筑物，类似凯尔特人的大石台，那便是拿人祭祀的场所。

不妨想象一下：一个高十五尺，宽三十尺，长四十尺的平行六面体建筑物，坐落在石灰石的圆丘顶上；有一道门、一条带栏杆的露天楼梯，以及一座平台；平台上立着十六根粗石大柱子，高三十尺，在这平台底座的三面排列成柱廊，上边架着粗大的横梁，而横梁间隔着垂下铁链，吊着人的骷髅；土丘旁边的平地上，还竖着一个石头十字架，以及两座略小的绞刑架，仿佛是从主干树桩再生出来的枝杈；在这些景物的上空，始终有一群乌鸦盘旋。那便是鹰山。

建于一三二八年的巨型绞刑架，到了十五世纪末，剥蚀相当严重。横梁蛀迹斑斑，铁链生了锈，柱子上也长满了青苔。砌石的底座合缝都已裂开，足迹罕至的平台则长满了荒草。这座建筑由天空衬出的轮廓，显得狰狞可怖；如果在夜晚，朦胧的月光照见白头骨，或者寒风吹得铁链如骷髅咯咯作响，昏暗中无不在蠢蠢而动，气氛就更为恐怖了。这座绞刑架高耸在那里，就足以给周围平添阴森可怖的气氛。

这座狰狞建筑的砌石底座下面是空的，辟为宽敞的地穴，出入口有一道破旧的铁栅门，里面不仅扔进从鹰山铁链上掉下来的残骸，而且扔进巴黎城其他绞架常年吊死的不幸者的尸体。在这万人深坑里，多少尸骨残骸同形形色色的罪恶一起腐烂；多少名宦要员，多少无辜百姓，相继来此存放遗骨，从早年算起，有在鹰山头一个受刑的义士昂格朗·德·马里尼①，一直到煞尾的另一位义士科利尼②海军统帅。

至于卡希魔多的神秘失踪，我们发现了下面的情况。

在这篇故事结尾的事件发生之后一年半至两年，有人到鹰山地窟中来寻找奥利维公爵的尸体：两天前他被处以绞刑，但查理八世恩准移葬圣洛朗墓地，与善辈为伍。他们在惨不忍睹的残骸枯骨中寻找，发现两具骷髅，一具以奇特的姿势搂抱着另一具。其中一具骷髅是女性，上面还有白布衣裙的碎片，脖子上挂一串念珠树果实的项链，下端系一个镶缀绿玻璃的丝绸小香囊，已经打开，里面空无一物。这些遗物毫无价值，想必连刽子手都不要。紧紧搂抱这具骷髅的另一具则是男性，只见那具骷髅脊椎骨歪斜，脑袋缩进脖腔里，一条腿短一条腿长；不过，脊梁骨没有断裂的伤痕，显然此人不是绞死的，而是主动来此长眠。有人要把他搂抱的骷髅拉开，他的遗骸也就立时化作尘埃了。

（全文完）

---

① 昂格朗·德·马里尼（1260—1315），法国政治家，任法王菲利浦四世的财政大臣。菲利浦四世死后，他被处绞刑。
② 加斯帕尔·德·夏蒂永，即科利尼爵士（1519—1572），曾任庇卡底总督，有战功，后来主张宗教改革，加入胡格诺教派，在圣巴泰勒米节的大屠杀中遇害，移尸鹰山再处绞刑。

第一辑书目

童年	复活
昆虫记	名人传
海底两万里	鲁滨逊漂流记
格列佛游记	爱的教育
培根随笔集	简·爱
汤姆·索亚历险记	欧也妮·葛朗台
巴黎圣母院	钢铁是怎样炼成的
绿山墙的安妮	爱丽丝漫游奇境
地心游记	在人间
我的大学	格兰特船长的儿女
边城	城南旧事
朝花夕拾·呐喊	呼兰河传
中华上下五千年	家
骆驼祥子	子夜
繁星·春水	山海经
史记	论语
诗经	呼啸山庄
雾都孤儿	莎士比亚戏剧集
漂亮朋友	古希腊神话与传说
傲慢与偏见	小王子
瓦尔登湖	双城记
三个火枪手	一千零一夜
汤姆叔叔的小屋	安妮日记
泰戈尔诗选	居里夫人自传
百万英镑	伊索寓言
老人与海	好兵帅克
契诃夫短篇小说精选	欧·亨利短篇小说精选
假如给我三天光明	人类群星闪耀时
高老头	沙乡年鉴
莫泊桑短篇小说精选	草原上的小木屋